Pierre Martin

*Madame le Commissaire und der verschwundene Engländer*

*Madame le Commissaire und die späte Rache*

*Über den Autor:*
Hinter dem Pseudonym Pierre Martin verbirgt sich ein Autor, der sich mit Romanen, die in Frankreich und in Italien spielen, einen Namen gemacht hat. Für seine Hauptfigur Madame le Commissaire hat er sich eine neue Identität zugelegt.

PIERRE MARTIN

# Madame le Commissaire
## und der verschwundene Engländer

# Madame le Commissaire
## und die späte Rache

Zwei Romane in einem Band

**Besuchen Sie uns im Internet:**
**www.knaur.de**

FSC
www.fsc.org
MIX
Papier aus verantwortungsvollen Quellen
FSC® C083411

Einmalige Sonderausgabe April 2017

*Madame le Commissaire und der verschwundene Engländer*
Originalausgabe April 2014

Ein Imprint der Verlagsgruppe
Droemer Knaur GmbH & Co. KG, München
Redaktion: Dr. Gisela Menza

*Madame le Commissaire und die späte Rache*
Originalausgabe Juni 2015

Ein Imprint der Verlagsgruppe
Droemer Knaur GmbH & Co. KG, München
Redaktion: Dr. Gisela Menza


Covergestaltung: © Daniela Meyer, München
Coverabbildung: © Shutterstock / Galyna Andrushko
Satz: Wilhelm Vornehm, München
Druck und Bindung: CPI books GmbH, Leck
ISBN 978-3-426-52167-0

2 4 5 3 1

# Madame le Commissaire und der verschwundene Engländer

# 1

Sie schloss die Augen – und merkte Sekunden später, dass das ein Fehler war. Ihr Atem beschleunigte sich, sie fühlte plötzlich ihr Herz schlagen, hinter ihren Schläfen begann es zu pochen … Sie glaubte schnelle Schritte zu hören, sie sah regennasse Pflastersteine, einen schwarzen Citroën, den Schatten des *Arc de Triomphe,* sie vernahm in der Ferne Polizeisirenen … Dann gab es hinter ihren Augenlidern eine grellweiße Explosion, Schockwellen liefen durch ihren Kopf – im nächsten Moment war alles vorbei. Jetzt war alles schwarz und still, totenstill. Ihr Atem beruhigte sich. Mit kreisförmigen Bewegungen massierte sie sich die Schläfen. Dann machte sie ihre Augen wieder auf …

Isabelle Bonnet saß am Rand einer nur wenig befahrenen Landstraße auf einem großen, glatten Stein. Sie wischte sich den Schweiß von der Stirn und versuchte auf andere Gedanken zu kommen. Roch es wirklich nach Lavendel, oder bildete sie sich das nur ein? Das Sirren der Zikaden jedenfalls war echt. Ihr Blick schweifte über die weite Landschaft, über die Hügel, die sich irgendwo im flimmernden Licht verloren. In der Ferne ahnte sie das azurblaue Meer. Sie dachte an ein Aquarell von Paul Cézanne, der es wie kaum ein anderer verstanden hatte, die unvergleichlichen Farben der provenzalischen Landschaft einzufangen. Vor allem diese betörenden Ockertöne, das Blau der blühenden Lavendelfelder und diesen merkwürdigen silbrigen Schleier, der über allem lag. In ihrer Pariser Wohnung hatte sie einen Druck dieses Aquarells über ihrem Sofa hängen. Es weckte Kindheitserinnerungen, die fast verschüttet waren, die sie aber am Leben erhalten wollte.

Und jetzt saß sie hier, nicht vor einem Bild von Cézanne, sondern in der realen Welt, im Schatten einer Korkeiche, auf einem Stein, der ihr so vertraut war, als ob sie hier schon als kleines Mädchen gesessen hätte, mit verschränkten Armen über den hochgezogenen Beinen, mit bloßen Füßen und mit blonden Zöpfen. Wie lange war das her? Eine Ewigkeit – und noch einige Jahre mehr.

Isabelle Bonnet fuhr sich mit den Händen durch das Haar. Es war nicht mehr blond, aber grau war es auch noch nicht. Mit einer schnellen Bewegung strich sie eine große Locke über ihre linke Gesichtshälfte. Das war ihr zur Gewohnheit geworden, auch wenn sie wie jetzt alleine war. Die Haare verdeckten eine Narbe, die von der Stirn am Auge vorbei zum Wangenknochen führte.

Sie sah hinüber zu einer bewaldeten Hügelkette, wo sie die Ruinen eines Klosters erahnte. Dort war sie als Kind gewesen, mit ihrem Vater, der ihr von der langen Geschichte der *Chartreuse* erzählt hatte, von zurückgezogen lebenden Mönchen, die für die Menschheit beteten, vom heiligen Bruno, von Brandschatzungen, Plünderungen und vom Zerfall. Sie nahm sich vor, dem Kloster in den nächsten

Tagen einen Besuch abzustatten, nicht mit dem Auto, sondern zu Fuß auf einem Pfad, der durch den Wald führte. Wie damals, mit ihrem Vater, als er noch lebte und die Welt noch in Ordnung war.

Isabelle Bonnet dachte, dass sie alles in Ruhe angehen sollte, schließlich hatte sie Zeit, so viel Zeit wie noch nie in ihrem Leben. Sie würde ans Meer fahren und den kleinen Strand mit den Pinien suchen, wo sie das Schwimmen gelernt hatte. Sie wollte mit der Fähre auf die Insel Porquerolles übersetzen, sich dort ein Fahrrad mieten und zur Plage Notre-Dame fahren. Dort hatte sie mit ihren Eltern mal Picknick gemacht und im Wasser den Handstand geübt. Ihr fiel ein, dass Georges Simenon einige Jahre seines Lebens auf Porquerolles verbracht hatte und dort sogar seinen Kommissar Maigret hatte ermitteln lassen. Von Simenon stammte das Zitat, dass die Insel die »irdische Abteilung des Paradieses« sei. Sie atmete tief durch. Sie glaubte nicht ans Paradies, nicht im Jenseits und erst recht nicht im Diesseits, schon eher glaubte sie an die Hölle.

Sie gab sich einen Ruck, stand auf und lief zu ihrem Auto. Die ersten Schritte taten weh, und das linke Bein machte nicht so ganz, was es sollte, aber dann ging es besser. Beim Einsteigen schmerzte der Rücken. Dennoch war sie nicht unzufrieden. Sie hatte sich schon wesentlich schlechter gefühlt, es ging voran. Und einen Vorteil hatte es, wenn aus allen möglichen und unmöglichen Körperregionen Schmerzsignale eintrafen. Jetzt musste sie sogar lächeln. So wusste man wenigstens, dass noch alles vorhanden war. Nun gut, es gab so etwas wie einen Phantomschmerz, aber daran wollte sie nicht denken.

Sie startete den Motor und nahm die letzten Kilometer in Angriff. Bald würde sie am Ziel ihrer Reise angelangt sein, in Fragolin, jenem kleinen Ort im südfranzösischen Département Var, wo sie ihre Kindheit verbracht hatte und seitdem nie mehr gewesen war – nur in ihren Erinnerungen.

# 2

Die Menschen in Fragolin waren stolz darauf, im *arrière-pays* zu leben, im Hinterland der Côte d'Azur, im Massif des Maures, inmitten von Korkeichenwäldern und Kastanienbäumen. Zwar war es nicht weit zur Küste, und doch war man vom Trubel rund um Saint-Tropez, Cavalaire oder Le Lavandou Lichtjahre entfernt. Unter den älteren Einwohnern gab es welche, die waren nur ein- oder zweimal im Leben am Meer gewesen. *Le vieux* Georges, der kaum mehr Zähne im Mund hatte, aber schon am Vormittag seinen ersten Pastis trank und gerne Geschichten erzählte, behauptete gar, das Meer nur als blauen Streifen von der Ferne zu kennen. Dazu pflegte er verächtlich auf den Boden zu spucken. Nur größenwahnsinnige Idioten würden sich dort unten herumtreiben, man bekomme ansteckende Krankheiten und Ohrensausen. Das sei eine allgemein bekannte Tatsache. Man sollte ein Gesetz verabschieden, das den Besuch der Küstenorte für Gesundgebliebene unter Strafe stellte. Gleichzeitig sollte Fragolin für Touristen gesperrt werden. Diese würden mit ihren Autos die Luft verpesten und ohne Sinn und Verstand kreuz und quer durch die Gassen laufen. Üblicherweise bestellte Georges spätestens jetzt einen zweiten Pastis. Dann zündete er sich eine filterlose Gitanes an, musste husten und begann vom Krieg zu erzählen.

Natürlich ging in Fragolin keiner so weit wie der alte Georges. Man hatte prinzipiell nichts dagegen, dass Gäste vom Meer heraufkamen, um hier ihr Geld auszugeben. So lebte Clodine mit ihrem Laden *Aux saveurs de Provence* ausschließlich von Touristen. Kein Einheimischer käme je auf die Idee, bei ihr eine Seife zu kaufen. Nicht einmal die herzförmigen *coeurs* mit dem Duft nach Lavendel und Zitronen. Das Hotel *Auberge des Maures* war gefragt bei Gästen, die die Natur liebten und in der Umgebung ausgedehnte Wanderungen unternahmen. Es gab das Restaurant *La Terrasse Provençale,* das sogar vom *Guide Michelin* empfohlen wurde. Es gab das Korkgeschäft, vor dem Alain, in einem alten Lehnstuhl sitzend, auf Touristen wartete, die sich für die von ihm geschnitzten Schalen interessierten. Es hatten sich auch Fremde in Fragolin niedergelassen, einige Künstler, ein Aussteigerehepaar aus Schweden, eine Handvoll Engländer, Zweitwohnsitzler aus Paris, die nur selten da waren. Aber beim nachmittäglichen Pétanque vor dem *Hôtel de ville,* dem Rathaus, war man unter sich. Es galt die unausgesprochene Regel, dass sich am Boulespiel nur beteiligen durfte, wer im Ort gebürtig war. Fragolin war zwar mit der Zeit gegangen, aber einige Uhren schienen im Ort langsamer zu gehen, manche waren sogar stehengeblieben – irgendwann, vor vielen Jahren. Fragolin hatte sich viel von seinem ursprünglichen Charakter bewahrt. Vielleicht deshalb, weil die beiden Straßen, die zum Ort führten, ebenso schmal wie kurvig waren. Fragolin lag für Touristen nicht so nah wie etwa Ramatuelle, Grimaud oder La Garde-Freinet. Der alte Georges bekreuzigte sich. *»Dieu m'en garde!«* Gott bewahre!

Isabelle Bonnet näherte sich Fragolin auf einer Straße, die auf beiden Seiten von Platanen gesäumt wurde. Sie überquerte einen Bach, blieb auf der kleinen Brücke kurz stehen. Sie versuchte sich an das Bild mit der alten Mühle zu erinnern – vergeblich. Sie bog rechts ab, kam am Korkgeschäft von Alain vorbei, das es zu ihrer Kindheit ganz gewiss noch nicht gegeben hatte, und entdeckte ein Schild, das auf die *Auberge des Maures* hinwies, wo sie ein Zimmer reserviert hatte. Dann ging es nicht weiter. Vor ihr stauten sich einige Fahrzeuge, was erstaunlich war, denn es waren kaum welche unterwegs. Schließlich entdeckte sie den Grund für die Verzögerung, und zwar in Form einer Uniform der örtlichen Gendarmerie. Der gute Mann hatte die Straße gesperrt und kontrollierte die Papiere. Isabelle lächelte. Dem war wohl langweilig. Auch eine Form, sich zu amüsieren. Was aber ein einseitiges Vergnügen war. Sie spielte mit dem Gedanken, über den Bürgersteig an den Autos vorbeizufahren, dem Gendarmen einen ihrer Ausweise unter die Nase zu halten, am besten gleich jenen vom Élysée-Palast, der vom Präsidenten der französischen Republik unterschrieben war und ihr alle Vorrechte einräumte, doch sie besann sich eines Besseren. Warum sollte sie das tun? Sie hatte Zeit und den festen Vorsatz, sich zu erholen. Also wartete sie geduldig, bis sie an der Reihe war. Der Gendarm salutierte und fragte nach ihrer *carte d'identité* und dem Führerschein. Er war ungefähr in ihrem Alter. Isabelle überlegte, dass die theoretische Möglichkeit bestand, dass sie als kleine Kinder zusammen gespielt hatten.

»Sind Sie von der Presse?«, fragte der Gendarm mit unerwartet scharfer Stimme.

Isabelle zog fragend die rechte Augenbraue nach oben. »Von der Presse? Sehe ich so aus? Und warum spielt das eine Rolle?«

Der Gendarm sah sie konzentriert an. »Beantworten Sie meine Frage! Sind Sie von der Presse?«

»Nein, bin ich nicht«, sagte sie. »Ich bin zur Erholung hier und habe da vorn im Hotel ein Zimmer reserviert.«

»Zur Erholung, soso. Ich werde Sie im Auge behalten!«

»Könnten Sie mir erklären, warum? Ist etwas vorgefallen?«

»Kein Kommentar. Aber wenn Sie doch von der Presse sind, bekommen Sie Ärger, und zwar mit mir persönlich.« Er winkte ihr, weiterzufahren. *»Bonne journée!«*

Isabelle dachte, dass sie sich den Empfang in ihrem Geburtsort herzlicher vorgestellt hatte. Wenig später fuhr sie auf den gekiesten Parkplatz des Hotels.

An der verwaisten Rezeption betätigte sie die Glocke auf dem Tresen. Es dauerte eine Weile, dann schlurfte eine dicke Concierge heran. Immerhin lächelte sie freundlich und schaute nicht so finster wie der Gendarm. Während Isabelle das Gästeformular ausfüllte, als Beruf »Beamtin« angab und als Grund des Aufenthalts »Ferien«, erzählte die Concierge von den guten Wetteraussichten, dass es Frühstück von acht bis zehn Uhr gebe, Rauchen auf dem Zimmer verboten sei – und dass ihr die Knie weh täten, wegen der vielen Arbeit. Weil außerdem der Dienstbote heute freihabe, müsse die Dame ihr Gepäck bitte selber aufs Zimmer bringen.

Isabelle sagte, dass das kein Problem sei, sie habe nicht viel dabei. Dann fragte sie, ob es einen Grund für die Polizeikontrolle gebe, in die sie gerade geraten sei. Ob denn etwas passiert sei?

Die Concierge deutete auf die Titelseite vom *Var-Matin*, der regionalen Tageszeitung, die auf dem Tresen lag. »Das hier ist der Grund. Jetzt spielen sie alle verrückt. Dabei kann es uns doch egal sein. Die beiden waren doch nicht von uns.«

Isabelle las die Überschrift: »Fragolin: Keine heiße Spur

im Mordfall!« Darunter: »Verschwundener Engländer ist dringend der Tat verdächtig. Wer ist die tote Frau?« Sie fragte, ob sie die Zeitung mitnehmen dürfe.

Die Concierge nickte. »Das waren keine von uns«, wiederholte sie. »Warum also diese ganze Aufregung? Sollen sie sich doch gegenseitig umbringen, diese *étrangers.* Wen interessiert das? Schadet nur dem Geschäft …«

Isabelle schmunzelte. Sie klemmte sich die Zeitung unter den Arm, nahm die Reisetasche und machte sich auf den Weg zu ihrem Zimmer. Dort schmiss sie alles aufs Bett, öffnete die blauen Fensterläden und sah hinaus auf den kleinen Platz mit der Kirche. Jetzt war sie also angekommen – in ihrer Vergangenheit, an die sie sich kaum mehr erinnern konnte. In Fragolin wollte sie wieder zu sich selbst finden, wollte sie an Leib und Seele genesen und herausfinden, wie es im Leben weitergehen sollte.

Nachdem sie sich frisch gemacht hatte, nahm Isabelle zwei Schmerztabletten, dann brach sie zu einem kleinen Spaziergang auf. Als Erstes ging sie hinüber zur Kirche und dem dahinter gelegenen kleinen Friedhof. Dort dauerte es eine Weile, bis sie den Grabstein gefunden hatte. Es war ein seltsames Gefühl, ihren eigenen Nachnamen darauf zu lesen: »Bonnet«. Und darunter die Vornamen ihrer Eltern. Das Sterbedatum war identisch. Ihre Eltern waren bei einem Verkehrsunfall ums Leben gekommen. Isabelle faltete die Hände. Damals war sie noch das kleine Mädchen mit den Zöpfen gewesen. Sie hatte auf dem Rücksitz gesessen und wie durch ein Wunder überlebt. Kinder haben oft einen Schutzengel, ihre Eltern hatten keinen. Sie sah auf das Grab. Wer kümmerte sich eigentlich um die Pflege? Warum hatte sie keine Blumen mitgebracht? *Mon papa, maman* … das nächste Mal, ich komme wieder, jeden Tag, solange ich hier bin.

Sie verabschiedete sich mit einem hingehauchten Kuss, in der Kirche zündete sie zwei Kerzen an, dann machte sie sich auf den Weg durch die verwinkelten Gassen. Amüsiert blieb sie vor einem kleinen Holzmast mit einer Unmenge von Richtungspfeilen stehen: *Centre Village, Vieux Village, Église, Bibliothèque, Boulangerie-Pâtisserie, Boucherie, Écoles* ... Dabei war doch alles nur wenige Schritte voneinander entfernt. Am besten gefiel ihr das Schild mit dem Hinweis: *Toutes Directions.* Der Pfeil deutete nach oben, direkt in den Himmel. Sie ging an zwei Häusern vorbei, die so dicht mit Laub bewachsen waren, dass man die Fenster kaum öffnen konnte. Eine Gedenktafel neben einem Brunnen erinnerte an die »Résistance et Brigade des Maures« und an Widerstandskämpfer, die im Mai 1944 von den Nazis erschossen wurden. Auf einer Schiefertafel vor einem kleinen Bistro mit dem Namen *Chez Jacques* wurden als *plat du jour,* als Tagesempfehlung, *couscous de poissons* angeboten. Schließlich stand sie vor einem hübschen Laden mit hellblauer Holzvertäfelung. *Aux saveurs de Provence* stand in geschnörkelten goldenen Lettern über dem Eingang. Davor einige Körbe mit verschiedenen Seifen und schwarzen Täfelchen. Besonders gut gefielen ihr die herzförmigen *cœurs* in Pastellfarben: *verveine, vigne rouge ou lavande broyée.* Als sie aus Neugier durch die Scheibe in den Laden schauen wollte, blickte sie zufällig auf den Aufkleber mit den Öffnungszeiten und dem Namen der Besitzerin: Clodine Cassien. Isabelle spürte, wie ihr Herz plötzlich heftiger zu schlagen begann. Clodine Cassien? Sie konnte sich kaum mehr an Namen aus ihrer Kindheit erinnern, aber an diesen schon. Clodine war als kleines Mädchen ihre beste Freundin gewesen. Mit ihr hatte sie noch über Jahre Briefe gewechselt und sich Postkarten geschickt, bis es dann irgendwann eingeschlafen war. Clodine Cassien. Warum hatte sie noch ihren Mädchennamen? Dumme Frage, sie selbst trug ihn ja auch noch – weil ihr die Karriere immer so wichtig gewesen war, dass sie ganz vergessen hatte zu heiraten. Aber das war ein anderes Thema, darüber wollte sie nicht nachdenken. Kurzentschlossen betrat sie den Laden, der randvoll war mit provenzalischen Köstlichkeiten und Souvenirs und in dem es duftete wie diese Stoffsäckchen, gefüllt mit Lavendel, Thymian und Rosmarin. Eine dunkelhaarige Frau, die in ihrem Alter sein mochte, sortierte gerade Flaschen mit Olivenöl ins Regal.

»Clodine?«, fragte Isabelle vorsichtig. »Bist es du?«

Die Frau drehte sich um und sah sie fragend an.

»Ich bin's, Isabelle, Isabelle Bonnet. Du erinnerst dich? Es ist lange her …«

Sekunden später hielten sie sich in den Armen. Isabelle, die sich für einen harten Knochen hielt und Sentimentalitäten verabscheute, musste feststellen, dass sie Tränen in den Augen hatte. Da Clodine in wenigen Minuten ihren Laden zur Mittagspause schließen wollte, verabredeten sie sich in dem kleinen Bistro, wo es als Tagesgericht Couscous gab.

Isabelle ging schon voraus, fand einen freien Tisch und setzte sich. Jetzt hatte sie die Vergangenheit also wirklich eingeholt! Sie war aufgeregt und fühlte sich im Glück. Auf dem Nachbartisch lag die gleiche Ausgabe der Tageszeitung *Var-Matin,* die bei ihr in der *Auberge* auf dem Bett lag. Jene mit dem Mordfall auf der Titelseite, mit dem verschwundenen Engländer und der unbekannten toten Frau. Obwohl ihre Gedanken eigentlich bei Clodine und ihrer Kindheit waren, griff sie wie von selbst zur Zeitung und überflog den

Artikel. Die Fakten waren eher dürftig: Vor zwei Tagen hatte eine Haushaltshilfe in einer Villa am Ortsrand von Fragolin eine tote junge Frau entdeckt, halbnackt, von mehreren Kugeln niedergestreckt – eine hatte ihr Gesicht zerfetzt. Das Anwesen gehörte einem alleinstehenden Engländer, der noch nicht lange hier wohnte und von dem man wenig wusste. Der Mann war verschwunden. Die Gendarmerie fahndete nach ihm. Sie hielt ihn für dringend verdächtig, die junge Frau, die vermutlich seine Geliebte war, erschossen zu haben. Man hatte von ihr keine Ausweispapiere gefunden, nur eine Handtasche mit Schlüssel, Lippenstift und Kondomen. Das Gesicht war so verunstaltet, dass man sich kein Bild von ihrem Aussehen machen konnte. Isabelle faltete die Zeitung zusammen und legte sie zurück. Der Fall ließ sie kalt, sie hatte schon weit Schlimmeres erlebt, im Vergleich dazu war das eine Art Kindergeburtstag. Aber sie musste zugeben, dass sie überrascht war. Im beschaulichen Fragolin hatte sie so etwas nicht erwartet. Doch warum sollte es hier keine Verbrechen geben? Die gab es überall, wo Menschen lebten. Wenn das jemand wusste, dann sie.

Die Zeit mit Clodine verging wie im Fluge. Sie stießen mit zwei Gläsern Rosé auf ihr Wiedersehen an. Isabelle erfuhr, dass Clodine keine Kinder hatte, geschieden war und ihren Mädchennamen wieder angenommen hatte, dass sie die Abfindung von ihrem Mann in den kleinen Laden investiert hatte, einen Traum, den sie schon lange gehegt hatte. Das Geschäft laufe nicht besonders gut, berichtete sie, Fragolin liege eben weit ab vom Schuss, aber zur Saison, da kämen doch ausreichend Touristen. Mit dem Umsatz schaffe sie es so gerade über die schlechten Monate. Sie erzählte von ihrem Bruder Pascal, dem im Ort die Metzgerei gehörte. Isabelle erinnerte sich an das Schild mit dem Hinweis auf die *Boucherie.* Pascal sei glücklich verheiratet und im Dorf sehr beliebt.

Ihr Gespräch wurde unterbrochen, weil ein großgewachsener Mann mit grauen Schläfen an ihren Tisch trat, um Clodine zu begrüßen. Er gab ihr drei Wangenküsse, gab Isabelle die Hand, machte einen Scherz im provenzalischen Dialekt, den Isabelle nicht verstand, aber dennoch stimmte sie in Clodines Lachen ein. Dann eilte er davon.

»Thierry«, sagte Clodine, »unser Bürgermeister und Notar. Ich kenne ihn schon lange, er ist wie ich geschieden. Er ist total nett, aber leider will er nichts von mir wissen.«

Nun war Isabelle an der Reihe, von sich zu erzählen. Das tat sie nicht gern. Wenn es persönlich wurde, war sie normalerweise verschlossen wie eine Auster. Aber bei Clodine konnte sie sich nicht drücken. Dass sie nach dem Tod ihrer Eltern zu ihrer Großmutter nach Lyon gekommen war, daran konnte sich ihre Freundin erinnern, damals hatten sie noch ihre Brieffreundschaft gepflegt. Nach der Schule sei sie nach Paris gezogen, habe dort studiert und sei schließlich in den Staatsdienst eingetreten. Nein, sie habe nie geheiratet, auch keine Kinder, habe einige Liebschaften gehabt, sei aber aktuell wieder mal solo. Doch das sei für sie kein Problem, ganz im Gegenteil, sie sei gerne allein, habe keine Lust, sich nach einem Mann zu richten. Außerdem habe sie immer viel zu tun gehabt. Auf Clodines Frage nach ihrem Wohlbefinden sagte sie, dass es ihr gutgehe. *»Pas de problème, tout va bien!«*

»Du konntest schon als kleines Mädchen nicht gut lügen«, sagte Clodine. »Dir geht es überhaupt nicht gut, das sehe ich sofort.«

»Doch, doch, alles in Ordnung.«

»Was ist mit deinem Bein? Ich hab schon im Laden gemerkt, dass du beim Gehen Beschwerden hast. Die Narbe an deiner Schläfe lässt sich nicht verstecken, die sieht ziemlich frisch aus. Und beim Anstoßen hat deine Hand gezittert. Hattest du einen Unfall? Mir kannst du es doch erzählen.«

Isabelle zögerte. »Ja, einen kleinen Unfall«, gab sie zu, »vor siebenundneunzig Tagen und sechs Stunden. Aber jetzt bin ich wieder fit.« Sie lächelte leise. »Na ja, jedenfalls fast.«

Clodine nahm ihre Hand. »Was ist passiert?«

»Ich will nicht darüber reden.«

»Davon wird es auch nicht besser.«

Isabelle leerte das Glas mit dem Rosé und gab dem Ober ein Zeichen, ihr ein zweites zu bringen. »Ich muss ja heute nicht arbeiten«, sagte sie entschuldigend, »und auch nicht mehr Auto fahren.«

»Also, was ist passiert?«

»Es hatte was … hatte was mit meiner … mit meiner Arbeit zu tun …«, stotterte Isabelle.

»Na komm, jetzt sag schon. Was genau machst du eigentlich im Staatsdienst?«

Isabelle sah sich um und vergewisserte sich, dass ihnen niemand zuhörte. »Vor siebenundneunzig Tagen und sechs Stunden ist in Paris eine Bombe hochgegangen, in der Nähe des *Arc de Triomphe* …« Sie sprach nicht weiter.

Clodine blickte sie mit erschrockenen Augen an. »Du meinst das Attentat auf den Präsidenten, die vielen Toten … Du warst dabei?«

Isabelle schluckte. »Ja, ich war dabei.« Wieder versuchte sie sich ein Lächeln abzuringen. Sie deutete auf ihre Narbe. »Wie es scheint, war ich etwas zu dicht dran.«

Clodine rückte ihren Stuhl näher zu ihrer Freundin und umarmte sie. »Was für ein Glück, dass du noch lebst.«

Isabelle strich sich ihre Locke über die Schläfe. »Langsam glaube ich auch, dass ich froh sein muss, noch leben zu dürfen. Am Anfang ging es mir so beschissen, da wollte ich nur sterben.«

»Ich versteh das nicht«, sagte Clodine nach einer Pause. »Da hat es doch Sondereinsatzkommandos gegeben, es ist doch alles abgeriegelt worden, man hat den Präsidenten in Sicherheit gebracht. Ich dachte, da sind keine Zivilisten verletzt oder getötet worden. Nur Mitglieder einer geheimen Antiterroreinheit …«

Isabelle nickte. »Ja, das stimmt.«

»Aber warum dann du?«, fragte Clodine.

Isabelle nahm einen Schluck vom Rosé. »Warum ich? Weil ich der Chef der Antiterroreinheit war, deshalb!«

Clodine sah sie fassungslos an. »Du warst das? Du hast dem Präsidenten das Leben gerettet?«

»Vielleicht habe ich das, aber ich habe viele meiner Jungs verloren. Ich hab's verbockt.«

»Du bist eine Heldin!«

»Nein, ich habe es vermasselt. Die erste Frau in diesem Job hat versagt.«

»Quatsch. Du hättest dafür einen Orden verdient.«

*»Grand-croix de la Légion d'Honneur«,* flüsterte Isabelle.

»Das Großkreuz der Ehrenlegion? Das wär was, so einen Orden hättest du verdient.«

»Das dachte der Präsident auch«, sagte Isabelle. »Er hat mir den Orden letzte Woche verliehen.«

»Wahnsinn!«

Isabelle sah verstört nach oben. Sie fuhr sich mit zitternden Händen übers Gesicht. »Ich weiß nicht, was mit mir los ist. Ich hätte dir das nie erzählen sollen. Die Tabletten, der Rosé …«

»Ist schon gut, keine Angst, ich sag es nicht weiter. Ich bin verschwiegen.«

Isabelle kniff die Augen zusammen. »Verschwiegen? Bist du das? Ich kenn dich doch überhaupt nicht, zwischen damals und heute liegt ein Leben.«

»Verschwiegen wie ein Grab«, beteuerte Clodine.

Isabelles Spannung löste sich. »Ich hoffe es für dich«, sagte sie mit einem Lächeln, »sonst muss ich dich nämlich erschießen!«

# 3

Eine Stunde später befand sich Isabelle auf dem Weg zurück zum Hotel. Sie hatte Clodine noch erzählt, dass sie das Angebot des Innenministeriums abgelehnt hatte, bei vollen Bezügen in den Vorruhestand zu gehen. Dafür fühle sie sich wirklich noch viel zu jung. Mitte vierzig sei kein Alter, um sich auf die faule Haut zu legen. Außerdem entspreche das nicht ihrem Naturell. Aber sie traue sich noch nicht zu, wieder zu arbeiten. Andererseits habe sie von den Reha-Kliniken und dem Gequatsche von einer posttraumatischen Störung die Nase voll. Deshalb habe sie sich ein zeitlich unbestimmtes *congé sabbatique* genommen, eine Auszeit, um sich zu regenerieren. Dann sehe sie weiter. Ihr Vorgesetzter, zu dem sie einen freundschaftlichen Kontakt pflege, wisse, dass sie nach Fragolin gefahren sei, um alte Kindheitserinnerungen aufzufrischen und sich in der milden provenzalischen Luft zu erholen. Er habe das für eine gute Idee gehalten, aber gemeint, dass ihr dort vor Langeweile bald die Decke auf den Kopf falle.

Das Gehen auf dem alten Kopfsteinpflaster tat ihr weh, aber sie biss die Zähne zusammen und versuchte sich nichts anmerken zu lassen. Sie kam am Platz vor dem *Hôtel de ville* vorbei, wo einige Männer Boule spielten. Sie blieb kurz stehen und schaute zu. Dann entdeckte sie eine große Tafel mit einer Übersichtskarte von Fragolin. Man wollte es den Touristen so einfach wie möglich machen, deshalb auch die vielen Richtungstafeln im Ort. Ob Thierry dafür verantwortlich war, der charmante Bürgermeister, den sie im Bistro kennengelernt hatte? Der Mann hatte ihr gefallen, aber wenn sie momentan etwas nicht brauchte, dann war das ein Mann. Sie dachte nicht weiter über ihr Single-Dasein nach. Stattdessen suchte sie auf der Karte nach der Straße mit der Villa des Engländers. Im Zeitungsartikel war sie in Klammern genannt worden. Sie hatte sich die Adresse gemerkt. Als sie die Straße gefunden hatte, dachte sie, dass das ein netter Spaziergang wäre. Vielleicht hatte man von dort einen schönen Blick über das Land? Sie grinste. Nun, das war eine faule Ausrede, das wusste sie selber. Aber nach den langen Jahren bei der Police Nationale war sie irgendwie darauf programmiert, Orte des Verbrechens aufzusuchen. Auch wenn sie gottlob nichts damit zu tun hatte, wie in diesem Fall.

Der Weg war steiler als gedacht, doch mit jedem Schritt wurden die Schmerzen im Bein weniger, die Bewegung tat offenbar gut. Dafür pochte es jetzt hinter ihrer Schläfe, aber sie hatte gelernt, solche Nebensächlichkeiten zu ignorieren. Schließlich war sie vor dem Haus angelangt. Es war leicht zu erkennen, denn es war ein rot-weißes Plastikband vor das Eingangstor geklebt: *»Gendarmerie Nationale: Accès interdit!«* Zutritt verboten. Sie hatte nicht die Absicht, sich darüber hinwegzusetzen. Eigentlich wusste sie nicht so recht, warum sie überhaupt hier war. Eine schöne Villa, eine tote Frau und ein verschwundener Engländer. Höchstwahrscheinlich eine Beziehungstat, so einfach war das. Der Mann war längst über alle Berge, den würde man in dieser Gegend nicht mehr finden. Eigentlich gab es für die örtliche Gendarmerie nicht mehr viel zu tun. Nun ja, die Identität der Toten wäre von Interesse, aber bald schon würde keiner mehr danach fragen. Die Zeiten waren schnelllebig, die Medien hatten einen kurzen Atem … Sie atmete tief durch und ließ den Blick über das Land schweifen, dann hinunter auf die Dächer von Fragolin. Kein Zweifel, der Engländer hatte die Lage seiner Villa gut gewählt. Vielleicht träumte er gerade von seinem Haus, von den Palmen im Garten und der herrlichen Aussicht? Wenn er tatsächlich der Mörder war, würde er sich daran kaum mehr erfreuen können. Rückkehr ausgeschlossen.

»Sie sind doch von der Presse, ich habe es geahnt!« Vor ihr stand der Gendarm, den sie von der Verkehrskontrolle kannte. Sie hatte ihn nicht kommen hören. Das wäre ihr früher nicht passiert, sie war wirklich nur noch ein Schatten ihrer selbst. Jetzt sah sie auch den blauen Renault der Gendarmerie, der hinter dem Haus geparkt war.

»Wie oft muss ich Ihnen das noch sagen«, entgegnete sie, »ich bin nicht von der Presse. Ich mache hier Urlaub und gerade meinen Nachmittagsspaziergang. Hätten Sie das Tor nicht so auffällig zugeklebt, wäre ich überhaupt nicht auf die Idee gekommen, stehen zu bleiben. Wenn Sie mich bitte entschuldigen. *Au revoir.*« Sie drehte sich um und setzte ihren Weg fort. Der Gendarm eilte ihr hinterher.

»Dann sind Sie eben eine neugierige Touristin. Wenn ich etwas noch weniger leiden kann als Journalisten, dann sind das Voyeure, die die polizeiliche Ermittlungsarbeit behindern.«

»Ach so, Sie haben gerade ermittelt. Darf ich fragen, was?«, sagte sie schnippischer als beabsichtigt.

Er hob drohend den Zeigefinger. »Nehmen Sie sich in Acht. Noch ein falsches Wort, und Sie haben eine Anzeige wegen Beamtenbeleidigung am Hals.«

Isabelle zügelte ihr Temperament. Zwar gab es zwischen

ihrer Police Nationale und der militärisch organisierten Gendarmerie eine tief verwurzelte und nicht immer freundschaftliche Rivalität, aber dafür konnte der brave Mann nichts. Er machte nur seine Arbeit – auch wenn er nicht zu wissen schien, worauf es dabei ankam. Aber wer war schon in einem verschlafenen Ort wie Fragolin auf einen Mord vorbereitet?

»Könnten Sie mir bitte den kürzesten Weg zur *Auberge des Maures* zeigen«, sagte sie mit versöhnlicher Stimme, »dann sind Sie mich schon los.«

Der Gendarm zeigte mit der Hand vage in eine Richtung, murmelte einige unverständliche Worte und machte kehrt. Isabelle dachte, dass es definitiv eine blöde Idee gewesen war, die Villa des Engländers zu suchen. Dafür hatte es überhaupt keinen Grund gegeben. Die Gendarmerie, die offenbar die Ermittlungen in diesem Fall führte, was in ländlichen Regionen üblich war, reagierte gereizt auf neugierige Menschen. Das konnte sie gut verstehen, sie kannte das von sich selbst. Isabelle beschloss, in Zukunft einen großen Bogen um diesen Fall zu machen. Sie hatte genug Probleme mit sich selbst.

Zurück im Hotel, zog sie die Schuhe aus und ließ sich aufs Bett fallen. Auf ihrem Handy entdeckte sie eine SMS von Clodine, die sie zum Abendessen einlud. Es würde auch ihr Bruder Pascal kommen und seine Frau Jeanne. Isabelle dachte, dass sie einen anstrengenden Tag hinter sich hatte. Sie war müde – aber das fühlte sich angenehm an. Sie schloss die Augen und schlief ein.

# 4

Auf dem Tisch standen noch die Teller mit den Essensresten, Clodine zündete eine Kerze an, Pascal schenkte Wein nach, seine junge Frau Jeanne summte zu einem alten Chanson von Edith Piaf: *»Non, la vie n'est pas triste et le bonheur existe …«* Isabelle dachte, dass der heutige Abend ein Beweis dafür war, dass das Leben nicht immer *triste* sein musste. Hoffentlich hatte die große Chansonnière recht: *»Tu peux tout changer …«* Kann man wirklich alles ändern, irgendwie von vorne anfangen und ein neues Glück finden? Schön wär's.

»Noch zwei Minuten, dann gibt's Schokoladentörtchen«, verkündete Clodine. Aus der offenen Küche roch es verführerisch. »*Fondant au chocolat,* mit einem flüssigen Kern, einfach zum Niederknien.«

Isabelle langte sich lachend an den Bauch. »Ich kann nicht mehr.«

»Als kleines Mädchen warst du eine Naschkatze, weißt du noch?«

»Wenn du es sagst, wird es wohl stimmen. Aber ich bin kein kleines Mädchen mehr …«

»Doch, heute Abend schon.«

»Dann dürfte ich keinen Wein trinken …«

*»Santé!«*

Sie stießen mit den Gläsern an. Isabelle fühlte sich so wohl wie schon lange nicht mehr.

Eine halbe Stunde und zwei Schokotörtchen später

machte sie einen erneuten Versuch zu gehen, was an den Protesten von Clodine und Pascal scheiterte. Jeanne stand auf dem Balkon und rauchte eine Zigarette. Sie hatte einen kurzen Rock an und wunderschöne Beine. Pascal hätte es schlechter treffen können.

Nicht ohne Stolz erzählte Clodine, dass Pascal früher bei der *Légion étrangère* gedient habe, bei der Fremdenlegion. Schon deshalb würde er im Dorf allgemein respektiert und oft hinzugebeten, wenn es galt, einen Streit zu schlichten.

Pascal winkte lächelnd ab. Das dürfe man nicht überbewerten, aber er helfe immer gerne. Noch lieber gehe er aber auf die Jagd, er sei mit Herz und Seele *chasseur*.

»Könnt ihr euch an die näheren Umstände des Unfalls erinnern, bei dem meine Eltern starben«, fragte Isabelle unvermittelt.

Clodine und Pascal schauten sich an. »Nein, wir waren ja selber noch Kinder.«

»Wurde später nie darüber gesprochen?«

»Eigentlich nicht«, überlegte Clodine laut. »Ich weiß nur, dass das Auto von der Straße abgekommen ist.«

»Dein Vater ist gefahren«, sagte Pascal, »so viel steht fest. Ich kenne die Kurve, wo es passiert ist, da geht es steil den Berg hinunter, saugefährlich. Heute gibt's dort eine Leitplanke.«

Isabelle bat Pascal, ihr die Unfallstelle genauer zu beschreiben. Clodine holte Zettel und Stift, ihr Bruder machte eine Skizze.

»Ich finde es keine gute Idee, wenn du dich damit beschäftigst«, sagte Clodine zu Isabelle. »Lass die Vergangenheit ruhen, du hast es in der Gegenwart schwer genug.«

»Wahrscheinlich hast du recht. Aber ich weiß so wenig

von meinen Eltern, fast gar nichts. Meine *grand-mère* in Lyon hat nicht viel erzählt.«

»Im Rathaus gibt es ein Gemälde mit einem Porträt deines Vaters«, sagte Clodine.

»Immerhin war er der Bürgermeister von Fragolin«, ergänzte Pascal.

»Hast du in Fragolin keine Verwandten?«, fragte Jeanne, die an den Tisch zurückgekehrt war.

»Nein, keine. Meine Eltern hatten keine lebenden Geschwister, und ich bin ein Einzelkind.«

»Wie traurig.«

»Eigentlich habe ich damit kein Problem. Aber dadurch ist die Vergangenheit wie ausradiert. Keiner kann mehr von früher erzählen. Meine *grand-mère* ist vor fünfzehn Jahren gestorben.«

»Sag mal, die alte Florence, lebt die noch?«, fragte Clodine ihren Bruder.

»Ja, ich denke schon«, antwortete er.

»Wer ist diese Florence?«, wollte Isabelle wissen.

»Florence Chapoulet war die langjährige Sekretärin deines Vaters. Eigentlich müsstest du dich an sie erinnern.«

Isabelle schüttelte den Kopf. »Leider nicht, habe ich vergessen, wie fast alles.«

»Wenn du wirklich mehr von deinen Eltern erfahren willst, solltest du sie besuchen. Ihre Adresse kriegen wir raus.«

»Das ist eine gute Idee«, sagte Isabelle. »So, und nun ist endgültig Schluss. Ich muss ins Bett. Tausend Dank für einen wunderschönen Abend.« Sie stand auf und verabschiedete sich von allen mit Küsschen. Pascal und Jeanne begleiteten sie hinunter auf die Straße. Es waren zu Fuß nur wenige Minuten zur *Auberge des Maures.*

# 5

Am nächsten Morgen gönnte sich Isabelle den Luxus, nicht gleich aufzustehen. Im Halbschlaf träumte sie von einem einsamen Strand mit einer großen Pinie, vom azurblauen Meer mit einem weißen Segelboot, dann von ihrem Vater, der sie auf dem Schoß wiegte, von ihrer Mutter, wie sie ihr Zöpfe flocht, von duftenden Lavendelfeldern – und von wunderbaren Schokoladentörtchen. Im Aufwachen stellte sie lächelnd fest, dass sie nur schöne Dinge geträumt hatte. Das war ihr schon lange nicht mehr passiert. Sie glaubte die Stimme von Edith Piaf zu hören: *»Non, la vie n'est pas triste et le bonheur existe …«* Nein, das Leben ist nicht traurig, das Glück, es existiert …

Später löste sie ihr gestriges Versprechen ein und legte Blumen auf das Grab ihrer Eltern. Anschließend ging sie zum *Hôtel de ville*, wo sie gleich in der Eingangshalle des Rathauses die kleine Gemäldegalerie mit den früheren Bürgermeistern fand. Sie trat näher heran, um die Messingtäfelchen mit den Namen zu lesen. Dann stand sie vor dem Bild ihres Vaters. Er schaute streng und ungemein würdig. Isabelle war beeindruckt – und ein kleines bisschen stolz.

»Sie interessieren sich für die Geschichte unseres Ortes?«

Sie drehte sich um. Hinter ihr stand Thierry Blès, der aktuelle Bürgermeister von Fragolin. Er sah wirklich verdammt gut aus, stellte sie fest. Aber noch mehr beunruhigte sie, dass sie erneut nicht bemerkt hatte, wie sich jemand von hinten näherte. Das gefiel ihr überhaupt nicht und machte sie unsicher.

»Nein, nicht direkt«, antwortete sie auf seine Frage.

»Auf dem Gemälde vor Ihnen, das ist Maire Frédéric Bonnet.« Thierry schmunzelte. »Er war sozusagen mein Vorvorvorgänger.«

»Ich weiß«, sagte Isabelle, »er war mein Vater.«

Er sah sie fassungslos an. »Sie sind seine Tochter?«

»Ja, das bin ich«, antwortete sie knapp.

»Es ist mir eine große Ehre«, sagte Thierry und gab ihr einen formvollendeten Handkuss. »Ich habe Ihren Vater nicht mehr kennengelernt, ich wurde erst kurz nach seinem tragischen Tod geboren.«

»Demnach sind Sie um einige Jahre jünger als ich«, stellte Isabelle fest.

Er machte einen zweifelnden Gesichtsausdruck. »Das kann nicht sein«, sagte er galant. »Wie kommt es, dass wir uns noch nie begegnet sind?«

»Nach dem Tod meiner Eltern hat mich meine Großmutter nach Lyon geholt. Seitdem bin ich nicht mehr hier gewesen, deshalb.«

»Darf ich Sie zum Abendessen einladen«, fragte Thierry spontan, »um Sie als Bürgermeister ganz offiziell in Fragolin willkommen zu heißen? Die Tochter von Maire Bonnet, ich glaube es nicht.«

Isabelle zögerte nur kurz, dann sagte sie zu. »Gerne, aber unter einer Bedingung: Erzählen Sie es nicht weiter.«

»Dass wir zum Essen gehen?«

Sie lachte. »Nein, aber wer ich bin.«

»Das wird mir schwerfallen. Clodine weiß Bescheid, oder?«

»Ja, Clodine schon, auch ihr Bruder und seine Frau

Jeanne. Aber das reicht. Zumindest für den Moment. Ich will meine Ruhe.«

Thierry versprach, Isabelle um zwanzig Uhr im Hotel abzuholen. Er schien sich wirklich zu freuen.

Eine knappe Stunde später stand sie in einer engen Kurve an einer Leitplanke und blickte in die Tiefe. Hier also waren ihre Eltern mit dem Auto von der Straße abgekommen. Kein Wunder, dass sie das nicht überlebt hatten. Eher war es ein Rätsel, warum ihr dabei nichts passiert war. Sie schien wirklich einen besonders aufmerksamen Schutzengel zu haben – der hatte ihr zum ersten Mal als Kind das Leben gerettet und zum zweiten Mal vor nunmehr genau achtundneunzig Tagen. Sie drehte sich um und betrachtete die Straße. War ihr Vater ein so unvorsichtiger Fahrer gewesen? Hatte es vielleicht einen technischen Defekt gegeben? Was war mit Zeugen? Waren ihre Eltern sofort tot gewesen? Fragen über Fragen, auf die sie keine Antworten kannte. Isabelle ging langsamen Schrittes zurück zu ihrem Wagen. Im Wechselbad der Gefühle hatte sie gerade wieder einen Tiefpunkt erreicht.

Auf dem Weg zum Meer wählte Isabelle keine spezielle Route. Sie hatte auch kein wirkliches Ziel im Auge, bog an den unvermeidlichen Kreiseln eher intuitiv ab und erreichte nach einigen Irrfahrten tatsächlich die Uferstraße. Dort fuhr sie einfach weiter und parkte irgendwo, wo sie Stufen entdeckte, die hinunter zum Wasser führten. Jetzt saß sie an einem kleinen Strand, der fast so schön war wie in ihren Erinnerungen – nur nicht so leer. Sie trug einen Badeanzug und hatte sich einen Pareo um die Hüften geschlungen. Noch genierte sie sich ein wenig wegen der Narben am linken Bein und ihrer blassen Hautfarbe. Dann dachte sie, dass das völlig egal sei, entledigte sich ihres Tuches und stürmte ins Meer, die Schmerzen ignorierend. Sie schwamm weit hinaus, ließ sich von den Wellen treiben, spürte, wie ihre Muskeln müde wurden, und kraulte schließlich zurück an den Strand. Stolz ging sie an den Menschen vorbei zu ihrem Handtuch und trocknete sich ab. Edith Piaf hatte recht: »*Tu peux tout changer!*« Du kannst alles ändern, es liegt an dir! Sie legte sich in den Sand und genoss die Sonnenstrahlen auf ihrer Haut. Das war die beste Therapie, da konnten ihr alle Medizinmänner und Psychologen gestohlen bleiben.

Später fragte sie sich, ob es Zufall war, dass genau in einem Moment, in dem sie darüber nachdachte, wie sie ihr Leben ändern könnte, ihr Handy in der Badetasche läutete. Auf dem Display sah sie, wer anrief. Sie zögerte kurz, dann nahm sie das Gespräch entgegen. Maurice war nicht nur ein väterlicher Freund, er war im Innenministerium auch ihr oberster Vorgesetzter.

»Hallo, Chérie, wie geht es dir?«, begrüßte er sie.

»*Ça va*«, antwortete Isabelle, »mir geht es gut.«

»Ist dir schon langweilig?«, fragte er.

Sie schaute hinaus aufs Meer. »Nein, überhaupt nicht. Ich gewöhne mich gerade ans Nichtstun.«

»*Oh, là, là,* das klingt gefährlich. Ich kenne doch meine kleine Isabelle. Das hältst du keine Woche aus, dann rufst du mich an und bettelst flehentlich darum, wieder arbeiten zu dürfen.«

»Glaube ich nicht«, sagte sie. »Ich will nicht weg, mir gefällt es hier.«

»Du bist in Fragolin, richtig?«

Isabelle lächelte. »Noch habe ich mein dienstliches *portable,* also weißt du genau, wo ich gerade bin.«

»Ich käme nie auf die Idee …«

»Nein, kämst du nicht. Mein lieber Maurice, ich danke dir für deinen Anruf. Aber wie gesagt, ich will hier nicht weg, ich bin ja gerade erst angekommen. Mir geht es gut. Na ja, relativ gut, dir muss ich nichts erklären.«

»Ich freu mich für dich. Ich will ja überhaupt nicht, dass du weggehst. Bleib, wo du bist. Fragolin ist sicherlich ein wunderschöner Ort. Und das Meer ist so nah, der Strand …«

»Du hast mich also doch lokalisiert, du gemeiner Kerl.«

Maurice lachte. »*Non, non,* das war nur so eine Eingebung. Hör bitte zu: Ich habe dir ein Angebot zu machen. Du kannst es dir überlegen, bis morgen früh um acht Uhr. Ich bin dir nicht böse, wenn du ablehnst, aber ich würde mich sehr wundern. Das wäre für dich die beste Therapie, glaub mir.«

Isabelle rollte sich auf den Bauch. Ihre Zehen spielten im Sand. »Ich kann's mir ja mal anhören«, sagte sie.

»Nichts Großes und garantiert stressfrei.«

»Jetzt rück schon raus!«

»In deinem friedlichen und ach so schönen Fragolin hat's eine unbekannte Tote gegeben, und ein Mann ist verschwunden …«

»Der Engländer, ich weiß. Die Gendarmerie ermittelt.«

»Jetzt nicht mehr.«

»Nicht mehr? Wie das?«

»Nach Abschluss der ersten Beweisaufnahme durch den zuständigen Staatsanwalt hat der Untersuchungsrichter in Toulon von seinem Entscheidungsrecht Gebrauch gemacht und den Fall der Police Nationale übertragen. Keine große Sache, ein Routinevorgang. Ich hab durch Zufall davon erfahren, beim Kaffeetrinken mit einem Kollegen. Richard, du kennst ihn, ihr wart zusammen auf der *École la magistrature.*«

»Klar kenne ich ihn, wir haben früher gemeinsam gejoggt.«

»Als ich Richard erzählt habe, dass du gerade in Fragolin bist und vor Langeweile stirbst …«

»Stimmt doch gar nicht, ich bin gerade erst angekommen!«

»Unterbrich mich nicht, ich bin dein Vorgesetzter! Also, da hat Richard gesagt, dass der Einfachheit halber du den Fall übernehmen könntest. Da müssen wir nicht extra jemanden hinschicken.«

»Es ist lange her, dass ich so etwas gemacht habe.«

»Ich weiß, aber du warst eine der Besten. Deshalb hast du ja Karriere gemacht. Die Frage ist, ob du dich für einige Tage wieder auf das Niveau einer stinknormalen Polizeiarbeit begeben willst. Wäre doch eine nette Abwechslung, oder? Und du könntest in Fragolin bleiben.«

»Hmmm.« Isabelle fuhr sich durch die nassen Haare.

»Damit es keine Verwirrungen gibt, könnten wir dich pro forma degradieren …«

»Spinnst du!«

»… und dir wieder den Rang eines *Commissaire* geben. Natürlich nur vorübergehend, so lange, bis die Untersuchung abgeschlossen ist und bis du dich entschieden hast, wie du dir dein weiteres berufliches Leben vorstellst. Wie du weißt, stehen dir alle Türen offen.«

»Mir ist nicht klar, warum der *Juge d'instruction* den Fall der Police Nationale überträgt. Wahrscheinlich handelt es sich um eine Beziehungstat mit Todesfolge. Aber selbst bei vorsätzlichem Mord liegt die Zuständigkeit in ländlichen

Regionen wie Fragolin bei der Gendarmerie. Also ein Routinefall wie dieser, ohne besondere Auffälligkeiten …«

»Stopp, da muss ich dich unterbrechen. Eine kleine Auffälligkeit gibt es nämlich schon. Und genau deshalb liegt der Fall jetzt bei uns.«

»Mach's nicht so spannend.«

»Der verschwundene Engländer war in Fragolin als Brian C. Hobart registriert. Auf diesen Namen waren auch all seine Ausweispapiere ausgestellt. Nun hat sich herausgestellt, dass sämtliche Personaldokumente gefälscht sind. Einen Brian C. Hobart mit seinen Geburtsdaten gibt es nicht.«

»Hoppla, jetzt versteh ich.« Isabelle setzte sich auf und schlang sich den Pareo um die Schultern.

»Hab ich dein Interesse geweckt?«, fragte Maurice.

»Ich weiß nicht …«

»Wenn du willst, bekommst du den Fall übertragen. Die Gendarmerie wird zwar nicht erfreut sein, aber dir alle Untersuchungsunterlagen übergeben und dich über den Stand der Ermittlungen informieren. Dann kannst du ein bisschen rumschnüffeln, wie in alten Tagen. Und wenn nichts dabei herauskommt, ist es auch egal.«

»Was soll schon dabei rauskommen?«

»Na, zum Beispiel die Identität der beiden.«

»Du sagtest, ich muss mich bis morgen um acht Uhr entscheiden?«

»Richtig, denn im Falle deiner Ablehnung müssten wir einen Kollegen beauftragen, nach Fragolin zu fahren und die Sache zu übernehmen.«

»Der spaziert dann vor meiner Nase rum«, stellte Isabelle fest. »Das würde mich nerven.«

»Anders geht's nicht. Entweder du oder ein Kommissar

aus einer nächstgelegenen Dienststelle, irgendeiner muss es machen.«

»Ich glaub, ich geh noch mal schwimmen.«

»Du bist zu beneiden. In Paris regnet es.«

»Der Fall ist garantiert nicht stressig?«, fragte sie. »Oder hast du mir was verschwiegen?«

»Nein, ich hab dir nichts verschwiegen«, antwortete Maurice. »Mann dreht durch, erschießt seine Geliebte und haut ab. Weißt du, wie oft das jeden Tag vorkommt? Auf einen Fall mehr oder weniger kommt's nicht an, da kräht kein Hahn danach.«

»Es könnte auch anders gewesen sein«, überlegte Isabelle laut. »Vielleicht wurde er gekidnappt, und die junge Frau war einfach zur falschen Zeit am falschen Ort?«

»Gekidnappt?« Maurice lachte. »Na, na, jetzt geht aber die Phantasie mit dir durch. Mach's nicht komplizierter, als es ist. Du müsstest nur ein bisschen ermitteln und vielleicht die Identität der beiden rausfinden. Das macht mehr Spaß, als am Strand zu liegen. Außerdem hättest du dafür immer noch genug Zeit. Überleg's dir, ruf mich morgen früh an. Und jetzt geh schwimmen!«

»Das mach ich. Und unterstehe dich, noch mal mein *portable* zu orten …«

»Isabelle, das käme mir nie in den Sinn, du kennst mich.«

»Ganz genau, eben deshalb!«

# 6

Sie glaubte schnelle Schritte zu hören, ohne entscheiden zu können, ob sie sich entfernten oder bedrohlich näher kamen. Isabelle wälzte sich im Bett auf die Seite und zog sich das Kissen über den Kopf. Polizeisirenen, quietschende Reifen, Schreie … Im linken Ohr begann es zu pfeifen, erst ganz leise, dann immer lauter, unerträglicher. Mit einem Ruck setzte sie sich auf, das Kopfkissen von sich schleudernd. Mit der Bettdecke wischte sie sich den kalten Schweiß von der Stirn. Sie holte tief Luft, hielt kurz an und atmete ganz langsam wieder aus. Einmal, zweimal, dreimal … Plötzlich war das Pfeifen im Ohr weg, als ob es jemand mit einem Schalter ausgeknipst hätte. Isabelle warf einen Blick zur Uhr auf dem Nachtkästchen. Kurz vor neun! Sie stand auf und öffnete die Fensterläden. Schon wieder so ein wunderschöner Morgen, keine Wolke am blauen Himmel. Ob es in Paris immer noch regnete? Paris? Plötzlich war Isabelle hellwach. Sie sah erneut zur Uhr. *Merde!* Bis acht Uhr hätte sie sich entscheiden sollen. Auf dem Boden lagen ihre Kleidungsstücke verstreut. Was war denn das für eine Unordnung? Hatte sie gestern vielleicht zu viel getrunken? Ihr fiel Thierry ein, der Bürgermeister. Er hatte sie zu einem gutgemeinten Abendessen eingeladen, etwas außerhalb von Fragolin, in ein Restaurant mit einer romantischen Terrasse, bei Kerzenlicht und Champagner – also genau das, was sie im Moment am wenigsten brauchte. Wo verdammt noch mal war ihr *portable.* Schließlich fand sie es unter ihrer zerknautschten Bluse. Die Nummer von Maurice war abgespeichert. Er meldete sich sofort.

»*Bonjour,* meine liebe Isabelle.«

»Tut mir leid, ich hab verschlafen.«

»Warum nicht? Du bist im Urlaub.«

»Ich bin zu spät, oder?«

»Kommt darauf an. Willst du es machen?«

»Ich hab ja keine Wahl. Bevor hier ein überehrgeiziger Kollege auftaucht und alles durcheinanderwirbelt, mache ich es lieber selber.«

»Habe ich mir gedacht.« Maurice lachte. »Deshalb habe ich die Papiere schon unterschrieben. Noch ein Anruf, und du bist ganz offiziell für diesen Fall zuständig.«

»Du bist ein Halunke.«

»Ich weiß. Aber du wirst es nicht bereuen. Arbeit ist die beste Erholung.«

»Eine gewagte These!«

»Madame le Commissaire ...«

»Wie bitte?«

Erneut musste Maurice lachen. »An diese Anrede musst du dich bis zum Abschluss der Ermittlung gewöhnen.«

Isabelle lehnte am geöffneten Fenster. »Puh, das ist lange her. Madame le Commissaire? Klingt komisch, wie aus einem früheren Leben.«

»Ist ja nicht für immer. Sobald du zurück in Paris bist, kannst du dir was Feineres aussuchen. In zwei Jahren gehe ich in Pension. Ich würde deine Bewerbung als meine Nachfolgerin unterstützen.«

»Das ist lieb. Aber dazu wird es nicht kommen ...«

»Lass dir Zeit, nur nichts überstürzen. Jetzt schnüffle erst mal bisschen rum, das lenkt dich ab. Dann schreibst du das Abschlussprotokoll und legst dich wieder in die Sonne.«

»*D'accord.* Was sind die nächsten Schritte?«

»Hast du schon gefrühstückt?«

»Nein.«

»Dann ist das der nächste Schritt: Croissant und Café au Lait!«

»Gibt's so etwas wie eine Übergabe?«

»Richtig, das hätte ich fast vergessen. Um siebzehn Uhr hast du einen Termin bei der Gendarmerie in Fragolin, zusammen mit dem Staatsanwalt. Man wird dir ohne große Begeisterung die Ermittlungsakten in die Hand drücken und dir scheinheilig viel Erfolg wünschen. *C'est tout!*«

»Hab ich ein Büro?«

»Nein, aber ab jetzt zahlt dein Hotelzimmer die Police Nationale.«

»Na, immerhin. Und was ist, wenn ich einen Assistenten brauche?«

»Wofür? Um dir am Strand den Rücken abzutrocknen?«

»Spinnst du?«, empörte sich Isabelle.

»Du wirst keinen Assistenten benötigen«, antwortete Maurice. »Du bringst die Ermittlungen zu einem ordentlichen Abschluss. Es wird wahrscheinlich nichts dabei herauskommen. Das erwartet auch keiner. Der Untersuchungsrichter wird trotzdem zufrieden sein, weil er alles richtig gemacht hat. *Voilà,* so einfach ist das.«

»Ich will's dir mal glauben.« Isabelle schmunzelte. »Aber wer sagt, dass dabei nichts herauskommt? So ein bisschen Ehrgeiz habe ich noch.«

»Ich wollte nur, dass du dir keinen unnötigen Druck aufbaust. Ich umarme dich. Und jetzt geh frühstücken. *Bonne journée!*«

Eine halbe Stunde und eine erfrischende Dusche später saß Isabelle auf der Frühstücksterrasse unter einem weißen Sonnenschirm. Sie rührte in ihrem Café au Lait, tunkte ein Croissant hinein und blätterte in der lokalen Tageszeitung *Var-Matin*. Der Aufmacher beschäftigte sich mit einem großflächigen Waldbrand im Hinterland von Sainte Maxime. Die bisherige Bilanz: Mehrere Häuser, einige Autos und ein Bauernhof waren in Flammen aufgegangen. Ein Campingplatz musste geräumt werden. Hundertschaften von Feuerwehrleuten, Hubschrauber und Löschflugzeuge vom Typ Canadair waren im Einsatz. Der Präfekt der Region verwies auf die lang anhaltende Trockenheit und auf den Mistral, der das Feuer immer wieder anfachte. Die Polizei hatte einen tatverdächtigen Brandstifter verhaftet. Isabelle musste daran denken, dass es die schlimmen Waldbrände schon in ihrer Kindheit gegeben hatte. Sie erinnerte sich an den roten Himmel, an schwarze Rauchwolken und an Asche, die vom Wind bis in den Ortskern von Fragolin getragen wurde.

Beim Weiterblättern suchte sie nach einer Meldung, die sich mit dem verschwundenen Engländer und der toten Frau beschäftigte. Erst ganz hinten wurde sie fündig. Der Beitrag war nur kurz und bestätigte, dass es keine neuen Erkenntnisse und vom Engländer keine Spur gebe. Ihr fiel ein, dass sie gestern Abend kurz mit Thierry darüber gesprochen hatte. Der hatte angedeutet, dass man in den Ferienregionen kein Interesse an einer übertriebenen Berichterstattung habe, wenn es um lokale Verbrechen ging. Man halte solche Ereignisse gerne weitgehend aus den Medien raus, erst recht aus den überregionalen. Das sei sonst eine ausgesprochen schlechte Werbung, schließlich sehnten sich die Touristen nach einer heilen Welt. Das gelte auch für Fragolin. Isabelle dachte, dass Thierry es sicher gerne sah, dass die Meldung von der Titelseite verschwunden war. Sie musste lächeln. Aber brennende Wälder in Sichtweite vom Meer waren auch keine gute Werbung, schienen jedoch den Fremdenverkehr nicht wirklich zu beeinträchtigen. Wahrscheinlich hatte man sich daran gewöhnt.

Isabelles Handy läutete. Sie entdeckte die Nummer von Clodine auf dem Display und nahm das Gespräch entgegen.

Clodine erzählte, dass sie Florence Chapoulet ausfindig gemacht habe. Sie nannte ihr das Altersheim, in dem die Sekretärin ihres Vaters ihren Lebensabend verbrachte. Es befand sich in der Bezirkshauptstadt Draguignan. Isabelle bedankte sich für die Information und beschloss, die alte Dame möglichst bald zu besuchen. Vielleicht erfuhr sie durch sie tatsächlich mehr von ihren Eltern und wie es zu dem tödlichen Unfall kommen konnte.

Im weiteren Tagesverlauf unternahm Isabelle eine Wanderung, die sie zum Kloster führte, das sie einst mit ihrem Vater besucht hatte. Von ihrem Pfad durch das Massif des Maures hatte sie immer wieder schöne Ausblicke. An der *Chartreuse* angekommen, stellte sie fest, dass von den verfallenen Ruinen aus ihrer Erinnerung nicht mehr viel zu sehen war. Stattdessen empfing sie eine aufwendig rekonstruierte Klosteranlage, die von Ordensschwestern geführt wurde, mit einem Shop im Eingangsbereich, mit reichhaltig Devotionalien und mit geführten Besichtigungen. Zwar hatte sich das Kloster einiges von seiner Magie bewahrt, aber die verfallenen und verlassenen Ruinen aus ihrer Kindheit hatten ihr besser gefallen.

Pünktlich um siebzehn Uhr stand Isabelle vor dem Amtsgebäude der Gendarmerie in Fragolin. Wie es der Zufall wollte, kam ihr genau in diesem Augenblick der Gendarm entgegen, mit dem sie schon zweimal aneinandergeraten war. Er enttäuschte sie nicht. »Sie schon wieder«, blaffte er. »Langsam gehen Sie mir auf die Nerven. Können Sie nicht wie andere Touristen im Café sitzen oder im Wald spazieren gehen?«

Statt einer Antwort zuckte Isabelle mit den Schultern.

Er machte eine auffordernde Bewegung mit seinem behandschuhten Zeigefinger. »Darf ich nochmals Ihre Ausweispapiere sehen?«

Sie lächelte. »Nein, das dürfen Sie nicht. Aber Sie können mich zum Besprechungszimmer bringen, wo der Staatsanwalt Fabré auf mich wartet und Ihr Vorgesetzter, Capitaine Briand.«

Der Gendarm zog die Augenbrauen zusammen. Ganz offenbar tat er sich schwer, mit der Situation klarzukommen. »Ihr Name?«, fragte er scharf.

»Schon vergessen?«, antwortete sie, auf die Verkehrskontrolle anspielend. »Mein Name ist Isabelle Bonnet. Ich komme ungern zu spät. Also lassen Sie mich entweder vorbei, oder Sie zeigen mir den Weg.«

Ohne es zu merken, hatte sie einen anderen, schärferen Ton angeschlagen. Der Gendarm gab klein bei. »Bitte folgen Sie mir!«

Eine knappe Stunde später war alles vorbei. Staatsanwalt Fabré und Capitaine Briand gaben ihr zum Abschied die Hand und wünschten ihr viel Erfolg. Isabelle musste schmunzeln. Ganz so, wie es Maurice vorhergesagt hatte. Sie hatte die Ermittlungsakten in einer mitgebrachten Plastiktüte von *Galéries Lafayette* verstaut. Außerdem wusste sie nun offiziell, was sie sich schon gedacht hatte: dass es im Fall keine weiterführenden Erkenntnisse gab. Nur dass der Engländer einen falschen Namen hatte, so viel war gewiss. Und dass die Spurensicherung keine eindeutigen Hinweise auf den Tathergang gefunden hatte. Nicht gerade viel. Vielleicht lächelte der Capitaine deshalb so süffisant. Weil er genau wusste, dass sie nichts erreichen würde?

Ob sie denn schon lange Kommissarin sei, wollte er im Plauderton wissen, und wie es um ihre Erfahrung bestellt sei. Isabelle blieb ihm eine Antwort schuldig. Hätte sie ihm sagen sollen, dass sie den Job erst seit wenigen Stunden innehatte? Dass es Jahre her war, dass sie Ähnliches schon mal gemacht hatte? Dass sie auf der Karriereleiter der Police Nationale bereits ganz nach oben geklettert war? Dass sie die Druckwelle einer explodierenden Bombe aus der Bahn geschleudert hatte? Dass der Präsident ihr gerade einen hohen Orden verliehen hatte? Dass sie oft Kopfschmerzen hatte und schlechte Träume? Dass sie in Fragolin war, um sich zu erholen und wieder zu sich selbst zu finden? Hätte sie ihm das alles sagen sollen, ihm und dem kleinen blasierten Staatsanwalt? Nein, natürlich nicht! Das ging die beiden einen Scheißdreck an! Da war es ihr lieber, sie hielten sie für eine spät berufene Berufsanfängerin.

Isabelle lächelte, als man ihr einen gewissen Sergeant Albertin als Kontaktmann zuwies. Der fühlte sich in seiner Haut sichtlich unwohl. Immerhin mussten sie sich nicht lange kennenlernen.

# 7

Sergeant Albertins Angebot, sie mit dem Streifenwagen in die *Auberge* zu bringen, lehnte sie dankend ab. Erstens spürte sie, dass er das nur widerwillig getan hätte. Zweitens vermieden es Angehörige der Police Nationale grundsätzlich, Dienste der Gendarmerie in Anspruch zu nehmen. Das war eine Frage der Ehre. Wobei sie wusste, dass das umgekehrt genauso zutraf. Deshalb machte sie sich zu Fuß auf den Weg, mit den Ermittlungsakten in der Plastiktüte, die ihr plötzlich ziemlich unpassend vorkam. Staatsanwalt Fabré und Capitaine Briand hatten auch ziemlich komisch geschaut. Aber sie hatte nun mal keinen Aktenkoffer dabei, schließlich war sie eigentlich auf Urlaub. Unpassend fand Isabelle die Plastiktüte aber auch deshalb, weil sie in Anbetracht einer toten Frau irgendwie unwürdig erschien, der Ernsthaftigkeit des menschlichen Schicksals nicht angemessen.

Während ihre Schritte wie von selbst den Weg fanden, der hinauf zum Tatort führte, zur Villa auf dem Hügel, dachte sie über die Worte ihres Chefs Maurice nach. Wenn bei ihren Ermittlungen nichts herauskäme, wäre das auch egal, hatte er gesagt. Auf einen Todesfall mehr oder weniger komme es nicht an, da krähe kein Hahn danach. Hatte er das ernst gemeint? Ja, wahrscheinlich schon. Die Arbeit im Polizeidienst veränderte die Menschen, sie bekamen über die Jahre ein dickes Fell, wurden oft Zyniker – so wie Maurice. Vermutlich war das eine Art Selbstschutz, sonst würde man seelisch dabei draufgehen. Sie fragte sich, ob sie genauso dachte, ob ihre Empfindungen ähnlich verkümmert waren oder zumindest so tief in ihrem Innersten verborgen, dass bei ihrer Arbeit keine Emotionen ins Spiel kamen. Während sie die Straßenseite wechselte, weil dort ein kleiner Bürgersteig begann, auf dem sich angenehmer gehen ließ, musste sie sich eingestehen, dass sie sich kaum sehr von Maurice unterschied. Anders ging es nicht, dazu hatte sie zu viel erlebt. Aber warum hatte sie vorhin beim Betrachten der Fotos der toten Frau Bauchschmerzen bekommen? Die angetrocknete Blutlache, das zerschmetterte Gesicht? Nein, das konnte nicht der Grund gewesen sein. Gemessen an dem, was sie schon gesehen hatte, war das geradezu harmlos. Isabelle verzögerte ihre Schritte. Die Bilder gingen ihr weiter durch den Kopf, sie glaubte Geräusche zu hören, Polizeisirenen – jetzt blitzten andere Bilder auf … Sie blieb stehen, ihr wurde schwindlig, sie musste sich an einer Mauer abstützen. Nur für einen Moment, dann ging es ihr wieder besser. Sie sah sich um. Keiner hatte sie gesehen, vor allem keiner von der Gendarmerie, Gott sei Dank!

Sie war nicht gut darin, sich selbst zu analysieren. Aber ihr war klar, dass die explodierende Bombe viel mehr angerichtet hatte, als mit dem bloßen Auge zu sehen war. Ganz offenbar hatte die Bombe auch ihren emotionalen Schutzpanzer weggesprengt. Sie konnte nicht mehr so denken wie Maurice. Nein, es war eben nicht egal, wenn die Ermittlungen erfolglos blieben. Ein Mensch war zu Tode gekommen. Sie hatten die verdammte Pflicht, sich emotional zu engagieren! Sie würde den Fall nicht auf die leichte Schulter nehmen, das nahm sie sich fest vor. Sie war das dem Opfer schuldig – und auch sich selbst!

Wenig später öffnete Isabelle mit dem Schlüssel, den sie von der Gendarmerie bekommen hatte, die schwere Haustür. Sie betrat die Villa und zog die Tür hinter sich ins Schloss. Es war totenstill. Im wahrsten Sinne des Wortes. Im Flur betrachtete sie den Umriss der Leiche, der mit weißer Kreide auf den Steinboden gemalt war. Auch die Blutlache war noch zu sehen. Ob man bei der kriminaltechnischen Untersuchung alle modernen Möglichkeiten ausgeschöpft hatte? Sie würde sich die Unterlagen später genau anschauen. Sie dachte an die Möglichkeit, am Computer Gesichter zu rekonstruieren …

Isabelle nahm sich Zeit, ging durch alle Räume der großzügigen Villa, öffnete Schubladen und Schränke. Dann legte sie sich auf ein Sofa, verschränkte die Hände hinter dem Kopf und dachte nach. Zunächst war es wichtig, die Identität von Opfer und mutmaßlichem Täter herauszufinden. Bei der Frau hatte sie eine Idee, wie sie weiterkommen könnte, aber was war mit dem Engländer und seinen falschen Papieren? Vielleicht war er überhaupt kein Engländer? Sie stand auf und ging erneut hinauf in den ersten Stock. Dort gab es mehrere Schlafzimmer. In einem lag das Bettzeug auf dem Boden, gab es Kerzen und einen Spiegel über dem Bett. Die Spurensicherung hatte Sperma gefunden. Man musste kein Maigret sein, um die Vorgeschichte dieses Schlafzimmers zu erraten. Sie interessierte sich für das Zimmer mit dem großen begehbaren Kleiderschrank. In ihren Augen war das ein unglaublicher Luxus. Bei den Mietpreisen in Paris musste sie über jeden Stauraum in ihrer Wohnung froh sein. Sie nahm Anzüge von den Kleiderbügeln und kontrollierte die Etiketten von Pullovern, Polos und Hemden. Man konnte auf keine auffällige Herkunft schließen, alles war ziemlich neu, trug entweder internationale Labels oder stammte aus Frankreich. Dann stand sie vor einem Regal mit Schuhen. Sie ignorierte die Sneakers und Badelatschen, konzentrierte sich stattdessen auf eine Reihe mit gepflegten Lederschuhen. Vor vielen Jahren hatte sie mal einen Freund gehabt, der ähnliche Schuhe trug. Klassiker wie Monks, Oxford, Derby, Budapester, Pennyloafer ... Das Besondere daran: Die Schuhe waren rahmengenäht, maßgefertigt – und sündhaft teuer. Ihr damaliger Freund konnte sich leicht von seinen Frauen trennen, hätte das bei seinen Schuhen aber nie fertiggebracht. Sie nahm ein Paar in die Hand. Keine Frage, auch das waren Maßschuhe, die meisten aus Pferdeleder, schon länger getragen, aber top gepflegt. Sie fand, dass die Schuhe ziemlich englisch aussahen, ganz so wie jene von ihrem verflossenen Freund. Der hatte sich seine Schuhe in London anfertigen lassen, wo es Holzleisten von seinen Füßen gab. Leider fand sie auf der Innensohle keinen Namen, nur zwei verschnörkelte Buchstaben. Seitlich waren auf dem Innenleder einige handschriftliche Zahlen zu erkennen. Schnell stellte sie fest, dass alle Schuhe offenbar vom selben Hersteller stammten. Das war doch schon mal was. Sie nahm ihr Smartphone und machte einige Aufnahmen, dann stellte sie die Schuhe zurück ins Regal.

Eine Stunde später saß Isabelle auf der Terrasse ihrer *Auberge.* Sie hatte keinen Hunger, das Abendessen würde sie ausfallen lassen. Der Rosé war schön kalt, die Nachbartische waren verwaist, sie konnte in aller Ruhe die Ermittlungsakten studieren. Zwischendurch telefonierte sie mit Clodine, die gerade auf dem Balkon Rosmarin pflanzte. Ein Anruf von Thierry dauerte länger als geplant. Sie hatte dem Bürgermeister gestern verschwiegen, was sie beruflich so machte. Jetzt war er sauer, dass er es von dritter Seite erfahren musste. Warum sie ihn angeschwindelt habe, wollte er wissen. Das habe sie doch gar nicht, erwiderte Isabelle lachend, sie habe nur die Aussage verweigert, das sei ihr legitimes Recht. Am liebsten hätte sich Thierry sofort mit ihr getroffen, um über den Fall zu sprechen und so weiter. Sie vertröstete ihn auf morgen und gab ihm ihr Versprechen, diskret vorzugehen und keine Infos an die Medien zu geben. Dann konzentrierte sie sich wieder auf die Unterlagen.

Wie es schien, hatte die Gendarmerie sorgfältig gearbeitet und die üblichen Ermittlungen durchgeführt – ohne verwertbare Ergebnisse. Es gab keine Zeugen der Tat. Niemand hatte in der Nachbarschaft die Schüsse gehört. Sie erfuhr, dass die Haushaltshilfe, die die Leiche entdeckt hatte, nur zweimal die Woche kam. Ihre Befragung hatte zu nichts geführt, ihr sei nie etwas aufgefallen. Der Monsieur sei immer sehr nett zu ihr gewesen und sehr ausgeglichen. Natürlich habe er ab und zu Damenbesuch gehabt, als Haushaltshilfe habe man einen Blick dafür. Isabelle las im Protokoll, dass es einen Gärtner gab, aber der habe an diesem Tag freigehabt.

Der Kellner überredete sie zu einem *croque provençal*, getoastete Brotscheiben mit Schinken, Käse und Tomaten, irgendwas müsse sie schließlich essen. Isabelle rief einen Bekannten in Paris an, dieser stellte einen Kontakt zu einem Schuhmacher im Quartier Latin her, der sie wiederum an einen befreundeten *shoemaker* in der Londoner Innenstadt vermittelte. Dieser erklärte sich bereit, sich die Fotos der rahmengenähten Schuhe anzuschauen. Sie klappte ihren Laptop auf und tippte ein kurzes Anschreiben, hängte die Bilder an und drückte auf Senden.

Bei einem weiteren Glas Rosé widmete sie sich den Fotos aus der Pathologie. Die Frauenleiche lag nackt auf einem Seziertisch. Jetzt war es gut, dass sie etwas im Magen hatte. Selbst schöne Menschen waren im toten Zustand kein erfreulicher Anblick. Vom zerschmetterten Gesicht ganz abgesehen. Detailaufnahmen zeigten über ihrem Hintern eine Tätowierung in Form eines Geweihs, und es waren mehrere Piercings zu sehen, wobei ein Ring an besonders delikater Stelle angebracht war. Der Bericht des Pathologen erläuterte kenntnisreich die Unterschiede zwischen innerem und äußerem Schamlippenpiercing und dem Durchstechen der Klitoris.

Was wohl in einer Frau vorging, die sich freiwillig einer solchen Tortur aussetzte? Oder sollte das stimulierend sein? Fragte sich, für wen? Isabelle wollte das nicht wirklich wissen. Sie nahm ihr Glas mit dem Rosé und trank es aus.

Dennoch, der goldene Ring schien interessant. Er war leicht ziseliert und hatte kleine Kugeln an den offenen Enden. Sah ziemlich individuell aus. In der Zeitung hatte gestanden, dass man in ihrer Handtasche Schlüssel, Lippenstift und Kondome gefunden hatte. Laut Untersuchungsprotokoll war der Schlüssel so simpel, dass man ihn nicht zuordnen könnte, *pas de chance!* Die Zeitung hatte das Gleitmittel unerwähnt gelassen. Nahm man alles zusammen, auch die Tatsache, dass im Haus keine Frauenkleidung gefunden wurde, lag der Schluss nahe, dass es sich bei der Toten um einen Hausbesuch aus dem Rotlichtmilieu handelte. In diese Richtung hatte auch schon die Gendarmerie ermittelt, aber offenbar nur halbherzig und ohne Erfolg.

# 8

Am nächsten Morgen stellte Isabelle fest, dass sie so gut geschlafen hatte wie schon lange nicht mehr. Eigentlich hatte sie das Gegenteil erwartet, mit dem Kopf voller Gedanken, die um eine tote Frau kreisten, deren Namen man nicht kannte und die nirgends vermisst wurde. Und um einen verschwundenen Engländer, der immerhin einen Namen hatte, allerdings nicht den richtigen. *Mais non!* Sie hatte eine traumlose Nacht hinter sich und fühlte sich prächtig. Bei geöffneten Fensterläden genoss sie den Blick über die Altstadt und sah dann hinauf zum Himmel, der sie an das Aquarell in ihrer Pariser Wohnung erinnerte und an den Maler Paul Cézanne, der aus Aix-en-Provence stammte. Sie roch den frischen Duft von Croissants und Kaffee. Sie streckte sich, langte sich an den schmerzenden Rücken, machte vor dem Fenster einige vorsichtige Kniebeugen und dann Liegestützen. Sollte dieser Halunke Maurice etwa recht haben, der gemeint hatte, dieser Fall sei für sie die beste Therapie? Brauchte sie wirklich die Arbeit, um wieder in die Gänge zu kommen? Eigentlich war sie vom krassen Gegenteil ausgegangen, hatte über das Nichtstun zu sich selbst finden wollen. Isabelle beschloss, nicht weiter darüber nachzudenken. Obwohl ihre Arme schon schmerzten, ließ sie noch einige Liegestützen folgen. Dann duschte sie und folgte dem Duft der Croissants auf die Terrasse der *Auberge.* Die Concierge, an der sie vorbeikam, grüßte sie und wünschte ihr einen schönen Tag.

Ihr fiel der Anruf von Clodine ein, die die alte Sekretärin ihres Vaters, Florence Chapoulet, in einem Altersheim ausfindig gemacht hatte. Sie bestellte einen Orangensaft, tunkte das Croissant in den Kaffee und schaltete ihren mitgebrachten Laptop ein. Clodine hatte ihr die Adresse gemailt, in Draguignan. Sie googelte den Ort und las, dass der Name aus römischer Zeit stammte, dass die Bezirkshauptstadt über einen schönen Altstadtkern verfügte, ein *Musée des Arts et Traditions* zu bieten hatte, einen berühmten Uhrenturm, einen Wochenmarkt und im Oktober ein Jazzfestival. Außerdem waren hier einige Militärschulen ansässig. Das war es schon. Nicht gerade viel für eine Stadt mit über dreißigtausend Einwohnern.

Isabelle fand die Website des Altersheims: *Maison de retraite.* Sie rief dort an und ließ sich für den frühen Nachmittag einen Besuchstermin geben.

Sie bestellte einen weiteren Café au Lait. Dann fand sie heraus, dass es in Draguignan viele Tattoo-Studios gab, wahrscheinlich wegen der Soldaten. Sie klickte durch die Bilder und las die Beschreibungen. *Hygiène assurée,* die Hygiene war gesichert, na immerhin. Einige *Salons de tatouage* boten auch Piercing an, *en tout genre.* Nach ihrer Interpretation schloss dies den Genitalbereich mit ein. Sie nahm ihr Handy und rief den Anbieter mit der größten Website an. Nach einigem Hin und Her bekam sie den Chef ans Telefon. Der hörte sich an, worum es ging, um ihr dann zu sagen, dass es nur einen gebe, der ihr womöglich weiterhelfen könne. Sein Name sei Charly, er sei lange Jahre Vorsitzender des Tattoo-Verbandes gewesen und ein absoluter Insider. Sein Tattoo-Studio sei auch in Draguignan. Er gab ihr die Telefonnummer. Kurz darauf hatte sie Charly am Hörer. Er hatte eine tiefe, rauhe Stimme und war kaum zu verstehen. Charly war alles andere als begeistert, erklärte sich aber schließlich bereit, einen Blick auf die Bilder zu werfen. Ja, es gebe schon so etwas wie eine Handschrift, erklärte er. Oft lasse sich erkennen, wer die Tattoos gemacht habe. Beim Piercing sei das schwieriger. Er sei heute den ganzen Tag im Studio. *A bientôt!*

Auf ihrer Fahrt nach Draguignan kurvte sie zunächst über kleine Straßen durch das Massif des Maures, um schließlich nach La Garde-Freinet zu kommen, wo sie in einer Bar eine *noisette* trank, einen kleinen Kaffee mit etwas Milchschaum. Der hübsche Ort war im Mittelalter Stützpunkt räuberischer Sarazenen gewesen, später war er für seine Korken bekannt und machte heute in Maronen – und lebte von Touristen.

Isabelle tankte, fuhr über die 558 weiter nach Le Cannet-des-Maures und dann ein Stück auf der A 8. Sie stellte fest, dass sie sich bei der Zeitplanung total vertan hatte. Auf der Landkarte sah alles so nah aus! *Voilà,* endlich war sie am Ziel.

Charly sah aus wie ein Rocker von den Hells Angels, hatte berufsbedingt stark tätowierte Arme und einen Edelstein im Schneidezahn. Er unterbrach eine »künstlerisch wertvolle« Arbeit, um sich die Fotos anzuschauen.

»Die Tussi ist wirklich tot?«, brummelte er in seinen Bart. »Kann einem richtig leidtun!«

Für Isabelle kam diese Anteilnahme unerwartet. Sie fand Charly gleich viel sympathischer.

»Dieses Arschgeweih ist phantasielos«, sagte er verächtlich, »billigste Ramschware, keine Haute Couture, wenn Sie verstehen.«

»Sie meinen …?«

»*Alors,* ein Geweih über dem Hintern hat keinen Esprit, ist völlig uncool.«

»Das heißt …?«

»Sorry, Lady. So einen Scheiß können Sie sich von jedem Anfänger in die Haut ritzen lassen.«

»Schade, ich hatte gehofft, Sie hätten eine Idee, wer das Tattoo gemacht hat.«

»Ein Dilettant«, stellte Charly abschließend fest, »einer unter Tausenden. Zeigen Sie mal die Piercings!« Den ersten Fotos schenkte er keine Aufmerksamkeit, dann schnalzte er mit der Zunge. »He, nicht schlecht. Geile Position.« Er holte sich eine Lupe und beugte sich über das Bild mit dem Intimpiercing. »François, der alte Drecksack.«

»Wie bitte?«

Charly zupfte sich am Bart. »Das Ding stammt von François, definitiv!«

»Von François?«

Er nickte. »François, Godfather of Vagina! Beim Arschgeweih hat unser Mädchen gespart, aber nicht hier. François ist der Beste. Entweder ist die Kleine plötzlich zu Geld gekommen, oder es war ein Geschenk von einem Macker.«

»François? Wie können Sie sich da so sicher sein?«

Charly grinste breit. »Ich könnte in die Details gehen …«

Isabelle winkte ab. »Nicht nötig.«

»Sind Sie prüde?«

»Nein, aber das langweilt mich.«

»Wirklich? Okay, machen wir es einfach. François ist eitel. Deshalb verwendet er nur Ringe, die von ihm selbst graviert sind.« Er gab ihr die Lupe. »Schauen Sie genau hin, erkennen Sie das geschwungene F?«

Isabelle nickte. »Könnte sein, ja. Aber man kommt nie drauf, wenn man es nicht weiß.«

»Deshalb sind Sie bei mir, Lady. Ich weiß es!«

»Wo finde ich diesen François? Hat er auch einen Nachnamen?«

»François ist François, der hat keinen Nachnamen.«

»Keinen Nachnamen?«

»Das ist so wie bei mir: Ich bin der Charly, *ça suffit!*«

Isabelle lachte. »Verstanden. Zum ersten Teil meiner Frage: Wo kann ich diesen François finden?«

»Bestimmt nicht in Draguignan. Wo würden Sie sich niederlassen, wenn Sie auf reiche Schlampen spezialisiert sind?«

»Monte Carlo?«

»Nicht schlecht, da arbeitet er im Winter.«

»Cannes?«

»Wäre eine Alternative. Aber noch mehr als in Cannes wird in Saint-Tropez gevögelt.«

Isabelle zog eine Augenbraue nach oben. »Sie wollen sagen, dass ich diesen François in Saint-Tropez finden kann?«

»So ist es, Lady.«

Er nahm einen Zettel und schrieb ihr den Namen des Studios und die Straße auf.

»*Merci,* Sie waren eine große Hilfe.«

Charly strich sich über eine züngelnde Schlange auf seinem Oberarm. »Hoffentlich finden Sie den Scheißkerl«, sagte er.

»François?«

»Nein, sondern den Scheißkerl, der die Kleine umgebracht hat!«

# 9

Der Szenenwechsel hätte kaum größer sein können. Gerade noch hatte Isabelle mit einem grummelnden Hünen über Tattoos und Piercings gesprochen, jetzt unterhielt sie sich mit einer alten, zerbrechlichen Dame, die in einem Rollstuhl saß und sie voller Freude anlächelte.

»Das ist der glücklichste Tag seit langem«, sagte Florence Chapoulet, »dass ich dich noch einmal sehe, wie schön. Meine kleine Isa mit den Zöpfen. Wie groß du geworden bist und richtig erwachsen.«

»Ich freu mich auch, Sie zu sehen«, erwiderte Isabelle, »obwohl ich mich nicht mehr so richtig an Sie erinnern kann, da bin ich ehrlich.«

»Ist doch klar, damals warst du ein kleines Mädchen. Tu mir einen Gefallen, sag bitte du zu mir, wie damals, in den schönen Zeiten.«

Isabelle lächelte. »Wenn ich darf, gerne.« Obwohl sie es nicht erklären konnte, hatte sie ein gutes Gefühl dabei. Auch störte es sie nicht, dass die alte Sekretärin ihres Vaters erfahren wollte, was aus ihrem Leben geworden sei. Jemand, der Isa zu ihr sagte, hatte ein Anrecht darauf. Wie lange hatte sie diesen Kosenamen aus ihrer Kindheit nicht mehr gehört? Ihre *grand-mère* hatte ihn nur selten verwendet, außerdem war sie schon lange tot. Sie gab der alten Dame einen Kurzabriss ihres Lebens – alle schlimmen Sachen ließ sie weg. Auch verschwieg sie, dass sie in Fragolin einen Ermittlungsauftrag übernommen hatte, bei dem es um Mord ging. Sie wollte Florence nicht verwirren.

Eine halbe Stunde später blätterten sie in einem alten Fotoalbum. Florence zeigte ihr Bilder von ihren Eltern, von der Katze Chouchou, von gemeinsamen Ausflügen und Geburtstagsessen, an denen Florence teilgenommen hatte. Ganz offenbar hatte sie fast zur Familie gehört. Isabelle war es von sich gewohnt, dass sie bei den meisten Dingen wenig Gefühle empfand. Sie führte das auf ihre Arbeit zurück. Aber beim Blättern im Fotoalbum wären ihr fast die Tränen gekommen. Ihr Vater, der sie liebevoll auf dem Schoß wiegte, ihre lachende Mutter beim Tanzen, das Kätzchen Chouchou, das von einem kleinen Mädchen mit Zöpfen gestreichelt wurde. Diese Bilder glitten ohne Widerstand durch ihren emotionalen Schutzpanzer, weckten verloren geglaubte Erinnerungen und ließen ihr Herz schneller schlagen. Wie wäre ihr Leben ohne diesen schrecklichen Unfall verlaufen? Was wäre aus ihr geworden? Würde sie heute zufrieden als Hausfrau in Fragolin leben, mit Mann und Kindern – und einem Kätzchen? Nein, das sicher nicht, sie war kein Mensch für eine Postkartenidylle. Aber ganz bestimmt wäre sie heute eine andere Isabelle, das schon. Ob glücklicher oder unglücklicher – wer konnte das wissen?

»Kannst du dich an den Tag des Unfalls erinnern?«, fragte Isabelle.

Florence nickte. »Natürlich, als ob es gestern gewesen wäre.«

»Was war eigentlich der Grund für die Autofahrt? Wo wollten meine Eltern hin?«

Florence zögerte mit der Antwort. »Ins *Hospital Saint Anne* nach Toulon«, sagte sie schließlich.

»Ins Hospital? War jemand krank?«

»Nein, nicht krank.« Florence streichelte Isabelle die Hand. »Du weißt es nicht, oder?«

»Was weiß ich nicht?«

»Deine Mutter war schwanger und hatte Beschwerden. Sie wollte sich in Toulon untersuchen lassen.«

Isabelle sah sie fassungslos an. »Meine Mutter war schwanger?«

»Ja. Deine Eltern waren ganz im Glück. Sie haben sich für dich ein Geschwisterchen gewünscht. Und jetzt war es unterwegs.«

»Dann hat der Unfall drei Menschenleben gefordert, nicht nur zwei«, sagte Isabelle mit leiser Stimme.

»Von der Schwangerschaft deiner Mutter wusste kaum jemand. Ich kann mich nicht erinnern, in welchem Monat sie war, aber man hat es ihr noch nicht angesehen.«

»Ich hätte einen Bruder«, sagte Isabelle, »oder eine Schwester. Das wäre wunderbar.«

Die alte Dame nickte stumm.

»Warum habe ich überlebt?«, sagte Isabelle. »Ich hätte mit meiner Familie sterben sollen.«

»So was darfst du nicht mal denken. Der Herrgott hat es anders bestimmt. Die Wege des Herrn sind unergründlich!«

»Leider glaube ich nicht an Gott.«

»Das ist ein Fehler, meine Liebe. Der Glaube macht manches einfacher und gibt dem Leben einen Sinn.«

»Ich habe mir die Unfallstelle angeschaut«, sagte Isabelle, die auf das Glaubensthema nicht eingehen wollte. »Ich kann mir nicht erklären, warum der Wagen von der Straße abgekommen ist. Hat es eine Untersuchung gegeben?«

»Natürlich, immerhin war dein Vater der Bürgermeister.

Aber es ist nichts dabei herausgekommen. Keiner weiß, wie das passieren konnte.«

»War mein Vater ein guter Autofahrer?«

»Sogar ein exzellenter Autofahrer, sehr ruhig und überlegt. Ich bin bei ihm immer gerne mitgefahren.« Die alte Dame überlegte. »Schau mal auf dem Schrank nach«, sagte sie dann. »In dem Karton, da müsste ein rotes Album drin sein, wo ich alles reingeklebt habe.«

Isabelle stand auf. »Was hast du reingeklebt?«

»Zeitungsausschnitte aus den Bürgermeisterjahren deines Vaters. Bis hin zu seinem Tod und der Beerdigungsfeier. Ich habe alles ausgeschnitten, was in den Zeitungen über deinen Vater gebracht wurde. Seine Amtseinführung, die Einweihung der neuen Schule, das Stadtjubiläum, Berichte von den Gemeinderatssitzungen, wichtige Besuche und Empfänge, einfach alles. Sogar Artikel über den Streit mit der Feriensiedlung, obwohl er sich darüber fürchterlich aufregen konnte.«

Isabelle stieg auf einen Stuhl, hob den Karton herunter und fand das rote Album. »Was für einen Streit«, fragte sie, »welche Feriensiedlung?«

»Irgendwas mit Wachteln. Moment, gleich komm ich drauf. *Hameau des Cailles,* richtig. Du findest alles in dem Album. Dein Vater war strikt dagegen, dass in einem Naturschutzgebiet Villen für reiche Pariser gebaut werden.«

»Kann ich verstehen«, sagte Isabelle.

Sie schlug die erste Seite mit einer Titelgeschichte über den neuen Bürgermeister von Fragolin auf: Maire Frédéric Bonnet, gewählt mit einer großen Mehrheit. Auf dem Foto sah ihr Vater nicht so streng aus wie auf dem Gemälde im Rathaus. Er schien zu lächeln. Ganz offenbar freute er sich auf sein neues Amt. Ganz hinten im Album fand sie Berichte über den Unfall. Eine Zeitung hatte sogar ein Foto von ihr gebracht, unter der Überschrift: *»Un miracle!«* Ja, es war wohl wirklich ein Wunder, dass sie überlebt hatte, vor allem, wenn man die Bilder des Fahrzeugwracks betrachtete. Danach kamen die Seiten mit den Todesanzeigen, mit den Nachrufen und Berichten von der Beerdigung. Dann war Schluss. Die letzten Seiten des Albums waren leer.

Florence Chapoulet erlaubte Isabelle, die beiden Alben mitzunehmen. Aber sie musste versprechen, sie wiederzubringen. Sie lachte. Dann könne sie sich wenigstens auf ein Wiedersehen freuen. Zum Abschied gab Isabelle der alten Dame zwei Küsschen auf die Wangen.

Die Rückfahrt nach Fragolin glich insofern der Hinfahrt, als sie trotz einer geänderten Streckenführung erneut entschieden länger dauerte als gedacht. In Paris hätte man die Métro nehmen können. Oder sich mit dem Blaulicht auf dem Dach einen Weg bahnen. Hier, im ländlichen Département Var, musste man lernen, geduldig zu sein. Es brauchte eben die Zeit, die es brauchte. Eine Entschleunigung, der man auch positive Aspekte abgewinnen konnte. Isabelle dachte viel nach. Erst über ihre eigene Vergangenheit, über ihre Eltern, über das ungeborene Geschwisterchen, über die alte Dame, die zwar gebrechlich war, aber im Kopf hellwach. Dann dachte sie über Tätowierungen nach, über Piercings und maßgeschneiderte Schuhe. Kurz vor Fragolin entdeckte sie bei einer kleinen Abzweigung ein Hinweisschild, das ihr bislang entgangen war: *Hameau des Cailles!*

# 10

Sie war zwar müde, fühlte sich zerschlagen, und von der langen Autofahrt tat ihr der Rücken weh, dennoch machte Isabelle am frühen Abend noch einen Spaziergang durch den Ort. Sie kam beim Korkgeschäft von Alain vorbei, der seinen alten Lehnstuhl gerade in den Laden räumte, um dann den Rollladen herunterzulassen. Vor dem *Café des Arts* saß der alte Georges und stierte vor sich hin, ein leeres Pastisglas auf dem runden Tischchen. Isabelle winkte Clodine zu, die ihre Boutique mit den Seifen und Souvenirs noch geöffnet hatte. Beim Bistro schrieb Jacques auf eine Schiefertafel die Spezialitäten des Abends. Durch die Schaufensterscheibe sah sie Clodines Bruder Pascal hinter der Theke in seiner *Boucherie* stehen.

Isabelle gelangte zum Platz vor dem *Hôtel de ville,* wo noch eifrig Pétanque gespielt wurde. Pétanque, so wird die provenzalische Variante des Boule genannt, bei der stehend mit geschlossenen Schenkeln und Füßen geworfen wird, eben *»les pieds tanqués«*. Unter den Männern entdeckte sie den Bürgermeister Thierry Blès. Sie ging näher hin, um zuzusehen. Thierry säuberte gerade seine Eisenkugel mit einem kleinen Lappen, steckte diesen in den Hosenbund und konzentrierte sich auf sein Ziel. Sein Wurf landete direkt neben dem Schweinchen, dem *cochonnet. »Treize points, fini! Nous avons gagné!«*, rief er triumphierend, dreizehn Punkte, wir haben gewonnen. Isabelle applaudierte. *»Merde«*, rief ein Spieler der gegnerischen Équipe und verabschiedete sich aus der Runde. Thierry lachte und sah hinüber zu Isabelle. »Es ist ein Platz frei«, rief er ihr zu. »Wollen Sie mitspielen?«

Bevor sie antworten konnte, kam Protest von den Mitspielern. *»C'est pas possible!«,* rief einer mit Schnauzbart. *»C'est un sport masculin.«* Außerdem dürften nur gebürtige Fragolins mitspielen, erklärte ein anderer, das sei seit jeher die Bestimmung. Auch der Bürgermeister dürfe da keine Ausnahmegenehmigung erteilen.

Isabelle ärgerte sich über den Idioten, der das harmlose Boulespiel gerade als »maskulin« bezeichnet hatte. Dieser zurückgebliebene Macho wäre Grund genug, am Spiel teilzunehmen – aber in der gegnerischen Mannschaft!

»Darf ich vorstellen«, sagte Thierry, »Isabelle Bonnet, Madame le Commissaire …«

*»Très charmant«,* fiel ihm ein alter Mann mit einer roten Baseballkappe ins Wort, er sei entzückt, Madame kennenzulernen, aber Gäste seien tatsächlich vom Pétanque ausgeschlossen, selbst Angehörige der Polizei.

»Ich bin noch nicht fertig«, sagte Thierry. »Habt ihr überhaupt zugehört? Ihr Name ist Isabelle Bonnet.«

»Ein schöner Name, aber das ändert nichts«, entgegnete der Schnauzbart.

»Isabelle Bonnet?« Der alte Mann mit der roten Kappe zupfte sich am Ohrläppchen. Dann lächelte er. »Das ist nicht wahr, oder?«

Thierry nickte. »Doch, es ist wahr, sie ist es.«

Der alte Mann ging auf sie zu. »Isabelle? Die kleine Isa mit den Zöpfen?«

Sie lächelte verlegen. »Kennen wir uns?«

Er zog die Kappe vom Kopf und deutete eine Verbeugung an. »Ich bin es, Jules.«

»Jules?«

»Es ist lange her. Ich war ein guter Freund deines Vaters. Darf ich dich umarmen?«

Isabelle nickte verlegen. Sie mochte es nicht, von alten Männern umarmt zu werden, aber irgendwie war sie gerührt. Jules schien sich wirklich zu freuen, er hatte Tränen in den Augen.

»*Alors,* natürlich darfst du mitspielen«, sagte er, »du musst sogar, ich bestehe darauf.«

Der Schnauzbart schüttelte ratlos den Kopf. »Was soll der Unsinn? Kann mich mal jemand aufklären?«

»Mein lieber Albert«, sagte Thierry, »du bist heute etwas begriffsstutzig …«

»Nicht nur heute«, meinte Jules lachend.

»Isabelle Bonnet ist die Tochter unseres legendären Bürgermeisters Frédéric Bonnet«, fuhr Thierry fort. »Sie ist in Fragolin geboren, und ich schätze mich glücklich, dass sie nach so langer Zeit wieder hierhergefunden hat.«

»Isabelle Bonnet?«, brummelte Albert in seinen Schnauzbart. Er schien verwirrt und musterte sie skeptisch. Dann stellte er fest: »Trotzdem ist sie eine Frau!«, gab aber seinen Widerstand auf.

»Frédéric war ein guter Spieler«, sagte Jules. »Mal sehen, ob Isabelle was geerbt hat. Wir spielen eine Triplette, *trois contre troi.* Thierry, Isabelle und ich in einer Mannschaft. Albert, wir werden dir die Hosen ausziehen!«

Isabelle gab allen die Hand, Albert zündete sich eine Gauloises an, Jules rückte seine Baseballkappe zurecht. Thierry hatte als *pointeur* den ersten Wurf.

Eine halbe Stunde später eröffnete sich für Isabelle die Chance, den entscheidenden Punkt für den Sieg zu erzielen.

Der Wurf war schwierig, fast unmöglich. Thierry und Jules feuerten sie an.

Albert zupfte nervös an seinem Schnauzbart. »Ich wette eine Flasche Pastis, dass sie es nicht schafft!«

Jules grinste. »Ich halte dagegen. Isabelle ist die Tochter ihres Vaters.«

»Ich erhöhe auf zwei Flaschen«, verkündete Thierry.

Albert spuckte auf den Boden. *»D'accord!«*

Isabelle ließ die Kugel von einer Hand in die andere gleiten und konzentrierte sich auf die kleine Holzkugel. Sie war eine hervorragende Pistolenschützin, vor allem deshalb, weil sie im entscheidenden Moment alles um sich herum ausblenden konnte. Pétanque, das war nur ein Spiel, aber sie wollte es den Männern zeigen, vor allem diesem Albert, der mit seinen Ansichten noch im vorigen Jahrhundert zu leben schien. Außerdem war sie ehrgeizig, das war sie schon immer gewesen. Sie hasste es zu verlieren, selbst beim Kartenspielen. Beim Judo hatte sie mal ihrem Ausbilder das Handgelenk gebrochen. Der hatte Frauen auch nicht für voll genommen. Damals brauchte es keinen Pastis als Einsatz. Jetzt sah Isabelle nur noch die kleine hölzerne Kugel. Ein Spiel, nur ein Spiel. Sie atmete langsam aus …

Sekunden später klatschte Thierry in die Hände, Jules warf seine Kappe in die Luft. *»Près du but!«*, jubelte er. *»Fin de la partie!«*

*»Pas mal du tout«*, gab Albert zähneknirschend zu, »gar nicht übel!« Er reichte Isabelle die Hand und gratulierte. Jetzt musste er sogar gequält lächeln. Sie sei wirklich in Fragolin geboren, sagte er, das merke man ihr an, darauf könne sie stolz sein.

Sie dachte, dass der Schnauzbart vielleicht doch nicht so

übel war. Dann ließ sie sich von Thierry umarmen. Der volle Kuss auf die Lippen kam dennoch überraschend.

Pétanque war nur ein Spiel, aber eben doch ein ganz besonderes Spiel, jedenfalls hier in Südfrankreich, in einem Dorf im Massif des Maures, auf dem Platz vor dem *Hôtel de ville* – im Kreise chauvinistischer Männer.

Ihre Proteste halfen nichts, sie musste Thierry, Jules, Albert und die beiden anderen Mitspieler zum *Café des Arts* begleiten. *»Six pressions«,* orderte der Bürgermeister, sechs Gläser Bier vom Fass, *»mais tout de suite!«*

Isabelle dachte, dass das so etwas wie ein Ritterschlag war. Jetzt und hier war sie endgültig in Fragolin angekommen. Sie vergaß, dass sie eigentlich hundemüde war und ihr Rücken weh tat. Sie stieß mit den Männern an – und trank das Glas in einem Zug leer. Dann bat sie Albert um eine Gauloises, zündete die filterlose Zigarette an und lehnte sich im Korbstuhl zufrieden zurück. Eigentlich war sie Nichtraucherin, aber ab und zu hatte sie seltsame Gelüste. Sie sah Thierry an, der ihr immer besser gefiel. Sie biss sich auf die Unterlippe. War sie jetzt komplett verrückt? Thierry war geschieden – aber sie kein kleines Flittchen aus Paris.

»Madame le Commissaire?«, sagte Jules mit einem Fragen in der Stimme. Sie sei wohl nicht aus beruflichen Gründen hier in Fragolin, oder?

Während sie noch überlegte, was sie antworten sollte, gab Thierry bereits Auskunft. Eigentlich sei die Madame aus privaten Motiven gekommen, sagte er, aber von höherer Stelle habe man sie kurzfristig mit der Aufgabe betraut, im Fall des flüchtigen Engländers und der ermordeten Frau zu ermitteln. Sie wüssten schon …

Natürlich wussten sie! Nur war man erstaunt, dass nicht

mehr die Gendarmerie zuständig war. Isabelle spielte die Ahnungslose und zuckte mit den Schultern. Und weil es Thierry so hören wollte, bestätigte sie, dass es sich wohl um eine »gewöhnliche« Beziehungstat handle, wie sie nun mal häufig vorkomme, wenn auch selten mit dieser Brutalität. Nein, sie erwarte keine raschen Ergebnisse, auch hätten die Medien ihr großes Interesse verloren.

Das Schwein sei wahrscheinlich zurück in England, sagte Jules.

Thierry nickte. »Hoffentlich möglichst weit weg von hier. Wir können keinen Rummel brauchen.«

Isabelle beteiligte sich nicht an den Spekulationen. Erstens hatte sie schon zu viel gesagt, zweitens kamen ihr immer häufiger Zweifel an dem simplen Erklärungsmuster. Aus Vorsicht vermied sie es, vom »flüchtigen Engländer« zu sprechen, er war »verschwunden«, nicht mehr und nicht weniger. Und drittens würde sie einen Teufel tun und ihren neuen Freunden tatsächlich Einblick in ihre Ermittlungen geben, da konnte Thierry sie noch so lieb anschauen.

# 11

Am nächsten Morgen begrüßte sie der Frühstücksober mit einem angedeuteten Diener: »Bonjour, Madame le Commissaire!« So freundlich hatte Pierre sie noch nie angelächelt. Madame le Commissaire? Isabelle schmunzelte müde. In Fragolin sprach sich alles schnell herum. Sie klappte ihr Notebook auf und checkte ihre Posteingänge. Schlagartig war sie wach, als sie eine Mail des Londoner *shoemakers* entdeckte, dem sie die Fotos mit den Maßschuhen geschickt hatte. Der nannte ihr den Namen einer Maßschuhwerkstätte in der Londoner Bondstreet. Von dieser würden die Schuhe stammen, er sei sich hundertprozentig sicher.

Isabelle fühlte ein Kribbeln in den Fingern. Bald würde sie wissen, wie der Engländer wirklich hieß. Die Werkstätte würde die Ziffern und Buchstaben im Innenleder einem bestimmten Leisten zuordnen können. Bingo, dann wäre sie einen entscheidenden Schritt weiter. Sie widerstand der Versuchung, jetzt gleich bei besagter Adresse anzurufen. Höchstwahrscheinlich würde man ihr am Telefon keine Auskunft geben. Und auf nüchternen Magen vertrug sie keine Absagen. Aber wozu hatte man Freunde?

Eine Minute später hatte sie einen alten Kollegen an der Strippe. Er leitete das Londoner Verbindungsbüro der Police Nationale, das für den Kontakt zu den britischen Ermittlungsbehörden zuständig war. Weil sie alleine auf der Frühstücksterrasse saß und Pierre irgendwo im Haus verschwunden war, konnte sie frei sprechen. Sie bat Luc, den Laden in der Bondstreet aufzusuchen und den Namen des Mannes in Erfahrung zu bringen, der sich die Schuhe auf den Fotos hatte fertigen lassen.

»Welche Fotos?«

»Schau in deine Mailbox! Sind schon unterwegs.«

»Was hat es mit dem Mann auf sich?«, fragte Luc.

»Er wird verdächtigt, in Südfrankreich eine Frau erschossen zu haben«, antwortete Isabelle zurückhaltend. »Er ist verschwunden. Mich würde interessieren, wie er heißt.«

»Ihr habt keinen Namen?«

»Doch, aber den falschen.«

Luc lachte. »Das ist cool. Ihr fahndet also nach einem Mörder, der seinen Namen schon vor der Tat geändert hat. So etwas nenne ich vorausschauend. Und was ist mit dem Fahndungsfoto?«

»Gute Frage. Aber von dem Typen gibt es kein vernünftiges Foto, er war offenbar sehr kamerascheu. Wir haben das Bild aus seinem gefälschten Pass, doch du weißt ja, auf diesen Fotos würde dich deine eigene Mutter nicht erkennen.«

»Meine Mutter hat Alzheimer.«

»Tut mir leid. Also, was ist, kannst du bei den Schuhen mal nachfassen?«

»Kein Problem, ich habe heute Nachmittag Zeit und schau vorbei. Vielleicht sollte ich mir auch mal Maßschuhe machen lassen?«

»Ich wusste nicht, dass man auf deiner Position so gut verdient«, kommentierte Isabelle.

*»Touché«,* sagte Luc lachend, »daraus wird wohl nichts. Ich ruf dich an, sobald ich was weiß.«

»Vielen Dank, du kannst mir auch eine Mail schicken.«

*»Une bonne journée. Au revoir.«*

Kaum hatte sie das Gespräch beendet, rief Maurice an.

»Hallo, du Urlauberin«, begrüßte er sie. »Ich will nur kurz hören, wie es dir geht und wie der Stand der Ermittlungen ist.«

Isabelle lachte. »Von wegen Urlauberin, den Urlaub hast du mir ja vermasselt ...«

»Einspruch, ich habe ihn dir versüßt. Also, erzähl schon!«

»Ich habe noch nichts Konkretes, aber ich bin zuversichtlich, dass ich bald die Identitäten des Opfers und des Engländers wissen werde.«

»Das klinkt *superbe*«, sagte Maurice. »Damit wären wir schon mal entschieden besser als die lahmen Enten von der Gendarmerie. Im nächsten Schritt könnten wir den Englischmann mit seinem richtigen Namen zur Fahndung ausschreiben. Danach ist alles nur noch eine Frage der Zeit. Der Fall löst sich quasi von selbst, wirst schon sehen.«

»Warten wir's ab«, erwiderte Isabelle.

»Was machen deine Schmerzen?«, fragte er übergangslos. »Damit meine ich nicht nur die körperlichen, sondern auch die seelischen.«

»Alles gut«, antwortete sie knapp. »Übrigens haben wir ganz tolles Wetter.«

»Du schwindelst.«

»Doch, die Sonne scheint, und wir haben keine Wolke am Himmel.«

»Das mit dem Wetter glaube ich dir.«

»Ja, es geht schon«, sagte sie. »Mir geht's kontinuierlich ein bisschen besser.«

»Das freut mich. Und was hast du heute noch so vor?«

»Ich fahre nach Saint-Tropez.«

»Wunderbar. Lass es dir gutgehen und genieße die Tage. Mach einen Bummel am Hafen, dann leg dich an der Plage de Pampelonne an den Strand. Wie ich dich beneide, in Paris regnet es noch immer.«

Isabelle überlegte, ob sie ihm sagen sollte, dass sie sich in Saint-Tropez in Wahrheit für Intim-Piercing interessierte. Da würde der liebe Maurice aus allen Wolken fallen – sofern sie für sich behielt, dass das was mit ihrer Arbeit zu tun hatte. Isabelle lächelte. Sie verkniff sich den Spaß und verabschiedete sich.

Zum obligatorischen Croissant und Café au Lait blätterte sie in der regionalen Tageszeitung *Var-Matin.* Der Mord im Haus des Engländers war den Journalisten keine Meldung mehr wert, für die Medien war der Fall bereits Vergangenheit. Das öffentliche Interesse war flatterhaft und hatte ein kurzes Gedächtnis.

Stattdessen sorgten bewaffnete Angriffe auf Pizza-Boten für Aufregung. Allein vier habe es in der Region in der letzten Woche gegeben. Dabei hätten die Pizza-Boten auf ihren Mopeds in der Regel nur wenig Geld bei sich. Verdächtigt wurden jugendliche Banden. Einige Seiten später erfuhr sie, dass Capitaine Briand und Sergeant Albertin einen neuen Chef hatten. Bei der Gendarmerie habe ein Generalleutnant aus Marseille den Befehl über die PACA-Region übernommen. Die Abkürzung stand für »Provence-Alpes Côte d'Azur«. Im Artikel wurde erwähnt, dass die Kriminalitätszahlen seit Jahren wieder anstiegen.

Anschließend überflog sie einen Kommentar zum geplanten Ausbau der Start- und Landebahn des Flughafens Saint-Tropez La Môle. Sie wusste gar nicht, dass es einen solchen gab, aber offenbar konnten nur kleine Maschinen dort landen. Na ja, irgendwie musste der Jetset ja ankommen. Die lange Anreise mit der Yacht war nicht jedem zumutbar.

Am Strand von Pampelonne habe ein nicht genehmigtes Feuerwerk einen Club in Brand gesetzt. Man habe die Vorschrift ignoriert, dass das Zünden von Raketen nur von Booten auf dem Meer gestattet sei, die einen Sicherheitsabstand vom Ufer einhielten.

Isabelle legte die Zeitung zur Seite. Wie schön wäre es, wenn es auf der Welt keine schlimmeren Probleme gäbe? Dennoch, für einen Pizza-Boten war es bestimmt kein Vergnügen, wenn er mit vorgehaltener Pistole zur Herausgabe seiner spärlichen Einnahmen gezwungen wurde. Aber vielleicht hatten die Jugendlichen nur Hunger und wollten eine frische Pizza Margherita? Isabelle stellte fest, dass sie heute gut aufgelegt war.

Es war schon am frühen Nachmittag, als sich Isabelle durch den kilometerlangen Stau auf der Zufahrt nach Saint-Tropez quälte. Da es nur schrittweise voranging, hatte sie mehr Zeit, als ihr lieb war, in einem mitgebrachten Reiseführer zu lesen. Vor Jahren war sie mal hier gewesen, mit einem Freund, aber nur wenige Tage. Im Rückblick wunderte sie sich, dass sie damals nicht nach Fragolin gefahren war, um ihrem Geburtsort einen Besuch abzustatten. Aber vermutlich hatte sie ihre Vergangenheit so verdrängt, dass sie gar nicht auf die Idee gekommen war. Damals war sie noch nicht bereit gewesen.

Sie sah auf ein Foto mit Roger Vadim und Brigitte Bardot: *Et Dieu créa la femme.* Mit diesem Film war nicht nur der Schmollmund mit der atemberaubenden Figur zum Star geworden, sondern auch Saint-Tropez als Drehort: *Und immer lockt das Weib.* Heute lebte BB zurückgezogen in ihrer Villa La Madrague und wagte sich nur noch als engagierte Tierschützerin vor die Kamera. Wieder ging es einige

Meter vorwärts. Warum hatte sie keinen Bootsshuttle genommen, wie Thierry empfohlen hatte? Sie war selber schuld.

Sie las, dass das Fischerdorf Saint-Tropez schon in der Belle Époque seine Fans hatte, zum Beispiel Maupassant. Später kamen die Schriftstellerin Colette, Françoise Sagan, Juliette Gréco … Der Mythos »Saint-Trop« wurde geboren, voller Phantasien und Klischees. Wer interessierte sich schon für die Kunstsammlung im *Musée de l'Annonciade,* wenn es stattdessen Luxusyachten zu bestaunen gab? Wer für die Geschichte der Zitadelle, wenn sich das tiefe Blubbern einer Harley-Davidson näherte? Isabelle las, dass der Seemannsfriedhof einen Besuch wert war, vom *Cimetière Marin* habe man einen schönen Blick auf das Estérel-Gebirge.

Stoßstange an Stoßstange ging es voran. Schließlich bog sie rechts ab und fand den Weg zum Parkplatz an der Place des Lices. Durch die schmale Rue Georges-Clémenceau lief sie zum alten Hafen, dem *vieux port.* Sie schaute in die Auslagen der Boutiquen und dachte, dass sie schon lange nichts mehr zum Anziehen gekauft hatte. Sie fand einen freien Platz unter der roten Markise des berühmten *Café Sénéquier* und bestellte einen *café glacé.* Vor ihr lag der Quai Jean Jaures, der einer unablässigen Parade von Gästen als Laufsteg diente. Dahinter die Yachten der Reichen und Schönen. Wenigstens hatte man was zum Gucken. Aber das war nicht ihre Welt.

Eine halbe Stunde später spazierte sie hinter der Place aux Herbes durch verwinkelte Gassen. Irgendwo hier musste das Studio von François sein, dem Piercing-Künstler mit Vorliebe für intime Körperstellen. Charly hatte ihr die Adresse aufgeschrieben. *Voilà,* sie war am Ziel.

Optisch war François ein Gegenentwurf zu seinem tätowierten Rocker-Kollegen aus Draguignan. Er war schlank und gut gebräunt, ein weißes Hemd über einer schwarzen Leinenhose, barfuß und mit einem feinen Lächeln.

»Was kann ich für Sie tun?«, fragte er und musterte sie amüsiert vom Scheitel bis zur Sohle. »Wollen Sie wirklich zu mir, oder haben Sie sich im Haus geirrt?«

Isabelle hatte noch keinen Ausweis, der sie als Commissaire legitimierte. Deshalb zeigte sie ihm die schwarze Plastikkarte, die vom Élysée-Palast ausgestellt war. François konnte nichts damit anfangen, war aber sichtlich beeindruckt.

»Sie haben Glück, dass ich gerade Zeit habe, meine nächste Kundin verspätet sich.« Er grinste. »Ich vermute, Sie sind nicht hier, um einen Termin für den Präsidenten zu vereinbaren, oder?«

Isabelle musste lachen. »Nein, obwohl ich die Vorstellung eines gepiercten Präsidenten reizvoll fände.«

»Aber dann durch die Nase, damit es jeder sehen kann.«

»Ihr Spezialgebiet liegt woanders«, sagte Isabelle, »das hat mir Charly verraten.«

»Richtig, sozusagen unter Ausschluss der breiten Öffentlichkeit.«

Obwohl es Vergnügen bereitete, mit François zu plaudern, beschloss sie, direkt auf den Punkt zu kommen. »Ich hoffe, dass Sie mir sagen können, wer diese Frau ist.« Sie legte einige Fotos auf die Theke.

»Warum zeigen Sie mir kein Bild von ihrem Gesicht?«, fragte er.

»Ist besser so.«

»Wieso? Egal, ich erkenne sie auch so.«

»Das Piercing an der Vagina stammt also von Ihnen?«

»Das ist nicht strafbar, meine Liebe.«

»Natürlich nicht. Die Damen kommen ja freiwillig zu ihnen.«

François schmunzelte. »Da haben Sie recht. Sie wollen wissen, wie das arme Mädchen heißt? Ich kenne nur ihren Vornamen: Lilou.«

»Ein schöner Name. War sie eine Prostituierte?«

Er machte einen entsetzten Gesichtsausdruck. »O Gott, wie vulgär. Sie war eine Dienerin der Liebe, das schon, aber doch keine Nutte.«

»Wie hat sie bezahlt?«

»Jedenfalls nicht mit einer Kreditkarte, sonst wüsste ich ja ihren Nachnamen. Lassen Sie mich überlegen. Darf ich Ihnen ein Glas Wasser anbieten? Oder lieber Champagner?«

Isabelle schüttelte dankend den Kopf. Der Mann hatte Umgangsformen – und feingliedrige und gepflegte Hände. Bei einer Vernissage in Paris wäre er glatt als hochbezahlter Künstler durchgegangen. Nun, irgendwie war er das wohl auch.

»Sie kam ohne Begleitung und hat bar bezahlt«, sagte er nach einer Weile. »Sie hat angeboten, mit mir zu schlafen, dafür sollte ich ihr einen Preisnachlass gewähren.«

»Und, haben Sie?«

François schmunzelte. »Ich bin sexuell vielseitig interessiert, aber ich pflege Privates und Berufliches voneinander zu trennen. Ich gebe zu, das fällt nicht immer leicht.«

»Also haben Sie nicht …«

»Nein, aber ich habe mit ihrer Freundin geschlafen. Die hat allerdings bis heute kein intimes Piercing von mir, das kann sie sich nicht leisten.«

»Lilous Freundin? Da haben Sie doch hoffentlich einen Nachnamen?«

François schaute amüsiert. »Mein Gott, fragen Sie nach dem Nachnamen, wenn Sie mit jemandem ins Bett steigen? Ich pflege mich in solchen Situationen zu duzen.«

Isabelle wurde langsam ungeduldig. »Lassen Sie sich doch nicht alles aus der Nase ziehen.«

»Zoé heißt die Freundin. Wie ich finde, ist auch das ein schöner Name. Irgendwie vielversprechend, jedenfalls in erotischer Hinsicht. Zoé ist sehr gelenkig, so kann sie zum Beispiel ...«

»Verschonen Sie mich. Wo kann ich diese Zoé finden?«

»Ich weiß nicht, ob Sie das könnten. Nein, ich bin mir sogar sicher, Sie könnten das nicht. Aber wir könnten es mal ausprobieren ...«

»Jetzt ist aber genug. Ich bin keine zwanzig mehr, ich bin Polizistin, und ich will verdammt noch mal wissen ...«

»Sind Sie lesbisch?«

»Ja, meinetwegen. Wo finde ich Zoé?«

François schüttelte den Kopf. »Nein, Sie sind nicht lesbisch. Und ich finde Sie nicht zu alt, ganz und gar nicht. Die jungen Dinger langweilen mich.« Er sah durch die Scheibe auf die Straße. »Da vorne kommt meine Kundin. Ein reicher Russe möchte, dass ich ihr einen Diamanten plaziere. Er ist glatt geschliffen, damit er sich beim Liebesspiel nicht verletzt.«

Isabelle war kurz davor zu explodieren. Er hob beruhigend die Hand.

»Zoé wohnt nicht weit von hier, in einem Zimmer unter dem Dach. Sehr scheußlich und im Sommer viel zu warm. Am Dachbalken kann man sich den Kopf anhauen. Ich schreibe Ihnen die Adresse auf.«

Seine verschnörkelte Schrift war schön anzusehen. Isabelle steckte den Zettel in die Tasche. Die Tür ging auf. Eine langbeinige Schöne balancierte herein, auf extrem hochhackigen Schuhen. Sie spitzte die Lippen. *»François, boubou, baba …«* Was war denn das für eine Sprache?

François gab ihr einen Kuss. Dabei blinzelte er Isabelle zu und zog eine Grimasse, aber so, dass es seine Besucherin nicht sah.

Isabelle konnte nicht anders, sie musste lächeln.

Zum Abschied reichte er Isabelle die Hand. »Es war mir ein Vergnügen. Immer zu Ihren Diensten.« Dann flüsterte er: »Um die kleine Lilou tut es mir leid. Ich wünsche Ihnen viel Erfolg.«

# 12

Die Adresse war nicht weit vom Zentrum entfernt. Isabelle stellte fest, dass es ein klein wenig abseits auch im mondänen Saint-Tropez Häuser gab, deren Fassaden dringend einer Renovierung bedurft hätten. Die Messingtafel mit den Klingelknöpfen ließ auf einen regen Wechsel der Bewohner schließen, denn die meisten Namensschilder waren überklebt, oft nur mit Vornamen beschriftet, zum Teil unleserlich. Sie dachte an den erwähnten Dachbalken und fuhr mit dem Finger die oberste Reihe entlang. Keine Zoé! Sie sah auf den Zettel, dann auf die Hausnummer. Die Adresse stimmte. Sie stellte fest, dass sich die Haustür öffnen ließ. Im Treppenhaus stolperte sie über einen Besen. Irgendwo schrie ein Kind. Schließlich hatte sie das oberste Stockwerk erreicht. An einer Wohnungstür hing ein rotes Keramikherz mit dem Schriftzug Zoé. Isabelle lehnte sich an eine Wand und fasste sich ans linke Bein. Das Treppensteigen erinnerte sie schmerzlich daran, dass sie alles andere als fit war. Wie lange war es her, dass sie ihre männlichen Kollegen im Hundert-Meter-Sprint geschlagen hatte? Nicht lange – und doch eine Ewigkeit.

Isabelle strich ihr Haar über die Narbe an der Schläfe und läutete. Keine Reaktion. Sie hielt ihr Ohr an die Tür. In der Wohnung war ein Radio zu hören. Sie läutete erneut, diesmal heftiger. Dann klopfte sie an die Tür.

»Moment, ich muss mir was anziehen!«

Als die Tür endlich geöffnet wurde, stand Isabelle einer jungen Frau mit verstrubbelten Haaren und verwischter

Schminke gegenüber. Sie hatte einen gestreiften Morgenmantel an, der viel zu groß war und wohl mal einem Verehrer gehört hatte. Sie gähnte herzhaft.

»'tschuldigung, hab geschlafen. Was gibt's denn so Dringendes?«

»Sind Sie Zoé?«

»Gestern war ich's noch«, bekam Isabelle zur Antwort.

»Darf ich reinkommen, ich hätte einige Fragen?«

»Sind Sie von der Sitte?«

»Nein.« Isabelle zeigte ihr kurz den Ausweis vom Élysée. »Ich bin von der Kriminalpolizei. Also, darf ich reinkommen?«

»Meinetwegen. Aber ich hab nicht aufgeräumt.«

Isabelle lächelte. »Ist nicht strafbar«, sagte sie.

Zoé deutete auf ein Sofa. »Setzen Sie sich, bin gleich wieder da.«

Nach einigen Minuten kam sie zurück, mit gekämmten Haaren und gewaschenem Gesicht. »Ich brauch einen Kaffee, auch einen?«

»Gerne. Schlafen Sie immer bis in den Nachmittag?«

Zoé schaltete einen Espressoautomaten ein. »Mal so, mal so«, sagte sie, »aber das wollen Sie nicht wirklich wissen, oder?«

»Nein. Bitte ohne Zucker und keine Milch.«

»Hab eh keine Milch im Haus. Ich tu mir einen Cognac rein.«

»Für mich auch.«

Zoé sah sie das erste Mal interessiert an. »Worum geht's? Hab ich falsch geparkt?«

»Dafür wäre ich nicht zuständig. Haben Sie überhaupt ein Auto?«

»Ja, hab ich, sogar eines mit vier Rädern.«

»Was für ein Auto?«, fragte Isabelle ohne tieferen Grund.

»Einen alten Renault R5, Baujahr 1975«, antwortete Zoé.

»Wirklich? Von dieser Knutschkugel habe ich früher geträumt.«

Zoé lächelte, aber nur kurz, dann bekam sie wieder einen ernsten Gesichtsausdruck. »Haben Sie mich geweckt, um mit mir über mein kleines Auto zu reden?«

»Nein.«

»Was soll also die Scheiße?«

Isabelle wurde von dieser heftigen Reaktion überrascht. Gerade hatte Zoé noch den Eindruck gemacht, dass man mit ihr nett reden konnte, jetzt gab sie plötzlich Kontra. Die junge Dame war nicht so entspannt wie gedacht.

»Ich habe Ihre Adresse von François. Er sagte, dass Sie mir helfen können.«

»Von François? Geht's ihm gut?«

»Er sagte mir, dass Sie mit einer gewissen Lilou befreundet sind«, fuhr Isabelle fort, die jetzt keine Lust mehr hatte, länger um den heißen Brei herumzureden. »Stimmt das?«

Zoé stellte die vorbereitete Tasse ab. War das ein Zittern in ihren Händen?

»Wir waren mal befreundet«, antwortete sie, »das stimmt. Hab sie aber schon eine Weile nicht mehr gesehen.«

»Wie heißt Lilou wirklich? Wie ist ihr Nachname?«

»Sabin, Lilou Sabin, bin mir aber nicht sicher.« Sie sah Isabelle mit unsicherem Blick an. »Hat sie was angestellt?«

»Sie kann nichts mehr anstellen, sie ist tot!«

»Tot? Lilou? Sie ist tot?«

»Darf ich Ihnen einige Fotos zeigen?«

Zoé zog einen Stuhl heran und setzte sich.

Isabelle zeigte ihr dieselben Bilder wie zuvor François. »Ist das Ihre Freundin Lilou?«

Jetzt zitterte Zoé richtig, am ganzen Körper, dann schlug sie die Hände vors Gesicht.

Isabelle beugte sich zu ihr und nahm sie in die Arme. »Tut mir leid. Sie ist es, oder?«

»Ja«, schluchzte sie. Aber im Unterschied zu François fragte sie nach keinem Foto von Lilou, auf dem man ihr Gesicht sehen konnte. Isabelle wusste nicht, wie sie das zu interpretieren hatte. Sie stand auf, machte den Kaffee fertig, gab für Zoé extra viel Cognac hinein und reichte ihr die Tasse.

»Scheiße, scheiße, scheiße ...«

»Wie gut kannten Sie Lilou?«

Zoé wischte sich mit dem Ärmel die Tränen aus dem Gesicht. »Sie hat ein halbes Jahr bei mir gewohnt, wir haben uns die Miete geteilt, ab und zu auch die Männer. Wir haben uns gut gekannt, doch, sogar sehr gut. Ich habe sie gemocht. Jetzt ist sie tot. Ich kann es nicht glauben.«

»Wann ist sie bei Ihnen ausgezogen?«

»Vor drei Monaten, so ungefähr. Danach haben wir uns kaum mehr gesehen. Sie hatte irgendeinen reichen Freund, der hat ihr die Miete für ein eigenes Zimmer bezahlt.« Sie zuckte mit den Schultern. »Aber ich weiß nicht, wo, falls Sie das wissen wollen.«

»Was war das für ein Freund? Kennen Sie ihn?«

Zoé hob ratlos die Hände. »Keine Ahnung. Lilou hat nichts erzählt, hat ein großes Geheimnis daraus gemacht.«

»Sie sagen, ihr Nachname war Sabin, aber Sie sind sich nicht sicher?«

»Nein, bin ich nicht, wir haben uns nie die Ausweise gezeigt. Vielleicht weiß François ...«

Isabelle schüttelte den Kopf. »Er hat keine Ahnung. Er kennt nicht mal Ihren Nachnamen.«

»Wozu auch? Er sagt Chérie zu mir.«

»Darf ich mal Ihre *carte d'identité* sehen?«

Sie zögerte, zog dann die Küchenschublade auf und entnahm einer Blechdose den Ausweis. »Hier, bitte schön.«

»Zoé Gelabert. Ein schöner Name.«

Sie nickte. »Ja, das immerhin haben meine Eltern gut gemacht. Ich brauch keinen Künstlernamen.«

Isabelle nahm ihr Smartphone, fotografierte den Ausweis und gab ihn zurück. »Womit verdienen Sie Ihr Geld?«, fragte sie. »Wovon leben Sie?«

»Ich lebe von meinen Ersparnissen«, antwortete Zoé, »und von gelegentlichen Geschenken.«

»Von Geschenken?«

Zoé fuhr sich durch die langen Haare. »Na ja, Sie wissen schon.«

»Ich kann's mir denken. Und Lilou?«

»Genauso, nur lief es bei ihr zum Schluss besser als bei mir.«

»Am Ende nicht wirklich besser.«

»Nein, so ein Mist. Wo hat man Lilou gefunden?«

»Lesen Sie keine Zeitung?«

»Wozu? Steht doch nur Käse drin.«

»Und Fernsehen?«

»Da habe ich was Besseres zu tun.«

»Dann können Sie es nicht wissen.«

»Sag ich doch.«

»Man hat Lilous Leiche im Haus eines reichen Engländers gefunden. Sie wurde erschossen.«

»Und jetzt suchen Sie ihren Mörder?«

»Richtig. Es könnte der Engländer gewesen sein. Leider ist er verschwunden.«

»Verschwunden? Sie haben keine Leiche …«

»Eine Leiche? Wie meinen Sie das?«

»Na ja, ich meine die Leiche von Lilou.«

»Natürlich haben wir die. Sie haben ja die Fotos gesehen.«

»Ach so, ja. Sie müssen entschuldigen, ich bin total durch den Wind.« Zoé fuhr sich erneut durch die Haare. »Der Engländer ist also verschwunden, einfach weg, habe ich das richtig verstanden?«

»So ist es. Sie sind sich sicher, dass Sie ihn nicht kennen?«

»Natürlich nicht, woher denn auch? Das war Lilous Freier. Und Sie glauben, dass er der Täter ist?«

»Ich weiß nicht, was ich glauben soll, aber es spricht einiges dafür.«

»Und Sie wissen nicht, wo er ist? Sie haben keine Spur, oder?«

Isabelle deutete ein Lächeln an. »Das darf ich Ihnen nicht sagen.«

Zoé trank den Kaffee. Dann nahm sie einen Schluck direkt aus der Cognac-Flasche. »Meine arme Lilou, ermordet, so ein Mist. Ich würde Ihnen gerne weiterhelfen, aber ich weiß nicht, wie.«

»Haben Sie ein Foto von Lilou?«

Zoé zog unter der Couch einen Schuhkarton mit Fotos hervor, fing an zu suchen und hielt schließlich ein Foto in der Hand, wo sie selbst darauf zu sehen war, mit einer lächelnden jungen Frau an ihrer Seite. »Das ist sie, meine Freundin Lilou.«

Isabelle dachte, dass sie ausgesprochen schön war. »Darf ich das Foto behalten?«, fragte sie.

»Ich will es wiederhaben.«

»Natürlich, kann ich verstehen. War Lilou in irgendein krummes Ding verwickelt?«

»Glaube ich nicht. Sie ist mit Männern ins Bett gestiegen, das war alles.«

»Hatte sie Feinde?«

»Lilou?« Zoé lachte gequält. »Nein, nur gute Freunde.«

Isabelle gab ihr eine Visitenkarte. Sie hatte nur eine private, aber die Telefonnummer stimmte. »Rufen Sie mich an, wenn Ihnen was einfällt.«

»Mach ich.«

»Und noch was. Falls Sie Saint-Tropez für länger verlassen, sagen Sie mir Bescheid. Ich will immer wissen, wo ich Sie erreichen kann. Kann ja sein, dass mir was einfällt, was ich Sie fragen möchte.«

Zoé nickte. »In Ordnung. Ich bleibe hier bis zum Ende der Saison.«

Als Isabelle das Haus verließ, sah sie einen pinkfarbenen Renault R5 auf dem Bürgersteig stehen. Das Auto war ihr schon bei ihrer Ankunft aufgefallen. Sie dachte, die Farbe passte zu Zoé. Auf dem Weg zum Parkplatz merkte sie, dass ihr nicht nur das Bein weh tat, sondern dass sie auch Kopfschmerzen hatte. Während des ganzen Gesprächs mit Zoé war es ihr schwergefallen, sich zu konzentrieren. Der Kaffee hatte nicht geholfen, trotz des Cognacs. Sie ärgerte sich, dass sie nicht fit war, dass sie irgendwie das Gefühl hatte, nicht logisch denken zu können. Immerhin hatte sie die Identität der Toten herausgefunden. Sie hatte sogar ein Foto von ihrem Gesicht. Hoffentlich stimmte der Name. Aber was brachte es? Lilou war ein leichtes Mädchen, eine halbprofessionelle Nutte, die in dem Engländer einen spendablen Freier gefunden hatte. Wahrscheinlich war er es, der ihr ermöglicht hatte, bei Zoé auszuziehen, und der ihr das Geld für François gegeben hatte. Lilou hatte Glück gehabt – aber nicht wirklich. Warum nur hatte er sie brutal niedergeschossen? Das machte doch keinen Sinn. Oder fehlte es ihr an der nötigen Vorstellungskraft?

Isabelle entdeckte eine Parkbank und setzte sich. Sie musste sich ausruhen. Warum nur hatte sie diesen blöden Fall angenommen? Vielleicht hatte Maurice recht und es war wirklich ein stinknormales Beziehungsdrama mit tödlichem Ausgang, und der Täter war längst über alle Berge? Vielleicht, vielleicht aber auch nicht! Was war passiert? Schoss man einer Frau, mit der man gerade geschlafen hatte, mitten ins schöne Gesicht? Nein, das passte nicht zusammen. Und Zoé? Nun, die würde auch nicht weiterhelfen können. Wie auch? Eigentlich war sie ein nettes Mädchen, sah man von ihren verbalen Ausrutschern ab. Und trotzdem ... Isabelle massierte sich die Schläfen. Die Kopfschmerzen nervten. Die Tabletten hatte sie im Hotel vergessen. Einfache Schmerztabletten, die es ohne Rezept in der Apotheke gab, halfen nicht, die waren zu schwach.

Irgendwas hatte sie bei Zoé irritiert, aber sie wusste nicht, was. Isabelle schloss die Augen, versuchte sich zu konzentrieren. Dann fiel es ihr ein. Warum hatte Zoé nicht gefragt, wann Lilou erschossen wurde? Gestern, vor einer Woche? Das will man doch wissen. Und warum hatte sie sich anfangs nicht dafür interessiert, wie ihre Freundin zu Tode gekommen war? Erstochen, erschossen? Und in welchem Ort? Warum hatte sie gezittert, als das Gespräch erstmals auf Lilou kam? Da wusste sie noch nicht, dass sie tot war. Vielleicht hatte sie doch darüber in der Zeitung gelesen, aber warum hatte sie das dann nicht zugegeben? Warum hatte sie nach keinem Foto der Toten gefragt, auf dem ihr Gesicht zu sehen war? Und wie war der Versprecher mit der Leiche zu erklären. Einfach aus dem Stress heraus. Oder ...?

Isabelle stand auf. Auf das »oder« wusste sie keine Antwort. Und auch nicht auf all die anderen Fragen.

# 13

Mit Passwort hatte Isabelle von ihrem Computer Zugriff auf die Seiten der Police Nationale. Eine Vermisstenanzeige auf den Namen Lilou Sabin gab es nicht. Ihr fiel ein, dass sie vergessen hatte, Zoé nach Lilous Familie zu fragen. Vom geschlossenen Bereich der Police Nationale konnte sie sich zum Nationalen Identifikationsregister weiterklicken. Sie gab den Namen Lilou Sabin ein. Fehlanzeige! Einmal mehr ärgerte sie sich, dass es in Frankreich keine Meldepflicht gab wie in anderen europäischen Ländern. Entsprechend gab es auch kein Einwohnermeldeamt, nur dieses Identifikationsregister mit einer Art Sozialversicherungsnummer, der sogenannten INSEE. Isabelle saß an dem kleinen wackligen Tisch in ihrem Hotelzimmer. Sie lächelte. Das war sozusagen der zentrale Arbeitsplatz der Sonderkommission Fragolin. Sah man einmal davon ab, dass es keine Sonderkommission gab und sie sozusagen als »Ferienkraft« auf den Fall angesetzt war.

Warum existierte in ganz Frankreich keine Lilou Sabin? Hatte Zoé den Nachnamen verkorkst? Sie versuchte einige andere Schreibweisen. Von einer sechsundneunzigjährigen Rentnerin in der Bretagne abgesehen, wurde sie nicht fündig. Lilou, was war das eigentlich für ein Vorname? Gab es den überhaupt? Vielleicht eine Zusammensetzung von Li aus Elisabeth und Lou aus Louise? Elisabeth-Louise Sabin? Mist, auch kein Ergebnis. Sie googelte noch etwas herum. Immerhin brachte sie in Erfahrung, dass es einen Film von

Luc Besson gab, in dem eine Lilou eine Rolle spielte. Aber das half ihr auch nicht weiter.

Vielleicht kam sie in Kürze hinter den wahren Namen des Engländers? Warum hatte sich Luc noch nicht gemeldet? Er wollte doch bei dem Schuhmacher in der Bondstreet vorbeischauen. Sie wählte die Nummer ihres Kollegen. Dieser entschuldigte sich tausendmal, aber seine Tochter habe Nasenbluten bekommen, und er sei mit ihr beim Arzt gewesen, deshalb sei er leider nicht dazu gekommen. Das tue ihm wirklich leid. Aber morgen Vormittag, ganz sicher.

Isabelle dachte, dass das auch egal war. Morgen war genauso gut wie heute. Wieder musste sie lächeln. Sie hatte morgen etwas Besseres vor. Sie hatte Thierrys Einladung angenommen, einen Tagesausflug auf die Insel Porquerolles zu machen. Ob das vernünftig war? Nein, das war es nicht. Aber vielleicht würde es schön werden? Doch, das würde es, jedenfalls hoffte sie es. Thierry war ein attraktiver Mann. Er war geschieden. Aber er war deutlich jünger als sie. Warum spielte das eine Rolle? Sie hatte ja nicht vor, sich auf ein Abenteuer einzulassen. Nach Porquerolles hatte sie sowieso mal gewollt. Thierry war bestimmt ein charmanter Begleiter. Das alles war ganz harmlos. Warum hatte sie dann Schmetterlinge im Bauch? Unsinn, das war der Kohldampf, sie hatte während des Tages wieder mal nichts gegessen.

Im Internet stieß sie auf Berichte über aktuelle Raubüberfälle und Diebstähle an der Côte d'Azur und in der Provence. Auf Cap Ferrat hatte man eine Millionärsvilla ausgeraubt und wertvolle Gemälde gestohlen, unter anderem von Braque, Matisse und Chagal. In Nizza wurde einer Touristin aus Amerika ihre Handtasche entrissen, mit fünftausend

Euro Bargeld darin. Selber schuld. Bei einem Einbruch in Cannes wurde der Wachhund vergiftet, aber den Safe hatten die Diebe nicht aufgebracht. Safe? Das war ein gutes Stichwort. Nirgends in den Unterlagen der Gendarmerie wurde im Haus des Engländers ein Safe erwähnt. Das war merkwürdig. Ab einem bestimmten Wohlstand war in Südfrankreich ein Safe für die Wertsachen genauso wichtig wie eine Gästetoilette. Sie nahm sich vor, das Haus noch einmal sorgfältig abzusuchen. Nicht mehr heute, auch nicht morgen, aber bei Gelegenheit.

Gedankenlos scrollte sie durch die internen Seiten mit aktuellen Vorfällen und Straftaten. Viele Belanglosigkeiten. Bei Gassin hatte ein Rentner den Hund einer reichen Schweizerin überfahren, er sei von ihr fast gelyncht worden. Im *Centre Hospitalier de Hyères* lag auf der Intensivstation ein Mann im Koma, von dem man nichts wusste, nicht einmal seinen Namen. Isabelle dachte, dass Menschen ohne Namen offenbar Konjunktur hatten. In Cavalaire-sur-Mer hatten Jugendliche versucht ein Auto anzuzünden … Isabelle hielt inne. Es kam ihr vor, als ob irgendwo in ihrem Kopf ein rotes Licht zu blinken begonnen hätte. Sie scrollte zurück. Der unbekannte Mann auf der Intensivstation in Hyères, nicht ansprechbar, keine Reaktionen, künstliche Beatmung, Steckschuss in der Lunge, schwere innere Blutungen, des Nachts aufgefunden am Rand eines Parkplatzes an der D98, von einem Lastwagenfahrer, der zum Pinkeln gehalten hatte. Er hatte gedacht, der Mann sei tot, da hatte dieser plötzlich geröchelt und Blut gespuckt. Das rote Blinklicht in ihrem Kopf? Was war an dieser Meldung auffällig? Sie las den Text erneut. Sie erinnerte sich, dass im *Var-Matin* eine kurze Nachricht über den Vorfall gestanden hatte. Das rote Blinklicht? Was hatte der Mann auf der

Intensivstation mit ihrem Fall zu tun? Nichts, gar nichts … Oder doch? Das Datum, das Datum … Isabelle beugte sich nach vorne. Richtig, der Unbekannte mit dem Steckschuss war just am Abend des Tages gefunden worden, an dem Lilou ihr Leben hatte lassen müssen. Isabelle öffnete die Datei mit den Zusatzinformationen. Vom Mann auf der Intensivstation gab es kein vernünftiges Foto, ihm hingen Schläuche aus Nase und Mund, und er hatte die Augen geschlossen. Die angegebene Größe könnte stimmen, auch das Alter. Das durfte nicht wahr sein … Sollte das ihr verschwundener Engländer sein? Dann wäre er nicht auf der Flucht, sondern selber zum Opfer geworden und in einem ziemlich miesen Zustand. Dann wäre er wohl auch kaum Lilous Mörder, oder vielleicht doch? Alles Mögliche war plötzlich vorstellbar, auch scheinbar Unmögliches. Wenn das wirklich dieser Brian war, der irgendwie anders hieß, dann … Isabelle hatte wieder einmal das Gefühl, dass sie mit dem Denken nicht hinterherkam. Sie musste sich konzentrieren, konzentrieren – so wie früher, da war das eine ihrer Stärken gewesen. Wie konnte es sein, dass bei der Polizei niemand auf die Idee gekommen war, die beiden Fälle in Zusammenhang zu bringen? Nun, das konnte gut sein, so etwas hatte es schon oft gegeben. Für den verschwundenen Engländer war die Gendarmerie zuständig gewesen, für den halbtoten Mann auf der Intensivstation war es die Police Nationale. In dem einen Fall suchte man nach einem flüchtigen Täter mit englischer Nationalität, wobei man ihn längst in weiter Ferne wähnte, in dem anderen Fall hatte man in relativer Nähe einen Mann gefunden, den man vorläufig für einen Franzosen hielt und der kaum mehr am Leben war. Hier ein mutmaßlicher Täter, da ein Opfer. So etwas fiel in unterschiedliche Schubladen, im Kopf der Kriminalisten genauso wie in den Datenbanken der Polizeicomputer. Sie suchte nach Angaben zum Projektil, das man dem Mann aus dem Leib operiert hatte. Das Kaliber stimmte überein – mit den Kugeln, die Lilou getötet hatten.

Isabelle hielt es nicht länger auf ihrem Stuhl. Sie sprang auf und machte sich auf den Weg.

Im *Centre Hospitalier de Hyères* führte im ersten Stock ein langer Gang zur Komastation. Isabelle hatte keine Stunde gebraucht, um von Fragolin hierherzugelangen. Am Empfang hatte man ihr freundlich den Weg erklärt. Sie hatte sich gar nicht groß ausweisen müssen. Der Stationsarzt schien sich sogar zu freuen, dass sich endlich mal jemand für seinen Patienten interessierte. Der Chef sei heute nicht da, aber er könne genauso gut Auskunft geben.

Jetzt stand Isabelle vor dem Bett, im Ohr das monotone Schnarren der Beatmungsmaschine. Luft ein, Luft aus, Luft ein … immer wieder, im gleichmäßigen Takt der Apparatur. Der Mann lag da wie tot und war es doch nicht. Für einen Augenblick sah sie sich selber dort liegen, als Schwerverletzte nach dem Bombenattentat von Paris. Bevor ihr schwindlig wurde, verdrängte sie den Gedanken. Vom Gesicht sah man nicht viel, aber was sie sah, wirkte nicht unsympathisch. Obwohl es schwer war, von jemandem einen Eindruck zu gewinnen, der keine Mimik zeigte. Eine Leiche hatte keine Ausstrahlung. Oder doch?

»Schaut aus wie tot«, sagte sie.

»Er ist nicht tot«, entgegnete der Arzt. »Im Unterschied zu einem Hirntoten weist sein Hirn wellenförmige Ströme auf. Erst wenn die Linien flach sind, ist es vorbei.«

»Kann das noch passieren?«, fragte Isabelle.

Der Arzt zuckte mit den Schultern. »Das weiß der liebe

Gott allein. Ich glaube eher, dass dieser Zustand anhalten wird. Solange wir das Beatmungsgerät nicht abschalten und die künstliche Ernährung nicht einstellen, wird er wohl am Leben bleiben, vielleicht über viele Jahre.«

»Sagten Sie Leben? Ist das noch Leben?«

»Leben ist das Gegenteil von Tod«, stellte er lapidar fest.

Isabelle dachte, dass es ganz offenbar einen Grenzbereich gab, eine Art Schattenreich zwischen den beiden Welten.

»Es kann aber auch sein«, sagte der Arzt, »dass unser Freund plötzlich wieder von selbst das Atmen beginnt und seine Augen öffnet.«

»Kommt das oft vor?«

»Selten, aber es kommt vor. Auch dann gibt es keine Prognosen. Ein paar schaffen es, wieder mit der Außenwelt zu kommunizieren ...«

»Das wäre gut, dann könnte er uns sagen, was passiert ist.«

»Sehr unwahrscheinlich, aber nicht auszuschließen.«

»Sind bei ihm irgendwelche persönlichen Dinge gefunden worden?«, fragte sie. »Im Protokoll hab ich was von einer Armbanduhr gelesen.«

»Richtig, eine Uhr, das ist aber schon alles. Sie liegt da drüben im Nachtkästchen. Übrigens eine sehr teure und ausgefallene Uhr, eine Panerai, die hätte ich auch gerne.« Er lächelte verlegen. »Sie müssen wissen, ich bin Uhrenliebhaber.«

»Das ist eine italienische Uhr, richtig?«

»Italienisch mit Schweizer Uhrwerk, korrekt. Wollen Sie die Uhr sehen?« Er deutete zu einem kleinen weißen Blechschrank in der Ecke, auf dem Kanülen lagen, Mullbinden und einige Spritzen. »Sie liegt in der oberen Schublade.«

Isabelle ging hin, öffnete die Schublade und nahm die

schwere Taucheruhr in die Hand. Sie war ungewöhnlich groß und hatte einen charakteristischen Bügel über der Aufzugskrone. Sie hatte die Uhr schon mal gesehen, als Foto auf einem Katalog, der auf dem Schreibtisch des Engländers lag. Sie hatte in ihm geblättert, die Uhren hatten ihr gefallen. Bei der Preisliste hatte sie geschluckt und den Katalog wieder zurückgelegt.

Isabelle nickte. Das war ihr Mann, da war sie sich ganz sicher. Auch wenn die Uhr kein Beweis war, auch nicht der Zeitpunkt, an dem er gefunden wurde. Es war ein Rätsel, wie er von Fragolin an den Parkplatz der D98 gekommen war, aber das war der verschwundene Engländer, ihr Bauchgefühl ließ keinen Zweifel zu, und ihr Verstand fand keine Gegenargumente.

»Darf ich etwas probieren, auch wenn es Ihnen seltsam vorkommt und etwas pietätlos ist?«, fragte sie den Arzt. Aus einer mitgebrachten Plastiktüte holte sie einen der maßgefertigten Schuhe. »Ich will schauen, ob er passt.«

»Wenn es der Wahrheitsfindung dient, gerne. Unser Patient wird es nicht merken. Warten Sie, ich helfe Ihnen.«

Kurze Zeit später hatte sie Gewissheit. Der Schuh des Engländers passte wie angegossen …

Isabelle hörte noch eine Weile dem Takt der Beatmung zu. Sie überlegte, ob was dran war an der Theorie, dass Menschen auch im Koma etwas von ihrer Umgebung mitbekamen und verstanden, was an ihrem Bett gesprochen wurde.

»Sie wissen, wen wir hier auf der Station haben, richtig?«, fragte der Arzt.

Isabelle nickte. »Ja, ich denke schon.«

»Ich habe ihn Jean genannt, wie heißt er wirklich?«

»Das kann ich Ihnen nicht sagen, noch nicht. Aber Jean

heißt er ganz bestimmt nicht. Bitte rufen Sie mich an, wenn sich an seinem Zustand was ändert. Der Mann fällt ab jetzt in meinen Zuständigkeitsbereich.«

»Das brauche ich schriftlich.«

»Kein Problem.«

Sie warf einen letzten Blick auf den Patienten.

*»Good bye«*, sagte sie leise zum Abschied. Dann machte sie sich auf den Rückweg durch den langen Gang. Von einem solchen hatte sie geträumt, als sie selber dem Schattenreich einen kurzen Besuch abgestattet hatte. Wie lange war das her? Noch nicht so lange ... Isabelle straffte den Rücken und beschleunigte ihre Schritte. Sie war froh, als sie den Gang hinter sich hatte. Sie eilte die Treppe hinunter, vorbei an der Rezeption, hinaus an die frische Luft. Nein, sie würde nicht zurückblicken, sondern nach vorne. Immer nach vorne. Sie musste sich glücklich schätzen, dass es für sie ein Vorne gab. Es lag an ihr, das Beste daraus zu machen. Dieser Brian, der anders hieß, auch nicht Jean, der hatte vermutlich kein Vorne mehr. Für ihn war das Leben vorbei ...

# 14

Isabelle sah auf die Uhr. In einer Stunde war sie mit ihrer Freundin Clodine im Restaurant *La Terrasse Provençale* zum Abendessen verabredet, und auch ihr Bruder Pascal und seine junge Frau Jeanne würden kommen. Sie würde die drei einladen, als Dankeschön für den netten Abend in Clodines Wohnung. Außerdem hatten sie was zu feiern. Sie hatte den verschwundenen Engländer gefunden! Schon auf der Rückfahrt von Hyères hatte sie aus dem Auto diverse Telefonate geführt und erst für ungläubiges Staunen, dann unter ihren Kollegen für einige Hektik gesorgt. Gerade wurden die Projektile einer ballistischen Prüfung unterzogen, jene aus dem Körper des Komapatienten und von Lilou. Sie war sich sicher, dass sie aus derselben Waffe stammten.

Auch Maurice in Paris wusste bereits Bescheid. Er hatte sie gelobt, worüber sie sich gefreut hatte. Sie war sich wie ein kleines Mädchen vorgekommen, das bei einer Klassenarbeit eine Eins bekommen hatte. Ein kleines Mädchen? Sie war eine hochdekorierte Spitzenkraft, die es nicht nötig hatte, belobigt zu werden! Isabelle fuhr sich durch die Locke über ihrer Narbe. Das war einmal. Maurice wusste ganz genau, dass sie in ihrer Situation Bestätigung brauchte, dass es wichtig war, wieder Selbstvertrauen zu gewinnen. Erfolgserlebnisse waren eine gute Therapie. Ihr väterlicher Freund Maurice war der Einzige, von dem sie ein Lob akzeptierte.

Zum Aperitif gab es *tapenade,* schwarzes Olivenmus auf gerösteten Baguettescheiben. Dann einen kleinen Salat mit Tomaten, feinen Paprika- und Zwiebelringen, gekochten Böhnchen, Sardellenfilets und kleinen Oliven. Schließlich Lammfilets mit Thymian und Kartoffelgratin. Dazu einige Gläser Rosé. Die Stimmung war gut, es wurde viel gelacht. Clodine hatte heute so viel Seifen und Duftkerzen verkauft wie noch nie in diesem Jahr. Pascal erzählte Anekdoten von einer Wildschweinjagd. Jeanne zeigte stolz einen Armreif, den sie von ihrem Mann geschenkt bekommen hatte.

Obwohl Isabelle nicht von ihrer Arbeit erzählen wollte, rutschte ihr heraus, dass sie den verschwundenen Engländer gefunden hatte. Der letzte Beweis fehle noch, aber es sei so gut wie sicher.

Clodine strahlte übers ganze Gesicht. »Gott, wie aufregend.« Pascal sah Isabelle erstaunt an. Jeanne schaute gelangweilt.

»Leider liegt er im Koma«, erklärte Isabelle. »Er kann uns nichts sagen.«

»Im Koma«, wiederholte Pascal ungläubig.

»Komm, erzähl schon!«, forderte sie Clodine auf, die mehr wissen wollte.

»Nein, ich hab schon zu viel erzählt«, weigerte sich Isabelle.

»Na, dann lese ich es halt in der Zeitung«, sagte Clodine enttäuscht.

»Wohl kaum, wir haben es nicht an die Presse gegeben. Deshalb behaltet es bitte für euch.«

»Schade.«

Isabelle versuchte das Thema zu wechseln und erzählte deshalb von ihrem Besuch bei Florence Chapoulet. Aus einer Einkaufstüte holte sie die beiden Alben, die sie bei der alten Sekretärin ihres Vaters mitgenommen hatte. Zuerst schauten sie sich die Fotos an. Clodine konnte sich noch an die Katze Chouchou erinnern. Und Pascal erkannte das Auto wieder, in dem die Eltern ihren Unfall hatten. Dann blätterten sie in dem roten Album mit den Zeitungsausschnitten aus dem Bürgermeisterleben ihres Vaters. Jeanne fand, dass Isabelles Vater Frédéric ein ausgesprochen gutaussehender Mann gewesen war. Clodine schüttete aus Versehen etwas Wein über eine Seite. Es war ausgerechnet eine mit einem Bericht über die Urbanisation *Hameau des Cailles.* Mit einer Stoffserviette tupften sie das Blatt trocken. »Mein Vater war strikt dagegen gewesen«, sagte Isabelle. »Er wollte nicht, dass in einem Naturschutzgebiet Ferienhäuser gebaut werden.«

»Da hat er recht gehabt«, erwiderte Pascal. »Die Wildschweine haben dort ein längeres Wohnrecht als diese Schnösel aus Paris. Leider ist das Projekt nach seinem Tod doch genehmigt worden.«

Isabelle nickte. »Ich habe es befürchtet. An der Straße gibt's ein Schild mit einer Abzweigung.«

»Die Häuser sind schön geworden«, sagte Jeanne, »und die Leute kaufen in unserem Laden ihr Fleisch. Das ist doch nicht so schlecht.«

»Da verzichte ich gerne drauf«, grummelte Pascal.

Isabelle deutete auf ein Foto mit einem großgewachsenen Mann. Darunter stand, dass Dominique Boustier bei seinem Projekt die Natur respektiere. Außerdem würde die Bauindustrie gefördert, würden bei einer Genehmigung Arbeitsplätze geschaffen, und Fragolin würde zusätzliche Steuergelder einnehmen. Damit wäre allen gedient. Der Widerstand des Bügermeisters sei irrational. Maire Frédéric Bonnet sei ein Mann von gestern, der sich gegen den Fortschritt sträube.

»Blödsinn«, schimpfte Pascal, »dieser Boustier ist ein *connard.*«

Isabelle sah ihn überrascht an. »Ein Saukerl? Du kennst ihn?«

»Natürlich kenne ich ihn, am liebsten vom Wegschauen.«

»Er wohnt oben auf dem Hügel«, sagte Clodine, »direkt neben der Villa deines Engländers. Boustier ist der reichste Mann in Fragolin.«

»Aber er zahlt kaum Steuern«, ergänzte Pascal, »sein Gärtner kommt aus Campeaux, seine Lebensmittel lässt er sich aus Paris liefern, auch das Fleisch. Und im *Café des Arts* gibt der alte Sack kein Trinkgeld. Auf solche Bürger können wir verzichten.«

»Das stimmt«, bestätigte Jeanne, »er ist nicht sehr beliebt. Außerdem hat er krumme Beine.«

»Aber immerhin hat er das neue Dach für unsere Kirche gestiftet«, sagte Clodine.

Pascal winkte ab. »Lächerlicher Versuch, sich bei uns einzuschleimen. Boustier kommt von irgendwo aus dem Norden, er hat hier nichts zu suchen. Soviel ich weiß, hat er Krebs. Vielleicht stirbt er bald, dann sind wir ihn los.«

»Du bist herzlos.«

»Ich bin Jäger, nicht herzlos!«

Isabelle hob ihr Glas. »Es war ein total netter Abend, schön, dass ihr Zeit hattet. Ihr seid meine Gäste. Aber jetzt bin ich müde. *Bonne nuit!*«

# 15

Am nächsten Morgen stellte Isabelle fest, dass sie vergessen hatte, über Nacht ihr Handy aufzuladen. Der Akku war fast leer, aber das war nicht schlimm, sie wollte heute sowieso nicht telefonieren. Heute hatte sie frei! Eilig stopfte sie ihre Badesachen in eine neue Korbtasche, die sie bei Clodine erworben hatte. Sonnencreme, Handtuch, Pareo ... Schon hupte es. Sie sah aus dem Fenster. Unten wartete Thierry in einem Cabriolet. Er winkte ihr fröhlich zu. Er sah gut aus, viel zu gut. Aber sie war kein kleines Mädchen mehr, sie würde sich heute eher von ihrer spröden Seite zeigen, das nahm sie sich fest vor. Im Frühstückszimmer ließ sie sich von Pierre zwei Croissants geben, dann eilte sie hinaus, akzeptierte, dass Thierry sie zur Begrüßung umarmte, aber nur ganz kurz und nicht zu innig, und schon ging es los.

Der Weg führte über Hyères zur südlich gelegenen Halbinsel Giens. Thierry erklärte ihr, dass von dort die Fähre nach Porquerolles ablege, direkt neben der alten Festung La Tour Fondue. Die Überfahrt auf dem Meer daure etwa eine Viertelstunde.

Isabelle genoss den Fahrtwind. Sie schloss die Augen. Hyères? Dort lag der Engländer im Hospital, der eine falsche Identität hatte und teure Maßschuhe. Es machte keinen Sinn, ihn erneut zu besuchen, ihre Fragen würden unbeantwortet bleiben. Mittlerweile hatte sie die Bestätigung, dass die Kugeln aus derselben Waffe stammten. Lilou und der Engländer waren also alle beide Opfer. Ein Überfall? Eine versuchte Entführung? Warum verdammt noch mal hatte der Mann, der den falschen Namen Brian C. Hobart trug, schwerverletzt das Haus verlassen? Und vor allem, wie? Oder hatte man ihn erst später niedergeschossen, auf dem Parkplatz? Es war müßig, jetzt weiter darüber nachzudenken. Sobald sie wusste, wer der Mann wirklich war, würde sie vielleicht Antworten auf ihre Fragen bekommen.

Porquerolles hatte etwas gemeinsam mit einem Croissant. Die Insel vor der Küste von Hyères war nämlich gebogen wie ein Frühstückshörnchen. Porquerolles war die größte der sogenannten Goldenen Inseln. Im Norden hatte sie malerische Sandstrände, die an die Karibik erinnerten, im Süden stürzte die felsige Küste steil ins Meer. Von der Halbinsel Giens waren sie mit der Fähre übergesetzt, hatten sich Mountainbikes gemietet und waren losgeradelt. Auf Porquerolles gab es so gut wie keine Autos, dafür dreißig Kilometer Radwege, Macchiabüsche, Pinienhaine und Eukalyptusbäume. In der warmen Luft vermischten sich die Düfte, hinzu kam das Salz des Meeres, Thymian und Lavendel. Isabelle folgte Thierry auf dem Rad, das Zirpen der Zikaden im Ohr, auf dem Weg zum feinsandigen Strand von Notre-Dame. Schon auf der Fähre hatte Thierry ihr die Geschichte der Insel erzählt: In den zwanziger Jahren des vorigen Jahrhunderts hatte ein reicher Unternehmer namens François-Joseph Fournier, der sein Vermögen mit Goldminen in Mexiko gemacht hatte, auf der Hochzeitsreise kurzerhand die Insel gekauft und seiner jungen Braut Sylvia zum Geschenk gemacht. Eine komplette Insel im azurblauen

Meer als Hochzeitsgeschenk, nicht schlecht. Bis zu seinem Tod verbrachten sie viel Zeit auf ihrer Trauminsel, dann zerbröselte der Besitz in Erbstreitigkeiten. Aber noch immer, erzählte Thierry, würden Nachkommen der Familie Fournier auf Porquerolles leben. Ein Großteil gehöre dem Staat, der die Insel zum Naturschutzgebiet erklärt habe. Gott sei Dank, dachte Isabelle. Hier hatten sie geschafft, was ihr Vater im kleinen Maßstab in Fragolin vergeblich versucht hatte – den Bau von Feriensiedlungen zu verhindern.

Einige Stunden später erreichten Thierry und Isabelle auf ihren Rädern im Westen der Insel das Restaurant *Mas du Langoustier.* Sie waren verschwitzt und hatten vom Schwimmen salzverkrustete Haare, aber das machte nichts. Das Lokal, zu dem auch ein Hotel gehörte, hatte zwar eine vielgerühmte Sterneküche, aber Porquerolles hatte seinen eigenen Lebensstil. Manche Gäste kamen direkt von ihren Yachten, hatten T-Shirts an und Badehosen, andere saßen im Blazer am Tisch und in weißen Leinenhosen.

Thierry war offenbar gut bekannt, wurde herzlich begrüßt und bekam den besten Platz. Isabelle musste zugeben, dass das der schönste Tag seit Jahren war. Aber das musste Thierry nicht wissen. Vergessen war die Bombenexplosion am *Arc de Triomphe,* waren die Operationen und die Schmerzen. Diskret hatte er ihre Narben beim Baden übersehen, auch ihre blasse Haut. Und beim Fahrradfahren hatte er einige Pausen gemacht, damit sie wieder zu Luft kam.

Jetzt bestellte er einen Wein von der Insel, einen Rosé vom Weingut *Domaine de L'Ile.* Er lehnte sich lässig zurück und lächelte. »Geht's dir gut?«, fragte er. *»C'est agréable, n'est-ce pas?«*

Längst waren sie per du, aber es gab von ihm keine weiteren Annäherungsversuche. Das wusste sie sehr zu schätzen. »*C'est fantastique*«, sagte sie.

Aus ihrer Korbtasche hörte sie den Klingelton ihres Handys. Sie entschuldigte sich und kramte es hervor. Auf dem Display sah sie, dass der Akku fast leer war, und auch, dass sie in den letzten Stunden diverse Gespräche verpasst hatte. Sie erkannte die Telefonnummer von Luc in London und nahm das Gespräch entgegen. Die nächste Minute hörte sie nur zu.

Luc berichtete, dass der Schuhmacher in der Bondstreet anhand der Fotos habe eindeutig identifizieren können, wer sich die Schuhe habe anfertigen lassen. Der Name des Kunden sei Phil Ferguson. Ob sie denn wisse, wer das sei, fragte Luc.

»Phil Ferguson?«, wiederholte Isabelle. Der Name sagte ihr was. Sie hatte in den letzten Wochen viel Zeit gehabt, Zeitung zu lesen und Fernsehen zu schauen. Phil Ferguson, das sei doch …

»Ganz genau«, unterbrach Luc, »das ist dieser durchgeknallte Wertpapierhändler, der einer exklusiven Klientel Millionengewinne versprochen hat. Diese geldgeilen Säcke haben investiert wie blöd. Aber dieser Ferguson hat alles verzockt und ist abgetaucht. Nach ihm wird auf der ganzen Welt gefahndet.«

Isabelle atmete tief durch. »Das sind also seine Schuhe?«

»Ganz richtig. Du sagtest, der Mann habe in Südfrankreich eine Frau ermordet und ist seitdem flüchtig?«

»Das ist nicht mehr aktuell«, korrigierte sie. »Der Mann wurde selbst niedergeschossen und liegt jetzt auf einer Intensivstation.«

»Hey, bei dir da unten ist ja richtig was los.«

Das Handy fing an zu piepen.

»Mist, mein *portable* ist leer. Tu mir einen Gefallen, behalte das bitte für dich ...«

»Zu spät, Paris ist bereits informiert ...«

»Wie bitte?«

»Ich kann dich nicht verstehen ...«

Dann gab das Handy seinen Geist auf. Isabelle warf das nutzlose Gerät in die Tasche. »Dieser Idiot, ich könnte ihn umbringen.« Sie schlug sich mit der flachen Hand gegen die Stirn. »Idiot, Idiot ...«

Erst jetzt merkte Isabelle, dass Thierry sie mit großen Augen ansah. »Ist was passiert?«, fragte er. »Ich habe nur Bahnhof verstanden. Warum sind die Schuhe eines gewissen Ferguson so bemerkenswert? Ist das unser Engländer?«

»Kann ich dein *portable* haben?«, sagte sie, ohne auf seine Fragen einzugehen.

Er hob hilflos die Hände. »Liegt im Auto. Ich wollte heute nicht gestört werden. Aber du kannst sicher an der Rezeption telefonieren.«

Isabelle fuhr sich durch die Haare. »Ja, natürlich, aber das bringt jetzt auch nichts.«

»Sehr gut, dann lass es sein. Wie wäre es zum Auftakt mit *crevettes marinées*? Und danach *poissons grillés*?«

Isabelle schüttelte den Kopf. »Tut mir leid, wenn ich jetzt den schönen Tag kaputt mache.«

Thierry schmunzelte. »Du magst keinen Fisch?«

»Doch, aber ich muss zurück. Ganz dringend.«

»Wirklich?«

»Definitiv!«

In knappen Worten schilderte sie ihm die Situation. Auch erzählte sie ihm von dem Komapatienten in Hyères, der mutmaßlich identisch mit ihrem verschwundenen Engländer war, der wiederum nach neuesten Erkenntnissen ein flüchtiger Finanzbetrüger war und den Namen Phil Ferguson trug.

Thierry pfiff durch die Zähne. »Ganz schön kompliziert.«

»Ja, und deshalb muss ich weg. Die Dinge bekommen gerade eine gefährliche Eigendynamik. Lass uns gehen.«

»Mit leerem Magen? Wir sind in Südfrankreich, nicht in Paris. Lass uns erst was essen. Dazu dieser köstliche Rosé. Dann brechen wir auf, versprochen.«

»Ich bring eh nichts runter.«

»Dass dein *portable* leer ist, musst du als Zeichen verstehen. Also, magst du nun Fisch oder nicht?«

Isabelle gab sich geschlagen. »Einverstanden, aber ohne Vor- und Nachspeisen. Ach so, ja, ich mag Fisch, sogar sehr gerne.«

Thierry lehnte sich zufrieden zurück. »Na bitte, geht doch. In Sachen Lebensqualität kannst du von mir lernen.«

Sie zog eine Augenbraue nach oben. »Tatsächlich?«

Er lächelte und hob das Glas. »Die einen reden nur davon, die anderen können es.«

»Wovon sprichst du?«

»Vom *savoir vivre,* meine Liebe. *Santé!*«

# 16

Auf dem Rückweg nach Fragolin sprachen sie nicht viel. Ab und zu sah sie hinüber zu Thierry, der das merkte und sie verschmitzt anlächelte. Was ihm wohl durch den Kopf ging? Wie sollte sie das wissen, sie konnte ja ihre eigenen Gedanken kaum ordnen. Noch im Restaurant hatte sie ihm einige Hintergründe angedeutet. Er war der Bürgermeister, er würde es sowieso erfahren. Und wenn sich alles so bestätigte, wie es gerade aussah, dann würde das ohnehin bald in den Zeitungen stehen. Thierry war zunächst wenig begeistert gewesen. Ihm war es am liebsten, wenn Fragolin nur positive Schlagzeilen machte. Aber dann war ihm eingefallen, dass man das auch positiv sehen könnte. Wenn sich ein international gesuchter Millionenbetrüger ausgerechnet nach Fragolin zurückziehe, nicht in die Karibik oder auf die Seychellen, dann sei das keine schlechte Fremdenverkehrswerbung. Vom Bekanntheitsgrad ganz abgesehen. Zugegeben, es sei nicht so toll, wenn man in Südfrankreich niedergeschossen wurde, aber der Mann habe Dreck am Stecken, da halte sich das Mitleid der Öffentlichkeit in Grenzen, dafür könne man seinen Ort nicht verantwortlich machen.

Thierry war ein guter Fahrer. Er fuhr zwar schnell, aber gleichmäßig und ohne hektische Brems- oder Lenkmanöver. Isabelle fühlte sich wohl an seiner Seite. Einmal hatte er im Lokal kurz ihre Hand gestreichelt. Das hatte sich gut angefühlt.

Als sie an der Abzweigung zum *Hameau des Cailles* vorbeikamen, fragte sie, ob er Monsieur Boustier kenne.

»Dominique, natürlich«, bestätigte er. »Warum?«

»Mein Vater hat sich mit ihm gestritten«, sagte sie. »Er wollte verhindern, dass diese Feriensiedlung gebaut wird.«

»Ja, das ist mir bekannt. Nach dem Tod deines Vaters hatte er leichtes Spiel. Das Land ist umgewidmet worden, und er konnte das Projekt durchziehen.«

»Findest du das gut?«

Er zuckte mit den Schultern. »Ich weiß nicht, das war vor meiner Zeit. Für die Infrastruktur war es nicht schlecht.«

»Und für die Natur?«

»Das sehe ich als nicht so tragisch an, wir haben so viel davon.«

»Demnach würdest du so eine Urbanisation genehmigen?«

»Das entscheidet nicht der Bürgermeister«, antwortete er, »aber ich hätte meine Vorbehalte. Außerdem würde ich auf einer ganzen Reihe von Auflagen bestehen.«

»Was ist das für ein Mensch, dieser Boustier?«

»Als Notar habe ich auch geschäftlich mit ihm zu tun. Du wirst über ihn nichts wirklich Schlechtes von mir hören.«

»Schade.«

Thierry sah zu ihr hinüber. »Aber du könntest mal zum Abendessen zu mir kommen und mich betrunken machen.«

»Warum sollte ich das tun?«

»Vielleicht vergesse ich dann meine Vorsätze.«

»Bezüglich Dominique Boustier?«

Thierry grinste. »Ja, zum Beispiel, vielleicht aber auch andere.«

»Ich weiß nicht, ob das eine gute Idee ist.«

»Überleg es dir. Ich würde mich freuen.«

Als sie bei der *Auberge des Maures* vorfuhren, wusste Isabelle sofort, dass der gemütliche Teil des Tages vorbei war. Eine schwarze Limousine stand im Parkverbot vor der Tür. Diese Art von Autos kannte sie.

»Ich glaube, ich habe Besuch«, sagte sie zu Thierry. Sie gab ihm einen Kuss auf die Wange und stieg aus.

»Brauchst du Hilfe?«

»Nein danke. Ich bin schon groß.«

»Bonjour, Madame, die Herren sind auf Ihrem Zimmer«, sagte die Concierge.

Isabelle nickte. Nichts anderes hatte sie erwartet. Sie ging die Treppe hinauf und öffnete die Tür. Drei Männer erwarteten sie. Einer saß auf ihrem Bett.

»Würden Sie bitte aufstehen und sich woanders hinsetzen«, forderte sie ihn auf.

Er sah zu einem Mann mit kahlgeschorenem Schädel. Dieser nickte kurz.

Jedenfalls wusste sie jetzt, wer hier das Sagen hatte. Sie wendete sich direkt an ihn. »Was verschafft mir die Ehre?«

Er musterte sie mit einem süffisanten Lächeln. »Sie kommen vom Baden?«, sagte er. »Sie haben eine beneidenswerte Berufsauffassung.«

»Ich bin Isabelle Bonnet«, entgegnete sie, ohne auf die Provokation einzugehen, »aber das wissen Sie ja. Auch unter Kollegen sollte man sich vorstellen, finden Sie nicht?«

»Aber gerne. Mein Name ist Bastian, Commandant Bastian. Ich bin der Leiter des Kommissariats in Toulon und sozusagen Ihr Vorgesetzter. Das hier ist Capitaine Richeloin und zu Ihrer Linken, das ist Lieutenant Parpin.«

Isabelle ging ans Fenster und drehte sich um. »Dass Sie mein Vorgesetzter sind, wage ich zu bezweifeln, aber egal. Was kann ich für Sie tun?«

»Ich bin Commandant, natürlich bin ich Ihnen vorgesetzt.«

»Vielleicht, aber nicht weisungsbefugt«, beharrte Isabelle auf ihrem Standpunkt.

Bastian bekam einen roten Kopf. »Wollen Sie mich ärgern? Dabei komme ich mit den besten Absichten. Sie haben den verschwundenen Engländer gefunden und seinen wahren Namen ermittelt …«

»Das ist noch nicht sicher.«

»Doch, ist es. Wir haben seine Fingerabdrücke an Scotland Yard gegeben. Von dort haben wir bereits die Bestätigung. Er ist es.«

»Na schön«, sagte Isabelle, »aber deshalb hätten Sie sich nicht herbemühen müssen.«

»Nein, deshalb nicht. Ich darf Sie offiziell belobigen. Für eine Berufsanfängerin haben Sie hervorragende Arbeit geleistet. Ich werde das im Bericht entsprechend vermerken. Auch wenn ich persönlich der Meinung bin, dass Sie einfach unverschämtes Glück hatten.«

»Ihre persönliche Meinung interessiert mich nicht. Kommen Sie auf den Punkt!«

»Aber gerne. Ich darf Ihnen mitteilen, dass Sie von nun an noch mehr Zeit zum Baden haben. Wir übernehmen den Fall. Ich würde Sie bitten, mir alle Unterlagen zu übergeben. Dann bringen Sie uns auf den neuesten Stand Ihrer Ermittlungen. Und schon sind wir wieder weg.«

»Sie entziehen mir den Fall?«

»Natürlich«, sagte Bastian. »Seien Sie froh, dass wir das tun.«

»Warum sollte ich das sein?«

Bastian schüttelte verständnislos den Kopf. »Sie sind eine unerfahrene Berufsanfängerin, deshalb. Der Fall hat jetzt eine andere Dimension, dafür fehlt Ihnen jegliche Qualifikation. So, jetzt geben Sie mir bitte die Ermittlungsakte!«

Isabelle musste lächeln. »Sie haben die Akte nicht gefunden? So ein Pech.«

»Jetzt werden Sie nicht frech. Raus damit!«

»Sind Sie autorisiert, mir den Fall zu entziehen?«, fragte sie.

»Schaue ich so aus, als ob mich jemand autorisieren müsste. Ich bin hier der Chef, alles klar? Aber wenn es Sie beruhigt, ich habe Anweisung von oben.«

»Woher wissen Sie eigentlich, dass mich der Fall überfordert?«, fragte sie.

Bastian sah sie verzweifelt an. »Sie machen mir Spaß. Laut Polizeicomputer ist das Ihr erster Fall als ermittelnde Kommissarin. Und das zwanzig Jahre nach Ihrem Abschluss an der Polizeihochschule. Ich frage mich, was Sie in der Zwischenzeit gemacht haben. Davon steht nichts drin. In Ihrer Vita fehlen zwei komplette Jahrzehnte. So etwas Dürftiges habe ich noch nie gesehen. Waren Sie andauernd beim Baden? Oder haben Sie Kinderchen in die Welt gesetzt? Wie auch immer, den Fall sind Sie los, ich habe keine Lust, mit Ihnen zu diskutieren.«

»Ich auch nicht«, erwiderte Isabelle. »Sie können gehen.«

Bastian langte sich an den Kopf. »Sind Sie verrückt? Hiermit suspendiere ich Sie von Ihrem Dienst. Und ich werde dafür Sorge tragen, dass Sie aus dem Staatsdienst entlassen werden, das können Sie mir glauben.«

»Ist ja gut«, sagte Isabelle. »Und jetzt gehen Sie bitte, alle drei!«

Der Commandant hatte vor Aufregung geschwollene Adern auf der Stirn. »Sie sind verhaftet. Geben Sie mir Ihre Dienstwaffe …«

»Ich habe keine Waffe.«

»Ach so, sind Sie beim Schießtest durchgefallen? Lieutenant Parpin, legen Sie dieser verrückten Person Handschellen an.«

Isabelle, die äußerlich völlig ruhig wirkte, stand kurz davor zu explodieren. Eigentlich hatte sie nichts dagegen, diesen Fall abzugeben. Sie hatte sich nicht um ihn gerissen. Ursprünglich wollte sie in Fragolin nur Urlaub machen und sich erholen. Aber sie war es nicht gewohnt, dass man mit ihr redete wie mit einer geistig Behinderten. Außerdem hatte sie bei den Ermittlungen große Fortschritte gemacht. Ihr Ehrgeiz war entfacht. Und jetzt wollte sie dieser arrogante Glatzkopf aufs Abstellgleis schieben. Hätte er sie höflich gefragt, hätte sie sich vielleicht überreden lassen. Aber nicht so, nein, ganz bestimmt nicht. Isabelle hob abwehrend die Hand. »Vorsicht! Langen Sie mich nicht an! Noch sind wir Kollegen, so gehen wir nicht miteinander um.«

Parpin blieb stehen. Er hielt die Handschellen in der Hand, aber er hatte diese noch nie einem anderen Polizisten angelegt.

»Ich nenne Ihnen jetzt eine Telefonnummer«, sagte Isabelle zu Bastian, »dort rufen Sie an. Und wenn Sie hinterher noch immer glauben, dass Sie mich verhaften müssen, dann leiste ich keinen Widerstand.«

»Warum sollte ich …«

»Weil ich Sie darum bitte, von Kollege zu Kollege, deshalb.«

»Kollege, dass ich nicht lache. Aber meinetwegen, wie ist die Nummer?«

Er nahm sein Handy und tippte die Nummer. Sie kam ihm irgendwie bekannt vor.

»Schalten Sie bitte den Lautsprecher ein«, bat Isabelle, »damit wir alle mithören können.«

Bastian zog eine Grimasse, entsprach aber ihrem Wunsch. Sie hörten das Freizeichen. Dann meldete sich eine Frauenstimme: *»Direction générale de la police nationale.«*

»Fragen Sie nach Maurice Balancourt«, sagte Isabelle.

»Balancourt, aber das ist doch …«

»Genau, das ist er.«

»Kann ich bitte Monsieur Balancourt sprechen?«, fragte Bastian mit unsicherer Stimme.

»Wer ist am Apparat?«

»Commandant Bastian vom Kommissariat in Toulon.«

»Tut mir leid«, sagte die Dame am Telefon, »Monsieur ist in einer wichtigen Besprechung und darf nicht gestört werden.«

Isabelle gab Bastian ein Zeichen. »Geben Sie mal her!« Der zögerte kurz, dann reichte er ihr das Handy. Offenbar hatte er die Übersicht verloren.

Sie verkniff sich ein Grinsen. »Bonjour Jacqueline, ich bin's, Isabelle.«

»Hallo, meine Liebe, schön, dich zu hören. Wie geht's dir?«

»Besser, immer besser. Kannst du mich mal mit Maurice verbinden. Ich habe hier einen Kollegen, der müsste kurz mit ihm sprechen.«

»Aber klar, Chérie, ich verbinde.«

Lieutenant Parpin ging schon mal einen Schritt zurück und steckte die Handschellen ein. Capitaine Richeloin rückte sich den Krawattenknoten zurecht.

»Balancourt«, bellte Maurice in den Hörer. Isabelle reichte Bastian das Telefon.

»Bonjour, Monsieur, bitte entschuldigen Sie die Störung.

Ich bin Commandant Bastian vom Kommissariat in Toulon. Ich befinde mich gerade in einer delikaten Situation. Also, ich weiß nicht, wie ich es erklären soll …«, stammelte Bastian. »Ich habe von meinem Chef die Anweisung bekommen, den Fall in Fragolin zu übernehmen.«

»Ihr Chef hat keine Ahnung. Seine Anweisung ist hiermit außer Kraft gesetzt.«

»Außer Kraft gesetzt, ich verstehe«, wiederholte Bastian.

»Ist Madame Bonnet bei Ihnen?«, fragte Maurice.

»Ja, sie steht neben mir und hört mit.«

»Hallo, Isabelle, ich gratuliere, das hast du gut gemacht. Da haben wir also einen großen Fisch an der Angel. Fragt sich nur, wer ihn über den Haufen geschossen hat, ihn und seine kleine Freundin. Aber das kriegst du auch noch raus. Gibt's ein Problem?«

Isabelle sah Bastian an. »Nein, ich glaube nicht«, antwortete sie, »alles klar.«

»Sehr schön. Bastian, hören Sie mich?«

»Ja, selbstverständlich.«

»Madame le Commissaire bekommt jede Unterstützung, die sie braucht. Stellen Sie einen fähigen Assistenten ab. Und wenn Ihr Chef zickt, sagen Sie ihm, er soll sich bei mir melden. Und, Isabelle …«

»Ja.«

»… bevor ich es vergesse, ich war vorhin im Élysée, der Präsident lässt dich herzlich grüßen und wünscht dir weiterhin gute Genesung. So, jetzt muss ich auflegen. Isabelle, meine Herren, machen Sie es gut. *Au revoir.*«

Fünf Minuten später lag Isabelle auf ihrem Bett. Sie war alleine in ihrem Zimmer. Draußen hörte sie Türen schlagen, ein Auto wurde angelassen. Nach dem Telefonat hatte sie nur noch einige wenige Sätze mit ihren Kollegen gewechselt. Diese waren sichtlich konsterniert und verstanden die Welt nicht mehr. Bastian hatte jede Contenance verloren. Isabelle schüttelte lächelnd den Kopf. Im Leben war das Unvorhergesehene die einzige Konstante. In diesem Fall hatte es ihren Besuch aus Toulon erwischt. Rückblickend hatte sie den Auftritt der drei Musketiere genossen. So was brachte den Kreislauf in Schwung. Und sie musste zugeben, dass es Spaß machte, wenn man jemanden voll gegen die Wand laufen ließ. Das war zwar kindisch, aber trotzdem. Allzu oft bot sich eine solche Chance nicht, also musste man sie nutzen. Später würde sie Maurice anrufen und sich bei ihm bedanken. Diesem Luc in London würde sie dagegen am liebsten einen Tritt in den Hintern geben. Der hatte dieses Affentheater in Gang gesetzt. Und nun? Jetzt hatte sie den Fall wieder an der Backe. Selbst schuld. Sie sah in die Richtung, wo sie die Ermittlungsakte versteckt hatte. Aus alter Gewohnheit, brisantes Material ließ sie nicht in der Gegend herumliegen. Dann dachte sie an Porquerolles, an den Strand, an den Blick aufs Meer. Sie glaubte das Salz auf den Lippen zu schmecken. Sie hörte die Stimme von Thierry, der sie nach dem Anruf überredet hatte, nicht sofort zu fahren. Der Mann hatte recht, er verstand wirklich was vom Leben.

Isabelle spielte mit der Visitenkarte, die ihr der Commandant zum Abschied in die Hand gedrückt hatte. Sie gab die Kontaktdaten von Bastian in das Adressverzeichnis ihres Handys ein. Immer wieder blitzten vor ihren Augen die Bilder vom Engländer auf. Sie sah ihn vor sich, wie er in der Komastation an all diesen Geräten hing. Sie glaubte den schnarrenden Takt der Beatmungsmaschine zu hören. Immerhin hatte dieses bemitleidenswerte Wesen jetzt einen richtigen Namen: Phil Ferguson. Sie wusste nicht genau, was er angestellt hatte, aber als Finanzbetrüger war der Mann eine Berühmtheit. Er hatte vielen Menschen Unsummen von Geld aus den Taschen gezogen. Die waren nicht gut auf ihn zu sprechen, davon konnte man ausgehen. Die hätten ihre Kohle gerne zurück und wünschten ihm die Pest an den Hals. Aber warum sollte ihn ein geprellter Anleger über den Haufen schießen? So bekäme er sein Geld nicht wieder. Eine Art von Selbstjustiz? Warum nicht, alles schon da gewesen. Wie auch immer, Phil Ferguson hatte mehr Feinde als Freunde.

Isabelle setzte sich ruckartig auf und wählte die Handynummer von Commandant Bastian. Sie unterdrückte den Reflex, ihm eine kurze Anweisung zu geben, stattdessen war sie um einen freundlichen Ton bemüht. Sie fragte, ob er nicht auch der Meinung sei, dass dieser Ferguson eine ausgesprochen gefährdete Person sei und dass es deshalb dringend geboten wäre, ihm Personenschutz zu geben. Bastians Grummeln interpretierte sie als Zustimmung. Sie bat ihn, vor dem Krankenzimmer einen Beamten zu postieren. Rund um die Uhr. Dann rutschte ihr doch heraus: »Und zwar unverzüglich!« Weil es jetzt schon egal war, erinnerte sie ihn daran, dass ihr ein fähiger Assistent zustehe. Dieser habe sich morgen Vormittag um zehn Uhr in der *Auberge* einzufinden. Mit einem Dienstwagen und allen verfügbaren Hintergrundinformationen zur Person des Opfers. Dann wünschte sie Bastian noch eine gute Fahrt. Dieser sparte sich eine Abschiedsfloskel und legte einfach auf. Sie atmete tief durch. Damit konnte sie leben. Hauptsache, ihr blieb erspart, in der Zeitung zu lesen, dass die französische Polizei nicht in der Lage sei, einen britischen Staatsbürger zu schützen – auch wenn dieser ein international gesuchter Finanzbetrüger war.

# 17

Dass ihr der nächste Tag keine ruhige Minute gönnen würde, war Isabelle schon in der Nacht klargeworden. Warum hatte sie sich auf dieses Spiel eingelassen? War sie von allen guten Geistern verlassen? Sie hatte ihren Aufenthalt in Fragolin als ihr ganz persönliches Rehabilitationsprogramm geplant. Mit dem Hauch von Lavendel in der Luft, mit Spaziergängen in schattigen Eichenwäldern, mit Baden im Meer und Sand in den nassen Haaren, unter blauem Himmel, mit einem kühlen Rosé im Glas. Eigentlich hatte es ganz gut angefangen. Sie hatte ihre Freundin aus Kindertagen getroffen, mit ihrem Bruder Pascal und seiner Frau Jeanne gelacht. Sie hatte beim Boulespielen gewonnen und Thierry kennengelernt. Die Stunden mit ihm auf Porquerolles würde sie nicht so schnell vergessen. Und sie hatte mit der alten Sekretärin ihres Vaters gesprochen, hatte in Fotoalben geblättert und in der Erinnerung eine Zeitreise angetreten. Doch irgendwas war falsch gelaufen und hatte ihre schönen Pläne durcheinandergewirbelt. Aber fühlte sie sich deshalb schlechter? Nicht wirklich. Sollte der alte Maurice mit seiner Einschätzung etwa recht haben, dass sie berufliche Ablenkung brauchte, um wieder zu sich selbst zu finden? Doch musste es ein Job als Kommissarin sein, für den sie auf dem Papier hoffnungslos überqualifiziert war – aber in der Praxis kaum Erfahrung hatte, und wenn, dann lag sie lange zurück? Außerdem spürte sie immer wieder, dass sie im Kopf nicht wirklich fit war. Sie würde es sich nicht anmerken lassen, es auch nie und nimmer zugeben, aber es fiel ihr schwer, ihre Gedanken zu sortieren und logische Schlussfolgerungen zu ziehen. Sie übersah Dinge, die eigentlich auf der Hand lagen, sie hatte Namen nicht immer präsent, wusste schon nicht mehr, wie der Sergeant der Gendarmerie hieß. Aspergin? Albafin? Albertin? Richtig, Albertin! Also, es ging doch, sie brauchte nur etwas länger. Die Druckwelle der Bombe vom *Arc de Triomphe* hatte die Schaltkreise in ihrem Kopf irgendwie durcheinandergewirbelt, jetzt mussten sie sich neu organisieren. Die nächsten Tage würden zeigen, ob das klappte. Sie hoffte es sehr, war sich aber nicht sicher.

Isabelle sah auf die Uhr. Zehn Uhr. Von einem Assistenten war weit und breit nichts zu sehen. Dafür klingelte unablässig ihr Handy. Am liebsten hätte sie es in den Brunnen auf der Terrasse geworfen, aber sie widerstand der Versuchung. Diesmal war es der Bürgermeister. Thierry fragte, ob sie für den Fall noch zuständig sei.

»Natürlich«, antwortete sie, »was denkst denn du?«

»Genau das habe ich mir gedacht«, sagte er lachend. »Ich habe gestern deine lieben Kollegen gesehen, wie sie aus der *Auberge* gekommen sind. Die haben vielleicht belemmert aus der Wäsche geschaut.«

»Wirklich? Das freut mich.«

»Beim Zurücksetzen haben sie einen Pfosten übersehen und den Wagen beschädigt.«

»So ein Pech.« Isabelle konnte nicht anders, sie musste grinsen.

»Jedenfalls bin ich bei dir an der richtigen Adresse. Du musst wissen, ich habe die Medien am Hals. Von allen Seiten werde ich mit Anfragen bombardiert. Wir müssen dringend eine gemeinsame Pressekonferenz ansetzen.«

»Die Medien? Wie kann das sein?«

»Offenbar hat Scotland Yard eine Pressemeldung herausgegeben«, antwortete er. »Jetzt stürzen sich die Journalisten wie Aasgeier auf die Beute.«

»Auf Aasgeier kann ich keine Rücksicht nehmen. Für eine Pressekonferenz ist es entschieden zu früh.«

»Du hast leicht reden, du weißt nicht, was los ist. Es geht nicht anders, wir brauchen noch heute eine Pressekonferenz«, bestand er auf seiner Forderung. »Sonst wandere ich aus.«

»Muss ich dabei sein?«, fragte sie.

»Beim Auswandern?«, sagte er. »Keine schlechte Idee. Nein, im Ernst, natürlich musst du dabei sein. Du musst über den Stand der Ermittlungen berichten, das wollen die Medienfuzzis doch wissen. Den Rest denken sie sich sowieso aus.«

Sie dachte, dass das heute nicht ihr Tag war. Eine Pressekonferenz? Als Chefin einer geheimen Eliteeinheit war ihr so was immer erspart geblieben.

»Meinetwegen«, gab sie schließlich nach, »aber bitte möglichst spät am Nachmittag.«

»Um achtzehn Uhr im Rathaus. Wer muss noch dabei sein?«

»Der zuständige Staatsanwalt.«

»Wie heißt er?«

Isabelle wollte nicht zugeben, dass ihr gerade der Name nicht einfiel. »Ich ruf ihn selber an«, erwiderte sie ausweichend.

»Einverstanden. Aber sag mir Bescheid, ob er kommt.«

»Ich brauch dringend ein Büro. Kannst du mir weiterhelfen?«

»Aber klar, schließlich bin ich der Bürgermeister. Im Rathaus sind die Räume der Forstverwaltung frei geworden, die kannst du haben. Es ist alles da, Schreibtische, Stühle, Telefon, Fax. Nur ihre Computer haben die Waldmenschen mitgenommen und die Kaffeemaschine.«

»Vielen Dank, ich komm nachher vorbei.«

»Krieg ich dafür einen Kuss?«

»Spinnst du? Seit wann gibt es für Amtshilfe einen Kuss?«

»In Fragolin ist das so üblich.«

»Fabré«, sagte Isabelle, »so heißt der Staatsanwalt.« Jetzt war ihr der Name eingefallen.

Was hatte Thierry gerade gesagt? Journalisten würden sich wie Aasgeier auf den Fall stürzen? *Merde,* warum hatte sie nicht früher daran gedacht? Kurzentschlossen rief sie bei der Gendarmerie an. Sie fragte nach Sergeant Albertin und bekam ihn nach einigen Umwegen an die Strippe. Sie bat ihn ohne Umschweife um Unterstützung. Aufgrund der Medienaufmerksamkeit sei es dringend geboten, Fergusons Villa zu bewachen und vor ungebetenen Eindringlingen und neugierigen Blicken zu schützen. Das falle in den Zuständigkeitsbereich der Gendarmerie, behauptete sie frech. Außerdem sei Eile geboten, und die Gendarmerie sei nun mal vor Ort. Albertin bat sie, kurz in der Leitung zu warten, er müsse sich von Capitaine Briand die Genehmigung geben lassen. Es dauerte nicht lange, dann bestätigte er, dass die »Objektsicherung« unverzüglich eingeleitet werde. Isabelle dachte, dass sich die Gendarmerie erstens grün und blau ärgerte, bei dem plötzlich so spektakulären Fall nicht mehr die Verantwortung zu haben, und sich zweitens nicht dem Risiko aussetzen wollte, durch eine Verweigerung in die Kritik zu geraten.

Kaum hatte Isabelle das Gespräch beendet, klingelte es. Jetzt war Maurice am Telefon.

»Hallo, Chérie, wie geht es dir?«, fragte er.

»Ich weiß nicht, wo mir der Kopf steht.«

»Perfekt, so soll es sein. Du wirst sehen, bald bist du wieder gesund.«

»Hast du nicht gesagt, das wäre ein einfacher Routinefall, für den sich niemand interessieren würde?«

Maurice kicherte. »Da habe ich mich eben getäuscht. So was kommt vor.«

»Trotzdem, vielen Dank.«

»Wofür?«

»Dafür, dass du diesen Bastian gestern auf die Größe eines Kanarienvogels zurechtgestutzt hast.«

»War mir ein Vergnügen. Die wollten dir den Fall wegnehmen. Wo gibt's denn so etwas? Mittlerweile liegt in Toulon eine offizielle Dienstanweisung vor, von mir persönlich unterschrieben. Das sollte reichen.«

»Die Kollegen werden nicht begeistert sein.«

»Nein, aber das interessiert mich nicht.«

»Der Bürgermeister möchte, dass ich heute noch eine Pressekonferenz mache …«

»Gute Idee, ich wollte dich schon darum bitten.«

»Aber es gibt nichts, was ich berichten könnte.«

»Hervorragend, das sind die schönsten Pressekonferenzen. Irgendwas wird dir schon einfallen.«

»Du bist gemein.«

Maurice lachte. »Jetzt kommst du doch in die Zeitung.«

»Aber nicht in meiner alten Funktion.«

»Nein, sondern als kleine kluge Kommissarin. Jacqueline schreibt gerade den Lebenslauf, den ich für dich aufgesetzt habe. Er geht dir in der nächsten Stunde per Mail zu. Lern ihn auswendig, dann weißt du zur Pressekonferenz wenigstens, wer du bist.«

»Sehr witzig.«

»Ich muss Schluss machen, ich hab einen Termin beim Innenminister. Wir haben ein staatstragendes Geheimtreffen.«

»Klingt wichtig.«

»Total wichtig. Er kann sich nicht entscheiden, ob er bei einem Banquet im *Hôtel de Beauvau* einen Pomerol ausschenken soll oder doch lieber einen Bordeaux aus dem Médoc. Er zählt auf meine Fachexpertise.«

»Du bist zweifellos qualifiziert.«

»*Naturellement.* Ich wünsche dir noch einen schönen Tag. Lass dich nicht stressen. Denk immer dran: Das sind alles nur Kanarienvögel, auch wenn sie sich aufplustern und aufführen wie Königsadler. Alles nur Kanarienvögel, im günstigsten Fall, der große Rest sind Kolibris.«

Mittlerweile war es fast zwölf Uhr. Isabelle beschloss, nicht länger auf ihren Assistenten zu warten. Dem hatte sie hiermit schon vor Erscheinen gekündigt. Gerade wollte sie zum Rathaus aufbrechen, um sich von Thierry ihre neuen Büroräume zeigen zu lassen, da sah sie, wie ein alter 2CV mit quietschenden Reifen und in bedrohlicher Schräglage um die Ecke kurvte, um dann mit einem kühnen Bremsmanöver wenige Zentimeter vor dem Springbrunnen zum Stehen zu kommen. Ein hagerer Mann faltete sich aus dem Auto. Er war himmellang, ihm standen die Haare wirr vom Kopf. Eilig knöpfte er sich das Sakko zu, wobei er sich in der Reihenfolge der Knopflöcher vertat, und kam mit rudernden Armen näher. Isabelle schwante Schlimmes.

»Madame le Commi… Commi… Commissaire«, stotterte er, »ich ... ich bitte ... bitte vielmals um Vergebung. Ich bin ... bin normalerweise die Pünktlichkeit in Person, aber ich habe viel zu spät von meiner Aufgabe erfahren.« Die anfänglichen Sprachschwierigkeiten waren überwunden, jetzt kamen die Sätze flüssig über seine Lippen. »Der einzig verfügbare Dienstwagen ist nicht angesprungen, bei meinem privaten *deux chevaux* war der Tank leer, dann bin ich in einen Stau geraten. Aber jetzt bin ich hier. Ich darf mich vorstellen: Sous-Brigadier Jacobert Apollinaire Eustache.«

»Wie bitte?«

»Jacobert Apollinaire Eustache, zu Ihren Diensten.«

»Muss man Sie mit dem vollen Namen anreden?«, fragte Isabelle mit einem süffisanten Lächeln.

Er rückte seinen Krawattenknoten zurecht. »Nein, natürlich nicht«, erklärte er. »Apollinaire genügt völlig.«

»Sie sind mein Assistent, sehe ich das richtig?«

»*Oui, c'est correct.* Ich weiß es selber erst seit kurzem.«

»Was haben Sie bisher gemacht?«

»Ich habe im Archiv gearbeitet.«

Isabelle sah ihn ungläubig an. »Im Archiv?«

»Ja. Sie müssen wissen, ich habe so eine Art lexikalisches Gedächtnis. Trotzdem bin ich dort völlig fehl am Platz. Meine wahre Berufung ist die Arbeit an vorderster Front. Endlich hat das auch mein Commandant erkannt.«

»Bastian?«

»Ja, Commandant Bastian. Er lässt Sie herzlich grüßen.«

Isabelle dachte, dass Bastian kein Kanarienvogel war, sondern eher eine Kanalratte. Wahrscheinlich war er es, der den einzig verfügbaren Dienstwagen außer Betrieb gesetzt hatte. Von Toulon hatte sie nichts Gutes zu erwarten, so viel stand fest. Als ihren Assistenten hatte Bastian mit Absicht den am wenigsten geeigneten Mann ausgesucht. Und die angeforderten Unterlagen zum Opfer hatte er ihm bestimmt auch nicht ausgehändigt.

»Ich hatte Bastian gebeten, dass Sie mir …«

Apollinaire schlug sich an die Stirn. »Natürlich, die Mappe zu Phil Ferguson. Sie liegt auf dem Beifahrersitz. Mein Commandant hatte vergessen, sie mir mitzugeben. Ich bin extra noch mal umgedreht, weil ich dachte, dass Sie diese unbedingt brauchen. Ich habe die Papiere im Stau überflogen. Am interessantesten sind die Informationen von Scotland Yard. Dieser Ferguson …«

»Können Sie Englisch?«

Apollinaire schien sich über die Frage zu wundern. »Englisch? Selbstverständlich kann ich Englisch und noch ein Dutzend weiterer Sprachen. Ich sagte doch, ich arbeitete im Archiv, da ist die Kenntnis einiger Fremdsprachen unabdingbar. Leider fehlt den meisten Kollegen diese Einsicht.«

Isabelle musste schmunzeln. Dieser Apollinaire war zwar eine merkwürdige Erscheinung, aber nicht unsympathisch und offenbar mit einigen erstaunlichen Fähigkeiten gesegnet. Allerdings fürchtete sie, dass er sich außerhalb seiner Archivschränke im wahren Leben nicht wirklich zurechtfand. Aber für den Augenblick hatte sie keine personelle Alternative, sie musste ihn so nehmen, wie er war.

Apollinaire eilte zum Auto und brachte ihr die Mappe mit den Berichten zu Phil Ferguson. Sie machte ihn darauf aufmerksam, dass er sein Sakko falsch zugeknöpft hatte, dann bat sie ihn, zum Rathaus zu fahren, den Bürgermeister Thierry Blès zu kontaktieren und sich die provisorischen Büroräume zeigen zu lassen. Er solle prüfen, ob alles da sei, was man für die Arbeit so brauche. Und er solle versuchen dem Bürgermeister zwei Computer abzuschwatzen. Sie komme in Kürze nach, zunächst wolle sie die Unterlagen studieren und in Ruhe einige Telefonate führen.

Isabelle saß unter einem Sonnenschirm auf der Terrasse der *Auberge,* vor sich ein *Jus d'orange fraîchement pressé,* ein Glas mit frisch ausgepresstem Orangensaft, ihr aufgeklapptes Notebook und die Mappe, die Bastian ihr hatte vorenthalten wollen. Mit dem Staatsanwalt Fabré hatte sie bereits telefoniert, er war mit der Pressekonferenz um achtzehn Uhr einverstanden und hatte sein Kommen zugesagt. Er stimmte ihr zu, dass sich juristisch am Fall einiges geändert habe, selbstverständlich erscheine jetzt alles in einem anderen Licht, und die Ermittlungen müssten aufgrund der wahren Identität des Engländers in neue Richtungen gehen. Isabelle machte darauf aufmerksam, dass sie vor den Medien die tote Frau nicht vergessen dürften. Sie berichtete kurz vom Stand ihrer Recherchen bezüglich Lilou Sabin. Sie verabredeten ein Treffen eine halbe Stunde vor der Pressekonferenz, um sich abzustimmen. In der Zwischenzeit würde sich Fabré mit den britischen Behörden kurzschließen, denn an eine Auslieferung von Ferguson sei angesichts seines Gesundheitszustandes nicht zu denken.

Isabelle schloss die Augen und massierte mit den Fingerspitzen ihre Schläfen. Staatsanwalt Fabré, Commandant Bastian, Sous-Brigadier Apollinaire, Phil Ferguson, Piercing-Künstler François, die leichten Mädchen Lilou und Zoé ... In ihrem Kopf fing es an zu pochen. Wieder mal hatte sie das Gefühl, dass sie der aktuellen Situation nicht gewachsen war, dass sie sich konzentrieren musste, um sich an all die Namen zu erinnern und nichts durcheinanderzubringen. Papas alte Sekretärin Florence Chapoulet, der Investor Dominique Boustier, ihre Freundin Clodine ... Sie nahm sich fest vor, ihre Kindheit trotz der aktuellen Turbulenzen nicht aus den Augen zu verlieren. Sie würde die Zeit finden, um besser zu verstehen, was damals passiert war. Sie würde mit Boustier sprechen, der vom Tod ihres Vaters profitiert hatte. Die Katze Chouchou fiel ihr ein. Sie glaubte ihr Schnurren zu hören. Das Pochen im Kopf wurde schwächer. Sie machte die Augen wieder auf – und beschloss, sich nicht unterkriegen zu lassen. Sie würde beweisen, dass sie alles im Griff hatte. Nicht gegenüber den anderen Leuten, die waren ihr bis auf wenige Ausnahmen egal, sondern sich selbst gegenüber.

Eine halbe Stunde später hatte Isabelle eine ungefähre Vorstellung von Phil Ferguson und seinen Geldgeschäften gewonnen, ohne die Hintergründe wirklich zu verstehen – aber offenbar befand sie sich in bester Gesellschaft, denn selbst die Finanzfachleute der Londoner Justiz schienen nicht wirklich durchzublicken. Offenbar hatte Ferguson seiner vermögenden Klientel über zweihundert Millionen Pfund aus den Taschen gezogen. Die genaue Summe stand nicht fest, nach Ermittlungen der britischen Anti-Betrugsbehörde SFO könnte der Schaden auch weit höher sein. Jedenfalls hatte eine von ihm gegründete Investmentgesellschaft den Anlegern sagenhafte Gewinne durch Aktien- und Finanzgeschäfte versprochen. Tatsächlich wurden in den ersten Jahren satte Ausschüttungen geleistet. Mit der Folge, dass ihm noch mehr vermögende Menschen ihr Kapital anvertrauten. Ferguson konnte es sich leisten, Investments erst ab einer Million Pfund zu akzeptieren, was seinen Anlegern den Spitznamen »Club of Millionaires« einbrachte – was fast schon einem Adelsprädikat glich. Ferguson wurde in England zum Hedgefonds-Manager des

Jahres gewählt, war Gast in Fernseh-Talkshows und galt allgemein als gewiefter Finanzfachmann. Seiner Seriosität kam zugute, dass er keinen neureichen Lebensstil pflegte. Er schmiss keine großen Partys, er hatte weder protzige Immobilien noch einen Privatjet oder eine Luxusyacht. Aber dann passierte es: Plötzlich war Phil Ferguson verschwunden – und mit ihm das viele Geld. Die Experten waren sich uneins, ob er sich einfach verzockt und deshalb über Nacht das Weite gesucht hatte oder ob hinter seinem Fonds ein betrügerisches Schneeballsystem steckte. Im Ergebnis war es egal, die Anleger hatten das Nachsehen. Schon bald wurde mit internationalem Haftbefehl nach Phil Ferguson gesucht. Mal wurde er auf den Bahamas gesehen, dann in Dubai, wenig später in der Südsee. Er schien wie ein Phantom quer über die Kontinente zu hetzen …

Isabelle lehnte sich zurück und konnte sich ein leises Lächeln nicht verkneifen. Überall hatte man den Mann gesucht, nur nicht im beschaulichen Fragolin, wohin sich Phil Ferguson zurückgezogen hatte, um ein vergleichsweise bescheidenes und unauffälliges Leben zu führen. Weder war er durch irgendwelche Extravaganzen aufgefallen, noch hatte er sich irgendwo unbeliebt gemacht. Das hätte ewig so weitergehen können – aber dann wurde auf ihn geschossen und das Mädchen Lilou getötet. Schluss war es mit dem schönen Leben im sonnigen Süden Frankreichs. Aus und vorbei. Pech gehabt. Ein dummer Zufall? Nie und nimmer!

Isabelle dachte an den Rat von Maurice, sich nicht stressen zu lassen. Das war in der aktuellen Situation leichter gesagt als getan. Auf dem Weg zum Rathaus machte sie einen Umweg und besuchte Clodine in ihrem Laden. Diese hängte ein Schild mit *Fermé* an die Tür und begleitete Isabelle zum *Café des Arts.* Sie war stolz auf sich, dass sie diese Nerven hatte. Während die Geschichte des Engländers hohe Wogen schlug, brachte sie es fertig, gemütlich mit einer Freundin etwas zu trinken und belangloses Zeug zu plaudern. Maurice wäre zufrieden. Er war ein überzeugter Anhänger der Theorie, dass die Kraft in der Ruhe liege. Damit hatte er es weit gebracht. Auch Thierry würde ihr Lob spenden.

Später legte sie die letzten Meter zum Rathaus bewusst langsam zurück. Sie nahm sich sogar die Zeit, mit Alain, der wie immer vor seinem Korkgeschäft im Lehnstuhl saß, einige Worte zu wechseln. Schließlich blieb sie in der Eingangshalle des *Hôtel de ville* vor dem Bild ihres Vaters stehen. Dann fragte sie nach den ehemaligen Büroräumen der Forstbehörde. Die Tür stand offen. Unter einem Tisch ragten zwei Beine hervor, die sie unschwer ihrem neuen Assistenten zuordnen konnte. Erstens waren sie ungewöhnlich lang, zweitens trug wohl keiner außer ihm um diese Jahreszeit rote Wollsocken. Sie machte sich mit einem Hüsteln bemerkbar. Apollinaire kroch hervor und entschuldigte sich tausendmal, aber er habe gerade den Bildschirm an den Computer angeschlossen, jetzt müsse alles funktionieren.

Beim Starten des Computers stellte sich heraus, dass er mit einem Passwort geschützt war. Apollinaire erklärte, dass der Computer einem früheren Mitarbeiter im Tourismusbüro gehört habe, er sei leider verstorben, ihn könne man nicht mehr fragen. Er schaute unter der Tastatur nach, unter dem Monitor, nirgends ein Hinweis.

»Dann eben nicht«, sagte Isabelle.

Apollinaire setzte sich an den Computer, gab in Windeseile irgendwelche Befehle ein, summte dabei ein Lied und klopfte gleichzeitig mit dem Fuß auf den Parkettboden, allerdings einen völlig anderen Rhythmus. Isabelle sah dieser merkwürdigen Vorführung kurze Zeit zu, dann wendete sie sich ab, um Thierry zu besuchen. Sie hatte die Tür noch nicht erreicht, da hörte sie, wie Apollinaire einen Freudenjauchzer ausstieß.

»Passwort geknackt!«, rief er. »Sie können den Computer verwenden. Wir haben auch schon ein Netz.«

Isabelle war beeindruckt. Ihr Assistent offenbarte bemerkenswerte Talente. »Sind Sie ein Computerexperte?«, fragte sie.

Er schlug entsetzt die Hände über dem Kopf zusammen. »Um Gottes willen, nein, ich hasse diese Geräte. Aber den Algorithmus hat ein Stümper geschrieben, das Passwort war kinderleicht zu cracken.«

Isabelle ging zu ihm und klopfte ihm anerkennend auf die Schulter. »Gut gemacht, vielen Dank.«

»Aber gerne. Was steht als Nächstes an?«

Sie legte die mitgebrachte Akte der Gendarmerie auf den Tisch. »Das war der Stand der Ermittlungen, als ich den Fall übernommen habe«, sagte sie. »Schauen Sie sich das mal an. Ich muss kurz zum Bürgermeister, im Anschluss sollten wir darüber reden. Ich werde Sie dann auch über die Ergebnisse meiner weiterführenden Ermittlungen ins Bild setzen.«

Das Gespräch mit Thierry dauerte länger als geplant. Was unter anderem daran lag, dass sie nicht immer beim Thema blieben und gelegentlich ins Private abschweiften. Aber am Schluss hatten sie alles durchgesprochen, vor allem, was den Ablauf der Pressekonferenz betraf. Mittlerweile hatte sich Thierry damit abgefunden, dass Fragolin in die Schlagzeilen geriet. Das werde den Bekanntheitsgrad des Ortes steigern, vielleicht kämen mehr Tagesbesucher, und wenn es ganz gut laufe, finde sich ein Investor für ein geplantes Hotelprojekt. Das Schicksal von Ferguson und dieser kleinen Lilou schade dem Image von Fragolin nicht, schließlich habe das nichts mit der allgemeinen Kriminalitätsrate zu tun. Ferguson sei ganz sicher von einem betrogenen Anleger niedergeschossen worden.

Isabelle meldete Zweifel an. Wenn es jemandem gelungen sei, Ferguson in seinem Versteck aufzuspüren, dann hätte er wohl alles darangesetzt, sein Geld zurückzubekommen. Es mache wenig Sinn, den Goldesel abzuknallen. Und wie passe Lilou ins Bild?

»Rache ist ein starkes Motiv«, sagte Thierry. »Es gibt Leute, die scheißen aufs Geld, vor allem, wenn sie genug davon haben.«

»Meinst du wirklich?«

»Das kannst du bei Alexandre Dumas nachlesen. Denk nur an seinen *Graf von Monte Christo.*«

»Dantès rächt sich für seine Kerkerhaft«, sagte Isabelle.

»Ganz genau. Es geht im Leben nicht immer um Geld. Emotionen können viel stärker sein. Erlittenes Unrecht oder gekränkte Eitelkeiten sind starke Triebfedern.«

»An dir ist ja ein Psychologe verlorengegangen«, stellte sie fest.

Thierry lächelte. »Drei Semester, dann habe ich das Studium hingeschmissen. Ich hatte Angst, mein eigener Patient zu werden.«

»Drei Semester Psychologie? Das sind die Schlimmsten.«

»Stimmt«, bestätigte Thierry, »aber ich könnte trotzdem recht haben.«

»Wir werden es herausfinden. Bis dahin sollten wir uns mit Spekulationen zurückhalten.«

Zurück im Büro, traf sie Apollinaire an, wie er mit einem Kaktus sprach.

»Den haben die Unmenschen von der Forstbehörde einfach vergessen«, erklärte er. »Zum Glück braucht ein Kaktus nur wenig Wasser. Mit etwas Zuspruch wird er es überleben.«

»Mag sein, aber wichtiger als dieser Kaktus wäre mir, dass Sie sich in den Fall einarbeiten. Was ist mit den Unterlagen der Gendarmerie?«

»Die bin ich akribisch durchgegangen«, sagte Apollinaire. »Danach habe ich den zweiten Computer in Gang gesetzt und uns eine Kaffeemaschine besorgt. Jetzt fehlen nur noch Tassen. Mögen Sie *café double?*«

»Ist mir egal. Ich nehme den Schreibtisch am Fenster.«

»Habe ich mir gedacht. Deshalb finden Sie dort im Ablagekorb die Ausdrucke Ihrer aktuellen Mail-Eingänge, sortiert nach Datum und Uhrzeit.«

Langsam wurde ihr dieser Apollinaire unheimlich. Ob er die Unterlagen wirklich gelesen hatte?

»Was ist mit der Putzfrau?«, fragte sie.

»Schon organisiert, sie kommt jeden Morgen um sechs Uhr. Anschließend geht sie hinauf in die Büros des Bürgermeisters. Wir beteiligen uns an den Kosten.«

»Sehr schön. Ich meinte aber die Frau, die bei Phil Ferguson geputzt und Lilous Leiche entdeckt hat. Wie ist Ihre Meinung?«

»Die Haushaltshilfe? Seite fünf, letzter Absatz. Afrikanischer Name, wahrscheinlich Tunesien. Kommt zweimal die Woche, war zur Tatzeit nicht im Haus. Unbefriedigende Aussage, ist wahrscheinlich nicht sorgfältig genug befragt worden. Bei Hausangestellten aus dem Maghreb gibt es häufig eine natürliche Zurückhaltung gegenüber französischen Beamten, insbesondere, wenn sie uniformiert sind. Schlage vor, erneut mit ihr zu sprechen.«

Isabelle nickte. Apollinaire hatte recht. »Das können Sie gleich morgen in Angriff nehmen. Sprechen Sie auch mit dem Gärtner.«

Ihr Assistent strahlte vor Freude. »Wird erledigt, Sie können sich auf mich verlassen.«

Offenbar war er wirklich froh, dem Archiv entronnen zu sein. Wie er sich in der freien Wildbahn bewährte, würde freilich abzuwarten sein. Vielleicht rannte er gegen den nächsten Laternenmast, weil er mit den Gedanken bei seinem Kaktus war? Oder er diskutierte mit der Haushaltshilfe über antistatische Staubtücher?

Isabelle berichtete in groben Zügen, wie sie über die Maßschuhe auf die Identität des Engländers gekommen war. Sie erzählte ihm von ihren Recherchen in Sachen Tattoos und Piercing, von François, Lilou und Zoé. Auch dass sie im Computer keine Lilou Sabin gefunden habe.

Apollinaire machte sich keine Notizen. Er hörte nur aufmerksam zu, nickte gelegentlich und sprach leise alle Eigennamen nach, was etwas einfältig wirkte und ihren Redefluss störte, aber sie gewöhnte sich daran.

# 18

Am späten Abend saß Isabelle in ihrem Hotelzimmer am geöffneten Fenster. Sie hatte sich eine Gauloises angezündet und blies den Rauch hinauf zu den Sternen. Wo übernachtete eigentlich Apollinaire? Sie hatte vergessen, ihn zu fragen. Nach der Pressekonferenz hatte er sich verabschiedet und war mit seiner Ente davongebraust. Ach ja, die Pressekonferenz. Sie drehte die filterlose Zigarette zwischen den Fingern und nahm dann erneut einen tiefen Zug. Thierry war angesichts des Andrangs in einen größeren Raum ausgewichen, und selbst der platzte schließlich aus allen Nähten. Fernsehkameras waren aufgebaut, vor dem Rathaus stand ein Übertragungswagen, es wurde laufend fotografiert, ihr wurden Mikrofone vor die Nase gehalten und mehr oder weniger dumme Fragen gestellt. In Abstimmung mit dem Staatsanwalt blieben die meisten unbeantwortet. Sie beschränkten sich auf ihre offiziellen Verlautbarungen. In erster Linie wurde die Identität von Phil Ferguson bestätigt und die Tatsache, dass er bereits seit über einem Jahr in Fragolin lebte. Beim Stand der Ermittlungen hielt sich Isabelle zurück, sie gab kaum etwas preis.

Nur ein einziges Mal wären ihr fast die Felle davongeschwommen. Wurde sie doch tatsächlich von einem englischen Journalisten nach ihrem beruflichen Werdegang gefragt und nach ihrer Kompetenz als ermittelnde Kommissarin. Siedend heiß war ihr eingefallen, dass sie vergessen hatte, Maurice' Mail mit ihrem Lebenslauf zu lesen. Sie hatte nicht gewusst, was sie sagen sollte. Ihre wahre Karriere war geheim, ihre erfundene kannte sie nicht. Da hatte Apollinaire die Hand gehoben und sich stotternd auf Englisch zu Wort gemeldet. Erst hatte sie geglaubt, dass jetzt alles noch peinlicher werden würde. Aber dann hatte sich Apollinaires Zunge gelockert, in zunehmend flüssigerem Englisch hatte er erklärt, dass Madame le Commissaire nur ungern über sich rede. Dann hatte er in wenigen Sätzen eine Zusammenfassung ihrer Vita vorgetragen. Isabelle hatte zum ersten Mal gehört, dass sie jahrelang als verdeckte Ermittlerin gearbeitet und hervorragende Arbeit geleistet hatte. Auch alles andere war ihr ziemlich neu gewesen. Gott sei Dank hatte Apollinaire den Ausdruck der Mail gelesen und sich alles gemerkt. Dafür hätte sie ihn küssen können. Spätestens in diesem Moment hatte er seinen Job als Assistent gerettet, da konnte er noch so häufig mit einem Kaktus reden, rote Socken tragen und vergessen, sich zu kämmen.

Es klopfte an ihrer Tür.

»Wer ist da?«

»Roomservice!«

Isabelle musste lächeln. Erstens war der Gedanke abwegig, dass es in der *Auberge des Maures* einen Zimmerservice gab, zweitens glaubte sie die Stimme zu erkennen.

»Es ist offen.« Sie schnippte die Zigarette durchs Fenster.

Thierry hatte eine Flasche in der einen und zwei Gläser in der anderen Hand.

»Ich finde, wir sollten darauf anstoßen«, sagte er, »dass wir den Tag gut überstanden haben. Nach meinem Eindruck haben wir die Pressekonferenz hervorragend gemeistert …«

»Na ja …«

»Doch, doch, ganz hervorragend.« Er schmunzelte. »Für eine ehemalige verdeckte Ermittlerin hast du dich prächtig geschlagen.«

»Wie bitte? Verdeckte Ermittlerin? Ach so, ja.«

»Was ist, stößt du mit mir an?« Er schaute auf das Etikett. »Das ist ein besonders feiner Crémant de Provence, der wird dir schmecken.«

»Nun mach schon auf!«

Eine halbe Stunde später war das Fenster noch immer geöffnet, aber im Zimmer brannte kein Licht mehr. Auf dem Boden lagen verstreut einige Kleidungsstücke. Die Flasche Crémant war fast geleert. Von draußen hörte man die entfernten Klänge eines Radios. Das Bett machte seltsame Knarzgeräusche. Thierry flüsterte, dass man bei dem Alter des Mobiliars mit dem Schlimmsten rechnen müsse. Isabelle dachte, dass das alles gerade nicht wahr sein durfte. Darauf war sie nicht vorbereitet gewesen – sie war sich wieder mal selbst ein Rätsel. Dann beschloss sie, den Verstand auszuschalten …

# 19

Obwohl sie im *Café des Arts* im Schatten unter einer Markise saß, trug Isabelle eine Sonnenbrille. Sie wollte nicht, dass ihr jemand in die Augen sah. Als ob man sich hinter dunklen Gläsern verstecken könnte. Doch, irgendwie funktionierte das. Nur vor sich selbst konnte man sich nicht verstecken. Aber warum auch? Gab es dafür einen Grund? Energisch tunkte sie ihr Croissant in den Café au Lait und biss ab. Nein, gab es natürlich nicht. Vom Nachbartisch nahm sie die aktuelle Ausgabe der Tageszeitung *Var-Matin.* Fast blieb ihr das Croissant im Halse stecken. War doch auf der Titelseite ganz groß ihr Bild zu sehen – ohne Sonnenbrille und mit einem Mikrofon in der Hand. »Commissaire Bonnet informiert die Weltpresse über den Stand der Ermittlungen« stand unter dem Foto. Die dazugehörige Headline war reißerisch. Weiter unten lächelte sie der Bürgermeister an. Wie nett, gerade heute!

In einem Kasten wurde beschrieben, wie Phil Ferguson gutgläubige Kapitalanleger um ihr Vermögen gebracht hatte. Sie fand, dass es sich die Journalisten etwas zu einfach machten. Der Tod der jungen Frau erscheine jetzt in einem völlig neuen Licht, hieß es. Nun, da hatten sie vermutlich recht. In einem neuen Licht, aber in welchem? Ferguson war wohl nicht der Täter, davon konnte man ausgehen. Und sein eigenes Schicksal? In ihren Augen machte es immer noch verdammt wenig Sinn, Ferguson ins Koma zu schießen. Im Normalfall folgten Verbrechen irgendeiner

Logik, und sei diese noch so verquer. Jedenfalls war Ferguson in seinem jetzigen Zustand definitiv zahlungsunfähig, und wie es aussah, würde er es bleiben. Da hatte keiner was davon. Oder sollte doch Thierry recht haben mit seiner Rachetheorie? Quatsch, denn dann hätte der Betreffende das komplette Magazin in den Mann gejagt und keine halben Sachen gemacht.

Der alte Georges kam vorbei. Er wurde gerade von einem heftigen Hustenanfall gebeutelt, brachte aber dennoch einen Gruß zustande. Er blieb stehen, hielt sich an ihrem Tisch fest und deutete auf die Zeitung. »Was haben die Engländer bei uns zu suchen?«, fragte er. »Warum bleiben die nicht auf ihrer komischen Insel?«

Isabelle zuckte mit den Schultern. Sie hatte keine Lust, mit dem alten Georges zu diskutieren. Außerdem hatte sie es nicht gern, wenn er sie ständig anhustete.

»Die Tommys essen Lammfleisch mit Minzsoße, bäh.«

Sie versuchte sich hinter ihrer Zeitung zu verstecken.

»Und richtig erhängen können sie sich auch nicht.«

»Erhängen? Wer hat sich erhängt?«, fragte Isabelle verständnislos.

Georges winkte verächtlich ab. »Na ja, dieser komische Kerl vor einem Jahr. Der hat sich an der alten Mühle aufgehängt, aber so blöd, dass er noch gelebt hat, als man ihn gefunden hat …«

»Und dann?«

»Dann ist er doch gestorben. Hat keinen Mucks mehr gesagt, typisch Engländer.«

Wieder musste Georges kräftig husten. Ohne sich zu verabschieden, schlurfte er weiter.

Isabelle nahm die Brille ab und rieb sich die Augen.

»Hallo, lass dich küssen.« Clodine setzte sich zu Isabelle.

Sie warf einen Blick zur Zeitung. »Jetzt bist du richtig berühmt«, sagte sie.

»Darauf kann ich verzichten.«

»Du vielleicht, aber ich find's toll.«

»Sag mal, stimmt das?«, fragte Isabelle.

»Was soll stimmen?«

»Dieser verrückte alte Georges hat mir gerade von einem Engländer erzählt, der sich vor einem Jahr an einer alten Mühle erhängt hat. Hat sich Georges das ausgedacht, oder ist da was dran?«

Clodine nickte. »Vor einem Jahr? Georges hat wohl jedes Zeitgefühl verloren. Das ist mindestens zehn Jahre her. Aber davon abgesehen hat er recht. Der Engländer hatte Liebeskummer. Seine französische Freundin hat ihn verlassen, da hat er sich aufgehängt. Trinken wir ein Gläschen Wein?«

Isabelle tippte auf ihre Uhr. »Um diese Zeit? Bist du verrückt? Ich muss noch arbeiten.«

»Schade, dann trinke ich eben alleine. Ich muss mich beruhigen.«

»Beruhigen? Was ist passiert?«

»Jeanne war gerade bei mir und hat sich ausgeweint. Sie behauptet, mein Bruder habe sie geohrfeigt.«

»Pascal? Glaubst du ihr?«

»Möglich wär's. Pascal ist unheimlich eifersüchtig, und Jeanne flirtet nun mal gern. Da rutscht ihm schon mal die Hand aus.«

»Die zwei sind doch so nett«, sagte Isabelle.

»Natürlich sind sie das. Aber Jeanne ist ein kleines Luder. Egal, die beiden werden sich schon wieder beruhigen. Ist ja nicht das erste Mal.«

»Mit wem hat Jeanne geflirtet? Kenne ich ihn?«

»Mit Jacques, du weißt schon, vom Bistro. Bestimmt ganz harmlos. Jacques hat eine Frau und drei Kinder.«

Isabelle lachte. »Hier ist ja der Teufel los. Ich dachte, Fragolin wäre ein verschlafenes Nest.«

»Hast du eine Ahnung, hier geht es rund. Das muss am Klima liegen.«

»Was ist mit dir?«

»Mir würde Thierry gefallen«, sagte Clodine. »Noch widersteht er meinen Verlockungen, aber ich gebe nicht auf.«

Thierry? Isabelle musste schlucken. Sie stand auf. »Tut mir leid, ich muss jetzt wirklich los.«

»Sehen wir uns heute Abend?«

»Das wäre schön, aber ich weiß nicht, was der heutige Tag bringen wird. Hoffentlich glätten sich die Wogen, und ich kann wieder in Ruhe meine Arbeit machen.«

Clodine umarmte ihre Freundin. »Das wünsche ich dir.«

Auf dem Weg zum *Hôtel de ville* machte sie einen Umweg über den Friedhof. Dort hielt sie vor dem Grab ihrer Eltern inne. Eigentlich hätte auf dem Stein noch ein dritter Name stehen müssen, überlegte sie, jener ihres ungeborenen Geschwisterchens. Aber sie wusste nicht einmal, ob es ein Junge oder ein Mädchen geworden wäre. »Ich habe euch nicht vergessen«, flüsterte sie. »Ich werde herausfinden, was wirklich passiert ist. Aber jetzt muss ich mich erst mal um diesen Engländer kümmern. Der hält mich ganz schön auf Trab.« Sie lächelte. »Papa, ich hab jetzt auch ein Büro im Rathaus, wie du früher. Und ich bin mit einem Foto auf der Titelseite unserer Zeitung, das warst du als Bürgermeister so oft. Aber ich mag's nicht.«

Zum Abschied hauchte sie einen Kuss über ihre Handfläche. Dann ging sie in die Kirche und zündete zum ersten

Mal drei Kerzen an. Auf dem Weg zum Rathaus stellte sie fest, dass sie von fast jedem ortsansässigen Passanten gegrüßt wurde. Das war ihr schon auf dem Weg zum Café aufgefallen. *Mon Dieu,* wie es schien, war sie in Fragolin über Nacht zur Berühmtheit geworden.

Auf dem Parkplatz vor dem *Hôtel de ville* stand ein auf Hochglanz polierter schwarzer Citroën mit Blaulicht auf dem Dach. Ob sie wieder mal ungebetenen Besuch von lieben Kollegen hatte? In der Eingangshalle winkte sie dem Ölgemälde ihres Vaters zu. Vor dem Eingang zu ihren Büroräumen war ein großes Messingschild angeschraubt: »Police Nationale«. Und darunter stand auf einem Pappkarton: »Commission spéciale«.

»Bonjour, Madame le Commissaire«, wurde sie von Apollinaire begrüßt. Seine Haare standen genauso wirr zu Berge wie am gestrigen Tag. Dafür trug er heute grüne Socken. Er hatte einen Hammer in der Hand und zeigte stolz auf ein Foto von Charles de Gaulle, das er gerade aufgehängt hatte. »Wussten Sie, dass der Begründer unserer Republik im Herzen Monarchist war?«, sagte er.

»Nein, wusste ich nicht. Aber was hat der General mit unserem Büro zu tun?«

»Er gibt den Räumen Autorität, finden Sie nicht? Das hat jetzt was Staatstragendes.«

»De Gaulle ist schon lange tot.«

»Seit dem 9. November 1970. Ich würde nie das Bild eines lebenden Präsidenten aufhängen, das provoziert nur Widerspruch. De Gaulle ist perfekt. Außerdem hat er die *Sûreté Nationale* immer sehr unterstützt …«

»Aus der unsere Police Nationale hervorgegangen ist. Einverstanden, der General bleibt hängen. Wo haben Sie das Messingschild her?«

»Ich habe es in Toulon abgeschraubt, der Seiteneingang ist sowieso immer abgesperrt.«

»Mit Genehmigung von Commandant Bastian?«

Apollinaire sah verlegen zu Boden. »Nein, aber er wird's nicht merken. Er betritt das Kommissariat nur durch den Haupteingang. Haben Sie unseren Dienstwagen gesehen?«

»Der gehört uns? Das haben Sie gut gemacht.«

»Der Wagen ist ganz neu. Den hatte sich eigentlich Bastian bestellt.«

»Wirklich? Und er hat uns den Wagen freiwillig zur Verfügung gestellt?«

Apollinaire grinste. »Nicht direkt. Der Commandant hatte heute morgen fast einen Herzinfarkt.«

»Aber wie …?«

»Ich habe einen alten Schulfreund in Paris, der ist in der Verwaltung des Innenministeriums für Dienstwagen zuständig. Gestern hat mich Bastian auflaufen lassen und mir ein defektes Auto hingestellt. Rache ist süß!«

»Sie haben Ihren Freund in Paris angerufen …?«

»Ganz genau, mein Freund hat Bastian eine hochoffizielle Anweisung geschickt, dass sein neuer Wagen umdisponiert wurde und umgehend uns zur Verfügung zu stellen ist. Mein Commandant hatte beim Lesen nervöse Zuckungen.«

Isabelle schüttelte lächelnd den Kopf. »Das Auto ist schön, aber ich weiß nicht, ob es klug ist, Commandant Bastian so gegen uns aufzubringen.«

Apollinaire entschuldigte sich für sein Vorgehen, machte aber darauf aufmerksam, dass Madame le Commissaire damit angefangen habe. Sie habe den Commandant voll auflaufen und sich den Fall nicht wegnehmen lassen. Dafür bewundere er sie. Außerdem bekomme sein Commandant bei Nennung ihres Namens ohnehin einen roten Kopf und Atembeschwerden, da sei es schon egal.

Isabelle musste zugeben, dass Apollinaire recht hatte. Bastian würde sie nie mehr in sein Herz schließen – was seit seinem Auftritt in der *Auberge* auf Gegenseitigkeit beruhte. Richtig, da kam es darauf auch nicht mehr an.

»Wie haben Sie das alles geschafft? Nach Toulon sind es fast hundert Kilometer?«

»Ich brauche wenig Schlaf. Und außerdem …« Apollinaire lächelte verlegen.

»Haben Sie noch was zu beichten?«

»Der Ver…, der Ver…, der Verkehr heute Morgen war sehr dicht.« Apollinaire hatte wieder einen leichten Stotteranfall. »Sie wissen ja, ich habe … habe im Archiv gearbeitet. Da hatten wir kein Blaulicht, auch keine Sirene. Ich wollte immer schon mal …«

»Sie wollen sagen, Sie sind heute Morgen mit Blaulicht und Sirene gefahren?«

»Oui, Madame. Die ganze Strecke von Toulon.«

Isabelle hielt sich spielerisch die Ohren zu. »Ich will's nicht wissen. Jetzt legen Sie endlich den Hammer weg. Wir setzen uns hin und machen eine Lagebesprechung.«

Im Laufe der nächsten halben Stunde nutzte Isabelle die Gelegenheit, den Status quo zu rekapitulieren. Irgendwie fiel ihr das leichter, wenn Apollinaire zuhörte und immer wieder mal nickte. Als sie ihn daran erinnern wollte, einen Termin mit Phils Gärtner und der Haushaltshilfe zu vereinbaren, klopfte Apollinaire mit dem Zeigefinger gegen seine Stirn. Das habe er natürlich nicht vergessen, erklärte er, heute Nachmittag habe er beide Zeugen ins Kommissariat bestellt. Nun ja, leider seien es keine wirklichen Zeugen, und von einem Kommissariat könne man auch nicht sprechen, aber er habe mit der Annahme recht gehabt, dass die Haushaltshilfe aus Tunesien stamme, genauer gesagt, aus Sousse. Die Gründung der Hafenstadt gehe auf die alten Phönizier zurück, wenn er sich nicht täusche, im 8. Jahrhundert vor Christus … Er räusperte sich, als er Isabelles merkwürdigen Blick sah. Letzteres tue wohl nichts zur Sache, stellte er entschuldigend fest. Er war kaum zu verstehen, als er sich im Nachsatz leise korrigierte: »Nein, wohl eher im 9. Jahrhundert …«

Es klopfte an der Tür. Eine Frau kam herein und stellte sich als Thierrys Sekretärin vor. Sie überreichte einen Blumenstrauß. »Mit den besten Empfehlungen des Bürgermeisters.«

Isabelle wusste nicht recht, ob sie sich freuen oder ob ihr der hohe Anteil an roten Rosen unangenehm sein sollte. Sie bedankte sich mit Grüßen an Monsieur Blès und verlieh ihrer Hoffnung Ausdruck, dass ihre vorübergehende Unterbringung im Rathaus keine Unannehmlichkeiten verursache.

Die Sekretärin schenkte ihr ein Lächeln. Madame le Commissaire müsse sich in dieser Hinsicht keine Sorgen machen, ihr Chef sei über ihre Anwesenheit sehr erfreut.

Fast hätte Isabelle einen roten Kopf bekommen. Sie war froh, als sich die Tür wieder schloss. Apollinaire wies pragmatisch darauf hin, dass sie keine Blumenvase hätten, so etwas zähle üblicherweise nicht zur Grundausstattung eines Polizeibüros, aber er werde sich nach Beendigung ihres Gesprächs sofort darum kümmern. Er machte sie auf einen kleinen Briefumschlag am Strauß aufmerksam. Isabelle hatte diesen sehr wohl gesehen, wollte ihn aber erst öffnen, wenn sie allein war. Sie versuchte sich auf ihre Ermittlungsarbeit zu konzentrieren. Sie bat Apollinaire, einen Gesprächstermin bei Monsieur Boustier zu vereinbaren, bei dem es sich um Fergusons Nachbarn handle. Boustier sei in Fragolin eine einflussreiche Respektsperson, er solle sich dennoch nicht abwimmeln lassen.

Apollinaire wiederholte mit den Lippen den Namen. Diese Angewohnheit kannte sie schon, auch, dass er sich grundsätzlich keine Notizen machte.

Ach so, noch was, sie wisse gerne, wie Phil Ferguson zu seinem Haus gekommen sei, wie er es gefunden und bezahlt habe. Isabelle holte tief Luft. Mehr fiel ihr jetzt auch nicht ein. Jedenfalls nichts, worauf sie ihren Assistenten ansetzen konnte.

Apollinaire stand auf und verließ das Büro mit der Ankündigung, eine Blumenvase zu suchen.

Isabelle entnahm dem kleinen Umschlag eine Karte. Auf der stand ganz nüchtern, dass er sie im Rathaus herzlich willkommen heiße, sie außerdem gerne um dreizehn Uhr ins Bistro zum Mittagessen einlade, um die weitere Vorgehensweise im Fall Ferguson zu besprechen. Nichts Verfängliches also, das hätte sogar seine Sekretärin lesen dürfen. Isabelle war erleichtert.

Apollinaire kam mit einer Vase wieder, die sich als zu klein erwies. Er schüttelte den Kopf, murmelte etwas von einer Kreisfläche, die proportional zum Radius beziehungsweise dem Durchmesser sei, und verschwand wieder.

Isabelle nahm einen Telefonanruf entgegen. Luc war dran, ihr Kollege aus London, der Fergusons Identität so schnell weitergegeben hatte, dass sie ihm dafür gerne einen Tritt in den Hintern gegeben hätte. Dafür bot sich noch heute Gelegenheit, denn er eröffnete ihr, dass er am Nachmittag mit Kollegen von Scotland Yard und mit Finanzexperten der Police Nationale in Fragolin eintreffe.

»Warum denn das?«, fragte Isabelle.

»Wir werden Fergusons Haus inspizieren.«

»Habe ich doch längst gemacht und zuvor auch schon die Gendarmerie. Da gibt's nichts. Das könnt ihr euch sparen.«

»Ist nicht meine Entscheidung«, sagte Luc. »Außerdem haben wir einen Termin beim Filialleiter von Fergusons Bank. Du weißt schon, über die seine Zahlungen erfolgt sind. Da stoßen auch die Vorgesetzten von der Bankzentrale in Nizza dazu.«

»Ihr macht ja ganz schön viel Wind.«

»Mach dir keine Sorgen, Isabelle, dir will niemand in die Suppe spucken. Die Aufklärung des Mordes liegt allein in deiner Verantwortung. Da ändert sich nichts.«

»Ich mache mir keine Sorgen«, erwiderte sie. »Ich bin Schlimmeres gewohnt.«

»Das Team ist einzig darauf angesetzt, der Spur des Geldes zu folgen. Man glaubt nicht, dass Ferguson alles verzockt hat. Einige Millionen Pfund müssen noch da sein, versteckt auf anonymen Konten in Steueroasen – oder unter einem Teppich.« Luc lachte. »Nun, an den Teppich glaubt keiner. Wie auch immer, wir werden gegen sechzehn Uhr eintreffen. Die Gendarmerie ist bereits verständigt. Ich freue mich, dich wiederzusehen.«

»Ich nicht«, sagte sie. »Ich bin nämlich sauer auf dich.«

»Warum denn das, ich hab dir doch geholfen?«

»Und dann hast du gleich alles ausposaunt, ohne zuvor mit mir zu sprechen. Das war nicht fair. Schließlich bist du nur aufgrund meines Hinweises auf Fergusons Identität gestoßen.«

»Na ja, stimmt schon, aber …«

»Rechne nicht damit, dass ich dich zur Begrüßung küssen werde.«

»Du bist kaltherzig.«

»Das höre ich nicht zum ersten Mal. *Salut!* Bis später, du Ratte.«

»Heureka«, rief Apollinaire, als er feststellte, dass die neue Vase in der Größe stimmte.

Warum er den Strauß auf der Suche nach einer passenden Vase nicht mitgenommen habe, fragte sie. Das wäre doch einfacher gewesen.

Er sah sie überrascht an. Auf diese Idee sei er nicht gekommen, gab er zu.

*Loup de mer,* Seewolf in Chablissauce, davor Ziegenkäse mit Auberginenpüree. Jacques gab sich heute besondere Mühe, seine Gäste zufriedenzustellen. Dazu einen Rosé aus Bormes-les-Mimosas. Thierry stieß mit ihr an. Sein Lächeln war so zurückhaltend, dass nur sie es deuten konnte. Unter dem Tisch streichelte er kurz ihren Schenkel. Dann hielt er seine Hand wieder brav auf dem Tisch. Als ihnen Jacques Wein nachschenkte, dachte sie, dass der Wirt verheiratet war, drei Kinder hatte – und laut Clodine mit Jeanne flirtete, vielleicht sogar mehr. Fragolin schien wirklich in mancherlei Hinsicht ein besonderer Ort zu sein, vor allem in einer Hinsicht.

Sie sah Thierry in die Augen. Oder hatte sie die letzte Nacht geträumt? Sie fragte ihn, ob er sich an einen Engländer erinnere, der sich vor etwa zehn Jahren erhängt habe. Von diesem Vorfall habe der alte Georges erzählt, allerdings meinte er, das sei erst vor einem Jahr passiert.

Er nickte. Natürlich könne er sich daran erinnern, obwohl es schon lange her sei. Man habe es damals geschafft, die Geschichte aus den Medien herauszuhalten. Man fahre als Tourist nicht nach Fragolin, um sich umzubringen. Ganz im Gegenteil würden der blaue Himmel und der unvergleichliche Duft nach Lavendel, Thymian und Rosmarin positive Gefühle wecken. Das sei wissenschaftlich erwiesen. Er schmunzelte. Außerdem könne sie das selbst bestätigen, oder etwa nicht? Ein depressiver Engländer aus Yorkshire, der seinem Leben in Fragolin ein Ende gesetzt habe, weil ihn seine Freundin verlassen habe, könne daran nichts ändern.

Bevor sie weiterreden konnten, hörte sie eine Polizeisirene. Gleichzeitig klingelte ihr Handy. Apollinaire war dran. Die Herren aus England seien bereits eingetroffen und würden Fergusons Villa auf den Kopf stellen. Schon sah sie, wie sich der Citroën mit Blaulicht durch die verkehrsberuhigte Zone näherte. Eine Frau konnte ihren Pudel gerade noch in Sicherheit bringen. Isabelle wischte sich mit der Serviette den Mund ab, nahm einen letzten Schluck vom Rosé, setzte Thierry mit zwei Sätzen ins Bild – und versprach, mit ihrem Assistenten über seine Fahrgewohnheiten zu sprechen. Außerdem nehme sie ihm das Blaulicht weg, das mit einem Magneten auf dem Dach angebracht war.

Vor Fergusons Haus standen diverse Einsatzfahrzeuge, und im Garten war ein Helikopter der Police Nationale gelandet. Offenbar wollte Luc bei seinen Kollegen von Scotland Yard Eindruck schinden, jedenfalls ließ er es ordentlich krachen. Der Heli war genauso unverhältnismäßig wie Apollinaires Blaulicht-Einsatz. In ihrem früheren Job war sie es gewohnt gewesen, im Helikopter zu reisen. Aber da ging es um größere Dinge, zum Beispiel um die nationale Sicherheit – wenigstens in der Theorie, in der Praxis war dann oft alles ganz anders. Aber daran wollte sie jetzt nicht denken.

Sie eilte die Treppen hinauf, Apollinaire stolperte ihr hinterher. Sergeant Albertin und Capitaine Briand von der Gendarmerie grinsten hämisch. Sie schienen sich zu freuen, dass die freche Kommissarin zu spät kam und wohl nicht viel zu sagen hatte. Aber der Eindruck änderte sich schnell. Luc begrüßte sie vertraulich und stellte ihr die Beamten von Scotland Yard vor, die ihr einigen Respekt entgegenbrachten, sowie die ihr unbekannten Kollegen aus Paris. Mit Finanzspezialisten hatte sie nur selten zu tun gehabt. Spätestens als die Geschäftssprache ins Englische wechselte, waren die Gendarmen abgemeldet. Trotzdem war Isabelle mit der Situation unzufrieden. Sie mochte es nicht, wenn ihr die Zügel entglitten, das war sie nicht gewohnt. In ihrem früheren Job galt sie als Kontrollfreak. Und jetzt sausten überall Beamte herum, die das Haus auf den Kopf stellten, die gewissermaßen den Tatort verwüsteten – das war ihr Tatort! Was glaubten sie zu finden? Den Computer aus dem Arbeitszimmer hatten sie bereits in einem Karton verstaut.

*»Pas de problème«*, flüsterte ihr Apollinaire ins Ohr, »ich war vorher kurz hier und habe die Festplatte auf einen externen Datenspeicher kopiert.«

Im Wohnzimmer hatten die Kollegen einen Wandsafe entdeckt. Der war immerhin so gut getarnt gewesen, dass ihn die Gendarmerie nicht gefunden hatte. Leider hatte ihn auch Isabelle übersehen, was sie wurmte. Jetzt stand ein Spezialist davor, mit Kopfhörern und Notebook. Er hatte Sensoren angebracht und murmelte vor sich hin: *»Oui, non, yes, yes, merde, voilà …«* Dabei drehte er an der Zahlenkombination.

Der Ermittlungsleiter von Scotland Yard rieb sich erwartungsvoll die Hände. Was immer sie gleich im Safe finden würden, endlich hätten sie ein kleines Erfolgserlebnis und könnten in London auf einer Pressekonferenz davon berichten. Der Mann stand unter Druck. Nicht nur seine Vorgesetzten erwarteten Ergebnisse, auch setzten ihm die Geschädigten zu, vor allem der »Club of millionaires« mit all den Hochkarätern, die endlich eine heiße Spur erwarteten, die zu ihrem Geld führte, jedenfalls zu dem, was hoffentlich davon noch übrig war.

»Noch eine Zahl. *Oui, non, yes, merde …*« Der Safeknacker von der Police Nationale brauchte noch eine Minute, dann hob er triumphierend den Zeigefinger. *»Enfin, c'est fini«*, verkündete er.

Dicht gedrängt standen die Beamten vor dem Safe. Ein Fotoapparat war darauf gerichtet. Isabelle musste zugeben, dass auch sie gespannt war. Würden sie gleich auf einen Stapel mit Goldbarren blicken oder auf ganz viele Geldbündel?

Als der Blick auf das Innere des Safes endlich frei war, ging ein Raunen durch die Reihen, einige kicherten. Der Ermittlungsleiter aus London bekam einen Hustenanfall. Der Safe war völlig leer. Nur in der Mitte, da stand ein großes rosafarbenes Sparschwein aus Porzellan, mit schielenden Augen und einer roten Zunge, die ihm aus dem grinsenden Maul hing. Jetzt musste auch Isabelle lachen. Dieser Phil hatte Humor, das musste man ihm lassen. Natürlich war im Sparschwein nichts drin, das überraschte keinen mehr.

Eine halbe Stunde später hatte die Truppe alles eingesammelt, was in der Auswertung irgendwelche Erkenntnisse versprach. Sergeant Albertin schaffte das beschlagnahmte Handy von Phil herbei. Isabelle verfügte über eine Liste mit den letzten ein- und ausgegangenen Gesprächen, das war also nicht weiter schlimm. Ob Spezialisten sehr viel mehr herausholen konnten, wagte sie zu bezweifeln. Phil Ferguson war überaus vorsichtig gewesen, so viel stand fest. Auch die Festnetztelefone waren abmontiert und in Kartons verstaut, außerdem alle Papiere, die sich im Arbeitszimmer finden ließen, aber viele waren es nicht. Außerdem hatte Isabelle alle durchgesehen, da gab es keinen Hinweis auf irgendwelche versteckten Konten.

Im Schlafzimmer hatte ein englischer Beamter die Videodisketten unter dem Fernseher kontrolliert: *Venezianische Verführung, Sexy Savannah, Liebestolle Schwedinnen …*

»Nur Pornofilme«, vermeldete er, »dabei gibt es von BBC so gute Naturdokumentationen.«

»Im Kingsize-Bett, unter einem Deckenspiegel, bist du verrückt?«

Mittlerweile kam Isabelle die ganze Aktion ziemlich bizarr vor. Apollinaire lief mit einer Gießkanne herum und goss einige Zimmerpflanzen, darunter einen welken Philodendron. Außen herum lag Erde, denn zuvor hatten die Kollegen alles ausgetopft und nach versteckten Schlüsseln oder Ähnlichem gesucht. Luc machte Fotos und sprach in sein Diktiergerät. Das sah professionell aus, aber im Vorbeigehen schnappte Isabelle nur belangloses Zeug auf – bis hin zu einer Notiz, dass er noch zwei Bressehühner kaufen wollte, Champignons und Crème fraîche.

Sie führte ein längeres Gespräch mit dem englischen Kollegen, der die Enttäuschung mit dem Safe und dem Sparschwein überwunden hatte. Er erzählte ihr, dass die Ärzte in Hyères heute Morgen erste Reflexe bei Phil Ferguson festgestellt hätten. Vielleicht erwache er doch noch aus dem Koma, dann könnte man ihn nach dem Geld befragen.

»Und nach dem oder den Tätern, die ihn niedergeschossen haben«, ergänzte Isabelle.

Richtig, bestätigte er, aber das sei für ihn nachrangig, das verschwundene Geld habe absolute Priorität.

»Geld kann nie wichtiger sein als das Leben«, sagte sie. Ob er sich denn vorstellen könne, dass ein geprellter Kapitalanleger Phil Ferguson niedergeschossen und seine Freundin getötet habe?

Der Beamte von Scotland Yard zuckte mit den Schultern. Natürlich könne er sich das vorstellen. Aber in diesem Fall halte sich der Täter bestimmt nicht mehr in Fragolin auf. Was er aber überhaupt nicht verstehe, sei die Tatsache, dass man Ferguson halbtot an einem Parkplatz gefunden habe. Darauf könne er sich keinen Reim machen.

Isabelle dachte, dass es ihr ähnlich ging. Wenn der oder die Täter über alle Berge waren, und dafür sprach viel, dann hätte sie wenig Chancen, den Fall je aufzuklären. Nun gut, objektiv waren die Chancen noch nie allzu groß gewesen. Komischerweise sagte ihr Bauchgefühl etwas anderes. Wenn Phil Ferguson wirklich sein Bewusstsein wiedererlangen würde, wenn er sich gar erinnern und sprechen könnte, dann wäre die Auflösung plötzlich ganz leicht – vielleicht aber auch nicht.

Der Helikopter hatte beim Start noch einige Gartenmöbel über die Wiese gewirbelt, eine Sonnenliege war im *piscine* gelandet, aber jetzt war es ruhig, alle waren weg. Nur Sergeant Albertin schob vor der Villa einsam Wache. In einer Stunde würde er abgelöst werden. Apollinaire brachte ihm ein Glas Wasser und setzte sich zu ihm in den Schatten. Isabelle stellte fest, dass ihr Assistent zwar eigenbrötlerisch wirkte, aber dennoch mit anderen Menschen gut klarkam. Dabei zeigte er kaum Berührungsängste – selbst gegenüber der Gendarmerie. Die Stille im Haus war beruhigend, nach dem vorangegangenen Trubel fast schon unheimlich. Wie so oft, wenn es wenig Umgebungsgeräusche gab, glaubte sie das Pochen hinter ihren Schläfen zu hören. Mit dem pulsierenden Geräusch kamen auch die Schmerzen wieder.

Sie sah sich um, ging dann hinüber zum Sofa, legte sich hin und schloss die Augen. Phil, Lilou, Zoé, Thierry, Clodine ... Durch ihren Kopf spukten all die neuen Namen, blitzten für einen Moment die Bilder der zugehörigen Gesichter auf, kamen diese wieder abhanden, wurden von anderen verdrängt: Florence, Charly, François, Maurice ...

Warum fiel es ihr so schwer, sich zu konzentrieren? Die Explosion vom *Arc de Triomphe* hatte in ihren Gehirnzellen mehr Unheil gestiftet, als sie bereit war zu akzeptieren. In Phasen wie diesen wurde ihr schmerzlich bewusst, dass sie immer noch beachtliche Ausfallerscheinungen hatte. Übertragen auf ihre Arbeit, hatte sie das Gefühl, mehr oder weniger zufällig mal das eine zu denken, dann wieder Überlegungen in eine völlig andere Richtung anzustellen. Von einer systematischen Vorgehensweise war sie weit entfernt. Ihre Gedanken knüpften sich nicht logisch aneinander, sie fand keinen Faden, an dem sie sich entlanghangeln konnte, sie hielt nur lose Enden in den Händen, die nicht weiterführten. Sie spürte, dass sie Fehler machte und an naheliegende Dinge nicht dachte, dass sie Wichtiges übersah, stattdessen intensiv über Belanglosigkeiten wie Apollinaires Vorliebe für ausgefallene Socken nachdachte. Wäre sie ihre eigene Vorgesetzte, sie hätte sich selbst den Fall sofort entzogen und den Posten mit einem fähigeren Kollegen besetzt. Jetzt musste Isabelle doch etwas lächeln. Aber Gott sei Dank war sie nicht ihre eigene Vorgesetzte. Deshalb konnte sie weitermachen und versuchen zu einem Ergebnis zu kommen, zu irgendeinem, zu einem vorläufigen oder abschließenden, egal, aber zu einem vorzeigbaren Ergebnis. Das war sie sich schuldig, dann würde sie sich besser fühlen. Sie war müde, sie dachte an das schielende Sparschwein, dann schlief sie ein.

»Pardon, Madame le Commissaire, ich möchte nicht stören …« Vor ihr stand Apollinaire und deutete verlegen auf seine Uhr. »Aber Sie haben einen Termin bei Monsieur Boustier.«

Sie setzte sich auf. »Bei welchem Boustier?«, fragte sie verschlafen.

»Bei Dominique Boustier, den ich mit Respekt behandeln, aber von dem ich mich nicht abwimmeln lassen sollte.«

»Ach ja, richtig, sehr gut. Rufen Sie bitte an, und sagen Sie, dass ich mich etwas verspäte.«

»Schon erledigt. Der Termin war vor zehn Minuten. Ich selbst muss mich auch entschuldigen. Sie wissen, ich habe den Gärtner und die Haushaltshilfe zum Verhör ins Rathaus bestellt. Ich möchte sie nicht zu lange warten lassen.«

»Verhör?«

Apollinaire zupfte an seinem Hemdkragen. »Besser gesagt, zur Vernehmung. Bei den beiden handelt es sich ja um keine Tatverdächtigen, die Personenbefragung dient einzig dem Zweck der Wahrheitsfindung, ist also …«

Isabelle unterbrach ihn lachend. »Alles gut. Sie werden das schon richtig machen. Sie können abtreten.«

Apollinaire salutierte.

»Das war ein Witz, entspannen Sie sich. Ziehen Sie Leine, ich komm später nach. Anschließend können wir ins *Café des Arts* gehen und was trinken.«

»Was trinken? *Avec plaisir.*«

# 20

Es waren nur wenige Meter hinüber zum Haus von Dominique Boustier. Sie nutzte die Schritte, um sich auf das Gespräch einzustimmen. Vordergründig ging es nur darum, ihn zu seinem Nachbarn zu befragen, ob er etwas beobachtet hatte oder ob ihm etwas Verdächtiges aufgefallen war. Und hintergründig? Sie wusste, dass die Befragung nur ein Vorwand war, denn eigentlich wollte sie den Mann kennenlernen, der vom Tod ihres Vaters profitiert hatte. Damals, vor so vielen Jahren. Dem es danach auf wundersame Weise gelungen war, für sein *Hameau des Cailles* eine Baugenehmigung zu bekommen, der nach Ansicht von Pascal ein *connard* war, ein Saukerl, der womöglich aber auch Krebs hatte und nicht mehr lange leben würde.

Ihr wurde von einer Haushälterin geöffnet. Diese konnte sich die vorwurfsvolle Bemerkung nicht verkneifen, dass sich Madame le Commissaire erheblich verspätet habe. Dann führte sie Isabelle auf eine Terrasse, wo ein alter Mann in einem Rollstuhl saß, im Schatten einer Markise und trotz der Wärme mit einer Wolldecke über seinen Beinen.

Die Begrüßung fiel reserviert aus, aber nicht unfreundlich. Boustier erwähnte die Lärmbelästigung durch den Polizeihubschrauber, ließ ihr aus einer Karaffe eisgekühltes Wasser servieren und fragte, ob es sie störe, wenn er sich eine Zigarre anzünde. Seine Ärzte hätten ihm das Rauchen zwar verboten, aber es fehle ihm an jeglicher Einsicht, warum er im Herbst seines Lebens den wenigen verbliebenen irdischen Vergnügen entsagen solle. Sein verschmitztes Lächeln fand Isabelle dabei ganz nett. Eigentlich hatte sie sich darauf eingestellt, einem arroganten alten Dickschädel zu begegnen. Boustier entsprach diesen negativen Erwartungen nicht wirklich.

Sie erklärte ihm, dass sie als Kommissarin der Police Nationale den Anschlag auf den Engländer untersuche und den Mord an der jungen Französin. Aber natürlich wusste Boustier das bereits. Er sagte, dass ihm die Person Phil Ferguson aus der internationalen Presse ein Begriff gewesen sei. Er habe nie geahnt, dass sein freundlicher Nachbar Brian C. Hobart in Wahrheit ein gesuchter Anlagebetrüger sei.

»Gott sei Dank habe ich ihm kein Geld anvertraut.« Boustiers kratziges Lachen ging in einen heftigen Hustenanfall über.

»Haben Sie ihn gut gekannt«, fragte sie, als es ihm wieder besserging.

»*Mon Dieu,* nein. Er hat sich bei mir vorgestellt, nachdem er das Haus gekauft hatte. Wie man das halt so macht. Wir haben später mal ein Glas Single Malt getrunken und eine Zigarre geraucht, das war es dann.«

»Was hat er für einen Eindruck auf Sie gemacht?«

»Überhaupt keinen. Ich interessiere mich nicht für fremde Menschen, auch wenn sie meine Nachbarn sind.«

»Das ist schade«, sagte Isabelle, »es gibt durchaus nette und interessante Menschen auf der Welt.«

Boustier rückte die Wolldecke zurecht. »Mag sein, aber nicht allzu viele, jedenfalls nach meiner Erfahrung. Deshalb lohnt es den Aufwand nicht. Warum soll ich hundert langweilige Idioten kennenlernen, um vielleicht eine kurzweilige Bekanntschaft zu machen? Außerdem bin ich alt, mein Bedürfnis nach Geselligkeit hält sich sehr in Grenzen.«

Isabelle dachte, dass das eine interessante Diskussion werden könnte, aber deshalb war sie nicht hier. »Waren Sie zur Zeit des Mordanschlags in Ihrem Haus?«, setzte sie ihre Befragung fort.

»Vermutlich«, antwortete er. »Den genauen Tatzeitpunkt kenne ich nicht, aber wahrscheinlich war ich da. Und um gleich Ihre nächste Frage zu beantworten: Nein, ich habe nichts mitbekommen, nichts gehört und nichts gesehen. Auch nicht mein Gärtner und meine Haushälterin. Das haben wir schon Ihren Kollegen von der Gendarmerie erzählt, dafür hätten Sie sich nicht herbemühen müssen.«

»Ich habe gesehen, dass Ihr Grundstück mit Überwachungskameras gesichert ist. Sind die Aufzeichnungen ausgewertet worden?«

Boustier zog an seiner Zigarre. »Ja, von der Gendarmerie. Aber intelligenterweise mehr als vierundzwanzig Stunden nach dem Überfall. Da waren die alten Aufzeichnungen bereits gelöscht. Das System zeichnet in einer fortwährenden Schleife auf. Wie das technisch funktioniert, weiß ich nicht. Egal, man hätte wahrscheinlich sowieso nichts darauf gesehen, die Kameras beobachten meine Einfahrt und einige neuralgische Punkte. Sie sind nicht auf das Grundstück meines Nachbarn gerichtet. Ich bin kein Voyeur.«

»Voyeur?«

»Der Engländer hatte viel Damenbesuch. Mein Gärtner erzählt, die Weiber hätten sich nackt an seinem Pool gesonnt. Grober Fehler. Sobald sie älter werden, schauen sie aus wie ein welker Apfel. Oder sie bekommen Hautkrebs. Wahrscheinlich beides, welker Apfel mit Hautkrebs.« Er lachte, verschluckte sich und wedelte mit der Hand seinen eigenen Zigarrenrauch weg. »Ich bevorzuge Äpfel in Form von alkoholischen Getränken, von Cidre oder Calvados.

Na ja, es spricht nichts dagegen, die Frauen zu vögeln, solange sie jung sind. Aber aus dem Alter bin ich raus. Wo waren wir stehengeblieben? Ach ja, die Kameras. Da gibt's nichts zu sehen, *rien a voir!*«

»Könnte ich mal mit Ihrem Gärtner über Mister Fergusons Damenbesuche reden?«

»Aber gerne, Jean-Claude interessiert sich für nackte Frauen. Vielleicht hat er deshalb so oft die Hecke geschnitten? Aber sonst wird er Ihnen nicht weiterhelfen können, da bin ich mir sicher.«

Isabelle dachte nach. »Sind Ihnen im Laufe der Zeit andere Besucher Ihres Nachbarn aufgefallen?«, fragte sie. »Ich meine außer Frauen. Vielleicht Männer, die aussahen, als ob sie aus England kämen?«

»Woran erkennt man Engländer?«, antwortete er mit einer Gegenfrage. »Die tragen ja nicht den Union Jack vor sich her und grölen *God save the Queen.* Nun gut, Engländer haben eine blasse Haut, und sie bekommen leicht einen Sonnenstich. Ja, vielleicht könnte man sie erkennen, aber wie ich schon sagte, ich neige dazu, andere Menschen zu ignorieren. Ich nehme sie einfach nicht zur Kenntnis, das ist sehr wohltuend.«

Isabelle nahm einen Schluck aus dem Wasserglas.

Dominique Boustier betrachtete seine Zigarre, die er zwischen den Fingern rollte. »Ich nehme an, Sie haben keine Fragen mehr«, sagte er schließlich. »Meine Haushälterin begleitet Sie gerne hinaus.«

Isabelle nahm all ihren Mut zusammen. »Können Sie sich noch an Frédéric Bonnet erinnern?«, fragte sie unvermittelt.

Dominique Boustier zuckte zusammen. »Frédéric Bonnet? Unseren alten Bürgermeister? Das ist ja eine Ewigkeit her. Was soll die Frage?«

»Was haben Sie empfunden, als er mit dem Auto verunglückt ist?«, fuhr sie fort.

»Das geht Sie überhaupt nichts an.« Er beugte sich vor und fixierte sie. »Was hat Bonnet mit dem Engländer zu tun? Ich kann keinen Zusammenhang erkennen.«

»Es gibt auch keinen. Trotzdem würde mich interessieren, was Sie damals empfunden haben.«

Er kniff die Augen zusammen. »Wie, sagten Sie doch gleich, war Ihr Name?«

Für einen Moment hatte sie den Eindruck, dass die Unsicherheit nur gespielt war, dass er ganz genau wusste, wer da vor ihm saß. »Commissaire Bonnet, Isabelle Bonnet«, sagte sie.

Es schien ihr, als ob der alte Mann plötzlich zittern würde. Nur ganz kurz, dann hatte er sich wieder unter Kontrolle.

»Bonnet? Sind Sie eine Verwandte?«

»Ich bin die Tochter«, antwortete sie.

Seine knochigen Finger umklammerten die Zigarre, der Tabak bröselte.

»Die Tochter«, wiederholte er mit heiserer Stimme. »Sie sind gar nicht wegen des Engländers hier, stimmt's?«

»Doch, bin ich schon, das ist mein Job. Aber ich dachte, das wäre eine gute Gelegenheit, den Mann kennenzulernen, mit dem sich mein Vater damals in aller Öffentlichkeit gestritten hat.«

»Sie haben sich unter falschem Vorwand Zugang zu meinem Haus verschafft, so was mag ich nicht«, sagte Boustier.

»Hätten Sie mich sonst empfangen?«

Er zögerte nur für einen kurzen Augenblick. »Natürlich hätte ich Sie empfangen«, antwortete er, »sogar mit offenen Armen. Was ich damals empfunden habe, wollen Sie wissen. Ich war bestürzt, erschüttert. Sie haben recht, wir hatten unterschiedliche Meinungen und Interessen, aber wir haben uns gegenseitig respektiert. Ich habe ehrliche Trauer empfunden. Das war die größte Tragödie, die wir in Fragolin je hatten. Ihr Vater und Ihre Frau Mutter, beide tot. Wir konnten es alle nicht glauben.«

»Mein Vater, meine Mutter und mein ungeborenes Geschwisterchen. Der Unfall hat drei Opfer gefordert.«

»Ihre Mutter war schwanger? Das wusste ich nicht.« Der alte Mann wischte sich eine Träne aus dem Augenwinkel. Entweder war er ein begnadeter Schauspieler, oder er war wirklich betroffen.

»Sie haben von seinem Tod profitiert«, stellte sie trocken fest.

»Das ist Unsinn«, brauste er auf. »Sind Sie gekommen, um mir das an den Kopf zu werfen?«

Isabelle merkte, dass sie zu weit gegangen war. »So habe ich das nicht gemeint«, ruderte sie zurück. »Ich wollte nicht unhöflich sein, auch nichts unterstellen. Aber man hat mir erzählt, dass mein Vater die Feriensiedlung *Hameau des Cailles* niemals genehmigt hätte.«

Boustier fuhr sich zitternd über seine Stirn. Waren das Schweißperlen?

»*Ma chérie*«, sagte er nach einer längeren Pause, »da muss ich Ihnen in aller Deutlichkeit widersprechen. Natürlich hätte er das Projekt genehmigt, er stand sogar kurz davor.«

»Ich bin keine *chérie*«, protestierte Isabelle gegen die Anrede. »Warum hätte mein Vater seine Meinung ändern sollen? Das glaube ich nicht.«

Dominique Boustier fing an zu grinsen, sein Mund wurde immer breiter, er hatte gelbe Zähne.

Isabelle stand auf. Sie wollte die Antwort nicht hören, sie wollte gehen.

»Weil Ihr Vater genauso korrupt war wie alle anderen«, sagte er, jetzt wieder mit fester Stimme. »Er hat mit seinem Widerspruch nur versucht noch mehr für sich herauszuholen. Das wäre ihm auch gelungen, aber dann war er tot. Damit war keinem gedient. Wie ich schon sagte, eine Tragödie. Aber schminken Sie sich die Vorstellung ab, dass Ihr Vater ein Ehrenmann war, das war er nicht. Tut mir leid, Ihnen das sagen zu müssen, aber das sind die Fakten.«

»Mein Vater hätte sich bestechen lassen?«, stammelte Isabelle. Die Vorstellung war so unglaublich, dass sie keinen klaren Gedanken fassen konnte. Wenn das stimmte, dann brach für sie eine Welt zusammen.

Boustier nickte. »So ist es, *ma chérie,* aber damals war jeder bestechlich, das waren die Spielregeln. Die einen haben mehr bekommen, die anderen weniger. Aber bestechlich waren sie alle, Bürgermeister ganz besonders!«

# 21

Den Weg hinunter ins Dorf legte sie wie in Trance zurück. Isabelle konnte und wollte nicht akzeptieren, dass Boustier recht haben könnte. Nach allem, was sie in den Zeitungsausschnitten gelesen hatte, war ihr Vater ein aufrechter Mann gewesen, der sich aus tiefer Überzeugung gegen das Bauprojekt gestellt hatte.

Sie setzte sich auf eine Bank, von der man einen schönen Blick auf Fragolin hatte, aber sie hatte kein Auge dafür. Sie versuchte das Undenkbare zu denken. Angenommen, ihr Vater hatte wirklich nur gepokert, um den Preis nach oben zu treiben? Um dann im letzten Moment doch noch eine Sondergenehmigung zu erteilen, diese an irgendwelche Umweltauflagen zu knüpfen, die nicht schwer zu erfüllen waren. Damit hätte er einerseits sein Gesicht als engagierter Naturschützer gerettet, nicht ganz, aber immerhin. Andererseits wäre er dem Fortschritt nicht im Wege gestanden und hätte der Gemeinde zusätzliche Steuereinnahmen gesichert. Politiker hatten ein Geschick darin, solche faulen Kompromisse ihren Wählern als Erfolg zu verkaufen. Das war auf der großen Bühne in Paris nicht anders als in der Provinz. Wer wusste schon, was im Hintergrund wirklich ablief? Jeder war auf seinen Vorteil bedacht, es wurde getrickst und gemauschelt, heute wie damals. Früher wahrscheinlich noch mehr, mit dieser Andeutung hatte Boustier wohl recht. Was sprach also gegen die Annahme, dass ihr Vater …? Sie wollte den Gedanken nicht zu Ende denken.

Aber die Schlussfolgerung war klar, in diesem Fall nämlich gab es keinen Grund, ihren Vater umzubringen. Wenn man jemanden mit Geld überzeugen konnte, musste man ihm nicht das Genick brechen.

Sie sah das grinsende Gesicht von Boustier vor sich – und seine gelben Zähne. Warum sollte sie ihm glauben? Isabelle massierte ihren schmerzenden Oberschenkel, dann gab sie sich einen Ruck und stand auf. Im Weggehen sah sie, dass an der Bank ein Messingschild angebracht war: »Gestiftet von Dominique Boustier«. Hätte sie das Schild vorher gesehen, hätte sie sich nicht hingesetzt, ganz bestimmt nicht.

»Hallo, Chérie, kommst du später zum Boulespielen?«, fragte Thierry am Handy. Chérie? Das hatte heute schon mal jemand zu ihr gesagt. Sie mochte das nicht. Nur Maurice durfte das, ihr väterlicher Freund in Paris. Nein, sagte sie aus Trotz und ohne eine weitere Begründung. Sekunden später dachte sie, dass das eine ziemlich blöde Abfuhr war, aber da hatte sie schon aufgelegt.

Im *Café des Arts* erwartete sie Apollinaire an einem kleinen Bistrotisch, der etwas abseitsstand, hinter einem großen Terrakotta-Topf mit violett blühendem Lavendel.

»Hier haben wir unsere dienstliche Privatsphäre«, begründete Apollinaire die Tischwahl, »beziehungsweise unsere private Dienstsphäre, wenn Sie verstehen, was ich meine.« Er räusperte sich und deutete auf den Lavendel. »Der hält die Mücken fern, aber das wissen Sie sicher.«

»Sie können gerne das Sakko ausziehen«, sagte Isabelle, »auch die Krawatte.«

»*Très gentil, merci,* aber bei der Arbeit lege ich Wert auf ein korrektes Äußeres.«

Sie blickte auf seine Socken, heute war die Farbe Gelb

angesagt, und auf seinen schief sitzenden Krawattenknoten, dessen Bindetechnik sie an einen Schifferknoten erinnerte.

»Das weiß ich zu schätzen«, erwiderte sie. Dabei stellte sie fest, dass ihr Assistent Talent hatte, sie zum Lächeln zu bringen – selbst wenn ihr nicht danach war.

Wie zur Bestätigung fuhr sich Apollinaire durch die Haare, die hernach ebenso wirr zu Berge standen wie vorher, nur in eine andere Richtung.

»Darf ich fragen, wie der Termin bei Monsieur Boustier war? Irgendwelche neuen Erkenntnisse?«

»Ich kann nicht glauben, dass er recht hat«, entgegnete sie, ohne nachzudenken.

Apollinaire sah sie erstaunt an. »Inwiefern?«

»Pardon? Ach so, ich war mit meinen Gedanken woanders, entschuldigen Sie«, antwortete sie. »Irgendwelche neuen Erkenntnisse im Fall Ferguson? Nein, leider keine. Boustier ist wie diese drei komischen Affen – nichts hören, nichts sehen, nichts sagen. Angeblich hat auch seine Haushälterin nichts beobachtet, auch nicht sein Gärtner, abgesehen von nackten Frauen …«

»Nackte Frauen, oh, là, là!«

»Ja, am Swimmingpool unseres Engländers. Phil hatte offenbar regen Damenbesuch. Nun ja, das haben wir uns bereits gedacht. Lilou war eine von ihnen.«

»Die tote Lilou, nackt am Pool? *Voilà,* die Hecken sind hoch, so etwas ist nicht strafbar.«

»Es gibt bei Boustier Überwachungskameras, aber die sind von der Gendarmerie zu spät ausgewertet worden. Die Aufzeichnungen löschen sich alle vierundzwanzig Stunden.«

»Stimmt, steht so im Protokoll. Auf dem Video ist nur ein hoppelndes Kaninchen zu sehen. Wussten Sie, dass Kaninchen Rasen essen?«

»Nein, ich kenne die Tiere nur in gebratener Form aus dem Ofen, in Rotwein geschmort, mit Rosmarin, Knoblauch und so weiter.«

»*Lapin à la provençale, magnifique!*« Apollinaire schmatzte genussvoll. »Soll ich mal mit Boustiers Gärtner sprechen?«, fragte er übergangslos. »Das wäre dann schon mein zweiter Gärtner.«

Isabelle nickte. »Ja, machen Sie das, sein Vorname ist Jean-Claude. Jetzt sind Sie dran, was hat Ihre heutige Personenbefragung ergeben?«

Er richtete sich auf und machte ein ernstes Gesicht. »Mister Fergusons Gärtner und seine Haushaltshilfe. Das Protokoll ist geschrieben und liegt auf dem Tisch in Ihrem Arbeitszimmer. Um die Ergebnisse des Gesprächs mit dem Gärtner kurz zusammenzufassen: Leider gibt es keine!«

»Keine? Wie schade.«

»Großzügiger Arbeitgeber, zwei freie Tage pro Woche sowie sonn- und feiertags, Liebhaber englischer Rosen, bevorzugte Sorten Graham Thomas, Mary Rose und Heritage. Automatische Bewässerungsanlage …«

Isabelle winkte ab. »Lassen Sie es gut sein. Ich lese morgen das Protokoll. Was ist mit der Haushaltshilfe? Hatten Sie recht mit Ihrer Vermutung, dass sie aus Tunesien stammt?«

»Shayana Hayet? Natürlich stammt sie aus Tunesien, genauer gesagt aus einem Dorf westlich von Sousse. Ihr Französisch ist sehr gut. Zufällig spreche ich etwas Arabisch, das hat sie sehr zu schätzen gewusst.«

Isabelle sah ihn schmunzelnd an. »Gefällt sie Ihnen?«

Er langte sich verlegen an den Hemdkragen. »*Alors,* sie entspricht nicht dem gängigen Schönheitsideal, sie ist weder besonders groß noch wirklich schlank, aber sie ist nett, ausgesprochen nett, das muss ich zugeben.«

»Ist sie verheiratet?«

»Das wollen Sie wissen? Ihr Mann ist bei den Aufständen in Sidi Bouzid erschossen worden. Sie ist also indirekt ein Opfer der Revolution.«

»Haben Sie von dieser Shayana etwas erfahren, das für unseren Fall von Relevanz wäre?«, fragte Isabelle.

»Nicht wirklich. Sie hat bestätigt, was Sie bereits von Boustier wissen, nämlich dass Ferguson häufig Damenbesuche hatte, vor allem an den Tagen, an denen Shayana und der Gärtner freihatten. Die Spuren im Haus, im Schlafzimmer, auf dem Fell vor dem Fernseher und rund um den Pool waren für Shayana nicht schwer zu deuten. Ferguson hat es ziemlich wild getrieben, und offenbar hatte er oft mehrere Damen gleichzeitig zu Besuch.«

»Und sonst?«

»Er war ausgesprochen nett und hat Shayana oft extra Geld zugesteckt. Er hat sich am Fernseher regelmäßig Fußballspiele der englischen Premier League angeschaut, sie weiß sogar, dass er Fan von Arsenal London war. Sie hat ihm ab und zu die Golfschläger geputzt. Seine bevorzugten Plätze waren Sainte Maxime und Roquebrune. Sein Jaguar Cabriolet hatte er in Cannes im Service. Er hatte nur selten Besuch von Freunden. Da wurde oft Englisch gesprochen, aber Shayana konnte nicht einschätzen, ob das wirklich Engländer waren. Ab und zu hat er sich Weine aus dem Bordeaux liefern lassen. Shayana hat einmal eine Rechnung gesehen, da hat sie fast der Schlag getroffen. Davon könnte in Tunesien eine Großfamilie ein Jahr gut leben. Dann hat sie noch erzählt, wie sie Lilous Leiche entdeckt hat. Ihr Anblick habe sie nächtelang verfolgt.«

Isabelle dachte, dass Apollinaire aus der Haushälterin tatsächlich sehr viel mehr Informationen herausgeholt hatte als die Kollegen von der Gendarmerie. Auch wenn ihnen das kaum weiterhalf. Aber wenn ihr Gefühl nicht trog, würde Apollinaire seine Gespräche mit Shayana fortsetzen – allerdings würde es dabei wohl weniger um Phil Ferguson gehen, das war ihr klar.

»Ich habe die Nachricht bekommen«, sagte Isabelle, »dass Fergusons Personenschutz im Krankenhaus verstärkt wurde. Gleichzeitig ist er offiziell verhaftet worden. Großbritannien hat seine Auslieferung beantragt.«

»Fluchtgefahr besteht bei einem Komapatienten wohl keine«, entgegnete Apollinaire lapidar.

»Und transportfähig ist er auch nicht, er wird uns also noch eine Weile erhalten bleiben. Bin gespannt, wie sich sein Zustand entwickelt.«

»Ich werde morgen mal bei ihm vorbeischauen, wäre das in Ihrem Sinne?«

»Ja, machen Sie das. Und fragen Sie die Ärzte, ob was dran ist an den Reflexen, von denen mir mein englischer Kollege erzählt hat.«

Apollinaire wiederholte leise: »Krankenhaus, Ferguson, Arzt, Reflexe.«

Thierry schien nicht wirklich überrascht, als Isabelle einige Zeit später am Bouleplatz vor dem *Hôtel de ville* auftauchte. Es war noch ein Platz frei. Diesmal spielte sie mit dem schnauzbärtigen Albert in einer Mannschaft und hatte Thierry und Jules mit der obligatorischen Baseballkappe als Gegner. Offenbar fühlte sich Albert durch Isabelles Gegenwart irritiert, jedenfalls spielte er plötzlich deutlich schlechter. Er murmelte Schimpfwörter vor sich hin, im provenzalischen Dialekt. Da er es im Kreuz hatte, hob er seine Kugeln mit einer Schnur und einem Magneten auf. So musste er sich nicht bücken. Schnell lagen sie zurück, aber dann wendete sich das Blatt. Sie kamen ganz dicht ran – verloren zuletzt aber doch. Albert fiel es gewiss nicht leicht, aber er machte Isabelle ein Kompliment und sagte, dass er es verbockt habe. Sie habe ausgesprochen gut gespielt. Bei Thierry und Jules forderte er Revanche. Dann schlurfte er davon.

»Du siehst müde aus«, sagte Thierry, als sie alleine waren.

»Vielen Dank für das Kompliment.«

»Wollen wir was trinken, oder musst du noch arbeiten?«

»Arbeiten? Nein, dazu habe ich heute keine Lust mehr, wir drehen uns ohnehin nur im Kreis.«

»Davon wird einem schwindlig, das ist nicht gut. Also, dann gehen wir was trinken …«

»Ich war schon im *Café des Arts*«, unterbrach sie ihn, »da mag ich nicht wieder hin.«

»Lust auf einen Ausflug?«, fragte er.

»Kommt darauf an«, antwortete sie vorsichtig.

»Ich hol dich in zwanzig Minuten in der *Auberge* ab. Pack deine Badesachen ein.«

»Ich kann doch nicht baden gehen«, protestierte sie, »wenn ich als verantwortliche Kommissarin einen Mord aufklären muss und einen Ferguson an der Backe habe, der im Koma um sein Leben ringt.«

Thierry sah sie kopfschüttelnd an. »Natürlich kannst du das. Ruf deinen Maurice in Paris an, er wird dir das bestätigen. Du hast mir erzählt, dass du dich hier in Südfrankreich eigentlich erholen wolltest. Jetzt hast du diesen Fall übernommen, der plötzlich etwas größer ist als gedacht. Aber deshalb darfst du doch nicht aus den Augen verlieren, warum du eigentlich hier bist.« Er nahm sie in den Arm und strich ihr mit den Fingern sanft über die Narbe an der

Schläfe. Offenbar war es ihm egal, ob ihn jemand dabei sehen konnte. »Ich weiß nicht, was mit dir passiert ist, wahrscheinlich hat das mit deiner früheren Tätigkeit zu tun. Aber dich hat's ganz schön erwischt, das wissen wir beide. Du nimmst andauernd Schmerztabletten, und ab und zu macht dein linkes Bein nicht mit. Du musst dich schonen. Gib dir die Zeit, die du brauchst. Irgendwann musst du mir erzählen, wer oder was dich so zugerichtet hat.«

»Ist es so schlimm?«

Er gab ihr einen Kuss auf die Stirn. »Nein, ist es nicht. Du siehst toll aus.«

»Lügner. In zwanzig Minuten? Einverstanden!«

Die Fahrt in Thierrys Cabriolet tat ihr gut. Sie hatte die Seitenscheibe nach unten gedreht und genoss den Fahrtwind. Es roch nach Lavendel wie am Tag ihrer Ankunft. Unter den Bäumen gab es einen fortwährenden Wechsel von Licht und Schatten. Sie kamen an der Stelle vorbei, wo ihre Eltern verunglückt waren. Er drehte die Musik lauter und versuchte sie abzulenken. Sie sah zu ihm hinüber. Sie hätte es schlechter treffen können.

Weil sie nicht aufpasste und zwischendurch die Augen geschlossen hielt, weil die Straßen kurvig waren und Thierry an Kreuzungen beziehungsweise den unvermeidbaren Kreiseln rasant abbog, hatte sie keine Ahnung, wo sie waren, als er schließlich anhielt. Durch die Pinien sah sie das Meer. Sie nahm ihre Badetasche, er holte aus dem Kofferraum einen *panier de pique-nique,* einen großen Picknickkorb. Sie gelangten über einen sandigen Weg zu einem kleinen Hafen. Dort lagen keine Luxusyachten, die hätten auch keinen Platz gehabt.

Thierry führte Isabelle über einen Steg zu einem weißblau gestrichenen provenzalischen Fischerboot. Er half ihr an Deck, startete einen schweren Diesel, machte die Leinen los und steuerte durch einen Irrgarten von Bojen, Booten und Tauwerk hinaus auf die See. Gleichzeitig schaffte er es, eine gekühlte Flasche Rosé zu öffnen und zwei Gläser zu füllen. Er klemmte die Pinne zwischen die Beine und stieß mit ihr an.

Isabelle nahm aus dem Picknickkorb eine Baguette, brach einige Stücke ab und bestrich sie mit Tapenade.

»Du hattest recht«, sagte sie.

»Womit?«

»Die einen reden nur davon, die anderen können es«, zitierte sie seine Worte von ihrem Ausflug nach Porquerolles.

Er lachte. »Ich erinnere mich.«

»*Savoir vivre!* Das ist mehr als eine Floskel.«

»Genau, man muss versuchen das Leben zu leben. Man hat nur einen Versuch.«

»Ich glaube nicht an die Wiedergeburt.«

»Ich eben auch nicht. Das Leben zu leben bedeutet nicht, dass man faul ist und im Beruf erfolglos. Ich bin durchaus ehrgeizig, sonst wäre ich nicht gleichzeitig Notar und Bürgermeister. Die Kunst besteht darin, alles irgendwie in ein Gleichgewicht zu bringen.«

»Die berühmte *work-life-balance.* Das ist nicht immer leicht.«

»Nein, das ist sogar sauschwer. Ich habe auf diesem Gebiet auch schon versagt, deshalb bin ich geschieden. Aber oft gelingt es mir ganz gut, zum Beispiel heute.«

Sie krempelte die Hosenbeine hoch und tauchte die nackten Füße ins vorbeiziehende Wasser.

»Pass auf, dass kein Fisch anbeißt«, scherzte er.

»Dann hätten wir was für den Grill«, sagte Isabelle lachend.

Sie fuhren um eine Landzunge, ein Leuchtturm war zu sehen, schroffe Felsen, dann ein langer Strand. Die Menschen an Land, die bunten Schirme und Holzhütten, all der Trubel schien weit entfernt. Der gemütlich wummernde Diesel übertönte die Geräusche vom Ufer. Obwohl das Meer am frühen Abend ruhig und glatt war, nahm der Kutter mit sanftem Schaukeln die Bewegung der langen Dünung auf. Sie mochte dieses Gefühl, sie kam sich vor wie ein Baby, das in den Schlaf geschaukelt wurde.

»Gehört das Boot dir?«, fragte sie.

»Ich habe es von meinem Vater geerbt.«

»Nimmst du oft alleinstehende Damen mit?«

»Nein, eigentlich nie. Ich liebe es, alleine rauszufahren. Ich tuckere dann an der Küste entlang – Gigaro, Cap Lardier, Cap Camarat, die Baie de Pampelonne. Irgendwo schmeiß ich den Anker rein, geh zum Schwimmen, liege dann an Deck und schlafe. Oder ich lese. Auf einem Boot kann man unheimlich gut lesen. Schwimmen, dösen, lesen, schwimmen, dösen … Auch das ist eine Form von *Savoir vivre.*«

Thierry machte den Motor aus und ließ das Boot treiben. Er zog sich aus und sprang ins Meer. Isabelle zögerte nur kurz, dann tat sie es ihm gleich und folgte mit einem Hechtsprung. Es war ihr plötzlich egal, dass ihre Haut blass war und es hässliche Narben gab. Sie tauchte tief ein, blieb so lange unter Wasser, wie der Atem reichte. Dann fing sie an zu kraulen, mit langsamen, aber kräftigen Bewegungen. Die Schmerzen in den Schultern vergingen. Ihr linkes Bein fühlte sich gut an, fast schien es, als könnte sie ihren Verletzungen davonschwimmen, sowohl den körperlichen als auch den seelischen. Thierry hatte Mühe, ihr zu folgen. Irgendwann packte er sie an den Füßen und überredete sie, umzukehren. Wenn sie so weiterschwimme, komme sie irgendwann in Korsika an.

Später lagen sie nackt an Deck und ließen sich von der Abendsonne trocknen. Thierry hatte seinen Kopf auf ihre Oberschenkel gelegt. Er streichelte sie mit geschlossenen Augen. Er fuhr mit seinen Fingern die Linien ihrer Muskeln entlang. Ob sie im Leben viel Sport getrieben habe, fragte er.

Ja, ein wenig, gab sie ihm zur Antwort und spannte wie zum Spaß ihren Oberschenkel an.

»Boah«, murmelte Thierry bewundernd.

Sie verschwieg ihm, dass sie früher jeden Tag im Kraftraum trainiert und dabei befürchtet hatte, ihre weiblichen Reize zu verlieren. Es tat ihr gut, dass Thierry offenbar ganz anderer Auffassung war.

Die Sonne stand schon tief, da machten sie sich über den Picknickkorb her. Eine elegante Yacht glitt vorbei, von oben grüßten die Reichen und Schönen – jedenfalls Menschen, die sich dafür hielten. Isabelle hätte für nichts auf der Welt mit ihnen tauschen wollen.

»Sind eigentlich alle Politiker korrupt?«, fragte sie unvermittelt.

Thierry sah sie erstaunt an. »Was soll denn diese Frage? Hältst du mich für korrupt?«

»Nein, aber ich habe heute mit Boustier gesprochen. Er behauptet, dass mein Vater als Bürgermeister mindestens so korrupt war wie alle anderen.«

»Das ist völliger Blödsinn«, sagte Thierry. »Bei allem Respekt, in diesem Punkt hat Boustier ein verzerrtes Weltbild. Natürlich gab es zu allen Zeiten bestechliche Politiker. Aber glaub mir, die schwarzen Schafe sind die Ausnahme.«

»Oder sind die weißen Schafe die Ausnahme?«

»Früher vielleicht, heute ganz bestimmt nicht. Das Risiko, aufzufliegen, ist viel zu hoch. Aber um auf deinen Vater zu kommen, nach allem, was ich weiß, war er ein Mann mit Rückgrat und Überzeugungen. Ich kann mir nicht vorstellen, dass er korrupt war.«

»Ich eben auch nicht«, sagte Isabelle. »Der Krabbensalat schmeckt übrigens hervorragend«, wechselte sie das Thema.

Es war schon spät am Abend, als sie barfuß vom Hafen über den sandigen Weg zum Parkplatz unter den Pinien gingen. Ihr Auto war das letzte, alle anderen waren schon gefahren. Thierry trug den Picknickkorb und summte ein Lied. Isabelle hatte die feuchten Handtücher und einige Kleidungsstücke im Arm. Sie hatte alle belastenden Gedanken verdrängt, fühlte sich beschwingt und unbeschwert.

Plötzlich tauchten aus dem Dunkeln drei junge Männer auf und stellten sich ihnen in den Weg. Einer hatte einen Baseballschläger in der Hand, ein anderer drohte mit einem großen Messer.

»Her mit dem Autoschlüssel«, zischte der Kräftigste von ihnen, »eure Geldbörsen, alle Wertsachen, *vite, vite!*«

»Verpisst euch«, sagte Thierry und stellte den Picknickkorb ab.

»Falsche Antwort«, entgegnete der Anführer und trat Thierry mit einem Sidekick gegen den Brustkorb.

Thierry stürzte über den Picknickkorb. Er wollte sofort wieder aufstehen, bekam aber keine Luft, und seine Beine gaben nach.

Der Blick, den er Isabelle zuwarf, hatte einen entschuldigenden Ausdruck. Als Beschützer war er gerade ein Totalausfall.

Sie stand völlig ruhig da, die Handtücher und Klamotten im Arm. War das hier gerade Realität, fragte sie sich, oder ein bescheuertes Videospiel. Sie hatte einige Gläser Wein getrunken und war auf angenehme Weise angedudelt. Sie freute sich auf die Heimfahrt mit geöffnetem Verdeck. Im Kassettenfach hatten sie Musik von Pink Floyd.

Diese Kerle konnten einem den schönsten Abend vermiesen.

»Na, du Pissnelke, bist du schon mal vergewaltigt worden?«, fragte der Mann, der Thierry niedergestreckt hatte, und kam bedrohlich auf sie zu.

Isabelle wusste nicht, wie ernst sie diese Drohung nehmen sollte, aber sie fand, dass jetzt Schluss war mit lustig. Sie warf dem Muskelmann die Handtücher und Klamotten entgegen, rotierte um die eigene Achse und hämmerte ihm ihre Ferse ins Gesicht. Dass ihm dabei das Nasenbein brach, empfand sie als Ausgleich für die Gewalt, die er Thierry angetan hatte.

Mit drei kurzen Handkantenschlägen setzte sie den Typen mit dem Baseballschläger außer Gefecht – er hatte nicht mal Zeit, auszuholen. Der Mann mit dem Messer machte kehrt und wollte die Flucht antreten.

Isabelle setzte ihm hinterher und sprang ihm mit beiden Beinen ins Kreuz. Auf dem Boden rollte sie sich ab, eine schnelle Bewegung, das Messer flog durch die Luft.

*»Attention!«*, rief Thierry mit gepresster Stimme. Aus dem Augenwinkel sah sie, wie sich von hinten der erste Angreifer näherte, mit blutüberströmtem Gesicht und wild funkelnden Augen.

Sie glaubte zu spüren, wie ihr das Adrenalin durch die Adern schoss. Sie korrigierte das Gefühl, dass die drei Kerle ihr den Abend versauten. Nein, ganz im Gegenteil, diese Art von körperlicher Ertüchtigung hatte ihr gefehlt. Genau das war es, was sie mit den Männern ihrer Antiterroreinheit täglich trainiert hatte. Für den Augenblick spürte sie keine Schmerzen mehr, weder im Bein noch sonst wo. Es schien ihr, als ob sie alle Zeit dieser Welt hätte. In Gedanken entschuldigte sie sich bei Thierry, der noch immer am Boden lag.

Sie wirbelte herum, packte den Angreifer am Arm, hebelte ihn über die Schulter, rammte ihm gleichzeitig den Ellbogen in den Solarplexus und ließ ihn fallen wie einen Sack Kartoffeln.

Der dritte Mann setzte stolpernd seine Flucht durch den Pinienwald fort, fiel hin, rappelte sich wieder auf. Sie sah keine Notwendigkeit, ihn zu verfolgen.

Isabelle streckte sich. So gut hatte sie sich schon lange nicht mehr gefühlt.

Sie half Thierry auf die Beine. Er hielt sich den Brustkorb, meinte aber, dass es ihm schon wieder bessergehe, der Stoß habe ihm nur die Luft genommen, er sei wohl unverletzt. Dann sah er auf die beiden regungslos daliegenden Männer und anschließend in Isabelles fröhlich gerötetes Gesicht. Er schüttelte den Kopf. »Irgendwann musst du mir erzählen, was genau du früher gemacht hast«, sagte er.

»Lieber nicht.« Sie hob die Handtücher und Kleidungsstücke auf und nahm den Picknickkorb. »Komm, lass uns fahren. Ich möchte mir *Shine on you* von Pink Floyd anhören.«

»Willst du nicht die Polizei verständigen?«, fragte er.

Sie lachte. »Warum? Ich bin doch die Polizei. Und jetzt habe ich Feierabend!«

# 22

Sie wühlte sich aus dem Kopfkissen, schlug die Bettdecke zur Seite und blinzelte. Wie spät war es? Verdammt noch mal, bereits elf Uhr. So lange hatte sie schon ewig nicht mehr geschlafen. Isabelle setzte sich auf und fuhr sich mit den Händen durch die Haare. Diese fühlten sich ungewaschen an und salzverkrustet. Unter ihrem Hintern spürte sie Sand. Ein Blick auf ihre nackten, verdreckten Füße bestätigte ihr, dass sie gestern Abend offenbar ohne zu duschen ins Bett gefallen war. Sie konnte das nicht glauben. Sie rieb sich die Augen. Dann war der Traum, den sie gerade hatte, vielleicht Wirklichkeit? Hatte sie sich wirklich nachts unter Pinien mit drei Kerlen geprügelt? Sie betrachtete ihre rechte Handkante. Doch, die war etwas gerötet – wie nach Karateschlägen. Noch einige Sekunden der Besinnung, dann war ihr klar: Sie hatte es tatsächlich getan!

Und Thierry? Warum war sie nackt in ihrem Bett? Oder war er mit hinaufgekommen, und sie hatten …? Wieder strich sie sich durch die Haare. Nein, das konnte nicht sein, so verwahrlost, wie sie hier im Bett lag. Oder doch? Wie peinlich war das denn? Jedenfalls war sie gestern Abend nicht nüchtern gewesen, so viel war klar. Im Rückblick erklärte sie sich definitiv für unzurechnungsfähig.

Sie stand auf, ging ans Fenster und öffnete die Läden. Vorsichtig machte sie einige Kniebeugen, dann streckte sie sich, anschließend ließ sie eine Serie Liegestützen folgen. Wie konnte das sein? Sie war fast schmerzfrei. Das widersprach jeder Logik, aber es war so. Sie wollte im Moment nicht darüber nachdenken, welche Schlussfolgerungen daraus zu ziehen wären. Sie ging ins Bad und drehte die Dusche an.

Eine Stunde später betrat sie ihr Büro im *Hôtel de ville*, mit geföhnten Haaren, sogar dezent geschminkt, mit Sonnenbrille und im elegantesten Rock, den sie im Schrank gefunden hatte. Sie empfand dieses Kontrastprogramm als ausgesprochen wohltuend. Mit der Person von gestern Nacht wollte sie nichts mehr zu tun haben.

Apollinaire stand am Faxgerät und summte die Marseillaise. Heute trug er Socken in einem gewagten Violett. Sein Sakko war wieder mal falsch zugeknöpft, aber sonst machte er einen geordneten Eindruck. Triumphierend hob er das Blatt aus dem Faxgerät in die Luft. »*Voilà,* die Identität der Dame ist gelüftet«, verkündete er.

»Welcher Dame?«

»Der Dame Lilou, die im Hause unseres Mister Ferguson unglückseligerweise zu Tode gekommen ist.«

»Lilou Sabin?«

»Die korrekterweise Manon Léonore Zapin heißt, in Montpellier geboren wurde, keinen Schulabschluss hat und vor vier Jahren wegen Diebstahls einiger Lippenstifte und eines Eau de Toilette von Dior zu einer geringen Geldbuße verurteilt wurde.«

Isabelle betrachtete das Foto aus dem Fax. »Ja, das könnte sie sein«, bestätigte sie, sich an das Bild erinnernd, das sie von Zoé erhalten hatte.

»Sie ist es, zweifelsfrei«, sagte er. »Alle erkennungsdienstlichen Parameter sind zutreffend. Sogar die Tätowierung des Geweihs über dem Podex ist aktenkundig.«

»Wirklich? Dann handelt es sich wohl tatsächlich um unser Opfer. Wie haben Sie das geschafft?«

»Madame, Sie wissen, dass ich im Archiv gearbeitet habe. Da bekommt man ein tieferes Verständnis für die Irrwege der Bürokratie, speziell in allen Belangen der Registrierung. Außerdem entwickelt man Fähigkeiten, die allgemein unterschätzt werden, insbesondere von Vorgesetzten wie Commandant Bastian, wenn Sie verstehen, was ich meine.«

Isabelle lächelte. »Ich denke, ich verstehe, was Sie meinen. Bitte geben Sie diese Information intern entsprechend weiter. Mit Kopie an Maurice Balancourt in Paris.«

»Balancourt?« Unwillkürlich nahm Apollinaire Haltung an.

»Klären Sie bitte, welche Abteilung für eine offizielle Bestätigung der Identität zuständig ist, wer die direkten Anverwandten verständigt et cetera. Ich habe ehrlich gesagt keine Ahnung vom üblichen Procedere.«

Apollinaire nickte. »Weitergabe der Information plus Balancourt plus Klärung des internen Procedere«, wiederholte er. »Selbstverständlich, wird erledigt.«

»Ach so, und setzen Sie bitte einen kurzen Text auf, den wir an die Presse geben können.«

Er räusperte sich. »Mit Verlaub, das erscheint mir etwas voreilig.«

»Voreilig? Ja, Sie haben recht. Warten wir erst mal die internen Abläufe ab.«

Isabelle setzte sich an ihren Schreibtisch, checkte den Posteingang und beantwortete einige E-Mails. Eine Nachricht von Thierry brachte sie fast zum Erröten. Schon war sie gelöscht.

Dann lehnte sie sich zurück, faltete die Hände hinter dem Kopf und dachte nach. Was brachte die festgestellte Identität von Lilou? Nun, das war zwar erneut ein kleiner Ermittlungserfolg, den sie allein ihrem fähigen Assistenten zu verdanken hatte, aber was die Hintergründe der Mordtat betraf und die möglichen Täter, war das sozusagen irrelevant. Lilou war ganz bestimmt nicht das Ziel gewesen – eben nur zur falschen Zeit am falschen Ort. Es war ja nicht mal klar, ob das alles irgendwas mit Fergusons Person und seinem spektakulären Vorleben zu tun hatte. Ehrlicherweise sprach sogar einiges dafür, dass es sich um einen stinknormalen Einbruch handelte, bei dem der Hauseigentümer und seine Freundin den Einbrechern in die Quere gekommen waren. Aber warum hatte man Ferguson dann erst sehr viel später und ganz woanders gefunden? Nun, dafür gab es eine plausible Erklärung. Angenommen, er war Zeuge des Überfalls geworden, hatte gesehen, wie seine Geliebte erschossen wurde, hatte selber einen Schuss abbekommen, dessen fatale Auswirkungen er unterschätzte, weil es ihm zunächst noch relativ gutging, dann hätte es für ihn Sinn gemacht, sofort zu verschwinden. War erst mal die Polizei hier, um seine Personalien aufzunehmen, war es womöglich zu spät – er würde auffliegen, und mit seinem schönen Leben in Freiheit war es vorbei. Blieb die Frage, wie er vom Haus weggekommen war, wie er es bis zu diesem Parkplatz geschafft hatte, wo man kein Auto gefunden hatte …

Es klopfte, und Thierry steckte seinen Kopf ins Zimmer.

»Haben Madame Lust auf ein kleines gemeinsames Mittagessen«, fragte er.

»Lust vielleicht, aber keine Zeit«, gab sie ihm spontan eine Abfuhr. »Doch vielen Dank für die Einladung.«

»Das war keine Einladung«, entgegnete Thierry, der sichtlich von ihrer förmlichen Antwort überrascht war, »nur ein Vorschlag, sich bei einem Salat mit Putenbrust informell über den Fortgang der Ermittlungen auszutauschen.«

»Wir haben die Identität der Toten«, sagte Isabelle. Sie deutete zu Apollinaire. »Sous-Brigadier Eustache wird das Büro des Bürgermeisters selbstverständlich auf den Verteiler setzen«, fuhr sie fort.

Thierry schüttelte den Kopf und flüsterte: »Spinnst du?«

Jetzt musste sie doch lächeln, aber nur ganz kurz. »Nein«, sagte sie, »aber ich muss erst einiges verarbeiten.«

»Was muss ich verarbeiten?«, fragte Apollinaire verwirrt, der die letzten Worte aufgeschnappt hatte.

»Nichts, *c'est tout d'accord.* Das war ein Missverständnis.«

»Das glaube ich auch«, erklärte Thierry und schloss die Tür ohne ein Wort des Abschieds.

Isabelle wartete eine Weile, dann stand sie auf. »Ich geh was essen«, sagte sie zu ihrem Assistenten.

»Wie bitte? Sie sagten doch gerade, Sie hätten keine Zeit?«

»Das war geschwindelt«, erwiderte sie und drohte ihm mit dem Finger, »aber das bleibt unter uns.«

Das Zusammensein mit Clodine brachte sie auf andere Gedanken. Sie sprachen über Pascal und Jeanne, die sich wieder gut zu vertragen schienen, über einen neuen Film, den sie sich gemeinsam im Kino des Nachbarorts anschauen wollten, über den Waldbrand bei Sainte Maxime, der nach einer Meldung im *Var-Matin* bald gelöscht sei, und über den französischen Präsidenten, der in der nächsten Woche im

Fort de Brégançon erwartet wurde, das nicht weit von hier auf einem Felsen vor der Küste thronte und traditionell dem französischen Staatspräsidenten als Ferienresidenz diente.

»Du kennst ihn doch persönlich«, sagte Clodine hinter vorgehaltener Hand. »Wie ist der Präsident so im wirklichen Leben?«

»Ich kenne ihn nicht gut.«

»Du hast doch direkt mit ihm zu tun gehabt. Und er hat dir diesen Orden verliehen, von dem du mir erzählt hast.«

Isabelle lächelte. »Was du so schnell wie möglich vergessen wolltest.«

»Ja, habe ich doch«, erwiderte Clodine grinsend.

»Ich bin ihm tatsächlich häufiger begegnet«, sagte Isabelle, um Clodines Neugier zu befriedigen, »er ist lockerer als in den Medien, charmant und macht gerne Witze.«

»Betrügt er seine Frau?«

»Das willst du wirklich von mir wissen? Bei Mitterand war das immerhin ein Staatsgeheimnis.«

»Jetzt sag schon!«

»Ich bin doch nicht verrückt.«

»Also doch!«

»Nein, kein Kommentar.«

»Du bist gemein.«

Zurück im Büro, entdeckte sie auf ihrem Schreibtisch ein Gesprächsprotokoll von Apollinaire. Offensichtlich hatte er schon am frühen Morgen mit Jean-Claude gesprochen, dem Gärtner von Dominique Boustier. Unaufmerksam überflog sie die Zeilen. Wie erwartet, hatte der Gärtner keine Beobachtungen gemacht, die in irgendeiner Weise weiterführend waren. Dass es auf Fergusons Poolterrasse oft wild hergegangen war, das wusste sie bereits. Sie wollte

Apollinaires Abschrift schon in die Ablage geben, da sprangen ihr plötzlich zwei Wörter ins Auge: »Pinkfarbener Renault!« Sie nahm das Blatt und las den entsprechenden Absatz genauer. Da stand, dass der Gärtner vor Fergusons Haus häufig einen dort abgestellten pinkfarbenen Renault R5 gesehen hatte. Er wisse das deshalb so genau, weil seine Frau in jungen Jahren das gleiche Modell gefahren habe, nur nicht in einer so hässlichen Farbe.

Isabelle nahm das Telefon und rief Apollinaire auf seinem Handy an. Der war gerade dabei, im Rathaus Büroklammern zu organisieren. In weniger als fünf Minuten fuhr er mit dem schwarzen Citroën vor. Sie stieg ein und nannte ihm Saint-Tropez als Ziel. Sie bemerkte, wie er einen sehnsüchtigen Blick auf das stillgelegte Blaulicht warf, das auf dem Rücksitz lag. Nein, sagte Isabelle, sie hätten keine Eile, er müsse bei roten Ampeln halten und sich auch sonst an die Straßenverkehrsordnung halten.

Sie hatte Mühe, sich an Apollinaires eigenwillige Methode des Gasgebens zu gewöhnen, die einem Ein-/Ausschalter glich. Mal drückte er beherzt aufs Tempo, dann ging er mit dem Fuß komplett vom Pedal und ließ den Wagen lange ausrollen, und plötzlich gab er wieder Vollgas. Sie sagte, dass diese Technik für den Beifahrer eine Zumutung sei, bei ihr Kopfschmerzen und Übelkeit auslöse. Apollinaire versuchte ihr mittels einer komplizierten mathematischen Formel zu erklären, dass diese Art des Vortriebs spritsparend und umweltschonend sei. Sie sagte, dass sie das nicht glaube, und bat ihn inständig um einen möglichst gleichmäßigen Fahrstil.

Auf der weiteren Fahrt stellte sie fest, dass er sich wirklich bemühte, auch wenn er vom Gegenteil überzeugt war.

Je mehr sie sich Saint-Tropez näherten, desto dichter wurde der Verkehr. Apollinaire erzählte eine schauerliche Geschichte von einer Tante, die im Hafenbecken von Saint-Tropez ertrunken sei, weil sie sich beim Schwimmen in einem Fischernetz verheddert hatte.

Als Isabelle bezweifelte, dass jemand im Hafen von Saint-Tropez freiwillig schwimme, auch keine verrückte Tante, erwähnte Apollinaire als wichtige Zusatzinformation das Datum des Vorfalls. Er selbst sei noch nicht auf der Welt gewesen, wahrscheinlich nicht einmal Brigitte Bardot. Damals habe man im *vieux port* noch schwimmen können, aber diese Zeiten seien längst vorbei, das müsse er zugeben. Dafür gebe es heute Yachten, auf denen befänden sich Swimmingpools, das sei der Gipfel der Perversion. Man stelle sich vor, oben schwimmt jemand in glasklarem Wasser, während das Schiff, auf dem er schwimmt, in einer dreckigen Brühe dümpelt, in der die erstickten Fische an der Oberfläche treiben.

Apollinaire wollte das Thema gerade weiter vertiefen, da standen sie endgültig im Stau, nichts ging mehr. Isabelle wartete eine Weile, dann langte sie auf den Rücksitz und reichte ihrem freudestrahlenden Assistenten wortlos das Blaulicht. Apollinaire öffnete die Seitenscheibe, setzte das Blaulicht aufs Dach und scherte aus. In den nächsten Minuten bewies er ein natürliches Talent, den großen Citroën durch kleinste Lücken zu quetschen, Einbahnregelungen zu missachten, andere Autos auf den Gehsteig zu drängen oder zum Rücksetzen zu bewegen. Isabelle versuchte an etwas anderes zu denken – und sie hoffte, dass niemand zu Schaden kam.

Schließlich parkten sie bei einem Haus, vor dem ein pinkfarbener Renault R5 stand. Apollinaire, der den Grund ihres Ausflugs nicht kannte, schaltete sofort. »Das ist der Renault, von dem der Gärtner erzählt hat.« Er schnalzte mit der Zunge. »Das Modell stimmt, die Farbe auch. Wem gehört dieses Auto?«

»Zoé Gelabert, der Freundin von Lilou.«

»Demnach war auch Zoé Gast bei den Poolpartys von Ferguson«, kombinierte er, »nicht nur Lilou.«

Isabelle ging im Treppenhaus voraus. Im obersten Stockwerk angelangt, klopfte sie energisch an die ihr bekannte Tür.

Es dauerte, bis Zoé aufmachte. Sie hatte denselben gestreiften Morgenmantel an wie beim letzten Mal. Aber sie war geschminkt und sah heute sehr viel mehr aus wie eine junge Frau, die sich für ihre Liebesdienste bezahlen ließ.

»Ach, Sie sind's«, sagte sie misslaunig. »Was wollen Sie von mir? Ich hab Ihnen alles erzählt.«

»Das haben Sie nicht«, entgegnete Isabelle. »Deshalb bin ich wieder da. Dürfen wir reinkommen?«

»Meinetwegen, Sie lassen sich ja doch nicht abwimmeln.« Sie deutete auf Apollinaire. »Was ist das für ein komischer Typ?«, fragte sie. »Schaut aus wie eine Giraffe auf Entzug.«

»Sous-Brigadier Eustache«, stellte sich Apollinaire vor. »Das mit der Giraffe habe ich überhört.«

Zoé ließ sich auf eine Couch fallen. Dass sich ihr Morgenmantel dabei öffnete und offenbarte, dass sie keine Unterwäsche trug, war ihr sehr wohl bewusst. Allerdings täuschte sie sich, wenn sie glaubte, dass das ihre Besucher irritieren würde. Apollinaire machte sie stattdessen auf ihre vertrockneten Fensterblumen aufmerksam und erbot sich, sie zu gießen.

Isabelle stellte fest, dass sich unter Zoés Bademantel ein makelloser Körper verbarg, braungebrannt, was erstaunlich war, wenn man bedachte, dass sie diesen offenbar erst gegen Abend der frischen Luft und dem verbleibenden Sonnenlicht aussetzte. Am Fußgelenk entdeckte sie eine Tätowierung, die ihr beim letzten Mal entgangen war. Sie schaute genauer hin – ein Totenkopf mit einem Zylinderhut. Na, immerhin sehr originell. Am Bauchnabel schimmerte ein goldenes Piercing. Vielleicht ein verspätetes Geschenk von François, als Dank für ihre Liebesdienste? Sie erinnerte sich an seine Aussage, dass Zoé im Bett sehr gelenkig sei und kein Intimpiercing von ihm habe. Und dass man sich in ihrer Wohnung am Dachbalken den Kopf anstoßen könne.

Isabelle nahm einen Stuhl, drehte ihn um und setzte sich breitbeinig darauf. »Warum haben Sie mich angelogen?«, fragte sie.

»Hey, wie kommen Sie denn darauf?«

»Sie haben behauptet, dass Sie Lilou schon länger nicht mehr gesehen haben, dass Sie von ihrem Tod nichts gewusst haben und dass Sie ihren reichen Freund nicht kannten.«

Apollinaire füllte derweil eine leere Weinflasche mit Leitungswasser und goss die Topfpflanzen am Fenster.

Zoé begutachtete ihre lackierten Fingernägel. »Ich hab nicht gelogen. Ist alles die reine Wahrheit.«

»Nein, ist es nicht. Es gibt einen Zeugen, der hat Sie in der Villa des Engländers gesehen, wo Lilou umgebracht wurde.«

»Einen Zeugen, dass ich nicht lache.«

»Geben Sie es schon zu, ist doch egal. Sie haben sich nichts zuschulden kommen lassen.«

»Ist doch Quatsch. Warum soll ich was zugeben, was nicht stimmt?«

»Außerdem wurde Ihr Renault in Fragolin gesehen, und zwar vor dem Haus des Engländers.«

»Unsinn.«

Apollinaire stellte die Flasche ab. »Nach Möglichkeit einmal am Tag«, sagte er.

»Meinst du Sex, oder wovon sprichst du?«

Er ließ sich nicht aus der Ruhe bringen. »Ich spreche vom Blumengießen, das wissen Sie genau. Und das mit Ihrem Auto ist kein Unsinn, er ist hundertprozentig gesehen worden. Das habe ich eidesstattlich.«

Zoé dachte nach. »Na gut«, sagte sie schließlich, »das mit dem Renault kann sein. Ich habe ihn häufiger an Lilou ausgeliehen. Sie ist mit ihm zu diesem Engländer gefahren.«

»Ich dachte, Sie hatten zu ihr keinen Kontakt mehr.«

»Da habe ich nicht ganz die Wahrheit gesagt, aber der Rest stimmt, das können Sie mir glauben. Ich selbst war nie dort. Ihr Zeuge redet Unsinn.«

»Warum haben Sie bezüglich Lilou geschwindelt?«, fragte Apollinaire.

»Ich wollte nicht hineingezogen werden«, sagte Zoé.

»Sie waren wirklich nicht selber dort, das sollen wir glauben?«

»Genau, das ist die Wahrheit.«

»Und Lilou hat Ihnen nichts erzählt? Frauen quatschen doch über so was.«

»Sie vielleicht, aber ich nicht, und auch nicht Lilou.«

»Hat sie im Haus des Engländers irgendwas beobachtet? Ist er bedroht worden? Hatte er Besuch von Männern?«

»Er war nicht schwul.«

»Ich meine, von Geschäftsleuten?«

»Nein, sie hat wirklich nichts erzählt. Er war großzügig, so viel weiß ich. Und er hatte einige perverse Vorlieben, aber so was kommt vor.«

»Ich glaube Ihnen nicht«, sagte Apollinaire.

Zoé zuckte mit den Schultern. »Kann ich auch nicht ändern. Bin ich jetzt verhaftet?«

Isabelle stand auf. »Wofür sollten wir Sie verhaften? Sie haben ja nichts verbrochen. Jedenfalls nichts, was in unser Ressort fällt.«

»Ich könnte meine Kollegen bei der Sitte anrufen«, sagte Apollinaire, »aber wenn Sie versprechen, jeden Tag die Blumen zu gießen, nehme ich davon Abstand.«

»Haben Sie noch meine Visitenkarte?«, fragte Isabelle.

Zoé nickte. »Ja, in der Küchenschublade.«

»Rufen Sie mich an, wenn Ihnen was einfällt, aber diesmal wirklich.«

»Mach ich«, versprach sie.

Als Isabelle und Apollinaire die Wohnung verließen, rief Zoé ihnen hinterher: »Ihr zwei seid gar nicht so unnett.«

# 23

Stautechnisch war Saint-Tropez eine einzige Katastrophe, ebenso wie die Uferstraße nach Sainte-Maxime, jedenfalls zur Hochsaison, und unerklärlicherweise oft gleichzeitig in beiden Richtungen. Dennoch hatte Isabelle das Blaulicht wieder auf dem Rücksitz deponiert. Geduldig folgten sie der Blechkarawane. Der Wagen, der eigentlich dem Polizeichef von Toulon zugedacht war, hatte eine hervorragende Klimaanlage. Zum ersten Mal fand sie Zeit, entspannt mit Apollinaire zu plaudern. Sie stimmte ihm zu, dass Zoé nicht besonders glaubhaft war. Und sie vereinbarten, dem kleinen Luder bald wieder einen Besuch abzustatten und mit Untersuchungshaft zu drohen. Wegen Aussageverweigerung, Verschleierung, Deckung einer Straftat, egal, aus irgendeinem dubiosen Grund. Vielleicht würde sie dann etwas redseliger. Eigentlich hätten sie das gleich machen sollen, aber Isabelle hatte keine Lust, wieder umzudrehen. Außerdem war es psychologisch kein Fehler, Zoé Zeit zum Nachdenken zu geben. Und sie hatte in der Küchenschublade ihre Visitenkarte, vielleicht rief sie sogar an.

»Bevor ich es wieder vergesse«, sagte Isabelle zu Apollinaire, »wo schlafen Sie eigentlich? Fahren Sie jeden Abend zurück nach Toulon?«

*»Bien sûr«*, bestätigte er, »aber das ist nicht so schlimm. Ich brauche eine gute Stunde.« Er hüstelte. »Ohne Blaulicht.«

»Nehmen Sie sich vorübergehend ein Zimmer in Fragolin«, schlug sie vor, »dafür gibt es doch sicher ein Budget. Die tägliche Hin- und Herfahrerei ist unzumutbar.«

»Meinen Sie wirklich? Nun ja, womöglich zeichnet sich eine kostensparende Übernachtungsmöglichkeit ab.«

Isabelle blickte ihn fragend an. Apollinaire sah starr geradeaus und konzentrierte sich auf den Verkehr, dabei bewegten sie sich gerade keinen Meter vorwärts.

»Wie meinen Sie das?«

Wieder hüstelte er. »Ich habe mich verplaudert. Könnten wir bitte das Thema wechseln.«

Sie lächelte. »Stammt die Dame zufällig aus Tunesien?«

»Madame le Commissaire, Sie können gut kombinieren. Aber ich möchte jetzt wirklich das Thema wechseln. Mir ist das mit der Übernachtungsmöglichkeit nur so herausgerutscht, ein unverzeihlicher Fehler und Ausdruck einer mir eigentlich wesensfremden Geschwätzigkeit. Sie müssen wissen, ich bin ein Muster an Verschwiegenheit.«

»Das höre ich gerne.«

»Natürlich nicht ganz so wie Sie, Madame, aber ich bemühe mich.«

»Nicht ganz so wie ich? Wie meinen Sie das?«

»Entschuldigen Sie, ich rede wirres Zeug. Dieses Herumstehen macht mich ganz verrückt. Übrigens sind bei dem Auto vor uns die Bremslichter ausgefallen.«

»Worauf spielen Sie an?«

»Madame, Sie wissen, dass ich im Archiv gearbeitet habe und gerne in Datenbanken herumschnüffle …«

»Reden Sie nur weiter.«

»Nun, die Firewalls in den Zentralrechnern der Police Nationale sind nicht so gut wie ihr Ruf. Obwohl ich Computer aus tiefstem Herzen verabscheue, surfe ich gerne hinter verschlossenen Mauern. Sozusagen, gewissermaßen …«

Statt weiterzusprechen, drückte Apollinaire einige Male auf die Hupe, was angesichts der aktuellen Verkehrssituation völlig absurd war. Prompt zeigte ihm der vordere Fahrer einen Stinkefinger.

»Soso, unsere Firewalls sind nicht so gut wie ihr Ruf. Und was haben Sie hinter den verbotenen Mauern herausgefunden?«

»Ich wollte nicht indiskret sein, aber Ihr Lebenslauf hat meine Neugier geweckt, vor allem, weil er uns knapp vor der Pressekonferenz direkt aus dem Büro von Balancourt zugegangen ist. Das ist ja nicht normal. Da habe ich etwas nachgeforscht …« Er umklammerte das Lenkrad und starrte konzentriert auf die Tachonadel, die unverändert bei null stand. »Ich hoffe, Sie schmeißen mich jetzt nicht raus. Und wenn doch, dann will ich Ihnen noch sagen, dass ich Sie außerordentlich bewundere.«

Isabelle schluckte. Dieser komische Kauz brachte es fertig, sie fast zu Tränen zu rühren.

»Dafür gibt es keinen Grund«, sagte sie.

»Mich rauszuschmeißen?«

»Nein, dafür auch nicht. Aber mich zu bewundern, dafür gibt es keinen Grund, leider. Und jetzt nehmen Sie endlich das Blaulicht, sonst werden wir hier noch verrückt.«

In Fragolin angekommen, gingen sie zum *Café des Arts.* Apollinaire bestellte ein *bière pression,* ein frisch gezapftes Bier, und Isabelle entschied sich für Kir, einen Weißwein mit Crème de Cassis, benannt nach Félix Kir, dem ehemaligen Bürgermeister von Dijon – und nach ihrer Meinung sehr zu Unrecht etwas aus der Mode gekommen.

»Falls Sie wieder mal nach Toulon fahren sollten«, sagte sie mit einem angedeuteten Lächeln, wobei sie an die angesprochene Übernachtungsalternative in Fragolin dachte, »würde ich Sie bitten, bei unserem Komapatienten in Hyères vorbeizuschauen. Ich möchte wissen, ob er ordentlich bewacht wird und wie sein Gesundheitszustand ist.«

»Wird erledigt, gleich morgen früh.«

Sie stießen mit den Gläsern an. Apollinaire trank sein kleines Bier in einem Zug aus, entschuldigte sich dafür und bestellte ein zweites.

Auf ihrem Handy las sie eine Textnachricht von Thierry, der ihr erklärte, dass es aus seiner Sicht keinen Grund für eine Verstimmung gebe, sogar ganz im Gegenteil. Und er informierte sie, dass sie später vor dem Rathaus Boule spielen würden, Albert bestehe auf einer Revanche, sie solle doch bitte kommen. Sie sah auf die Uhr, überlegte kurz und sagte zu.

Isabelle trank vom Kir und stellte fest, dass er eingegossen war, wie sie es mochte, nämlich so, dass sich der Johannisbeerlikör mehr am Boden des Glases konzentrierte, womit jeder Schluck etwas süßer wurde.

»Morgen werde ich mich mit den Daten auf Fergusons Computer beschäftigen«, sagte Apollinaire.

»Richtig, Sie haben ja die Festplatte kopiert«, erinnerte sie sich. »Gute Idee, auch wenn ich nicht glaube, dass wir irgendeinen Hinweis finden.«

»Ich auch nicht, aber wir haben einen anderen Blickwinkel als unsere Kollegen. Diese suchen nach dem verschwundenen Geld, wir suchen einen Mörder. Wer nach Sternschnuppen Ausschau hält, wird keine Ostereier finden.«

»Ein gewagter Vergleich. Nehmen Sie sich die Zeit, die

Sie dafür brauchen.« Isabelle drehte nachdenklich das Weinglas zwischen den Fingern. »Darf ich eine private Bitte äußern?«, fragte sie schließlich.

»Es wäre mir eine Ehre«, antwortete Apollinaire und sah sie erwartungsvoll an.

»Ich weiß nicht, ob Sie wissen, dass mein Vater vor langer Zeit Bürgermeister von Fragolin war?«

Er nickte. »Doch, das ist mir bekannt. Frédéric Bonnet, auf tragische Weise zusammen mit Ihrer Mutter bei einem Verkehrsunfall ums Leben gekommen. *Mes condoléances!*«

»Das ist eine Ewigkeit her, damals war ich ein kleines Mädchen. Ich kann mich nur in Bruchstücken an jene Zeit erinnern. Das hat mich nie gestört, mein Leben hat ja erst danach richtig begonnen, aber heute würde ich gerne mehr wissen.«

Apollinaire nickte. »Sie wollen sich an Ihre Eltern erinnern, das kann ich gut verstehen.«

»Das auch, vielleicht. Aber mich treibt etwas anderes um. Mir fällt es immer schwerer zu glauben, dass mein Vater einfach so von der Straße abgekommen ist. Nach allem, was ich weiß, war er ein besonnener Fahrer. Auf meinem Hotelzimmer habe ich ein Album mit Zeitungsausschnitten aus den Bürgermeisterjahren meines Vaters. Darf ich Ihnen das Album mal geben, damit Sie es sich anschauen? Sie haben im Archiv gearbeitet, Sie sind geschult, Dokumente zu sichten und zu interpretieren. Mich würde Ihre ehrliche Meinung interessieren: Was für ein Mensch war mein Vater im Amt des Bürgermeisters?«

Er kniff die Augenbrauen zusammen. »Verstehe ich nicht, wie meinen Sie das?«

»Gibt es Anhaltspunkte dafür, dass er korrupt war?«, präzisierte sie.

»Ihr Vater soll korrupt gewesen sein? Das kann ich mir nicht vorstellen!«, antwortete er.

»Ich auch nicht, aber vielleicht täuschen wir uns.«

»Einverstanden, ich schau mir das Material gerne an.«

»Vielen Dank, das wäre sehr freundlich.«

»Erwarten Sie nicht zu viel von mir.« Er dachte nach. »Ich könnte auch ein wenig im Internet recherchieren«, schlug er vor.

»Macht das Sinn? Damals gab es ja noch gar kein Internet.«

Apollinaire nickte. »Doch, doch, natürlich macht das Sinn. Sie können sich gar nicht vorstellen, was man im Internet so alles findet. Das Medium ist wie ein Schwamm, es saugt alles auf.« Er machte eine kurze Pause. »Und wenn man den Schwamm auspresst, kommt alles wieder raus. Man muss nur genau hingucken.«

»Vielleicht sollte ich Ihnen sagen, dass ich einen Verdacht habe.«

»Dass bei dem Verkehrsunfall jemand nachgeholfen hat?«

»Ganz genau, diesen Verdacht habe ich.«

»Haben Sie jemanden konkret im Auge?«, fragte er.

»Nein, das wäre zu viel gesagt. Aber es gibt eine Person, die vom Tod meines Vaters profitiert hat, das schon.«

»Und wer wäre das?«

»Ich will Sie nicht beeinflussen. Machen Sie sich selbst ein Bild. Und dann reden wir darüber.«

Der alte Georges schlurfte vorbei. »Bonsoir, Madame«, grüßte er. Dann drehte er mit einem verzweifelten Gesichtsausdruck den Zeigefinger gegen die Stirn. *»C'est incroyable!«*, stellte er fest.

Isabelle sah ihn fragend an. »Was ist unglaublich?«

Er deutete ans andere Ende des Cafés. »*Tous fous!* Die sind alle verrückt.«

Isabelle entdeckte im hinteren Eck einige unbekannte Gesichter. Die Leute sahen nicht aus wie Touristen. Auf dem Tisch lagen zwei Kameras, die ziemlich professionell ausschauten. Einer telefonierte, eine andere machte sich Notizen.

»Das sind Pressefuzzis«, erklärte Georges. Dabei musste er sich an der Lehne von Isabelles Stuhl festhalten. Ihm schien es nicht gutzugehen.

Er hustete. »Die fragen überall rum. Kann man das nicht verbieten?«

Apollinaire schüttelte den Kopf. »Wohl kaum, mir ist kein Paragraph bekannt …«

»Wegen Erregung öffentlichen Ärgernisses«, unterbrach ihn der alte Georges. »Außerdem stören diese Maulwürfe unser friedliches Gemeinwesen.«

»Was wollen die Presseleute denn wissen?«, fragte Isabelle.

Georges rollte mit den Augen. »Die interessieren sich für diesen komischen Engländer, wollen wissen, was er hier so gemacht hat, wie er gelebt hat, ob wir ihn gut gekannt haben? So ein Blödsinn, als ob wir Einheimischen einen zugereisten Engländer überhaupt zur Kenntnis nehmen würden. *C'est incroyable!*«

Isabelle lächelte. »Lieber Georges, Sie müssen ja keine Antwort geben.«

Georges nickte. »Ich habe gesagt, sie sollen verduften. *Oui*, das habe ich gesagt. Und dann habe ich auf den Boden gespuckt.«

Apollinaire hob einen Finger. »Auf den Boden gespuckt? In einem Café? Das ist allerdings wirklich verboten.«

Georges reckte ihm seinen faltigen Kopf entgegen. »Was bist denn du für einer? Dich habe ich hier noch nie gesehen. Ich spucke auf den Boden, wo ich will. Ich bin der älteste Bürger von Fragolin, ich darf das.«

»Ist ja gut«, sagte Isabelle beruhigend. »Die Journalisten werden nicht lange bleiben, da müssen wir uns keine Sorgen machen. Und jetzt kommen Sie gut nach Hause.«

Auf dem Bouleplatz wurde Isabelle bereits erwartet. Thierry putzte mit einem Lappen seine Kugeln. Jules und Albert diskutierten über eine aktuelle Erhöhung der Fischpreise. Als neuer Mitspieler gesellte sich Clodines Bruder Pascal dazu. Der Metzger hatte an diesem Wochentag seine *Boucherie* bereits geschlossen. Isabelle nahm mit einem gewissen Stolz zur Kenntnis, dass ihre Teilnahme keine Diskussionen mehr auslöste, sie schien einfach dazuzugehören – und das, obwohl sie auf dem Bouleplatz noch nie eine Frau gesehen hatte, und erst recht niemanden von auswärts. Albert klopfte ihr auf die Schulter. »Heute machen wir sie fertig«, sagte er. Dann zündete er sich eine Gauloises an. Dass der misslaunige Schnauzbart sie als Teamgefährtin akzeptierte, war vielleicht das größte Wunder. Nun gut, er war wohl nicht wirklich begeistert, aber immerhin.

Pascal nahm den kleinen hölzernen Zielball, mit geschlossenen Füßen und Schenkeln ging er in die Knie und beförderte das »Schweinchen« in den Zielraum. Dann ging es los, die Partie war eröffnet.

*»Bien joué, merde …«* Sonst wurde nicht viel gesprochen. Die Spieler bewegten sich wie in Zeitlupe. Mal schlug Jules hinter dem Rücken die Boulekugeln gegeneinander, dann holte Thierry ein Maßband aus der Tasche. Albert hob seine Kugeln mit dem Magneten auf, damit er sich nicht bücken

musste. Pascal erwies sich als zielgenauer »Zerstörer«, der die Kugeln der Gegner aus dem Spiel schoss. Isabelle dachte, dass Boule weniger Sport sei als vielmehr eine besondere, provenzalische Form der Meditation, des autogenen Trainings. Sie fühlte sich wohl dabei, das Spiel mit den Stahlkugeln tat ihr gut. Zudem normalisierte sich währenddessen ihr Verhältnis zu Thierry. Sie dachte gerne zurück an ihre Bootsfahrt – die anschließende Nacht blendete sie einfach aus. Im Vorbeigehen strich ihr Thierry wie unabsichtlich über ihren Hintern, was Isabelle nicht ausstehen konnte. Aber sie nahm sich zusammen und schenkte ihm ein Lächeln.

# 24

Apollinaire saß so dicht vor seinem Bildschirm, dass man glauben konnte, er würde gleich hineinkriechen. Er hatte die Festplatte mit den kopierten Dateien von Fergusons Computer angeschlossen. Bislang hatte seine Suche nichts ergeben, außer dass der Mann Stammgast bei einigen Pornoseiten gewesen war, seine Zigarren per E-Mail orderte und die gelagerten Weine in seinem Keller mit einem speziellen Programm verwaltete, unter Berücksichtigung der Jahrgänge und Trinkreife.

Isabelle las ein aktuelles Bulletin von Fergusons Ärzten, das Apollinaire besorgt hatte. Danach ging es dem Patienten deutlich besser, geradezu sensationell. Er brauche keine Maschine mehr, um zu atmen, er habe sogar schon mal für Minuten die Augen geöffnet. Auf äußere Reize reagiere er immer noch nicht, aber der Fortschritt sei unglaublich. Man wage keine Prognose, doch alles sei möglich.

Als das Telefon klingelte, hatte sie bestimmt nicht mit Albertin gerechnet, aber der Sergeant der Gendarmerie sagte, dass er dringend ihre Hilfe benötige. Er sei gerade alleine dafür zuständig, Fergusons Haus zu bewachen, seine Kollegen seien alle auf einer Schulung in Marseille, und außerdem falle das nun wirklich nicht mehr in die Verantwortung der Gendarmerie.

Wovon er denn spreche, wollte Isabelle wissen, wobei er ihre Hilfe benötige?

Auf dem Grundstück sei ein Filmteam eines Privatsenders unterwegs, außerdem einige Fotografen. Sie würden seiner Aufforderung, das Gelände sofort zu verlassen, nicht Folge leisten. Er habe gerade das Splittern einer Glasscheibe gehört. Er glaube, dass die Presseleute illegal ins Haus eindringen würden. Wahrscheinlich seien sie schon drin.

»Ich bin gleich da«, sagte sie, »kein Grund zur Aufregung.«

Sie winkte ihrem Assistenten. »Lust auf eine kleine Spritztour mit Blaulicht?«, rief sie.

Apollinaire rannte hinter ihr her und musste noch mal umdrehen, weil er den Autoschlüssel vergessen hatte. Wenige Minuten später hielten sie vor dem Haus des Engländers. Tatsächlich sah es dort aus, als ob gerade die neue Folge einer *Daily Soap* gedreht würde. Der uniformierte Sergeant erwartete sie bereits. Das rot-weiße Plastikband mit der Aufschrift *»Gendarmerie Nationale: Accès interdit!«* war heruntergerissen. Ihr fielen die Worte von Georges ein: »*Tous fous,* alle verrückt!« Der alte Georges hatte recht.

Gerade kam ein Kameramann im Rückwärtsgang drehenderweise aus dem Haus, vor ihm eine Journalistin, die in ein Mikrofon sprach. Außerhalb des Bildes gab ein grauhaariger Mann mit Gesten und leisen Kommandos seine Anweisungen. Es schien sich bei ihm um den Chef dieses Affentheaters zu handeln.

»Police Nationale«, rief Isabelle, »sofort aufhören!«

Der Grauhaarige warf ihr nur einen kurzen Blick zu. Die Reportage ging weiter, als ob sie Luft wäre. Was er nicht wissen konnte: Isabelle hasste es, wenn man ihr nicht Folge leistete.

Zum Gendarm zischte sie: »Geben Sie meinem Assistenten Ihre Handschellen!« Dann zog sie dem verblüfften Sergeant die Pistole aus dem Seitenhalfter und feuerte einen Schuss in die Luft.

Das Filmteam drehte sich erschrocken um. Der grauhaarige Regisseur oder was immer er auch war, kam entrüstet auf sie zu.

»Sie stören unsere Dreharbeiten!«, rief er.

»Sind Sie der Chef hier«, fragte Isabelle.

Der Mann stand nun direkt vor ihr, mit vor Zorn gerötetem Gesicht. »Ja«, bestätigte er, »und deshalb …«

Isabelle machte eine schnelle Bewegung, schon hatte sie ihn im Polizeigriff und seine beiden Hände im Rücken fixiert.

»Wunderbar, dann sind Sie hiermit verhaftet. Sous-Brigadier Eustache, die Handschellen, bitte! Sergeant Albertin, beschlagnahmen Sie umgehend die Kamera und alle Aufnahmegeräte! Keiner macht sich aus dem Staub, ich mache sonst von der Schusswaffe Gebrauch. Sous-Brigadier, sammeln Sie von allen anwesenden Personen die Ausweispapiere ein! Wer keine dabeihat, kommt mit aufs Kommissariat.«

»Das können Sie mit uns nicht machen!«, protestierte der Grauhaarige, nach Luft schnappend.

»Doch«, sagte sie, »dass ich das kann, sehen Sie doch gerade. Ende der Vorstellung!«

Zwei Stunden später war das Spektakel vorbei. Isabelle saß an ihrem Schreibtisch und lächelte zufrieden. Der Zwischenfall hatte ihr Spaß gemacht, schon wieder. Offenbar brauchte sie ihre tägliche Dosis Adrenalin, dann ging es ihr besser. Natürlich hatte sie die gesamte Meute wieder auf freien Fuß gesetzt, inklusive ihres aufgeregten Chefs, der seine zwischenzeitlichen Atemstörungen überwunden hatte. Die Personalien waren alle festgestellt. Die beschlagnahmten Kameras, Filmmaterial und Tonaufzeichnungsgeräte waren in der »Asservatenkammer« weggeschlossen. Apollinaire hatte kurzerhand die Besenkammer ihres Büros dazu umfunktioniert. Mittlerweile hatte sie mit Albertins Chef Capitaine Briand in Marseille telefoniert, sich für die gute Zusammenarbeit bedankt und ausdrücklich die Leistungen seines Sergeant gewürdigt. Da offiziell die Gendarmerie für die Bewachung des Domizils zuständig war, erfolgten die strafrechtlichen Anzeigen gegen alle festgestellten Personen über die Gendarmerie. Isabelle hatte den Eindruck, dass in Fragolin gerade neue Zeiten anbrachen – bezüglich der Kooperation von Gendarmerie und Police Nationale. Alles war möglich, selbst das eigentlich Unmögliche!

# 25

Die *Fondation Maeght* hatte Isabelle schon lange besuchen wollen. Deshalb musste sie nicht lange nachdenken, als sie Thierry wieder mal zu einem »Ausflug« einlud. Diesmal ohne Boot, merkte er schmunzelnd an, es sei ihm wichtig, dass sie neben seiner romantischen Ader auch sein kulturelles Gesicht kennenlerne. Mit etwas Glück gebe es hinterher keinen Überfall, und auch sonst würden sich hoffentlich keine Vorkommnisse ereignen, die ihre Freude trüben könnten. Sie wusste zwar nicht genau, wie sie diese Aussage interpretieren sollte, aber egal.

In Cannes machten sie einen Zwischenstopp. Thierry musste einen kurzen Termin in einer Rechtsanwaltskanzlei wahrnehmen. Zur Einstimmung fuhr er einmal die legendäre Croisette entlang, vom *vieux port* am Palais des Festivals vorbei, dann rechts der lange Strand mit den Restaurants, Sonnenschirmen und Liegen, links die Fassaden berühmter Hotels wie Carlton, Miramar und Martinez. Natürlich war Isabelle schon häufig in Cannes gewesen, doch immer hatte das mit ihrer Arbeit zu tun gehabt, hatte es geheime Treffen gegeben, Kriseninterventionsübungen zu den Filmfestspielen oder Personenschutzprogramme bei internationalen Kongressen. Aber einfach so im Cabrio über die palmengesäumte Croisette zu cruisen, ohne Programm und Verpflichtungen, das hatte sie noch nie gemacht. Isabelle hatte nicht viel übrig für Glamour und die High Society, dennoch konnte sie sich dem Charme dieser fast schon unwirklichen Kulisse nicht entziehen. Sie dachte an Fürst Rainier, der hier zum ersten Mal der amerikanischen Filmschauspielerin Grace Kelly begegnet war, an Cary Grant und Robert Mitchum. Thierry erzählte, dass die üppigen Kuppeln des Hotels Carlton den Brüsten einer in der Belle Époque berühmten Kurtisane nachempfunden seien – was Isabelle kommentarlos zur Kenntnis nahm. Nach dem Yachthafen Port Canto wendeten sie am Palm-Beach Casino und fuhren entlang der Nobelboutiquen zurück bis zur Rue des Belges, wo sie ausstieg und mit einem Spaziergang Thierrys Termin überbrückte. Sie lief an den Nobelboutiquen vorbei die Rue d'Antibes hinunter in Richtung Altstadt. Unter Platanen entdeckte sie ein kleines Café, wo sie sich hinsetzte, eisgekühlten *menthe à l'eau* bestellte und versuchte an alles zu denken, nur nicht an ihren aktuellen Fall, den sie in einem Anfall von Wahnsinn übernommen hatte.

Weil ihr das nicht gelang, es demnach schon egal war, nahm sie ihr Handy und rief bei Maurice Balancourt in Paris an. Zu ihrer Überraschung hatte sie ihn gleich am Apparat.

Maurice war bester Laune. Gerade habe ein von vielen Seiten angefeindeter afrikanischer Potentat seinen Staatsbesuch abgesagt. Damit habe er eine Sorge weniger. Dann kam er auf Isabelles Fall zu sprechen.

»Lass dich von dieser Ferguson-Geschichte nicht verrückt machen«, sagte er. »Gemessen an den wahren Problemen auf dieser Welt, ist das ein kleiner Fisch im großen Ozean der Bedeutungslosigkeit.«

»Da hast du einerseits recht«, stellte sie fest, »andererseits aber auch nicht, denn selbst ein kleiner Fisch hat seine Persönlichkeitsrechte.«

»Versteh ich nicht.«

»Na ja, ein Fernsehteam ...«

»Ach so«, unterbrach er sie lachend. »Jetzt weiß ich, was du meinst. Die Beschwerde vom Fernsehsender liegt schon auf meinem Tisch und auch einige Protestschreiben freischaffender Fotografen und Journalisten, die die Filmleute offenbar begleitet haben.«

»Tut mir leid.«

»Muss es nicht. Das Gelaber von Pressefreiheit kann ich nicht mehr hören, erst recht nicht in so einem Fall. Ich beglückwünsche dich zu deinem entschlossenen Durchgreifen.«

»Es war nötig«, sagte sie.

»Davon bin ich überzeugt. Wie sieht dein heutiger Tag aus?«

»Ich sitze gerade in einem Café in Cannes. Später schaue ich mir das Museum der *Fondation Maeght* an.«

»Sehr gut. Dafür bekommst du eine ausdrückliche Belobigung. Genauso musst du es machen. Am wichtigsten ist, dass du wieder gesund wirst. Dabei kommt es auf die richtige Mischung von Arbeit und Vergnügen an. Ich hab einen Vorschlag zu machen: Übernachte in Saint-Paul-de-Vence oder in Cannes und besuche morgen die Îles de Lérins. Du kennst doch die Legende von dem Gefangenen mit der eisernen Maske?«

»Das war doch der Bruder von Louis XIV., richtig?«

»Genau. Die Geschichte spielt in der Festung auf der Île Sainte-Marguerite. Noch besser gefällt mir die kleinere Île Saint-Honorat. Der Rundweg ist nicht anstrengend, die Zisterziensermönche machen einen exzellenten Wein, und im Restaurant gibt es hervorragende Langusten.«

Isabelle lachte. »Ich wundere mich immer wieder, wie du

es geschafft hast, eine so brillante Karriere zu machen und gleichzeitig Zeit für den Müßiggang zu finden.«

»Das genau ist das Geheimnis des Erfolgs«, erklärte Maurice. »Wer nur an seine Karriere denkt, der wird keine machen!«

Thierry verspätete sich etwas, aber sie schafften es bequem nach Saint-Paul und der etwas davor gelegenen *Fondation Maeght*, einem privaten Museum, das in den sechziger Jahren des vorigen Jahrhunderts vom Sammlerehepaar Marguerite und Aimé Maeght gegründet wurde. Beim Gang durch die Ausstellungsräume und die Gartenanlage bewies Thierry, dass er nicht geflunkert hatte, denn er zeigte sich als profunder Kenner der modernen Klassik. Braque, Chagall, Miró, Giacometti – in der *Fondation Maeght* gingen Kunst und Architektur ineinander über. Kandinsky, Matisse, Léger – Thierry erkannte die Urheber der Kunstwerke schon von weitem. Isabelle dachte an ihre Pariser Wohnung und an den billigen Druck von Cézanne über ihrem Sofa. Was war sie doch für eine Banausin? Sie nahm sich für das nächste Leben vor, der Kunst mehr Raum zu geben. Für das nächste Leben? Warum nicht in diesem? Es war noch nicht zu Ende.

Sie machten Rast im *Café Diego*. Jetzt schaffte sie, was ihr in Cannes misslungen war: Sie dachte keine Sekunde mehr an ihren aktuellen Fall, weder an Ferguson noch an die tote Lilou. Nicht einmal an Dominique Boustier und seinen Streit mit ihrem Vater.

# 26

Apollinaire saß vor seinem Computer und sah noch zerzauster aus als sonst. Was denn los sei, wollte Isabelle wissen. Er fühle sich als totaler Versager, erklärte er. Weder habe er in Fergusons Dateien irgendwas von Belang gefunden, noch sei er hinsichtlich des Unfalls ihres Vaters weitergekommen. Das sei überaus frustrierend.

»Ich wollte ja nur wissen, ob Sie es für möglich halten, dass mein Vater bestechlich war«, sagte sie.

»Natürlich nicht. So ein Schwachsinn, wer hat das behauptet?«

»Jemand, von dem ich nicht weiß, ob ich ihm vertrauen kann.«

»Soll ich raten?«

»Gerne.«

»Dominique Boustier, richtig?«

»Stimmt, Sie sind gut.«

»Das war nicht schwer. Erstens haben Sie mit ihm gesprochen, und zweitens hatten Boustier und Ihr Vater gegensätzliche Interessen, gelinde gesagt. Wäre Ihr Vater nicht ums Leben gekommen, hätte sich Boustier sein Immobilienprojekt in die Haare schmieren können. Ihr Vater hätte diese *Hameau des Cailles* nie und nimmer genehmigt, so viel ist klar.«

»Oder er hat nur den Preis nach oben getrieben, das behauptet jedenfalls Boustier.«

»Das glauben Sie doch nicht wirklich?«

»Nein, glauben nicht, aber es wäre durchaus möglich.«

»Verzeihen Sie, dass ich Ihnen widerspreche. Ich habe mir nicht nur die Zeitungsausschnitte im Album angeschaut, sondern noch etwas im Internet recherchiert und in verschiedenen Archiven dort eingescannte Dokumente gefunden, die klar zeigen, dass Ihr Vater alle Register gezogen hat, um das Projekt zu verhindern. Wenn Sie wollen, kann ich Ihnen die Papiere ausdrucken.«

»Ja, bitte machen Sie das, wenn Sie mal nichts Wichtigeres zu tun haben.«

Apollinaire spielte mit einem Bleistift, kreiselte ihn durch die Finger, klopfte mit dem Stift auf die Schreibtischunterlage. »Jedenfalls hat sich Ihr Vater damals so klar gegen Boustier in Position gebracht, dass er nie und nimmer hätte die Fronten wechseln können. Das wäre einem politischen Selbstmord gleichgekommen. Nein, selbst wenn er, hypothetisch gesprochen, korrupt gewesen sein sollte, im Falle dieser Feriensiedlung hätte er nicht nachgegeben, für kein Geld dieser Welt, da gibt es keinen Zweifel.«

»Wenn das so ist, können einem die dümmsten Gedanken kommen«, sagte Isabelle leise.

»Weil Boustier definitiv vom Tod Ihres Vaters profitiert hat. Falls der Unfall kein Unfall war, werden wir das herausfinden, das verspreche ich Ihnen.« Apollinaire schlug mit dem Bleistift so fest auf den Schreibtisch, dass er auseinanderbrach. »Hoppla.«

Es war genau elf Uhr vierundfünfzig, als Apollinaire, der am Computer routinemäßig den internen Newsticker der Police Nationale überflog, auf eine Meldung stieß, die ihn zunächst nur deshalb interessierte, weil der Vorfall nicht weit von hier am Meer gemeldet wurde. Dann fand er die

Umstände so bizarr, dass er den Text genauer las. Schließlich kratzte er sich hinter dem Ohr – und druckte die Nachricht aus. Er nahm die Seite aus dem Gerät und las den Text erneut. Danach ging er zurück zum Computer und rief das angehängte Foto auf. Viel war nicht zu erkennen, selbst die Lupenfunktion half nicht weiter. Dennoch druckte er auch das Foto aus, kratzte sich wieder hinter dem Ohr, ging dann zu Isabelle und legte ihr die beiden Seiten auf den Tisch.

»Schauen Sie sich das mal an«, sagte er.

Isabelle las die Überschrift: »Taucher finden in einem Kühlschrank unbekannte Frauenleiche.« Sie blickte ihren Assistenten fragend an. Dann las sie weiter. Der Text war wie üblich kurz und knapp gehalten. Taucher hatten heute am frühen Morgen am Grund des Meeres einen Kühlschrank entdeckt, der offenbar erst vor kurzem versenkt worden war, denn er war nicht nur völlig unverrottet, sondern aus einem Spalt stiegen noch Luftblasen auf. Die beiden Taucher, Urlauber aus Brüssel, hatten den Kühlschrank unter Wasser geöffnet und waren auf eine nackte Frauenleiche gestoßen. Die sofort verständigte Küstenwache hat die Tote vor einer Stunde geborgen. Ihre Identität konnte noch nicht ermittelt werden.

Isabelle nahm das zweite Blatt und betrachtete das unscharfe Bild der Toten. Es war nicht viel zu erkennen, trotzdem wurde ihr flau im Magen. Sie las die Zeilen mit der Personenbeschreibung. Dann wusste sie, warum. *»C'est une grande merde«*, murmelte sie, »so eine verdammte Scheiße!«

»Ist sie es?«, fragte Apollinaire.

Isabelle schlug die Hände vors Gesicht. *»Merde, merde, merde …«*

»Sind Sie sicher?«

»Es dürfte kaum eine zweite Frau in dem Alter geben mit Bauchnabelpiercing und am linken Fußgelenk mit einem tätowierten Totenkopf mit Zylinder.«

»Zoé hatte ein Tattoo? Das habe ich nicht gesehen.«

»Aber ich. Rufen Sie die Kollegen an und geben den Namen durch: Zoé Gelabert! Aber nur den Namen, keine weiteren Informationen.«

Während Apollinaire zum Telefon eilte, dachte sie darüber nach, ob sie etwas falsch gemacht, ob sie etwas übersehen hatte, ob sie Zoés Schicksal hätte verhindern können, wo ein Zusammenhang bestehen könnte – oder ob das einfach ein saudummer Zufall war. Zoé hatte als Edelprostituierte gearbeitet, da gab es ein gewisses Berufsrisiko. Wer wusste schon, mit welchen Freiern sie sich eingelassen hatte? Aber ausgerechnet Zoé, deren Freundin Lilou es kürzlich auch erwischt hatte. Langsam nahmen die Zufälle ein Ausmaß an, dass man nicht mehr daran glauben konnte. Aber was konnte es für eine Verbindung geben? Ihr fiel beim besten Willen keine ein.

Isabelle stand auf. »Geben Sie mir den Autoschlüssel!«

»Kann ich mitkommen?«

»Natürlich, aber diesmal fahre ich.«

Isabelle wusste selber nicht, warum sie so raste. Den ersten Kreisverkehr nahm sie im Drift, mit der Handbremse ließ sie das Heck kontrolliert ausbrechen, das elektronische Stabilitätsprogramm ESP hatte sie vorsorglich ausgeschaltet. Apollinaire überprüfte den Sitz seines Sicherheitsgurtes. Bei einer Bodenwelle schien es, als ob alle vier Räder abhöben. Apollinaire stieß bei der Landung unsanft mit dem Kopf gegen den Fahrzeughimmel. Bei der nächsten Kurve schleuderten sie nur knapp an einem Begrenzungspfosten vorbei. Sie hatte keine Sekunde gezweifelt, dass das gutgehen würde. Bei Bedarf hätte sie das Auto bei Vollgas um hundertachtzig Grad drehen können – dem Fahrsicherheitstraining hatte sie in ihrer Einheit immer große Bedeutung beigemessen. Von einer Sekunde auf die andere nahm sie den Fuß vom Gaspedal, entschuldigte sich bei ihrem Assistenten und fragte, ob ihm der Kopf weh tue. Es tue ihr leid, sie hätten es überhaupt nicht eilig, aber sie habe ihre Wut abreagieren müssen.

»Wo geht's überhaupt hin?«, fragte Apollinaire.

»Wir könnten auch umdrehen«, antwortete sie.

»Madame, Sie sprechen in Rätseln.«

»Ich wollte mich in Zoés Wohnung umsehen, bevor unsere lieben Kollegen alles auf den Kopf stellen.«

»Und was glauben Sie dort zu finden?«

»Keine Ahnung, wir fahren zurück.«

Apollinaire langte sich an den Kopf. »Sie haben mich fast umgebracht, und jetzt wollen Sie umdrehen? Das erscheint mir unlogisch.«

»Also gut, dann fahren wir weiter. Aber keine Angst, ich fahr jetzt ganz langsam.«

»Dagegen bin ich ja ein Waisenknabe«, murmelte Apollinaire.

»Ich hab's gehört. Wie meinen Sie das?«

»Nun ja, meine schüchternen Fahrversuche mit Blaulicht sind im Vergleich zu Ihnen wie Babykost, finden aber dennoch Ihre Missbilligung.«

Isabelle lächelte. »Babykost? Und was war das bei mir?«

»Chili con Carne, mit einem Extraschuss Tabasco.«

»So schlimm?«

»Das war ein Kompliment.«

Bei Zoés Wohnung angekommen, standen sie vor ihrer verschlossenen Tür. Sie klingelten, aber wie erwartet machte niemand auf.

»Und jetzt?«, fragte Apollinaire. »Wir haben keinen Durchsuchungsbefehl. Außerdem fällt das nicht in unseren Zuständigkeitsbereich.«

»Ich glaube, die Tür ist nur angelehnt«, sagte sie.

Er rüttelte an der Klinke. »Da täuschen Sie sich.«

Isabelle sah sich um. Dann ging sie den Flur hinunter zu einem dort abgestellten Fahrrad. Sie fummelte etwas an ihm herum und kam mit einem Stück Draht zurück.

»Könnten Sie bitte mal kurz wegschauen und an was anderes denken«, bat sie ihren Assistenten. Nach kurzer Zeit stellte sie fest: »Na bitte, die Tür ist nur angelehnt. Womöglich ist Gefahr in Verzug, es ist unsere Pflicht, reinzugehen.«

»Ich fürchte, das wird uns keiner glauben.«

»Natürlich nicht, jetzt kommen Sie schon!«

»Sind Sie sich sicher?«

»Na klar. Machen Sie sich keine Gedanken, den Durchsuchungsbefehl besorge ich gleich im Anschluss, das kostet mich einen Telefonanruf. Das mit der Zuständigkeit lässt sich auch regeln, kein Problem.«

»Ich vertraue Ihnen.«

Sie zogen Latexhandschuhe an, die sie aus dem Auto mitgenommen hatten.

»Also, wonach suchen wir?«, fragte er.

»Wie ich schon sagte, ich hab keine Ahnung! Sie nehmen die Küche, ich fange mit dem Schlafzimmer an.«

Zwanzig Minuten später wurden sie fündig, und zwar beide fast gleichzeitig. Apollinaire entdeckte dank seiner Größe auf einem Dachbalken Zoés dort verstecktes Adressbuch, mit vielen Namen und Telefonnummern, darunter natürlich keinen Phil Ferguson, aber sehr wohl einen Brian Hobart. Das war schließlich der Name, unter dem er hier lebte. Noch brisanter war Isabelles Fund, gleichzeitig aber auch rätselhafter. In einem Schreibblock, der gar nicht mal richtig versteckt war, sondern gut sichtbar zwischen ihrer Unterwäsche lag, befanden sich einige Seiten, auf denen Zoé einen Text ausprobiert hatte, in verschiedenen Varianten, mit durchgestrichenen Wörtern und in unterschiedlich verstellter Schrift. Die Kernbotschaft war immer die gleiche: »Ich habe Sie gesehen, ich weiß, wer Sie sind. Zahlen Sie 50.000 Euro, oder ich gehe zur Polizei!« Mal hatte sie es mit zehntausend Euro probiert, dann sogar mit einer Million. Sie hatte offenbar keine Ahnung, wie viel sie verlangen sollte. Aber wen hatte sie gesehen? Und wobei? Keiner der verschiedenen Texte gab darauf eine Antwort. Aber eines schien unzweifelhaft: Sie hatte sich mit der Absicht getragen, jemanden zu erpressen. Ob sie es sich wirklich getraut hatte? Die Tatsache, dass sie jetzt tot war, sprach sehr dafür. Auch dafür, dass sie die Risiken einer Erpressung unterschätzt hatte. Es brauchte nicht viel Phantasie, um sich ein wahrscheinliches Szenario auszudenken: Lilou war an ihrem Schicksalstag nicht alleine bei Ferguson gewesen, sondern in Begleitung ihrer Freundin Zoé. Der Engländer trieb es gerne mit zwei Frauen, dafür sprachen die Beobachtungen des Gärtners. Dann war es zum Überfall gekommen, zum Mordversuch oder was immer es auch war. Lilou hatte alles mit angesehen und wurde dann als Zeugin kaltblütig beseitigt. Tot! Aber es gab noch eine Zeugin – Zoé! Vielleicht war sie gerade im Bad oder auf der Toilette, egal, jedenfalls blieb sie unentdeckt. Dann hat sie den Ort des Grauens fluchtartig verlassen, ohne die Polizei zu verständigen, weil sie in Panik war. Außerdem arbeitete sie illegal als Prostituierte, sie fürchtete sich vor einer Anzeige … Ein aberwitziger Gedanke schoss durch ihren Kopf. Vielleicht hatte Zoé den verletzten Ferguson, der auch mit der Polizei nichts zu tun haben wollte, in ihrem Renault mitgenommen und später auf dem Parkplatz ausgeladen? *Eh bien,* das wäre denkbar. Womöglich war er im Auto ins Koma gefallen, und sie dachte, er wäre tot? Später ist es ihr irgendwie gelungen, den oder die Mörder ausfindig zu machen, und sie hat beschlossen, daraus Kapital zu schlagen.

Isabelle weihte Apollinaire in ihre Überlegungen ein. Der fand den Gedanken ausgesprochen kühn, wollte nach kurzem Nachdenken aber nicht ausschließen, dass sie recht haben könnte, tatsächlich spreche sogar einiges dafür. Aber natürlich könnte alles auch ganz anders gewesen sein, gab er zu bedenken. Vielleicht hatte Zoé in einer Disco einen Prominenten beim Drogenkauf beobachtet? Das wäre mindestens genauso gut möglich – und hätte dann nichts mit ihrem Fall zu tun.

Isabelle gab das Zeichen zum Aufbruch. Notizblock und Adressbuch nahmen sie mit. Die Wohnungstür zogen sie sorgfältig ins Schloss. Vor dem Haus fand Isabelle bestätigt, worauf sie bei der Ankunft nicht geachtet hatte: Zoés pinkfarbener Renault war nicht da. Schade, sie hätte ihn gern einer kriminaltechnischen Untersuchung unterzogen. Es hätte sie interessiert, ob im Auto Blutspuren von Ferguson zu finden waren.

Auf dem Rückweg führte Isabelle im Auto einige Telefonate. Mit dem Ergebnis, dass ihre Wohnungsdurchsuchung und Beweisentnahme im Nachhinein legalisiert waren.

Isabelle, die sich von Apollinaire chauffieren ließ, lehnte sich zurück und gähnte. Sie wusste, dass der Gähnreflex nicht unbedingt auf Müdigkeit zurückzuführen war. Es gab Menschen, die gähnten, wenn sie aufgeregt waren. In ihrem Fall traf das nicht zu. Sie war wirklich müde, sie fühlte sich erschöpft – und sie trauerte um Zoé! In ihrer früheren Tätigkeit hatte sie gelernt, keine Emotionen an sich heranzulassen. Mit der Bombe vom *Arc de Triomphe* hatte sich auch das geändert. Sie war nicht mehr derselbe Mensch wie vor der Explosion. Sie war sensibler geworden, was kein Nachteil sein musste, aber manches schwerer machte.

Zurück im Büro, rief sie bei der Küstenwache an. Sie wollte wissen, wo man den Kühlschrank im Meer gefunden hatte. Weiter draußen? Dazu hätte der Täter ein Boot benötigt und wahrscheinlich einen Komplizen. Oder direkt an der Küste? Wo das Risiko groß war, dass der Kühlschrank entdeckt wurde. Wozu dann diese ganze Mühe?

Sie ließ sich zum Einsatzleiter durchstellen. Vom Telefonat erhoffte sie sich Antworten auf ihre Fragen. Allerdings neigte ihr Gesprächspartner zu umständlichen Erklärungen und stellte ihre Geduld auf die Probe.

»An der provenzalischen Küste gibt es nicht nur nur lange Strände«, erläuterte er, »sondern auch steile Klippen und Felsvorsprünge. Ihnen ist vielleicht das Massif de l'Esterel bekannt, genauer gesagt der Küstenabschnitt entlang der N98 zwischen Agay und Miramar?«

»Dort hat man den Kühlschrank mit der Leiche gefunden?«, schlussfolgerte Isabelle.

»Nein, dort hat man den Kühlschrank nicht gefunden«, erwiderte der Mann von der Küstenwache. »Das war nur ein Beispiel. Kennen Sie das *Calanques*-Gebiet kurz vor Marseille? Dort gibt es die höchsten Steilklippen Frankreichs, einige sind bis zu vierhundert Meter hoch. Dazwischen existieren kleine Einschnitte mit hübschen Buchten, eben jene *Calanques.* Dort wird viel getaucht. Das Gleiche gilt für die direkt anschließende Steilküste zwischen Cassis und La Ciotat. Hoch oben verläuft eine spektakuläre Straße, die *Route des Crêtes.* Von dort hat man schwindelerregende Ausblicke.«

Isabelle musste sich beherrschen. »Können Sie bitte auf den Punkt kommen. Hat man also im Meer am Fuße dieser Steilklippen den Kühlschrank mit der Leiche gefunden, oder war das wieder nur ein Beispiel?«

»Das ist korrekt«, bestätigte er triumphierend. »Ich maile Ihnen gleich eine Landkarte, auf der die genaue Stelle markiert ist.«

»Die ganze Aktion macht doch keinen Sinn«, sagte sie. »Okay, wenn ich Ihre Beschreibung richtig interpretiere, wäre es ein Leichtes, dort oben mit einem Geländewagen an den Abgrund zu fahren und unentdeckt einen Kühlschrank über die Klippen zu stoßen.«

»Korrekt.«

»Aber erstens besteht die Gefahr, dass der Kühlschrank beim Aufprall auf das Wasser aufspringt, und zweitens ist die Wahrscheinlichkeit groß, dass er bald von Tauchern entdeckt wird.«

Der Mann von der Küstenwache lachte. »Da haben Sie im Prinzip recht, aber in diesem Fall auch wieder nicht.«

Isabelle dachte, dass sie den Mann erwürgen könnte.

»Ihren ersten Einwand entkräftige ich dahin gehend, dass die Kühlschranktür zusätzlich mit mehreren Spanngurten gesichert war. Die Taucher haben diese erst lösen müssen.«

»Diese Information fehlte in der Kurznachricht.«

»Ganz offensichtlich. Kommen wir zu Ihrem zweiten Einwand. Da muss ich leider etwas ausholen.«

Isabelle versuchte tief und ruhig zu atmen.

»Ist Ihnen die Algenart *Caulerpa Taxifolia* ein Begriff?«

Einatmen, ausatmen ... Ruhig, ganz ruhig.

Weil er nicht wirklich mit einer positiven Antwort rechnete, fuhr er fort: »Diese sogenannte Killeralge stammt ursprünglich aus dem Pazifik und ist mutmaßlich über das Aquarium des Ozeanographischen Instituts in Monaco ins Meer vor der Côte d'Azur gelangt. Die Alge hat keine natürlichen Feinde und hat sich in einem dramatischen Tempo ausgebreitet, wobei sie die natürliche Meeresflora überwuchert.«

»Die Meeresflora überwuchert ... Sehr interessant.«

»Ich wusste, dass ich Ihr Interesse wecken kann. Die *Caulerpa taxifolia* ist ein Steckenpferd von mir.«

»Tatsächlich? Hätte ich nicht gedacht«, flüchtete sich Isabelle in die Ironie.

»Wo war ich stehengeblieben? Ach so, ja. An der Stelle, wo der Kühlschrank ins Meer gestürzt wurde, ist der Wuchs dieser Alge besonders hoch und dicht. Ein Kühlschrank würde in ihr nach kurzer Zeit auf Nimmerwiedersehen verschwinden. Es war ein ausgesprochener Zufall, dass Taucher offenbar nur wenige Stunden nach der Tat vorbeischwammen und die aufsteigenden Luftblasen bemerkten.«

»Sonst wären Leiche und Kühlschrank weg gewesen?«

»Korrekt. Neben der Leiche waren übrigens auch Ziegelsteine im Kühlschrank, um ihn schwerer zu machen. Um ein Fazit zu ziehen: Die Stelle war gut ausgewählt, der Täter muss über hervorragende Ortskenntnisse verfügt haben – auch unter Wasser.«

»Ich danke Ihnen.«

»War mir ein Vergnügen.«

# 27

Der kleine Fisch sah hübsch aus, hatte gelbe Streifen und niedliche Glupschaugen. Er schwamm ganz dicht vor ihrem Kopf herum, drehte Pirouetten und schien dabei zu lächeln … Isabelle schlug die Bettdecke zurück und drehte sich auf die andere Seite. Sie entdeckte, dass der Fisch ein Tattoo auf seiner Flosse hatte. Seit wann gab es tätowierte Fische? Jetzt erkannte sie ganz deutlich einen Totenkopf mit Zylinder – und der Fisch verwandelte sich in eine Meerjungfrau, die unzweifelhaft so aussah wie Zoé. Das Lächeln der Nixe wich einem ängstlichen Gesichtsausdruck, schließlich zeigte sie nacktes Grausen. Aus dem Dunkel des Meeres tauchte das grässliche Maul eines Raubfisches auf … Isabelle zuckte erschrocken zusammen und zog sich das durchschwitzte Kissen über den Kopf. Jetzt war die Meerjungfrau verschwunden, das Wasser hatte sich blutrot gefärbt. Isabelle setzte sich im Bett auf und trocknete sich mit der Bettdecke das Gesicht ab. Sie hasste ihre Alpträume, die sie um ihren Schlaf brachten. Zur Abwechslung kam mal nicht der *Arc de Triomphe* vor, auch keine Bombe, die hochging, aber sie konnte nicht sagen, dass ihr dieser Traum besser gefallen hatte. Sie legte sich wieder hin und versuchte einzuschlafen. Langsam beruhigte sich ihr Atem, sie schöpfte Hoffnung, dass Morpheus sie endlich in seine Arme schließen würde.

Minuten später bekam Isabelle eine Panikattacke, sie strampelte mit den Beinen und schlug verzweifelt um sich. Der Kühlschrank, in dem sie sich plötzlich eingesperrt wähnte, war eng, viel zu eng, vor allem ließ sich von innen die Tür nicht öffnen, und das Wasser stieg immer höher, gurgelte und blubberte. Sie rang nach Atem, die Ohren taten ihr weh, im Kopf begann es zu pochen ... Luft, Luft ... Mit voller Wucht trat sie gegen das Fußende ihres Bettes. Das Splittern kam nicht vom Kühlschrank, und der Schmerz war real. Sie sprang aus dem Bett, stolperte über die Decke, schlug der Länge nach hin, rappelte sich auf, eilte zum Fenster, öffnete die Läden – und war froh, dass alles nur ein Traum war.

Sie atmete die provenzalische Luft ein, die ihr so köstlich und paradiesisch vorkam wie nie zuvor. Sie sah hinter den Dächern die noch sanfte Morgenröte. Sie ahnte das Meer, hörte Vogelgezwitscher, das sich mit dem Zirpen der Grillen zu einem mediterranen Konzert vereinte. *Mon Dieu*, war das schön. Wenn es wirklich so etwas wie Balsam für die Seele geben sollte, dann musste dieses Heilmittel aus all diesen Ingredienzien komponiert werden. Isabelle zog Jeans an und ein T-Shirt, schlüpfte in Sandalen und schlich sich aus der *Auberge des Maures*. Sie lief hinüber zum Friedhof. Irgendwo schrie ein Baby, das auch nicht schlafen konnte. Dann stand sie vor der letzten Ruhestätte ihrer Eltern. Nach kurzem Zögern setzte sie sich auf einen gegenüberliegenden Grabstein. Die Toten würden ihr diese Pietätlosigkeit verzeihen, und von den Lebenden würde sie zu dieser Stunde keiner sehen.

*»Allô, maman, papa«*, flüsterte sie. »Eure Isa kann nicht schlafen. Wie geht es euch? Seid ihr im Himmel? Gibt es so etwas wie einen Himmel?« Sie schlang die Arme um ihre angezogenen Beine. »Es wäre schön, wenn ich an einen

Himmel und an das Jenseits glauben könnte, aber ich tue es nicht«, sagte sie leise. »Ich kann trotzdem mit euch sprechen«, fuhr sie fort. Und nach kurzem Nachdenken: »Ich glaube, man sollte viel häufiger mit den Lieben reden, die nicht mehr bei uns sind. Auch wenn sie nicht antworten.«

Sie dachte, dass es doch eine Art von Dialog gab, weil die Verstorbenen in einem selbst weiterlebten und sich im inneren Zwiegespräch artikulierten. Isabelle wunderte sich über ihre spirituellen Anwandlungen, die ihr eigentlich völlig wesensfremd waren. Aber sie spürte, dass in ihr etwas vorging, dass sie jedenfalls nicht mehr die Isabelle von früher war, jene abgebrühte Leiterin einer hochprofessionellen Antiterroreinheit, die Alpträume nur aus der Literatur kannte, sich Panikattacken nur bei anderen vorstellen konnte – und nie und nimmer auf die Idee gekommen wäre, zu ihren toten Eltern zu sprechen.

»Macht euch keine Sorgen um mich«, flüsterte sie, »ich komm schon wieder auf die Beine. Aber ich bin etwas durcheinander. Und ich mache mir Vorwürfe. Zoé ist tot – vielleicht wäre sie noch am Leben, wenn ich rechtzeitig Lilous Mörder gefunden und hinter Gitter gebracht hätte? Doch, ganz sicher wäre sie noch am Leben. Wie bitte? Ich soll mir das nicht so zu Herzen nehmen? Das ist nicht leicht, glaubt mir. Aber ich bleib dran, und ich werde den oder die Täter erwischen, ganz sicher. Ihr Tod soll nicht ungesühnt bleiben.«

Eine schwarze Katze strich durch die Grabsteine, blieb vor ihr stehen und sah sie mit grünen Augen an. Dann zog sie weiter. Sie fragte sich, ob eine *chat noir* auf dem Friedhof ein gutes oder ein schlechtes Zeichen war? Wollte die schwarze Katze sie an etwas erinnern? Vielleicht, aber das wäre nicht nötig gewesen.

»Ich habe euch nicht vergessen«, flüsterte sie. »Auch euer Tod wird nicht ungesühnt bleiben, das verspreche ich. Apropos, was haltet ihr von Dominique Boustier? Das ist ein eiskalter Geschäftsmann, der nur auf seinen Vorteil bedacht ist, da habe ich doch recht, oder?« Natürlich hatte sie recht, auf diese Frage brauchte sie keine Antwort. »Fragt sich nur, ob er so skrupellos ist, für seine Ziele nicht nur sprichwörtlich, sondern tatsächlich über Leichen zu gehen? Ihr wisst, was ich meine? Papa, hat er dich umgebracht, weil du ihm bei seinen Projekten im Wege standest? Und dass *maman* dabei mit in den Tod gerissen wurde, war ihm egal?« Sie glitt vom Grabstein und blieb noch einen Moment stehen, um sich von ihren Eltern zu verabschieden. »Jetzt wäre es doch schön, wenn ihr meine Fragen beantworten könntet. Aber ich krieg's auch so raus. So, nun muss ich wieder ins Bett. Ich glaub, jetzt kann ich schlafen.« Sie hauchte einen Kuss über die Handfläche und ging zurück in die *Auberge* auf ihr Zimmer.

Hätte sie nicht ihren Wecker gestellt, wäre es spät geworden, aber so war sie nach einem schnellen Frühstück und einem oberflächlichen Gespräch mit der Concierge mit wieder erstarktem Optimismus auf dem Weg zu ihrem Büro im Rathaus. Dort stellte Thierry gerade sein Fahrrad ab.

»Na, heute sportlich und ökologisch korrekt«, sagte sie mit einem Lächeln.

»Ich radle aus Begeisterung, nicht aus politischem Kalkül«, protestierte er. »Was ist, wollen wir uns heute Abend sehen?«

»Ich bin bei Pascal und Jeanne zum Grillen eingeladen, zusammen mit Clodine.«

»Schade, aber nicht so schlimm. Ich lade mich einfach selbst ein und komme auch.«

»Das kannst du doch nicht machen …«

»Natürlich kann ich das. In Paris wäre das vielleicht nicht *comme il faut,* aber in Südfrankreich sind wir locker, und die Gastfreundschaft liegt uns im Blut. Außerdem kennen wir uns gut, das klappt schon.«

»Clodine wird eifersüchtig sein, die hat ein Auge auf dich geworfen.«

Thierry lachte. »So, hat sie das? Na wunderbar, dann habe ich ja freie Wahl.«

»Tu dir keinen Zwang an.«

»Ich weiß mich zu beherrschen.«

»Da hab ich dich ganz anders kennengelernt, zum Beispiel …«

Thierry hob den Zeigefinger erst warnend in die Luft, dann vor seine Lippen. »Madame le Commissaire, ich bitte um Diskretion. Ich wünsche einen angenehmen Arbeitstag. *Au revoir.*«

»Viel Spaß beim Regieren. *Une bonne journée.*«

Im Büro angekommen, traf sie ihren Assistenten Apollinaire mitten im Raum an – im Kopfstand und mit geschlossenen Augen. Die heruntergerutschten Hosenbeine offenbarten, dass er heute rot-gelb gestreifte Socken trug. Sein Kopfstand war in Anbetracht seiner Körperlänge erstaunlich stabil, allerdings hatte er einen stärkeren Neigungswinkel als der schiefe Turm von Pisa.

Sie lief um ihn herum zu ihrem Schreibtisch.

»Bonjour, Madame«, begrüßte er sie. »Ich bitte um Verständnis. Sie müssen wissen, ich hatte leichte Durchblutungsstörungen im präfrontalen Cortex, da wirkt ein Kopfstand Wunder. Noch drei Minuten, dann bin ich wieder voll hergestellt.«

»Durchblutungsstörungen im vorderen Hirnlappen? Gibt es so was überhaupt?«

»Definitiv, jedenfalls bei mir.«

»Dürfen Sie im Kopfstand sprechen?«

»Natürlich, Madame. Ich kann Ihnen sogar eine positive Nachricht vermelden.«

»Immer gerne.«

»Das Auto von Zoé ist heute Morgen gefunden worden, Sie wissen schon, ihr pinkfarbener Renault.«

»Wo?«

»Am Rande eines Pinienwaldes bei Gassin.«

Isabelle zog den Bürostuhl heran und setzte sich. »Von Gassin ist es weit bis zur Steilküste bei Cassis«, stellte sie fest.

»Ziemlich weit, da haben Sie recht. Ich habe aus Toulon die Spurensicherung angefordert. Sie werden sich im Pinienwald umsehen und nach Hinweisen auf ein Gewaltverbrechen suchen.«

»Sehr gut. Noch was?«

»Ja, im Auto hat man Blutflecken gefunden. Genauer gesagt, auf dem Beifahrersitz, scheinen aber schon älter zu sein.«

»Auf dem Beifahrersitz? Interessant.«

»Das finde ich auch.«

»Die Kollegen sollen auch nach Fingerabdrücken und verwertbaren DNA-Spuren suchen«, sagte sie.

»Na klar, das ist Routine.«

»Übrigens, die drei Minuten sind um.«

Apollinaire zog die Beine an, knickte die Hüfte ab und ging relativ elegant in eine stehende Position über. Er strich die Hosenbeine nach unten und richtete sein Hemd.

»Die Flecken sind schon älter?«, überlegte Isabelle laut. »Dann stammt das Blut nicht von Zoés Mörder.«

»Mutmaßlich nein.«

»Lassen Sie prüfen, ob das Blut von Zoé selbst kommt.«

»Ist schon in die Wege geleitet.«

Isabelle war nicht überrascht. Im Normalfall war das Gehirn ihres Assistenten erstaunlich gut durchblutet.

»Mich würde nicht wundern, wenn das Blut von Phil Ferguson stammt«, sagte sie.

»Das würde zu Ihrer Theorie passen. Ich meine, dass Zoé bei der Tat zugegen war und anschließend mit dem angeschossenen Engländer geflohen ist. Ja, das wäre gut möglich.«

»Haben wir eigentlich eine Blutprobe und die DNA von Ferguson?«

»Nein, haben wir nicht. Aber das kostet mich einen Anruf in der Klinik.«

Isabelle nickte. »Ja, machen Sie das.« Sie dachte kurz nach. »Nein, ist nicht nötig. Ich will unseren Komapatienten sowieso besuchen, dann können wir das gleich selbst erledigen.«

»Wir?«

»Sie begleiten mich. Sie dürfen fahren. Und nehmen Sie die Unterlagen mit, aus denen ersichtlich ist, wo man im Meer den Kühlschrank mit Zoés Leiche gefunden hat. Ich würde mir die Stelle anschließend gerne mal anschauen.«

# 28

Der späte Vormittag war eigentlich keine Schlafenszeit, erst recht nicht für einen uniformierten Beamten der Police Nationale, der im Centre *Hospitalier de Hyères* vor dem Zimmer Wache hielt, in dem der Komapatient Phil Ferguson an seinen Schläuchen und Apparaten hing.

Isabelle drückte dem schnarchenden Mann den ausgestreckten Zeigefinger gegen die Stirn. Erschrocken öffnete er die Augen.

»Wenn mein Finger der Lauf einer Pistole wäre, könnten Sie jetzt tot sein«, sagte sie. »Peng!«

Offenbar erkannte der Beamte Apollinaire, der hinter Isabelle stand. Er schien eins und eins zusammenzuzählen. »Madame le Commissaire«, stammelte er, »ich bitte vielmals um Vergebung. Ich muss kurz eingenickt sein. Pardon, kommt nicht wieder vor.«

»Das möchte ich hoffen, schon zu Ihrem eigenen Wohl. Der Engländer sollte schon mal umgebracht werden. Bei einem erneuten Versuch könnte es passieren, dass Sie aus Ihrem Nickerchen nicht mehr aufwachen. Haben Sie das verstanden?«

»Ja, natürlich, sicher …«, sagte er.

»Sie kennen Ihren Kollegen Sous-Brigadier Eustache?«, fragte sie.

*»Bien sûr,* Apollinaire, *bonjour.«*

»Ich bin Commissaire Bonnet, aber das haben Sie sich wohl schon gedacht.«

*»Enchanté!«*

Im Gang tauchte der diensthabende Arzt auf. Er war der Chef des Stationsarztes, den sie von ihrem früheren Besuch kannte.

»In Ordnung, gehen wir rein.«

Während er hinter ihnen die Türe schloss, fragte er wie beiläufig: »Madame, hatten Sie einen Unfall?«

»Wie kommen Sie darauf?«

»Sie haben charakteristische Gehstörungen, die ich in ähnlicher Form schon nach schweren Unfällen gesehen habe. Außerdem die Narbe an Ihrer Stirn, die sieht noch recht frisch aus. Beim Händedruck zur Begrüßung sind Sie kaum merklich zusammengezuckt, obwohl er nicht so fest war.«

»Sie sind ein guter Diagnostiker«, stellte Isabelle überrascht fest. »Stimmt, ich hatte einen Unfall.«

»Und Sie drehen beim Zuhören Ihren Kopf. Ich habe den Eindruck, dass Sie links nicht so gut hören. Das kann viele Gründe haben, zum Beispiel eine Gehörschädigung nach Schädelfraktur, eine Trommelfellruptur oder eine Schädigung des Innenohres aufgrund eines Knalltraumas. Pardon, Madame, das geht mich nichts an. Sie sollen nur wissen, dass ich auf meinem Gebiet einen exzellenten Ruf habe, nicht nur in der Diagnostik, sondern vor allem in der Therapie. Falls Sie mal ärztlichen Rat brauchen, stehe ich Ihnen gerne zur Verfügung.«

Isabelle nickte. »Vielen Dank, könnte sogar sein, dass ich auf Ihr Angebot zurückkomme. Aber jetzt sollten wir uns unserem englischen Patienten zuwenden.«

»Der englische Patient? Ein wunderbarer Film, kennen Sie ihn?«, fragte der Arzt.

Isabelle lächelte. Der Arzt gefiel ihr, sie hatte sich seinen

Namen längst gemerkt, aber sie war nicht hier, um mit diesem smarten Docteur Marre über sich oder über einen Film zu parlieren.

»Mit Ralph Fiennes in der Hauptrolle«, sagte sie dennoch.

»Und Juliette Binoche als Hana«, ergänzte Apollinaire leise.

»Wie geht's ihm?«, fragte Isabelle und deutete auf das Krankenbett.

Marre ging zu ihm hin und nahm Fergusons Hand. »Ich glaube, er hört uns zu«, sagte er. »Schauen Sie, er hat die Augen geöffnet. Mister Ferguson, bitte schließen Sie kurz Ihre Augenlider, wenn Sie uns verstehen.«

Isabelle bekam eine Gänsehaut, als Ferguson im Zeitlupentempo und mit einem leichten Flattern die Augen schloss und wieder öffnete.

»Mister Ferguson, ich freue mich, dass Sie wieder bei uns sind. Wir hatten ja schon gestern eine kleine Konversation. Das ist wunderbar. Sie machen Fortschritte, aber Sie müssen Geduld haben. Spüren Sie meine Hand?«

Ferguson sah starr geradeaus, keine Augenlider, die sich schlossen.

»Noch nicht? Kein Problem, das dauert. Wir probieren das einfach jeden Tag, und irgendwann werden Sie mich spüren. Dann mache ich eine Flasche Champagner auf, einverstanden?«

Ferguson schloss kurz die Augen, jetzt sogar schneller als zuvor.

»Sehr schön, und irgendwann trinken wir zusammen ein Gläschen. Darf ich Ihnen eine überaus charmante Dame vorstellen? Madame Bonnet wollte Sie unbedingt kennenlernen. Mister Ferguson, Sie sind ein Schwerenöter. Kaum dem Tod von der Schippe gesprungen, und schon haben Sie Damenbesuch ...«

Es piepte, Docteur Marre sah auf seinen Pager und entschuldigte sich. Er müsse die Herrschaften für wenige Minuten alleine lassen, er sei gleich wieder zurück. »Regen Sie ihn nicht auf«, flüsterte er Isabelle zu, »sein Gesundheitszustand ist alles andere als stabil.«

Isabelle stellte sich so vor Fergusons Bett, dass er sie sehen konnte. Apollinaire hatte sich auf einen Drehstuhl gesetzt und studierte die diversen Monitore.

Isabelle wusste, dass es nicht richtig war, aber sie konnte der Versuchung nicht widerstehen. »Mister Ferguson, Sie können ganz beruhigt sein, ich interessiere mich nicht für Ihre Vergangenheit«, versuchte sie möglichst deutlich und gleichzeitig sanft zu sprechen. »Ich bin Kommissarin bei der französischen Polizei und will nur wissen, wer versucht hat Sie umzubringen. Wäre das in Ihrem Sinne?«

Sie hörte, wie sich das regelmäßige Piepsen des Herzmonitors beschleunigte. Langsam schloss Ferguson die Augen. Sie fürchtete schon, das wäre das Ende ihrer »Befragung«, doch die Lider öffneten sich wieder. Sie interpretierte das als eine widerstrebende, aber doch eindeutige Zustimmung. Isabelle beschloss, ihm nichts von der toten Lilou zu erzählen, auch nicht vom Schicksal Zoés. Stattdessen fragte sie ganz schlicht: »Kennen Sie die Person, die Sie niedergeschossen hat?«

Wieder schlossen sich die Augen, diesmal sogar relativ schnell.

»Wer war es?«, fragte sie, um sofort die Unsinnigkeit ihrer Frage einzusehen. »Entschuldigen Sie, ich bin blöd. Wir gehen schrittweise vor. War es ein Mann?«

Das Piepsen wurde jetzt immer schneller. Apollinaire

sprang auf und deutete auf einen Monitor, der heftige Ausschläge zeigte. Fergusons Augenlider zitterten. Das Piepsen ging in einen schrillen Pfeifton über. Die Türe öffnete sich, und Docteur Marre stürzte herein.

»Was haben Sie ihm gesagt? Ich sagte doch, Sie dürfen ihn nicht aufregen. Bitte verlassen Sie den Raum.«

Isabelle spürte, dass sie die Sympathien des Docteurs verspielt hatte – wenigstens für den Augenblick.

Einige Zeit später waren sie wieder im Auto unterwegs. Der Arzt hatte Fergusons Zustand stabilisiert. Sie hatten von ihm sogar die erforderliche Blutprobe bekommen und die DNA. Apollinaire chauffierte, und Isabelle dachte nach. Irgendwann kam ihr der Alptraum mit dem Kühlschrank in den Sinn, sie erinnerte sich an ihre verzweifelten Befreiungsversuche. Sie nahm das Telefon und rief bei der Pathologie der Küstenwache an. Kurz darauf wusste sie, dass Zoé nicht im Kühlschrank ertrunken war. Vielmehr habe man ihr vorher den Schädel zertrümmert. Offenbar mit einem einzigen Schlag. Als Tatwaffe komme ein schwerer Vorschlaghammer in Frage oder irgendein anderes gewichtiges Teil mit hoher Durchschlagskraft. Der Tod sei definitiv einige Stunden vor dem Klippensturz eingetreten. Mehr könne man nicht sagen. Sie habe jedenfalls nicht leiden müssen.

Ob der Schlag von vorne oder von hinten ausgeführt worden sei, wollte sie noch wissen. Als Antwort bekam sie, dass man das nicht eindeutig feststellen könne, der Schlag sei nämlich direkt von oben auf der Schädeldecke des Opfers gelandet.

Isabelle bedankte sich und legte auf.

»Schwerer Vorschlaghammer, direkt von oben«, sagte sie mehr zu sich selbst als zu ihrem Assistenten.

»Klingt nach einem kräftigen, großgewachsenen Mann«, erwiderte Apollinaire.

»Jedenfalls nicht nach einer zarten Frau«, stimmte ihm Isabelle zu. Sie sah aus dem Auto auf die vorbeiziehende Landschaft. Apollinaire befleißigte sich heute eines auffallend gleichmäßigen Fahrstils, der fast Anlass zur Sorge gab. »Wo sind wir eigentlich?«, fragte sie. Seit ihrer Abfahrt am Krankenhaus in Hyères hatte sie ihrer Route keine Aufmerksamkeit geschenkt. Dass sie auf der Autobahn Toulon passiert hatten, war ihr aufgefallen. Außerdem hatte Apollinaire sie gefragt, ob sie Lust verspüre, Commandant Bastian im Kommissariat zu besuchen. Mit einem Lächeln hatte sie dankend abgelehnt.

Sie verließen die Autobahn, die weiter nach Marseille und Aix-en-Provence führte.

»Gleich sind wir in La Ciotat«, beantwortete Apollinaire ihre Frage. »Von dort geht es dann auf die *Route des Crêtes* nach Cassis. Sind Sie eigentlich schwindelfrei?«

»Warum? Natürlich bin ich schwindelfrei. In meiner früheren Tätigkeit war das Abseilen aus dem Helikopter gängige Routine.«

Apollinaire räusperte sich. »Wie Sie wissen, habe ich im Archiv gearbeitet ...«

»Was hat das mit Höhenangst zu tun?«

»Nun, das Archiv lag im Keller. Das war mir äußerst angenehm. Sie müssen wissen, ich bin Akrophobiker.«

»Sie essen kein Fleisch?«, sagte Isabelle lachend.

Apollinaire warf ihr einen irritierten Blick zu.

»Ich weiß, was es bedeutet«, fuhr Isabelle fort, jetzt wieder ganz ernst. »Das heißt, Sie haben Angst vor der Höhe, richtig?«

»Ja, ich bekomme sofort Herzrasen und Schwindelgefühle, wenn nicht sogar Schlimmeres. Aus dem Grund bewohne ich eine Erdgeschosswohnung. Im Flugzeug habe ich grundsätzlich einen Gangplatz und negiere die Tatsache, dass wir uns in der Luft befinden. Ich bin gut in Autosuggestion, das funktioniert einigermaßen.«

»Wir fahren zu den Klippen, von denen der Kühlschrank mit Zoés Leiche ins Meer gestürzt wurde«, sagte Isabelle. »Und weil die Klippen relativ hoch sind, könnte das zu einem Problem werden, korrekt?«

»Jawohl«, bestätigte Apollinaire.

»Sie hätten nicht mitkommen müssen.«

»Ich habe Ihre Aufforderung, Sie zu begleiten, als Dienstanweisung verstanden, der ich mich nicht widersetzen wollte.«

»*Alors,* fahren Sie bei nächster Gelegenheit rechts ran. Ich glaube, es ist besser, ich übernehme das Steuer. Und das nächste Mal sagen Sie mir Bescheid, wenn Sie mit irgendwelchen Phobien konfrontiert werden. Wir können über alles reden – auch über vermeintliche Dienstanweisungen.«

»Sehr freundlich. Ich habe keine weiteren Phobien. Nun ja, vielleicht mit einer kleinen Einschränkung. Ich mag keine Spinnen. Alle Tiere mit mehr als vier Beinen sind mir suspekt. Aber sonst bin ich völlig angstfrei, darauf können Sie sich verlassen.«

»Gut, gut. Da vorne ist ein Seitenstreifen, da wechseln wir.«

Einige Kilometer später erwies sich, dass der Fahrerwechsel mehr als nötig war. Nach dem Hafenort La Ciotat, der zu früheren Zeiten für seine Werften berühmt war, schlängelte sich die Straße kahle Felsen hinauf. Ein Schild warnte vor Seitenwinden. Apollinaire konzentrierte sich auf die mitgebrachten Unterlagen auf seinem Schoß. Auf einer Karte hatte er den Felsen eingetragen, von dem der Kühlschrank ins Meer gestürzt wurde. Außerdem hatte er die Koordinaten in sein Smartphone eingegeben, also würden sie per GPS auch ohne Karte ans Ziel gelangen.

Isabelle fragte sich mittlerweile, warum sie die Stelle persönlich in Augenschein nehmen wollte. Es gab dafür keinen Grund. Sie würde zu keinen neuen Erkenntnissen gelangen. Aber in den Jahren ihrer beruflichen Tätigkeit hatte sie es sich zur Angewohnheit gemacht, alles mit eigenen Augen sehen zu wollen. Man konnte noch so viel über etwas lesen, sich Bilder und Videos ansehen, dennoch konnte die virtuelle Realität nie die erlebte Wirklichkeit ersetzen. Oft erschlossen sich vor Ort neue Perspektiven, oder man bekam unerwartete Einsichten – auch wenn sie heute nicht damit rechnete.

Die *Route des Crêtes* war ihr ein Begriff, aber heute war es das erste Mal, dass sie die bei Touristen beliebte Straße über die weißen Kalkfelsen hinüber nach Cassis fuhr. Bald wurde ihr klar, warum Apollinaire nicht steuern und lieber rechts sitzen wollte, denn tatsächlich eröffneten sich atemberaubende Blicke – nicht nur an der Küste entlang und in die unendliche Ferne des blauen Meeres, sondern auch steil hinunter in die Tiefe. Sie blieb einige Male stehen, um auszusteigen, sich den Wind durch die Haare wehen zu lassen und die Aussicht zu genießen. Am eindrucksvollsten war die Sicht vom vierhundert Meter hohen *Cap Canaille* und von der *Grande Tête*.

Irgendwann bat Apollinaire zu stoppen. Sie hätten ihr Ziel erreicht. Er machte nicht den Eindruck, als ob er aussteigen wollte. Also verschaffte sich Isabelle alleine einen Überblick. Tatsächlich wäre es hier ein Leichtes, mit dem

Auto rückwärts an den Klippenrand zu fahren. Sie stellte sich direkt an den Abbruch und blickte in die Tiefe. An anderen Stellen gab es unten bizarre Felsen, während hier nur das Meer wartete. Die Stelle war wahrlich gut gewählt, wenn auch etwas spektakulär und gleichzeitig irgendwie absurd. Der Wind zerrte an ihren Kleidungsstücken. Man musste wirklich aufpassen, nicht von den Beinen gerissen zu werden. Nun, das war vermutlich nicht immer so, erst recht nicht in der Nacht ohne thermische Winde. Aber gefährlich war es trotzdem, hier einen schweren Kühlschrank mit einer Leiche in die Tiefe zu wuchten. In der Annahme, dass unten diese komische Alge das Corpus Delicti überwuchern und verschwinden lassen würde. Man musste schon genau wissen, was man tat, sonst machte die Aktion keinen Sinn. Sie betrachtete erneut die glatten Felsen, über die der Täter bei dunkler Nacht hatte rückwärts rangieren müssen. Das könnte auch schiefgehen. Stellte sich die Frage nach dem Auto. Nach ihrer Vorstellung kam hier nur ein allradgetriebener Geländewagen in Betracht. Da war die Ladefläche groß genug. Oder ein Pkw mit Anhänger? Nun, das ging auch. Dann konnte man den Anhänger abkuppeln und vor sich her zum Klippenrand schieben. Das war vermutlich weniger riskant, aber anstrengend. Also hatte der Täter einen Geländewagen oder einen Pkw mit Anhängerkupplung. Oder er hatte einen Freund mit einem entsprechenden Untersatz … Das war keine wirklich hilfreiche Schlussfolgerung. Zoés Mörder war vermutlich groß und stark, und er hatte ein wie auch immer geartetes Motiv gehabt, Phil Ferguson und Lilou niederzuschießen. Der Mann kannte sich hier gut aus, war also vermutlich kein Ausländer. Und wahrscheinlich war er Taucher, sonst hätte er nichts von der Alge am Meeresgrund gewusst. Oder er kannte einen Taucher …

Mist, mit dem Täterprofil war das gar nicht so einfach. Aber zum ersten Mal zeichneten sich erste Umrisse ab. Ein professioneller Killer, der im Auftrag der um ihr Geld geprellten Engländer handelte? Oder einer aus dem Rotlichtmilieu, der Lilou und Zoé kannte, Ferguson regelmäßig mit Nutten versorgte und mit ihm in die Haare geraten war? Oder einer aus kriminellen Kreisen, der von Fergusons wahrer Identität wusste und ihn erpresste? Kaum glaubte man, ein vages Bild zu erkennen, wurde es schon wieder unscharf und ließ verschiedene Deutungen zu. Dennoch war Isabelle nicht unzufrieden, hierhergefahren zu sein. Man würde erst später wissen, ob es zu etwas gut war.

Apollinaire war die Erleichterung anzusehen, als sie unten im pittoresken Fischerort Cassis anlangten. Sie fanden trotz des regen Ausflugsverkehrs einen Parkplatz und wenige Minuten später einen freien Tisch vor einer *Poissonnerie*, die für ihre Bouillabaisse berühmt war. Isabelle setzte die Dienstvorschriften außer Kraft und bestellte zwei Gläser vom lokalen Weißwein. Bald stand die Marseillaiser Fischsuppe auf dem Tisch, mit Croûtons und *rouille*, einer Knoblauchmayonnaise mit Paprika. Für Apollinaire war die Welt wieder in Ordnung. Außerdem hatten sie die Rückfahrt über die A50 geplant, in sicherem Abstand zur Steilküste.

# 29

Auf dem Heimweg schlief Isabelle im Auto. Was erstens dafür sprach, dass sich der Fahrstil Apollinaires kontinuierlich verbesserte, und zweitens auf die alptraumgeplagte letzte Nacht zurückzuführen war. So kam es, dass sie recht entspannt war, als sie am späten Nachmittag ihr Büro in Fragolin betrat. Apollinaire war noch unterwegs, um Fergusons Blutprobe und seine DNA der Spurensicherung zu übergeben. Verwundert stellte Isabelle fest, dass sie erwartet wurde. Auf einem Sofa, das Apollinaire erst gestern im Keller des Rathauses aufgestöbert hatte, saß eine gepflegte Dame, in einem klassischen Kostüm, das weder zur Jahreszeit noch in die Provence passte. Neben ihr im Schneidersitz ein kleines Mädchen, das konzentriert mit einem Tabletcomputer spielte.

»Ich habe schon befürchtet, Sie kommen heute gar nicht mehr«, sagte die Dame in passablem Französisch, aber mit starkem englischem Akzent.

Isabelle gab ihr die Hand. »Ich bin Commissaire Bonnet. Was kann ich für Sie tun?«

»Ich weiß, wer Sie sind. Ihr Bild war ja sogar in englischen Zeitungen.«

»Tatsächlich? Jetzt weiß ich aber immer noch nicht, wer Sie sind und was Sie hierherführt.«

Die Frau stand auf und reichte Isabelle die Hand. »Entschuldigen Sie, mein Name ist Ferguson, Olivia Ferguson. Das ist meine Tochter Jessica.«

Das kleine Mädchen sah bei der Nennung ihres Namens nur kurz auf, spielte dann aber umgehend weiter.

»Ferguson? Sind Sie …?«

»Ja, ich bin die Ehefrau von Phil Ferguson.«

Isabelle fiel ein, dass sie von der Existenz einer Ehefrau und eines Kindes in ihren Unterlagen gelesen, aber nicht weiter darüber nachgedacht hatte. Bei seinem Untertauchen mit anschließender Transformation in einen gewissen Brian C. Hobart mit Wohnsitz in Fragolin hatte Phil Ferguson kurzerhand seine kleine Familie in England zurückgelassen – was ein wenig positives Licht auf ihn warf. Weil sein gesamtes Vermögen mit ihm verschwunden war, wurde die bislang privilegiert lebende Olivia mit einer plötzlichen Verarmung konfrontiert, musste wieder in ihrem alten Beruf als Verkäuferin arbeiten, um nicht auf der Straße zu landen. Währenddessen hatte es sich ihr Mann an der Côte d'Azur gutgehen lassen und mit leichten Mädchen vergnügt. Nicht gerade die feine englische Art.

»Darf ich Ihnen was zu trinken anbieten?«, fragte Isabelle.

»Nein danke. Aber ich könnte Ihre Hilfe brauchen.«

Isabelle setzte sich hinter ihren Schreibtisch.

»Wie Sie wahrscheinlich wissen«, fuhr Olivia Ferguson fort, »bin ich immer noch die gesetzmäßige Ehefrau von Phil. Dass er mich im Stich gelassen hat, ändert nichts daran.«

»Nein, vermutlich nicht«, sagte Isabelle vorsichtig. »Kann ich bitte Ihren Ausweis sehen?«

Olivia nahm ihren britischen Reisepass aus der Handtasche. Isabelle warf nur einen kurzen Blick drauf und gab ihn zurück. Dabei ging ihr durch den Kopf, dass alles auch ganz anders sein könnte. Vielleicht war alles abgesprochen?

Ferguson hatte sie bei seiner überstürzten Flucht zurückgelassen mit dem Versprechen, dass sie und ihre gemeinsame Tochter in einigen Jahren nachkommen könnten, und in der Zwischenzeit sorgte er dafür, dass es ihr finanziell nicht zu schlecht ging. Der Job als Verkäuferin wäre dann nur Tarnung. Isabelle verstand nichts von Kostümen, aber dass die Handtasche von Prada war, erkannte sogar sie.

»Ich möchte meinen Mann im Krankenhaus besuchen«, sagte Olivia, »doch man lässt mich nicht zu ihm. Angeblich haben Sie jeden Besuch verboten.«

»Das stimmt«, bestätigte Isabelle.

»Wie geht es ihm?«, fragte Olivia.

»Ich war heute bei ihm«, antwortete Isabelle. »Ich würde sagen, es geht ihm einen Hauch besser.«

»Besser? Wirklich? Das ist schön.«

»Verstehen Sie mich bitte nicht falsch«, sagte Isabelle, »ihm geht es natürlich katastrophal schlecht, aber er hat die Augen offen und versteht ganz offenbar, wenn man zu ihm spricht.«

Eine männliche Stimme griff ihren letzten Satz auf. »Er versteht, was man ihm sagt. Das ist ja wunderbar.« Isabelle hatte nicht gesehen, dass hinter ihr gerade ein weiterer Besucher den Raum betreten hatte. Und sie hatte ihn nicht gehört, aber darüber wollte sie jetzt nicht nachdenken. Sie drehte sich um und sah einen korrekt angezogenen Mann vor sich, mit Anzug und Weste. Der Sprache nach auch ein Engländer. Die Menschen von der Insel schienen es mit der Kleidervorschrift sehr ernst zu nehmen.

»Und wer sind Sie, wenn ich fragen darf?«, wollte Isabelle wissen.

»Sorry, mein Name ist Frank Hamilton. Ich bin der Anwalt der von Ferguson betrogenen Kapitalanleger.«

Er überreichte Isabelle seine Visitenkarte.

»Mein Mann hat niemanden betrogen«, protestierte Olivia mit erhobener Stimme.

»Meine Liebe, mit dieser Meinung sind Sie allein auf der Welt«, sagte er mit leichtem Spott in der Stimme, »aber als Ehefrau sei Ihnen diese realitätsferne Sichtweise zugestanden.«

Isabelle deutete zur Tür. »Würden Sie bitte draußen warten, bis wir hier fertig sind. Später habe ich für Sie Zeit.«

Der Anwalt entschuldigte sich für seine Störung und zog sich zurück.

»Das ist eine Unverschämtheit«, echauffierte sich Olivia. »Ich werde den Mann wegen übler Nachrede verklagen und …«

»Ich glaube, damit hätten Sie keinen Erfolg«, merkte Isabelle an, »aber um bei unserem Thema zu bleiben: Selbstverständlich können Sie Ihren Mann im Krankenhaus besuchen. Aber nur in Begleitung von Sous-Brigadier Eustache. Ich hoffe, damit ist Ihnen geholfen.«

»Vielen Dank. Außerdem möchte ich den Schlüssel zu seinem Haus hier in Fragolin. Irgendwie ist das ja auch mein Haus, wenn Sie verstehen.«

Isabelle schüttelte den Kopf. »Ich fürchte, das wird nicht gehen. Die Rechtslage ist einigermaßen diffizil. Aber ich kann Ihnen ein nettes Hotel empfehlen.«

»Ich will doch im Haus nichts mitnehmen, ich will nur dort wohnen, solange ich hier bin.«

»Ich verstehe, aber das geht nicht. Ich prüfe morgen gerne, ob es doch eine Chance gibt, bin aber sehr skeptisch. Noch etwas?«

Olivia sah sie eindringlich an. »Bitte finden Sie den Täter, ich flehe Sie an.«

»Ich tue mein Bestes«, sagte Isabelle. Dann gab sie Olivia die Nummer von Apollinaires Handy, damit sie mit ihm einen Besuchstermin bei ihrem Mann vereinbaren konnte. Die Tochter hörte auf zu spielen, gab ihr zum Abschied sogar die Hand. Schließlich verließen die beiden den Raum.

Kurz darauf klopfte es, und dieser Anwalt steckte seinen Kopf durch den Türspalt.

»Darf ich jetzt hereinkommen?«

Isabelle dachte, dass es hier zuging wie auf den Champs-Élysées während des Berufsverkehrs.

»Ja, bitte, nehmen Sie Platz. Was verschafft mir die Ehre?«

»Ich wollte mich nur bei Ihnen vorstellen und einige Punkte abklären. Aber zunächst darf ich bei Ihrer Bemerkung einhaken, die ich zufällig mitgehört habe. Geht es diesem Kriminellen tatsächlich besser?«

Isabelle zog missbilligend eine Augenbraue nach oben. »Könnten wir uns darauf verständigen, dass wir Mister Ferguson bei seinem Namen nennen. Erstens gilt bis zu seiner Verurteilung die Unschuldsvermutung, zweitens ist er in dem von mir bearbeiteten Fall nicht der kriminelle Täter, sondern das beklagenswerte Opfer einer Gewalttat.«

»Ich sehe das zwar anders, will mich aber gerne einer gemäßigteren Ausdrucksweise befleißigen.«

»Sehr schön. Sie wollen wissen, ob es Mister Ferguson wirklich bessergeht? Zur Beantwortung Ihrer Frage müssten Sie sich an die zuständigen Ärzte wenden. Ich kann Ihnen nur das Gleiche sagen wie soeben der Ehegattin. Objektiv ist er in einer absolut schrecklichen Verfassung, aber immerhin ist er aus seinem Koma erwacht. Er hat die Augen geöffnet und scheint zu verstehen, was man sagt. Noch kann er sich nicht bewegen und auch nicht sprechen. Aber das könnte sich ändern, sagen jedenfalls die Ärzte.«

»Das ist eine gute Nachricht, nicht nur aus menschlicher Sicht, sondern auch aus Sicht der Mandanten, die ich vertrete. Bislang haben die Nachforschungen keinen Anhaltspunkt über den Verbleib der Anlagegelder gegeben. Fakt ist, dass Ferguson nur einen Teil verzockt hat, der Rest muss irgendwo sein. Meine Aufgabe ist es, so viel wie möglich herbeizuschaffen, um den erlittenen finanziellen Schaden meiner Mandanten zu mindern. Es wäre ausgesprochen hilfreich, wenn sich Ferguson artikulieren und Auskunft geben könnte. Schon deshalb hoffe ich auf eine weitere gesundheitliche Besserung.«

Isabelle konnte den Standpunkt ihres Besuchers zwar verstehen, fand aber seine Betrachtungsweise wenig sympathisch. Wenn jemand mit dem Tode rang, sollte es andere Prioritäten geben. Dann fiel ihr ein, dass sie es selber an der nötigen Zurückhaltung hatte mangeln lassen. Auch sie hatte die erstbeste Gelegenheit genutzt, um Ferguson nach dem Täter zu befragen. Sie hatte genauso ihre Zielsetzungen wie der englische Anwalt. Um sie zu erreichen, hatte sie sich relativ skrupellos über die Anordnungen des Doktors hinweggesetzt. Sie glaubte den Pfeifton zu hören und sah für einen Moment das vorwurfsvolle Gesicht von Docteur Marre vor sich. Wenn der Anwalt zynisch war, in dem Sinne, dass er die Gefühle missachtete, dann war sie es womöglich nicht minder. Sie nahm sich vor, später darüber nachzudenken.

»Sie sagten, dass Sie hier sind, um einige Punkte abzuklären«, kam Isabelle auf den Anfang ihres Gesprächs zurück. »Um welche Punkte geht es?«

Hamilton nahm ein Dokument aus seinem Aktenkoffer.

»Hiermit wird Ihnen von Seiten eines Londoner Gerichts bestätigt, dass ich befugt bin, Fergusons Haus zu betreten, alle Wertsachen zu katalogisieren und alle beweglichen und nicht beweglichen Güter zu veräußern. Die Einnahmen fließen direkt meinen Mandanten zu. Außerdem werde ich alle nötigen Schritte in die Wege leiten, um das Anwesen von Mister Ferguson möglichst rasch zu verkaufen. Das alles ist nur ein Tropfen auf den heißen Stein, aber wie sagt man so schön: *Many a little makes a mickle,* Sie verstehen?«

»Kleinvieh macht auch Mist, ja, ich verstehe. Sie sind sich im Klaren darüber, dass Sie sich momentan in Fragolin befinden, im französischen Département Var?«

»Département Var? Nun, wenn Sie es sagen, wird es wohl stimmen. Warum?«

»Weil hier normalerweise französisches Recht gilt und Londoner Gerichte so viel Autorität haben wie ein Känguru im Buckingham Palace.«

Isabelle verkniff sich ein Lächeln. Sie wusste auch nicht, warum sie auf diesen blöden Vergleich gekommen war.

»Wollen Sie damit sagen, dass …«

»Dass Sie sich am besten mit dem zuständigen französischen Staatsanwalt in Verbindung setzen. Sein Name ist Fabré, ich gebe Ihnen gerne seine Kontaktdaten. Und bis ich von ihm nichts anderes gehört habe, machen Sie um Fergusons Haus einen großen Bogen. Es wird von der örtlichen Gendarmerie bewacht, die verstehen keinen Spaß.«

Hamilton zog sich nervös die Manschetten zurecht. »Ich bin sehr enttäuscht, ich habe auf Ihre Kooperation gezählt«, sagte er.

Isabelle lächelte. »Die haben Sie doch, ich versuche Ihnen zu helfen, wo ich nur kann.«

»Sie belieben zu scherzen.«

»Darf ich Ihnen eine Frage stellen?«

»Natürlich, gerne auch mehrere.«

»Wer hätte ein Motiv, Mister Ferguson in seinem Haus zu erschießen? Gibt es unter den geschädigten Anlegern, die Sie vertreten, jemanden von aufbrausendem Charakter, der zur Selbstjustiz neigt? Oder wären Sie selbst fähig, einen Profi anzuheuern, der Mister Ferguson in seinem Haus die Daumenschrauben ansetzen sollte und dann über das Ziel hinausschießt?«

Hamilton grinste. »Das waren tatsächlich mehrere Fragen, wobei die letzte reichlich unverschämt ist. Aber diese Dreistigkeit gefällt mir, ich mag so etwas, wir werden uns noch gut verstehen.«

»Das scheint mir unwahrscheinlich. Also, ich höre.«

»Nun, eine rationale Entscheidung, ihn zu erschießen, kann ich mir nicht vorstellen. Wenigstens nicht, solange wie der Esel noch Goldtaler scheißen könnte. Ob einer meiner Anleger einen aufbrausenden Charakter hat? Ich habe fast schon jeden mit rotem Kopf und geschwollenen Halsadern gesehen. Ferguson ist schon hundertmal zum Teufel gewünscht worden. Ich bin kein Psychologe, aber eine Kurzschlussreaktion würde ich vielen meiner Mandanten zutrauen, auch wenn sie monetär daraus keinen Nutzen ziehen würden. Auf Ihre dritte Frage möchte ich eigentlich keine Antwort geben. Die Unterstellung ist abstrus, das wissen Sie. Es lag nur in Ihrer Absicht, mich zu provozieren. Versuch gescheitert!«

»Nicht ganz, oder?«

»Doch, doch, vollends gescheitert. Übrigens müsste ein Racheakt nicht unbedingt von einem meiner Mandanten begangen werden, es gibt auch andere Kandidaten.«

»Denken Sie an jemand Konkreten?«

»Nun ja, die Dame trägt ein klassisches Kostüm und hat eine kleine Tochter.«

»Olivia Ferguson?«

»Sie spielt ihre Rolle sehr gut. Glauben Sie wirklich, dass es ihr was ausmacht, wenn man ihren Mann einen Betrüger nennt? Er hat sich schnöde aus dem Staub gemacht und sie ihrem ärmlichen Schicksal überlassen. Ihre Fallhöhe war enorm hoch, von der Society-Lady in der Luxusvilla zur kleinen Verkäuferin im Einzimmerappartement, da kommt Freude auf. Derweil lebt der untreue Göttergatte im sonnigen Südfrankreich und vergnügt sich mit leichten Mädchen. Wenn das kein Motiv für einen Racheengel ist, dann weiß ich nicht.«

Isabelle fragte sich, warum sie noch nicht selbst auf diesen Gedanken gekommen war, so abwegig war er schließlich nicht. Einer betrogenen Ehefrau wäre es auch zuzutrauen, neben ihrem Mann auch gleich seine Geliebte über den Haufen zu ballern. Ein Amoklauf par excellence. Aber was hätte Olivia Ferguson jetzt veranlasst, an den Ort der Tat zurückzukehren? Hatte sie im Haus etwas verloren, was auf ihre Spur führen könnte? Oder wollte sie ihren Mann im Krankenhaus endgültig abmurksen?

Isabelle führte die Gedanken nicht weiter. Das Leben war kein billiger Groschenroman. Oder vielleicht doch?

»Ein Motiv wäre es schon, da haben Sie recht«, sagte sie, »aber es spricht einiges dagegen. Wie auch immer, ich wünsche Ihnen viel Erfolg bei Ihrem Gespräch mit Staatsanwalt Fabré. Hier ist seine Visitenkarte.«

»Vielen Dank. Wir sehen uns sicherlich wieder.«

Isabelle lächelte. »War das eine Drohung?«

»Nein, ganz im Gegenteil, es wäre mir ein ausgesprochenes Vergnügen.«

# 30

Die Lammkoteletts auf dem Rost rochen verführerisch. Sie hatten Gläser mit einem Côtes de Provence in der Hand und umringten Pascal, der als Großmeister am Grill agierte. Isabelle und Clodine plauderten über Kindheitserinnerungen, Jeanne widmete derweil ihre Aufmerksamkeit Thierry, der sich allerdings mehr für die Grillaktionen ihres Gastgebers zu interessieren schien. Die Stimmung war im besten Sinne südfranzösisch, das heißt entspannt und völlig unprätentiös, den Sommerabend und die leichte Brise unter dem mediterranen Himmel genießend, in Vorfreude auf ein köstliches Essen, das so einfach wie die Landschaft war – ohne Schnörkel, unverfälscht und authentisch. Die Reduktion auf das Wesentliche versprach höchsten Genuss. Eine hohe Qualität der Produkte vorausgesetzt, aber da musste man bei Pascal keine Sorgen haben, schließlich war er der beste und einzige Metzger am Ort, außerdem ein passionierter Jäger.

Thierry fragte Pascal nach der Marinade. Dieser wendete das Fleisch und zählte die üblichen Zutaten auf, Knoblauch, Thymian, Rosmarin, Olivenöl, Zitronensaft, Oregano, dann gab er im Flüsterton noch einige Geheimtipps preis. Auch sei es wichtig, dem marinierten Fleisch im Kühlschrank ausreichend Ruhezeit zu gönnen. Grillen bedürfe einer professionellen Vorbereitung. Jeanne sagte lachend, deshalb sei das nichts für sie, ihre Stärke sei die spontane Improvisation. Clodine machte sich darüber lustig, dass

Grillen seit der Steinzeit Männersache sei, sie würden ein großes Brimborium darum machen und es genießen, als Herren des Feuers im Mittelpunkt zu stehen.

Ob das Fleisch vom Pauillac-Lamm sei, wollte Isabelle wissen.

*»Mais non«*, empörte sich Pascal. In der Provence gebe es hervorragende Lämmer, da brauche man keinen »Import« aus einem Gebiet im Bordeaux, das außerdem völlig überteuerte Weine wie Lafite oder Latour produziere. Er plädiere dafür, grundsätzlich nur Produkte aus der heimischen Region zu verwenden. Außerdem sei er fertig, er bitte um die Teller …

Im weiteren Verlauf des Abends kreisten die Gespräche um alles und nichts, was Isabelle ausgesprochen entspannend fand. Sie genoss es, mal an was anderes zu denken als an tote Frauen und einen komatösen Engländer. Thierry fragte Pascal nach seiner Zeit bei den Fremdenlegionären. Isabelle hörte interessiert zu. Sie hatte mal bei einer Aktion mit der *Légion étrangère* zusammengearbeitet, da waren harte Hunde darunter. Kein Wunder, dass der hünenhafte Pascal im Ort eine natürliche Autorität genoss. Sie konnte sich gut vorstellen, dass oft schon seine pure Anwesenheit reichte, um einen Streit zu schlichten.

Nachdem sich Thierry verabschiedet hatte, musste sie sich freilich noch Vorwürfe von Clodine anhören. Obwohl Thierry und Isabelle um Neutralität bemüht gewesen waren, hatte ihre Freundin natürlich längst mitbekommen, dass sich die beiden näherstanden. Im Dorf tuschle man schon. Dabei habe sie doch selber ein Auge auf Thierry geworfen, das wisse sie doch. Ob sie was miteinander hätten, fragte Clodine im Flüsterton. Aber so leise konnte man bei einem solchen Thema nicht sprechen, dass es Jeanne nicht mitbekam. Ja, das interessiere sie auch, sagte sie. Wie er denn so sei, ihr Bürgermeister, auf ganz privatem Gebiet?

Isabelle zog sich mit einem Scherz aus der Affäre. Sie fragte sich, ob sie in Zukunft noch diskreter sein müssten – oder ob es jetzt schon egal war. Für sie selbst spielte es eigentlich keine Rolle, aber Thierry war Amts- und Würdenträger und wollte sicher wiedergewählt werden. Sie würden darüber sprechen müssen.

Es war elf Uhr, als sich Isabelle und Clodine verabschiedeten. Der Einfachheit halber verließen sie das Haus durch die Garage, in das kein Auto mehr passte, weil Pascal dort seine ganzen Sportgeräte gelagert hatte. Clodine nahm Isabelle in den Arm. Sie sei ihr wegen Thierry zwar böse, sagte sie, aber gleichzeitig freue sie sich, wenn es ihr bessergehe. Ihre Freundschaft müsse das aushalten.

Auf dem Heimweg dachte Isabelle über den Begriff Freundschaft nach. Eigentlich kannte sie Clodine doch gar nicht, ihre Lebenserfahrungen könnten nicht unterschiedlicher sein, und doch gab es eine merkwürdige Nähe, die auf jene lang zurückliegenden Tage in der Kindheit zurückzuführen waren. Bis vor kurzem hatte sie nie über ihre Zeit als kleines Mädchen nachgedacht, nur ab und zu davon geträumt, um sich dann schnell wieder auf die Gegenwart zu konzentrieren. Das hatte sich geändert, sehr sogar. In Fragolin wurde die Vergangenheit wieder lebendig. Selbst das Grillen hatte Erinnerungen wachgerufen – an Abende mit ihren Eltern, die nicht mehr lebten. Einmal mehr nahm sie sich vor, über den Fall mit dem Engländer nicht zu vernachlässigen, was ihr sehr viel mehr am Herzen lag, nämlich herauszufinden, ob womöglich Dominique Boustier etwas mit dem Tod ihrer Eltern zu tun hatte.

# 31

Am nächsten Morgen traf sie beim Frühstück auf der Terrasse der *Auberge des Maures* Fergusons Ehefrau Olivia mit der kleinen Jessica. Einige Tische weiter saß Frank Hamilton. Der Anwalt aus London winkte ihr freundlich zu.

Isabelle dachte, dass ihr der Fall immer näher auf den Leib rückte. Entweder verschwanden die Engländer bald wieder, oder sie würde sich nach einer neuen Übernachtungsmöglichkeit umsehen müssen. Sie wollte am Morgen sowieso niemanden sehen, erst recht nicht irgendwelche Menschen, mit denen sie beruflich zu tun hatte, die zudem rechte Quälgeister waren.

Prompt wurde sie von Olivia angesprochen, die ihr mitteilte, dass sie heute um dreizehn Uhr einen Termin in der Klinik habe, zusammen mit ihrem Mitarbeiter Eustache. Sie verstehe zwar immer noch nicht, warum sie nicht alleine zu ihrem Mann dürfe, aber egal.

Natürlich wusste Isabelle schon längst davon, sie hatte sich mit Apollinaire telefonisch abgestimmt. Sie schlug vor, dass sich Olivia ein Hotelzimmer in Hyères nehmen sollte, da sei sie ihrem Mann näher. Aber Fergusons Ehefrau erklärte, dass sie hierbleiben wolle, es sei schön hier, und sie könne etwas Erholung gebrauchen. Außerdem sei die *Auberge* nicht teuer, das könne sie sich gerade noch leisten.

Isabelle wünschte ihr eine gute Fahrt und zog sich an einen Tisch in der Ecke zurück. Irgendwie schmeckten ihr die Croissants heute nicht, auch nicht der Café au Lait. Hoffentlich waren das keine schlechten Vorzeichen, was den bevorstehenden Tag betraf.

Eine Stunde später betrat sie ihr Büro im Rathaus. Sie erkannte das Zimmer kaum wieder. Am Kopfende stand eine riesige Pinnwand. Apollinaire machte gerade ein Bild fest, auf dem die tote Zoé zu sehen war – auch nicht gerade ein Stimmungsaufheller. Daneben, darunter, darüber Fotos von Lilou, von Phil Ferguson, seinem Haus, einem pinkfarbenen Renault R5, eine Straßenkarte mit der *Route des Crêtes* …

»Was machen Sie da?«, fragte Isabelle.

»Ich habe gestern Abend einen amerikanischen Kriminalfilm gesehen …«

»Aber wir sind nicht in New York oder Los Angeles, sondern in einem Dorf namens Fragolin. Da brauchen wir so was nicht.«

»Hatten Sie in Ihrer früheren Tätigkeit keine solche Wand?«, fragte Apollinaire, dem die Enttäuschung anzumerken war.

»Doch, hatten wir«, musste sie zugeben, »aber das war etwas anderes.« Sie ging zur Tafel und schaute sie sich an. »Was besagt der Pfeil von Fergusons Foto zum Renault? Haben wir schon die Auswertung des Bluttests?«

»Ja, haben wir. Alle schwarzen Pfeile sind spekulativ, die roten Verbindungslinien beruhen auf Fakten. Dieser Pfeil ist rot, weil der Bluttest eindeutig ergeben hat, dass der verletzte Ferguson auf dem Beifahrersitz gesessen hat.«

»Ergo hat Zoé ihn im Auto nach der Tat mitgenommen, so wie wir uns das gedacht haben.« Sie nahm den roten Filzstift und zog eine Linie von Zoés Bild zu Fergusons Haus.

»Und sie war definitiv während oder unmittelbar nach der Tat im Haus anwesend. Dabei hat sie mutmaßlich den Täter gesehen und ihn später erpresst.« Isabelle nahm den schwarzen Filzstift, malte einen Kasten mit einem großen Fragezeichen – »das ist der Täter!« – und machte einen Doppelpfeil zu Zoé.

Apollinaire verband die Bilder von Lilou und Zoé mit einer roten Linie. »Die beiden Freundinnen hatten denselben Beruf und mit Phil Ferguson denselben Freier.«

»Im Falle Zoé ist das eine Annahme …«

»Aber ich habe keinen Stift in Orange. Außerdem ist das so gut wie sicher. Zoé wird ihm nicht die Spülmaschine ausgeräumt haben.«

Isabelle lächelte. »Mit ihren Fingernägeln? Wohl kaum. Zurück zum Täter …«

»Wir brauchten einen Profiler«, sagte Apollinaire.

»Sie sollten sich keine amerikanischen Filme mehr ansehen. Profiler gibt es vor allem im Fernsehen, im praktischen Leben spielen sie nur selten eine Rolle. In unserem Fall könnte uns ein Profiler kaum weiterhelfen. Vermutlich groß, männlich, kräftig, Geländewagen oder Fahrzeug mit Anhänger – da sind wir schon selber darauf gekommen. Welches Aftershave er womöglich verwendet oder ob er beim Schlafen schnarcht, ist irrelevant.«

»Vermutlich hält er sich noch in der Gegend auf«, sagte Apollinaire, »sonst hätte ihn Zoé nicht erpressen können.«

»Das ist zu hoffen, sonst erwischen wir ihn nie.«

»Vielleicht handelt es sich um einen Auftragskiller …«

Isabelle drohte ihm spaßeshalber mit dem Zeigefinger. »Haben Sie das auch aus einem Film?« Dann räumte sie ein: »Aber Sie haben recht, das könnte sein. Dies würde erklären, warum die Gendarmerie am Tatort keine verwertbaren Spuren gefunden hat.«

»Oder die Gendarmerie hat schlampig gearbeitet.«

»Könnte auch sein. Bleiben wir bei unserer Hypothese, dass es sich um einen Auftragstäter handelt, dann könnte es sich um einen Engländer handeln.«

»Auf dem kleinen Dienstweg habe ich mich mit der Gendarmerie kurzgeschlossen, genauer gesagt mit Sergeant Albertin, der ist ganz nett. Der Gendarmerie sind alle Engländer in und um Fragolin bekannt, von ihnen kommt keiner in Frage.«

Isabelle legte den Stift weg. »Dann eben ein Franzose, ein Italiener, ein Russe, was weiß ich? Irgendwie kommen wir nicht weiter. Haben Sie sich mal das Adressbuch angeschaut, das wir in Zoés Wohnung gefunden haben?«

Apollinaire nickte. »Natürlich, ich habe alle Namen durch unseren Polizeicomputer gejagt. Da sind einige schräge Vögel dabei, aber niemand, den man mit Ferguson in Verbindung bringen könnte.«

»Zu dumm. Bleibt nur zu hoffen, dass es Ferguson bald bessergeht und er uns den Täter nennen kann. Dass er ihn kennt, hat er ja bestätigt.«

Apollinaire deutete zu Isabelles Schreibtisch. »Ich habe Ihnen eine Mail ausgedruckt. Sobald Ferguson transportfähig ist, soll er nach England ausgeliefert werden.«

»Ich hab's befürchtet. Sie treffen sich doch heute Mittag mit seiner Frau im Krankenhaus. Sprechen Sie mit dem Arzt, die sollen auf keinen Fall seine Transportfähigkeit bestätigen.«

»Mach ich. Warum wollen Sie eigentlich, dass ich bei dem Besuch dabei bin?«

»Gute Frage. Ich weiß es nicht.«

»Das ist nicht Ihr Ernst?«

»Nicht ganz. Erstens möchte ich, dass Sie genau mithören, was Olivia ihrem Mann sagt. Kein Flüstern ins Ohr oder dergleichen, so leid's mir tut. Zweitens gucken Sie auf seine Augen, Sie wissen, warum. Drittens entspricht die werte Dame zwar nicht unserem Täterprofil, aber vielleicht ist sie auf ihren untreuen Ehepartner nicht gut zu sprechen. Also passen Sie auf, dass sie ihm nicht plötzlich alle Schläuche rausreißt oder eine Injektion verpasst.«

»Das halten Sie für möglich?«

»Mittlerweile halte ich alles für möglich, auch, dass uns ein Meteorit auf den Kopf fällt.«

»Etwa alle hundert Millionen Jahre …«

»Wie bitte?«

»Laut Statistik prallt einmal in hundert Millionen Jahren ein wirklich großer Meteorit auf die Erde. Aber keine Sorge, ich passe auf. Was soll ich mit der Pinnwand machen? Soll ich sie wieder zerlegen und entsorgen?«

Isabelle legte den Kopf zur Seite und sah sie sich noch mal an. »Nein, lassen Sie die Pinnwand stehen, ist vielleicht gar nicht so schlecht. Wo sind die Stifte?«

Eine halbe Stunde später, Isabelle war noch damit beschäftigt, Zoés Adressbuch durchzusehen, schaltete Apollinaire seinen Computer aus. »Ich muss langsam los. Vorher könnte ich Ihnen aber noch was erzählen.«

Isabelle legte das Adressbuch weg, lehnte sich zurück und verschränkte die Arme. »Wollen Sie mir beichten, bei wem Sie in Fragolin übernachten?«

Er fuhr sich verlegen durch die Haare. »Nein, nicht heute, ein anderes Mal. Ich möchte Ihnen was zu Dominique Boustier erzählen. Wie versprochen, habe ich meine

Recherchen fortgesetzt und bin auf etwas Interessantes gestoßen.«

»Machen Sie es nicht so spannend.«

»Boustier hat bei dem Projekt mit dem *Hameau des Cailles* alles auf eine Karte gesetzt. Er stand finanziell am Abgrund. Wäre das Objekt durch Ihren Vater verhindert worden, wäre er pleite gewesen, da hätte er sich gleich umbringen können. Für ihn ging es also um Sein oder Nichtsein. Das ist ein starkes Motiv.«

»Ich habe es bei meinem Gespräch mit ihm gespürt, er ist längst nicht so entspannt, wie er sich gibt. Trotzdem kann ich mir nicht vorstellen, wie er meine Eltern umgebracht haben soll. Vielleicht war das Auto manipuliert, die Lenkung, Bremsen, das könnte sein. Aber dazu brauchte Boustier einen Komplizen. Ich kann mir ihn nicht vorstellen, wie er in seinem weißen Leinenanzug unter einem Auto liegt und die Bremsschläuche durchschneidet.«

»An einen Komplizen habe ich auch schon gedacht. Ich hätte sogar einen, der dafür in Frage käme.«

Isabelle rutschte auf dem Stuhl nach vorne.

»Sie kennen ihn sogar«, fuhr Apollinaire fort. »Ich spreche von Ihrem Boule-Freund Albert.«

»Der Schnauzbart ist nicht mein Freund«, protestierte Isabelle.

»Umso besser, denn Albert Bagnol ist ein guter Kumpel von Dominique Boustier. Die beiden kennen sich schon aus Jugendtagen. Damals hat Boustiers Familie hier häufig Urlaub gemacht. Sie stammen aber aus ganz unterschiedlichen Milieus. Während Boustier als Investor und Bauträger Karriere machte, hat Albert als Automechaniker gearbeitet.«

Isabelle riss die Augen auf. »Ist das wahr, als Automechaniker?«

»Richtig, aber das ist lange her. Jetzt wird's wirklich interessant: Als die Feriensiedlung nach dem Tod Ihres Vaters endlich genehmigt und gebaut wurde, ist Albert nicht nur Teilhaber der Betreibergesellschaft geworden, es sind auch ein halbes Dutzend Häuser in seinen Besitz gelangt. Seitdem muss er nicht mehr arbeiten. Wie finden Sie das?«

Isabelle spürte, wie ihr Herz schneller schlug, ihre Hände verkrampften sich, sie sah Apollinaire mit starrem Blick an.

»Ist Ihnen nicht gut?«

»Alles gut«, sagte sie mit gequetschter Stimme, »kein Problem. Ich brauch nur einen Moment, um das zu verarbeiten.«

Apollinaire sah auf die Uhr. »Kann ich Sie dabei alleine lassen, ich muss weg.«

Sie nickte. »Ja, fahren Sie.« Apollinaire war schon an der Tür, da rief sie ihm hinterher. »Sous-Brigadier Eustache?«

Er drehte sich erschrocken um.

»Sie sind ein Schatz, vielen Dank. Fahren Sie vorsichtig!«

# 32

Isabelle lief im Büro auf und ab. Die Tür hatte sie von innen abgeschlossen. Sie brauchte jetzt ihre Ruhe und wollte nicht gestört werden. Apollinaires Informationen hatten sie in einer Weise aufgewühlt, wie sie das nicht für möglich gehalten hatte. Am liebsten wäre sie sofort zu Albert Bagnol gefahren, um ihn zur Rede zu stellen. Aber sie wusste, dass solche unüberlegten Handlungen nichts brachten, ganz im Gegenteil. Sie hatte es immer für eine ihrer Stärken gehalten, dass sie auch in kritischen Situationen mit kühlem Kopf agierte. Also würde sie jetzt nicht losrennen und dem Mann an die Gurgel gehen. Schließlich war noch nichts bewiesen, es gab allenfalls einige »Auffälligkeiten« in Alberts Vita, die allerdings zu erschreckenden Schlussfolgerungen Anlass gaben. Dies vor allem vor dem Hintergrund, dass Dominique Boustier dazumal das Wasser bis zum Hals gestanden hatte. Eine entsprechende Skrupellosigkeit vorausgesetzt, war es ein konsequenter Schritt gewesen, das einzige Hindernis aus dem Weg zu räumen, das den Weg zum Erfolg versperrte: ihren Vater! Dafür brauchte Boustier einen Komplizen, dem er blind vertrauen konnte. Wer wäre für solch eine Aufgabe besser geeignet als ein Freund, den man aus Jugendtagen kannte und der zudem über die Fähigkeiten verfügte, Bremsen und Lenkung eines Automobils so zu manipulieren, dass sie bei der ersten gefährlichen Kurve auf dem Weg ins Tal ihren Dienst versagten?

Isabelle atmete tief durch und versuchte sich zu beruhigen. Natürlich, es gab keine Beweise. Die würde es nach so langer Zeit wohl auch nicht mehr geben. Aber alles sprach dafür, einfach alles! Dominique Boustier und Albert Bagnol hatten ihre Eltern auf dem Gewissen. Sie spürte, dass das die Wahrheit war. Aber wer würde ihr glauben? Vielleicht einige alte Leute in Fragolin, die sich noch erinnern konnten, wie es damals war. Aber ganz sicher kein Staatsanwalt und erst recht kein Gericht. Isabelle schlug einige Male mit der Stirn gegen einen Büroschrank. Es durfte doch nicht sein, dass die beiden ungeschoren davonkämen. Nein, das war sie ihren Eltern schuldig. Wenn es keine Beweise gab und auch keine Zeugen, was hatte sie für Optionen? Sie könnte Beweise erfinden. Das war zwar nicht korrekt, aber vielleicht die einzige Chance. Und wenn ihr jemand draufkam, was dann? Immerhin arbeitete sie bei der Police Nationale, das wäre dann das Ende ihrer Karriere. »Das wäre es wert«, sprach sie leise zu sich selbst. Aber erstens hatte sie keine konkrete Idee, wie das funktionieren sollte, zweitens wollte sie nicht wirklich als Schwindlerin auffliegen, und drittens musste es einen anderen Weg geben.

Isabelle dachte zurück an ihre Zeit bei der Spezialeinheit. Als sie noch jung war und darauf gedrillt, Befehle zu befolgen, auch solche, die eigentlich gegen ihre Überzeugung waren, hatte sie an einigen »Verhören« teilgenommen, bei denen verschärfte Methoden zur Anwendung kamen. Sie wusste, wie man Geständnisse erzwingen konnte. Und obwohl sie später alles getan hatte, damit so etwas unter ihrer Verantwortung nicht mehr vorkam, hatte sie jetzt den klammheimlichen Wunsch, Boustier und Bagnol genauso in die Mangel zu nehmen – so lange, bis sie gestanden.

Isabelle erschrak, als sie merkte, was sie gerade gedacht hatte. Es durfte nicht sein, dass sie über den Tod ihrer Eltern plötzlich alle Moralvorstellungen über Bord warf. Sie nahm sich vor, die Gesetze zu respektieren, höchstens die Grenzen etwas großzügiger zu interpretieren. Sie würde mit den beiden sprechen, ohne Zeugen, und dabei versuchen sie etwas einzuschüchtern und in Panik zu versetzen. Sie sollten einige schlaflose Nächte haben. Vielleicht würden sie sich beraten? Da wäre es nützlich, ihre Telefone abzuhören. Wenn sie es geschickt anstellte, bekam sie dafür eine Genehmigung. Immerhin waren Dominique Boustier und Albert Bagnol auch in ihren aktuellen Fall involviert. Nun ja, nicht wirklich, aber man konnte sich ja täuschen. Schwieriger wäre es, sie bei einem möglichen Treffen mit einem leistungsstarken Richtmikrofon oder mit Wanzen zu belauschen. Und inwieweit mögliche Aufzeichnungen mit belastenden Aussagen später vor Gericht bestehen würden, das war noch eine ganz andere Frage. Egal, es machte Sinn, auf die beiden Druck auszuüben und dann ganz genau zu beobachten, wie sie darauf reagierten. Unter Stress machten Menschen Fehler. Das war ihre Chance. Sie würde Apollinaires Hilfe brauchen, so viel stand fest.

Isabelle stand vor der Pinnwand und versuchte sich auf ihren eigentlichen Fall zu konzentrieren, da klopfte es an der verschlossenen Tür. Sie ging hin und öffnete sie. Thierry stand davor und fragte, ob er reinkommen dürfe, er müsse ihr etwas mitteilen.

Was es denn so Wichtiges gebe, fragte Isabelle, unwillkürlich an Dinge denkend, die sich rund um Ferguson und die beiden toten Frauen ereignet haben könnten.

»Der alte Georges ist tot«, sagte Thierry, »Herzversagen, im *Café des Arts,* nach dem dritten Pastis.«

*»Le vieux Georges, quelle tragédie.«*

»Er war unser Ehrenbürger. Er hat zu Fragolin gehört wie kein anderer. Georges war so etwas wie unsere Seele. Fragolin wird niemals mehr so sein wie früher. Wir werden uns von Georges mit einer großen Trauerfeier verabschieden. Ganz Fragolin wird auf den Beinen sein und ihm die letzte Ehre erweisen.«

»Georges hat noch meinen Großvater gekannt«, sagte Isabelle.

»Das ganz sicher. Der alte Georges war nicht nur unsere Seele, sondern auch unser Gedächtnis.«

»Wenn man ihm zuhörte, konnte man glauben, dass er noch Napoléon persönlich begegnet wäre.«

Thierry lachte. »Ja, die Phantasie ist schon mal mit ihm durchgegangen. Georges hat alle überlebt, die ihn beim Flunkern hätten ertappen können. Das hat er schamlos ausgenutzt.«

Isabelle sah auf die Uhr. »Ich hätte Zeit. Apollinaire ist in Hyères im Krankenhaus, zusammen mit Fergusons Frau und ihrer Tochter Jessica.«

»Ich weiß. Die Lady war auch bei mir und hat mir ihr Leid mit dem Haus geklagt. Aber ich habe gesagt, dass mir die Hände gebunden seien, so leid es mir tue. Gehen wir ins Bistro zu Jacques oder ins Restaurant *La Terrasse?*«

»*La Terrasse,* da sind wir mehr unter uns.«

Thierry nahm sie kurz in die Arme. »Ist schon egal. Im Dorf sind über uns die wildesten Gerüchte im Umlauf.«

»Wirklich? Das musst du mir gleich erzählen.«

Während der Bürgermeister noch etwas zu erledigen hatte, versuchte sie Maurice Balancourt in Paris zu erreichen. Wie üblich meldete sich erst mal sein weiblicher Zerberus Jacqueline. Es blieb nicht aus, dass sie zunächst über Belanglosigkeiten plauderten und über Interna in der Behörde, natürlich unter dem Siegel der Verschwiegenheit. Isabelle hätte ihr sagen können, dass sie sich dafür überhaupt nicht mehr interessierte, in Fragolin spielte das alles keine Rolle und war so wichtig wie eine umgefallene Palme in der Sahara. Aber sie wollte nicht unhöflich sein, außerdem waren sie gut befreundet. Schließlich stellte Jacqueline durch, nicht ohne sich von Isabelle mit tausend Küssen zu verabschieden.

»Hallo, Chérie, schön, von dir zu hören«, begrüßte er sie. »Geht's dir gut? Hast du dich ein bisschen erholt?«

Isabelle lachte. »Erholt? Du machst mir Spaß, der Fall hält mich ganz schön auf Trab …«

»Ich weiß, ich hab deine E-Mail gelesen. Aber du kennst ja meine These: Die Erholung kommt durch die Arbeit. Nichts ist schädlicher, als nichts zu tun, davon wird man krank statt gesund.«

»Und warum machst du gerne in Biarritz Urlaub?«, suchte Isabelle nach einem Gegenargument.

»Da spiele ich Golf, das weißt du doch. Und Golf ist das absolute Gegenteil vom Nichtstun. Man wird permanent gefordert und mit Misserfolgen konfrontiert, wie im richtigen Leben, nur an der frischen Luft. Deshalb ist der Sport so gesund. Wie geht's unserem Engländer?«

»Er ist ansprechbar, das ist aber auch schon alles. Keine Ahnung, wie es mit ihm weitergeht. Wenn sich sein Zustand weiter bessert, könnte er uns irgendwann erzählen, was passiert ist. Aber das kann dauern, vielleicht kommt es nie dazu.«

»Warten wir's ab.«

»Die englischen Behörden forcieren seine Auslieferung, dabei ist er alles andere als transportfähig. Wenn er erst mal weg ist, können wir ihn nicht mehr befragen.«

»Wenn wir nicht wollen, können sich die Tommys ihren Ferguson an den Hut stecken. Ich warte seit Jahren auf einen wichtigen Zeugen aus London, den unsere Freunde in einem Schutzprogramm verstecken. Was die können, können wir auch. Keine Sorge, ich werde gleich im Anschluss ein Telefonat mit Staatsanwalt Fabré führen. Ferguson bleibt vorläufig, wo er ist, *c'est tout, basta!*«

»Das wäre schön, vielen Dank.«

»Was machen deine Nachforschungen bezüglich deiner Eltern?«

»Woher weißt du ...?«

»Ich weiß alles, Chérie. Also?«

Isabelle räusperte sich verlegen. »Nun, ich habe einen Verdacht, einen sehr konkreten Verdacht«, sagte sie, ohne weiter auf seine Frage einzugehen. Er hatte sie auf dem falschen Fuß erwischt.

»Sehr gut. Ein Verdacht ist der erste Schritt von der Ahnungslosigkeit zur Gewissheit. Ich wünsche dir auf diesem Weg viel Erfolg. Möge deine Seele Frieden finden.«

»Ab und zu hörst du dich an wie ein buddhistischer Zen-Meister.«

»Wer sagt, dass ich keiner bin? Im Ernst, du bist auf einem guten Weg, in vielerlei Hinsicht. Isabelle, ich umarme dich. *Bonne chance, au revoir.*«

# 33

Der weitere Tag und auch der folgende blieben ohne besondere Ereignisse. Sah man einmal davon ab, dass in Fragolin kein Mensch mehr vom Engländer und den beiden toten Frauen redete. Es gab nur noch ein Gesprächsthema: das Ableben des alten Georges. Das Korkgeschäft von Alain hatte wegen Trauer geschlossen. Das *Café des Arts* plante eine Gedenktafel, die an Georges erinnern sollte. Clodine hatte Tassen mit seinem Konterfei in Auftrag gegeben. Pascal kündigte an, dass es nach der Beerdigung auf dem Marktplatz kostenlos *saucissons,* Würste vom Grill, gebe. Thierry wollte ein großes Fass Wein stiften. Und der Kinderchor von Fragolin probte für die Trauerfeier.

Beim Frühstück traf sie Fergusons Frau Olivia und ihre Tochter Jessica. Auch begegnete sie erneut dem Anwalt Hamilton, der sich von ihr verabschiedete. Er reise zurück nach London, wo ihn wichtige Termine erwarten würden. Sie hatte nichts dagegen, ein potenzieller Querulant weniger.

Sie dachte über seine Bemerkung nach, dass Fergusons Frau Olivia durchaus ein Motiv hätte, ihren Mann umzubringen. Auch wenn er damit von seinen Mandanten hatte ablenken wollen, war an diesem Gedanken etwas dran. Ihre Intuition sprach zwar dagegen, aber sie beschloss, die Dame etwas genauer unter die Lupe zu nehmen. Von Scotland Yard würde sie sich alle vorliegenden Informationen schicken lassen. Das könnte Luc veranlassen, wozu gab es das

Londoner Kontaktbüro der Police Nationale? Und sie würde Olivia ins Rathaus zitieren, um mit ihr ein etwas eindringlicheres Gespräch zu führen. Mal sehen, wie sie unter Druck reagierte.

Als sie später in ihrem Büro ankam, stand sie eine Weile ratlos vor Apollinaires Pinnwand, die er mit weiteren Fotos und kryptischen Zeichen versehen hatte. Außerdem gab es für die Pfeile mit Orange eine dritte Farbe. Sie gab es auf, sein Bilderrätsel verstehen zu wollen.

Sie vereinbarte einen Gesprächstermin mit Dominique Boustier, allerdings erst für übermorgen, weil der alte Herr zur Krebsbehandlung in einer Spezialklinik weilte. Albert Bagnol würde sie kurzfristig und möglichst zeitnah zur Rede stellen, das versprach den besten Effekt. Albert war leicht zu finden, er verbrachte jeden Nachmittag beim Boulespielen vor dem Rathaus. Isabelle fiel es schwer zu warten, aber es ging nicht anders.

Sie saß in ihrem Bürozimmer und las im *Var-Matin* einen Artikel über ein russisches Kino-Festival in Nizza, da kam Apollinaire hereingestürzt. Er wedelte mit seinem Handy in der Luft, stolperte über seine Beine, wollte ihr aufgeregt etwas mitteilen, verhaspelte sich aber so sehr, dass sie nichts verstand.

Sie bat ihn, sich zu beruhigen.

Apollinaire holte tief Luft, deutete auf sein Handy, dann auf die Pinnwand zum Konterfei des Engländers, machte eine fahrige Handbewegung und schüttelte gleichzeitig verzweifelt den Kopf.

»Ist er gestorben?«, versuchte sich Isabelle einen Reim zu machen.

»*Non, non, disparu* …«

»Verschwunden? Wer ist verschwunden?«

»Der Engländer, Ferguson, er ist weg.«

Isabelle schaute ihn ungläubig an. »Ferguson ist verschwunden? Das kann doch gar nicht sein.«

»Kann nicht, ist aber doch. Ich habe gerade einen Anruf von meiner Dienststelle in Toulon bekommen. Ferguson ist entführt worden.«

»Der Mann kann sich nicht bewegen, er muss künstlich beatmet werden und hängt an tausend Schläuchen, das ist unmöglich. Außerdem wird er bewacht.«

»Die beiden Kollegen sind in einer Kammer mit Verbandsmaterial gefunden worden, gefesselt und geknebelt.«

Isabelle langte zum Telefonhörer und wählte die Nummer von Commandant Bastian in Toulon. Zu ihrer Überraschung hatte sie ihn gleich am Apparat. Sie musste gar nicht sagen, warum sie anrief, auch keine Fragen stellen. Die Antwort kam von selbst. Sie hörte einfach nur zu. Dann bat sie um einen schriftlichen Bericht, mit Kopie an Maurice Balancourt in Paris, und legte auf.

»Stimmt es?«, fragte Apollinaire, der sich mittlerweile etwas beruhigt hatte.

Isabelle nickte. »Ja«, sagte sie mit ruhiger Stimme. Sie wirkte äußerlich völlig entspannt. Den Zustand kannte sie, so pflegte sie zu reagieren, wenn Situationen außer Kontrolle gerieten. »Phil Ferguson ist gekidnappt worden. Der genaue Ablauf ist noch nicht geklärt. Offenbar hatten die Entführer gefälschte Dokumente und einen Rettungswagen, der gestern in Marseille gestohlen wurde. Zumindest einer der Beteiligten hat über sehr gute medizinische Kenntnisse verfügt, aber auch die anderen wussten, was sie taten. Das Wachpersonal ist von zwei Männern in weißen Kitteln offenbar mit Äther betäubt und dann in die Kammer verfrachtet worden. Viel mehr ist zurzeit nicht bekannt. Die Fahndung nach dem Rettungswagen läuft.«

»*C'est pas possible*«, sagte Apollinaire.

»Offenbar ist es eben doch möglich.« Sie stützte nachdenklich den Kopf auf. »Wer immer das durchgezogen hat, hat die Sache gut geplant. Das muss man sich erst mal trauen – einen Komapatienten aus der Intensivstation entführen. Respekt. Stellen sich zwei Fragen. Erstens, was wollen die Kidnapper mit Ferguson anfangen? Lösegeld wird für den halbtoten Mann keiner bezahlen. Ergo kann es nur darum gehen, auf weitere Besserung zu hoffen und darauf, dass er den Entführern verraten kann, wo die unterschlagenen Millionen gebunkert sind. Dann würde sich die Aktion womöglich lohnen. Was uns zur zweiten Frage bringt …«

»Wie übersteht Ferguson den strapaziösen Krankentransport?«, setzte Apollinaire ihren Satz nahtlos fort. »Und inwieweit gelingt es den Entführern, ihn nicht nur am Leben zu halten, sondern seinen Zustand so weit zu verbessern, dass er die erhofften Informationen geben kann?«

»Richtig. Das setzt ein entsprechend geschultes medizinisches Personal voraus und einen gewissen apparativen Aufwand.«

»Ich kann mir nicht vorstellen, dass man ihn in seinem Zustand sehr weit transportieren kann«, sagte er.

»Ich auch nicht. Aber checken Sie vorsichtshalber alle nahegelegenen Flughäfen, ob irgendwo ein Ambulanzjet gestartet ist. Außerdem sollen Ihre Kollegen in Toulon alle Privatkliniken in der weiteren Umgebung kontrollieren. Mehr können wir gerade nicht tun.«

»Ich kümmere mich sofort darum.«

Isabelle musste lächeln. »Erst ist unser Engländer verschwunden, dann finden wir ihn, jetzt ist er wieder verschwunden. Das hätte eine gewisse Komik, ist aber leider todernst.«

Isabelle rief Frank Hamilton an, den Anwalt der Finanzopfer, der sich in seinem Londoner Büro befand. Sie sagte, dass sie nur an seinem aktuellen Aufenthaltsort interessiert sei, ihr Anruf habe keinen besonderen Anlass. Entweder war der Anwalt ein guter Schauspieler, oder er wusste wirklich noch nichts von Fergusons Verschwinden. Er brachte es sogar fertig, über das Wetter zu plaudern. Und zum Abschied erzählte er ihr einen langweiligen Witz. Isabelle dachte, dass der britische Humor seinem guten Ruf oft nicht gerecht wurde.

Kaum hatte sie aufgelegt, stürmte Fergusons Ehefrau Olivia herein. Ihr Gesicht war vor Aufregung rot angelaufen. »Wo ist er?«, schrie sie. »Sagen Sie mir sofort, wo mein Mann ist!«

Isabelle tat so, als ob sie ihre Frage nicht verstanden hätte.

Soeben habe sie im Radio gehört, erklärte Olivia, dass ein gestohlener Ambulanzwagen gesucht würde. Außerdem sei von einem Zwischenfall im *Centre Hospitalier de Hyères* berichtet worden, bei dem auf mysteriöse Weise ein Patient mit englischer Nationalität verschwunden sei. Dabei könne es sich nur um ihren Mann handeln. Sie verlange umgehend Aufklärung. Zur Bekräftigung ihrer Forderung kreischte sie so laut, dass sich Apollinaire die Ohren zuhielt.

»Sie haben recht«, bestätigte Isabelle, »wie es scheint, ist Ihr Mann entführt worden. Wir haben selber erst vor kurzem davon erfahren. Die Ermittlungen laufen auf Hochtouren. Mehr kann ich Ihnen im Moment nicht sagen. Am besten gehen Sie in die *Auberge* und versuchen sich zu beruhigen. Ich informiere Sie, sobald es etwas Neues gibt.«

Isabelle dachte, dass dies der falsche Augenblick war, mit ihr einen Vorladungstermin zu vereinbaren. Sie würde das nachholen, wenn sich die Dame beruhigt hatte.

Apollinaire stand auf, ging zu Olivia, nahm sie am Arm und redete beruhigend auf sie ein. Dann führte er sie aus dem Zimmer.

Isabelle schob den Stuhl zurück und legte ganz undamenhaft ihre Beine auf den Schreibtisch. Das durfte doch alles nicht wahr sein. Was war das für ein idiotischer Fall, den sie da übernommen hatte? Sie würde ihrem väterlichen Freund Maurice beim nächsten Treffen die Gurgel umdrehen. Ohne seinen bescheuerten Anruf würde sie jetzt am Strand liegen – und sich langweilen. Nun gut, langweilig war ihr zurzeit nicht. Und weil sie sich nicht gerne für blöd verkaufen ließ, dachte sie intensiv darüber nach, wie sie den Spieß umdrehen könnte.

# 34

Natürlich gab es wieder eine Pressekonferenz, nur dass sie diesmal nicht im Mittelpunkt stand, Gott sei Dank. Sie saß am Tisch neben Commandant Bastian vom Kommissariat in Toulon, auf den die Fragen der Medien niederprasselten. Er sah aus wie ein begossener Pudel, im wahrsten Sinne des Wortes, denn ihm lief der Schweiß über die Stirn, und die Haare waren klatschnass. Bastian wusste nicht, wie er die Vorwürfe entkräften konnte. Es war ja auch schwer zu vermitteln, wie ein Komapatient trotz Polizeischutz aus einer Intensivstation verschwinden konnte. Entweder waren die Beamten unfähig oder seine Dienstanweisungen unzureichend – wahrscheinlich beides. Ein Journalist eines Fernsehsenders schlug vor laufender Kamera vor, Bastian solle sich selbst wieder in den Streifendienst versetzen und Falschparker aufschreiben, da könne er keinen Mist bauen. Bastian fiel es sichtlich schwer, nicht ausfallend zu werden. Isabelle sprang in die Bresche und gab einen kurzen Abriss über den Status quo ihrer Ermittlungen. Sie war selber überrascht, dass sie dem Commandant freiwillig zu Hilfe eilte und ihm Luft gab, sich wieder zu fangen. Aber sie mochte es nicht, wenn Kollegen von Pressevertretern voller Schadenfreude und Sensationslust an den Pranger gestellt wurden – selbst bei einem Unsympathen wie Bastian.

Obwohl sie selber genug Angriffsfläche bot, schließlich hatte sie auch keine wirklichen Erfolge vorzuweisen, war ihr Vortrag so professionell, dass es nur zwei harmlose Fragen gab. Dann musste wieder Bastian Rede und Antwort stehen. Sein Hinweis, dass er zu den aktuellen Ermittlungen aus Gründen der Geheimhaltung keine Auskünfte geben dürfe, erntete höhnisches Gelächter.

Sein Glück war, dass ihm just in diesem Augenblick ein Zettel zugesteckt wurde. Er konnte vermelden, dass man den gestohlenen Ambulanzwagen in einem Waldstück bei Pierrefeu-du-Var gefunden habe. Offenbar sei dort das Opfer in ein anderes, vermutlich neutrales Fahrzeug umgeladen worden. Derzeit würde der Ambulanzwagen auf verwertbare Spuren untersucht.

Bastian wischte sich mit der Krawatte über die Stirn. Jetzt hatte er wenigstens etwas zu vermelden gehabt. Isabelle dachte, dass sich die Medienvertreter wie ein Rudel junger Wölfe verhielten – sie gaben erst Ruhe, wenn man ihnen einen Fetzen Fleisch zum Fraß vorwarf. Man war also gut beraten, immer etwas »Fleisch« auf Vorrat zu haben.

Später am Tag stattete sie der Klinik in Hyères einen Besuch ab. Zufällig hatte Docteur Marre Dienst, jener smarte Arzt, den sie von ihrem letzten Besuch kannte. Sie hatte einige Fragen an ihn. Er sah auf die Uhr und konstatierte, dass er in fünfzehn Minuten freihabe. Ob sie sich nicht in einem nahegelegenen Café unterhalten wollten, schlug er vor. Sie stimmte zu, ließ sich den Weg beschreiben und ging schon mal vor.

Es gab Ärzte, die verloren ihre Aura, wenn sie ihren weißen Kittel auszogen. Als Sébastien Marre auf sie zukam, in lässigem Outfit und mit langen Haaren, stellte sie fest, dass er ganz gewiss nicht dieser Kategorie angehörte. Fast genierte sie sich für ihr spießiges Kostüm, dass sie extra für die Pressekonferenz angezogen hatte. Warum spielte das eine Rolle? Sie wollte doch nur einige Fragen stellen. Isabelle musste sich eingestehen, dass ihr der Mann gefiel. Früher war sie jahrelang keinem Mann begegnet, der sie nervös machte. Jetzt waren es mit Thierry schon zwei. Der Süden Frankreichs schien Paris weit überlegen – in vielerlei Hinsicht, auch in der zwischenmenschlichen.

Es dauerte nicht lang, und sie hatte im spielerischen Gespräch herausgefunden, dass der Doktor unverheiratet war. Dabei war das definitiv keine der Fragen gewesen, die sie ihm stellen wollte. Von sich selbst erzählte sie wenig, eigentlich gar nichts, aber das schien ihn nicht zu stören. Schließlich besann sie sich auf den Grund ihres Zusammentreffens und ließ sich von ihm erklären, worauf es bei der medizinischen Betreuung von Phil Ferguson ankam, welche lebenserhaltenden und schmerzstillenden Maßnahmen erforderlich waren, welche Geräte man benötigte und welche Fachkenntnisse. Am meisten interessierte sie, ob es irgendwelche speziellen Medikamente gab, Sauerstoffflaschen oder dergleichen, also irgendetwas, was bei der Versorgung des Patienten knapp werden könnte.

Marre verstand sofort, worauf sie hinauswollte. Er ließ sich einen Zettel geben und notierte eine Liste. Er dachte nach, machte noch einige Ergänzungen.

Mit einem Lächeln überreichte er ihr das Blatt. »So, das sollte es im Wesentlichen sein. Ich kann mir nicht vorstellen, dass die Entführer alles dabeihatten, dazu hätten sie die Krankenakte haben müssen. Ich habe Ihnen auch einige Bezugsquellen aufgeschrieben. Manches kann man aber auch ganz normal über Apotheken bestellen, allerdings nur als zugelassener Arzt.«

Sie ging die einzelnen Positionen durch, ließ sich einige Erläuterungen geben, dann steckte sie den Zettel ein.

Ihr Handy klingelte. Sie schaute auf das Display und beschloss, nicht ranzugehen. »Ist nicht wichtig«, sagte sie und hatte ein schlechtes Gewissen dabei, denn der Anruf kam von Thierry.

Sébastien Marre erklärte, wie Fergusons Entführung aus seiner Sicht abgelaufen war. Er hatte keinen Dienst gehabt, aber natürlich mit den Kollegen gesprochen. Jedenfalls hätten die Kidnapper Glück gehabt, bei ihm wären sie mit ihrem Husarenstück nicht durchgekommen.

Zum Abschied fragte Sébastien Marre, ob sie morgen Abend Zeit habe und nach Aix-en-Provence kommen könne. Er habe Karten für ein Konzert im *Grand Théâtre de Provence.*

Isabelle lehnte nicht sofort ab. Sie dankte für die Einladung und versprach, bis spätestens morgen früh Bescheid zu geben.

Auf dem Rückweg nach Fragolin rief sie spaßeshalber noch einmal in der Londoner Kanzlei von Frank Hamilton an. Mit Interesse hörte sie, dass der Anwalt auf einer dringenden Geschäftsreise und nicht zu erreichen sei. Das hatte natürlich nichts zu bedeuten, beflügelte aber dennoch ihre Phantasie.

# 35

Mit dem Konzert in Aix-en-Provence wurde es nichts, denn am kommenden Tag waren in Fragolin die Beisetzungsfeierlichkeiten für den alten Georges angesetzt. Thierry hatte Isabelle ausdrücklich gebeten, daran teilzunehmen. Außerdem war das eine gute Gelegenheit, die Einwohner des Dorfes in Augenschein zu nehmen, unter besonderer Berücksichtigung des schnauzbärtigen Albert Bagnol. Im Anschluss daran war ihr die Fahrt nach Aix-en-Provence zu weit.

Gerade erreichte der Trauerzug den Friedhof. Thierry hatte recht gehabt, tatsächlich schien es, als ob ganz Fragolin auf den Beinen wäre, um ihren ältesten Bürger, der zugleich ein geliebtes Faktotum war, zu verabschieden. Die Gendarmerie hatte die Zufahrten zum Ortskern abgeriegelt. Capitaine Briand nahm selber an der Prozession teil. Sechs junge Männer trugen den Sarg, vorneweg ging der Dorfpfarrer, ganz hinten wurden einige Senioren in Rollstühlen über das holprige Pflaster geschoben. Isabelle entdeckte in der Menge Albert, in einem schwarzen Anzug und mit gesenktem Haupt. Er sah so demütig aus und fromm, dass Isabelle fast Zweifel gekommen wären, aber nur für Sekunden, dann war sie wieder fest von seiner Schuld überzeugt.

Als sie sogar Sergeant Albertin im Trauerzug ausmachte und kurz dahinter Apollinaire, der alle um Haupteslänge überragte, kam ihr der Gedanke, dass in Fragolin alle Häuser verlassen waren und keiner da war, der für Recht und Ordnung sorgte. Einbrecher hätten es gerade leicht – aber im Zweifelsfall erwiesen sie ja selbst dem alten Georges die letzte Ehre.

Am Friedhof wurden Gebete gesprochen, ein Mädchen trug ein Gedicht vor. Nach dem Absenken des Sarges sang der Kinderchor. Vom nahegelegenen Kirchturm ertönte eine Posaune.

Isabelle taten die Beine weh, vor allem das linke. Längeres Stehen fiel ihr mittlerweile schwerer als Gehen. Aber insgesamt – sie hatte gerade Zeit zum Nachdenken – ging es ihr entschieden besser als am Tag ihrer Ankunft in Fragolin. Der Rücken meldete sich nur noch gelegentlich mit kleinen Schmerzattacken, wahrscheinlich, um ihr mitzuteilen, dass er noch da war. Das Pochen hinter ihren Schläfen hatte sich das letzte Mal vor zwei Tagen eingestellt und war auch gleich wieder vorbei gewesen. Dabei hatte sie die Menge der Tabletten halbiert. Es ging also bergauf mit ihr, schneller als erwartet. Isabelle verlagerte das Gewicht auf das andere Bein und hoffte, dass es nicht mehr lange dauerte.

Eine halbe Stunde später hatten sich alle auf dem Marktplatz versammelt. Pascal hatte mehrere Grillstationen aufgebaut, auf denen die freiwillige Feuerwehr seine *saucissons* briet. Auch Thierry hatte Wort gehalten, und es gab kostenlosen Wein für alle. Wie so oft bei Trauerfeiern dauerte es nicht lange, bis die gerade noch bedrückte Stimmung in fröhliche Ausgelassenheit umschlug. Und wenig später glich die Atmosphäre einem Volksfest – mit der Besonderheit, dass nur Einheimische daran teilnahmen und so gut wie keine Touristen. Dem alten Georges hätte es gefallen.

Isabelle nahm die Gelegenheit wahr, sich auf eine provisorisch aufgebaute Bank zu Clodine und Jeanne zu setzen, ihre Beine konnten eine Erholung brauchen. Clodine versuchte sie über den Stand der Ermittlungen im Fall Ferguson auszufragen. Clodine war wie immer ausgesprochen neugierig, sie hatte ein Faible für Klatsch und Tratsch. Wären mit ihr nicht Kindheitserinnerungen verbunden, überlegte Isabelle, käme sie als Freundin kaum in Betracht. Aber die zarten Bande aus längst vergangenen Tagen waren stärker. Wie sie überhaupt feststellte, dass die Erlebnisse in jungen Jahren noch Jahrzehnte später fortwirkten, nur war man sich dessen meist nicht bewusst.

Pascal setzte sich hinzu, seine von ihm gestifteten Würste waren alle aufgezehrt, Zeit, sich zu entspannen. Clodine fragte nach Fergusons Frau, die gestern bei ihr im Laden gewesen sei, zusammen mit ihrer Tochter. Die beiden könnten einem leidtun, stellte sie fest. Erst habe sich ihr Ehemann aus dem Staub gemacht und sie kaltherzig ihrem Schicksal überlassen, dann stelle sich heraus, dass er sich in Südfrankreich ein schönes Leben mache, mit häufig wechselnden Damenbekanntschaften. Olivia müsse auf ihn ziemlich wütend sein. Während sich Jeanne an dem Gespräch nicht beteiligte, sagte Pascal, dass Ferguson wohl ein gewissenloser Lump sei. Dann zitierte er den verstorbenen Georges, der der festen Überzeugung gewesen war, dass alle Engländer eine Schraube locker hätten, ohne Ausnahme. Zur Bekräftigung nahm er einen großen Schluck vom Wein, den Thierry gestiftet hatte.

Clodine sagte, dass sie es gut verstehen könne, wenn Olivia auf ihren Ehemann geschossen habe. Aus enttäuschter Liebe und Wut. Ob Isabelle schon mal daran gedacht habe, dass Olivia die Täterin sein könne? Vielleicht habe Olivia herausbekommen, setzte Clodine ihre Überlegungen fort, wo sich ihr untreuer Ehemann versteckt halte, sei nach Fragolin gereist, habe sich unerkannt in sein Haus geschlichen, habe ihn dort mit einem leichten Mädchen ertappt und daraufhin wild um sich geschossen. So eine Reaktion könne man doch verstehen, jedenfalls als Frau.

Pascal stimmte ihr zu. Natürlich habe Olivia ein Motiv. Außerdem meinte er, dass es der Engländer nicht anders verdient habe, wenn alles stimmte, was man sich über ihn erzählte und was so in der Zeitung stand. Ferguson habe viele Leute um ihr Geld betrogen und sich dann in Südfrankreich den Verstand aus dem Kopf gevögelt.

Jeanne verschluckte sich bei dieser groben Bemerkung am Wein. Clodine sah ihn vorwurfsvoll an. Und Isabelle dachte, dass private Stammtischrunden durchaus anregend sein konnten. Zwar vermied sie es, irgendwas zu den laufenden Ermittlungen zu sagen, aber als Clodine sie direkt fragte, räumte sie ein, dass selbstredend auch Fergusons Ehefrau zum Kreis der potenziell Verdächtigen zähle, wenngleich sie persönlich nicht daran glaube.

Während Clodine das Thema wechselte und sich mit Jeanne und Pascal über den alten Georges unterhielt und über lustige Erlebnisse mit ihm, blieben Isabelles Gedanken noch eine Weile bei Fergusons Ehefrau Olivia hängen. Und wenn es sich tatsächlich so zugetragen hätte? Wenn sie irgendwie erfahren hatte, wo sich ihr Mann versteckt hielt, wenn sie ihn zur Rede stellen wollte und dann in Wut geraten war. Dass sie zu hysterischen Reaktionen fähig war, hatte sie mit ihrem Gekreische im Büro unter Beweis gestellt. Dann hatte sie sich in Panik davongemacht, im Glauben, sie habe ihren Mann umgebracht – und auch seine Freundin. Und jetzt war sie zurückgekehrt, um die harmlose verlassene Ehefrau zu spielen, in der vagen Hoffnung, irgendeinen finanziellen Vorteil davon zu haben. Vielleicht verkaufte sie ihre Geschichte an irgendeine englische Zeitung? Die betrogene Ehefrau und ihre Tochter weinen am Krankenbett des Übeltäters? So oder so ähnlich. Isabelle dachte, dass sie sich über einen solchen Artikel nicht wundern sollte. Und sie beschloss, sich stärker auf Olivia als mögliche Tatverdächtige zu konzentrieren. Vielleicht täuschte ihr Gefühl, und dieser englische Anwalt hatte recht. Wo waren eigentlich die Informationen zu Olivia Ferguson, die sie über Luc bei Scotland Yard angefordert hatte?

Am späten Nachmittag bekam Isabelle einen Anruf von der Gendarmerie. Sie möge doch bitte sofort zur Villa des Engländers kommen. Prompt war passiert, was ihr vor einigen Stunden durch den Kopf geschossen war. Da es während der Trauerfeier keine Aufsicht gegeben hatte, war es ein Leichtes gewesen, die Villa aufzubrechen und in Windeseile alles in einen Lieferwagen zu packen, was man gerade noch tragen konnte und einigermaßen wertvoll aussah.

Während die Gendarmerie sofort den englischen Anwalt Hamilton im Verdacht hatte, der auch bei ihnen mit seinem Wunsch vorstellig geworden sei, im Haus alle Wertsachen zu beschlagnahmen, winkte Isabelle ab. Gemessen am Vermögensschaden, seien Wertsachen wie Fernseher oder Stereoanlagen doch allzu pingelig. Dafür übertrete Hamilton kein Gesetz, niemals. Sie tippe vielmehr auf ganz normale Einbrecher, wie sie an der Côte d'Azur ihr Unwesen trieben. Wahrscheinlich hätten sie in der Zeitung von Ferguson und seinem mutmaßlichen Reichtum gelesen und angenommen, dass in dem Haus was zu holen sei. Da auch die Trauerfeier groß angekündigt gewesen sei, sogar in der Tageszeitung *Var-Matin*, könnten professionelle Einbrecher das geradezu als Einladung interpretieren.

Isabelle erinnerte an die Überwachungskameras auf dem Nachbargrundstück bei Boustier. Auf der Videoschleife müsse man die Einbrecher und ihren Transporter sehen, wahrscheinlich sogar das Nummernschild. Jetzt sei Tempo angesagt. Schließlich verlieh sie noch ihrer Überzeugung Ausdruck, dass die Gendarmerie die Diebe rasch schnappen werde. Und sie wettete einen Karton mit deren Lieblingswein, dass der Einbruch nichts mit Ferguson oder Hamilton zu tun habe.

Später saß sie in ihrem Büro und dachte, dass sie jetzt doch noch munter genug für ein Konzert in Aix-en-Provence wäre. Sie fand es schade, dass sie abgesagt hatte. Aber wer wusste, wozu das gut war? Ein Abend mit Sébastien Marre hätte einige Unwägbarkeiten, und ihr Leben war so schon kompliziert genug.

Apollinaire kam herein und berichtete, dass er alle Flughäfen zwischen Nizza und Nîmes überprüft habe, nirgends sei zur fraglichen Zeit ein Ambulanzjet gestartet. Auch die Überprüfung der privaten Kliniken, die seine Kollegen in Toulon durchgeführt hätten, habe zu keinem Ergebnis geführt. Der Engländer sei wieder einmal von der Bildfläche verschwunden.

»Aber er ist nicht weit weg«, sagte Isabelle, »das spüre ich. Außerdem spricht alles dafür.«

Sie gab Apollinaire die Liste von Sébastien Marre. Sie erklärte ihm, dass mit großer Wahrscheinlichkeit mehrere dieser Artikel, Medikamente et cetera von den Entführern benötigt würden, und zwar relativ bald. Weshalb es ausgesprochen erfolgversprechend sei, alle möglichen Bezugsquellen zu informieren, inklusive den Apotheken. Das sei doch eine Aufgabe für seine Kollegen in Toulon.

»Nein, das mache ich selbst«, erwiderte Apollinaire mit Bestimmtheit. »Ich gönne denen keinen Erfolg.«

Isabelle grinste. »Diese Haltung ist zwar unkollegial, aber geht sportlich völlig in Ordnung.«

»Unkollegial? Die halten mich doch immer noch für einen Aktenheini aus dem Archiv im Keller. Ich würde ihnen gerne das Gegenteil beweisen. Außerdem wäre es auch für Sie ein kleiner Triumph, wenn wir es sind, die den Engländer wiederfinden, der den Armleuchtern aus Toulon abhandengekommen ist.«

»Das mit den Armleuchtern habe ich überhört. Ansonsten haben Sie recht. Aber schaffen Sie das alleine?«

Apollinaire nickte. »Ganz sicher. Ist nicht so schlimm, schließlich gibt es moderne Kommunikationsmittel wie E-Mails, Faxgeräte und Telefon. Sie können sich auf mich verlassen.«

Isabelle stand auf. »Gut, dann kann ich ja gehen.«

Apollinaire zog die Krawatte aus dem Hemdkragen, rollte sie zusammen und legte sie in die Schreibtischschublade. Er schaltete seinen Computer ein. Dazu pfiff er die Marseillaise.

# 36

Die alte Dame saß im Rollstuhl. Wie schon beim letzten Mal war Florence Chapoulet über Isabelles Besuch hocherfreut. Der ehemaligen Sekretärin ihres Vaters schien es im Altersheim in Draguignan nicht schlechtzugehen, das Pflegepersonal machte einen ausgesprochen netten Eindruck, aber es gab nun mal eine tägliche Routine, die nur selten durchbrochen wurde. Da war jede Abwechslung willkommen.

»Schön, dass du mich nicht vergessen hast«, sagte sie mit vor Aufregung geröteten Wangen.

»Ich habe doch versprochen, dass ich wiederkomme.«

»Das ist lieb. Aber die beiden Alben hättest du gerne noch ein wenig behalten können.«

»Kein Problem, ich habe mir jede Seite wieder und wieder angeschaut und außerdem alles fotokopiert. Die Alben sind bei dir gut aufgehoben. Aber wenn es dir recht ist, werde ich dich auch so wieder mal besuchen, ohne irgendeinen Grund.«

»Natürlich, das wäre wunderbar«, sagte die alte Dame strahlend und nippte an ihrer Teetasse.

Isabelle reichte ihr *calissons d'Aix,* leckere Mandelplätzchen, die sie mitgebracht hatte, um nicht mit leeren Händen zu kommen. Sie plauderten über Belanglosigkeiten. Offenbar war Florence Chapoulet eine aufmerksame Leserin der Klatschpresse, sie kannte sich aus in der Welt der Königsfamilien und Schlagersternchen. Leider waren das Themengebiete, die Isabelle so fremd waren wie Pinguinen der tropische Regenwald. Sie beschloss, vor ihrem nächsten Besuch ein geeignetes Boulevardblatt zu lesen, um nicht ganz so improvisieren zu müssen. Schließlich kam ihr der Gedanke, dass Madame Chapoulet aus früheren Zeiten den alten Georges kennen müsse. Dem war tatsächlich so, und schon konnte sie von seinem Ableben erzählen und von der Trauerfeier, an der ganz Fragolin teilgenommen habe. Wie sich herausstellte, war Georges schon vor Jahrzehnten ein Urgestein gewesen. Florence gab einige Anekdoten zum Besten.

»Kannst du dich an Albert Bagnol erinnern«, fragte Isabelle einer plötzlichen Eingebung folgend.

»Albert Bagnol? Lass mich überlegen, der Name kommt mir bekannt vor.« Florence nahm ein weiteres Mandelplätzchen.

»Heute hat er einen Schnauzbart«, gab Isabelle ihr eine Hilfestellung. »Er hat damals als Automechaniker gearbeitet.«

Florence nickte. »Richtig, ich erinnere mich. Seine erste Frau hat ihn verlassen, weil er immer hinter anderen Rockzipfeln her war.« Sie lächelte verschmitzt. »Er hat sogar mir nachgestellt. Du musst wissen, ich war nicht immer alt.«

»Hatte mein Vater mit ihm Probleme?«, fragte sie.

»Nein, nicht, dass ich wüsste. Warum auch? Albert war völlig unbedeutend und spielte in der Gemeindepolitik keine Rolle.«

»Stimmt es, dass er mit Dominique Boustier befreundet war?«

»Mit Boustier, dem Großkotz? Daran kann ich mich nicht erinnern. Aber mir fällt was anderes ein. Albert Bagnol war es, der nach dem Unfall deiner Eltern im Auftrag der Polizei den Wagen untersucht hat. Er hat bestätigt, dass am Fahrzeug kein Defekt vorlag, der zum Unfall hätte führen können. Also keine ausgefallenen Bremsen oder eine kaputte Lenkung, du weißt schon, ich kenne mich da nicht so aus.«

Isabelle konnte nicht fassen, was ihr die alte Dame gerade erzählte. Wenn ihr kühner Verdacht stimmte, dass Albert in Boustiers Auftrag das Auto ihres Vaters manipuliert hatte, dann hatte die Polizei mit ihm den Bock zum Gärtner gemacht. Natürlich hatte er nichts gefunden, war doch klar.

Florence legte ihren Kopf zur Seite und sah sie fragend an. »Warum schaust du so komisch?«

»Ach, nichts. Mir ist da nur gerade etwas durch den Kopf gegangen.«

»Aber du willst mir nicht sagen, was?«

»Nein, das war nur so ein Gedanke.«

»Du glaubst nicht, dass es ein Unfall war, habe ich recht?«

Isabelle zögerte, dann schüttelte sie langsam den Kopf. »Nein, das glaube ich nicht.«

Gemeinsam blätterten sie noch ein wenig im Fotoalbum. Isabelle schob die alte Dame durch den Park. Dann musste sie sich verabschieden. Isabelle erneuerte ihr Versprechen, wiederzukommen. Sie meinte es ernst.

Zurück in Fragolin, traf sie Apollinaire im Zustand totaler Auflösung an. Er habe den Arbeitsaufwand unterschätzt, sagte er. Aber es sei ihm gelungen, in einem weiten Umkreis alle möglichen Vertriebsstellen für medizinisches Material ausfindig zu machen, er habe mit jeder einzelnen Adresse Kontakt aufgenommen, zudem alle Apotheken informiert und eingehende Rückfragen beantwortet. Das Terrain sei vermint, sagte er dramatisch, jetzt müssten sie nur noch abwarten. Leider seien unter den Apothekern einige Spinner, die gäben schon Alarm, wenn jemand größere Mengen Heftpflaster oder Babypuder kaufe. Aber da müsse man durch. Jedenfalls sei er ab jetzt vierundzwanzig Stunden am Tag in Bereitschaft, zur Not auch länger.

Isabelle lächelte und bedankte sich für seinen Arbeitseinsatz. Ob es was Neues von der Spurensicherung gebe, fragte sie.

Der Ambulanzwagen? Nein, nichts Verwertbares. Die als Ärzte und Sanitäter verkleideten Kidnapper hätten offenbar Gummihandschuhe angehabt, das sei ja nicht unüblich. Und genetisches Material sowie Keime gebe es in einer solch unappetitlichen Fülle, dass man damit überhaupt nichts anfangen könne.

Isabelle war nicht enttäuscht, sie hatte nichts anderes erwartet.

»Sie haben übrigens eine Kiste Wein gewonnen«, sagte Apollinaire.

Isabelle lachte. »Wollen Sie damit sagen …?«

»Ganz genau, Sie hatten recht. Auf den Überwachungskameras von Boustier war der Lieferwagen zu sehen, in dem die Einbrecher das Diebesgut weggeschafft haben. Man hat sie wenig später geschnappt. Nach den Ganoven wurde schon länger gefahndet. Sie werden verdächtigt, in den letzten Monaten viele Villen entlang der Côte d'Azur ausgeräumt zu haben. Mit Ferguson oder dem Anwalt Hamilton haben sie definitiv nichts zu tun.«

Am späten Nachmittag verließ Apollinaire das Büro, bewaffnet mit zwei Handys und einem Laptop. Er erklärte Isabelle, dass er alles im Griff habe und dank Rufumleitung immer und jederzeit erreichbar sei. Sie möge doch bitte auch permanent ihr Handy mitführen, damit er sie im Fall des Falles verständigen könne. Er bitte um Verständnis, dass er seinen »Bereitschaftsdienst« jetzt auslagern müsse, um einen privaten Termin wahrzunehmen.

Eine halbe Stunde später lernte Isabelle auf ihrem Weg durch Fragolin Apollinaires »privaten Termin« kennen. Ihr Assistent saß im *Café des Arts,* vor sich auf dem Tisch sein Equipment, neben sich eine dunkelhäutige, mollige Frau, die ihn fröhlich ansah.

Apollinaire erblickte Isabelle, stand ruckartig auf, stieß dabei so heftig gegen den kleinen Bistrotisch, dass sein Wasserglas auf die Tastatur seines Laptops schwappte, und blieb außerdem mit dem Hemdsärmel in der Stuhllehne hängen. Seine Begleiterin legte geistesgegenwärtig eine Serviette auf die Tastatur und legte sie trocken.

»Darf ich ... darf ich vorstellen«, stotterte er und deutete wechselseitig auf die beiden Damen.

Isabelle reichte ihr die Hand. »Sie sind Shayana Hayet, habe ich recht?«

Die Tunesierin lächelte. »Richtig, und Sie sind Madame le Commissaire, sehr erfreut.«

»Wollen Sie sich kurz zu uns setzen?«, fragte Apollinaire, offenbar erleichtert, dass die erste Hürde des Kennenlernens genommen war.

Isabelle nahm Platz. Schmunzelnd stellte sie fest, dass Fergusons ehemalige Haushaltshilfe in fast allem das Kontrastprogramm zu Apollinaire darstellte – er himmellang und dürr, sie klein und dicklich, er oft nervös, sie anscheinend die Ruhe selbst. Außerdem hatte sie schöne Augen und ein ansteckendes glucksendes Lachen. Isabelle musste unwillkürlich an *Doublepatte et Patachon* denken, an Pat und Patachon, dem legendären Komikerpaar aus der Stummfilmzeit. Apollinaire als Leuchtturm und seine Tunesierin als kleiner Gegenpart. Im Stehen waren die beiden sicher eine Attraktion.

Isabelle bestellte *menthe à l'eau*, Apollinaire quasselte in einem fort, Shayana kam nur wenig zu Wort, sprach aber ein gutes Französisch. Apollinaire stellte kurz seine Fremdsprachenkenntnisse unter Beweis, indem er mit seiner Freundin einige Sätze auf Arabisch wechselte.

»Bonjour, Isabelle«, grüßte Jeanne, die gerade vorbeikam. Pascals Frau sah wie immer topgepflegt aus, hatte einen kurzen Rock und hohe Schuhe an. Isabelle musste zugeben, dass Jeanne auch in Paris die Aufmerksamkeit der Männerwelt hätte. Sie begrüßten sich mit Küsschen. Jeanne erzählte, dass sie heute Abend mit Pascal und Clodine zu einem *concert en plein air*, zu einem Open-Air-Konzert in Cavalaire-sur-Mer fahre, mit ganz tollen Musikern, ob sie nicht mitkommen wolle?

Isabelle dankte für die liebe Idee, sagte aber, dass sie nicht könne, weil sie etwas anderes vorhabe – was nicht stimmte, aber sie hatte keine Lust, schon wieder im Auto zu sitzen.

Jeanne musste weiter. Isabelle trank ihren Minztee aus und verabschiedete sich von Apollinaire und seiner Freundin Shayana. Seiner Freundin? Isabelle schmunzelte, natürlich war sie das!

# 37

Den beiden bevorstehenden Gesprächen sah Isabelle mit großer Anspannung entgegen. Unmittelbar nacheinander würde sie mit Dominique Boustier und dann mit Albert Bagnol reden. Sie hatte sich nichts zurechtgelegt, hatte kein wirkliches Konzept. Aber dass sie im Angriffsmodus war und mit Adrenalin vollgepumpt, das war ihr klar. Boustiers Haushälterin bat Isabelle, im großen Eingangsbereich der Villa zu warten, während sie dem Hausherrn Bescheid gab. Isabelle versuchte, etwas von ihrer Anspannung abzubauen, um zumindest äußerlich einen ruhigen Eindruck zu machen. Sie blickte nach oben zum gewaltigen Kronleuchter und schenkte dann den Marmorstatuen ihr Interesse, die schwer Eindruck machten, aber wohl Kopien waren. Beim Apoll war sie sich nicht sicher, aber die Venus von Milo hatte sie das letzte Mal im Louvre gesehen.

Die Haushälterin kehrte zurück und teilte ihr mit, dass Monsieur sie im Salon erwarte. Sie folgte der schmächtigen Dame im schwarzen Gewand, an Pascals Charakterisierung denkend, der Boustier als *connard* bezeichnet hatte, was womöglich eine sanfte Untertreibung war – auch wenn es Boustier bei ihrem vorigen Besuch geschafft hatte, sie zu verunsichern, indem er zunächst sympathischer gewesen war als erwartet, dann sogar zu Emotionen fähig, als er von der Schwangerschaft ihrer Mutter erfahren hatte, schließlich ziemlich geschickt in seiner Argumentation, dass nämlich dazumal alle Politiker korrupt waren, auch ihr Vater, und dass der Bürgermeister deshalb die Feriensiedlung *Hameau des Cailles* in jedem Fall genehmigt hätte.

Diesmal wollte sie sich nicht für blöd verkaufen lassen. Boustier saß im Rollstuhl, hatte wieder eine Wolldecke über seinen Beinen und trug zur Atemunterstützung eine Nasenbrille. An der Lehne hing eine Sauerstoffflasche. Er sah sehr viel schlechter aus als das letzte Mal, seine Wangen waren eingefallen, die Haut auf seinem Schädel an mehreren Stellen blutverkrustet. Eigentlich müsste man Mitleid mit ihm haben. Dass er sterbenskrank war, sah man ihm an.

»Warum wollen Sie mich sprechen?«, fragte er. Er hustete in ein Taschentuch, das schon rot war. »Vermutlich nicht wegen dieses blöden Engländers, habe ich recht?«

Isabelle nickte. »Ja, Sie haben recht. Ich wollte unser Gespräch fortsetzen, bei dem es um meinen Vater ging und um die Genehmigung der Feriensiedlung nach seinem Tod.«

»Sie lassen wohl nicht locker. Das muss an Ihren Genen liegen, Ihr Vater war auch ziemlich hartnäckig.«

»Ich dachte, das war nur Fassade? Sie haben doch behauptet, er hätte sich bestechen lassen.«

Boustiers Grinsen war noch ekelhafter als das letzte Mal, was nicht nur an seinen gelben Zähnen lag.

»Das ist kein Widerspruch, Chérie. Er war hartnäckig, wenn es darum ging, möglichst viel für sich herauszuschlagen.«

Isabelle beugte sich nach vorn und starrte ihn an. »Sie wissen, dass das gelogen ist«, sagte sie mit gefährlich leiser Stimme. »Sie haben mich von vorne bis hinten angelogen.«

Boustier musste wieder husten. Er langte zur Sauerstoffflasche und drehte am Rad, um die Zufuhr zu erhöhen.

»Sie glauben, das ist alles so lange her«, fuhr sie fort,

»dass längst Gras darüber gewachsen ist, aber da haben Sie sich getäuscht. Ich weiß, dass Sie damals bei der Feriensiedlung alles auf eine Karte gesetzt haben. Sie hatten vorher einige Misserfolge und standen finanziell am Abgrund, im Falle des Scheiterns wären Sie pleite gewesen.«

»Unsinn«, sagte Boustier mit schnarrender Stimme.

»Vielleicht haben Sie Ihre damalige Situation vergessen, aber eigentlich machen Sie auf mich nicht den Eindruck, als ob Sie Demenz hätten.«

»Sie sind ziemlich unverschämt«, entgegnete er. »Wenn ich könnte, würde ich aufstehen und Ihnen eine runterhauen.«

Isabelle hatte fast ein schlechtes Gewissen, dass sie dem alten, kranken Mann so zusetzte, aber es musste sein – und er zeigte Wirkung.

»War es schwer, Ihren Kumpel Albert Bagnol zu überreden?«, fuhr sie fort.

Der folgende Erstickungsanfall war so heftig, dass die Haushälterin hereinstürzte. Boustier riss sich die Sauerstoffbrille aus der Nase und klopfte sich heftig gegen die Brust.

Einige Minuten später ging es ihm wieder etwas besser. Sein Atem hatte sich beruhigt, die Nasenbrille war wieder in Position und die Sauerstoffzufuhr auf die normale Dosis eingestellt. Isabelle hatte sich geweigert zu gehen.

»Albert Bagnol hat den Wagen meiner Eltern manipuliert«, tat Isabelle so, als ob das außer Zweifel stünde. »Er ist der Mörder meiner Eltern. Wir beide wissen, dass das stimmt.«

»Sie wissen nichts, gar nichts wissen Sie, Sie dumme Göre.«

»Aus dem kleinen Automechaniker wurde fast über Nacht ein vermögender Mann, was für ein Zufall.«

»Ich werde Sie verklagen, wegen übler Nachrede und Verleumdung!«

»Tun Sie sich keinen Zwang an. Ihr Freund Albert kann sich ja der Klage gleich anschließen. Ihn bezichtige ich immerhin des zweifachen Mordes.«

»Ich glaube, die Demenz haben Sie, nicht ich«, sagte Boustier und tippte sich mit dem knochigen Zeigefinger gegen die Stirn, mit weit aufgerissenen Augen. »Jedenfalls sind Sie völlig verrückt, Sie gehören in die Klapsmühle.«

»Albert Bagnol hat einen dummen Fehler gemacht«, griff Isabelle ganz tief in die Trickkiste des Bluffs. »Wir haben ihn am Haken, er weiß es nur noch nicht.«

Sie stand abrupt auf, deutete eine kurze Verbeugung an und verabschiedete sich. Sie hatte kein Geständnis erwartet, sie wollte ihm nur Feuer unter dem Hintern machen und hatte den Eindruck, das war gelungen. Sie stolperte und musste sich kurz am Tischchen mit der Wasserkaraffe festhalten – gerade lange genug, um mit der rechten Hand eine Abhörwanze von unten dagegen zu drücken. Sie haftete sofort, war winzig klein und funktionierte nur einige Stunden, aber das sollte reichen.

Vor dem Haus, nach einer Kurve und außer Sicht, wartete Apollinaire im Citroën. Er hatte Kopfhörer auf und auf seinem Schoß ein Notebook. Er hob den Daumen, um ihr zu signalisieren, dass die Technik funktionierte. Oder bedeutete das Zeichen, dass sich bereits etwas tat? Sie deutete auf ihr Handy, ging zurück zu ihrem Auto und fuhr los.

Fragolin war nicht groß, und so stand sie bereits zehn Minuten später vor Albert Bagnols Haus. Es befand sich nur wenige Schritte vom Rathaus entfernt, zu seinem geliebten Bouleplatz hatte er es nicht weit. Wie auf Bestellung summte ihr Handy, das sie auf leise gestellt hatte. Apollinaire war dran und brauchte drei Anläufe, so aufgeregt war er. Sie habe recht gehabt, sagte er, Boustier habe sich unmittelbar nach ihrer Verabschiedung das Telefon geben lassen und bei Albert Bagnol angerufen. Er solle sich vorsehen, sagte er, die Kommissarin komme tatsächlich wegen der alten Geschichte, und sie habe irgendwas gegen ihn in der Hand. Er solle sich genau an das halten, was sie vereinbart hätten. Und nur nicht zu viel quatschen, diese Bonnet sei ziemlich gerissen. Besser sei es, sich im Zweifelsfall an nichts zu erinnern. Und hinterher solle er gleich bei ihm anrufen, vom Festnetz, nicht drahtlos, man wisse ja nie, diese modernen Dinger seien ihm suspekt.

Isabelle bedankte sich bei Apollinaire, er solle weiter dranbleiben. Hoffentlich entfernte sich Boustier nicht von der Wanze. Sie würde sich kurzfassen und hoffte, dass Albert danach gleich den versprochenen Rückruf tätigen würde. Vielleicht war er weniger vorsichtig in seiner Wortwahl.

Isabelle wollte gerade klingeln, da machte ihr Albert bereits auf. Durch das gemeinsame Boulespiel, auch wenn sie meist im gegnerischen Lager waren, duzten sie sich, und auch eine flüchtige Umarmung gehörte dazu. Isabelle schauderte, als sie sich vorstellte, dass sie gerade vom mutmaßlichen Mörder ihrer Eltern umarmt wurde. Aber es gelang ihr, sich zu beherrschen.

Albert bat sie nach oben, wo er auf dem Dach eine hübsche Terrasse hatte. Und er stellte ihr seine Frau Claudette vor. Komisch, sie war nie auf den Gedanken gekommen, dass so ein missmutiger Mensch wie Albert auch eine Frau haben könnte. Die erste hatte ihn ja verlassen, wie sie von Florence wusste. Claudette war sogar recht nett, mit einer blauen Schürze und einer dicken Brille. Sie schien keine Probleme damit zu haben, von Albert herumkommandiert zu werden. Er beauftragte sie, eine Karaffe mit gekühltem *jus de pomme* zu bringen, Apfelsaft, und seine Zigaretten, die er unten vergessen habe. Er bot Isabelle einen Tisch im Schatten eines Schirms an, der groß den Schriftzug seiner Lieblingsmarke trug: Gauloises.

Was er für sie tun könne, fragte er nach einem kurzen Vorgeplänkel, in dem es um das richtige Gewicht von Pétanque-Kugeln ging und um das in dieser Jahreszeit immer schöne Wetter.

Isabelle entschuldigte sich dafür, dass sie jetzt von privat auf beruflich umschalten müsse, es gehe nicht anders. Aber gleichzeitig sei es doch irgendwie privat, schließlich ermittle sie im Fall ihrer verunglückten Eltern, das Ganze sei also ziemlich kompliziert.

»Ich denke, du ermittelst im Fall dieses Engländers und der beiden toten Nutten«, sagte Albert. »Seit wann interessiert sich die Polizei für Verkehrsunfälle, die Jahrzehnte zurückliegen? Wenn es nicht deine Eltern wären, gäbe es keinen Fall Bonnet.«

»Mag sein«, gab Isabelle zu, »aber jetzt gibt es einen, und deshalb bin ich hier.«

Albert zündete sich eine Zigarette an. »Ich versteh zwar nicht, wie ich dir weiterhelfen kann, aber schieß los.«

»Auf die sanfte oder auf die harte Tour?«, fragte sie.

Er zwirbelte nervös seinen Schnauzbart. »Was soll die blöde Frage? Spuck endlich aus, was du wissen willst. Ich hasse es, um den heißen Brei herumzureden.«

»Ich auch. Also, um auf den Punkt zu kommen, meine Kollegen bei der Police Nationale haben einiges an Belastungsmaterial zusammengetragen. Es ergibt sich folgendes

Bild: Als damaliger Bürgermeister hat sich mein Vater geweigert, das Feriendorf *Hameau des Cailles* zu genehmigen, weil das Areal nicht als Baugrund ausgewiesen war, sondern unter Naturschutz stand. Damit stand er dem Investor Dominique Boustier im Weg, der ohne Realisierung dieses Projekts hätte Konkurs anmelden müssen. Boustier kannte dich seit Jugendtagen und hat dir vertraut. Du hast damals in Fragolins einziger Werkstatt als Automechaniker gearbeitet. Ist so weit alles korrekt?«

Albert zog an seiner Zigarette. »Kein Kommentar«, sagte er, »mach weiter!«

»Boustier hat dich überredet, den Wagen meines Vaters zu sabotieren.«

Albert zeigte keine Reaktion.

»Weil als Nächstes eine Fahrt über die kurvige Straße hinunter an die Küste anstand, was er irgendwie herausgefunden hatte, war die Wahrscheinlichkeit groß, dass es zu einem schweren Unfall kommen würde, sein möglicher Tod und auch der meiner Mutter wurde dabei billigend in Kauf genommen. Und so ist es dann auch gekommen. Die Untersuchung des Unfallfahrzeugs durch die Polizei hast du in deren Auftrag durchgeführt. Natürlich hast du nichts gefunden.«

Isabelle wunderte sich, dass Albert es zuließ, dass sie einfach weiterredete. Er hatte bessere Nerven als Boustier.

»Finanziell hat es sich für dich gelohnt. Wenig später wurdest du Teilhaber der Betreibergesellschaft, und du bist Eigentümer mehrerer Villen im *Hameau des Cailles.*«

»Bist du fertig?«, fragte Albert.

»Das war die grobe Zusammenfassung. Die Details erspare ich dir, du kennst sie sowieso.«

Albert goss ihr unbeeindruckt aus der Karaffe mit dem

Apfelsaft nach. Wieder zwirbelte er seinen Schnauzbart. Das war fast die einzige Gefühlsregung, aber das tat er auch beim Boulespielen vor einem schwierigen Wurf.

»Du solltest Romane schreiben, du hast eine blühende Phantasie. Was soll ich dazu sagen? Du hast mir eine haarsträubende Geschichte erzählt, die, abgesehen von den Fakten, völliger Blödsinn ist. Jetzt können wir wieder über das Wetter reden.«

»Trifft es dich gar nicht, dass ich dich des Mordes an meinen Eltern bezichtige?«

Er zuckte mit den Schultern. »Hirngespinste lassen mich kalt. Allerdings verbitte ich mir, dass du dieses Märchen anderen Menschen erzählst. Ich habe einen guten Ruf, den lasse ich mir von dir nicht kaputt machen.«

»Möglicherweise habe ich darauf keinen Einfluss. Die Ermittlungen laufen …«

»Was für Ermittlungen?«, unterbrach sie Albert, jetzt nicht mehr ganz so ruhig. »Es gibt keine Ermittlungen, ich habe mich erkundigt.«

»Ach so«, stutzte Isabelle. »Warum hast du dich danach erkundigt? Du wusstest doch gar nicht, worüber ich mit dir sprechen will.«

»Ich bin nicht blöd«, sagte er, was keine Antwort auf ihre Frage war. »Du hast von Belastungsmaterial gesprochen«, fuhr er fort. »Was soll das sein? Die Straße wurde in der Zeit mehrfach neu asphaltiert. Das Unfallauto beziehungsweise das, was von ihm übrig blieb, ist in die Schrottpresse gewandert. Belastungsmaterial? Dass ich nicht lache. Außerdem bin ich unschuldig, aber das scheint dich nicht zu interessieren.«

»Beweise es!«, sagte sie.

»Was soll ich beweisen? Dass ich unschuldig bin? Ja, wo

leben wir denn?«, regte er sich auf. »Frankreich ist ein freies Land, seit der Revolution von 1789 haben wir als *citoyens* unsere Bürgerrechte. Nicht wir müssen unsere Unschuld beweisen, sondern der Staat muss uns unsere Schuld beweisen, so einfach ist das.«

Isabelle musste zugeben, dass Albert nicht so argumentierte, wie sie es von einem ehemaligen Automechaniker erwartet hätte. Aber letztlich war ihr das egal. Ähnlich wie bei Boustier ging es ihr gar nicht darum, mit Albert zu diskutieren oder irgendetwas aus ihm herauszuquetschen. Sie wollte ihn nur wie ein Kaninchen aus seinem Loch scheuchen, in der Hoffnung, dass er etwas Unüberlegtes tat. Die Methode war nicht besonders subtil, aber ihr fiel nichts Besseres ein. Leider machte es keinen Sinn, eine zweite Wanze auf der Terrasse zu plazieren, zum Telefonieren würde Albert nach unten gehen. Außerdem ließ er sie nie aus den Augen.

Isabelle stand auf, bedankte sich für das Gespräch und den Apfelsaft.

Albert schüttelte in gespielter Ratlosigkeit den Kopf. Er könne nicht verstehen, was sie mit ihrem Besuch bezweckt habe. Aber egal, jedenfalls wisse er jetzt, was sie von ihm denke. Auch sei ihm klargeworden, dass sie eine Schraube locker habe und Fehlzündungen im Gehirn, doch das mache nichts. Sie dürfe sogar wieder zum Boulespielen kommen, aber er spiele definitiv nie mehr mit ihr zusammen.

Zum Abschied verweigerte sie einen Handschlag, die Lust auf eine Umarmung war Albert sowieso vergangen. Seine Frau Claudette lächelte einfältig. Sie hatte vom Gespräch nichts mitbekommen.

Ein leichter Wind kam auf. Sie sahen hinauf zum Himmel. »Mistral«, sagte Albert. Aber weil Fragolin durch das

Massif des Maures nach Norden geschützt sei, würden sie nicht allzu viel von dem kalten, stürmischen Wind aus dem Rhône-Tal mitbekommen, jedenfalls nicht so viel wie weiter im Westen. Albert fragte, ob sie die Volksweisheit kenne, dass Kinder, die bei Mistral gezeugt werden, später schwachsinnig würden. Weil Claudette bereits gegangen war, fügte er leise hinzu: »Isabelle, vielleicht gab es neun Monate vor deiner Geburt auch Mistral? Das würde manches erklären.«

# 38

Wie Kaninchen hatte sie Dominique Boustier und Albert Bagnol aus ihren Erdlöchern aufscheuchen wollen, damit sie sich in Panik zu unüberlegten Handlungen hinreißen lassen. Zugegeben, das war kein besonders guter Plan, eher Ausdruck ihrer Hilflosigkeit, aber immerhin war es ein Plan. Doch hatte er auch funktioniert? Isabelle saß im *Café des Arts*, hatte *menthe à l'eau* bestellt und dachte nach. Jedenfalls hatten sich die beiden nicht so verhalten, wie sie das gehofft hatte. Boustier und Albert hatten mit einer Mischung aus abgeklärter Kaltschnäuzigkeit und verständlicher Aggressivität auf ihre provokant vorgetragenen Vorwürfe reagiert, kaum anders, als sie das wahrscheinlich auch im Falle ihrer Unschuld getan hätten, ihrer Persönlichkeit entsprechend – sie waren nun mal keine Kaninchen, leider. Vor allem waren die von Apollinaire abgehörten Telefonate nicht so aussagekräftig gewesen, wie sie sich das gedacht hatte. Dummerweise hatte er nur hören können, was Boustier sprach. Das war alles andere als optimal, aber sie hatte keine legale Handhabe, die Telefone abzuhören, die plazierte Wanze war ein schlechter Kompromiss. Und Boustier war recht vorsichtig gewesen, hatte nichts gesagt, was unzweifelhaft seine oder Alberts Schuld bestätigen würde, mal ganz unabhängig davon, dass man die Aufzeichnung nicht hätte als Beweismittel verwenden können.

Im ersten Telefonat nach ihrem Besuch hatte er Albert nur informiert, dass Isabelle »wegen der alten Geschichte«

komme, und dass er sich an das halten solle, was sie vereinbart hätten. Das war zwar interpretationsfähig, aber alles andere als ein Schuldeingeständnis. Und der zweite Anruf, den Albert nach ihrem Weggang getätigt hatte? Da war nicht viel zu verstehen gewesen. Boustier hatte nur gesagt, dass diese Isabelle eine dumme Göre sei, die man mal übers Knie legen und ihr eine Tracht Prügel verabreichen müsse. Das war aus seiner Sicht sogar nachvollziehbar. Dann hatte er zu Albert noch gesagt, dass er sich nicht in die Hosen machen solle. Das war's, Schluss, Ende.

Isabelle trank ihr Minzwasser. Fergusons Frau Olivia kam vorbei, mit Tochter Jessica. Der Gruß war kurz und unpersönlich. Sie dachte wieder an Boustier. Ihr fiel ein, dass Apollinaire zwischen den beiden Telefonaten mitgekriegt hatte, dass der alte, kranke Mann und seine nach außen so förmliche Haushälterin einen sehr privaten Umgangston pflegten, wenn sie unter sich waren. Offenbar waren sie schon lange ein Paar. Auch hatte Apollinaire herausgehört, dass es Boustier gesundheitlich noch viel schlechter ging, als sie dachten. Er sagte, dass er lieber sterbe, als dieses gottverdammte Siechtum zu ertragen. Und diese Quacksalber von Ärzten sollten endlich dafür sorgen, dass er wieder besser scheißen könne ... Apollinaire hatte ihr weitere Details erspart.

Sie spielte mit dem Strohhalm, naschte von den Anisplätzchen, die ihr die Bedienung hingestellt hatte, und versuchte sich damit abzufinden, dass sie momentan nicht mehr machen konnte. Sie hatte die beiden hart angegangen, sie war mehr denn je davon überzeugt, dass Boustier und Albert ihre Eltern auf dem Gewissen hatten, aber sie konnte es nicht beweisen und musste entweder auf einen genialen Einfall hoffen oder darauf, dass die beiden doch noch einen Fehler machten. Vielleicht täuschte ihr Machogehabe darüber hinweg, dass sie in Wahrheit kleine feige Hasenherzen hatten – schön wär's.

Später traf sie sich mit Thierry. Eigentlich hatte sie sich auf ihn gefreut, aber dann kam es zu einer unerwarteten Auseinandersetzung. Thierry hatte sowohl von seinem Mandanten Boustier als auch von seinem Boulefreund Albert gehört, dass Isabelle Amok laufe und haarsträubende Vorwürfe formuliere, dass sie ihre Kompetenzen überschreite und sich zu Unverschämtheiten hinreißen lasse. Eigentlich müsse man sich an höherer Stelle beschweren, ihre sofortige Kündigung veranlassen und sie in die Wüste schicken.

»Das sollen sie nur versuchen«, sagte Isabelle leise.

»Aber so geht es nicht«, entgegnete Thierry. »Die beiden sind angesehene und unbescholtene Bürger von Fragolin. Mit Albert spielst du sogar Pétanque. Du kannst denen doch nicht Beleidigungen an den Kopf schmeißen.«

»Das habe ich nicht getan«, verteidigte sich Isabelle, »ich habe sie nur mit der Wahrheit konfrontiert.«

»Das, was du für die Wahrheit hältst. Ich kann verstehen, was in dir vorgeht, auch dass du unbedingt herausfinden möchtest, wie deine Eltern ums Leben gekommen sind, aber du musst dabei die Kirche im Dorf lassen. Bitte halte dich in Zukunft etwas zurück.«

Isabelle ahnte, dass Thierry recht hatte, wahrscheinlich war sie wirklich übers Ziel hinausgeschossen, aber das würde sie nie und nimmer zugeben. Sie stützte empört die Fäuste in die Hüfte. »Ich weiß, was ich tue«, sagte sie. »Außerdem spreche ich mit keinen Dritten darüber, ich setze also keine Verleumdungen in die Welt. Wo ist also das Problem? Sind die beiden so zartbesaitet? Nein, ich glaube vielmehr, ihre Nerven liegen blank.«

Thierry schüttelte missbilligend den Kopf. »Es gibt gewisse Spielregeln im Umgang miteinander, die gilt es zu respektieren, auch für dich.«

Isabelle sah ihn herausfordernd an. »Spricht jetzt der Bürgermeister von Fragolin zu mir?«, fragte sie.

»Nein«, antwortete er, »sondern ein guter Freund. Gerade deshalb bitte ich dich, lass die beiden so lange in Ruhe, bis du Beweise hast.«

Sie fuhr sich durch die Haarlocke über ihrer Narbe. »Genau das werde ich nicht tun. Ich lass die beiden Mörder nicht in Ruhe, ich werde ihnen zusetzen, dass ihnen Hören und Sehen vergeht. So lange, bis sie einen entscheidenden Fehler machen.«

»So geht das nicht …«

»Doch, so geht es, genau so und nicht anders, tut mir leid.« Isabelle spürte, dass es Thierry nur gut mit ihr meinte, dass es besser und klüger wäre, jetzt etwas zurückzustecken. Stattdessen setzte sie noch einen obendrauf. »Wenn dir Boustier und Albert wichtiger sind als ich«, sagte sie, »dann können wir ja unsere Beziehung so lange auf Eis legen. Einverstanden?«

Thierry sah sie merkwürdig an. Er nahm sich mit der Antwort Zeit. »Ja, ist vielleicht besser so«, sagte er dann.

Isabelle schluckte. Sie hatte ein flaues Gefühl im Magen. Sie ärgerte sich über sich selbst, darüber, dass sie sich nicht hatte beherrschen können, dass sie ihr Temperament nicht hatte zügeln können – nicht zum ersten Mal in ihrem Leben. Aber sie würde keinen Rückzieher machen, das hatte sie noch nie gemacht!

# 39

Infusionsständer, Elektrolytlösung, Morphium und Metazimol«, zählte Apollinaire, der Isabelle angerufen hatte, hektisch auf, »eine Krankenbettauflage zur Dekubitus-Prophylaxe …«

»Dekubitus-Prophylaxe?«

»Ja, so nennt man die Verhinderung von Druckgeschwüren bei Patienten, die lange liegen müssen. Außerdem Thrombosestrümpfe, Einwegspritzen mit Heparin zur Hemmung der Blutgerinnung …«

»Stopp, das reicht«, unterbrach Isabelle ihren Assistenten. »Was wollen Sie mir damit sagen? Wurde das irgendwo bestellt?«

»Ja, ganz genau, und noch einiges mehr, bei einem Pharmagroßhandel in einem Vorort von Toulon. Und zwar, jetzt kommt's …« Apollinaire musste eine kurze Atempause einlegen, offenbar hatte er in der Aufregung vergessen zu schnaufen. »Und zwar«, fuhr er fort, »von einem englischen Arzt mit einer französischen Approbation. Die Ware soll in zwei Stunden zur Abholung bereitliegen.«

»Das hört sich allerdings wirklich interessant an«, sagte Isabelle. Sie nahm sich einen Zettel, ließ sich die bestellten Medikamente und medizintechnischen Produkte noch einmal durchgeben und bat Apollinaire, sie in fünfzehn Minuten abzuholen. Und er solle seine Dienstwaffe mitnehmen. Dann rief sie Sébastien Marre an, den Chefarzt, der Ferguson in Hyères behandelt hatte. Sie las ihm die Liste vor.

Docteur Marre musste nicht lange überlegen und bestätigte, dass das alles sehr gut passe. Auch spreche die bestellte Menge für einen einzigen Patienten, nicht für eine größere Abteilung. Besonders ein spezielles Adrenalinpräparat fand er bemerkenswert, man verwende es, um Komapatienten im Wachzustand zu stabilisieren.

Isabelle bedankte sich bei Marre und bat ihn, sich in Bereitschaft zu halten. Sie glaube zwar nicht wirklich daran, sei zudem aus Erfahrung skeptisch, aber es bestehe eine vage Chance, dass die Spur sie zu dem verschwundenen Engländer führen könnte.

Sie hätten es auch ohne Blaulicht geschafft, jedenfalls waren sie rechtzeitig an ihrem Zielort. Isabelle ließ Apollinaire den schwarzen Citroën um die Ecke parken, das Blaulicht im Fußraum versteckt. Er solle sich bereithalten und auf ihre Anweisungen warten. Sie hatte ein geblümtes Kleid an und trug bequeme Sandaletten. So entsprach sie definitiv nicht dem Bild einer Kriminalbeamtin. Sie schlenderte hinüber zum Eingang des Pharmagroßhändlers und ließ sich vom Geschäftsleiter in einen Nebenraum führen. Sie erfuhr, dass die bestellte Ware noch nicht abgeholt wurde und am Empfang bereitliege. Sie ließ sich das Fax mit dem Namen des Arztes und der Approbation zeigen. Er war korrekt in einem Verzeichnis gelistet, es hatte alles seine Ordnung.

Isabelle nahm dem Mann das Versprechen ab, dass die Auslieferung der Ware völlig unaufgeregt erfolgen würde, und selbst wenn bei den Papieren wider Erwarten etwas nicht stimmen sollte, sollte die Ware ohne Diskussionen ausgeliefert werden. Sie ließ sich einen weißen Kittel geben und setzte sich zu den offiziellen Mitarbeitern hinter die

Empfangstheke. Apollinaire hatte sie bereits Bescheid gegeben. Jetzt hieß es, abzuwarten.

Wenige Minuten nach dem verabredeten Termin fuhr ein weißer Lieferwagen vor. Ein kleiner, quirliger Franzose kam herein, lachend und zu Scherzen aufgelegt. Begleitet wurde er von einem stämmigen Mann, der in jeglicher Hinsicht einen Kontrast darstellte, vor allem sprach er kein Wort – und die Späße seines Partners entlockten ihm nicht das leiseste Grinsen. Isabelle tat so, als ob sie am Computer arbeiten würde. Die erforderlichen Papiere wurden unterzeichnet, der Franzose nahm die Ware entgegen und trug sie hinaus. Sein Begleiter erbarmte sich des Infusionsständers, wobei Isabelle den Eindruck hatte, dass er so ein Ding noch nie gesehen hatte und auch nicht wusste, wozu es gut sein konnte. Stattdessen warf er ihr einen kontrollierenden Blick zu. Isabelle sah auf ihre Tastatur und gab wahllos einige Buchstaben ein. Dann sah sie den beiden hinterher, stand auf, ging in den Nebenraum, zog den weißen Kittel aus, rief Apollinaire an, bedankte sich beim Personal und eilte hinaus.

Obwohl ihr Assistent enttäuscht war, nicht fahren zu dürfen, hatte Isabelle das Steuer übernommen. Sie hielt großen Abstand zum Lieferwagen, verlor aber dennoch nie den Anschluss. Anfangs ging es über belebte Straßen, da war es nicht schwer, unentdeckt zu bleiben. Schwieriger wurde es nach einer Abzweigung auf eine kleine Landstraße, vorbei an Aleppokiefern und Korkeichen. Die Asphaltierung hörte auf, Isabelle blieb stehen. Apollinaire sah sie fragend an. Sie zuckte mit den Schultern. Wenn sie dem Lieferwagen über den gekiesten Weg weiter folgen würden, sei eine Entdeckung unausweichlich. Immerhin gefalle ihr dieses Stück Land, sagte sie, während sie die Karte auf dem Navigationsgerät vergrößerte. Das sei definitiv nicht die gewohnte Umgebung für Patienten mit Thromboseproblemen und Morphinspritzen. Sie deutete auf das Display. Entweder sei die Karte ungenau, oder die Straße ende nach einem halben Kilometer. Sie fuhr den Wagen rückwärts ins Gelände und versteckte ihn hinter Ginsterbüschen. Dann gingen sie zu Fuß weiter.

Es dauerte nicht lang, da entdeckten sie ein einsam gelegenes *mas provençal*, ein für die Provence typisches Landhaus, mit groben Steinmauern, mit Kletterpflanzen, Palmen und einer überdachten Terrasse. Sie gab Apollinaire ein Zeichen, in Deckung zu bleiben. Vorsichtig schlich sie näher. Dabei dachte sie, dass es bessere Tarnkleidung gab als ein rotgeblümtes Sommerkleid. Sie ließ sich zu Boden sinken, als die Tür auf der Terrasse aufging und ein Mann heraustrat. Er zündete sich eine Zigarette an und setzte sich auf einen Klappstuhl. Isabelle rührte sich nicht und hoffte, dass Apollinaire in Deckung blieb. Sie musste lächeln. Alles sprach dafür, dass sie Ferguson gefunden hatten. Zwar war von ihm nichts zu sehen, aber der Mann auf der Terrasse reichte völlig. Schließlich handelte es sich um niemand anderen als um den englischen Anwalt Frank Hamilton. Es war nicht schwer, eins und eins zusammenzuzählen. Als Vertreter der um Millionen geprellten Finanzanleger hatte er Ferguson entführen lassen, gerade noch rechtzeitig, bevor er gegenüber den Behörden aussagen und nach England ausgeliefert werden konnte. Wenn Ferguson etwas über den Verbleib der Anlagegelder sagen konnte, dann bitte ihm und nicht Scotland Yard. Erstens würde man Mittel und Wege finden, dass er die Verstecke preisgab. Zweitens sollten die übriggebliebenen Millionen exklusiv seinen Mandanten zugutekommen und nicht auf alle Opfer verteilt werden. Drittens mussten die Steuerbehörden nichts davon wissen. Und sicher gab es noch ein viertens und fünftens. Sie atmete tief durch. Vor ihr kroch ein Salamander durchs Gras. Das Zirpen der Zikaden flirrte durch die Luft.

Schließlich war der Anwalt mit seiner Zigarette fertig und ging ins Haus. Isabelle trat den Rückzug an, sammelte Apollinaire ein, setzte ihn kurz ins Bild, dann gingen sie zurück zum Auto, ohne groß auf Deckung zu achten. Sie waren vom Haus nicht mehr zu sehen.

Für Isabelle war es am schlimmsten, wenn sie sich über sich selbst ärgern musste. Wenige Minuten später war es wieder mal so weit. Am Auto angekommen, wurden sie plötzlich mit dem stämmigen Mann konfrontiert, den sie vom Empfang des Pharmagroßhändlers kannte. Jetzt zeigte sich, dass er doch grinsen konnte, sogar ziemlich gemein und gehässig. Er hatte eine Kalaschnikow umhängen, was ziemlich bedrohlich aussah. Auf Englisch sagte er etwas, das sich wie »game is over« anhörte. In der richtigen Annahme, dass Isabelle unter ihrem Sommerkleid keinen Platz für eine Waffe hatte, wendete er sich Apollinaire zu und nahm ihm seine Pistole ab.

Isabelle war mindestens so überrascht wie ihr unfreundlicher Kalaschnikow-Mann, als Apollinaire plötzlich versuchte ihm die Maschinenpistole zu entreißen. Der Versuch war aus mehreren Gründen zum Scheitern verurteilt, aber er gab Isabelle Gelegenheit zum Handeln. Nach zwei gezielten Handkantenschlägen ging der Mann zu Boden. Isabelle drückte mit beiden Daumen gegen zwei Punkte an seinem Hals, dann tat der Mann keinen Mucks mehr. Apollinaire entwand ihm die Kalaschnikow.

»Vorsicht«, flüsterte sie, nahm ihm die Waffe ab und sicherte sie.

Keine Stunde später hielten hinter ihnen zwei Mannschaftswagen der Police Nationale aus Toulon. Commandant Bastian hatte das Kommando, Lieutenant Parpin kannte sie noch von ihrer ersten Begegnung in der *Auberge des Maures.* Die Spezialeinheit hatte Kampfanzüge an. Nach einer schnellen Einweisung begannen die Männer sich an das Landhaus heranzupirschen. Isabelle wollte keine Zeit mehr verlieren, sicher wurde der Grobian mit der Maschinenpistole bereits vermisst.

Als der Hubschrauber mit Docteur Sébastien Marre neben dem *Mas* landete, war längst alles vorbei. Es hatte keinen Widerstand gegeben. Im Haus waren der Anwalt Hamilton, ein englischer Arzt mit französischer Approbation, ein Rettungssanitäter, der quirlige Franzose aus dem Lieferwagen, drei Krankenpflegerinnen, zwei weitere Bodyguards, die es allerdings für ratsam hielten, sich sofort festnehmen zu lassen – und im Krankenbett auf einer neu erworbenen Auflage zur Dekubitus-Prophylaxe: Phil Ferguson. Dass es ihm sehr viel schlechter ging als bei ihrem letzten Besuch im Krankenhaus, hatte Isabelle sofort gesehen. Leider bestätigte Marre diesen Eindruck. Er hielt es auch für besser, ihn nicht sofort zu transportieren, sondern ihn erst mal vor Ort zu stabilisieren. Die medizintechnischen Geräte waren in ausreichender Qualität vorhanden. Da wenigstens hatten die Entführer professionelle Arbeit geleistet.

# 40

Die Meerbarbe mit Parmesankäse schmeckte köstlich, *Rouget de roche au parmesan,* dazu Kichererbsenpüree und ein kühles Glas Rosé. Isabelle fand, dass sie sich dieses Abendessen verdient hatte. Sie saß allein an einem Tisch im Restaurant *La Terrasse Provençale,* keine Clodine, keine Jeanne, kein Pascal, kein Apollinaire – auch kein Thierry. Vielleicht lag es am Letzteren, dass sie sich nicht wirklich glücklich fühlte. Offenbar war er genauso ein Sturschädel wie sie selbst; jedenfalls hatte er sich nach ihrer Meinungsverschiedenheit nicht mehr gemeldet. Was hatte sie erwartet? Genau das!

Dass sie den entführten Ferguson mit Apollinaires Hilfe wieder aufgespürt hatte, war ein kleiner Triumph. Sogar Commandant Bastian hatte das zähneknirschend zugeben müssen und gegenüber den Pressevertretern erwähnt. Maurice Balancourt in Paris hatte sich am Telefon gefreut wie ein kleines Kind. Den Dilettanten in der Provinz geschehe es ganz recht, wenn ihnen jemand zeige, wie einfach solide Polizeiarbeit sei.

Aber jetzt saß sie alleine vor ihrer Meerbarbe. Das war nicht so wirklich befriedigend. Außerdem wusste sie immer noch nicht, wer Ferguson zusammengeschossen und Lilou und Zoé umgebracht hatte. Und den Tod ihrer Eltern hatte sie auch noch nicht aufgeklärt. Bei objektiver Betrachtung war sie nicht sehr weit vorangekommen.

Ob sie zum Dessert eine *crème brulée* bestellen sollte?

Die hatte sie schon als Kind gemocht, am liebsten *à la lavande,* mit Lavendelduft.

Einen Vorteil hatte es, wenn man alleine beim Essen saß: Man konnte ungestört nachdenken. Also zurück zu Ferguson und der Frage, wer versucht hatte ihn umzubringen. Was war dran an der Hypothese, dass seine Ehefrau Olivia auf ihn geschossen hat? Noch immer hatte sie keine Akte zu ihrer Person aus London. Entweder war Luc eine Schlafmütze, oder die englische Polizei hatte keine Lust zu kooperieren – wahrscheinlich beides. Sie nahm sich vor, gleich morgen mit Olivia zu sprechen und sie ganz konkret zu fragen, wo sie zur Tatzeit gewesen sei. Und selbst wenn sie ein hieb- und stichfestes Alibi auf den Tisch legen konnte, blieb ja immer noch die Möglichkeit, dass sie jemanden beauftragt hatte, ihren untergetauchten Mann zu finden, um ihn zu zwingen, ihr eine »Abfindung« zu zahlen. Demjenigen war dann die Kontrolle über sein Handeln entglitten, und er hatte zur Pistole gegriffen – warum auch immer.

Vielleicht lag es am Rosé in Kombination mit der *crème brulée*? Jedenfalls wollte sie immer weniger ausschließen, dass es so oder so ähnlich gewesen sein könnte. Ihr anfängliches Bauchgefühl, das dem entgegengestanden hatte, hatte sich verflüchtigt. Nun gut, es gab auch die theoretische Möglichkeit, dass der Anwalt Frank Hamilton hinter dem Attentat steckte, aber das machte keinen Sinn. Warum sollte er ihn erst erschießen lassen, und mit ihm Lilou, um ihn später mit beträchtlichem Aufwand zu kidnappen – in der Hoffnung, dass er was über den Verbleib des Geldes verraten könnte. Nein, das war völliger Blödsinn. Sie würde zwar mit dem Mann in den nächsten Tagen mal sprechen, bei den Kollegen in Toulon war er in der Zwischenzeit gut aufgehoben, aber sie rechnete nicht damit, irgendwas von Bedeutung in Erfahrung zu bringen.

Die ersten Stunden nach ihrem Abendessen schlief Isabelle tief und fest, dann wälzte sie sich mit Alpträumen im Bett, lag dann halbwach und suchte nach einer Position, in der ihre Beine nicht so weh taten. Schließlich stand sie auf und ging ins Bad, um zwei Schlaftabletten zu nehmen und eine weitere Tablette gegen ihre Schmerzen. Frei nach der Devise: Viel hilft viel. Sie machte kein Licht an, die Läden waren offen, es war hell genug. Mit einem Glas Wasser ging sie ans geöffnete Fenster und sah hinaus in die Nacht. Gab es etwas Friedlicheres als ein südfranzösisches Dorf unter einem klaren Sternenhimmel? Der Wind der letzten Tage war eingeschlafen, also kein Mistral, da hatte sich diese Ratte Albert getäuscht. Sie stellte das Glas auf das Fensterbrett und streckte sich. Obwohl die Schlaftabletten kaum so schnell wirken konnten, fühlte sie, wie die Müdigkeit zurückkam. Sie wollte sich gerade umdrehen, da nahm sie unten auf der Terrasse eine Bewegung wahr. Sie brauchte einen Moment, dann erkannte sie eine dunkel angezogene Gestalt mit einem Rucksack. Und obwohl nicht viel zu sehen war, glaubte sie zu erkennen, dass die Gestalt eine Frau war, die versuchte sich von der *Auberge* wegzuschleichen.

Isabelle brauchte nur Sekunden, um sich ihre Jeans und ein Shirt anzuziehen. Die Turnschuhe hielt sie noch in der Hand, als sie die Treppe hinuntereilte. Die Gestalt war verschwunden. Barfuß lief sie über den davor liegenden Platz, ihre Augen gewöhnten sich an die Dunkelheit. Sie wollte schon aufgeben, da entdeckte sie ein Stück weiter die Person, die ihr verdächtig vorkam. Man glitt nicht zu nächtlicher

Stunde tief gebückt mit einem Rucksack an Hauswänden entlang, wenn man nichts zu verbergen hatte. Gleichzeitig ließ das auf keinen professionellen Gauner schließen, denn verdächtiger konnte man sich kaum fortbewegen. Isabelle war sich mittlerweile absolut sicher, dass es sich um eine Frau handelte. Entweder hatte diese in der *Auberge* etwas gestohlen und war dabei, sich abzusetzen, oder es handelte sich um einen Hotelgast auf einem nächtlichen Ausflug. Wie viele weibliche Gäste gab es in der *Auberge des Maures,* die dafür in Frage kamen? Ihr fiel nur eine ein. Unwillkürlich musste sie an den Film *Über den Dächern von Nizza* denken, mit Cary Grant und Grace Kelly.

Isabelle achtete darauf, nicht entdeckt zu werden. Noch immer war sie barfuß, sie hatte kein Handy dabei, aber die Befürchtung, dass die eingenommenen Schlaftabletten zur unpassenden Zeit wirken könnten. Immerhin taten ihre Beine plötzlich nicht mehr weh. Vielleicht sollte sie in Zukunft immer nächtens mit nackten Füßen über holpriges Pflaster laufen? Eine Fußzonenreflexmassage der besonderen Art.

Ihr wurde bewusst, dass sie ohne Sinn und Verstand eine ihr unbekannte Gestalt verfolgte. Sie könnte sie stellen, sich davon überzeugen, dass es keinen kriminellen Hintergrund gab, und anschließend wieder ins Bett gehen. Aber genau das würde sie nicht tun. Aus einem einfachen Grund: Sie ahnte, wen sie da vor sich hatte. Nicht die Katze Grace Kelly, sondern eine Engländerin namens Olivia Ferguson. Es interessierte Isabelle ungemein, wo die Dame zu dieser späten Stunde hinwollte und was sie zu tun beabsichtigte.

Es dauerte nicht lang, da hatte sie Gewissheit, was das Ziel betraf: Fergusons Villa auf dem Hügel. Sie erinnerte sich, dass sie Olivia das Betreten des Hauses verboten hatte, erst recht hatte sie ihr Ansinnen abgelehnt, dort wohnen zu dürfen. Dass von der Gendarmerie niemand da war, um auf das Haus aufzupassen, war klar, dieser Auftrag hatte an Brisanz verloren. Olivia kletterte über die Mauer, was sie mit erstaunlichem Geschick bewerkstelligte, dann nahm sie sich einen Stein und schlug eine Scheibe ein, hatte kurz darauf das Fenster geöffnet und war im Haus verschwunden. Die Dame im feinen Kostüm und mit einer Handtasche von Prada hatte offenbar noch eine andere Seite – das allein schon war in höchstem Maße aufschlussreich und ließ die Möglichkeit einer Täterschaft in neuem Licht erscheinen. Blieb die Frage, was sie im Haus zu suchen hatte.

Isabelle fand endlich Zeit, die Turnschuhe anzuziehen, dann kletterte auch sie über die Mauer, überlegte, ob sie ebenfalls durch das Fenster einsteigen sollte, entschied sich aber dagegen. Auch schien es ihr wenig zielführend, Olivia im Haus zu stellen. Dann würde sie nicht erfahren, was sie dort zu tun beabsichtigte, sondern nur irgendeine Lügengeschichte aufgetischt bekommen. Zu dumm, dass nichts zu sehen war. Nur kurz blitzte gelegentlich eine Taschenlampe auf, was ihr immerhin einen Anhaltspunkt gab, in welchem Zimmer sie sich gerade aufhielt. Von außen konnte Isabelle nicht feststellen, ob sich Olivia im Haus auskannte, also schon mal da war, oder ob sie sich erst zurechtfinden musste. Wenn sie sich nicht täuschte, verbrachte Olivia die längste Zeit im Arbeitszimmer. Der Safe befand sich im Wohnzimmer, der konnte es also nicht sein. Außerdem hatte es in diesem nur ein rosa Sparschwein ohne Inhalt gegeben – wohl kaum das, wonach sie suchte.

Beim Warten vor dem Haus stellte Isabelle fest, dass die Schlaftabletten zu wirken begannen. Es fiel ihr schwer, die

Augen offen zu halten. Fast wäre ihr entgangen, dass erst ein Rucksack aus dem Fenster geworfen wurde, dann Olivia hinterherstieg. Ihr Gesicht war in der mondhellen Nacht gut zu erkennen. Ob sie lächelte, weil sie gefunden hatte, was sie suchte, oder enttäuscht dreinblickte, war freilich nicht zu sehen.

Isabelle war mittlerweile so schläfrig, dass sie keinen klaren Gedanken mehr fassen konnte. Sie machte gar nicht erst den Versuch, Olivia zu verfolgen. Es war klar, dass ihr Weg zurück zur *Auberge* und zu ihrer Tochter Jessica führen würde. Isabelle quälte sich über die Mauer und ging schleppenden Schrittes zurück ins Dorf. Es kam ihr vor, als ob sie torkeln würde. Ab und zu musste sie sich an einer Hauswand abstützen. Wenn sie jemand sehen sollte, würde er sie für betrunken halten. Aber sie war nur unendlich müde.

Irgendwann kam sie in ihrem Hotelzimmer an. Mit letzter Kraft schaffte sie es, Apollinaire eine Nachricht auf sein Handy zu schicken. Sie informierte ihn kurz über den nächtlichen Einbruch und gab ihm die Anweisung, möglichst früh am Morgen Olivias Hotelzimmer zu durchsuchen, etwaiges Diebesgut aus Fergusons Haus zu beschlagnahmen und Olivia vorläufig in Untersuchungshaft zu nehmen, selbst wenn er nichts finden sollte. Isabelle wollte noch eine Begründung anfügen, von wegen widerrechtlichem Zutritt und Verdunkelungsgefahr, und außerdem müsse sich jemand um Jessica kümmern, aber da fiel sie schon schlafend auf ihr Bett.

# 41

Sie hatte einen Traum, in dem jemand immerfort an eine Tür klopfte. Dazwischen klingelte ein Handy, das genauso klang wie ihres. Irgendwann realisierte sie, dass das kein Traum war. Sie wühlte sich aus dem Bett und hörte es wieder an der Tür klopfen.

»Was ist los?«, rief sie mit belegter Stimme.

»Ich bin's, Apollinaire. Ich will nicht stören, aber es ist gleich Mittag, und es gibt Neuigkeiten.«

Gleich Mittag? Isabelle blickte auf die Uhr und erschrak. Sie fuhr sich durch die Haare, sah sich im Spiegel – und beschloss, nicht aufzumachen, jedenfalls nicht sofort.

»Kommen Sie in zehn Minuten wieder, dann können wir uns unterhalten.«

»Fünfzehn Minuten, lassen Sie sich Zeit, ich habe alles unter Kontrolle.«

Isabelle zog ihre Jeans und das Shirt aus, in dem sie geschlafen hatte, und stellte sich unter die kalte Dusche. Was hatte Apollinaire gesagt? Es gebe Neuigkeiten, und er habe alles im Griff? Was um Himmels willen musste er im Griff haben? Ihr Kopf kam ihr vor, als ob er mit Watte gefüllt wäre. Ihr fielen die Schlaftabletten ein. Was war denn das für ein Teufelszeug? Sie würde die restlichen Tabletten im Klo hinunterspülen.

Der kalte Wasserstrahl auf ihrem Kopf wirkte Wunder. Aus der Watte wurden Gehirnzellen, die langsam ihre Arbeit aufnahmen. Auch kehrte ihr Gedächtnis zurück.

Plötzlich erinnerte sie sich wieder an ihren nächtlichen Ausflug. Und ihr fiel ein, dass sie vor dem Einschlafen mit letzter Anstrengung ihrem Assistenten eine Nachricht aufs Handy geschickt hatte. Und jetzt hatte er alles im Griff, sehr schön. Auf die Neuigkeiten war sie gespannt, respektive darauf, was er in Olivias Hotelzimmer gefunden hatte. Bestimmt hatte sie aus dem Haus keinen Stoffhasen für ihre Tochter geklaut. Ganz abgesehen davon, dass Jessica wahrscheinlich gar nicht wüsste, was sie damit anfangen sollte. Sie kannte nur die Spielewelt in ihrem Tabletcomputer. Aber wonach hatte Olivia gesucht? Sie alle hatten zuvor das Haus mehrfach auf den Kopf gestellt, die Kollegen von der Gendarmerie, dieser wildgewordene Haufen von Journalisten, die Delegation aus England, Apollinaire, sie selbst … Sie hatten nichts gefunden. Was hatten sie übersehen?

Isabelle hatte noch nasse Haare, als sie Apollinaire ins Zimmer ließ. Routinemäßig kontrollierte sie mit einem schnellen Blick die Farbe seiner Socken. Rechts blau, links gelb, das war gewagt – oder der morgendlichen Hektik geschuldet.

»Tut mir leid, dass ich verschlafen habe«, entschuldigte sich Isabelle. »Ich habe zwei Schlaftabletten genommen, das war wohl eine zu viel.«

»Sie haben selbst im Schlaf Erfolg«, sagte Apollinaire.

»Warum? Was haben Sie in Olivias Zimmer gefunden? Und wo ist die Lady jetzt?«

»Gemäß Anweisung Ihrer Kurznachricht befindet sich Olivia Ferguson in Untersuchungshaft. Als kleine Amtshilfe hat uns die Gendarmerie ihre Gefängniszelle zur Verfügung gestellt. Sie müssen wissen, in Fragolin gibt es nur eine einzige Gefängniszelle, und die ist immer leer.«

»Ich rufe später den Staatsanwalt Fabré an, damit alles seine Ordnung hat.«

»Olivias Tochter Jessica befindet sich vorübergehend in der Obhut meiner Freundin Shayana«, fuhr Apollinaire fort. »Dort ist sie gut aufgehoben, Shayana war früher mal Kindergärtnerin.«

»Machen Sie es nicht so spannend!«, sagte Isabelle.

»Sie wollen wissen, was ich in Olivias Zimmer gefunden habe?«, erwiderte er mit einem triumphierenden Grinsen. »Diamanten, einen Beutel mit Diamanten, unter ihrem Kopfkissen.«

»Diamanten? Wo zur Hölle hatte Ferguson in seinem Haus Diamanten versteckt?«

»Das wollte sie mir nicht sagen. Aber sie war von meinem morgendlichen Besuch so überrumpelt, dass sie erstens vergessen hat zu fragen, ob ich zum Betreten ihres Zimmers überhaupt berechtigt bin, was de facto mangels eines Durchsuchungsbefehls nicht der Fall war, aber durch ihre stillschweigende Billigung quasi legalisiert wurde, und zwar nach Paragraph ...«

»Bitte ersparen Sie mir die Juristerei. Was ist mit zweitens?«

»Ach so, zweitens habe ich ihr gesagt, dass sie bei ihrem nächtlichen Einbruch beobachtet worden sei und es deshalb keinen Sinn mache zu leugnen. Das hat sie eingesehen und prompt gestanden, dass sie die Diamanten aus dem Haus habe. Später hat sie das mit der abstrusen Behauptung dementieren wollen, sie habe die Diamanten aus England mitgebracht. Aber diese Version fand sogar ihre Tochter Jessica bescheuert. Dann hat Olivia das Weinen begonnen. So etwas mag ich gar nicht, ich habe ein weiches Herz.«

»Ich nicht«, sagte Isabelle, »mit einem weichen Herz können Sie im Polizeidienst keine Karriere machen.«

»So gut kenne ich Sie schon«, ließ er diese Behauptung nicht unkommentiert stehen, »dass ich das nicht glaube.«

Isabelle fuhr sich durch die nassen Haare. »Na ja, vielleicht haben Sie recht. Aber früher hat es gestimmt. Doch lassen wir das, ich möchte zu Olivia und sie verhören.«

»Gut, gehen wir.«

»Wo sind eigentlich die Diamanten?«, fragte sie. »Hoffentlich an einem sicheren Ort.«

»Im Safe unseres Bürgermeisters«, antwortete Apollinaire.

»Gute Idee. Ach, noch was …«

»Ja?«

Isabelle hob den Daumen. »Sie haben hervorragende Arbeit geleistet, vielen Dank.«

Während Isabelle in ihrem Arbeitszimmer die aktuellen E-Mails durchsah und die Berichte über Fergusons Wiederauffinden las, in denen ihr Name so oft genannt wurde, dass es ihr fast peinlich war, holte Apollinaire bei der Gendarmerie Olivia ab. Isabelle dachte, dass der Anruf bei Staatsanwalt Fabré noch Zeit hatte, sie wollte abwarten, was bei dem Gespräch herauskam – außerdem hatte sie bei ihm nach ihrem letzten Erfolg einen Stein im Brett.

Es dauerte länger als gedacht. Sie nutzte die Zeit, um sich im Internet über Diamanten als Kapitalanlage zu informieren. Sie las vom Diamantenviertel in Antwerpen. Die Hafenstadt im belgischen Flandern sei das Zentrum des Diamantenhandels. Sie rief sich die vier C in Erinnerung, die über den Preis eines Diamanten entschieden: Carat für Gewicht, Clarity für Reinheit, Colour für Farbe und Cut für den Schliff. Es würde also nicht so einfach sein, den Wert der Edelsteine zu ermitteln. Dafür brauchte es eines Sachverständigen mit Lupe. Sie las vom Diamond-Prices-Index, von Termingeschäften und Indexfonds. Und sie fand viele Beiträge, die die Diamanten als Geldanlage für Krisenzeiten priesen, aber vor »Blutdiamanten« warnten, also jenen Edelsteinen, die aus illegalen Quellen stammten und den blutigen Kampf von Rebellen und Bürgerkriege finanzierten. Sie fragte sich, woran man diese »Blutdiamanten« erkennen konnte. Wahrscheinlich sahen sie genauso unschuldig aus wie jene Diamanten, von denen Marilyn Monroe im Film *Blondinen bevorzugt* so bezaubernd singen konnte: »Diamonds are a girl's best friend!« Aber nach Isabelles Einschätzung hatte Olivia nicht den Sexappeal der Klunkersteine im Auge gehabt. Diamanten, so las sie, würden maximalen Wert auf kleinstem Raum komprimieren und seien als transportable Notreserve unübertroffen. Außerdem überstünden sie jedes Feuer. Genau aus diesen Gründen hatte Phil Ferguson Diamanten in seinem Haus versteckt. Olivia hatte davon gewusst und wollte sich mit ihnen aus ihrer finanziellen Misere befreien. Blieb die Frage: Wie hatte sie davon wissen können? Isabelle stand auf und ging im Zimmer auf und ab. Sie würde gleich Gelegenheit haben, Olivia dazu zu befragen.

Als Olivia ihr schließlich vis-à-vis saß, mit von Tränen verschmiertem Gesicht und schluchzender Stimme, fiel Isabelle zunächst ein, dass sie gegenüber Apollinaire behauptet hatte, kein weiches Herz zu haben. Wenn das stimmte, war das eine Weile her. Heute musste sie an sich halten, um Olivia nicht tröstend in die Arme zu nehmen. Sollte sie sich über diese Sentimentalität ärgern, oder war das ein Indiz dafür, dass sie ein ganz normaler Mensch war? Egal, sie wusste ihre Gefühle zu verbergen.

»Das hier ist ernst«, sagte sie mit scharfer Stimme, »sehr ernst. Sie sind beobachtet worden, wie Sie letzte Nacht in ein Haus eingestiegen sind, dessen Zutritt Ihnen ausdrücklich verboten war. Dabei haben Sie sich widerrechtlich Diamanten in erheblichem Wert angeeignet. Schon dafür droht Ihnen nach französischem Recht eine mehrjährige Haftstrafe.«

»Wo ist meine Tochter?«, fragte Olivia, ohne auf die Vorwürfe einzugehen. »Kann ich sie sehen?«

»Es geht ihr gut. Sie können Jessica später sehen. Aber erst beantworten Sie meine Fragen.« Dann schoss Isabelle eine volle Batterie an Fragen ab. Nach ihrer Erfahrung war das wesentlich wirkungsvoller als ein zauderhafter Schuss in die Takelage. »Wo waren die Diamanten versteckt? Woher wussten Sie von ihrer Existenz? Waren Sie schon einmal im Haus? Haben Sie auf Ihren Mann geschossen oder schießen lassen? Wo waren Sie am Tag des Überfalls auf Ihren Mann?« Isabelle holte Luft. »Oder waren Sie der Komplize Ihres Mannes?«

Olivia sah sie mit flatternden Augen an. Wie erwartet, hatte die Vielzahl der Fragen ihr Gehirn vorübergehend überfordert. Sie tat sich schwer, so viele Fragen und Vorwürfe synchron zu verarbeiten und eine in sich stimmige Gegenstrategie zu entwickeln.

»Wo waren die Diamanten im Arbeitszimmer versteckt?«, fing Isabelle noch einmal von vorne an, ohne ihr Luft zum Atmen zu geben.

»Im Schreibtisch«, stammelte Olivia. »Man kann die Tischplatte entriegeln und verschieben. Darunter befinden sich in einem Zwischenraum lauter kleine Fächer, groß genug für Diamanten.«

»So ähnlich wie bei einem Setzkasten?«

»Richtig, so ähnlich.«

»Woher wussten Sie davon?«

»Phil hatte genau so einen Schreibtisch bei uns zu Hause in England. Auch dort hatte er in dem Zwischenraum unter der Tischplatte Diamanten gebunkert.«

»Ich dachte, Ihr Mann war ein Finanzjongleur. Mit Diamanten kann man keine Rendite erwirtschaften.«

»Das stimmt, aber Phil hat immer gesagt, nur Hasardeure würden alles auf eine Karte setzen. Wer klug sei, habe eine Notreserve.«

»Und Sie dachten, Sie könnten über diese Notreserve verfügen. Mit welchem Recht?«

»Ich bin noch immer seine Ehefrau«, antwortete Olivia, jetzt mit etwas festerer Stimme. »Sein Geld ist auch mein Geld, seine Diamanten gehören auch mir.«

Apollinaire, der neben ihnen stand und das antiquierte Tonbandgerät aus dem Bürgermeisterbüro kontrollierte, machte eine Zwischenbemerkung. »Das Gleiche gilt aber auch für die Schulden Ihres Mannes. Das sind dann auch Ihre Schulden.«

»Waren Sie vorher schon mal im Haus? Wussten Sie von der Existenz dieses Schreibtisches und der Diamanten?«

Olivia schüttelte den Kopf. »Nein, ich war zuvor niemals im Haus.«

»Auch nicht, um auf Ihren Mann zu schießen?«, erhöhte Isabelle den Druck.

Olivia schlug die Hände über dem Kopf zusammen. »Ihn zu erschießen? Sind Sie verrückt? Meinen eigenen Mann …«

»Der Sie verlassen hat und hier in Wohlstand lebte, während Sie in London Ihre Miete nicht bezahlen können. Ich würde es verstehen«, sagte Isabelle.

»Sie würden es verstehen? Ich verstehe es nicht. Was habe ich davon, wenn ich meinen Mann erschieße? Er ist immerhin auch der Vater meiner Tochter.«

Isabelle empfand, dass Olivias Reaktionen ziemlich glaubwürdig waren. Dennoch war die Frau in höchstem Maße verdächtig, daran änderte sich nichts, ganz im Gegenteil. Die Diamanten waren dabei fast nachrangig. Ihr Verkaufserlös würde an die Gläubiger ausgeschüttet werden. Was sie wohl wert waren? Isabelle hatte keine Vorstellung. Wahrscheinlich waren sie nicht mehr als der sprichwörtliche Tropfen auf den heißen Stein – oder sie täuschte sich. Sie hatte sich noch nie einen Diamanten gekauft oder einen Brillanten. War das eigentlich dasselbe? Ihr wurde bewusst, dass auch noch nie jemand auf die Idee gekommen war, ihr einen Diamanten zu schenken. Aber das war ein anderes Thema.

»Wo waren Sie am Tag, als auf Ihren Mann geschossen wurde?«, fuhr Isabelle mit ihrer Befragung fort.

»Ich … ich …«, stammelte Olivia, »ich weiß es nicht.«

»Das ist kein gutes Alibi«, stellte Apollinaire lakonisch fest.

Isabelle fand, dass es eigentlich genug sei. Sie hatte das sichere Gefühl, dass sie Olivia keine relevanten Informationen mehr entlocken würden – jedenfalls nicht heute. Trotzdem machte sie noch eine Weile weiter, eher fürs Protokoll als für sich selbst. Dann hörte sie auf und bat Apollinaire, Olivia zurück in die Zelle zu bringen. Im Anschluss solle er Jessica holen und für einige Stunden zu ihrer Mutter bringen. Es sei ihr wichtig, dass Olivia gut behandelt würde. In dieser Angelegenheit rufe sie auch Capitaine Briand von der Gendarmerie an und bitte ihn ausdrücklich darum.

Als Apollinaire und Olivia das Büro verlassen hatten, rief

sie Staatsanwalt Fabré an und setzte ihn ins Bild. Wie erwartet, machte er keine Probleme. Er bat Isabelle, ganz gezielt in Richtung einer Täterschaft von Olivia zu ermitteln. Es spreche wohl alles dafür, dass sie höchstpersönlich auf ihren Mann geschossen und dann in Panik Lilou als Tatzeugin beseitigt habe. Isabelle solle sie wieder und wieder verhören, irgendwann breche sie zusammen und gestehe, das sage seine langjährige Erfahrung als Staatsanwalt. Morgen komme er nach Fragolin, um sich ein eigenes Bild von der Dame zu machen.

Isabelle bedankte sich, legte auf und dachte, dass sie nicht ganz seiner Meinung war. Sollte sie ein Psychogramm von Olivia erstellen, kämen im Persönlichkeitsbild viele Merkmale vor, die gegen eine solche Bluttat sprachen, und nur ganz wenige, die damit in Einklang zu bringen wären. Schließlich gab es ja noch den brutalen Mord an Zoé, die zur Tatzeit vermutlich im Haus gewesen war, den Mörder gesehen und diesen später erpresst hatte. Wäre Olivia fähig, Zoé von oben den Schädel einzuschlagen und in einem Kühlschrank im Meer zu versenken? Nein, das war keine Tat einer Frau. Blieb nur noch die Variante, dass sie jemanden damit beauftragt hatte. Doch womit wollte sie den gedungenen Mörder bezahlen? Mit den Diamanten? Aber kein Profi verzichtet auf eine Anzahlung …

Am späten Nachmittag sah Isabelle von ihrem Schreibtisch hinüber zu Apollinaire. Sie fragte, ob in Olivias Zimmer noch all ihre Sachen seien.

Apollinaire nickte. »Ja, ihre Reisetasche, die Klamotten im Schrank, im Bad die Toilettenartikel und so weiter. Hab ich was falsch gemacht? Hätte ich das alles mitnehmen sollen?«

»Natürlich nicht, alles gut. Ich möchte mir die Sachen in ihrem Zimmer gerne genauer anschauen. Dafür haben wir wieder einmal keine Genehmigung, aber das ist jetzt schon egal.«

»Was erwarten Sie zu finden?«

»Keine Ahnung. Wer sucht, der findet.«

»Und wer da anklopft, dem wird aufgetan, Matthäus 7, 8.«

Isabelle schüttelte lächelnd den Kopf. »An Ihnen überrascht mich nichts mehr.«

»Ich war Ministrant«, entschuldigte er sich.

»Kommen Sie mit?«

»Ja, gerne.«

Auf dem Weg zur *Auberge* fragte Apollinaire, ob sie glaube, dass Olivia für die Bluttat verantwortlich sei. Als Isabelle Zweifel anmeldete, fragte er, ob es statthaft sei, wenn er eine andere Auffassung vertrete. Sie lächelte. Das sei absolut statthaft, antwortete sie, wobei sie sich über die Formulierung amüsierte. Aber er müsse wissen, dass sie meistens recht habe.

In der *Auberge* angekommen, nahm Apollinaire an der verwaisten Rezeption den Zimmerschlüssel vom Brett. Isabelle sagte, dass die Concierge häufig abwesend sei, sie habe Wasser in den Beinen und müsse sich oft hinlegen. Sie gingen hinauf und betraten das Zimmer. Es sah so ähnlich aus wie ihr eigenes. Nur hing über dem Bett ein billiger Druck von einem der unzähligen Sonnenblumenbilder von Vincent van Gogh. Er hatte sie in Arles gemalt oder in Saint-Rémy-de-Provence, so genau wusste sie es nicht. Jedenfalls hing in ihrem Zimmer über dem Bett eine nackte Südseeschönheit von Paul Gauguin. Ihr fiel ihre Pariser Wohnung ein und das Aquarell von Paul Cézanne – leider auch kein Original.

Isabelle ging zunächst ins Bad, stellte aber rasch fest, dass es hier nicht viel zu entdecken gab. Zahnpasta, Parfum, Deoroller, Wimperntusche, Puderdose, ein kleines Necessaire mit Kleinkram – das Übliche.

Zurück im Zimmer, sah sie, wie Apollinaire den Inhalt des Kleiderschranks kontrollierte. Sie nahm Olivias Aktenkoffer, setzte sich aufs Bett, machte ihn auf und sah den Inhalt durch. Reisedokumente, Zugticket … Sie blätterte in Olivias Terminkalender. Es waren keine verdächtigen Einträge zu finden, aber natürlich war nicht alles zu verstehen, jeder hatte ja so seine persönlichen Abkürzungen, außerdem waren ihr die Personennamen unbekannt. Das Blatt mit der Woche, in der die Tat erfolgte, war herausgerissen – nun, das war nun doch verdächtig. Olivias Handy auf dem Nachttisch konnte sie nicht inspizieren, ihr fehlte der Zugangscode. Sowohl über den Terminkalender als auch über das Handy würde sie mit Olivia sprechen müssen.

*»Mon Dieu«*, hörte sie plötzlich Apollinaire. Er stand gebückt vor der Kommode, hielt mit spitzen Fingern ein Nachthemd in die Höhe und starrte in die Schublade.

»Was gibt's?«, fragte Isabelle, noch immer auf dem Bett sitzend.

»Ich glaube, Sie haben sich getäuscht«, sagte er.

»Wobei soll ich mich getäuscht haben?«

»Bei Ihrer Einschätzung, dass nicht Olivia die Schüsse abgegeben habe.«

»Wie bitte?«

Isabelle sprang auf und eilte zu Apollinaire, der sich in seiner unbequemen Haltung keinen Millimeter rührte. Dann sah sie, was ihr Assistent entdeckt hatte. Aufgrund der ballistischen Untersuchung kannte man nicht nur das Kaliber, man wusste auch ziemlich sicher, mit welcher Waffe auf Phil Ferguson und Lilou geschossen wurde. Es kamen nur wenige Modelle in Frage, darunter eine ausgesprochen seltene Pistole aus englischer Fertigung.

Isabelle hatte in ihrem Leben viele Waffen gesehen, selber geschossen, auseinandergenommen und wieder zusammengesetzt. Mit Waffen kannte sie sich aus. Dass die Pistole unter Olivias Nachthemd das in Frage kommende englische Modell war, sah sie auf den ersten Blick.

»Sie haben recht«, sagte sie leise, »offenbar habe ich mich getäuscht.«

# 42

Vierundzwanzig Stunden später hatte Isabelle nicht nur die Folgen der Schlaftabletten überwunden und den Vorsatz gefasst, nicht so bald wieder welche zu nehmen, sie war auch um einiges klüger. So hatte eine ballistische Untersuchung der Experten in Toulon ergeben, dass es sich bei der Waffe in Olivias Zimmer tatsächlich um die Pistole handelte, aus der sowohl auf Phil Ferguson als auch auf Lilou Sabin geschossen wurde. In der Akte von Scotland Yard, die sich mit reichlicher Verspätung auf Isabelles Computer eingefunden hatte, fand sich zudem ein wenig vorteilhaftes Zitat. Demnach hatte Olivia nach dem Verschwinden ihres Mannes und angesichts ihrer desolaten Finanzsituation in Gegenwart eines Kriminalbeamten einen hysterischen Anfall bekommen und dabei mehrfach geschrien: »Ich bringe ihn um!« Nun war diese Androhung im Zuge einer emotionalen Entgleisung nicht unbedingt ernst zu nehmen, weshalb auch die englischen Kollegen dem keine weitere Bedeutung beigemessen hatten, aber in Olivias aktueller Situation las sich das nicht so gut. Dies galt auch für ihre Mitgliedschaft im lokalen Sportschützenverein. Ein Golfclub wäre da unverfänglicher gewesen.

Schlimm auch, dass Olivia für den Tatzeitpunkt kein Alibi hatte. Warum die Seite in ihrem Taschenkalender fehlte, konnte sie sich nicht erklären. Und ihre Tochter Jessica? Die könnte ihr auch kein Alibi geben, denn laut Eintrag in ihrem Kalender war sie vierzehn Tage zuvor zu ihrer

Großmutter nach Cornwall gereist – und dort drei Wochen geblieben. Ein Anruf bei der alten Dame hatte das bestätigt. Aber wo sich ihre Tochter zu jener Zeit aufgehalten hatte, konnte sie nicht sagen. Oder sie wollte es nicht.

Eine weitere Neuigkeit betraf den Wert der Diamanten. Ein vereidigter Sachverständiger aus Monte Carlo, der extra mit dem Helikopter eingeflogen war, hatte festgestellt, dass es sich ausschließlich um lupenreine Einkaräter handelte. Er hatte pro Diamant einen Wert genannt, der – multipliziert mit der Zahl der Steine – so hoch war, dass Isabelle unverzüglich einen Geldtransporter anforderte. Thierrys Safe im Bürgermeisteramt schien ihr nicht mehr sicher genug.

Fazit: Erstens wusste sie jetzt, dass es sich bei Brillanten um speziell geschliffene Diamanten handelte, zweitens hatte sie deren Wert massiv unterschätzt, und drittens hatte es schon Fälle gegeben, bei denen Angeklagte aufgrund deutlich weniger Indizien zu langen Haftstrafen verurteilt wurden.

»Ich habe diese Pistole noch nie gesehen«, schrie Olivia. »Warum sollte ich meinen Mann erschießen? Ich bin doch nicht verrückt!«

Isabelle saß ihr am Tisch gegenüber und tat, was ihr der Staatsanwalt Fabré aufgetragen hatte, sie nämlich so oft zu verhören, bis sie einknickte. Das hatte schon vor dem Waffenfund gegolten – und jetzt erst recht. Olivia verlor zwar die Nerven, sie trommelte mit den Fäusten auf den Tisch, stand auf und schleuderte den Stuhl gegen die Wand, ging auch schon mal wütend auf Isabelle los, aber eines tat sie nicht, zusammenbrechen und gestehen. Den Diebstahl der Diamanten, das schon, wobei sie uneinsichtig die Meinung vertrat, dass diese ihr genauso gehörten wie ihrem Mann, weshalb es gar kein Diebstahl gewesen sei. Aber sie habe noch nie auf etwas anderes geschossen als auf eine Zielscheibe.

»Wie sind Sie dann in den Besitz der Tatwaffe gekommen?«, fragte Isabelle.

Olivia stieß einen Schrei aus. »Ich habe Ihnen doch schon tausendmal erklärt, dass ich diese bescheuerte Pistole noch nie in meinem Leben gesehen habe. Nehmen Sie das doch bitte endlich zur Kenntnis!«

Isabelle wusste, dass man auf der Pistole keine Fingerabdrücke gefunden hatte, auch keine von Olivia. Es fehlte also der letzte Beweis. Sie wäre am liebsten aufgestanden und hätte das Verhör abgebrochen. Vor ihr saß doch kein Terrorist, sondern eine Frau, die ein schweres Schicksal hinter sich hatte. Eine Frau, bei der immer noch die Unschuldsvermutung galt – jedenfalls theoretisch. Denn eigentlich sprach alles für Olivias Täterschaft. Isabelle musste das zur Kenntnis nehmen und sich entsprechend verhalten.

»Wo waren Sie zur Tatzeit?«, setzte sie deshalb ihre Befragung fort.

Olivia raufte sich verzweifelt die Haare. »Das habe ich Ihnen doch auch schon x-mal gesagt. Ich habe meinen Mann gesucht und bin mit dem Auto an Orte gefahren, wo wir früher gerne waren. Ich dachte, vielleicht hält er sich dort irgendwo versteckt.«

»Dafür gibt es keine Zeugen?«

»Vielleicht schon, keine Ahnung. Woher soll ich das wissen?«

»Waren diese Orte ausnahmslos in England?«, fragte Isabelle, die von Apollinaire Minuten vorher einen Zettel mit einer Notiz bekommen hatte.

»In England, natürlich. Warum fragen Sie immer wieder das Gleiche?«

Isabelle stand auf und beugte sich über den Tisch. »Weil ich wissen will, ob Sie mich anlügen«, sagte sie, Olivia mit den Augen fixierend.

»Nein, tue ich nicht …«

»Doch, das tun Sie. Sie haben zwei Tage vor dem Mordanschlag auf Ihren Mann und dem Mord an Mademoiselle Sabin über das Internet ein Ticket für den Eurotunnel gelöst und sind nach Frankreich gereist.«

Isabelle konnte förmlich sehen, wie Olivia in sich zusammensank. Ihre Schultern fielen nach unten, sie begann zu zittern.

»Kein Widerspruch? Wäre auch sinnlos, wir haben die Daten. Sie haben mich also doch angelogen. Frau Ferguson, um ehrlich zu sein, es schaut nicht gut aus für Sie.«

Olivia vergrub das Gesicht in ihren Händen.

»Geben Sie es zu, Sie haben die Schüsse abgegeben.«

»Nein«, sagte sie schluchzend, »habe ich nicht.«

»Warum soll ich Ihnen das glauben?«

»Weil es die Wahrheit ist.«

»Das ist doch Quatsch«, verlor Isabelle für einen Augenblick die Beherrschung. »So kommen wir nicht weiter. Sie reiten sich immer tiefer rein. Was haben Sie in Frankreich gemacht? Warum fehlt die Woche in Ihrem Terminkalender?«

Olivia brauchte eine Weile, dann gab sie in stockenden Worten eine Erklärung. »Ich habe Phil in Südfrankreich gesucht, nicht hier, sondern drüben im Lubéron. In der Gegend rund um Gordes, Roussillon, auf dem Trödel- und Antiquitätenmarkt in Isle-sur-la-Sorgue. Dort ist er immer gerne hingefahren, und er hat davon geträumt, im Alter dort zu leben. Aber ich habe ihn nicht gefunden. Heute weiß ich, wo er wirklich war. Nicht so weit weg. Aber damals wusste ich es nicht. Mir war klar, dass ich in Verdacht geraten könnte, wenn Sie wüssten, dass ich zur Tatzeit ganz in der Nähe war. Deshalb habe ich es verschwiegen, nur deshalb. Aus diesem Grund habe ich auch die Seiten aus meinem Terminkalender gerissen. Aber ich war es nicht, das müssen Sie mir glauben.«

Olivia hörte auf zu sprechen.

»Soso, im Lubéron«, wiederholte Isabelle. »Und Sie sind sich sicher, dass Sie nicht den Weg hierher nach Fragolin gefunden haben. Vielleicht hatten Sie doch einen klitzekleinen Hinweis, dass sich Ihr Mann hier befinden könnte. Dann haben Sie ihm einen unangemeldeten Besuch abgestattet, ihn mit einer jungen Frau im Bett ertappt, sind nach all dem, was er Ihnen angetan hat, durchgedreht und haben die verhängnisvollen Schüsse abgegeben. Jene auf die Zeugin aus größerer Entfernung und dennoch zielsicher, kein Problem für eine Sportschützin. Könnte es nicht auch so gewesen sein?«

Olivia schüttelte den Kopf.

»Und später haben Sie jemanden beauftragt, Zoé aus dem Weg zu räumen, weil diese Sie bei der Tat beobachtet und erpresst hat, richtig?«

»Nein, nein …« Olivia begann zu weinen. »Ich kenne überhaupt keine Zoé, wer soll das sein?«

Isabelle sah sie lange schweigend an.

»In Ordnung, ich nehme das zu Protokoll«, sagte sie schließlich. »Ihre Aussage wäre viel glaubwürdiger, wenn Sie mir das freiwillig erzählt hätten.«

Isabelle gab Apollinaire ein Zeichen, der die ganze Zeit in einer Ecke gestanden hatte. Er schaltete das Aufnahmegerät aus, ging zu Olivia, gab ihr erst Gelegenheit, sich zu schneuzen und die Tränen aus dem Gesicht zu wischen, legte ihr dann die Handschellen an, auf die Isabelle während des Verhörs verzichtet hatte. Anschließend führte er sie hinaus. Draußen wartete bereits ein Wagen der Police Nationale aus Toulon. Die Gefangene sollte ins dortige Gefängnis überstellt werden. Ab jetzt hatte Commandant Bastian die Verantwortung, und Staatsanwalt Fabré würde entscheiden, wie es mit ihr weiterging. Für den morgigen Tag war eine Pressekonferenz angesetzt – Isabelle hatte entschieden, nicht daran teilzunehmen. Sollten sich andere im Glanz ihrer Ermittlungen sonnen, sie hatte keine Lust darauf. Vielleicht lag es daran, dass ihr der Fall wie ein Kloß im Magen lag. Sie war nicht glücklich mit dem Ergebnis. Aber das war nicht zu ändern. Ihr Beruf war nicht dazu da, Kriminalbeamte glücklich zu machen. Nach den Freuden des Lebens musste man woanders suchen.

# 43

Es war ein wunderschöner Abend. Einer von vielen im Sommer an der Côte d'Azur und in der Provence. Im Schatten der Platanen, im Blick über die sanften Hänge hinaus aufs azurfarbene Meer verloren sich die irdischen Probleme im mediterranen Schleier eines Lichts, das schon Matisse begeistert hatte, Cézanne, Braque und Picasso. Die strengen Silhouetten der Zypressen, die aufgefächerten Schirme der Pinien, schattige Gassen in malerischen Dörfern, der Duft der Lavendelfelder. Das Gold der Sonne, die Bouillabaisse im kupfernen Kessel über dem offenen Feuer. Der kühle *vin blanc* im Glas. Gab es was Schöneres?

Isabelle lehnte sich im Korbsessel zurück, verschränkte die Hände über dem Kopf und beschloss nichts Geringeres, als ihr Leben zu ändern. Nie mehr wollte sie eine Eliteeinheit zum Schutze der Nation leiten, beständig im Zwiespalt zwischen ihren moralischen Werten und der Sicherheit der Nation. Eigentlich traurig, dass es da überhaupt einen Unterschied gab. Doch auch Verhöre wie heute Mittag mochte sie nicht. Aber sie sah deren Notwendigkeit ein, das immerhin. Morde wie jene an Lilou und Zoé durften nicht ungesühnt bleiben, schlimm genug, dass es sie überhaupt gab.

Wie es aussah, hatte sie den versuchten Mord an Phil Ferguson und jenen an der armen Lilou aufgeklärt. Sogar Maurice hatte sie aus Paris angerufen. Sie habe auch in den Niederungen der Provinz ihre besondere Qualität unter Beweis gestellt. Jetzt sei es höchste Zeit, dass sie zurück nach Paris komme.

Isabelle hatte ihm geantwortet, dass sie etwas Zeit brauche. Sie wolle noch herausfinden, wer Zoé umgebracht habe. Und dann wolle sie noch die Schuldigen am Tod ihrer Eltern zur Verantwortung ziehen. Außerdem müsse sie sich ganz privat darüber klarwerden, worauf es ihr im Leben eigentlich ankomme. Mit dem Bombenattentat am *Arc de Triomphe* sei eine Lebensphase zu Ende gegangen. Sie wisse noch nicht, was sie sich von der nächsten erwarten würde.

Maurice hatte ihr gesagt, dass sie sich Zeit nehmen solle, dann aber erwarte er sie zurück in Paris. Hier gebe es interessante, spannende, aufregende Aufgaben.

»Wo bist du mit deinen Gedanken?«, fragte Thierry.

Isabelle lächelte, hob ihr Glas und stieß mit ihm an. Es machte sie glücklich, dass sie sich mit ihm ausgesöhnt hatte. Eigentlich hatte es überhaupt keinen Konflikt gegeben, aber ab und zu gelang es ihr, aus einer Mücke einen Elefanten zu machen. Das konnten auch andere. Thierry Blès war auf diesem Gebiet mindestens so talentiert wie sie.

»Zum Dessert noch eine *crêpe suzette,* flambiert mit Grand Marnier?«, fragte er.

»Die mochte schon meine Großmutter«, sagte sie.

»Ein Klassiker, ich weiß, aber kein Grund, sie nicht zu bestellen.«

»Da hast du recht, und noch ein Glas vom *pinot blanc,* wenn ich bitten dürfte.«

»*Bien sûr,* die Flasche ist noch nicht leer. Wir könnten auf deinen Erfolg anstoßen. Wir hatten in Fragolin noch nie eine solch erfolgreiche Madame le Commissaire.«

Isabelle lachte. »Kunststück, ihr hattet vor mir überhaupt keine, ich bin eure erste.«

»Tatsächlich? Dann sollten wir auch darauf anstoßen.«

Isabelle hob ihr Glas. »Einverstanden. *Santé!*«

Am nächsten Morgen ging es ihr so gut wie schon seit Tagen nicht mehr. Womit bewiesen wäre, dass es zu Schlaftabletten ausgesprochen angenehme Alternativen gab. Nach Croissant und Café au Lait sowie einer oberflächlichen Lektüre der Tageszeitung *Var-Matin,* wobei ihr wieder einmal ihr eigenes Gesicht entgegenlächelte, allerdings erst auf Seite zwei, fuhr sie nach Hyères, um sich mit Docteur Marre zu treffen. Sie ließ sich über den aktuellen Gesundheitszustand von Phil Ferguson ins Bild setzen, der nach dem unfreiwilligen Ausflug wieder auf seine alte Station zurückgekehrt war. Es gehe ihm wesentlich schlechter, erklärte Marre, er reagiere kaum mehr auf äußere Reize, müsse permanent beatmet und künstlich ernährt werden. Marre schloss aus, dass er in absehbarer Zeit wieder ansprechbar sein könnte. Schlimmer noch, es sei zu befürchten, dass Ferguson nicht überlebe.

Dann fragte er, ob Isabelle nächste Woche Zeit habe. Er habe wieder einmal Karten für ein Konzert in Aix-en-Provence. Er hole sie höchstpersönlich in Fragolin ab. Und sie könnten anschließend in Aix übernachten, selbstverständlich in getrennten Zimmern.

Isabelle dachte, dass einem im Leben Schlimmeres passieren konnte, als zwei Verehrer zur gleichen Zeit zu haben. Sie verstand nicht, was die Herren an ihr fanden. Sie hatte eine Narbe an der Schläfe, weitere an den Beinen und einen älteren Durchschuss an der Hüfte, war nach eigener Einschätzung verhaltensgestört und nicht wirklich beziehungsfähig. Sie lächelte. Umso schöner, wenn es dann trotzdem klappte. Diesmal gab sie Sébastien Marre keinen Korb. Gegenüber Thierry hatte sie dabei ganz klein wenig ein schlechtes Gewissen. Aber sie würde ihm nicht untreu werden. Jedenfalls hatte sie das nicht vor. Doch ganz sicher war sie sich nicht.

Stunden später lernte sie Olivias Mutter kennen, die nach Fragolin gereist war, um Jessica abzuholen. Isabelle wusste nicht so recht, wie sie sich dabei fühlen sollte. Immerhin war sie es, die ihre Tochter hinter Schloss und Riegel gebracht hatte. Die alte Dame machte ihr aber keine Vorwürfe. Stattdessen nahm sie Jessica den Tabletcomputer weg, was diese zu Isabelles Erstaunen mit nur leichtem Protest akzeptierte. Dann war es ihr aber doch wichtig, ihrer Überzeugung Ausdruck zu verleihen, dass ihre Tochter unschuldig sei, ganz sicher und ohne Zweifel. Das stelle sich noch heraus, da mache sie sich überhaupt keine Sorgen.

Isabelle überlegte, dass das wohl alle Mütter dieser Welt von ihren Kindern dachten. Oft täuschten sie sich, aber es war ihr gutes Recht, so zu denken.

Am Abend traf sie sich im Restaurant *La Terrasse Provençale* mit Clodine, Jeanne und Pascal. Die Stimmung war ausgelassen. Clodine hatte heute in ihrem Laden guten Umsatz gemacht und unter anderem einen ganzen Korb herzförmiger Seifen verkauft. Pascal erzählte Anekdoten vom alten Georges. Dann von seinem Bruder, der im *Forêt d'Orléans* als Förster arbeitete, der sei ein Eigenbrötler und verschwinde oft wochenlang im Wald. Jeanne hatte ein neues Kleid an und fühlte sich schon deshalb wohl. Später kam Thierry vorbei und setzte sich hinzu. Er erzählte eine lustige Geschichte, die er heute im Bürgermeisteramt erlebt hatte. Isabelle schloss für einen Moment die Augen und ließ das muntere Gerede am Tisch wie einen Bach durch ihren Kopf plätschern, so jedenfalls kam es ihr vor. Das tat gut. Der Bach spülte vieles fort, was sie belastete.

Apollinaire kam vorbei, seine Shayana im Arm. Leider entdeckte Isabelle einige Tische weiter Albert Bagnol. Der würdigte sie zwar keines Blickes, aber allein seine Anwesenheit genügte. Vorbei war es mit dem Bach des Vergessens. Ihn musste sie noch zur Rechenschaft ziehen. Seltsamerweise kamen ihr nie Zweifel an seiner Schuld, auch nicht an jener von Dominique Boustier …

»Isabelle«, Thierry boxte ihr leicht gegen den Oberarm, »du bist mit deinen Gedanken schon wieder ganz woanders. Das macht mir langsam Sorgen. Außerdem ist das unhöflich deinen Freunden gegenüber.«

Isabelle lachte. »*Je m'excuse, pardon.* Ich bin wieder ganz bei euch. Was ist Alain in seinem Korbgeschäft passiert?«

»Du hast also doch zugehört. Also …«

# 44

Einige Tage später saß sie mit Apollinaire im *Café des Arts.* Ihr Assistent machte sich Sorgen um seine Zukunft. Commandant Bastian hatte ihn bereits angefordert, der Fall sei ja nun abgeschlossen, und Isabelle brauche ihn nicht mehr. Sie hatte in einem Telefonat auf den unaufgeklärten Mord an Zoé verwiesen. Bastian meinte zwar, dass dieser ganz sicher im Auftrag von Madame Ferguson begangen wurde, aber er konnte nichts dagegen tun, dass Isabelle den Täter finden wollte und dabei auf der Anwesenheit von Apollinaire bestand.

Aber Apollinaire hatte recht. Es war nur eine Frage der Zeit, dann musste er zurück nach Toulon, das wussten beide. Er sagte, dass er kündige, falls sie ihn wieder hinunter ins Archiv stecken würden. Sie versprach, ein gutes Wort für ihn einzulegen und ihren Einfluss geltend zu machen. Immerhin habe er hervorragende Arbeit geleistet.

Apollinaire freute sich über das Kompliment.

Ihnen wurden *petits fours* serviert. Sie hatten keine bestellt, aber im *Café des Arts* zählte das bei Stammkunden zum Service. Touristen bekamen keine oder nur auf Bestellung, und dann standen sie auch auf der Rechnung.

Isabelle fragte nach Shayana Hayet.

Ihr gehe es gut, erzählte er, sie habe einen neuen Job. Ab nächster Woche putze sie in der *Auberge des Maures.* Leider sei er bald wieder in Toulon, dann sei es wohl zu Ende mit ihrer Liebesbeziehung. Oder er müsse eben doch kündigen.

Fast schwermütig biss er in ein *petit four.*

Sie fand ihn irgendwie rührend.

Von der Creme-Füllung spritzte etwas auf sein Hemd. Er merkte es nicht und nahm ein weiteres Stück.

»Apropos Shayana«, sagte er mit vollem Mund. »Sie hat mir kürzlich etwas erzählt.« Er schluckte hinunter und wischte sich mit einer kleinen Papierserviette den Mund ab. »Sie erinnern sich, dass wir an Ihrem Tisch vorbeigekommen sind, als Sie hier mit Ihren Freunden gesessen sind und mit dem Bürgermeister?«

»Natürlich erinnere ich mich. Sie haben beide einen sehr entspannten Eindruck gemacht.«

»*Ah oui,* jedenfalls hat mir Shayana später erzählt, dass sie die Frau des Metzgers schon mal gesehen hat.«

»Jeanne? Das ist nicht überraschend, man begegnet ihr in Fragolin fortwährend.«

»Sie hat Jeanne nicht im Dorf gesehen«, sagte Apollinaire, »sondern im Haus des Engländers, etwa zwei Wochen vor dem Überfall.«

Isabelle verschluckte sich fast am *menthe à l'eau.*

»In Fergusons Haus? Ist das wahr?«

»Ja, und laut Shayana hatte Jeanne nicht mehr an als einen roten Slip.«

Isabelle langte sich an den Kopf. Warum erzählte Apollinaire so etwas Wichtiges wie nebenher nach zwei *petits fours?* Ab und zu war er fast genial, dann wieder stand er ziemlich auf dem Schlauch. Sie beschloss, mit Jeanne zu reden, gleich morgen Vormittag.

In der folgenden Nacht schlief sie tief und fest. Nur einmal wachte sie kurz auf, da hatte sie einen wirren Traum – mit viel nackter Haut und einem roten Slip. Beim Frühstück auf der Terrasse erfuhr sie, dass im Wald hinter der *Chartreuse* ein Feuer ausgebrochen war. Aber die Feuerwehr hoffe, es rasch löschen zu können.

Nach dem obligatorischen Croissant und dem Café au Lait kaufte sie einen Strauß Rosen und ging zum Grab ihrer Eltern. Später folgte ein kurzes Schwätzchen mit Clodine, die gerade ihren Laden aufsperrte und die Körbe mit den herzförmigen Seifen hinaustrug. Dabei stellte sie *en passant* einige Fragen, die ihre Freundin nicht wirklich beantworten konnte. Sie verabschiedeten sich mit Wangenküsschen. Dann lief Isabelle zum Haus von Pascal und Jeanne, wo sie schon mal gegrillt hatten, zusammen mit Thierry. Im Garten stand Jeanne und schnitt Rosen. Auch bei dieser Tätigkeit sah sie gut aus, das musste Isabelle zugeben. Es gab Frauen, die hatten es einfach drauf, die konnten schmutzige Jeans anhaben und Gartenhandschuhe und wirkten dennoch sexy. Ihr selbst traute sie so etwas nicht zu. Es war ihr zwar nicht egal, wie sie aussah, aber sie hatte kein Talent, sich irgendwie zu inszenieren. Und es war ihr den Aufwand nicht wert.

»Bonjour, Jeanne, schon so fleißig?«

Jeanne drehte sich um und strich sich mit dem Handrücken die blonden Haare aus dem Gesicht. *»Salut, comment ça va?«*

»*Ça va bien, merci.* Hast du kurz Zeit?«, fragte Isabelle. »Ich würde mit dir gerne über etwas reden.«

»Aber natürlich, immer gerne. Pascal ist heute in seiner Jagdhütte, da bin ich eine freie Frau«, sagte sie lachend. Sie steckte die Schere in die Erde, zog ihre Handschuhe aus und ging mit Isabelle zur nahegelegenen Terrasse. »Möchtest du was trinken?«

»Nein danke, ich bleib nicht lange.«

Sie setzten sich in zwei Liegestühle. »Geht's um Thierry?«, fragte Jeanne mit unverhohlener Neugier. »Ihr seid ein Paar, stimmt's?«

Isabelle schüttelte den Kopf. »Nein, es geht nicht um Thierry, außerdem sind wir kein Paar.«

»Du schwindelst mich an«, sagte Jeanne, »aber das macht nichts. Jede Frau braucht ihre Geheimnisse.«

»Jede Frau braucht ihre Geheimnisse?«, wiederholte Isabelle mit fragendem Unterton. »Das ist ein gutes Stichwort. Mich würde interessieren, ob du auch irgendwelche Geheimnisse hast?«

Jeanne sah sie mit leichter Verunsicherung an. »Natürlich habe auch ich meine kleinen Geheimnisse«, antwortete sie. »Alles andere wäre ja deprimierend.«

»Geheimnisse, auch was Männer betrifft?«, fragte Isabelle ganz direkt.

Zu ihrer Überraschung blieb Jeanne relativ gelassen. »Du willst wissen, ob ich treu bin?«, antwortete sie mit einer Gegenfrage. »Warum interessiert dich das? Mit Thierry hatte ich nichts, wenn dich das beruhigt.«

»Es geht mir nicht um Thierry, sondern um Phil Ferguson«, sagte Isabelle.

Jetzt zuckte Jeanne doch zusammen, ihre Augenlider flatterten, dann hatte sie sich wieder im Griff. »Phil Ferguson?«

»Hattest du mit ihm eine Affäre? Ja oder nein?«

»Was gehen dich meine Affären an?«

»Im Allgemeinen nichts, deine Affären sind deine Privatsache, aber in Fergusons Fall sieht das anders aus. Also?«

Jeanne warf den Kopf zurück. »Nein, natürlich hatte ich nichts mit ihm, wir kannten uns ja kaum.«

»Du warst nie in seinem Haus?«

»Nein, war ich nicht.« Jeanne stand auf. »Nachdem das geklärt ist, würde ich gerne mit meinen Rosen weitermachen.«

»Setz dich!«, sagte Isabelle bestimmend. »Wir sind noch nicht fertig.«

»Was willst du noch wissen? Ob ich eine Liaison mit dem Rektor der Schule habe? Daraus ist nichts geworden, der ist schwul.«

Isabelle kannte die Eigenart von Menschen, sich unter Druck mit einer Themenverlagerung und einem seichten Scherz davonstehlen zu wollen. In der Regel sprach das dafür, dass man mit seinem Verdacht richtiglag. Bislang bestand ja immer noch die Möglichkeit, dass sich die tunesische Haushaltshilfe Shayana Hayet getäuscht hatte, dass sie Jeanne mit einer anderen Frau verwechselt hatte.

»Du bist im Haus des Engländers gesehen worden. Dabei hattest du nicht mehr an als einen roten Slip.«

Jeanne wurde blass, ihre Augenlider flatterten viel länger und heftiger als zuvor. Sie biss sich auf die Unterlippe.

»Du kannst dir dein Eingeständnis sparen«, sagte Isabelle leise.

Jeanne fuhr sich durch die Haare.

»Ging das mit Ferguson länger?«, fragte Isabelle.

»Einige Wochen. Du musst wissen, er war sehr leidenschaftlich. Und er hatte so kleine rosa Pillen, danach sind wir förmlich explodiert. Das war irre.«

»Aber er hatte noch andere Freundinnen, stimmt's?«

Jeanne zögerte. Dann gab sie sich einen Ruck. »Ja, hatte er. Brian war sexuell sehr aktiv.«

»Brian?«

»Na klar, Brian. Dass er in Wahrheit Phil hieß, habe ich erst von dir und aus der Zeitung erfahren. Einmal waren wir sogar zu dritt im Bett. Zusammen mit Lilou, die sie später im Haus erschossen haben. Ihr Tod ist mir unheimlich nahegegangen.«

»Immerhin hätte es auch dich erwischen können.«

»Vielleicht. Jedenfalls hatten wir einen super Dreier. Lilou war eine geile Schlampe, von ihr konnte sogar ich was lernen. Dazu die rosa Pillen. Lilou konnte gleichzeitig …«

»So genau will ich es gar nicht wissen«, fiel ihr Isabelle ins Wort. »Hast du bei Phil alias Brian irgendwas aufgeschnappt? Ist er bedroht worden?«

Jeanne schüttelte den Kopf. »Nicht, dass ich wüsste, er war völlig entspannt.«

»Hat er von seiner Frau erzählt?«

»Nein, natürlich nicht. Ich dachte, er sei unverheiratet.«

»Sonst irgendwas Auffälliges?«

Jeanne dachte nach. Dann fiel ihr etwas ein. »Er hatte eine Pistole«, sagte sie. »Vielleicht fühlte er sich doch bedroht?«

Isabelle sah sie überrascht an. »Eine Pistole? Bist du sicher?«

Jeanne schaute verlegen. »Klar bin ich mir sicher. Einmal hat er die Kugeln rausgenommen und mir den Lauf der Pistole …«

»Eure Sexspiele interessieren mich nicht. Du bist sicher, das war keine Spielzeugpistole?«

»Absolut sicher. Pascal ist Jäger, mir sind Waffen vertraut.«

Isabelle verschränkte die Hände über dem Kopf und dachte nach.

Jeanne sah sie schweigend an. »Und jetzt?«, fragte sie schließlich.

Isabelle zuckte mit den Schultern. »Nichts. Du kannst tun und lassen, was du willst.«

»Bitte, bitte, erzähle Pascal nichts davon. Er würde mich umbringen.«

»Wo ist eigentlich seine Jagdhütte?«, fragte Isabelle, ohne auf ihre Bitte einzugehen. Sie hatte gelernt, keine leichtfertigen Versprechen abzugeben.

Jeanne sagte, dass diese weit genug weg sei, um ihr die Freiheit zu geben, die sie im Leben brauche. Sie sei noch nie dort gewesen und habe keine Ahnung.

Isabelle stand auf. »*À bientôt*, viel Spaß beim Rosenschneiden.«

»Mir ist die Lust vergangen.«

»Gerade deshalb solltest du weitermachen. Ist eine gute Therapie.«

# 45

Die nächste Stunde verbrachte Isabelle im Büro. Apollinaire hatte irgendeinen Termin, jedenfalls war er nicht da. Sie könnte sich Zeit lassen, einige Stunden oder Tage, aber ihre innere Unruhe nahm kontinuierlich zu. Sie machte ihren Computer an, kam mit ihrer Recherche aber nicht weiter. Schließlich hatte sie mit einem Telefonat Glück. Im doppelten Sinne, denn erstens bekam sie den Mann gerade noch an die Strippe, bevor er in den Urlaub fuhr, zweitens erhielt sie die gewünschte Information.

Isabelle zögerte nicht lange. Apollinaire hatte den Citroën, also holte sie ihr privates Auto vom Parkplatz der *Auberge des Maures* und fuhr los. Aus dem Büro hatte sie eine Landkarte mitgenommen und aus Apollinaires Schublade seine Dienstwaffe. Nach über der Hälfte der Strecke merkte sie, dass sie ihr Handy vergessen hatte. So etwas passierte ihr fast nie, und gerade heute war es eigentlich ziemlich ungeschickt. Aber umdrehen wollte sie auch nicht, dafür war sie schon zu weit gefahren.

Es ging kurvig durch das hügelige Hinterland, es wurde immer einsamer. Sie verpasste eine Abzweigung, wendete, fand einen Schotterweg, der nach einer Weile in einen besseren Feldweg überging, welcher mit ihrem kleinen Peugeot gerade noch zu befahren war. Es ging durch einen dichten Wald, sie streifte einige Zweige, schließlich erreichte sie ihr Ziel: eine Holzhütte mit bemoostem Dach, inmitten einer kleinen Lichtung. Davor stand ein grüner Landrover.

Isabelle stieg aus, um sich zu orientieren. Sie machte nur einige Schritte, da tauchte per Zufall genau in diesem Moment Pascal aus dem Wald auf. Über der Schulter hatte er am Riemen ein Jagdgewehr hängen, mit der linken Hand hielt er an den Ohren ein totes Tier, das wie ein Luchs aussah, aber ob das stimmte, war unwichtig.

»Bonjour, Isabelle«, sagte Pascal, der in einigem Abstand stehen blieb, »welch überraschender Besuch.«

Ihr schoss durch den Kopf, dass ihr Handeln an Blödheit nicht zu übertreffen war. Ihr Handy war im Büro, keiner wusste, wo sie hingefahren war, und Apollinaires Pistole lag außer Reichweite auf dem Beifahrersitz … *merde, merde …*

Pascal kniff die Augen zusammen. »Was willst du hier? Kommst du privat oder aus beruflichen Gründen?«

Isabelle suchte fieberhaft nach einer plausiblen Ausrede. Aber weil sie sich so sehr über sich ärgerte, konnte sie keinen klaren Gedanken fassen. Außerdem bekam sie plötzlich rasende Kopfschmerzen.

»Ich komme privat«, beantwortete sie seine Frage, es mit einem Bluff versuchend, »sehr privat.«

Pascal lächelte schief. »Wie soll ich das interpretieren?«

Isabelle dachte, dass sie ihn in Sicherheit wiegen musste. Pascal war groß und stark, er hatte eine Waffe über der Schulter hängen, und er war früher bei der *Légion étrangère*. Mit Männern wie ihm war nicht gut Kirschen essen. Vielleicht täuschte sie sich, und er war unschuldig. Aber so, wie er jetzt vor ihr stand, sie misstrauisch beäugend, sah es nicht danach aus. Für eine Flucht war es zu spät, Apollinaires Pistole lag im Auto. Nur im Nahkampf hätte sie eine Chance, dafür war sie ausgebildet. Aber bei einem ehemaligen Fremdenlegionär blieben begründete Zweifel am Ausgang. Dennoch, sie würde es darauf ankommen lassen. Aber wie kam sie an ihn heran?

»Du weißt schon, wie ich das meine«, sagte sie. »Du und ich, hier in deiner einsamen Jagdhütte.« Ihr Kopf pochte. Sie wusste ganz genau, dass sie völlig unglaubwürdig war. Pascal kannte sie. Er wusste, dass sie ein Verhältnis mit Thierry hatte und dass sie alles andere als ein leichtes Mädchen war. Sie hatten nie miteinander geflirtet. Die Rolle, die sie gerade spielte, beherrschte sie nicht. Pascal würde ihr das nicht abnehmen. Aber es war zu spät, sich etwas anderes auszudenken. Verdammt noch mal, sie hatte es verbockt.

Er schüttelte langsam den Kopf. *»C'est faux!«*, sagte er. »Du willst keinen Sex in der Jagdhütte, du nicht.«

Isabelle machte einen zögerlichen Schritt auf ihn zu. Nur einige Meter …

Pascal ließ das tote Tier fallen und brachte mit einer schnellen Bewegung sein Jagdgewehr in Anschlag. »Mach keinen Scheiß. Bleib sofort stehen.«

Isabelle verharrte auf der Stelle. Sie hatte vollends die Kontrolle über die Situation verloren.

»Oder geht es zufällig um ganz was anderes?«, fragte er. »Dann rück damit raus!«

Es gab keinen Zweifel mehr, dass sie mit der privaten Nummer nicht durchkommen würde. Sie musste ihre Strategie ändern. Wären da nur nicht die quälenden Kopfschmerzen. Und von einer Strategie konnte man nicht wirklich reden. Wer hatte gesagt, dass Angriff die beste Verteidigung sei? Hoffentlich hatte er recht.

»Okay, ich bin offiziell hier«, sagte sie, »als Kommissarin der Police Nationale, um mit dir über Phil Ferguson zu sprechen und über die Morde an Lilou Zapin und Zoé Gelabert. In wenigen Minuten wird Commandant Bastian aus

Toulon eintreffen, zusammen mit Sergeant Albertin von der Gendarmerie und mit meinem Assistenten Eustache. Ich wollte dir die Chance geben, erst mit mir unter vier Augen zu sprechen, aus Freundschaft zu deiner Schwester Clodine, und weil ihr mich in Fragolin so herzlich aufgenommen habt.«

»Ja, das haben wir«, zischte Pascal, »das war ein Fehler. Du willst über den Engländer mit mir reden und über die toten Nutten? Dann schieß los!«

»In deiner Garage habe ich Taucherflaschen gesehen«, fuhr Isabelle fort, »nach unserem gemeinsamen Grillabend beim Verlassen des Hauses, du erinnerst dich. Bist du Taucher?«

»Jäger und Taucher«, sagte Pascal, »über Wasser mit dem Gewehr, unter Wasser mit der Harpune, warum?«

»Kennst du die Tauchgründe zwischen Cassis und La Ciotat?«

»Natürlich, aber die *Calanques* gefallen mir besser.«

»Erzähl mir, wie es dazu kommen konnte«, sagte sie, ganz bewusst alles im Unklaren lassend, »und dann überlegen wir gemeinsam, wie wir am besten vorgehen.« Sie sah auf die Uhr. »Wir müssen uns beeilen, wir haben nicht mehr viel Zeit.«

Pascal hielt das Gewehr unverändert auf sie gerichtet.

»Du bluffst«, sagte er mit ruhiger Stimme. »Ich weiß zufällig, dass Sergeant Albertin im Urlaub ist, er kann nicht kommen. Deshalb glaube ich dir auch den Rest der Geschichte nicht.«

»Warum sollte ich lügen? Leg dein Gewehr auf den Boden, dann sehen wir weiter.«

»Schlechter Vorschlag, ganz schlecht.«

»Es gibt keinen besseren«, sagte sie.

»Ich muss nachdenken. Geh vor mir her zur Hütte. Mach keinen Blödsinn, mein Gewehr ist mit einer Spezialmunition geladen, für die Wildschweinjagd. Unten gibt es einen kleinen Keller, da werde ich dich erst mal einsperren. Falls dein angekündigter Besuch wirklich kommen sollte, bin ich schneller im Wald verschwunden, als die schauen können. Aber wenn ich recht habe, wird niemand kommen.«

Leider wusste Isabelle, dass er recht hatte. Niemand würde kommen. Keiner wusste, wo sie war. Pascal musste nur vorsichtig abwarten und sich Gewissheit verschaffen. Sobald er sich über die Konsequenzen klarwurde, gab es für ihn nur eine Option: Er musste sie umbringen. Oder im Keller verrecken lassen. Was im Ergebnis das Gleiche war.

# 46

Isabelle hatte jedes Zeitgefühl verloren. Sie hatte einen ausgetrockneten Mund und konnte nichts sehen, weil der Keller kein Fenster hatte. Es roch muffig. In dem kurzen Augenblick, bevor Pascal die Türe hinter ihr geschlossen und verriegelt hatte, hatte sie versucht sich alles einzuprägen. Der Raum war nur wenige Quadratmeter groß und fast leer. Ein Eimer lag in der Ecke, eine alte Obstkiste mit Lappen und Gummistiefel, das war es schon. Später hatte sie alle Mauern abgetastet, war über die Kiste am Boden gestolpert, hatte die Öffnung eines Belüftungsrohrs gefunden. Auch die Tür hatte sie untersucht. Sie war aus massivem Holz. Die Scharniere waren auf der anderen Seite angebracht. Sie sah keine Möglichkeit, sich aus dem Kellerverlies aus eigener Kraft zu befreien. Mit den schmutzigen Lappen aus der Kiste unter dem Kopf, hatte sie versucht etwas zu schlafen.

Jetzt lag sie da und dachte über ihre ausweglose Situation nach. Pascal konnte sie nicht am Leben lassen, so viel war klar. Bei Zoé hatte er offenbar auch nicht lange gezögert. Es war zwar schwieriger, jemanden mit kalter Berechnung zu töten, den man gut kannte, aber sie gab sich keinen falschen Hoffnungen hin. Seltsamerweise machte ihr der Gedanke nicht viel aus, dass es allem Anschein nach mit ihrem Leben zu Ende ging. Sie hatte keine Kinder, die sie vermissen würden, auch hinterließ sie keine trauernden Eltern oder einen liebevollen Ehemann. Ein Leben alleine zu führen hatte auch seine Vorzüge. Was sie allerdings fürchterlich wurmte, war die Tatsache, dass Albert Bagnol und Dominique Boustier davonkommen würden. Das war ungerecht, entsetzlich ungerecht. Die beiden hätte sie gerne noch zur Verantwortung gezogen.

Im erneuten Einnicken hörte sie plötzlich Geräusche in der Hütte. Sie wollte aufstehen, um sich neben der Tür für einen verzweifelten Angriff in Position zu bringen, aber ihre Beine machten nicht mit. Und dann war es zu spät.

Pascal drückte ihr den Lauf seines Gewehrs gegen die Stirn und fesselte mit Plastikriemen ihre Hände und Füße. Dann setzte er sich auf die umgedrehte Obstkiste, das Gewehr vor sich auf den Knien haltend.

»Ich habe Durst«, sagte Isabelle mit schwerer Zunge.

Pascal nickte. »Kann ich mir denken. Ich habe leider kein Wasser da. Und wenn, dann würde ich es dir nicht geben.«

»Das ist nicht nett.«

»Nein, ist es nicht. Wie bist du auf mich gekommen?«

»Jeanne ist im Haus des Engländers gesehen worden, halbnackt. Sie hat mir gestanden, dass sie mit ihm ein Verhältnis hatte …«

»Blöde Kuh.«

»Und du bist krankhaft eifersüchtig, das habe ich selber erlebt.«

»Krankhaft? Unsinn. Aber auf Jeanne muss man aufpassen, sie weiß oft nicht, was sie tut.«

»Wie ist es passiert? Ich glaube nicht, dass du Phil Ferguson und Lilou vorsätzlich umbringen wolltest.«

»Nein, wollte ich nicht. Als ich von ihrer Liaison erfahren habe, bin ich zu ihm ins Haus, um ihm zu sagen, dass er seine schmutzigen Finger von meiner Frau lassen soll. Die Verandatür war offen, ich habe ihn im Schlafzimmer angetroffen, im Bett, zusammen mit dieser Nutte. Plötzlich hat er unter dem Kopfkissen eine Pistole hervorgezogen und mich bedroht. Dann hat er einen Schuss abgefeuert, der mich nur knapp verfehlt hat. So etwas mag ich nicht. Ich habe ihm die Pistole abgerungen, auf ihn gezielt und gesagt, dass er jetzt ganz genau zuhören solle. Aber der Typ hatte wohl Aufputschpillen genommen, jedenfalls war er irgendwie high und wollte sich auf mich stürzen. Da habe ich abgedrückt, eher aus Versehen. Wahrscheinlich war das ein alter Reflex aus meiner Zeit als Fremdenlegionär. In solchen Situationen haben wir nicht lange gefackelt. Der Engländer ist der Länge nach zu Boden gestürzt und wie tot liegen geblieben. Als ich gesehen habe, dass die Nutte weglaufen wollte, habe ich gerufen, sie solle stehen bleiben. Das hat sie auch gemacht. Sie hat sich umgedreht und mich panisch angestarrt. Ich konnte keine Zeugin gebrauchen. Also habe ich geschossen. Danach musste ich erst mal kapieren, was passiert war. So eine Scheiße. Ich habe niemanden umbringen wollen. Hätte sich dieser Typ ruhig verhalten, wäre ihm nichts geschehen. Ihm nicht und auch nicht dieser Lilou.«

»Auch Zoé wäre noch am Leben«, ergänzte Isabelle.

»Richtig. Die dumme Nuss war wohl gerade im Bad und hat alles mitbekommen. Später hat sie herausgefunden, wer ich bin, und hat versucht mich zu erpressen. Was sollte ich tun? Jetzt war schon alles egal.«

»Da hast du sie umgebracht.«

Pascal nickte. »Ja, leider, es musste sein.«

»Deine Taucherflaschen haben dich verraten. Und du hast einen Geländewagen mit Anhängerkupplung.«

»Wie tausend andere Menschen auch.«

»Stimmt. Aber bei dir passte plötzlich alles ins Bild.«

Er zuckte mit den Schultern. »Tja, ist wohl so.«

»Du musstest Angst haben, dass sich Phil Ferguson erholt, wieder sprechen kann und dich verrät.«

»Deshalb habe ich immer ganz genau zugehört, wenn du auf Clodines Fragen von seinem Gesundheitszustand berichtet hast.«

»Du hättest auch ihn umgebracht?«

»Ich war kurz davor. Wusste nur noch nicht, wie ich das am besten anstellen sollte.«

»Und dann kam plötzlich Olivia ins Spiel, die Frau des Engländers?«

»Ja, das war ein Glücksfall. Ich habe mitbekommen, dass sie durchaus tatverdächtig war. Dann hat sie die Diamanten geklaut und ist verhaftet worden. Ich habe Apollinaire gesehen, wie er sie abgeführt hat.«

»Dann hattest du den Einfall, ihr die Tatwaffe unterzujubeln, die ja noch immer in deinem Besitz war, richtig?«

»Du bist klug, aber das habe ich schon immer gewusst. Ich beliefere die *Auberge* jeden Vormittag mit Fleisch und Wurstwaren. Die Rezeption ist meist unbesetzt. Da war es ein Leichtes, mir den Schlüssel zu schnappen und die Pistole in Olivias Zimmer zu verstecken. Zehn Minuten später war ich wieder in meiner Metzgerei hinter der Ladentheke und habe *cotelettes d'agneau* verkauft.«

Isabelle fuhr sich mit der Zunge über die trockenen Lippen.

»So ähnlich habe ich mir das gedacht«, sagte sie. »Aber ich bin erst auf dich gekommen, als ich von Jeannes Affäre mit dem Engländer erfahren habe. Eigentlich war der Fall bereits abgeschlossen.«

Pascal zuckte mit den Schultern. »Dumm gelaufen, vor allem für dich. Dein Auto habe ich übrigens weggebracht. Es steht jetzt an einer Badebucht. Wenn man es findet, wird man denken, du wärst beim Schwimmen ertrunken. Auf dem Beifahrersitz habe ich eine Pistole gefunden. Ich überlege mir, ob ich sie dir gebe, mit einer Patrone im Magazin. Dann kannst du dir selbst eine Kugel geben. Ich werde dich jedenfalls nicht erschießen.«

»Das heißt, ich werde diesen Kellerraum nicht mehr verlassen, richtig?«

»Isabelle, was soll ich tun? Versetz dich doch mal in meine Situation. Ich bin in diesen ganzen Schlamassel reingeschlittert, weil dieser blöde Engländer plötzlich eine Waffe hatte und auf mich losgegangen ist. Alles Weitere hat sich daraus ergeben. Ich muss das jetzt zu Ende bringen, sonst hört es nie auf. Ich will wieder meine Ruhe haben, verstehst du? Es tut mir leid, ganz ehrlich.«

»Du könntest fliehen, um dir irgendwo eine neue Existenz aufzubauen. Gib mir was zu trinken und zu essen, dann halte ich hier unten einige Wochen durch. Dann kannst du irgendwann die Polizei anrufen und ihnen sagen, wo sie mich finden können. Du bist längst in Sicherheit. Was hältst du davon?«

Pascal spielte mit dem Gewehr. »Aus deiner Sicht macht das Sinn«, sagte er schließlich, »aber ich habe nichts davon. Warum soll ich meine Existenz in Fragolin aufgeben? Mir geht es dort hervorragend, ich werde allgemein respektiert, habe eine schöne Frau. Nun gut, sie setzt mir ab und zu Hörner auf, aber das treibe ich ihr auch noch aus. Nein, Isabelle, daraus wird nichts.« Er gab sich einen Ruck und stand auf. »Bevor ich noch schwach werde, nehme ich besser von dir Abschied. Du kannst schreien, so laut du willst, hier hört dich keiner. Isabelle, *au revoir.* Aber nein, wir werden uns nicht wiedersehen. Gehe mit Gott!«

Er verließ rückwärtsgehend den Raum und schloss die

Tür. Es war schlagartig so dunkel, dass es keinen Unterschied machte, ob sie die Augen offen oder geschlossen hielt. Sie hörte noch, wie der Schlüssel zweimal umgedreht wurde, dann wurde irgendwas vor die Tür geschoben. Pascals Schritte entfernten sich, sie waren nur noch gedämpft zu hören. Oben schlug eine Tür, dann war es still. Totenstill.

Minuten später hörte sie im Belüftungsrohr ein Scheppern. Etwas fiel in ihrem Keller zu Boden. Sie kroch hin und ertastete mit gefesselten Händen eine Pistole. Sie erinnerte sich an Pascals Vorschlag, sich zu erschießen. Isabelle war sich sicher, dass nur eine einzige Patrone im Magazin war. Sie stieß die Pistole weg, suchte nach den alten Lappen, stopfte einige unter ihren Kopf und nahm sich fest vor, lieber qualvoll zu verdursten und zu verhungern, als von eigener Hand zu sterben.

# 47

Isabelle beobachtete einen Raubvogel, der hoch am Himmel seine Kreise zog, untermalt von gregorianischen Chorgesängen. Plötzlich stürzte sich der Vogel herab, genau auf sie zu. Aber sie war zu schwach, die Hände schützend über ihren Kopf zu halten. Auf einmal verwandelte sich der bedrohliche Schnabel in eine Nase, aus dem Vogel wurde das Gesicht von Pascal, der sie hämisch auslachte. Isabelle riss an ihren Handfesseln. Sie versuchte sie mit den Zähnen durchzubeißen. Dabei merkte sie, dass sie blutete. Gierig leckte sie das Blut von ihren Handgelenken. Sie war so durstig, unglaublich durstig.

Wie lange lag sie schon hier, zusammengekrümmt in der Ecke? Sie hatte keine Ahnung. Der Keller war trotz der sommerlichen Außentemperatur relativ kühl, wahrscheinlich wäre sie sonst schon längst tot. Isabelle wusste nicht, ob sie das gut finden sollte oder ob das nur ihre Qualen verlängerte. Sie hatte Phasen mit Halluzinationen, wie gerade eben jene mit dem Vogel. Oder wie vor einer kleinen Ewigkeit, als sie sich am *Arc de Triomphe* wähnte, bis die Detonation einer Bombe alles zerfetzte, Körperteile durch die Luft flogen … Dann wieder konnte sie einigermaßen klar denken. Um kurz danach einzuschlafen. Oder war sie zwischenzeitlich ohnmächtig? Egal, dieser Zustand war ihr am liebsten, auch wenn sie wusste, dass sie irgendwann nicht mehr aufwachen würde.

Sie versuchte sich daran zu erinnern, was sie über den

Tod aus Mangel an Nahrung und Flüssigkeit wusste. Das Essen war nicht das Problem, da konnte man lange überleben. Ohne zu trinken, hielt man aber nur wenige Tage durch. Der Körper dehydriert, man hört auf zu schwitzen, der Körper zieht Wasser nicht nur aus der Haut, sondern aus allen weniger wichtigen Organen, die zusammenschrumpeln wie getrocknete Rosinen. Versorgt werden nur noch akut überlebensnotwendige Organe wie das Herz. Wenn auch das Hirn nicht mehr ausreichend mit Wasser versorgt wird, fängt es an verrücktzuspielen. In dieser Phase befand sie sich wohl gerade …

Irgendwann fällt man in ein Koma. Das ist dann die Erlösung, weil man nicht mehr aufwacht. Koma? Sie musste an den Engländer denken. Sein Name fiel ihr nicht mehr ein. Der lag auch im Koma und würde vielleicht nie mehr aufwachen. Das war ganz schön makaber. Oder so lustig, dass man darüber lachen sollte. Aber sie konnte nicht lachen.

Sie hatte mal von verschütteten Bergleuten gelesen, die hatten ihr Sterben hinausgezögert, indem sie ihren eigenen Urin getrunken hatten. Das war zwar eklig, aber nicht wirklich schlimm. In Indien gab es sogar mal einen Ministerpräsidenten, der hat täglich ein Glas von seinem Urin getrunken.

Isabelle robbte zum Plastikeimer. Am Anfang ihres Kerkerdaseins hatte sie ihn als Toilette benutzt und hineingepinkelt. Sie versuchte durch den Mund zu atmen, um sich den widerlichen Geruch zu ersparen, hob den Eimer hoch, so gut es mit den gefesselten Händen ging, nur nichts verschütten – dann trank sie ihn aus.

Sie krabbelte zurück in ihre Ecke zu den Lappen, die ihr als Kopfkissen dienten. Schlimm, wenn man sich am Ende seines Lebens wie ein Tier verhielt. Eigentlich sollte man in Würde sterben, nicht verrecken wie eine Kreatur.

Sie glaubte sich zu erinnern, dass der Mensch zu zirka sechzig Prozent aus Wasser bestand. Wie viel durfte man davon verlieren? Sie wusste es nicht. Dagegen fiel ihr ein, dass Thierry mal im Spaß den Menschen mit Wein verglichen hatte. Der bestehe sogar zu über fünfundachtzig Prozent aus Wasser, der Rest würde maßlos überschätzt. Thierry? Hatte sie sich mit ihm versöhnt? Sie konnte sich nicht erinnern, aber es wäre schön. Wenn sie schon sterben musste, wollte sie mit sich und den Menschen, die ihr nahestanden, im Reinen sein. Menschen, die ihr nahestanden? Es gab nicht viele. Maurice in Paris, ihre Eltern … Ihre Eltern? Die waren doch schon lange tot. Ob es einen Himmel gab? Vielleicht trafen sich dort alle Lieben? Gott, wäre das schön, dann würde es sich lohnen zu sterben. Am besten gleich. Warum hatte sie ihren Urin getrunken? Um vielleicht einige Stunden länger dahinzuvegetieren? Das lohnte nicht.

Wo war eigentlich die Pistole? Isabelle tastete nach ihr. Sie fand sie und überprüfte mit schmerzenden und gekrümmten Fingern das Magazin. Sie hatte das in ihrem früheren Leben oft üben müssen, mit geschlossenen Augen. Wie erwartet fand sie nur eine Patrone. Pascal hatte Wort gehalten. Sie entsicherte die Waffe und lud durch. Jetzt war die Kugel im Lauf. Sie zögerte einen Moment, dann steckte sie den Lauf der Pistole in den Mund. Ihren Daumen hatte sie am Abzug.

Wie lange hielt sie so inne? Sekunden, Minuten … Sie brachte es nicht fertig, abzudrücken. Sie würde nicht tun, was Pascal vorgeschlagen hatte. Nein – jedenfalls jetzt noch nicht. Vielleicht später. Wenn sie dann noch dazu in der Lage war.

Sie sicherte die Pistole und legte sie zurück auf den Boden. Wieder glaubte sie leise die gregorianischen Chorgesänge zu hören. Sie sah sich als kleines Kind Hand in Hand mit ihrem Vater durch die Ruinen der *Chartreuse* spazieren. Sie atmete tief durch und nahm sich vor, nur noch positive Halluzinationen zu haben. War das möglich? Sie hoffte es.

# 48

Isabelle hatte sich in ihrer Ecke zusammengekrümmt wie ein Embryo. Ihr war übel, und sie hatte unerträgliche Kopfschmerzen. Ihre Ohren spielten verrückt. Am schönsten waren die eingebildeten Chorgesänge gewesen, aber die waren längst vorbei. Später hatte sie geglaubt, das Tropfen eines Wasserhahns zu hören. Sie war durch den ganzen Kellerraum gekrochen, um ihn zu finden – bis sie akzeptierte, dass es ihn nicht gab, nur in ihrer Phantasie.

Jetzt schien es ihr, als ob sie die Rotorengeräusche eines Helikopters hören würde. Hätte sie die Hände frei gehabt, würde sie sich die Ohren zuhalten. Aber das ging nicht. Außerdem kamen die Geräusche aus ihrem Kopf, von innen, nicht von außen, so wie die Gesänge und der tropfende Wasserhahn.

Isabelle zog sich mit letzter Kraft einen der Lappen, auf denen sie lag, über den Kopf. Die Helikoptergeräusche wurden leiser, schließlich waren sie ganz weg. Na also.

Sie wollte sich mit der Zunge über die Lippen fahren, aber sie fühlte keine Zunge mehr. Dafür war irgendwas anderes in ihrem Mund, etwas Fremdartiges und Unappetitliches. Sie wollte gar nicht wissen, was das war.

Sie dachte, dass das Gemeine an Halluzinationen ihre Realitätsnähe war. Der Wasserhahn, die Rotoren eines Helikopters, jetzt Geräusche im Haus. Isabelle wollte schreien – heraus kam ein leises Krächzen. Warum auch? Halluzinationen wurden nicht wahrer, wenn man um Hilfe rief.

Jetzt wurde vor ihrer Tür etwas weggerückt. Isabelle versuchte, sich aufzusetzen. Das war keine Einbildung mehr, oder? Sie hörte, wie ihr Name gerufen wurde. Dann die Anweisung, sich von der Tür zu entfernen. Das war ein schlechter Scherz, sie lag in der hintersten Ecke und konnte sich nicht bewegen.

Es gab eine kleine Explosion, die Tür flog aus ihrer Verankerung. Licht fiel in ihr Kellerverlies, gleißendes, grelles Licht.

Zwei Gestalten schritten durch den Lichtstrahl wie Fabelwesen aus einer anderen Welt. Sie hatten Kampfanzüge an und waren mit schwarzen Strumpfmasken vermummt. Sie hob ihre gefesselten Hände.

»Gott sei Dank, Sie sind am Leben«, sagte einer der beiden und zog sich die Strumpfmaske vom Kopf. Isabelles Augen waren so verklebt, dass sie sein Gesicht nicht erkennen konnte.

»Madame, ich bin's, Gérard, Ihr früherer Adjutant. Ihr Sondereinsatzkommando meldet sich zum Dienst.«

Der andere deutete einen militärischen Gruß an, schnitt dann ihre Handfesseln durch und machte den Weg für eine Frau frei, die ein Stethoskop umhängen hatte und ein großes rotes Kreuz auf ihrer Uniform. Isabelle sah Infusionsflaschen, spürte, wie ihr Kanülen angelegt wurden.

Immer mehr Menschen drängten in den kleinen Raum. Einer war groß und hager, das war Apollinaire. Was er wohl für Socken anhatte?

Isabelle schloss die Augen und ließ sich fallen. Der Alptraum hatte ein Ende. Sie würde nicht sterben. Sie hatte so lange durchgehalten, jetzt würde sie nicht auf der Ziellinie schlappmachen. Nein, ganz bestimmt nicht!

# 49

Bonjour, Isabelle«, sagte Docteur Sébastien Marre, »ich weiß nicht, ob ich Sie noch rechtzeitig für unser Konzert in Aix-en-Provence fit bekomme. Aber eine Woche später gibt es eine Wiederholung, bis dahin sind Sie ganz sicher wieder auf den Beinen. Es bleibt Ihnen also nicht erspart, meiner Einladung nachzukommen.«

Isabelle lächelte. »Nichts lieber als das«, entgegnete sie mit leiser Stimme. »Ich werde in Zukunft alle Einladungen zu den schönen Dingen des Lebens mit Freuden annehmen.«

»Ein guter Vorsatz. Wie geht es Ihnen?«

Aus der Anwesenheit von Marre schloss sie, dass sie im *Centre Hospitalier de Hyères* lag. Das gab ihr ein gutes Gefühl. Marre war ein hervorragender Arzt. Und auch sonst ganz nett.

»Wie es mir geht? Erstaunlich gut für jemanden, der schon mit seinem Leben abgeschlossen hatte.«

»Sie machen sehr große Fortschritte. Ich rechne nicht mit Komplikationen. Es ist selbst für mich immer wieder erstaunlich, wie schnell sich der menschliche Organismus erholen kann, vorausgesetzt, er ist eigentlich gesund. Wobei in Ihrem Fall ja die vorangegangene Schwächung durch jene Verletzungen hinzukam, die Sie vor nicht allzu langer Zeit erlitten haben. Aber in Ihnen steckt sehr viel Vitalität, Sie packen das.«

»Das glaube ich auch«, sagte sie, »sonst wäre ich von mir sehr enttäuscht.«

»Draußen wartet Sous-Brigadier Eustache, der würde Sie gerne besuchen. Ist es für Sie zu anstrengend, oder darf er kommen?«

»Apollinaire? Aber natürlich, bitten Sie ihn herein.«

Kurz darauf stand Apollinaire vor ihr. Mit einem großen Blumenstrauß und sogar ganz korrekt mit Krawatte.

»Darf ich Ihre Socken sehen?«, fragte sie mit einem Lächeln.

Verlegen hob Apollinaire die Beine. Beide Socken waren dezent dunkelblau.

»Sie enttäuschen mich«, sagte sie. »Sie müssen wissen, im Verlies habe ich von Ihren Socken geträumt. Na ja, auch von anderen Dingen, aber Ihre farbigen Socken waren ein Lichtblick.«

Apollinaire grinste. »Die Socken hat mir Shayana hergerichtet. Ich werde ihr sagen, dass ich das in Zukunft wieder selber mache.«

Isabelle nickte. »Das halte ich für eine gute Idee.«

»Madame le Commissaire, ich freue mich so sehr, dass Sie überlebt haben«, sagte er. »Ich habe mir die allerschlimmsten Sorgen gemacht.«

»Ich auch, das dürfen Sie mir glauben.«

Isabelle langte nach dem dreieckigen Galgen über ihrem Krankenbett und zog sich hoch. Apollinaire brauchte einige Versuche, bis es ihm gelang, die elektrisch betriebene Rückenlehne höher zu stellen.

Sie deutete auf die Blumen. »Holen Sie eine Vase. Und dann erzählen Sie mir, wie man mich gefunden hat. Was ist mit Pascal?«

»Der ist uns entwischt und über alle Berge«, sagte Apollinaire und wedelte mit dem Blumenstrauß. »Leider, ich werde Ihnen berichten. Stichwort Vase. Wird sofort erledigt, bin gleich wieder da.«

»Wie hat man mich gefunden?«, wiederholte Isabelle ihre Frage. »Habe ich meine Rettung Ihnen zu verdanken?«

»Nun ja …« Apollinaire nestelte verlegen an seinem Hemdkragen und lockerte dann seinen Krawattenknoten. »Ich habe wohl meinen bescheidenen Beitrag geleistet, das schon.«

»Ich danke Ihnen, Sie sind ein Engel.«

»Ein Engel? Das hat noch nie jemand zu mir gesagt.«

»Dann wurde es Zeit. Also, erzählen Sie. Aber bitte nur die Kurzfassung. Ich bin noch etwas geschwächt.«

»Noch etwas geschwächt, die Kurzfassung, ich verstehe.«

Isabelle lächelte. Der Mann hatte seine liebenswerten Eigenarten.

»Wo fange ich an?«

»Am besten mit meinem Verschwinden«, half sie ihm auf die Sprünge.

»Natürlich, selbstverständlich, ganz klar. Zunächst hat Sie niemand vermisst. Sie sagen ja auch sonst nicht, was Sie so vorhaben. Monsieur Blès hat nach Ihnen gefragt. Er hat sich als Erster gewundert, vor allem, weil Ihr *portable* auf dem Schreibtisch lag, und das schon seit Stunden. Normalerweise würden Sie es sich sofort holen, wenn Sie es vergessen hätten. Ich muss sagen, da hatte er recht.«

»Thierry? Wie geht es ihm?«

»Er wollte Sie auch besuchen kommen, aber dann dachte er, wir beide, das wird zu viel für Sie. Ich soll Ihnen seine herzlichsten Grüße ausrichten und sein Kommen für heute Abend ankündigen.«

»Da freue ich mich. Weiter!«

»Nach einigen Stunden haben wir uns ernste Sorgen gemacht und eine Fahndung nach Ihrem Auto rausgegeben. Das hat man am späten Abend verlassen an einer Badebucht bei Gigaro gefunden. Am Strand lag ein großes Handtuch, darunter der Autoschlüssel. Wir haben gedacht, Sie sind schwimmen gegangen, und Ihnen ist was passiert. Die Wasserwacht hat die halbe Nacht nach Ihnen gesucht.«

»Das hat sich Pascal gut ausgedacht«, sagte Isabelle.

»Ja, das hat er. Man ist allgemein davon ausgegangen, dass Sie beim Baden ertrunken sind. Ehrlich gesagt habe ich das auch geglaubt. Ich wusste ja, dass Sie abends gelegentlich zum Schwimmen ans Meer fahren. Aber dann kam der Bürgermeister in mein Büro und hat gesagt, dass er nicht an einen Badeunfall glauben könne. Sie seien eine hervorragende Schwimmerin. Das wisse er ganz genau und aus eigener Erfahrung.«

Isabelle dachte an ihren Ausflug mit seinem Fischerboot. Das war eine ausgesprochen schöne Erinnerung.

»Ich war mal mit ihm schwimmen«, sagte sie. »Und weiter?«

»*Alors*, langsam sind auch mir Zweifel gekommen. Ich habe das Auto von der Spurensicherung untersuchen lassen. Auf dem Lenkrad waren nur verschmierte Fingerabdrücke. Als ob jemand mit Handschuhen gefahren wäre und dabei alles verwischt hat. Sie fahren nie mit Handschuhen.«

»Erst recht nicht im Sommer.«

»Madame le Commissaire, Sie haben um eine Kurzfassung gebeten. Erst am nächsten Tag ist mir aufgefallen, dass meine Pistole nicht mehr in der Schublade lag. Nur Sie hatten einen Schlüssel. Seit wann braucht man zum Baden eine Pistole? Und vor allem, wo war sie jetzt? In Ihrem Auto hat man die Pistole jedenfalls nicht gefunden. Derweil hat die

Wasserwacht die Suche aufgegeben. Vielleicht würde Ihre Leiche mal ans Ufer gespült werden, dann hätten wir Gewissheit. Leider haben wir viel Zeit verloren.«

Isabelle dachte über die Ironie des Schicksals nach. Während alle glaubten, dass sie ertrunken sei, war sie in Wahrheit am Verdursten. Sie sah sich als angespülte Leiche am Strand von Pampelonne. Touristen standen gaffend um sie herum. Nein, das wäre auch kein würdiger Tod gewesen.

»Mir ist unser letztes Gespräch eingefallen«, fuhr Apollinaire fort, »in dem ich Ihnen von Shayanas Beobachtung erzählt habe, also von Jeanne und dem Engländer. Sie haben darauf sehr emotional reagiert. Also bin ich zu Jeanne gefahren. Sie hat mir bestätigt, dass Sie bei ihr gewesen waren. Sie hat mir gesagt, dass Sie über ihre Affäre mit dem Engländer gesprochen hatten. Hat einen ganz schön lockeren Lebenswandel, diese Jeanne.«

Apollinaire stand auf und ging zum Blumenstrauß. Es schien ihm wichtig, die Position einiger Blumen in der Vase zu korrigieren.

Isabelle nutzte die Pause und rekapitulierte das bisher Erzählte. Sie hatte kaum einen Zweifel, dass sie ohne Apollinaire nicht mehr leben würde. Aber auch Thierry hatte offenbar einen wichtigen Beitrag geleistet.

»Sie haben gut kombiniert«, sagte sie. »Und weiter?«

»Ich erspare Ihnen Details. Um ehrlich zu sein, ich bin zunächst nicht auf Pascal gekommen. Der zählte doch zu Ihrem Freundeskreis. Außerdem ist er im Dorf sehr beliebt. Irgendwann habe ich im Büro Ihren Computer gestartet.«

»Kannten Sie mein Passwort?«

Apollinaire grinste. »Nein, aber Sie wissen doch, das ist eine meiner leichtesten Übungen. Bei den Mails habe ich nichts Auffälliges gefunden. Dann habe ich geschaut, welche Webseiten Sie als Letztes besucht hatten. Offenbar haben Sie nach der Adresse einer Jagdhütte gesucht, und zwar jener von Pascal. Sie haben sie aber nicht gefunden. Ich habe mir gedacht, dass Sie in so einem Fall bei der örtlichen Jagdbehörde anrufen würden. Das habe ich auch gemacht, aber es war niemand da. Offenbar war der einzige Mitarbeiter gerade in den Urlaub gefahren. Ich habe ihn schließlich auf seinem *portable* erreicht. Er hat mir bestätigt, dass Sie mit ihm telefoniert haben und er Ihnen die Adresse gegeben hat. Jetzt wusste ich auch, wo Pascals Jagdhütte lag. Dann habe ich mir so meine Gedanken gemacht und überlegt, welche Schlussfolgerungen Sie womöglich gezogen haben, Jeanne, Pascal, die tote Lilou, der angeschossene Engländer … Plötzlich ist es mir wie Schuppen von den Augen gefallen. Ich habe kapiert, dass Pascal hinter allem stecken könnte. Ein eifersüchtiger Ehemann, der den Liebhaber seiner Frau niederschießt, mit Lilou die vermeintlich einzige Zeugin beseitigt, später von Zoé erpresst wird und deshalb auch sie umbringt. Sie haben mir mal erzählt, dass Pascal früher bei der Fremdenlegion war. Ihm war so etwas zuzutrauen. Schließlich hat er uns die Tatwaffe untergejubelt und damit Fergusons Ehefrau belastet. Die Details sind mir immer noch nicht alle klar, aber so passte plötzlich alles zusammen.«

Isabelle nickte. »Sie haben sich das richtig zusammengereimt. Genau so hat es sich zugetragen. Pascal hat mir alles gestanden, weil er dachte, dass ich nicht mehr lange leben würde. Das nächste Mal bringen Sie bitte was zum Schreiben mit. Dann fertige ich ein Gedächtnisprotokoll von seinem Geständnis an. Erzählen Sie weiter!«

Apollinaire zupfte sich am Ohr. »Wo war ich?«

»Sie wussten, dass ich nach Pascals Jagdhütte gesucht habe, und dann ist es Ihnen wie Schuppen …«

»… von den Augen gefallen, richtig. Übrigens eine ausgesprochen bescheuerte Redensart. Das hat uns wieder einmal die Bibel eingebrockt, Neues Testament, Apostelgeschichte …«

»Sie sind auf Pascal als möglichen Täter gekommen«, brachte ihn Isabelle wieder in die Spur.

»Korrekt. Also, ich bin zu Pascal in die Metzgerei gegangen und habe ihn in ein unverfängliches Gespräch verwickelt. Ich wollte nicht, dass er was merkt. Dabei ist er mir irgendwie verdächtig vorgekommen, als ob er seine Gelassenheit nur spielen würde. Hinterher wusste ich nicht, was ich tun sollte. Ich saß in unserem Büro und habe mir den Kopf zermartert.« Er unterbrach sich. »Darf ich Ihnen was zu trinken bringen? Ein Glas Wasser?«

Isabelle hing zwar am Tropf, nahm aber sein Angebot gerne an. Seit wann bekam man vom Zuhören einen trockenen Mund?

Einige Minuten später fuhr Apollinaire mit seinem Bericht fort. Diesmal schaffte er sogar problemlos den Anschluss. »Ich habe mir die möglichen Alternativen überlegt. Wie es schien, sind Sie zu Pascals Hütte gefahren, ohne *portable*, aber mit meiner Dienstwaffe. Und ohne jemandem Bescheid zu geben …«

»Das war doof«, sagte sie.

»Bei allem Respekt, ja, das war es. Ausgehend von dieser Hypothese und der Annahme, dass Pascal ein mehrfacher Mörder war, gab es mehrere Möglichkeiten. Szenario eins: Er hat Sie umgebracht. In diesem tragischen Fall wäre die Vorgehensweise egal. Szenario zwei: Sie sind schwerverletzt entkommen und verstecken sich irgendwo im Wald. In diesem Fall sollten wir Sie so schnell wie möglich finden. Szenario drei: Pascal hat Komplizen, die nach Ihnen suchen, während er ganz harmlos in seinem Geschäft steht. Sie schnellstmöglich zu finden wäre also noch vordringlicher. Szenario vier: Pascal hat Sie aus dem Verkehr gezogen, ohne Sie umzubringen. Vielleicht hatte er Skrupel, weil er Sie gut kannte. Aber wo hielt er Sie dann versteckt, und was hatte er mit Ihnen vor? Wie ich schon sagte, ich wusste nicht weiter. Ich hatte Angst, was falsch zu machen. Da kam zufällig der Bürgermeister ins Büro ...«

»Thierry ...«

»Richtig, Thierry Blès. Er war völlig aufgelöst. Wir müssten dringend etwas unternehmen, nur wisse er nicht, was. Diese Hilflosigkeit mache ihn rasend vor Wut. In meiner Not habe ich ihn ins Vertrauen gezogen. Er hat sofort alles verstanden. Er hat mir zugestimmt, dass wir nicht einfach zur Jagdhütte fahren könnten. Falls es Komplizen gab, würden diese Sie sofort umbringen, falls Sie noch am Leben waren. Unterstellt, diese wussten, wo Sie sich aufhielten. Ganz schön kompliziert. Ich habe auf diesem Gebiet keine Erfahrung, im Archiv wird man auf so etwas nicht vorbereitet. Ich war am Überlegen, die Gendarmerie um Hilfe zu bitten oder sogar Commandant Bastian in Toulon. Das wäre der korrekte Dienstweg. Monsieur Blès hat gesagt, die Gendarmen seien nicht ausreichend qualifiziert, und Bastian sei ein Idiot. Außerdem sei Pascal gefährlich, er wisse von seiner Vergangenheit bei der Fremdenlegion. Blès hatte die Idee, Maurice Balancourt in Paris zu verständigen. Offenbar haben Sie ihm von Balancourt erzählt.«

Isabelle nickte. »Ja, habe ich, andeutungsweise.«

»Jedenfalls gelang es ihm, zu Balancourt durchgestellt zu

werden. Er hat mir den Hörer gegeben, und ich habe Balancourt alles erzählt. Ab und zu musste mir der Bürgermeister helfen. Ich war total aufgeregt. Mit so einem wichtigen Mann habe ich noch nie telefoniert.«

»Maurice ist total nett. Kein Grund, aufgeregt zu sein.« Isabelle trank aus dem Wasserglas. »Den Rest kann ich mir eigentlich denken, aber erzählen Sie!«

»*Alors*, Balancourt hat mir anvertraut, dass Sie früher Chefin einer geheimen Antiterroreinheit waren. So etwas habe ich mir ja schon gedacht. Die zugehörigen Sondereinsatzkommandos seien an verschiedenen Standorten so stationiert, dass sie in weniger als einer Stunde an jedem beliebigen Ort in Frankreich sein könnten. Ich sollte mit den genauen Koordinaten der Jagdhütte auf einer geeigneten Wiese, am besten etwas außerhalb von Fragolin, auf den Hubschrauber mit den Spezialkräften warten. Er gab mir eine Telefonnummer, damit ich den Landeplatz durchgeben kann. Die Maschine hätte die modernste technische Ausrüstung an Bord, Wärmebildkameras, Infrarot, der ganze Schnickschnack. Wenn Sie in der Nähe der Jagdhütte und noch am Leben wären, würde man Sie in null Komma nichts finden. Ebenso wie mögliche Komplizen. Diese könnte man aus der Luft kampfunfähig machen. Er hat uns noch viel Glück gewünscht. Das war's dann.«

Isabelle sah ihn fragend an. »Das war's dann?«

»Ja. Der Helikopter kam mir vor wie aus einem Science-Fiction-Film, außen mattschwarz lackiert, innen lauter Monitore …«

»Ich kenne die Dinger«, unterbrach ihn Isabelle, »ich bin sie selber geflogen.«

»Sie können Helikopter fliegen? Mich wundert gar nichts mehr. Jedenfalls hatte unsere Crew im Anflug auf die Jagdhütte Wildschweine auf dem Monitor und andere Viecher, aber keine Menschen. Ich weiß nicht, wie sie das auseinanderhalten können. In der Hütte haben sie das Wärmebild eines bewegungslosen menschlichen Körpers registriert. So schnell konnte ich gar nicht schauen, wie sich einige Männer abgeseilt haben. Erst dann ist der Helikopter gelandet, und ich bin hinterher. Das hat man mir zwar ausdrücklich verboten, aber dann hat man mich doch gewähren lassen. Der Zugang zum Keller war mit einem Regal zugestellt, aber das hatten die Jungs schon weggeräumt. Eine kleine Sprengladung … Na ja, den Rest der Geschichte kennen Sie.«

»Ganz schöner Aufwand für eine kleine Kommissarin«, sagte sie mit einem leisen Lächeln.

»Ich muss Ihnen was gestehen«, erklärte Apollinaire.

»Ja?«

»In meiner Aufregung habe ich vergessen, Pascal verhaften zu lassen. Die Gendarmerie hätte das machen können. Vielleicht hat er mitgekriegt, wie der Helikopter gelandet ist. Wie auch immer, jetzt ist er weg.«

»Kann man nichts machen«, sagte Isabelle. »In diesem speziellen Fall bin ich froh, dass Sie mir Ihre ganze Aufmerksamkeit geschenkt haben. Ich weiß gar nicht, wie ich Ihnen danken soll.«

Apollinaire richtete sich verlegen die Krawatte – mit dem Ergebnis, dass sie jetzt erst recht einen schiefen Sitz hatte. Isabelle sah, dass sein Kragen falsch geknöpft war. Shayana würde mit ihm noch einige Arbeit haben. Hoffentlich ging dabei nicht seine Persönlichkeit verloren.

»Ich bin müde«, sagte sie.

»Selbstverständlich, natürlich sind Sie das. Wie rücksichtslos von mir.«

»Nein, alles gut.«

»Ich lasse Sie jetzt allein.« Apollinaire stand auf, ging rückwärts zur Tür und verbeugte sich mehrfach. Es war reiner Zufall, dass er dabei nicht irgendwo dagegen rempelte.

»Halt, noch einen Moment. Was ist mit Olivia Ferguson? Ist sie noch in Untersuchungshaft?«

»Ich weiß nicht.«

»Sprechen Sie mit Staatsanwalt Fabré. Und grüßen Sie Thierry von mir. Sagen Sie ihm, dass ich mich auf seinen Besuch freue.«

»Staatsanwalt Fabré, Bürgermeister Blès, Grüße ausrichten, wird zuverlässig erledigt.«

Zum Abschied ließ sich Apollinaire dazu hinreißen, Isabelle zuzuwinken, dann krachte er gegen die Tür.

# 50

Den Nachmittag verbrachte Isabelle im Halbschlaf. Sie genoss das saubere Bett, durch das geöffnete Fenster hörte sie gelegentlich Vogelgezwitscher. Sie war unendlich froh, wieder am Leben zu sein. Da störte es nicht, dass eine ungeschickte Putzfrau in ihrem Krankenzimmer die Vase mit Apollinaires Blumen umstieß. Auch nicht, dass der Kaffee nicht schmeckte und der trockene Kuchen schon beim Hinschauen zerbröselte. All das gehörte dazu, zum Leben! In ihrem dunklen Kellerverlies hätte sie alles für eine Tasse Kaffee gegeben, und sei er noch so schlecht. Gleichzeitig hatte sie sich mit dem Sterben abgefunden. Das war voreilig gewesen.

Sie versuchte aufzustehen und war stolz, dass sie es schaffte.

Sie rollte das Gestell mit der Infusionsflasche neben sich her und ging auf die Toilette. Dort versuchte sie, nicht daran zu denken, was sie in ihrer Gefangenschaft getrunken hatte.

Ihr ging durch den Kopf, dass Pascal flüchtig war. Beruhigend war, dass er für sie keine Bedrohung mehr darstellte. Es gab keinen rationalen Grund mehr, ihr etwas anzutun. Sie fragte sich, wohin er wohl geflüchtet war, wo er sich versteckt halten könnte. »Ich bin schneller im Wald verschwunden, als die schauen können«, hatte er zu ihr gesagt. Wald, Wald …

Isabelle griff zum Telefon und rief Apollinaire an. Sie

habe da so eine Idee, sagte sie und gab ihm einen Hinweis, von dem sie selber nicht wusste, ob er was taugte.

Danach lag sie wieder im Bett und dämmerte vor sich hin. Ab und zu lächelte sie. Dann wieder zeigten sich auf ihrer Stirn sorgenvolle Falten – aber nur kurz und immer seltener.

»*Service d'étage,* Zimmerservice!«

Isabelle wachte auf und brauchte einen Moment, um sich zu orientieren. Sie drehte den Kopf zur Seite und sah Thierry, der mit einem breiten Grinsen auf sie zukam. Vor sich her schob er einen klappernden Medikamententisch auf Rädern, dekoriert mit einer weißen Stofftischdecke, mit Weinkühler, Blumen, Gläsern …

»Das Krankenhausessen ist eine Katastrophe, habe ich recht? Alternativ hätte ich unter anderem *foie gras* im Angebot und Jahrgangschampagner. Alles krankenverträglich und vom Stationsarzt freigegeben.«

Isabelle lächelte. Das war genau der Thierry, von dem sie im Kellerverlies geträumt hatte. Ein Großmeister des *savoir vivre.* Sie erinnerte sich an seine Worte anlässlich ihrer Bootspartie: Man muss versuchen das Leben zu leben, man hat nur einen Versuch. Wie recht er hatte.

Thierry umarmte sie, der Champagner schäumte ins Glas, sie stießen an – und Isabelle fühlte sich wie wiedergeboren.

Natürlich blieb es ihr nicht erspart, ihm zu erzählen, wie es ihr ergangen war. Aber er hatte Verständnis dafür, dass sie nicht ins Detail gehen wollte. Vielleicht später einmal, aber nicht jetzt, da sie gerade dabei war, die traumatischen Erlebnisse aus ihrem Kopf herauszubekommen. Sie wusste, dass ihr das nie gelingen würde, aber sie musste es versuchen. Eigentlich war sie ja noch damit beschäftigt gewesen, das Bombenattentat zu verarbeiten. Deshalb war sie nach Fragolin gekommen. Jetzt hatte sie noch einen zweiten seelischen Schock erlitten. Sie hätte nicht gedacht, dass man so etwas verkraften könnte. Momentan überlagerten die aktuellen Ereignisse die zurückliegenden. Vielleicht war das eine neue Methode?

Thierry meinte, dass es bei Buschbränden die Möglichkeit gebe, ein Feuer mit einem Gegenfeuer zu bekämpfen. Vielleicht klappe so etwas auch bei der Verarbeitung von Traumata. Er musste allerdings zugeben, dass das auch beim Feuer häufig schiefging.

Isabelle war es ein Bedürfnis, sich bei Thierry für seine Rolle bei ihrer Befreiung zu bedanken. Dass er Zweifel an ihrem Badeunfall gehabt habe, auf die Idee mit Balancourt gekommen sei …

Thierry winkte ab. Das sei doch nicht der Rede wert. Sie verdanke ihre Rettung einzig ihrem Assistenten. Apollinaire sei zwar völlig durch den Wind gewesen, habe im Flur den Vizebürgermeister umgerannt und keinen Satz zu Ende gesprochen, aber er habe nichts unversucht gelassen, Isabelle zu finden. Das verdiene höchsten Respekt.

Später plauderten sie über allgemeine Themen, zum Beispiel über die gute Weinernte, die in diesem Jahr erwartet wurde. Um sie abzulenken, berichtete Thierry von einer Bürgerinitiative gegen die überhandnehmenden privaten Hubschrauberflüge rund um Saint-Tropez, die als moderne Mückenplage bezeichnet würden. Dann fiel ihm ein, dass er fast vergessen hätte, ihr noch etwas zu erzählen, was sie bestimmt interessiere. Dominique Boustier sei gestorben.

Isabelle stockte fast der Atem. Sie zog sich am Galgen hoch und sah Thierry mit großen Augen an.

»Boustier ist tot?«

»Seine Haushälterin hat ihn gestern in seinem Arbeitszimmer gefunden.«

»Hat er also den Kampf gegen den Krebs verloren …«

»Ja und nein. Boustier hat sich umgebracht.«

»Umgebracht? Dieser elende Halunke, jetzt kann ich ihn nicht mehr zur Rechenschaft ziehen.«

»Sieh es positiv! Falls er wirklich hinter dem Tod deiner Eltern gesteckt hat, was ich mir nicht wirklich vorstellen kann, dann hat ihn jetzt das Schicksal gestraft, und er muss sich vor einem höheren Gericht verantworten.«

Isabelle dachte, dass Thierry wohl recht hatte. Trotzdem war sie maßlos enttäuscht. Sie würde von ihm nie mehr ein Geständnis bekommen und ihn nicht in Handschellen abführen können. Der gewaltsame Tod ihrer Eltern würde ungesühnt bleiben. Albert Bagnol konnte sie vergessen, der würde die Tat nie zugeben und munter weiter Boule spielen und seine Gauloises rauchen.

»Eigentlich müsste man Mitgefühl empfinden«, sagte Isabelle, »aber bei dem Mann, der meine Eltern auf dem Gewissen hat, kann ich es nicht.«

Thierry sagte, dass es wahrscheinlich unbedacht gewesen sei, ihr gerade jetzt von Boustiers Tod erzählt zu haben. Er hätte es morgen tun sollen, wenn es ihr besserginge. Er entschuldigte sich dafür.

Isabelle beruhigte ihn. Nein, das könne sie schon verkraften. Außerdem habe sie in den letzten Stunden häufig an den Tod ihrer Eltern gedacht und überlegt, wie sie Boustier als Auftraggeber überführen könne. Das könne sie sich jetzt sparen. Bleibe noch Albert. Aber ohne Boustier könne man ihn nicht zur Strecke bringen, das sehe sie ganz realistisch.

Thierry schaffte es, erneut das Thema zu wechseln und wieder in eine zwanglose Plauderei überzugehen. Isabelle nahm das dankend an. Sie ließ sich von ihm sein Rezept für *tapenade* erklären, jener für die Provence so typischen Paste aus Oliven, Knoblauch, Kapern und Sardellen. Man dürfe nicht vergessen, in den Mörser feingeschnittenes Basilikum zu geben, sagte er.

Isabelle interessierte sich überhaupt nicht für Rezepte. Sie war eine miserable Köchin, die es zu schätzen wusste, dass man Spezialitäten wie eine hausgemachte Olivenpaste fertig in Gläsern kaufen konnte. Trotzdem hörte sie ihm aufmerksam zu. Er hatte eine angenehme ruhige Stimme, die zu hören ihr guttat. Was kam es da auf den Inhalt an?

Es war schon spät am Abend, als sich Thierry verabschiedete. Isabelle bekam es fast nicht mit. Sie hatte schon seit einiger Zeit ihre Augen kaum mehr offen halten können. Sie hörte noch ein leises *»Bonne nuit. Dors bien«*, dann gab sie sich endgültig dem Schlaf hin.

# 51

Es waren einige Tage vergangen. Isabelle hatte Docteur Marre überredet, sie aus dem Krankenhaus zu entlassen. Sie hatte Clodine in ihrem Seifenladen besucht, hatte es abgelehnt, mit Jeanne zu sprechen, das traute sie sich noch nicht zu, hatte mit Maurice Balancourt in Paris telefoniert und mit Staatsanwalt Fabré. Jetzt saß sie an einem Tischchen vor dem *Café des Arts* und trank einen *jus de cassis,* einen Saft aus schwarzen Johannisbeeren. Sie war noch etwas schwach auf den Beinen, hatte schorfige Lippen und blutige Striemen an den Handgelenken. Aber davon abgesehen ging es ihr gut.

Auf dem Nebentisch lag eine Ausgabe der Tageszeitung *Var-Matin,* mit einem großen Artikel über eine Madame le Commissaire, die fast gestorben sei, auf spektakuläre Weise gerettet worden sei, die den berühmten Ferguson-Fall aufgeklärt habe. Der Mörder habe mitten unter ihnen gelebt, die Bewohner von Fragolin hätten sein Fleisch gegessen und seine weithin bekannten *saucissons.* Jetzt sei er flüchtig.

Sie hatte den Artikel schon am Morgen beim Frühstück überflogen. Dabei hatte sie das merkwürdige Gefühl gehabt, dass es um jemand anders ging. Sie hatte den Beitrag nicht bis zum Ende gelesen. Ganz im Unterschied zur Berichterstattung hinsichtlich des Todes von Dominique Boustier. Hier hatte sie jedes Wort studiert, sogar versucht zwischen den Zeilen zu lesen. Aber im Ergebnis änderte sich nichts. Der Mann war tot!

Ab und zu kamen Menschen vorbei, die sie grüßten. Wieder andere sahen verstohlen zu ihr hin und tuschelten. Isabelle legte das Geld für den Saft auf den Tisch und wollte gerade aufstehen, da kam Apollinaire herbeigeeilt.

»*Attention,* Madame, bleiben Sie sitzen, ist besser für Sie.«

Er zog ein Stück Papier aus seiner Jackentasche und wedelte damit herum.

Isabelle runzelte fragend die Stirn. Apollinaire machte es wieder einmal spannend. Er nahm erst mal Platz und wischte sich den Schweiß von der Stirn. Sie wollte ihm das Papier wegschnappen, um zu sehen, worum es ging, aber er war schneller.

»Madame, ich muss es Ihnen erst erklären. Sie werden es nicht glauben.«

»Jetzt lassen Sie schon die Katze aus dem Sack!«, forderte sie ihn auf.

»*Alors,* das hier, das ist eine Kopie des handschriftlichen Abschiedsbriefs von Monsieur Boustier. Das Original lag auf dem Schreibtisch neben seiner Leiche. Übrigens hat er sich mit Arsen vergiftet. Sie wissen, im Periodensystem der Elemente …«

»Apollinaire!«, unterbrach sie ihn vorwurfsvoll.

»Pardon, Madame, Sie haben recht, das Periodensystem tut nichts zur Sache. Wo war ich?«

»Boustiers Abschiedsbrief.«

»Natürlich. Eigentlich ist es eher ein Testament, jedenfalls zum Teil …«

»Entweder kommen Sie jetzt auf den Punkt, oder Sie geben mir das verdammte Blatt zum Lesen.«

»Ja, ist wohl das Beste«, sagte er und reichte ihr die Kopie. »Aber passen Sie auf, dass Sie nicht vom Stuhl fallen.«

Minuten später hielt Isabelle ein Glas mit Cognac in der Hand, das ihr Apollinaire in weiser Voraussicht bestellt hatte. Sie trank es aus wie Wasser. Sie schüttelte sich und schlug sich mit der Hand gegen die Brust.

»*Merci*, das habe ich jetzt gebraucht.«

»Und jetzt?«, fragte Apollinaire.

»Jetzt rufe ich Staatsanwalt Fabré an und beantrage einen Haftbefehl.«

»Schon erledigt«, sagte er und fischte aus seiner Jacke ein weiteres Papier. »Ich habe auch meine neue Dienstwaffe dabei und Handschellen. Ich dachte, Sie wollen das bestimmt persönlich übernehmen.«

Isabelle stand auf. »Da haben Sie richtig gedacht. Das will ich verdammt noch mal selber machen. Aber Sie kommen mit!«

»Ich habe schon mit der Gendarmerie telefoniert. Die Gefängniszelle ist frei und das Schloss frisch geölt.«

»Also, worauf warten wir?«

Claudette machte auf und sagte, dass Albert oben auf der Terrasse sei. Dabei blickte sie besorgt, denn Isabelle machte einen entschlossenen Eindruck, und Apollinaire schaute finster.

»Hallo, Isabelle«, wurde sie von Albert Bagnol begrüßt, der unter einer Markise saß und sich Notizen machte. »Ich schreibe gerade an einer Trauerrede für Dominiques Beerdigung.«

»Damit kannst du aufhören«, sagte sie. »Die Rede wird jemand anders halten müssen.«

»Warum? Bist du verrückt? Dominique war mein bester Freund«, entrüstete sich Albert.

»Dein bester Freund hat dich verraten«, sagte Isabelle.

»In seinem Abschiedsbrief, dessen Echtheit geprüft und bestätigt wurde, gesteht er, dass er dir den Auftrag erteilt hat, den Wagen meines Vaters zu manipulieren. Er wolle vor seinem Ableben sein Gewissen erleichtern, hat er geschrieben. Er habe damals nicht mit diesem schlimmen Ausgang gerechnet, er habe meinen Vater nicht umbringen wollen, sondern nur vorgehabt, ihn aus dem Verkehr zu ziehen. Dass dabei auch meine Mutter ums Leben gekommen sei und ihr ungeborenes Kind, mache die Tragödie noch schlimmer.«

Aus Alberts Gesicht war jede Farbe entwichen. Er verharrte regungslos auf seinem Stuhl.

»Du bist schuld am Tod meiner Eltern. Ich habe einen Haftbefehl, ausgestellt von Staatsanwalt Fabré. Albert Bagnol, hiermit verhafte ich dich. Sous-Brigadier Eustache, legen Sie Monsieur Bagnol die Handschellen an, und unterrichten Sie ihn über seine Rechte.«

Isabelle wartete, bis Apollinaire fertig war, dann drehte sie sich um und nahm Claudette in den Arm, die weinend hinter ihnen stand.

»Tut mir leid«, sagte Isabelle, »für dich tut es mir leid, nicht für ihn.«

# 52

Isabelle stand vor dem Grab ihrer Eltern. Sie hatte weiße Rosen mitgebracht und eine Kerze angezündet. Sie flüsterte: »Ich habe versprochen, dass ich herausfinde, wie ihr zu Tode gekommen seid. Und wenn es einen Schuldigen gibt, würde ich ihn zur Rechenschaft ziehen.« Sie machte eine Pause, um zu sehen, dass sie alleine war und keine Mithörer hatte. »Ich bin froh«, fuhr sie mit Tränen in den Augen fort, »dass ich Wort gehalten habe. Das macht euch nicht mehr lebendig, das ist mir schon klar. Ich stelle mir vor, ihr sitzt da oben irgendwo auf einer Wolke und blickt herunter auf die Erde. Das ist ein naiver Kinderglaube, ich weiß, aber eine schöne Vorstellung. Da oben im Himmel muss es euch doch unheimlich ärgern, wenn ihr seht, dass eure Mörder unten frei herumlaufen und sich ihres Lebens erfreuen. Also, mir würde es so gehen. Ich wäre so lange stinkesauer, bis sie irgendjemand zur Rechenschaft gezogen hätte.«

Isabelle wischte sich ihre Augen trocken. Sie weinte so gut wie nie. Es gab keinen Grund, gerade heute damit anzufangen. Eigentlich sollte sie lachen, zumindest lächeln. Denn alles war gut ausgegangen, sogar die Suche nach den Mördern ihrer Eltern. Offenbar hatte sich der alte Dominique Boustier in seinem Herzen noch einen Rest von Menschlichkeit bewahrt. In Erwartung seines Todes wollte er ein reines Gewissen haben, seine Sünden bekennen und bereuen. Deshalb hatte er diesen Abschiedsbrief geschrieben und seinen

Freund Albert Bagnol ans Messer geliefert. Danach hat er seinem Leben ein Ende gesetzt, um nicht weitere Schmerzen durch seine Krankheit erdulden zu müssen.

Waren seine Sünden damit vergeben? Isabelle glaubte nicht daran.

Isabelle verabschiedete sich von ihren Eltern, hauchte ihnen noch einen Kuss zu und ging dann an der *Auberge des Maures* vorbei Richtung Rathaus. Alain saß vor seinem Korbgeschäft und grüßte. Sie erinnerte sich an ihre Ankunft in Fragolin. Wie lange war das her? Noch nicht so lange – und doch schon eine gefühlte Ewigkeit. Jedenfalls hatte Alain sie damals nicht gegrüßt. Erst recht nicht Sergeant Albertin, der sie damals nach der *carte d'identité* gefragt hatte und nach dem Führerschein. Unfreundlicher hätte der Empfang nicht sein können. Jetzt stand er auf der anderen Seite der Straße und winkte ihr zu. Ein Gendarm, der aus freien Stücken einer Kommissarin der Police Nationale *un salut de la main* zukommen ließ? Das war so selten wie eine Sonnenfinsternis. Aber in Fragolin, jenem kleinen Ort im südfranzösischen Département Var, galten andere Regeln – jedenfalls für jene Menschen, die dazugehörten. Und Isabelle spürte, dass das bei ihr mittlerweile der Fall war. Sie wusste, dass das nach so kurzer Zeit eigentlich unmöglich war, aber sie war keine wirkliche Zugereiste, sie war in Fragolin geboren, und ihr Vater war ein hochangesehener Bürgermeister gewesen. Sie war nur für eine Weile weg gewesen, jetzt war sie wieder da.

Ihr war klar, dass sie sich nicht nur Freunde gemacht hatte. Pascal war im Dorf sehr beliebt gewesen. Als ehemaliger Fremdenlegionär und *chasseur* hatte er manchen Streit geschlichtet und eine natürliche Autorität genossen. Es gab

Bürger mit verqueren Ansichten, die ihm sogar seine Tat verziehen. Der alte Georges hätte es bestimmt getan, denn einen Engländer, der es mit einer verheirateten Frau trieb, durfte man nach seiner Ansicht gewiss zur Räson bringen. Und leichte Mädchen aus Saint-Tropez hatten in Fragolin nichts verloren, um sie wäre es nicht schade. Doch *vieux* Georges lebte nicht mehr. Seine antiquierten Vorstellungen aber lebten in manchen Köpfen weiter. Für Georges gab es keinen Ersatz. Für Pascal hoffentlich schon, denn Fragolin brauchte einen neuen Metzger – und vermisste seine *saucissons.*

Ob ihr Jeanne böse war? Isabelle war sich nicht sicher. Jetzt konnte sie tun und lassen, was sie wollte. Wahrscheinlich hatte Pascal recht gehabt, als er sagte, dass man auf Jeanne aufpassen müsse, damit sie keinen Unfug treibe.

Mit Clodine hatte sie bereits lange gesprochen. Sie hatten sich gestern in ihrem Laden *Aux saveurs de Provence* an einen Tisch gesetzt. Zuvor hatte Clodine das Schild *Fermé!* an die Tür gehängt und eine Flasche Crémant aufgemacht. Dann hatten sie über das Leben im Allgemeinen geredet und über die aktuellen Ereignisse im Speziellen, über Frauen wie Jeanne, die so naiv waren, dass sie nicht merkten, was sie anrichteten, über Männer wie Pascal, die extrem eifersüchtig waren und deshalb alles brauchen konnten, nur nicht eine Frau wie Jeanne. Über Momente, die im Leben alles verändern konnten. Ein Engländer, der plötzlich mit einer Pistole herumfuchtelte, bei Pascal damit aber an den Falschen geriet und eine fatale Kettenreaktion auslöste. Oder vor vielen Jahren ein Auto, das zwei Menschen in den Tod stürzte. Oft nur Sekunden, die Schicksal schrieben. Sie hatten über Pascal geredet, der Isabelle fast umgebracht hätte – und jetzt auf der Flucht war. Wie konnte es sein, dass jemand in so kurzer Zeit von einem liebenswerten Freund zu einem Ungeheuer mutierte, der eine junge Frau wie Zoé kaltblütig ermordete und Isabelle hätte vor die Hunde gehen lassen. Clodine fragte, ob das etwa in jedem Menschen drinstecke? Ob in extremen Situationen jeder zum Tier werden könne? Das könne doch nicht sein. Isabelle hatte da eine ganz persönliche Meinung, aber die behielt sie lieber für sich.

Im Rathaus betrat sie ihr Büro, wo sie Apollinaire beim Telefonieren antraf. Ihr Assistent winkte ihr aufgeregt zu, verhaspelte sich dann beim Sprechen so sehr, dass sie nicht feststellen konnte, worum es ging. Sie setzte sich an ihren Schreibtisch und kontrollierte am Computer ihre eingegangenen Mails. Jacqueline, die Sekretärin von Maurice Balancourt, hatte ihr geschrieben, dass sie so glücklich sei, dass Isabelle alles unversehrt überstanden habe. Außerdem bitte ihr Chef um einen gelegentlichen Anruf.

Apollinaire war mit seinem Gespräch fertig. Er legte den Hörer so schwungvoll auf, dass dabei irgendwas zu Bruch ging, jedenfalls hörte es sich ganz so an. Dann klatschte er in die Hände.

Isabelle zog missbilligend eine Augenbraue nach oben. Sie war von Apollinaire solche Temperamentsausbrüche nicht gewohnt.

»Madame«, sagte er mit tragender Stimme, »Ihr Peiniger ist gefasst und sieht seiner gerechten Strafe entgegen.«

»Mein Peiniger? Meinen Sie …«

»Selbstverständlich, Madame le Commissaire. Der Unhold Pascal konnte dank Ihres hervorragenden Hinweises aufgespürt und nach einer offenbar dramatischen Jagd durch die Wälder überwältigt werden.«

»Durch die Wälder? Demnach …«

»*Exactement*«, ließ Apollinaire sie vor Aufregung erneut nicht fertig sprechen, »demnach hatten Sie mit Ihrer Vermutung absolut recht, dass er sich bei seinem Bruder versteckt halten könnte. Woher wussten Sie das?«

»Ich wusste es nicht, aber ich hielt es für möglich. Wir waren mal alle gemeinsam beim Essen, da hat Pascal von seinem eigenbrötlerischen Bruder erzählt, der als Förster im *Forêt d'Orléans* arbeitet …«

»… dem größten zusammenhängenden Waldgebiet Frankreichs …«

»… wo er oft tagelang im Wald verschwinden würde. Vor seiner Jagdhütte hat Pascal davon gesprochen, dass er bei Gefahr sofort unauffindbar im Wald verschwinden könne. Pascal war Fremdenlegionär, ist Jäger und sehr naturverbunden. So jemand kommt nicht auf die Idee, sich in einer Stadt dem Zugriff der Polizei zu entziehen.«

»Da hatten Sie absolut recht. Er hat einem Kollegen von uns ins Bein geschossen, aber sonst ist niemand zu Schaden gekommen. Jetzt wird er gerade ins Untersuchungsgefängnis *Fleury-Mérogis* bei Paris überstellt.«

Isabelle nickte. Sie fand es ausgesprochen befriedigend, die Akte Ferguson ordentlich abschließen zu können. Mit einem Täter, der sich nicht auf der Flucht befand, sondern hinter Schloss und Riegel. Seltsamerweise empfand sie dabei keine persönliche Genugtuung oder Rachegelüste. Es war einfach gut so.

Apollinaire berichtete, dass Fergusons Gesundheitszustand weiter besorgniserregend sei, der unfreiwillige Ausflug habe ihm sehr geschadet. Er erwache womöglich nie mehr aus seinem Koma.

Isabelle nahm die Information zum Anlass, Docteur Sébastien Marre anzurufen. Der bestätigte, was Apollinaire gerade gesagt hatte – und wechselte schnell das Thema. Sie fand es amüsant, dass er am Telefon mit ihr flirtete. Und obwohl er sich ganz sicher falsche Hoffnungen machte, bestätigte sie ihr Kommen zum Konzert in Aix-en-Provence.

Als ob er es geahnt hätte, steckte gerade jetzt Thierry seinen Kopf ins Zimmer. Er fragte grinsend, ob er Isabelle heute Abend zu einem Rehabilitationsprogramm der besonderen Art einladen dürfe. Er habe einige Maßnahmen vorbereitet, die von der Zufuhr ausgewählter alkoholischer Getränke bis zu einem Dessert nach dem vorzüglichen Rezept der *Desmoiselles Tatin* reiche.

Isabelle lächelte. Es fiel ihr nicht schwer, spontan zuzustimmen. Sie hatte in den letzten Tagen immer wieder über Thierry nachgedacht und über ihre Gefühle zu ihm. Sie war zu keinem abschließenden Urteil gekommen. Sie mochte Thierry, vielleicht mehr, als sie das für möglich gehalten hätte. Was daraus werden würde, konnte keiner wissen – und es spielte auch keine Rolle. Denn genau das hatte sie von Thierry gelernt: Lebe den Augenblick!

Als sie wieder mit Apollinaire alleine war, druckste dieser verlegen herum. Dann rückte er damit heraus, was ihn belastete. Nachdem nun alles abgeschlossen sei, würde doch ihr provisorisches Büro bald aufgelöst werden. Sie gehe zurück nach Paris, und er müsse wieder nach Toulon. Trotz ihrer Intervention rechne er damit, dass man ihn über kurz oder lang ins Archiv im Keller abkommandiere. Commandant Bastian tue das schon deshalb, weil er ihm die letzten Wochen nicht gegönnt habe.

Isabelle sah auf seine Socken und stellte beruhigt fest, dass sie verschiedene Farben hatten.

Apollinaire machte mit erstaunlicher Entschlossenheit deutlich, dass er sich nicht mehr ins Archiv abschieben lassen würde. Er habe in der Zusammenarbeit mit Madame le Commissaire seine Leidenschaft für die Arbeit auf der Straße entdeckt, für den Kontakt zu Menschen und den leisen Prickel des Abenteuers – wenn sie verstehe, was er meine.

Isabelle lächelte. Natürlich verstand sie, was er meinte, sehr gut sogar.

»Lieber kündige ich«, sagte Apollinaire, »und wandere mit Shayana nach Tunesien aus.«

»Ich kann das nachvollziehen«, entgegnete Isabelle, »aber davon würde ich trotzdem abraten.«

Sie dachte eine Weile nach. Währenddessen war er damit beschäftigt, seine Krawatte neu zu knoten. Sie hatte also Zeit, denn Apollinaire brauchte mehrere Versuche, bis er mit der Länge einverstanden war.

»Es war schön mit Ihnen«, sagte sie. »Ich werde unsere gemeinsame Zeit nie vergessen.«

Apollinaire machte ein gerührtes Gesicht.

»Sie haben hervorragende Arbeit geleistet«, fuhr sie fort. »Nicht zuletzt haben Sie mein Leben gerettet.«

Apollinaire wusste nicht, wo er hinschauen sollte.

»Ich weiß nicht, was die Zukunft bringen wird, aber eines verspreche ich Ihnen: Ich werde unterbinden, dass Bastian Sie wieder in den Keller steckt. Wenn er es versucht, rufen Sie mich an.«

Eine halbe Stunde später saß sie immer noch im Büro. Apollinaire war gegangen. Sie strich sich die Locke aus der Stirn und massierte ihre Schläfen. Es ging ihr um Lichtjahre besser als am Tag ihrer Ankunft. Trotz der Qualen im Verlies fühlte sie sich erstaunlich erstarkt und fast schmerzfrei, obwohl sie keine Tabletten mehr nahm. Im Keller hatte sie keine gehabt, und danach hatte sie gedacht, dass es auch ohne gehen könnte.

Was hatte sie vorhin zu Apollinaire gesagt? Ich weiß nicht, was die Zukunft bringen wird. Wohl wahr, das wusste niemand. Aber man hatte so seine Vorstellungen und Erwartungen. So hatte Apollinaire keine Lust, sein Dasein wieder zwischen Archivregalen fristen zu müssen. Aber was erwartete sie sich selbst von der Zukunft? Wie wollte sie ihr Leben gestalten – und vor allem, wo?

Isabelle stand auf und ging im Zimmer langsam hin und her. Für den Augenblick wusste sie nur, was sie nicht wollte. Gleichzeitig spukte eine Idee durch ihren Kopf, von der nicht klar war, ob sie überhaupt zu realisieren sei. Eine Idee, die als Nebeneffekt auch Apollinaires Probleme lösen würde. Eine Idee, die, objektiv betrachtet, ziemlich bescheuert war – aber genau das gefiel ihr daran.

Isabelle nahm das Telefon und rief Maurice Balancourt in Paris an. Er hatte um ihren Rückruf gebeten. Sie ahnte, worüber er mit ihr sprechen wollte.

Tatsächlich kam er sehr schnell auf den Punkt. Wann sie wieder nach Paris komme, fragte er. Er habe alles in die Wege geleitet. Sie erhalte eine herausragende Position bei der Police Nationale. Er deutete sogar an, welche. Und wenn alles glattlaufe, komme sie in wenigen Jahren als seine Nachfolgerin in Betracht.

Isabelle fühlte sich geschmeichelt. Die Perspektive, die ihr Maurice in Aussicht stellte, war großartig. Vor dem Bombenattentat am *Arc de Triomphe* hätte sie bei diesem Angebot keinen Moment gezögert. Aber das war in ihrem vorigen Leben gewesen. Und jetzt? Karriere wofür? Draußen roch es nach Lavendel, sie glaubte das Zirpen der Grillen zu hören und dachte an das Aquarell von Paul Cézanne, das als Kopie in ihrer Pariser Wohnung über dem Sofa hing. Sie musste nur vor die Türe treten, da draußen brauchte man keine Bilder – da musste man nur um sich blicken und hatte alles im Original. Das azurblaue Meer, die Pinien … Ihr fiel das Chanson von Edith Piaf ein, das sie an dem Abend bei Clodine gehört hatte: *»Tu peux tout changer!«* Du kannst alles ändern, es liegt an dir!

»Chérie, hat es dir die Rede verschlagen?«, fragte Maurice.

»Ein klein wenig«, gab sie zu, »vielen Dank für dein Angebot. Es ist phantastisch, und ich danke dir für dein Vertrauen.« Sie musste schlucken, dann nahm sie ihren ganzen Mut zusammen. »Aber ich weiß nicht, ob ich es annehmen werde. Ich muss darüber nachdenken.«

Es dauerte eine Weile, bis Maurice reagierte. »Isabelle, du überraschst mich«, sagte er. »Ich hoffe, ich muss mir keine Sorgen machen.«

Sie lächelte. »Nein, ganz im Gegenteil.«

# Madame le Commissaire und die späte Rache

*Le cœur a ses raisons que la*
*raison ne connaît point.*

Das Herz hat seine Gründe,
die der Verstand nicht kennt.

Blaise Pascal
(17. Jh.)

# 1

Zu napoleonischen Zeiten konnte einem Mörder die Todesstrafe erlassen werden, wenn ihm zur Tat der Mistral den Geist verwirrt hatte. Und wenn ein Kind gezeugt wurde, während draußen bei sternenklarer Nacht der provenzalische Sturmwind an den Fensterläden rüttelte, dann fürchtete der Volksmund, dass es schwachsinnig werden könnte.

Isabelle Bonnet gingen Geschichten wie diese durch den Kopf, als sie wach im Bett lag und dem Pfeifen, Heulen und Scheppern lauschte. Sie verstand, warum der alte Georges den Mistral *vent du fada* genannt hatte – den Wind, der einen verrückt machen konnte. *Le vieux Georges,* der viel Unsinn geredet hatte und mittlerweile verstorben war, hatte in diesem Punkt recht gehabt: Der Wind konnte einen wirklich in den Wahnsinn treiben. Vor allem, wenn man wie Isabelle sowieso unter Schlafstörungen litt, auch ohne Mistral oft Kopfschmerzen hatte und des Nachts von einer inneren Unruhe geplagt wurde. Das alles waren Folgen eines Sprengstoffanschlags, dem sie vor einiger Zeit in Paris zum Opfer gefallen war. Aber das war eine andere Geschichte. Daran wollte sie heute Nacht nicht denken.

Paris? Dort hatte es keinen Mistral gegeben – trotzdem wollte sie nicht mehr zurück in die Stadt an der Seine, in der sie so lange gelebt hatte. Um keinen Preis. Sie hatte sich entschieden, in Fragolin zu bleiben, jenem kleinen Ort im südfranzösischen Département Var, wo sie ihre Kindheit verbracht hatte und in den sie nach dem Attentat zurückgekehrt war. Hier wollte sie fortan leben, dafür hatte sie ihre Karriere bei der *Police nationale* an den Nagel gehängt. Sie hatte es noch keine Sekunde bereut. Selbst jetzt nicht, da ihr der Mistral den Schlaf raubte.

Isabelle schlug die Decke zur Seite, stand auf und trat ans Fenster. Draußen war es noch dunkel. Der Sternenhimmel war von einer unglaublichen Intensität – der Mistral hatte jeden Schleier weggeblasen, weit weg, hinaus aufs Meer. Es hatte deutlich abgekühlt. Irgendwas peitschte in den Böen gegen das geschindelte Dach. Das war tatsächlich zum Verrücktwerden. Sie zog sich Jeans an, ein T-Shirt, Sneakers und eine Fleecejacke. Dann verschloss sie die Tür ihrer kleinen Dachgeschosswohnung, lief die schmale Treppe hinunter und durch die menschenleeren Gassen zu ihrem geparkten Auto. Auf ihrer Kühlerhaube lag der abgebrochene Zweig einer Platane. Sie lächelte. Ihrem alten Renault konnte das egal sein, der war Schlimmeres gewöhnt. Im Pariser Straßenverkehr herrschten rauhe Sitten. Beulen und Kratzer gehörten zur Tagesordnung.

In Fragolin gab es Bewohner, die nur selten hinunter ans Meer fuhren. Vor allem die älteren konnten keinen Sinn darin erkennen. *Le vieux Georges* hatte sogar behauptet, in seinem ganzen langen Leben nie am Meer gewesen zu sein. Er kenne es nur als fernen blauen Streifen am Horizont, hatte er erzählt. Wenn in seiner Gegenwart jemand glamouröse Orte wie Saint-Tropez erwähnte, pflegte er verächtlich auf den Boden zu spucken – und auf den Schrecken einen Pastis zu bestellen. Im *arrière-pays*, im Hinterland der Côte d'Azur, ging zwar keiner so weit wie Georges, Gott sei seiner Seele gnädig, aber man schätzte sehr wohl die relative Abgeschiedenheit vom turbulenten Treiben an der Küste. Gleichwohl hatte man nichts dagegen, wenn Touristen den Weg nach Fragolin fanden, um hier ihr Geld auszugeben. Das war in Ordnung. Einige durften sogar über Nacht bleiben, halt so viele, wie es Fremdenzimmer gab – aber das waren nicht allzu viele.

Vielleicht lag es daran, dass Isabelle zwar in Fragolin geboren war, aber die meiste Zeit ihres Lebens zunächst in Lyon und dann in Paris verbracht hatte. Jedenfalls mochte sie es, hinunter ans Meer zu fahren. Allerdings versuchte auch sie dem Trubel aus dem Weg zu gehen. Sie kannte eine versteckte Bucht mit einem kleinen Sandstrand, zu der steile Stufen durch einen Wald mit Schirmpinien führten. Oder sie machte an der Halbinsel von Saint-Tropez eine Küstenwanderung auf dem *sentier littoral*, von der Plage de la Bonne Terrasse hinüber zum Leuchtturm, dann zum Cap Camaret, schließlich weiter über Felsen und durch unverbaute Natur, mit Blick auf das azurblaue Meer, so weit die Füße trugen und es die Zeit zuließ. Dagegen mied sie geflissentlich die nahe gelegenen Nobelstrände von Pampelonne. Das ausgelassene Partyleben an der Plage de Tahiti oder beim Club 55 machte sie nervös, das war ihr Ding nicht.

Isabelle hätte in dieser Nacht überall hinfahren können, zum Beispiel an einen Strand bei Le Lavandou, nach Cavalaire-sur-Mer oder Brégançon, aber weil sie kein konkretes Ziel hatte und die Straßen leer waren, fand sie sich plötzlich auf der Straße nach Saint-Tropez. Was wollte sie dort? Offenbar verwirrte der Mistral auch ihren Geist. Vor Saint-Tropez bog sie nach Süden auf die Nationalstraße D 93. Und jetzt? Ihr kam der Gedanke, dass die frühe Stunde eine gute Gelegenheit bot, eine Ausnahme zu machen – die Baie de Pampelonne. Wenn nicht jetzt, wann dann? Am Übergang von der Nacht zum Tag würde sie die Bucht für sich alleine haben. Sie könnte barfuß im Sand spazieren, sich vom Wind den Kopf durchlüften lassen und auf den Sonnenaufgang warten. Doch, das war eine gute Idee. Vielleicht etwas verrückt, aber bei Mistral waren verrückte Ideen ganz normal. Kurz entschlossen wählte sie eine der vielen kleinen Stichstraßen, die links zu den Stränden abgingen. Im Scheinwerferlicht fand sie den Weg zu einem verwaisten Parkplatz unter Pinien, durch deren Gipfel der Wind rauschte. Als sie über einen Pfad den Strand erreichte und auf die Schaumkronen des tosenden Meeres blickte, am Horizont die aufkommende Morgenröte, dachte sie, dass das hier unendlich viel schöner war, als bei schlagenden Fensterläden im Bett zu liegen und das Ende der Nacht herbeizusehnen.

Sie zog die Schuhe aus, lief über den Strand, fühlte den Sand zwischen den Zehen, blieb stehen, rollte die Hosenbeine hoch und ging dann am Wasser entlang, gerade so weit von der Brandung entfernt, dass nur ihre Füße nass wurden. Der Wind, der hier, vom Land kommend, aufs Meer stürzte, war in den Böen so heftig, dass sie Mühe hatte, ihr Gleichgewicht zu halten. Aber die Kopfschmerzen waren wie verflogen. Ihr linkes Bein, das oft schmerzte, tat nicht weh, auch nicht der Rücken. Isabelle begann zu lachen, erst verhalten, dann immer lauter. Es war keiner da, der sie hören und für wahnsinnig halten könnte. Es wäre ihr aber auch egal gewesen.

Sie kam an einer verlassenen Strandbar vorbei, mit einer Pergola, an der der Mistral rüttelte, mit einigen massiven Holztischen und Bänken. Sie setzte sich und blickte über das aufgewühlte Meer nach Osten, der aufgehenden Sonne entgegen. Hätte sie je daran gezweifelt, in diesem Moment wusste sie, dass sie alles richtig gemacht hatte. Sie hatte Paris den Rücken gekehrt – und damit ihrem vorigen Leben *adieu* gesagt. Sie war nicht mehr Chefin einer Spezialeinheit der *Police nationale*, sie würde nie mehr einen Einsatz leiten wie jenen am Arc de Triomphe, der alles verändert hatte. Keine Bombe mehr, die von Wahnsinnigen gezündet wurde, um den Präsidenten der Republik zu töten. Keine Jungs aus ihrem Team, die mit ihrem Leben dafür bezahlen mussten. Keine Notoperation und keine Intensivstation. Als Erinnerung blieben ihr die Verletzungen, die sie bei der Explosion davongetragen hatte, am Körper und an der Seele. Und das Kreuz der Ehrenlegion, das ihr der Präsident im Élysée-Palast verliehen hatte. Sie hatte das Kästchen mit dem *Grand-croix de la Légion d'Honneur* ganz tief in einem Umzugskarton versteckt, unter alten Jeans. Sie wollte es nie mehr sehen oder gar in die Hand nehmen. Sie dachte an ihre eigenwillige Entscheidung, zur Rekonvaleszenz in die Provence zu reisen, nach Fragolin, ihren Geburtsort, den sie schon fast vergessen hatte. Dass sie dort mit einem Kriminalfall konfrontiert wurde, war fast schon eine Ironie des Schicksals. Auf Wunsch ihres obersten Chefs war sie in die

Rolle einer Madame le Commissaire geschlüpft und hatte ordentliche Polizeiarbeit geleistet. Zu ihrer eigenen Überraschung hatte ihr das gutgetan, hatte sie sich währenddessen immer besser gefühlt, waren der Arc de Triomphe und die traumatischen Erlebnisse in immer weitere Ferne gerückt.

Und jetzt? Isabelle fuhr sich durch die vom Wind zerzausten Haare. Jetzt saß sie hier am Strand von Pampelonne – und in Paris wunderte sich Maurice Balancourt noch immer über ihre Entscheidung. Ihr großer Chef im Innenministerium, vor dem alle kuschten, der für sie aber wie ein väterlicher Freund war, hatte ihren Entschluss letztendlich akzeptiert. Wirklich verstanden hatte er ihn nicht, aber ihren Willen kopfschüttelnd zur Kenntnis genommen. Er schien immer noch zu hoffen, dass sie bald zur Besinnung kommen und ihre Karriere bei der *Police nationale* fortsetzen würde. Alle Türen stünden ihr offen. Aber Isabelle hatte diese Türen längst zugeschlagen. Sie wollte nicht mehr, *c'est fini!*

Lächelnd dachte sie daran, dass sie freiwillig das Gegenteil einer Karriere gemacht hatte. Sie hatte um Degradierung zu einer einfachen Kommissarin gebeten. Und sie hatte Maurice so lange bekniet, bis er eine Lösung gefunden hatte, wie sie ganz offiziell in Fragolin bleiben konnte. Mit einem Büro im Rathaus – ohne aktuelle Befugnisse. Denn für kleinere Verbrechen war die Gendarmerie zuständig, und bei größeren Delikten, die in die Zuständigkeit der *Police nationale* fielen, kam das Kommissariat in Toulon ins Spiel. Eigentlich müsste es in Fragolin noch einen *Chef de Police* geben, aber der letzte war schon vor Jahren dem Alkohol verfallen, und der Bürgermeister hielt den Posten für überflüssig. Auf diese Weise vermied er das übliche Kompetenzgerangel mit der Gendarmerie. Sollte diese doch die Arbeit machen, dann hatte er seine Ruhe.

Erst vor einigen Tagen hatte Isabelle die Beurkundung erhalten. Jetzt leitete sie ganz offiziell als Madame le Commissaire ein Kommissariat für besondere Aufgaben. Eigentlich gab es so etwas nicht, ein solches Kommissariat war in der Organisationsstruktur der *Police nationale* nicht vorgesehen, aber Maurice Balancourt hatte es kraft seines Amtes einfach erfunden. Speziell und ausschließlich für Isabelle Bonnet, sozusagen als Dankeschön für ihre erbrachten Leistungen. Immerhin habe sie sich um die Nation verdient gemacht und fast mit ihrem Leben dafür bezahlt. Sie könne sich ja um alte, unaufgeklärte Fälle aus der Region kümmern, deren Akten in den Regalen verstaubten – wenn es denn solche Fälle überhaupt gebe. Und wenn nicht, sei das auch egal. Mit den antiquarischen Kriminalfällen, für die sich keiner mehr interessiere, komme sie weder Commandant Bastian vom Kommissariat in Toulon in die Quere noch Capitaine Briand von der Gendarmerie in Fragolin. Sie sei aus der Schusslinie. Ihr Tun oder Nichtstun interessiere keinen.

Isabelle stand auf und setzte ihren sturmumtosten Strandspaziergang fort. Es war mittlerweile so hell, dass sie die zusammengeklappten Liegestühle und verzurrten Schirme sah, die dem Mistral trotzten. Ein losgerissener Korb tanzte über den Strand und wirbelte ins Meer. Noch war sie tatsächlich alleine, jedenfalls war niemand zu sehen. Irgendwo da vorne war Saint-Tropez, da schliefen die Nachtschwärmer gerade ihren Rausch aus. Die Yachten würden an ihren sicheren

Plätzen im Hafen bleiben. Jedenfalls solange der Mistral blies. Sie hatte gelernt, dass man nie wissen konnte, wann ihm plötzlich die Kraft ausging. Man sagte, dass er mindestens drei Tage durchhalte oder sechs oder neun. Sie lachte. Als ob der Mistral zählen und durch drei dividieren könnte. Sie hob einen Stein auf und warf ihn in die Brandung. Sie würde also ein Kommissariat leiten, das außer ihr keine Mitarbeiter hatte und auch keine aktuellen Fälle. Eigentlich schwachsinnig. Irgendwie bizarr. Aber originell, das immerhin.

Sie stieg über einen Balken, der offenbar einen Strandabschnitt markierte. Sie überlegte, bald umzudrehen und zurückzulaufen, sich vom anbrechenden Morgen zu verabschieden, retour nach Fragolin zu fahren und sich im Bett zu verkriechen. Plötzlich stockte ihr Schritt. Sie blieb abrupt stehen. Von einer Sekunde auf die andere wusste sie, dass das mit dem Bett nicht so schnell klappen würde. Der Tag, der am Strand von Pampelonne so vielversprechend begonnen hatte, dieser Tag war versaut. Der Sturmwind konnte nichts dafür. Aber er konnte auch nicht helfen, denn es gab kein napoleonisches Gesetz mehr, das Mördern bei Mistral eine verminderte Schuldfähigkeit zubilligte.

# 2

Die Kollegen von der Polizei waren irritiert, dass zu nachtschlafender Zeit ausgerechnet eine Kommissarin die Leiche gefunden hatte. Eine Madame le Commissaire, die über keine aktuelle Dienstmarke verfügte, sich stattdessen mit einem respekteinflößenden Ausweis deklarierte, der direkt vom Élysée-Palast ausgestellt war. Die Beamten gaben es auf, den Bereich rund um das Opfer mit einem Absperrband zu sichern. Der Mistral machte alle diesbezüglichen Versuche zunichte. Außerdem hatte man den Strand zu dieser frühen Stunde für sich alleine, eine Absperrung war also gar nicht nötig. Die Spurensicherung trug weiße Schutzanzüge, die im Wind flatterten. Außerdem taten sie von Anfang an die Meinung kund, dass man eh nichts finde. Der Wind habe wie ein Sandstrahlgebläse alle möglichen Spuren vernichtet.

Isabelle stand teilnahmslos in zweiter Reihe und beobachtete die polizeilichen Aktivitäten. Das war für sie eine neue Erfahrung. Sie befand sich am Ort eines Gewaltverbrechens und hatte nichts damit zu tun. Sie war nicht zuständig, durfte keine Anweisungen geben, hatte keine Ermittlungen zu leiten. Vor dem Leichnam kniete ein Pathologe. Er musste das Opfer nicht umständlich entkleiden, der Tote war bereits nackt. Isabelle fand, dass der ärztliche Gutachter einen ziemlich hilflosen Eindruck machte. Aber was sollte er auch feststellen? Der Mann war tot, das war offensichtlich.

Beim Warten auf die Polizei, die Isabelle mit ihrem *portable* verständigt hatte, hatte sie viel Zeit gehabt, den Toten zu betrachten. Aus gebotener Entfernung, schließlich wollte sie sich keinen Ärger einhandeln. Sie hatte schon viele Leichen gesehen, von denen manche grausam zugerichtet waren, aber diesen armen Kerl hatte es besonders übel erwischt. Ihm war zu wünschen, dass er beim entscheidenden »Eingriff« bereits tot gewesen war. Die Einschusslöcher in seiner haarigen Brust sprachen für diese Annahme. Die Gerichtsmedizin würde es noch genauer herausfinden, aber nicht hier, am Ort des Verbrechens. Wenn es denn überhaupt der Ort des Verbrechens war. Schleifspuren im Sand hatte sie keine gesehen, was angesichts des Mistrals nichts besagte. Der Mann war vielleicht fünfzig Jahre alt und deutlich übergewichtig, um nicht zu sagen fett. Aber das war nicht das Besondere an ihm, auch nicht das Unappetitliche. Ekelhaft war, dass der Mörder dem Opfer sein bestes Stück abgesäbelt und in den Mund gesteckt hatte. Das sah nicht gut aus, gar nicht gut. Ein junger Polizeibeamte hatte sich beim Anblick übergeben.

»Gehen Sie immer so spät in der Nacht am Strand spazieren?«, wurde sie von einem Beamten gefragt, der gleichzeitig versuchte die flatternden Blätter seines Notizblocks zu bändigen.

Isabelle fand die Frage ziemlich blödsinnig. Sie lächelte nachsichtig. »Es war nicht spät in der Nacht, sondern früh am Morgen«, präzisierte sie. »Nein, solche Spaziergänge zählen nicht zu meinen täglichen Gewohnheiten. Genau genommen bin ich heute zum ersten Mal am Strand von Pampelonne.«

»Tatsächlich? Warum gerade heute?«

Sie deutete auf die Pinien, die sich im Wind bogen. »Ich konnte nicht schlafen. Der Mistral, Sie verstehen.«

Er sah sie misstrauisch an. »Und deshalb fahren Sie von Fragolin den weiten Weg bis hierher an den Strand von Pampelonne? Das soll ich Ihnen glauben?«

»Werter Kollege«, antwortete Isabelle, »sind Sie mal in Paris während des Berufsverkehrs von Sacré-Cœur zum Boie de Boulogne gefahren? Das dauert entschieden länger, so gesehen war das ein Katzensprung.«

Er machte sich eine Notiz in seinen Block. Isabelle musste lächeln. Sie fragte sich amüsiert, ob der »werte Kollege« die Fahrzeit im Pariser Stoßverkehr überprüfen wollte. Viel Spaß dabei.

»Sie haben also zuvor keinen Hinweis auf eine Straftat bekommen?«, fuhr er fort. »Sie ermitteln auch in keinem Fall, der mit dem Toten in Verbindung steht? Und seine Identität ist Ihnen nicht bekannt?«

Langsam nervten Isabelle die Fragen. Sollte sie bei einem Mistral wieder mal wach liegen, würde sie im Bett bleiben, definitiv.

»Nein, kein Hinweis«, antwortete sie, »kein Fall, keine Identität, kein Garnichts. Ich bin per Zufall über die Leiche gestolpert. *C'est tout.*«

»Gestolpert?«

»Im übertragenen Sinne, nicht wirklich. Kann ich jetzt gehen? Sie wissen, wo Sie mich erreichen können?«

Der Kriminalbeamte nickte. »Im Rathaus von Fragolin, ja, habe ich notiert. Wusste gar nicht, dass es dort ein Kommissariat gibt.«

»Ist auch ganz neu«, sagte sie. »Aber ich kann Sie beruhigen, wir beschäftigen uns nicht mit aktuellen Fällen.«

»Nicht mit aktuellen Fällen? Das ist gut, sehr gut.«

Isabelle verkniff sich einen Kommentar.

»Kann ich also gehen?«, fragte sie erneut.

»Natürlich können Sie das.« Er räusperte sich. »Gute Heimfahrt. Und passen Sie auf herumfliegende Gegenstände auf. Mit dem Mistral ist nicht zu spaßen. Wir sind damit vertraut, aber …«

Zum Abschied riss ihm der Wind den Block aus den Händen und beförderte ihn per Luftfracht hinaus aufs Meer. Der Kriminaler sah seinen Notizen fassungslos hinterher.

# 3

Nach ihrem Ausflug an die Baie de Pampelonne hatte sich Isabelle noch mal hingelegt und war tiefer eingeschlafen, als sie das vorgehabt hatte. Jetzt saß sie auf dem Bett und rieb sich verwundert die Augen. Es war so still und friedlich. Kein Pfeifen des Windes mehr, kein Klappern der Fensterläden, stattdessen eine fast schon unwirkliche Ruhe. Hatte sie alles nur geträumt? Den Mistral, ihren Strandspaziergang, die nackte Männerleiche und deren grausame Verstümmelung? Sie fuhr sich durch die Haare und spürte Sand an den Fingern. Mit der Zunge benetzte sie ihre Lippen und schmeckte Salz. Nein, natürlich hatte sie das alles nicht geträumt. Aber was war mit dem Mistral? Sie stand auf und öffnete ein Fenster. Der Himmel war immer noch blank geputzt und die Sicht von ungewöhnlicher Klarheit. An einem Fenster auf der Gasse gegenüber stand Marie-Claire und winkte ihr fröhlich zu. Sie hatte die alte Dame erst gestern beim Anstehen in der *Boulangerie-Pâtisserie* kennengelernt. Weil sie Nachbarn waren, hatten sie sich gleich geduzt. Marie-Claire hatte das provenzalische Olivenbrot empfohlen. Bestrichen mit Tapenade, schmecke es köstlich. Sie hatte recht gehabt.

*»Bonjour, Isabelle, comment ça va?«*

Natürlich ging es ihr gut, da doch der Spuk vorbei war.

Sie erwiderte den Gruß und lachte. Von wegen drei, sechs oder neun Tage – diesmal hatte der Mistral genau vier Tage gedauert und dann schlagartig aufgehört, als ob jemand aus der großen Windmaschine den Stecker gezogen hätte.

Sie schaute auf die Uhr und stellte mit Erstaunen fest, dass der Tag schon weit fortgeschritten war. Hätte ihr Kommissariat geregelte Öffnungszeiten, würde es bald schon wieder schließen. *Pause de midi,* Mittagspause! Da traf es sich gut, dass sie gar nicht erst aufgesperrt hatte. Wozu auch? Sie hatte nichts zu tun. Dass sie sich um alte, unaufgeklärte Kriminalfälle kümmern sollte, war eine hübsche Idee. Aber noch hatte sie keinen auf ihrem Tisch. Also könnte sie genauso gut ins *Café des Arts* gehen, dort ein Croissant in den *café au lait* tunken und dazu die regionale Tageszeitung *Var-Matin* lesen. Vom Mord am Strand von Pampelonne würde nichts drinstehen, erst morgen. Außerdem ging es sie nichts an, hatte sie nicht zu interessieren. Auf dem Weg ins Badezimmer musste Isabelle lächeln. Na ja, vielleicht in einigen Jahren, wenn der Mord unaufgeklärt ins Archiv gewandert sein sollte. Dann wäre sie zuständig, aber erst dann.

Clodine setzte sich im Café zu Isabelle an den Tisch. Sie hatte in Fragolin einen kleinen Laden, in dem sie Mitbringsel für Touristen verkaufte, zum Beispiel herzförmige Seifen in Pastellfarben, die nach Lavendel oder Rosen dufteten. Jetzt hing ein Schild an ihrer Ladentür: *Fermé!*

Die beiden hatten sich seit ihrer Kindheit nicht mehr gesehen, zum ersten Mal wieder vor einigen Monaten, als Isabelle nach Fragolin gereist war, um sich hier eine Auszeit zu gönnen. Obwohl sie nicht unterschiedlicher sein könnten, hatten sie sich gleich gut verstanden. Dann hatte es eine Belastungsprobe gegeben, an der ihre Freundschaft fast zerbrochen wäre. Isabelle hatte Clodines Bruder des mehrfachen Mordes überführt. Aber das war eine andere Geschichte. Sie versuchten, nicht mehr darüber zu reden. Und Clodine war gescheit genug, nicht ihrer Freundin dafür die Schuld zu geben.

»Wie gefällt es dir in deiner neuen Wohnung?«, fragte sie.

»Die Wohnung gefällt mir total gut«, antwortete Isabelle. »Ich kann immer noch nicht glauben, dass das mein neues Zuhause sein soll, unter dem Dach, mit alten Balken, mit blauen Fensterläden – und einer Dusche, aus der oft nur kaltes Wasser kommt und in der ich mir regelmäßig den Kopf anstoße.«

»Das ist der Charme der Provence«, lachte Clodine. »Dafür hast du eine kleine Dachterrasse, du bist zu beneiden.«

»Stimmt, die ist ein Traum. Ich liebe die Terrasse, sie ist mein kleines Stück vom Paradies. Wenn ich mich aufs Geländer stelle, kann ich das Meer sehen.«

»Bist du verrückt?«

»Weißt du doch. Aber ich halte mich fest, an der Regenrinne.«

»Wie geht es Thierry?«

»Thierry Blès, dem Bürgermeister?«, fragte Isabelle mit Unschuldsmiene.

»Du kannst mich nicht für dumm verkaufen. Ihr seid immer noch zusammen, oder?«

»Wir verstehen uns gut.«

Clodine schmunzelte. »Ihr versteht euch sehr gut, richtig?«

»Mal mehr, mal weniger«, antwortete Isabelle sibyllinisch, »komm, lass uns das Thema wechseln.«

»Ungern, aber weil du meine beste Freundin bist: Was macht deine Arbeit?«

Isabelle hob die leeren Hände in die Luft und lachte. »Nichts, gar nichts. Wenigstens vorläufig. Aber ich hab's schwarz auf weiß. Das Kommissariat wird es weiter geben. Nur muss ich mich selber um die Beschaffung meiner Fälle kümmern.«

»Was heißt denn das?«

»Ich bin sozusagen die zuständige Kommissarin für Karteileichen. Die sind schon mumifiziert, keiner will sie mehr haben. Ich bekomme sie geschenkt, aber erst muss ich sie finden.«

»Lass dir Zeit damit. Du bist immer noch nicht fit. Was macht dein Bein?«

»Mein Bein? Ich hab zwei.«

»Du weißt schon.«

Isabelle strich sich verlegen die Haarlocke über die Narbe an der Stirn. »Besser, immer besser. Ab und zu vergesse ich, was geschehen ist.«

# 4

In der Eingangshalle des Rathauses blieb Isabelle vor der Gemäldegalerie mit den früheren Bürgermeistern stehen. Unter ihnen ihr Vater, der streng und ungemein würdig dreinblickte. Sie hatte ihn viel liebevoller in Erinnerung und entspannter. Aber er war schon lange tot, so lange, dass sie nicht mehr sagen konnte, wie er wirklich gewesen war. Im Rückblick verklärte sich vieles. Aber in einem Punkt war sie sich sicher: So streng hatte er sie nie angeschaut. Nicht einmal, als sie verbotenerweise am Feuerlöschteich gespielt, hineingefallen und fast ertrunken war.

Sie hauchte ihrem Vater einen Kuss zu und ging zum Büro, das ihr vor Monaten Thierry überlassen hatte, damit sie einen Mordfall aufklären konnte. Und einiges mehr. Sie schmunzelte, als sie im Gang neben der Tür das Messingschild sah – *Police nationale.* Darunter stand auf einem Pappkarton *Commission spéciale.*

Das Messingschild hatte Apollinaire im Touloner Kommissariat abgeschraubt. Sous-Brigadier Jacobert Apollinaire Eustache, ihr Assistent im vorangegangenen Fall. Ein Mann, der seine Eigenarten hatte, bevorzugt verschiedenfarbige Socken trug, so groß und hager war, dass er sich zusammenfalten musste, um in seinem 2CV hinter dem Lenkrad Platz zu finden, der zur Entspannung Kopfstände machte, die so schief waren wie der Turm von Pisa – und der Kakteen liebte. Dieser Kauz, der von vielen Dingen des Lebens keine Ahnung hatte, gleichzeitig über ein verblüffendes Wissen verfügte, hatte ihr das Leben gerettet. Jetzt war er wieder in Toulon – unter der Fuchtel von Commandant Bastian, der nichts lieber tat, als ihn zu schikanieren. Aber der Commandant hatte versprochen, ihn nicht wieder in den Keller zu verdammen, ins Archiv. Dort hatte Apollinaire zuvor sein Dasein gefristet, und da wollte er nie mehr hin. Isabelle hatte ihm ihr Wort gegeben, dass ihm dieses Schicksal fortan erspart bleibe.

Sie betrachtete das von Apollinaire handgefertigte Pappschild mit der *Commission spéciale.* Nun, genau genommen stimmte das noch immer. Zugegeben, es klang etwas hochtrabend, aber in der Sache war es zutreffend. Sie würde Thierrys Sekretärin fragen, wo man ein Messingschild in Auftrag geben könnte.

Sie schloss das Büro auf. Alles stand noch da, wie sie es vor Wochen verlassen hatte. An der Wand hing ein Foto von Charles de Gaulle. Auch das war ein Einfall von Apollinaire gewesen. Der General gebe dem Kommissariat Autorität, hatte er gesagt. Auf diese Weise habe es etwas Staatstragendes. Auf die Idee, den aktuellen Präsidenten aufzuhängen, war er überhaupt nicht gekommen. Gut so. Bald gab es Neuwahlen.

Isabelle machte die Fenster auf und ließ frische Luft in den Raum. Sie entdeckte den vergessenen Kaktus, um den sich Apollinaire so liebevoll gekümmert hatte. Gott sei Dank kamen Kakteen über längere Zeit ohne Wasser aus. Sie holte eine Gießkanne.

Dann saß sie an ihrem Schreibtisch und dachte nach. Ganz schön einsam hier, kein Leben. Was war das für eine *Commission spéciale,* die nichts zu tun hatte? Es war ihr bewusst, dass sie die Situation selber verschuldet hatte. In Paris könnte sie sich mit Arbeit zuschütten lassen, könnte

Menschen herumkommandieren und von einem Termin zum nächsten hetzen. Aber genau das hatte sie nicht mehr gewollt. Vor allem wollte sie nicht mehr dafür verantwortlich sein, dass jemand in Gefahr geriet, weil sie eine Entscheidung getroffen hatte, womöglich eine falsche. Nein, diese Last wollte sie nicht mehr tragen. Aber das bedeutete nicht, dass sie in einem verwaisten Büro sitzen musste, keinen Fall zu bearbeiten und als einzigen Gesprächspartner einen Kaktus hatte.

Sie gab sich einen Ruck. Ihr Auftrag war es, alte Fälle auszukramen, die nie aufgeklärt wurden, wo die Täter frei herumliefen und längst nicht mehr glaubten, dass ihnen noch was passieren könnte. Isabelle schlug mit der flachen Hand auf den Tisch. Das war doch eine schöne Motivation: es denen zu zeigen, die dem Gesetz eine lange Nase gedreht hatten. Dabei gab es zwei Probleme. Erstens musste sie solche Fälle erst mal finden. Und zweitens durften sie nicht verjährt sein. Was sie zum ersten Problem brachte. Wo gab es solche Fälle? Sie sollten sich möglichst in relativer Nähe zugetragen haben. Das machte es nicht einfacher, die Provence war ein friedliches Stückchen Erde. Isabelle lächelte. Nun, das stimmte nicht ganz, davon hatte sie sich erst in der letzten Nacht überzeugen können.

Sie beugte sich unter den Tisch und schaltete den Computer ein. Weil das ein älteres Modell war und schon von der Forstbehörde ausrangiert wurde, setzte sich der Rechner mit lautem Gekreische des Ventilators in Gang. Das hörte sich an wie eine Kreissäge. Sie gab dem Computer einen Tritt. Das war zwar wenig fachmännisch, aber jetzt war Ruhe. Könnte natürlich sein, dass sich der Ventilator nun vollends verabschiedet hatte. Das würde sie spätestens dann merken, wenn der Rechner wegen Überhitzung zu qualmen begann. Sie warf einen Blick zur Gießkanne – sie war sehr groß und fast voll. Ein möglicher Brand würde sich löschen lassen.

Sie drehte die Tastatur um. Dort hatte Apollinaire die Passwörter aufgeklebt. Ein Verfahren, das von einem hohen Sicherheitsbewusstsein zeugte. Schnell hatte sie sich in die Datenbank der *Police nationale* eingeloggt. Doch sehr viel weiter kam sie nicht. Es gab kein Verzeichnis mit unaufgeklärten Mordfällen in der Provence. Wäre auch zu schön gewesen. Und jetzt? Sie hatte für so etwas immer ihre Leute gehabt. Natürlich würde sie sich selber durchfinden, irgendwann, sie war ja nicht blöd. Aber das war nervig. Apollinaire hätte das im Handumdrehen erledigt. Er mochte zwar keine Computer, jedenfalls behauptete er das, aber es musste sich um eine Art Hassliebe handeln. Er schimpfte über die kindliche Einfalt der Programmierer, machte sich über unlogische Suchpfade und schwachsinnige Algorithmen lustig – und war bereits am Ziel.

Apollinaire, Apollinaire …

Ob er mit seiner Arbeit in Toulon glücklich war? So wie sie seinen Chef kannte, sprach nicht viel dafür. Commandant Bastian konnte ein ziemliches Ekel sein.

Isabelle dachte nicht länger nach. Sie nahm ihr *portable* und suchte nach der Telefonnummer von Sous-Brigadier Jacobert Apollinaire Eustache.

Ihr früherer Assistent freute sich so über ihren Anruf, dass er zunächst keinen zusammenhängenden Satz zustande brachte. Das passierte ihm häufig, wenn er aufgeregt war. Da überschlugen sich seine Gefühle und Gedanken, galoppierten ihm so schnell davon, dass er ihnen verbal nicht folgen konnte. Es dauerte, bis er sie einholte. Sie musste lächeln. Apollinaires verhaspelte Freude war irgendwie anrührend. Sie wusste, dass sie ihm nur etwas Zeit geben musste, dann würde seine Sprache in geordnete Bahnen gelangen und sich der Sinn seiner Satzfragmente erschließen.

Später musste sie einige Male nachhaken, um schließlich von ihm bestätigt zu bekommen, was sie gleich gespürt hatte: Er war in seiner Arbeit kreuzunglücklich. Sein Chef Bastian hatte sich wirklich als linke Bazille erwiesen. Zwar hatte er Apollinaire nicht zurück ins Archiv verdammt, insoweit also Wort gehalten, allerdings war aus dem erhofften Einsatz im Außendienst auch nichts geworden. Stattdessen schien sein Schreibtisch in einer besseren Besenkammer zu stehen, wo er am Rechner irgendwelche schikanösen Statistiken erstellen musste, die kein Mensch brauchte. Apollinaire deutete an, dass er kurz davor stand zu kündigen. Innerlich habe er es bereits getan.

Isabelle sagte, dass er damit noch warten solle. Sie habe eine Idee. Ob er sich vorstellen könne, wieder für sie zu arbeiten, hier in Fragolin. Seine Antwort fiel so konfus aus, dass sie das als überschwenglichen Gefühlsausbruch interpretierte. Dabei bekam sie fast ein schlechtes Gewissen, denn das war soeben ein spontaner Einfall gewesen. Sie sagte, dass sie nichts versprechen könne, aber sie melde sich wieder.

Als Nächstes rief sie in Paris ihren obersten Vorgesetzten Maurice Balancourt an. Kein anderer kleiner Kommissar in Frankreich würde ihn so ohne weiteres an die Strippe bekommen.

»Hallo, chérie«, begrüßte er sie. »Hast du es dir anders überlegt? Kommst du doch zurück?«

»Nein, tut mir leid, deshalb rufe ich nicht an.«

»Hätte ich mir denken können. Du hattest schon immer einen Dickschädel«, brummelte er.

»Geht's dir gut?«, fragte sie, um die Stimmung etwas aufzulockern.

»Natürlich, mir geht's doch immer gut. Abgesehen davon, dass der Bordeaux heute Mittag Kork hatte und der Idiot von Koch die wunderbaren Lammkoteletts durchgebraten hat. Aber darüber komme ich hinweg.«

Isabelle lachte. »Da bin ich aber froh.«

»Nun sag schon, warum rufst du an, was kann ich für dich tun?«

»Ich hätte gerne eine Planstelle für einen Assistenten«, kam sie ohne Umschweife auf den Punkt.

»Genehmigt!«, antwortete er kurz und knapp.

»Danke«, sagte sie perplex. Sie hatte immerhin erwartet, dass er nach dem Grund fragen würde. Ob sie schon einen Fall in Arbeit habe oder so etwas Ähnliches.

»Wie ist das Wetter in der Provence?«, fragte er stattdessen.

»Wir hatten Mistral, aber der ist jetzt vorbei.«

»Ich hasse Mistral, davon bekomme ich Ohrensausen. Ein Grund mehr, in Paris zu leben, du wirst es schon noch merken. Die Vorstellung, dass das Leben im Süden eine einzige Wohltat sei, ist eine romantische Illusion. Vielleicht trifft das für Engländer zu, die stehen daheim den ganzen Tag im Regen und bekommen nichts Anständiges zu essen. Aber für einen Parisien ist der Gedanke völlig abwegig. Die Provence ist schön, um dort Urlaub zu machen, kein Zweifel, aber nicht, um dort das ganze Jahr zu verbringen.«

Wieder musste sie lachen. »Du gibst nicht auf, oder?«

»Ich wette zehn zu eins, dass du über kurz oder lang …«

»Schon verloren!«

»Abwarten, meine liebe Isabelle, abwarten. Gibt's noch was? Ich hab einen Termin beim Innenminister.«

»Nur noch eine klitzekleine Bitte. Ich hätte als Assistenten gerne den Sous-Brigadier aus Toulon, du weißt schon, der mir …«

»Geht in Ordnung«, unterbrach er sie. »Jacqueline hat seinen Namen. Ich sag ihr, dass sie dem Commandant in Toulon ein Fax mit der entsprechenden Dienstanweisung schickt. Das wär's dann, oder?«

»Maurice, ich liebe dich.«

»Wenn das meine Frau hört«, erwiderte er kichernd.

»Grüß sie von mir!«

»Mach ich, sie wird sich freuen. Pass auf dich auf. *Bonne journée!*«

Sie stand auf und streckte sich. Das war gut gelaufen. Allerdings hatte sie sich unbeabsichtigt in Zugzwang gebracht. Maurice würde nun erwarten, dass ihr kleines Kommissariat die Arbeit aufnahm. Eigentlich könnte es ihm egal sein, aber der Wunsch nach einem Assistenten dürfte seine Neugier geweckt haben. Irgendwann würde er anrufen, sich nach dem Wetter erkundigen und wie beiläufig fragen, woran sie gerade arbeite und wie sie vorankomme. Sie wollte ihn dann nicht enttäuschen. Isabelle massierte ihre Schläfen. Kurze Zeit später setzte sie sich wieder hin und wählte die Nummer von Commandant Bastian. Sie freute sich nicht darauf, aber es musste sein.

»Madame le Commissaire«, begrüßte er sie mit scheinheiliger Freundlichkeit. »Was verschafft mir die Ehre?«

Isabelle wusste, dass der Chef der Touloner *Police nationale* sie auf den Tod nicht leiden konnte. Nie würde er ihr verzeihen, dass sie ihn beim letzten Fall ausgebootet hatte. Er fand es unerträglich, dass sie einen Sonderstatus genoss und von oberster Stelle gedeckt wurde. Er hasste sie schon deshalb, weil sie ihm seinen neuen Dienstwagen weggenommen hatte. Was nicht ihre, sondern Apollinaires Idee gewesen war, aber egal. Außerdem hatte Bastian den Wagen unbeschädigt zurückbekommen. Am schlimmsten aber war für den alten Macho, dass die freche Kommissarin eine Frau war. In seinem Weltbild konnte es nicht sein, dass Frauen im Beruf eigenverantwortlich handelten und noch dazu Erfolg hatten. Das war eine biologische Unmöglichkeit.

»Lieber Commandant Bastian«, antwortete sie mit nicht minder heuchlerischer Freundlichkeit, »Sie wissen ja, dass ich in Fragolin mit einem kleinen Kommissariat ansässig bleibe und mich alten, unaufgeklärten Fällen widmen werde.«

»Dabei wünsche ich Ihnen viel Vergnügen«, spöttelte er.

»Sie waren schon mal so freundlich, mir Ihren Sous-Brigadier Jacobert Apollinaire Eustache auszuleihen.«

»Gern geschehen.«

»Ich brauche wieder einen Assistenten …«

»Wozu? Zum Kaffeekochen?«, unterbrach er sie mit einem heiseren Gelächter.

»… und dachte da erneut an Monsieur Eustache«, fuhr sie unbeirrt fort. »Er hat hervorragende Arbeit geleistet.«

»Den kann ich nicht entbehren«, entgegnete Bastian, »da müssen Sie sich jemand anderen suchen.«

»Geht leider nicht. Sous-Brigadier Eustache fängt morgen bei mir an.«

»Da täuschen Sie sich gewaltig«, sagte Bastian.

»Ich hab keine Lust, mit Ihnen zu diskutieren …«

»Sehr vernünftig!«

»... deshalb bitte ich Sie, in den nächsten Stunden mal in Ihr Faxgerät zu schauen. Dort werden Sie eine entsprechende Anweisung aus Paris vorfinden. Ich danke Ihnen schon jetzt für Ihr Verständnis.«

Statt einer Entgegnung hörte sie nur heftiges Schnaufen. Wahrscheinlich hatte er einen roten Kopf. Und ganz sicher verstand er die Welt nicht mehr. Sie fragte sich, warum er sich das Leben so schwer machte? Sie war nicht auf Konfrontation aus, im Gegenteil, sie hätte nichts dagegen, mit ihm einvernehmlich zusammenzuarbeiten. Na ja, jedenfalls in der Theorie, gestand sie sich lächelnd ein, in der Praxis würde das wohl nicht funktionieren.

»Ich hätte noch eine Bitte. Würden Sie bitte Monsieur Eustache die Mappen mitgeben, die Sie für mich vorbereitet haben.«

»Welche Mappen?«

Na bitte, er hatte seine Stimme wiedererlangt, auch wenn sie sich etwas dünn anhörte.

»Die Mappen mit den unaufgeklärten Fällen.«

»Ach so, ja. Ich bin bisher noch nicht dazu gekommen.«

»Kein Problem, dann beauftragen Sie Eustache, die Mappen rauszusuchen. Im Archiv kennt er sich ja aus.«

»Noch heute?«

»Selbstverständlich.«

»Was wollen Sie mit dem alten Mist? Glauben Sie wirklich, dass Sie in der Lage sind, irgendeinen Fall aufzuklären, der Jahre zurückliegt und an dem sich meine besten Leute ihre Zähne ausgebissen haben?«

»Keine Ahnung. Möglich wäre es.«

»Dass ich nicht lache. Viele Akten werden es eh nicht sein. Wir haben eine exzellente Aufklärungsquote.«

»Das will ich nicht in Abrede stellen. Aber leider gibt es

immer unaufgeklärte Fälle, nicht nur bei Ihnen, auch bei den anderen Kommissariaten im Département Var. Und meine Aufgabe ist es, diese Fälle einer erneuten Prüfung zu unterziehen. *C'est tout!*«

»Wie ich schon sagte, viel Spaß dabei.«

»Also, was ist mit den Ermittlungsakten?«

»Meinetwegen. Eustache soll sie raussuchen und Ihnen mitbringen.«

»Vielen Dank für die Kooperation.«

»Aber eines sage ich Ihnen …«

»Ja bitte?«

»Wenn sich dieser respektlose Lulatsch wieder meinen Dienstwagen schnappt, lasse ich ihn standrechtlich erschießen.«

Isabelle lächelte. »Das wird er nicht tun, versprochen.«

»Oder ich lege ihn unter die Guillotine.«

*»Au revoir, mon Commandant.«*

Unmittelbar nach dem Auflegen wählte sie die Nummer von Apollinaire und berichtete ihm von seiner »Versetzung«. Der konnte sein Glück nicht fassen. Er versprach, alles zu ihrer vollen Zufriedenheit zu erledigen. Er bemächtige sich sogleich der in Frage kommenden Ermittlungsakten, wenn nötig, arbeite er die Nacht durch. Und morgen sei er pünktlich zum Dienstbeginn in Fragolin.

Isabelle bat ihn, sich morgen früh Zeit zu lassen. Einen offiziellen Dienstbeginn gebe es gar nicht. Sie schlafe aus und frühstücke danach in Ruhe. Ach so, sie habe noch eine Anweisung. Er solle sich auf keinen Fall im Fuhrpark des Touloner Kommissariats bedienen. Ob er noch seinen alten 2CV habe? Sehr schön, dann solle er mit seinem Privatwagen kommen – in aller Ruhe. *À demain!*

# 5

Sie hatte gut geschlafen. Kein Mistral hatte ihre Nachtruhe gestört. Die beruflichen Arrangements, die sie gestern getroffen hatte, gaben ihr ein gutes Gefühl. Also ließ es Isabelle am Morgen langsam angehen. Sie hatte sich vorgenommen, sich dem provenzalischen Lebensrhythmus anzupassen. Die Pariser Hektik war hier nicht nur fehl am Platz, sondern geradezu verpönt. Sie schlüpfte in ihre ausgetretenen Espadrilles. Clodine, die die leichten Sommerlatschen aus Baumwolle und mit der charakteristischen Jutesohle auch in ihrem Laden verkaufte, hatte ihr gestern erklärt, dass das Wort Espadrilles aus dem Provenzalischen stamme. Schon Grace Kelly alias Princesse Grace de Monaco und Sophia Loren hätten sie gerne getragen. Nun, da war sie ja in bester Gesellschaft. Sie lief die Treppe hinunter, um sich ums Eck eine Tageszeitung zu kaufen und in der *Boulangerie-Pâtisserie* frische Croissants.

Zurück in ihrer Wohnung, machte sie sich in einer Glaskanne einen traditionellen französischen Kaffee. In der *cafetière à piston* wird der Kaffee mit einem Stempel nach unten gedrückt. So mochte sie ihn am liebsten. Sie presste einige Orangen aus, dazu die Croissants und die regionale Tageszeitung *Var-Matin.* Dann balancierte sie ihr Frühstückstablett über die wacklige Wendeltreppe nach oben auf die Terrasse. Als sie schließlich gemütlich am kleinen Blechtisch saß und am Topf mit dem Rosmarin vorbei auf die Dächer von Fragolin blickte, da dachte sie, dass sie schon erhebliche Fortschritte gemacht hatte. Sie tunkte ein Croissant in den Kaffee und blätterte durch die Zeitung. Auf der Titelseite stand nichts von der Leiche am Strand von Pampelonne. Erstaunlich, aber vielleicht folgten die Redakteure den Wünschen der Tourismusbehörde, die es nicht mochte, wenn Verbrechen aus der Region groß herausgestellt wurden. Das schrecke Feriengäste ab und schade dem Geschäft. Wie sie wusste, vertrat auch Fragolins Bürgermeister Thierry Blès diese Auffassung.

Weiter hinten wurde sie fündig. Natürlich gab es kein Foto von der Leiche. Stattdessen wurde ein sympathisches Bild des Opfers gezeigt, wie es am Strand neben einer Strohhütte posierte. Raphaël Dubois, so hieß der bemitleidenswerte Mann, hatte einen Strandabschnitt gepachtet, wo er Liegen und Sonnenschirme verlieh. Er sei allseits beliebt gewesen und von fröhlichem Naturell. Umso unerklärlicher sei seine Ermordung. Der Text deutete an, dass seine Leiche übel zugerichtet war, ohne auf Details einzugehen. Auch dass er nackt war, wurde verschwiegen. Eine »Strandläuferin« habe den Toten in den frühen Morgenstunden gefunden. Isabelle musste schmunzeln, als sie las, dass diese Frau der Tat unverdächtig sei. Die Polizei tappe noch völlig im Dunkeln. Es gebe keine Zeugen. Auch fehle jeglicher Hinweis auf ein Motiv.

Sie legte die Füße auf einen Stuhl und rührte gedankenverloren im Kaffee. Nun, das mit dem Fehlen eines Motivs stimmte nicht ganz. Wer seinem Opfer das Gemächt abschnitt, hatte eine Botschaft. Die Entmannung deutete entschieden darauf hin, dass sich Raphaël Dubois mit seinem Sexualverhalten einen Feind gemacht hatte. Dem Täter reichte es nicht, ihn umzubringen. Er musste ihn noch auf grausame Weise verstümmeln. Welche Motive könnte es dafür geben? Ihr fielen gleich mehrere ein, mit der Eifersucht an erster Stelle. Vielleicht hatte Raphaël Dubois als Strandgigolo ein Verhältnis mit einer verheirateten Frau angefangen? Ihrem Ehemann oder Freund hatte dies nicht gefallen.

Sie glaubte sich zu erinnern, dass es in der griechischen Mythologie Beispiele für die gewaltsame Entmannung als Ausdruck totaler Entmachtung gab. Das wäre ein weiteres Motiv. Fast bedauerte es Isabelle, dass sie für den Fall nicht zuständig war, aber nur für einen kurzen Augenblick, dann war sie wieder froh, es nicht zu sein. So konnte sie in aller Ruhe auf der Terrasse frühstücken und Zeitung lesen. Es gab keinen Druck von der Staatsanwaltschaft, vom Untersuchungsrichter oder von den Medien. Das könnte der größte Vorteil sein, wenn man sich mit Kriminalfällen beschäftigte, die lange zurücklagen. Es gab keine Erwartung, von niemandem.

So hatte sie das bislang noch gar nicht gesehen. Sie nahm einen entspannten Schluck aus der Kaffeetasse. Blieb dennoch zu hoffen, dass sie mit Apollinaires Hilfe einen Fall aufstöberte, der die Beschäftigung lohnte. An die Möglichkeit, dass es keinen gab, im Zuständigkeitsbereich von Toulon nicht und auch anderswo im Département Var, an diese Eventualität mochte sie nicht denken. Erst recht nicht daran, dass sie bei der Aufklärung scheitern könnte. Bastian würde sich vor Freude nicht einkriegen und einen Kübel voller Häme über sie ausschütten. Dann würde sie noch bereuen, sich darauf eingelassen zu haben.

Sie stand auf und machte eine Yogaübung. Ommm … Ihr Atem ging ganz ruhig. Es gab keinen Grund, sich aufzuregen.

Eine halbe Stunde später schlenderte sie hinüber zum *Hôtel de ville.* Sie kam am Brunnen mit der Gedenktafel vorbei, die an die tapferen Kämpfer der Résistance erinnerte, überquerte den kopfsteingepflasterten Platz mit den Platanen und musste beim verwaisten Bouleplatz lächeln, weil sie hier schon einige schöne Stunden verbracht hatte. Sie war die einzige Frau, die von den Männern als Mitspielerin akzeptiert wurde. In Fragolin kam das einem Ritterschlag gleich. Zugereisten war die Teilnahme ohnehin verwehrt. Zu ihrem Glück war sie hier geboren, was letztlich den Ausschlag gegeben hatte. Jetzt galt es, das Privileg zu verteidigen und den Männern zu beweisen, dass Frauen gleichwertige Mitglieder der Gesellschaft waren – sogar beim Pétanque, wie das traditionelle Boulespiel in der Provence genannt wurde. In manch einen südfranzösischen Schädel wollte das nicht rein. Aber wenn sie mit einem guten Wurf die Kugel eines notorischen Machos traf und aus dem Spiel beförderte, dann klickte es vielleicht auch im Kopf. Besondere Hoffnung machte sie sich freilich nicht.

Isabelle sperrte ihr Büro auf, öffnete die Fenster, setzte sich an ihren Schreibtisch und fuhr mit der flachen Hand über die leere Arbeitsfläche. Sauber. Sie hatte den Tisch schon gestern abgewischt. Der Papierkorb war leer. Die Drahtkörbe für den Posteingang waren es auch. Sie hob den Telefonhörer ab, hörte das Freizeichen und legte wieder auf. Verdammt, war das trostlos. Sie startete ihren Computer. Selbst der Ventilator ließ sie im Stich, kein Kreischen – und kein Grund, dagegenzutreten.

Auf ihrem *portable* entdeckte sie eine Nachricht von Thierry. Er hieß sie im Rathaus willkommen und wünschte ihr einen schönen Arbeitstag. Idiot. Er hätte sich doch persönlich herbemühen können. Wann hatte sie ihn das letzte

Mal gesehen? Das war schon einige Tage her. Und einige Nächte. Dann fiel ihr ein, dass er nach Marseille gereist war, zu einer mehrtägigen Tagung der Bürgermeister der Region Provence-Alpes-Côte d'Azur. Na meinetwegen, er war entschuldigt und vielleicht doch kein Idiot.

Gerade wollte sie Thierry eine Antwort schicken, da hörte sie im Flur Lärm, irgendwas krachte gegen die Tür, dann drang ein lautes *Merde* zu ihr durch. Isabelle schmunzelte. Sie ahnte, wer für diese Ruhestörung verantwortlich war, eine Ruhestörung, die sie direkt herbeigesehnt hatte. Sie drehte sich zum Fenster und sah draußen einen alten 2CV stehen, mit aufgerolltem Dach und mit den Vorderrädern in einem Blumenbeet. Sie blickte wieder zum Eingang, verschränkte lächelnd die Arme über der Brust und wartete ab.

Jetzt ging die Tür auf, aber nur einen Spalt, und wurde dann mit einer Entschuldigung sofort wieder geschlossen.

*»Pardon, excusez-moi.«*

Nun wurde förmlich angeklopft.

Erst nach ihrem *»Entrez, s'il vous plaît«* wagte der Besucher einen zweiten Versuch.

Apollinaires Haare standen wirr vom Kopf, beim Zuknöpfen seiner Jacke hatte er sich mit den Löchern vertan. Mit rudernden Armen kam er auf sie zu. Weil er himmellang war und von hagerer Gestalt, sah es aus, als ob er gleich stürzen würde.

Um Schlimmeres zu verhindern, hob Isabelle die Hand.

»Arrête, stehen bleiben!«

Mit einem gewagten Bremsmanöver gehorchte er aufs Wort. Breit grinsend strahlte er sie an.

»Madame le Commissaire, ich melde mich zum Dienst.«

Hoffnungsvoll sah sie auf seine Socken. Mit Erleichterung stellte sie fest, dass er seiner alten Gewohnheit treu geblieben war und verschiedene Farben gewählt hatte – links rot, rechts gelb. Eine gewagte Kombination.

»Schön, Sie wiederzusehen. Ich freu mich«, sagte sie.

Er schlug sich theatralisch auf die Brust. »Und ich erst. Sie haben mich vor meinem sicheren Untergang bewahrt.«

Sie deutete hinaus auf den Flur. »Was ist da passiert?«

Er rückte verlegen seinen Krawattenknoten zurecht. »Pardon, ein kleines Missgeschick. Die Akten, Sie wissen schon, um die Sie mich gebeten hatten. Sie sind von der Sackkarre gerutscht.«

»So viele sind es, dass Sie eine Sackkarre brauchen?«

»Doch, doch, es sind einige. Ich hatte ja keine Zeit, sie durchzusehen. Da habe ich vorsichtshalber alle Fälle mitgenommen, die in den letzten zwanzig Jahren nicht aufgeklärt wurden. Wobei ich mich auf Gewaltverbrechen und Kapitaldelikte konzentriert habe. Das war doch in Ihrem Sinne, oder?«

Sie schmunzelte. »Also keine gestohlenen Fahrräder oder geklaute Handtaschen?«

»Nein, natürlich nicht, hoffe ich jedenfalls. Es musste ja schnell gehen. Commandant Bastian hatte mich angewiesen, spätestens um Mitternacht das Kommissariat zu verlassen.«

Isabelle stand auf, ging zu Apollinaire und tat etwas, was völlig gegen ihre Natur war – sie umarmte ihn. Aber nur kurz, dann forderte sie ihn auf, die Akten hereinzubringen.

Eine Stunde später gab es auf dem Besprechungstisch verschiedene Stapel. Der ganz links war am kleinsten, aber am interessantesten. Sie musste an Bastians Worte von der hohen Aufklärungsquote denken. Wahrscheinlich hatte er sogar recht, aber im Lauf von zwei Jahrzehnten kam so einiges zusammen. Gott sei Dank. Es stellte sich heraus, dass in Toulon auch die unaufgeklärt abgelegten Fälle anderer Kommissariate der Region aufbewahrt wurden. Das machte es einfacher. Wobei Apollinaire darauf verwies, dass man im Onlinearchiv der *Police nationale* auf weitere »Karteileichen« stoßen könne. Er kümmere sich später darum.

Isabelle nickte. Aber weil sie nichts überstürzen müssten und da heute Apollinaires erster Arbeitstag war, sei es ihr ein Vergnügen, ihn zum Mittagessen einzuladen.

Sie schlossen das Büro ab. Mit Parteiverkehr war nicht zu rechnen, aber die Akten waren nicht für fremde Augen bestimmt. Apollinaire fuhr seinen 2CV ordnungsgemäß auf den Parkplatz, dann liefen sie hinüber zum Bistro *Chez Jacques.* Als Tagesempfehlung standen auf der Schiefertafel *moules marinières,* frische Miesmuscheln. Außerdem gab es *magret de canard à l'orange,* Entenbrust in einer Rotwein-Orangen-Sauce.

Apollinaire schnalzte mit der Zunge – und bestellte beides.

Isabelle entschied sich für einen Klassiker, den es hier immer gab, für eine *salade niçoise* mit in Öl eingelegten Anchovis, Kapern, Tomaten, hart gekochten Eiern und schwarzen Oliven.

Den Rosé gab es auch *au verre,* glasweise. Sie stieß mit Apollinaire auf ihre erneute Zusammenarbeit an. Isabelle sagte, dass sie sich auf ihn verlasse, sie brauche einen fähigen Assistenten. Auch wenn sie nicht wisse, was ihnen bevorstehe. Das Ganze sei ein Experiment mit ungewissem Ausgang. In ihrer früheren Tätigkeit sei sie es gewohnt gewesen, ganz in der Gegenwart zu leben und in die Zukunft zu blicken. Die Zeiger der Zeit stattdessen zurückzudrehen, sich in Situationen zu versetzen, die schon lange zurücklagen, diesen Umgang mit der Vergangenheit habe sie nie gelernt.

Apollinaire zitierte Albert Einstein. Der habe argumentiert, dass die Unterscheidung zwischen Vergangenheit, Gegenwart und Zukunft nur eine besonders hartnäckige Illusion sei. Weil Einstein an Klugheit nicht zu übertreffen sei, habe er wohl recht. Folglich müsse sie sich keine Sorgen machen.

Sie musste lächeln. Warum überraschte es sie nicht, dass Apollinaire mit Einstein daherkam? Bastian hatte keine Ahnung, was sein Sous-Brigadier alles im Kopf hatte. Zugegeben, nicht alles war für den Beruf eines Polizeibeamten von Nutzen, aber manches eben doch.

Später fragte Apollinaire, wie lange Madame le Commissaire in Fragolin zu bleiben gedenke. Ob die Fortführung des Kommissariats von begrenzter Dauer sei.

Sie zuckte mit den Schultern. Sie wolle ihm nichts vormachen, deshalb könne sie keine verbindliche Antwort geben. Aber sie habe die Absicht, zu bleiben. Sie wolle ein anderes, ein neues Leben führen. Und sie hoffe, dass das kleine Büro der *Police nationale* Bestand haben könne. Vorläufig müssten sie sich keine Sorgen machen, weil sie ein klares Mandat aus Paris hätten.

Isabelle überlegte, wie ehrlich sie sein sollte. Apollinaire war ihr Untergebener, er musste nicht alles wissen. Auf das entscheidende Dilemma würde er allerdings von selber kommen. Folglich konnte sie es auch von sich aus ansprechen.

In weiterer Zukunft, fuhr sie fort, könne sich die Situation ändern. Theoretisch gebe es zwei gegensätzliche Szenarien, und beide seien nicht gut. Entweder sie scheiterten in ihrem Bemühen, alte Fälle aufzuklären. Dann komme spätestens nach der Pensionierung von Maurice Balancourt irgendjemand auf die Idee, diese merkwürdige Außenstelle in Fragolin zu schließen. Oder sie hatten Erfolg. Das sei zunächst gut, sogar sehr gut, rufe aber automatisch Neider auf den Plan. Schließlich hätte sie damit bewiesen, dass früher schlampig gearbeitet wurde. Sie mache sich also polizeiintern Feinde. Und die ließen fortan keine Gelegenheit aus, ihr Knüppel zwischen die Beine zu werfen. Sie sei dann zum Abschuss freigegeben – was auch keine gute Perspektive sei. Aber nicht annähernd so schlimm wie die Erfolglosigkeit. Deshalb hoffe sie, dass ihr Projekt gelingen möge.

Apollinaire hob den Daumen. Daran zweifle er keine Sekunde. Übrigens hätten die Venusmuscheln ganz hervorragend geschmeckt. Sie seien bereits Vergangenheit, stellte er grübelnd fest. Die Gegenwart sei der Rosé im Glas. Und die Zukunft die Entenbrust. Albert Einstein habe mit der Relativität der Zeit definitiv recht. Den Knoblauch in der Weißweinsauce der Venusmuscheln rieche man bei ihm noch nach Stunden. Der Duft reiche also von der Vergangenheit in die Zukunft. Umgekehrt sei die Entenbrust dann schon wieder Vergangenheit.

Isabelle schüttelte leise lächelnd den Kopf. Die Gedankengänge ihres Assistenten waren gelegentlich etwas eigenwillig. Aber das gehörte zu seiner Persönlichkeit. Sie wusste nicht wirklich, was er ihr sagen wollte. Vielleicht wusste er es selber nicht. Immerhin verströmte er dabei eine gehörige Portion Optimismus. Diese Zuversicht konnte sie brauchen.

# 6

Der Überfall auf ein Juweliergeschäft in Cannes las sich spannend. Vor sechs Jahren wurde nicht nur die Inhaberin erschossen, sondern auch eine prominente Kundin aus dem Filmgeschäft. Isabelle fand, dass bei der Ermittlung grobe Fehler gemacht wurden. Auch wäre es möglich, dass mittlerweile einige der gestohlenen Schmuckstücke irgendwo aufgetaucht waren. In diesem Fall ließe sich womöglich ihre Spur zurückverfolgen. Sie dachte eine Weile nach, dann legte sie die Mappe zur Seite. Es sprach alles für einen bandenmäßig durchgeführten Überfall. Solche Gangs gehörten leider zur Côte d'Azur wie in Cannes die Palmen zur Croisette. Die Mitglieder waren gewiss längst in alle Winde zerstreut, nicht mehr am Leben oder im Gefängnis. Es machte wenig Sinn, diesen Fall neu aufzurollen. Leider.

Auch Apollinaire saß an seinem Schreibtisch. Mit der einen Hand blätterte er in Untersuchungsprotokollen, mit der anderen hackte er auf die Tastatur seines Computers ein. Dazu summte er die Marseillaise.

In die nächste Mappe warf Isabelle nur einen kurzen Blick. Aus einer Villa bei Cavalaire hatte man vor einigen Jahren eine wertvolle Kunstsammlung gestohlen. Gemälde von Cézanne, Renoir, Picasso … Die polizeilichen Ermittler glaubten an einen Versicherungsbetrug, konnten es aber nicht beweisen. Die Kollegen hatten sich richtig reingehängt, da würde ein zweiter Versuch nichts bringen. Also auch auf die Seite.

Sie wollte gerade aufstehen, um enttäuscht nach Hause zu gehen, da stieß Apollinaire einen Pfiff aus.

»*Et voilà,* das könnte was sein.« Er drehte sich auf seinem Bürostuhl in Richtung Isabelle und hielt dabei einen roten Aktendeckel in die Höhe. »Ist zwar zehn Jahre her, aber der Fall hat sich hier zugetragen.«

Sie sah ihn fragend an. »Was heißt hier?«

»Na ja, nicht hier im Rathaus, aber immerhin in Fragolin, das heißt in einem angrenzenden Wald. Ein bestialischer Mord, unaufgeklärt.«

»Wirklich? Hier in unserem beschaulichen Fragolin? Ich hab nie was von einem grausamen Mord gehört. Ich dachte, unser letzter Fall sei die große Ausnahme gewesen. Aber sonst passiert hier doch nichts?«

Apollinaire stand auf und brachte ihr die Mappe. Sie war nicht dicker als viele andere, aber sie hatte es in sich. Gleich beim Öffnen fiel ihr ein Foto des Opfers vom Tatort entgegen. Auf den ersten Blick sah sie, dass Apollinaire nicht übertrieben hatte. »Bestialisch« war eine zutreffende Beschreibung. Bei dem Toten handelte es sich um einen Mann. Er lag mit dem Rücken auf dem Waldboden. In seinem Brustkorb steckte eine große Mistgabel, mit den scharfen Zinken so tief in seinen Torso gerammt, dass diese wohl unten bis ins Erdreich reichten. Jedenfalls stand der hölzerne Schaft ziemlich gerade in die Höhe, wie es schien, ganz stabil – obwohl die Leiche erst Tage nach der Tat gefunden wurde. Letzteres entnahm sie beim Überfliegen dem Protokoll. Offenbar hatte der Täter mit der Mistgabel mehrfach auf das Opfer eingestochen. Nach Ansicht der Gerichtsmedizin waren schon die ersten Attacken tödlich gewesen, weil dabei das Herz getroffen wurde. Ein weiterer Stoß war in den Unterleib erfolgt. Der Mörder musste rasend vor Wut gewesen sein oder ein pathologischer Irrer. Wahrscheinlich beides.

Apollinaire sah seiner Chefin über die Schulter. »Der Tote war ein rechtschaffener Bürger des Ortes«, sagte er. »Nach Aussage aller Zeugen hatte er keine Feinde. Man hat nicht die geringste Spur gefunden, die zu einem Täter führen könnte. Es gab kein Motiv und keinen Verdächtigen. Die Ermittlungen waren ein totaler Schuss in den Ofen. Irgendwann haben unsere Kollegen aufgegeben.«

»Vielleicht war es ein Verrückter, der durch die Wälder streifte und sich seine Opfer nach dem Zufallsprinzip aussuchte?«, spekulierte Isabelle.

Apollinaire verzog das Gesicht. »Das war auch die abschließende These der Ermittler. Aber es hat in der näheren oder weiteren Umgebung nie eine vergleichbare Tat gegeben. Weder vorher noch nachher.«

»Kann ich mir auch nicht wirklich vorstellen. Wer läuft schon mit einer Mistgabel durch einen Wald mit Korkeichen und hält nach einem x-beliebigen Opfer Ausschau, um es dann bestialisch niederzumetzeln? Es gibt viele Irre auf der Welt, aber das ist doch reichlich weit hergeholt.«

»Meine ich auch.«

Isabelle blätterte durch die Unterlagen. »Wie es scheint, haben die Kollegen sorgfältig gearbeitet.«

»Schade, das wäre nicht gut.«

»Aber sie müssen was übersehen haben. Es gibt immer eine Spur.«

»Doch nach fast zehn Jahren ist sie weg, wenn es sie überhaupt gegeben hat.«

Isabelle zuckte mit den Schultern. »Möglich, aber nicht sicher. Jedenfalls sieht das nach einem interessanten Fall aus. Apollinaire, da haben Sie einen guten Griff getan. Der

Tote wird nichts dagegen haben, wenn wir uns erneut auf die Suche nach seinem Mörder machen. Es gibt Taten, die sollten nicht ungesühnt bleiben, und diese ganz bestimmt nicht.«

»Was machen wir jetzt?«

»Feierabend«, antwortete Isabelle. »Wir gehen heim. Ich nehme die Mappe mit und sehe sie mir heute Abend genauer an. Morgen sage ich Ihnen, ob wir uns den Toten mit der Mistgabel wirklich vorknöpfen. Wissen Sie eigentlich, wo Sie schlafen? Soll ich in der *Auberge des Maures* anrufen und nach einem Zimmer fragen?«

Apollinaire zupfte verlegen an seinem Hemdsärmel.

»Nein, sehr freundlich, ist nicht nötig.«

Sie erinnerte sich an seinen letzten Aufenthalt in Fragolin und lächelte.

»Haben Sie noch Kontakt zu Shayana Hayet?«, fragte sie. Die tunesische Haushaltshilfe hatte er hier kennengelernt. Und obwohl sie eher klein und vollschlank war, also schon optisch ein Kontrastprogramm zu ihm, hatten sie sich gut verstanden.

»In gewisser Weise, ja, sozusagen, ich meine …«, stotterte er.

*»C'est bon«*, half ihm Isabelle aus der Bredouille. »Dann muss ich mir keine Sorgen machen.«

# 7

Am nächsten Morgen wurde sie von einem heftigen Klopfen an der Tür geweckt. Sie hatte bis spät in der Nacht die Akte mit dem Mordfall studiert und dazu Rotwein getrunken. Thierry würde ihr hoffentlich verzeihen. Das war sein Lieblingswein, recht teuer und besonderen Gelegenheiten vorbehalten. Aber sie hatte keine andere Flasche dagehabt.

Sie wühlte sich aus dem Bettlaken und öffnete.

»Isabelle, habe ich dich geweckt?«

Sie fuhr sich verschlafen durch die Haare.

»Sylvie, du bist es? Haben wir einen Termin?«

Die Physiotherapeutin, die auf medizinische Rehabilitation spezialisiert war und mit Isabelle zweimal in der Woche Übungen machte, um ihre Schmerzen im Bein zu lindern, die Schultern zu lockern und den Rücken zu stärken, lachte.

»Ja, aber ich kann gerne morgen wiederkommen.«

Isabelle hob hilflos die Hände. »Bleib hier und quäl mich. Hinterher bin ich vielleicht wach.«

»Das kann ich versprechen.« Sylvie stellte ihre Tasche ab. »Aber ich bin nicht hier, um dich zu quälen.«

»Doch, doch, du bist eine herzlose Sadistin. Womit fangen wir an?«

Eine halbe Stunde später drückte Sylvie eine flache Hand gegen Isabelles Rücken und zog sie gleichzeitig an ihrer Schulter.

»Da haben wir noch viel Arbeit vor uns«, stellte sie fest.

»Ich lauf nicht weg«, entgegnete Isabelle. »Sag mal, wie lange lebst du schon in Fragolin?«

»Seit meiner Geburt. Warum?«

»Kannst du dich an Jean-Luc Navet erinnern und an seine Ermordung vor etwa zehn Jahren?«

»Navet? Na klar, das war ganz schlimm. Den hat jemand übel zugerichtet. Es gibt Leute, die trauen sich bis heute nicht in den Wald, wo man ihn gefunden hat.«

»Wirklich?«

»Ja. *Le vieux Georges* hat behauptet, dass dort ein Menschen mordendes Monster haust.«

Isabelle lächelte. »Nach dem dritten Pastis hat der alte Georges viel behauptet. Was erzählt man sich sonst so?«

»Nichts, keiner redet mehr darüber. Ist lange her.«

»Wer könnte es gewesen sein?«

»Keine Ahnung. Irgendein Irrer, der aus der Nervenanstalt ausgebrochen ist? So, jetzt die andere Schulter.«

»Der fehlt doch nichts«, protestierte Isabelle.

»Doch, muss sein.«

»Was ist aus Navets Frau geworden?«

»Bernadette? Die lebt noch zu Hause, hat aber, glaube ich, Alzheimer. Warum interessiert dich das?«

»Nur so. Um mich von deinen blöden Übungen abzulenken.«

»Das soll ich dir glauben?«

»Na klar. Mir hat gestern jemand von dieser alten Geschichte erzählt. Da bin ich halt neugierig geworden. Du weißt ja, ich bin bei der Polizei, da springt man auf solche Themen an.«

Sylvie lachte. »Das solltest du dir schleunigst abgewöhnen. Wenn du ganz gesund werden willst, musst du dich mit den schönen Dingen des Lebens beschäftigen. Davon gibt es hier genug.«

»Wenn du mich nicht vorher zum Krüppel machst.«

»Im Gegenteil, ganz im Gegenteil. So, und jetzt die Hüfte.«

Auf dem Weg ins Büro ging sie an Clodines Laden *Aux saveurs de Provence* vorbei, machte ihr ein Kompliment zur neuen Schaufenstergestaltung und verabredete sich mit ihr zum Mittagessen. Sie kaufte eine Ausgabe des *Var-Matin* und steckte sie zur Mordakte in die mitgeführte Einkaufstüte der *Galeries Lafayette.* Schließlich betrat sie ihr Büro, wo Apollinaire gerade damit befasst war, ihren Computer auseinanderzuschrauben.

»Irgendwas stimmt nicht mit dem Gehäuselüfter«, sagte er. »Ich glaub, der ist kaputt.«

Isabelle nickte. »Ich wollte die Kiste schon aus dem Fenster werfen.«

»Können wir immer noch machen. Aber erst versuche ich ihn zu reparieren. Wie ist Ihre Entscheidung?«

Sie wusste, dass er mit dieser Frage das Thema wechseln wollte. »Ich denke, wir probieren es. Ich glaub nicht an einen verrückten Killer, der zufällig des Weges kam.«

Er stellte den Computer zurück auf den Boden. »Ich mach später weiter. Er geht auch ohne Gehäuse, wahrscheinlich sogar besser, weil die Hardware nicht so heiß wird. Und jetzt?«

Isabelle breitete auf ihrem Schreibtisch die Fotos vom Mordopfer am Tatort aus.

»Die Kollegen haben versucht herauszubekommen, wo die Mistgabel gekauft wurde. Sie war nagelneu. Dummerweise gibt's dieses Modell an jeder Ecke. Also Fehlanzeige.

Wir sollten uns im persönlichen Umfeld von Jean-Luc Navet umhören, mit den Leuten reden, mit Verwandten und Freunden. Leider scheint seine Frau unter Alzheimer zu leiden.«

»Und was sagen wir, wenn wir nach dem Grund unserer Neugier gefragt werden?«

»Da müssen wir uns noch eine harmlose Ausrede ausdenken.«

»Monsieur Navet könnte vor seinem Tod falsch geparkt haben«, schlug er vor.

Isabelle lachte. »Ja, oder so ähnlich. Apollinaire, mir ist da was auf den Fotos aufgefallen.«

Er beugte sich nach vorne. »Er hat abstehende Ohren.«

»Sie sind schon ganz nah dran. Schauen Sie auf seine Stirn.«

»Die ist verschmiert, irgendwie verdreckt. Ja, das ist komisch, wo er doch auf dem Rücken liegt und von vorne abgestochen wurde.«

»Das ist kein Dreck. In den Polizeiakten steht, dass in der Laboruntersuchung auf der Stirn des Mordopfers Farbpigmente identifiziert wurden.«

»Komisch. Vielleicht eine Art Sonnencreme?«

»Ganz bestimmt nicht. Die Kriminaltechniker schreiben, dass es sich um die Spuren eines Filzstifts handeln könnte. Möglicherweise habe der Täter dem Opfer etwas auf die Stirn gemalt, aber das sei nicht mehr zu erkennen gewesen. Womöglich hätten ihn Waldtiere abgeschleckt.«

»Schade, das wäre interessant.«

»Meine ich auch.«

»Man müsste den Ausschnitt vergrößern.«

»Wer könnte das machen?«

»Ihr Assistent, der könnte das machen«, antwortete

Apollinaire. »Wir sind zwar miserabel ausgestattet, aber wir verfügen über einen Scanner.«

Minuten später hatte er das Bild auf seinem Screen. Mit der Zoomfunktion holte er die Stirn näher ran.

Isabelle schüttelte den Kopf. »Das ist total verpixelt, da erkennt man nichts. Das können wir vergessen.«

»Noch nicht, schließlich gibt es Bildbearbeitungsprogramme. Muss ich aber erst runterladen. Geben Sie mir etwas Zeit, ich schau mal, was sich machen lässt.«

Sie klopfte ihm auf die Schulter. »Nur zu, ich werfe so lange einen Blick in die Zeitung.«

Ein Galadinner in Monaco mit viel Prominenz, eine Skulpturenausstellung an der Promenade des Anglais in Nizza, ein stundenlanger Stau bei einer Baustelle auf der Autobahn bei Mandelieu … – im *Var-Matin* stand heute nichts, was sie besonders interessierte. Der Mord am Strand von Pampelonne fand keine Erwähnung mehr. Dafür wurde ausführlich über einen ehemaligen Präsidenten der Republik berichtet, der die Kühnheit besessen hatte, sich an einem öffentlichen Strand bei Cavalière in Badehose unters gemeine Volk zu mischen. Da war ja sogar die Skulpturenausstellung aufregender.

»So, ich hab's«, befreite sie Apollinaire von ihrer Lektüre. Er reichte ihr einen Ausdruck, der tatsächlich eine erstaunliche Qualität aufwies. Erst ging sie ganz nah ran, dann hielt sie das Blatt mit ausgestreckten Armen von sich weg, um schließlich ein Auge zuzukneifen.

»Wenn das wirklich die Spuren eines Filzstifts sein sollten, kann ich beim besten Willen nicht erkennen, was das darstellen könnte. Rechts von der Mitte, das könnte ein Kreis sein. Aber der Rest, keine Ahnung. Schade, dass die

Leiche erst so spät gefunden wurde. Wirklich schade. Würde mich schon sehr interessieren, was der Mörder seinem Opfer auf die Stirn gemalt hat. Vorausgesetzt, wir liegen mit der Vermutung richtig.«

»Vielleicht ein stilisierter Totenkopf? Mit zwei gekreuzten Knochen?«

»Nein, das passt nicht, ist viel zu breit, außerdem würde das keinen Sinn machen. Einem Toten einen Totenkopf auf den Kopf zu malen, das wäre ja fast schon surrealistisch.«

»Oder sind das Buchstaben?«

»Könnte sein«, sagte Isabelle. »Dann wäre der Kreis ein O.«

»Hmmm.«

»Und links ein M?«

Apollinaire wiegte den Kopf. »Glaube ich nicht. Aber lassen Sie mich noch was am Computer versuchen. Heute gibt es Möglichkeiten, die unsere Kollegen vor zehn Jahren noch nicht hatten. Zum Beispiel Programme zur optischen Zeichen- und Schrifterkennung.« Er ging zurück zu seinem Computer. »Wird aber etwas dauern.«

Isabelle sah auf die Uhr. »Ich bin zum Mittagessen verabredet.«

»Das passt gut. Ich probiere in der Zeit etwas herum. Hab sowieso keinen Hunger.«

»Viel Erfolg, *bonne chance!*«

# 8

Als sie am frühen Nachmittag zurück ins Büro kam, lag Apollinaire der Länge nach hingestreckt auf seinem Schreibtisch. Seine Füße ragten darüber hinaus und ruhten auf einer Stuhllehne.

»Muss ich mir Sorgen machen?«, fragte sie.

Er öffnete die Augen und stand erschrocken auf. »Pardon, Madame«, entschuldigte er sich, »ich habe Probleme mit den Bandscheiben.«

Sie lächelte. »Und Sie meinen, das hilft?«

»Ich hoffe, aber es soll nicht wieder vorkommen. Ich habe Sie noch nicht zurückerwartet.«

»Wenn es Ihnen guttut, habe ich nichts dagegen. Vielleicht sollten Sie das nächste Mal absperren. Etwaige Besucher könnten irritiert sein.«

»Absperren, sehr wohl, Sie haben ja so recht. Ich danke Ihnen für Ihr Verständnis.«

Sein gerade noch bedrückter Gesichtsausdruck wich einem freudig erregten Grinsen.

Isabelle sah ihn fragend an. »Sagen Sie bloß, Sie haben …?«

»*Oui,* Madame. Das Rätsel ist gelöst.«

»Machen Sie es nicht so spannend.«

Er deutete auf seinen Monitor. Isabelle sah erwartungsvoll auf das Bild, konnte aber keine Veränderung feststellen.

Er hob demonstrativ den Zeigefinger, sagte »Abrakadabra« und drückte auf eine Taste. Wie von magischer Hand ergänzten sich die verschmierten Spuren auf der Stirn des

Toten, Lücken wurden geschlossen, Buchstaben plötzlich erkennbar.

»Da fehlt nur der letzte Buchstabe«, flüsterte Isabelle ergriffen.

»Ja, das R fehlt, das wurde wohl völlig abgewaschen.«

*»Violeur«,* las sie laut vor, jeden Buchstaben einzeln betonend.

»Vergewaltiger«, wiederholte Apollinaire.

Er ließ die beiden Bilder hin- und herspringen, vor und nach der Schriftergänzung.

»Das kann nichts anderes heißen«, sagte sie. »Jetzt, da man es weiß, scheint es ganz klar.«

»Damit hätten wir ein Motiv, finden Sie nicht?«

»Zumindest wissen wir, dass der Mörder Jean-Luc Navet der Vergewaltigung bezichtigte, anders lässt sich das ja kaum interpretieren. Womit wir einen riesigen Erkenntnissprung gemacht haben, und das knapp zehn Jahre nach der Tat. Ich bin beeindruckt. Apollinaire, Sie haben sich einen Orden verdient.«

»Ich hätte lieber einen anderen Bürostuhl, dieser hier ist für meine Bandscheiben eine Katastrophe.«

»Ich werde einen beantragen«, versprach Isabelle.

»Mein Rücken dankt es Ihnen. Wie geht's weiter?«

»Jetzt muss ich erst mal nachdenken. Mit Vergewaltigungsdelikten wurde ich in meiner früheren Tätigkeit nie konfrontiert. Wir wissen, dass Monsieur Navet ein nach außen unbescholtener Bürger war.«

»Was nichts zu besagen hat.«

»Nein, hat es nicht. Soviel ich weiß, gibt es bei Vergewaltigungen eine extrem hohe Dunkelziffer. Viele vergewaltigte Frauen scheuen sich, die Tat anzuzeigen, weil sie nicht als Vergewaltigungsopfer gebrandmarkt werden wollen.

Erst recht nicht in einer Gemeinschaft wie Fragolin, wo jeder jeden kennt.«

»Aber den Navet hat auch jeder gekannt«, sagte Apollinaire. »Laut Ermittlungsakte hat keiner schlecht über ihn geredet.«

»Unterstellt, dass er wirklich mal eine Frau vergewaltigt hat, ist er halt nicht erwischt worden.«

»Wer hat ihn dann umgebracht?«

»Ihr Vater, ihr Bruder, ihr Ehemann? Jedenfalls war die betreffende Person voller Hass und blinder Wut, sonst hätte sie nicht so oft und brutal zugestochen. Und das von vorne, was dafür sprechen könnte, dass sich der Täter und Navet gekannt haben.«

»Er hat nicht versucht davonzulaufen«, stellte Apollinaire fest, »sonst wäre er von hinten niedergestochen worden.«

»Wie auch immer, das ist unser Fall, auf ihn werden wir uns konzentrieren. Wir sind schon jetzt einen entscheidenden Schritt weiter als die damaligen Ermittler. Wir wissen, in welche Richtung wir recherchieren müssen. Ich denke, wir haben eine gute Chance.«

# 9

Madame Navet?«, fragte Isabelle, als nach mehrfachem Läuten endlich aufgemacht wurde. Die Frau hatte ein geblümtes Kleid an, die Haare nach oben gesteckt – und trug zwei unterschiedliche Schuhe. Isabelle dachte, dass das nichts zu besagen hatte, Apollinaire wäre das auch zuzutrauen, dennoch stimmte sie die Beobachtung wenig hoffnungsvoll. Ihre Physiotherapeutin hatte von Alzheimer gesprochen. Hoffentlich in keinem fortgeschrittenen Stadium.

Die Frau blickte auf das Namensschild an ihrer Wohnungstür, dann nickte sie. »Ja, das bin ich. Und wer sind Sie?«

»Mein Name ist Bonnet, ich möchte mich mit Ihnen über Ihren verstorbenen Mann unterhalten. Wäre schön, wenn Sie sich ein paar Minuten Zeit nehmen könnten.«

Bernadette Navet sah sie mit großen Augen an. »Mein Mann ist verstorben?«

O Gott, das ging ja gut los. Trotzdem wollte Isabelle noch keinen Rückzieher machen.

»Darf ich reinkommen?«

»Natürlich dürfen Sie, Sie machen einen sympathischen Eindruck.«

Isabelle folgte der Frau ins Wohnzimmer. Sie stellte fest, das alles sehr ordentlich war und aufgeräumt. Entweder kam sie noch gut zurecht, oder sie hatte jemanden, der ihr half.

Isabelle blieb vor einem Kaminsims stehen und betrachtete die aufgestellten Bilder. In der Mitte ein großes Foto, auf dem sie unschwer Jean-Luc Navet erkannte. Eine Kopie war in den polizeilichen Ermittlungsakten. Daneben wohl das Hochzeitsfoto der beiden. Aus einem Bilderrahmen sah ihr ein Hund entgegen. Dann ein Bild, auf dem sich Bernadette und eine Frau, die ihr ähnlich sah, in den Armen hielten. Außerdem ein Gruppenfoto mit Jean-Luc in der Mitte und drei lachenden Männern. Und einige offensichtlich ältere Bilder, wahrscheinlich von Eltern und Großeltern.

»Das ist ein nettes Bild Ihres Mannes.« Isabelle deutete auf das große Foto.

Bernadette nickte. »Ja, ein netter Mann«, sagte sie bestätigend.

»Wie lange ist er schon tot?«

»Er ist nicht tot, wie kommen Sie denn darauf?«

Oje, das würde nichts werden.

»Und die Frau hier, auf dem Foto mit Ihnen?«

»Die kennen Sie nicht? Das ist doch meine Schwester Florence.«

»Sie sieht Ihnen ähnlich.«

»Ja, das sieht ihr ähnlich.«

»Und der Hund?«

»Asterix. Das war ein ganz Lieber. Ist leider schon im Hundehimmel.«

»Tut mir leid«.

Dass der Hund tot war, das wusste Bernadette, aber von ihrem Mann glaubte sie, dass er noch lebte. Isabelle verließ der Mut. Es würde keinen Sinn machen, sie länger zu befragen. Außerdem konnte sie sich ja wohl kaum danach erkundigen, ob ihr Mann mal jemanden vergewaltigt hätte.

»Lebt Ihre Schwester Florence in Fragolin?«, fragte Isabelle. Sie konnte sich nicht erinnern, dass ihr Name in den Protokollen erwähnt wäre. Womöglich hatte man die Schwester nicht befragt.

»In Fragolin? Nein, natürlich nicht. Sie wohnt in Hyères, kommt mich aber zweimal die Woche besuchen und macht mir den Haushalt. Florence ist ein Schatz.«

»Das ist wirklich lieb von ihr. Ich würde sie gerne kennenlernen. Wann kommt sie wieder?«

»Ich glaube morgen. Doch, doch, ganz sicher morgen. Oder gestern? Nein, morgen.«

»Dann schau ich morgen mal vorbei. Um wie viel Uhr kommt sie normalerweise?«

»Am Vormittag, so um sechzehn Uhr, nach ihrer Arbeit.«

Isabelle reichte ihr die Hand.

»Dann darf ich mich verabschieden. Wir sehen uns morgen wieder.«

»Aber gerne. War nett, Sie kennenzulernen.«

Zurück auf der Straße, blieb Isabelle stehen und sah nach oben. Bernadette winkte ihr zum Abschied aus einem Fenster zu. Die Frau war wirklich lieb. Vielleicht musste sie einem gar nicht leidtun? Sie schien in ihrer verworrenen Welt glücklich zu sein. Wenn ihre Schwester Florence sich tatsächlich so nett um sie kümmerte, dann ging es ihr für den Augenblick recht gut. Kaum vorstellbar, dass eine so sanftmütige Frau einen Mann hatte, der sich zu einer Vergewaltigung hatte hinreißen lassen. Im selben Atemzug wusste Isabelle, dass das natürlich Unfug war. Erstens konnte man von der Frau nicht auf ihren Mann schließen, und zweitens kannte man die Hintergründe nicht.

Sie winkte zurück. Dann machte sie sich auf den Heimweg. Sie hatte vergessen, sich nach dem Nachnamen der Schwester zu erkundigen. Auch in ihrem Kopf gab es also leichte Aussetzer. Hatte sie die schon früher gehabt oder erst seit der Explosion, bei der sie fast draufgegangen wäre? Oder war das ganz normal, dass man mal was vergaß? Sie entschied sich für Letzteres. Und sie nahm sich vor, morgen um sechzehn Uhr nach Bernadettes Schwester zu schauen. Den diesbezüglichen »Vormittag« strich sie leise lächelnd aus ihrem Gedächtnisprotokoll.

# 10

Kulinarisch begann der Abend vielversprechend: *Friture de fleurs de courgettes.* Isabelle stand mit Thierry Blès in seiner Küche und sah ihm zu, wie er die Zucchiniblüten in den vorbereiteten Teig tauchte, sie abtropfen ließ und dann im heißen Öl frittierte. Er tat das mit einer entspannten Routine, hatte ein Glas Wein neben dem Herd stehen und erzählte ihr von der Bürgermeistertagung in Marseille. Das sei öde und langweilig gewesen. Verlorene Zeit, aber ein Pflichttermin, gerade für den Vertreter einer kleinen Gemeinde wie Fragolin. Marseille sei fast eine Millionenstadt. Nizza, Toulon und Aix-en-Provence hätten alle über hunderttausend Einwohner, da sei die Gefahr groß, dass man von diesen Schwergewichten der Region Provence-Alpes-Côte d'Azur ins Abseits gedrängt würde.

Er nahm die gebackenen Zucchiniblüten aus der Pfanne, legte sie auf Küchenkrepp, träufelte Balsamico drüber und bestreute sie mit grobem Meersalz.

Aber er mache sich nichts vor, fuhr er fort, seine Teilnahme an der Konferenz habe nichts daran geändert, dass genau das wieder passiere. Gemeinden wie Fragolin seien zwar das Herz und die Seele der Region, aber kommunalpolitisch würden sie keine Rolle spielen, auch was Fördergelder betreffe und dergleichen. Eh bien, das sei schon immer so gewesen.

Er drapierte die goldbraunen Zucchiniblüten auf zwei Teller und klemmte sich eine Flasche Wein unter den Arm.

Isabelle nahm die Gläser. Sie gingen hinaus auf Thierrys Terrasse und setzten sich an den Tisch.

»Und, was war bei dir?«, fragte er nach der ersten Zucchiniblüte.

»Ich bin über eine Leiche gestolpert.«

Er lachte. »Wirklich? Ist das so eine Marotte von dir? Ich bin noch nie über eine Leiche gestolpert.«

»Frühmorgens, am Strand von Pampelonne ...«

»Ach, du warst das? Ich hab davon in der Zeitung gelesen. Was machst du so früh am Strand?«

»Der Mistral, ich konnte nicht schlafen.«

Er sah sie ungläubig an. »Und da fährst du runter ans Meer und gehst spazieren? So was Verrücktes fällt nur dir ein.«

»Das nächste Mal bleibe ich im Bett, das kannst du mir glauben.«

»Aber du hast mit dem Fall nichts zu tun, oder? Das machen deine überforderten Kollegen.«

»Ich weiß nicht, ob sie überfordert sind. Aber du hast recht, ich hab nichts damit zu tun.«

»Na Gott sei Dank, dann hast du morgen Nachmittag Zeit zum Boule. Jules kommt auch.«

»Ich freu mich schon drauf, euch Männern die Hosen runterzuziehen.«

»Wie bitte?«

»Was gibt's zur Hauptspeise?«

»Nichts mehr, das war's!«

»Bist du beleidigt? Das kannst du mir nicht antun. Jetzt habe ich erst richtig Hunger.«

»So ein Pech, das habe ich nicht gewusst.«

Isabelle zeigte ihm einen Vogel. »Ich hab doch gesehen, dass du was im Backofen hast.«

»Ach so, du meinst das Kartoffelgratin. Hätte ich fast vergessen.« Er sah auf die Uhr. »Müsste bald fertig sein. Höchste Zeit für die Lammkoteletts.«

»Hoffentlich gelingen sie dir besser als dem Koch von Maurice.«

»Maurice Balancourt? Der Arme, hat er etwa schlecht gegessen? Meine Koteletts sind bereits perfekt mariniert. Müssen nur noch auf den Grill. Das geht ruckzuck.«

Isabelle wischte sich mit einer Serviette die Lippen ab und hob das Weinglas. »Die Lammkoteletts waren wunderbar. Ein Lob auf den Koch.«

»*Merci*, aber das war ja nun wirklich kein Kunststück. Die Zubereitung von Lammkoteletts lernt man in der Provence schon in der Vorschule.«

»In Paris lernt man in der Vorschule, wie man über die Champs-Élysées geht, ohne überfahren zu werden.«

»Deshalb möchte ich um keinen Preis in Paris leben. Apropos, warum hast du mit dem allmächtigen Maurice Balancourt gesprochen?«

»Weil ich wieder meine Arbeit aufnehme und dafür einen Assistenten brauche.«

Thierry lachte. »Doch nicht etwa?«

»Doch, ganz genau!«

Er nickte. »Das hast du richtig gemacht. Apollinaire ist zwar etwas speziell, aber ein guter Kerl.«

»Ein guter Kerl? Ja, das ist er.« Sie schmunzelte. »Und er trägt immer noch verschiedenfarbige Socken.«

»Da bin ich beruhigt. Wobei soll dir Apollinaire assistieren?«

»Ich bin auf einen alten Fall gestoßen. Ein Mord, der nie aufgeklärt wurde.«

»Eine weitere Leiche, über die du gestolpert bist? Das scheint wirklich eine Leidenschaft von dir zu sein.«

»Liegt aber knapp zehn Jahre zurück. Kannst du dich an Jean-Luc Navet erinnern?«

»Oje, natürlich. Den Jean-Luc hat irgendein Wahnsinniger übel zugerichtet. Du willst doch nicht allen Ernstes diese alte Geschichte ausgraben?«

»Ich bin schon dabei.«

»Das kannst du vergessen. Die Polizei hat sich damals wirklich reingehängt und nichts rausbekommen. Seitdem sind viele Jahre vergangen, niemand spricht mehr darüber, keiner will mehr daran denken. Das hat uns damals alle geschockt. Ein brutaler Mord an einem braven Bürger. In unserem Fragolin. Unvorstellbar.«

Sie sah ihn nachdenklich an. »War er wirklich so brav?«

Thierry zuckte mit den Schultern. »So viel oder so wenig wie alle hier. Er war Dachdecker, sicher hat er mal schwarz kassiert. Aber er ist jeden Sonntag in die Kirche gegangen, daran erinnere ich mich.«

»Kann ich dich mal was im Vertrauen fragen?«

Er sah sie verständnislos an. »Du kannst mich alles im Vertrauen fragen, ist doch klar. Magst du zur Verdauung einen Calavados?«

»Aus der Normandie? Dann schon lieber was aus der Provence.«

»Ich hätte einen *marc de Provence* anzubieten.«

»Sehr gerne. Um auf meine Frage zurückzukommen, mich würde interessieren, ob es in Fragolin mal einen Vergewaltigungsfall gegeben hat?«

»Vergewaltigung? Du kannst vielleicht Fragen stellen. Ich glaub, ich hol uns erst mal den Schnaps.«

»Kannst du im Anschluss gleich machen. Also?«

Er schüttelte den Kopf. »Nein, da muss ich dich enttäuschen. Einen solchen Fall hat es bei uns nie gegeben, das wüsste ich. Vielleicht vor hundert Jahren oder im Krieg, aber nicht in unserer Zeit, ganz bestimmt nicht.«

»Zumindest ist keine Vergewaltigung bekannt geworden«, schränkte Isabelle ein.

»Ja, oder so. Was hat das mit Jean-Luc zu tun?«

»Du musst das für dich behalten, versprochen?«

»Ich bin nicht nur Bürgermeister, sondern Anwalt und Notar. Wenn ich nicht schweigen könnte, hätte ich meinen Beruf verfehlt. Nun sag schon!«

»Navets Mörder hat ihn der Vergewaltigung bezichtigt. Offenbar handelte es sich um einen Racheakt.«

»Der Vergewaltigung bezichtigt? Woher willst du das wissen?«

»Der Täter hat auf der Stirn des Toten eine Nachricht hinterlassen. Sie war unleserlich, aber heute gibt es Computerprogramme, die können so was dechiffrieren. Apollinaire kennt sich damit aus. Auf Navets Stirn stand geschrieben, dass er ein Vergewaltiger sei, ein *violeur.*«

»Ist nicht wahr? Jetzt brauch ich wirklich einen Tresterbrand.«

Thierry stand auf und kam wenig später mit zwei gut gefüllten Schwenkern wieder.

»Jean-Luc Navet ein Vergewaltiger? Das kann nicht sein. Wen um Himmels willen soll er denn vergewaltigt haben?«

»Das ist eine gute Frage. Ist er anderen Frauen nachgestiegen?«

»Keine Ahnung. Ist lange her, und so gut gekannt habe ich ihn nun auch wieder nicht. Aber wie gesagt, er war regelmäßig in der Kirche.«

»Auch Sünder gehen in die Kirche, sonst hätten sie ja nichts zu beichten.«

»Ich weiß, das ist kein Argument. Vielleicht hat er ein bisschen geflirtet, das mag sein, das machen viele Männer.«

»Sogar du.«

Er grinste. »Ja, sogar ich, am liebsten mit dir. Aber das ist keine strafbare Handlung.«

»Nein, ist es nicht. In unserem Fall sogar durchaus erwünscht.«

»Oh, das hör ich gerne, der Abend ist gerettet.«

»Hast du noch ein Dessert?«

»Da schaut's schlecht aus. Höchstens Vanilleeis aus dem Tiefkühlfach. Dazu Erdbeeren. Und Sahne zum Schlagen müsste ich auch noch haben.«

»Das klingt doch gut. Trotzdem, könntest du dich bitte mal umhören?«

»Ob Jean-Luc eventuell eine Frau vergewaltigt hat? Ist nicht dein Ernst, das kann ich nicht machen.«

»Nein, natürlich nicht. Ich meine, es wäre interessant zu wissen, ob es vor über zehn Jahren vielleicht doch irgendwo eine Vergewaltigung gegeben hat oder ein Gerücht oder was weiß ich.«

»Da schlage ich lieber die Sahne. Ist einfacher und entschieden ungefährlicher.«

# 11

Isabelle stöberte im Onlinearchiv der *Police nationale* nach Vergewaltigungen, die vor rund zehn Jahren im weiteren Umfeld der Côte d'Azur aktenkundig geworden waren. Natürlich wurde sie fündig, aber nicht wirklich, denn in vielen Fällen waren die Vergewaltiger namentlich bekannt und zur Anzeige gebracht, oder die Delikte hatten sich an Orten zugetragen, wo ein Dachdecker aus Fragolin als Täter nicht in Frage kam – zum Beispiel auf einer luxuriösen Motoryacht im Hafen von Saint-Tropez. Frustriert nahm sie sich einige Zeitungsarchive vor, auch ohne Resultat. Was hatte sie erwartet? Schon Apollinaire hatte die Suche betrieben. Er hatte es auch in den Archiven der *Police municipale* versucht und bei der *Gendarmerie nationale.* Er hatte eine Liste mit einigen Fällen ausgedruckt und ihr auf den Schreibtisch gelegt, jeweils mit einem handschriftlichen Vermerk, warum sie nicht ins Bild passten. Leider hatte er in jedem Punkt recht.

Jetzt war er irgendwo im Rathaus unterwegs, um eine neue Kartusche für den Drucker zu organisieren. Nein, so würden sie nicht weiterkommen. Das war planloses Rumstochern im Nebel der Vergangenheit – mit diffusem Zeitfenster und unklarer Ortsangabe. Die einzige Chance würde wohl darin bestehen, mehr über Jean-Luc Navet herauszubekommen. Sie würde heute Nachmittag seine Schwägerin Florence befragen. Hoffentlich war sie da. Vielleicht brachte Thierry was in Erfahrung, irgendein Gerücht, das zu verfolgen sich lohnen könnte. Und sie sollte mal mit Clodine reden. Ihre Freundin war eine unerschöpfliche Quelle für Tratsch und Klatsch. Normalerweise würgte Isabelle entsprechende Gespräche sofort ab. Sie war nun wirklich nicht an den kleinen Skandalen und Affären ihrer Mitbürger interessiert. Das war zum Gähnen langweilig. Aber jetzt hatte sie einen Grund, mal genauer zuzuhören. Vor allem, wenn sich ihre Freundin an Navet erinnern sollte.

Der Klingelton ihres *portable* riss sie aus den Gedanken.

»Isabelle, mein Schatz, ich bin's«, meldete sich die Sekretärin von Maurice Balancourt.

»Hallo, Jacqueline, schön, dich zu hören. Geht's dir gut?«

»Nicht so gut wie dir. Ich wär jetzt auch gerne in der Provence.«

»Komm mich halt mal besuchen.«

»Ist das eine Einladung?«

»Natürlich.«

»Das war leichtsinnig. Sobald ich einige Tage freihabe, setz ich mich in den TGV, wirst schon sehen.«

»Ich freu mich. Aber deshalb rufst du nicht an, oder?«

»*Mais non,* der Alte will dich sprechen.«

»Hab's mir gedacht, kannst mich verbinden.«

»Madame le Commissaire«, bellte Balancourt statt einer Begrüßung ins Telefon. Dann lachte er. »Ich muss mich erst daran gewöhnen. Meine Isabelle, Madame le Commissaire! *C'est drôle.*«

»Was ist daran lustig?«

»Na ja, du weißt schon. Alles gut da unten im sonnigen Süden? Wühlst du in alten Akten? Lass das deinen Assistenten machen, fahr heute Nachmittag an einen Strand und geh schwimmen.«

»Du rufst mich an, um mir diesen Ratschlag zu geben?«

»Warum nicht? Mir liegt dein Wohlergehen am Herzen.«

»Das glaube ich dir. Aber deswegen rufst du nicht an.«

»Nicht nur, ich gebe es zu. Hast du schon einen Fall, an dem du arbeitest?«

»Ja, ein unaufgeklärter Mord hier in Fragolin. Liegt schon zehn Jahre zurück.«

»Sehr schön, gratuliere. Nach zehn Jahren kann man sich bei den Ermittlungen Zeit lassen, da wäre übertriebene Hektik fehl am Platz.«

»Jetzt rück schon raus!«

»*Alors*«, Balancourt hüstelte, »ich hätte da einen kleinen Nebenjob für dich. Interessiert?«

»Hab ich eine Wahl?«

»Du kannst ablehnen, aber ich wüsste nicht, warum. Wäre eine nette Abwechslung für dich. Also, ich würde dir gerne jemanden nach Fragolin schicken, der dort einige Tage Urlaub machen möchte. Ziemlich genau sechsundzwanzig Tage. Dann reist er wieder ab.«

Isabelle runzelte die Stirn. »Was soll ich dabei? Ein Hotelzimmer besorgen? Das ist schnell erledigt.«

»Ich dachte eher an eine Ferienwohnung, aber das überlasse ich dir. Ich würde dich bitten, auf unseren Gast ein Auge zu haben, wenn du verstehst, was ich meine.«

»Nein, verstehe ich nicht. Der Gast ist ein Mann, richtig?«

»Ja, definitiv. Ich möchte, dass du auf ihn aufpasst.«

»Kann er das nicht alleine?«

»Vermutlich denkt er das, aber darauf können wir uns nicht verlassen.«

»Ich ahne was, und was ich ahne, gefällt mir nicht.«

»Ganz einfach, es wird nichts passieren, glaub mir.«

Jetzt musste Isabelle doch lachen. »Ich habe gelernt, dir in diesem Punkt nicht zu glauben. Es ist noch nicht so lange her, da hast du dich ganz ähnlich angehört.«

»Zugegeben, da habe ich mich getäuscht, kann mal passieren. Der Mann heißt Pierre Leclerc.«

»Ein dümmerer Name ist euch nicht eingefallen?«

Sie hörte Balancourt kichern. »Doch, aber den haben wir nicht genommen. Also, dieser Pierre Leclerc ist Kronzeuge in einem wichtigen Mordprozess. Er muss in genau sechsundzwanzig Tagen vor Gericht erscheinen, hier in Paris. Es wäre uns sehr gelegen, wenn er in der Zwischenzeit nicht umgebracht würde. Also dachte ich, es wäre eine gute Idee, ihn in einem kleinen Ort in der Provence zu verstecken, wo zufällig eine Isabelle Bonnet lebt, die in ihrem früheren Leben schon mal Personenschützerin des Präsidenten war. Das ist doch ein genialer Einfall, findest du nicht?«

»Zeugenschutzprogramm, hier in Fragolin? Ich weiß nicht, ob das ein genialer Einfall ist.«

»Doch, ganz sicher. Der Einfall stammt von mir, er muss also genial sein. Du tust einfach so, als ob das ein alter Bekannter wäre, dem du so viel von Fragolin vorgeschwärmt hast, dass er dort mal Urlaub machen möchte.«

»Gleich so lange? Der muss ganz schön verrückt sein. Außerdem, was ist das für ein Mensch? Zu meinen sogenannten alten Bekannten zählen keine kriminell veranlagten Kleinganoven.«

»Isabelle, da liegst du falsch, vertrau mir, das passt schon. Er wird morgen in wechselnden Fahrzeugen an die Côte d'Azur gebracht. Jacqueline mailt dir die genaue Beschreibung eines Parkplatzes an der A 57 und die Uhrzeit. Dort wirst du unseren Freund übernehmen. Einverstanden?«

Isabelle dachte, dass das die übelste Überrumpelung war,

die sich Maurice Balancourt in ihrem langen gemeinsamen Berufsleben erlaubt hatte. Aber sie mochte ihn von ganzem Herzen und hatte ihm so viel zu verdanken.

»Du bist ein altes Schlitzohr, hast bereits alles geplant. Was bleibt mir übrig? Okay, ich bin einverstanden. Aber du versprichst mir, dass wirklich niemand, niemand weiß, wo sich der Mann in den nächsten Wochen aufhält. Außer Jacqueline natürlich.«

»Ist doch klar. Du musst nur ein wenig aufpassen und die Augen offen halten, *c'est tout.* Kein Mensch wird ihn dort suchen. Parallel kannst du in Ruhe an deinem Fall arbeiten.«

»Aber er ist ein Krimineller?«

»Nein, ist er nicht. Er war nur zur falschen Zeit am falschen Ort.«

»Warum glaubst du, dass er gefährdet ist?«

Balancourt räusperte sich. »Lass es mich so sagen, der Angeklagte sitzt in Untersuchungshaft, aber er hat viele Freunde, die zur Gewalttätigkeit neigen. Und er kann nur verurteilt werden, wenn unser Zeuge vor Gericht aussagt.«

»Aber du willst mir nicht verraten, worum es geht?«

»Besser nicht. Du kennst unsere Bestimmungen. Sei ganz entspannt, das ist ein Spaziergang. Am besten bleibt Leclerc die ganze Zeit in Fragolin, da ist er sicher.«

»Hoffentlich sieht er das genauso, zwingen kann ich ihn wohl nicht.«

»Aber überreden, das kannst du. Ach so, und noch was …«

»Ja?«

»Nimm morgen deine Dienstwaffe mit. Vielleicht kann dir dein Sous-Brigadier aus dem Waffenschrank in Toulon noch was Handfesteres besorgen. Nur zur Sicherheit.«

»Was man halt so bei einem Spaziergang dabeihat«, sagte Isabelle mit spöttischem Unterton.

Balancourt lachte. »Ganz genau. Habt eine schöne Zeit miteinander. Und viel Erfolg bei deinem Mordfall. *Au revoir, chérie!*«

»*Au revoir,* du altes Ekel.«

»Ich hab's gehört. *Bonne journée!*«

# 12

Apollinaire rieb sich zufrieden die Hände. Der Drucker funktioniere wieder, erklärte er. Zwar habe die Kartusche aus dem Bürgermeisterbüro nicht wirklich gepasst, weil irgendein überflüssiges Plastikteil im Weg war, aber er habe selbiges abgebrochen und etwas herumgefeilt. Er sei ein großer Anhänger der konstruktiven Zerstörung. Damit ließen sich sogar die eingebauten Tücken der Drucker- und Kartuschenhersteller überlisten. Und auch sonst im Leben mache es gelegentlich Sinn, in einer ausweglosen Situation erst mal alles kaputt zu machen, um mit schöpferischer Energie von vorne zu beginnen …

Isabelle, die mit ihren Gedanken woanders war, unterbrach ihn. »Apollinaire, Sie müssen bitte etwas für mich erledigen. Laut Anweisung aus Paris muss in jeder Außenstelle der *Police nationale* eine vollautomatische Waffe vorhanden und einsatzbereit sein. Auch bei uns in Fragolin.«

»Welcher Bürohengst hat sich denn diesen Blödsinn ausgedacht?«, empörte sich Apollinaire. »Wir ziehen doch nicht in den Krieg?«

Isabelle lächelte. »Sie haben recht, das ist natürlich völliger Unfug. Trotzdem, fahren Sie bitte heute Nachmittag nach Toulon und akquirieren dort eine Maschinenpistole mit Munition. Überzeugen Sie sich vom einwandfreien Zustand der Waffe. Wenn es Schwierigkeiten gibt, sagen Sie Ihrem zuständigen Kollegen, er soll mich oder besser gleich im Büro von Balancourt in Paris anrufen.«

»Uups, das traut er sich nicht.«

»Umso besser. Ich werde später bei Navets Witwe vorbeischauen. Mit etwas Glück treffe ich dort ihre Schwester Florence. Ich hoffe, sie kann mir etwas mehr über Jean-Luc Navet erzählen, über seinen Charakter und über seine Vorlieben.«

»Ich wünsche Ihnen viel Erfolg. Ist Ihnen eigentlich aufgefallen, dass wir keinen Dienstwagen haben? Ein Kommissariat mit Maschinenpistole und Kopierer, aber ohne Auto. Das ist schon ein bisschen seltsam, finden Sie nicht?«

»Ja, das ist etwas speziell, aber gerade das gefällt mir an unserem Kommissariat. Wir sind eben anders.«

»Sie wissen, dass mein 2CV wenig zuverlässig ist und für Verfolgungsjagden ziemlich ungeeignet«, gab er zu bedenken.

Wieder musste sie lächeln. »Was für Verfolgungsjagden? Ich glaube kaum, dass wir in die Verlegenheit kommen werden.«

»Schade, dann eben nicht. Aber ein Einsatzfahrzeug würde dennoch Sinn machen. Sie sind mir nicht böse, wenn ich feststelle, dass Ihr Renault auch schon bessere Tage gesehen hat.«

»Tja, da kann ich nicht widersprechen.«

»Ein offizielles Fahrzeug der Polizei verschafft uns Autorität. Außerdem müssen wir sonst unsere privat gefahrenen Kilometer abrechnen. Das ist ein unnötiger Verwaltungsaufwand.«

»Mag sein, aber wie Sie wissen, ist das Thema Dienstwagen in Toulon tabu. Commandant Bastian hat angedroht, Sie standrechtlich erschießen zu lassen, wenn Sie erneut ...«

Apollinaire faltete entschuldigend die Hände. »Nein, natürlich nicht seinen Luxus-Citroën, das würde ich nicht ein zweites Mal wagen. Aber falls ich irgendeine alte Karre mit Blaulicht finden würde, die man uns freiwillig überlässt, hätten Sie nichts dagegen, oder?«

»Nein, hätte ich nicht. Aber nur unter der Voraussetzung, dass es keinen Ärger gibt.«

»Keinen Ärger, versprochen.«

Isabelle war sich nicht sicher, ob sie sich darauf verlassen könnte. Es wäre kein Problem, einen Dienstwagen aus Paris anzufordern. Sie hatte nur noch nicht daran gedacht. Bisher ließen sich ihre polizeilichen Ermittlungen zu Fuß erledigen. Aber er konnte es ja mal versuchen, wenn es ihm Freude bereitete. Und was die Autorität betraf, hatte er sicherlich recht. Ein Sonderermittlungsteam, das im alten 2CV oder Renault vorfuhr, trüge eher zur Belustigung der Menschen bei.

Sie verließ mit Apollinaire das Büro, sperrte ab, wünschte ihm eine gute Fahrt und spazierte zur *Auberge des Maures*. Die Rezeption war verwaist, und so betätigte sie die bereitstehende Glocke. Schließlich kam die dicke Concierge herbeigeschlurft, müde dreinblickend und etwas kurzatmig. Aber sie strahlte, als sie Isabelle erkannte. Schön, sie wiederzusehen. Schade, dass Madame nicht mehr im Haus wohne. Sie sei der liebste Gast gewesen. Ob es ihr denn gutgehe?

Isabelle blieb nichts anderes übrig, als sich auf eine kleine Konversation einzulassen. Sie war im Begriff, auch das zu lernen: dass nämlich ein kleines, freundliches Gespräch über Belanglosigkeiten in der Provence keine Zeitverschwendung darstellte, sondern zur Lebensart gehörte. Aber irgendwann schaffte sie es doch, die entscheidende Frage zu stellen, ob für einen Zeitraum von einigen Wochen ein Zimmer verfügbar sei, für einen Feriengast.

Zu ihrem größten Bedauern musste die Concierge verneinen. Sie seien komplett ausgebucht, was natürlich prinzipiell schön sei und ihren Arbeitsplatz sichere, aber in ihrem Fall ausgesprochen betrüblich. Ob Madame Lust auf einen *liqueur de verveine* habe, fragte sie. Ein kleines Gläschen zum Trost.

Isabelle lehnte dankend ab. Ganz so weit war sie nun doch nicht mit ihrer Anpassung an die provenzalische Lebensart. Außerdem brauchte sie ganz dringend eine Unterbringung für ihren ungebetenen Gast aus Paris. So lange war Maurice' Anruf noch nicht her, aber sie hatte in der Zwischenzeit schon unzählige Male verflucht, dass sie sich hatte breitschlagen lassen. Er schaffte es immer wieder, sie zu überrumpeln. Und sie war so verrückt, einzuwilligen. Wie blöd war das denn? Jetzt bekam sie einen Zeugen an die Backe, auf den sie aufpassen musste, dem nichts passieren durfte. Wenn der gute Mann wirklich gefährdet war, dann war das ein Witz. Sie konnte sich ja kaum Tag und Nacht vor sein Zimmer setzen – ganz diskret, mit einer Maschinenpistole im Schoß. Natürlich war sich darüber auch Maurice im Klaren. Offensichtlich ging er davon aus, dass die gewaltbereiten Freunde des Angeklagten nie und nimmer auf die Idee kämen, den Zeugen in diesem verschlafenen Nest in der Provence zu suchen. Hoffentlich hatte er recht. Es kam also darauf an, dass der Mann möglichst unauffällig auftrat und tat, was sie ihm sagte. Sie hoffte inständig, dass das hinhaute. Sie hatte keine Lust, Kindermädchen zu spielen, und erst recht wollte sie nicht in die Rolle eines Bodyguards schlüpfen. Sie hatte das lange genug gemacht, um zu wissen, dass sie davon die Nase voll hatte.

Isabelle ging hinüber zu Clodine, die gerade einen Korb mit selbstgedrehten Kerzen dekorierte.

»Na, wie gehen die Geschäfte?«, fragte sie.

»Fünf Postkarten, zwei Flaschen Olivenöl und ein Strohhut. Aber in einer halben Stunde soll ein Bus mit japanischen Touristen kommen. Ob die meine Kerzen mögen?«

»Ich will dich nicht aufhalten. Nur eine kurze Frage. Ich bekomme Besuch aus Paris und brauche für den Menschen eine Ferienwohnung. Hast du eine Ahnung, wo eine frei ist?«

Clodine sah sie interessiert an. »Mann oder Frau?«

»Spielt das eine Rolle? Gibt es Ferienwohnungen nur für Frauen oder Männer?«

Clodine lachte. »Nein, natürlich nicht, ich war nur neugierig. Lass mich überlegen.«

»Ist schwierig momentan, ich weiß. In der *Auberge* ist auch nichts frei.«

»Doch, ich hab eine Idee. Ich glaube, die Alberts haben gerade eine Absage bekommen. Ich ruf gleich mal an. Ab wann brauchst du die Wohnung?«

»Ab morgen. Für einen allein reisenden Mann, damit auch das geklärt ist.«

Clodine drohte ihr spielerisch mit dem Finger. »So, so, habe ich es mir doch gedacht.«

»Quatsch, das ist nicht so. Ich kenne den kaum, ist der Freund eines Freundes.«

Wenige Minuten später hatte Isabelle die Zusage. Sie bedankte sich und verschob die Fragen, die sie Clodine zu Jean-Luc Navet stellen wollte, auf morgen. Zunächst musste sie die Wohnung in Augenschein nehmen und prüfen, ob sie für den Zweck geeignet war.

Wie sich herausstellte, war sie nicht allzu weit von ihrer eigenen entfernt. Auch sonst war sie ganz ähnlich, im obersten Stock mit einer kleinen, ausgeschnittenen Dachterrasse, die nicht einsehbar war. Die Eingangstür zum Treppenhaus war massiv und hatte ein Sicherheitsschloss. Das alles war entschieden besser als etwa eine Gartenwohnung in einem frei stehenden Haus. Kein Zweifel, hier konnte man sich gut verkriechen. Der Mann konnte die Tage auf seiner Terrasse verbringen und die Nächte vor dem Fernseher und in seinem Bett. Sie würde für einen vollen Kühlschrank sorgen und am Morgen für frische Croissants und Zeitungen. Betreten der Straße verboten. Und in sechsundzwanzig Tagen würde sie ihn wieder in ein Auto verfrachten und auf irgendeinem Parkplatz den Kollegen aus Paris übergeben. Vielleicht hatte Maurice recht, und der Zeugenschutz war in diesem Fall ein Spaziergang? Ihr Verstand sagte, dass das durchaus so sein könnte. Aber ihr Bauchgefühl sagte etwas anderes.

# 13

Wieder stand sie in Navets Wohnung vor dem Kaminsims und den Bilderrahmen. Diesmal mit beiden Schwestern, mit Jean-Lucs Witwe Bernadette und mit ihrer Schwester Florence. Das große Foto von Jean-Luc, das Hochzeitsbild, der Hund Asterix, die beiden Schwestern in liebevoller Umarmung, Jean-Luc mit seinen Freunden, die Großeltern …

»Warum interessieren Sie sich für die Fotos?«, fragte Florence an Isabelle gerichtet. »Solche Bilder sind doch nur dazu da, die Vergangenheit zu verklären.«

»Das kannst du so nicht sagen«, protestierte Bernadette. »Asterix war ein ganz lieber Hund und unsere Großeltern die wunderbarsten Großeltern der Welt.«

»Ja, sicher waren sie das«, sagte Florence beruhigend.

»Und Jean-Luc ist ein großartiger Mann.«

Florence enthielt sich eines Kommentars, was Isabelle sehr wohl registrierte.

Bernadette nickte. »Ja, ja, ganz sicher. Wo bleibt er eigentlich?«

Florence nahm ihre Schwester am Arm. »Ich glaube, du solltest dich hinlegen und eine Weile ausruhen. In der Zeit plaudere ich ein wenig mit unserem Besuch. Hinterher mach ich die Wohnung fertig, und dann essen wir noch eine Kleinigkeit.«

Sie führte Bernadette hinaus, kam nach kurzer Zeit zurück und schloss die Wohnzimmertür.

»Jetzt können wir offen reden. Ehrlich gesagt, verstehe ich nicht, warum Sie überhaupt hier sind. Gibt es einen aktuellen Anlass, warum sich die Polizei wieder für den Mord an meinem Schwager interessiert?«

»Es gibt keinen aktuellen Anlass, nein. Aber wir nehmen uns momentan ältere Kriminalfälle vor, die nie aufgeklärt wurden. Das ist ein Programm der *Police nationale*. Der Mord an Jean-Luc Navet steht für mich an erster Stelle, noch dazu, weil er sich hier in Fragolin zugetragen hat.«

»Und Sie glauben, es hilft, wenn Sie sich alte Fotos auf dem Kamin anschauen?«

Isabelle dachte, dass Florence einen spröden Charme hatte.

»Es könnte helfen, wenn Sie mir etwas von Ihrem ermordeten Schwager erzählen. Was war er für ein Mensch?«

Florence zuckte mit den Schultern. »Ich hab ihn nicht besonders gemocht, deshalb hatte ich während ihrer Ehe nicht allzu viel Kontakt zu meiner Schwester. Aber jetzt, wo sie mich braucht, bin ich für sie da. Ist ja klar, das ist meine Menschenpflicht.«

»Warum haben Sie ihn nicht gemocht?«

»Ich kann's nicht sagen. Es gibt Menschen, die mag man, andere nicht. Es hat mir nicht gefallen, wie er mit meiner Schwester umgegangen ist. Er war so ein Macho vom alten Schlag, er hat bestimmt, wo es langgeht, er hat meine Schwester behandelt wie eine Leibeigene, hat ihr die Luft zum Atmen genommen. Aber sie hat es klaglos hingenommen. Sie müssen wissen, Bernadette hat eine herzensgute Seele, sie würde nie aufbegehren. Das hat er schamlos ausgenutzt. Ja, vielleicht habe ich ihn deshalb nicht gemocht.«

»War er Ihrer Schwester treu?«, fragte Isabelle.

»Warum fragen Sie das?«

»Nur so. Wie gesagt, ich will mir ein genaueres Bild von ihm machen.«

»Woher soll ich das wissen? Wir hatten ja kaum Kontakt. Aber vom Gefühl her möchte ich nicht ausschließen, dass er nebenraus gegangen ist. Er konnte Frauen so komisch ansehen, auch mich.«

»Komisch ansehen? So als ob er ihnen an die Wäsche gehen wollte?«

Florence nickte. »Ganz genau. Als Frau wissen Sie doch, wovon ich spreche, solche Männer gibt es. Ich mag sie nicht.«

»Ich auch nicht«, sagte Isabelle leise.

»Aber sein lüsterner Blick wird kaum erklären, warum er umgebracht wurde.«

»Das nicht, doch es hilft, mir ein Bild von ihm zu machen.« Sie deutete auf das Foto mit seinen Freunden. »Was waren das für Kumpels?«

»Keine Ahnung. Ich glaube, sie haben in ihrer Jugend zusammen Fußball gespielt. Einige waren auf der Hochzeit, daran erinnere ich mich. Aber ich weiß nicht, wie sie heißen. Ist mir auch so was von egal. Nach Jean-Lucs Tod hat sich keiner bei Bernadette gemeldet, hat keiner gefragt, wie es ihr geht, ob man ihr helfen kann. So sind die Männer, blöde Egoisten.«

»Sind Sie verheiratet?«

Florence musste lächeln. »Jetzt haben Sie mich erwischt. Ja, ich bin verheiratet. Mein erster Mann war auch so ein Trottel, aber beim zweiten Versuch hat's geklappt. Gott sei Dank gibt es Ausnahmen, sind aber schwer zu finden. Und Sie? Sind Sie verheiratet?«

»Nein, es hat sich nie ergeben. Ich war vollauf damit beschäftigt, mich in einer Welt durchzusetzen, die von solch blöden Egoisten dominiert wird.«

»Hoffentlich haben Sie dabei einigen kräftig in den Hintern getreten.«

»Doch, davon können Sie ausgehen«, sagte Isabelle lachend. Diese Florence war vielleicht doch nicht so übel.

»Um auch was Positives über Jean-Luc zu sagen: Er war in seinem Beruf fleißig und hat immer genug Geld heimgebracht, um Bernadette ein sorgenfreies Leben zu ermöglichen. Auch hat er sich um die kleine Monique gekümmert, vor allem, als sie noch klein war.«

»Welche Monique?«, fragte Isabelle.

»Sie wissen nichts von Monique? Das war die Tochter von den beiden.«

»Auf dem Kaminsims steht kein Foto von ihr. Was ist mit ihr passiert? Ist sie tot?«

»Nein, sie lebt noch, jedenfalls soviel ich weiß. Aber Jean-Luc hat nie mehr von ihr geredet, und irgendwann hat auch Bernadette vergessen, dass sie mal eine Tochter hatte. Sie hat so viel vergessen, sogar das. Das ist für eine Mutter wohl das Schlimmste, was passieren kann.«

»Was ist mit Monique geschehen?«

»Ich bin ihre Patentante, ich müsste es wissen, aber ich weiß es nicht. Monique war, solange sie klein war, ein total liebes Mädchen, aber mit vierzehn, fünfzehn hat sie sich verändert, ist so eigenartig geworden, verstört und verschlossen. Man konnte kein vernünftiges Wort mehr mit ihr reden.«

»Und dann?«

»Mit sechzehn ist sie von zu Hause ausgerissen. Wir haben sie nie mehr gesehen.«

»Aber Sie wissen, was aus ihr geworden ist?«

»Sie hat sich schon nach kurzer Zeit gemeldet, aus Marrakesch. Dort hat sie einen Marokkaner geheiratet, blutjung, wie sie war, aber bei den Arabern gibt's das.«

»Die Eltern haben Monique nie mehr gesehen? Das ist ja schlimm«, sagte Isabelle, die sich wunderte, dass sie dieses Schicksal berührte.

»Für Jean-Luc war Monique gestorben. Deshalb gibt es auch nirgends ein Bild von ihr. Ab und zu hat Bernadette eine Postkarte aus Marokko bekommen, aber auch das schon lange nicht mehr. Wir haben Monique verloren. Es ist so, als ob sie nie da gewesen wäre.«

»In den Polizeiakten steht nichts von ihr«, stellte Isabelle fest.

»Warum auch? Eine Tochter, die es nicht mehr gibt, hat auch in Polizeiakten nichts zu suchen.«

»Wissen Sie ihren neuen Nachnamen?«

Florence überlegte. »Moment, ich glaube schon. Doch, ich hab's. Fayyad heißt sie heute, Monique Fayyad.«

»Würden Sie sie gerne wiedersehen?«

Florence wiegte den Kopf hin und her. »Wohl eher nicht. Wer weiß, was aus ihr geworden ist? Ich behalte sie lieber als kleines Mädchen in Erinnerung. Ich denke, sie ist auch für mich gestorben, damals, als sie ausgerissen ist und ihre Familie im Stich gelassen hat.«

Isabelle reichte Florence die Hand. »Ich darf mich verabschieden. Ich danke Ihnen für das offene Gespräch.«

»Ich fürchte, es hat Ihnen nicht weitergeholfen.«

»Das kann man nie wissen. Jedenfalls habe ich jetzt eine bessere Vorstellung von Jean-Luc Navet, das immerhin. Und ich weiß, dass sie mal eine Tochter hatten und wahrscheinlich traumatisiert wurden, als sie sich nach Marokko abgesetzt hat. Ach so, noch eine Frage. Hat Jean-Luc Navet nie versucht ihr nachzureisen und sie zurückzuholen?«

»Nein, hat er nicht. Wie gesagt, für ihn war sie gestorben.«

# 14

Noch zwei Stunden, dann musste sie sich auf dem Parkplatz an der A 57 einfinden, um diesen Pierre Leclerc zu übernehmen, von dem sie nur eines mit Sicherheit wusste – dass das ganz gewiss nicht sein richtiger Name war. Isabelle war nicht nervös, das war sie selten, aber sie freute sich nicht auf den bevorstehenden Termin. Sie wartete, bis Apollinaire mal das Büro verließ, dann wickelte sie die Maschinenpistole, die er aus Toulon mitgebracht hatte, in eine vorbereitete Decke und brachte sie hinaus zu ihrem Renault, wo sie die Waffe auf den Rücksitz legte. Im Handschuhfach befand sich ihre Dienstpistole. Das Appartement war angemietet und der Kühlschrank gefüllt. Mehr konnte sie im Moment nicht tun.

Sie sah hinüber zu einem Peugeot mit Blaulicht auf dem Dach und der Aufschrift *Police.* Apollinaire hatte es tatsächlich geschafft und einen Dienstwagen akquiriert. Noch hatte sie aus Toulon keinen Protestanruf bekommen. Offenbar hatte er sein Versprechen gehalten und keinen Konflikt heraufbeschworen. Das Auto schaute gar nicht so schlecht aus, sah man mal von einer fehlenden Radkappe ab und von dem kaputten Glas am Blaulicht. Aber wie sie ihren Assistenten kannte, würde er diese geringfügigen Beeinträchtigungen auf wundersame Weise rasch beheben.

Zurück im Büro, bekam sie einen Anruf aus Saint-Tropez. Am Apparat war der Polizeibeamte, der sie am Strand von

Pampelonne befragt hatte. Sie musste unwillkürlich daran denken, wie ihm sein Notizblock vom Mistral aus den Händen gerissen und hinaus aufs Meer geblasen wurde. Er informierte sie, dass ein Vernehmungsprotokoll unterwegs sei, das sie bitte unterzeichnen und zurückschicken möge.

Auf ihre Frage erklärte er, dass sie bei den Ermittlungen noch im Dunkeln tappen würden. Auch die Spurensicherung habe nichts herausgefunden, was weiterhelfen könne, es gebe keine Zeugen, der Tote habe sich in jüngerer Vergangenheit mit niemandem gestritten, jedenfalls sei kein Vorfall bekannt, und er habe keine Feinde gehabt.

Isabelle fragte, ob die Gerichtsmedizin noch irgendwas entdeckt habe. Die Verstümmelung des Opfers sei ja sehr rabiat durchgeführt worden.

Der Kollege verneinte. Es gebe nur so belanglose Hinweise, wie dass der Täter wohl Linkshänder gewesen sei et cetera. Damit könne man nicht wirklich was anfangen. Bleibe als wichtigster Anhaltspunkt natürlich die Entmannung des Opfers. Daraus ergebe sich die Frage, wer dafür ein Motiv haben könne. In diese Richtung würde weiter ermittelt, aber bislang erfolglos.

Apollinaire kam mit einem Kübel ins Büro und mit einem beeindruckenden Sortiment an Lappen und Schwämmen. Er erklärte, dass er die Putzkammer des Rathauses geplündert habe, um ihr neues Einsatzfahrzeug zu waschen. Eine Radkappe habe er auch schon organisiert, und ein Glas fürs Blaulicht sei bestellt.

»Das Auto ist ein Wolf im Schafspelz«, sagte er triumphierend. Es sei früher als Zivilfahrzeug getarnt gewesen und vom Rauschgiftdezernat eingesetzt worden. Der Motor sei frisiert. Aber die Hinterachse sei ausgeschlagen, und die

Polster seien etwas verschlissen, weshalb man ihm den Wagen bereitwillig überlassen habe.

Isabelle nickte. »Dann ist ja alles gut. Sie können sich am Nachmittag ruhig dem Auto widmen. Ich nehme mir frei, um den Freund eines Freundes abzuholen. Er kommt aus Paris und will einige Wochen Urlaub machen, ausgerechnet hier in Fragolin.«

»Gleich einige Wochen?«

»Ich hab mich auch gewundert. Aber Pierre will sich mal so richtig erholen.«

Er sah sie skeptisch an. »Sie wirken nicht wirklich erfreut, oder täusche ich mich?«

»Nun, ich kenne ihn kaum und habe keine Lust, Reiseführerin zu spielen.«

»Sie können sich ja darauf rausreden, dass wir in einem wichtigen Kriminalfall ermitteln.«

»Gut, dass Sie mich daran erinnern. Wenn Sie mit dem Autowaschen fertig sind, könnten Sie mal im Computer nach einer Monique Fayyad forschen. Sie ist die Tochter von Jean-Luc und Bernadette Navet.«

Apollinaire runzelte die Stirn. »Eine Tochter? Davon stand nichts in den Akten.«

»Richtig. Sie ist vor vielen Jahren noch als Halbwüchsige von zu Hause nach Marokko ausgerissen, wo sie geheiratet hat. Die Eltern hatten fortan keinen Kontakt mehr zu ihr. In den Augen von Jean-Luc Navet war sie gestorben. Würde mich trotzdem interessieren, was aus ihr geworden ist.«

»Monique Fayyad, geborene Navet. Ich schau mal, ob ich was rausfinden kann. Jetzt wünsche ich Ihnen erst mal viel Vergnügen mit dem Freund Ihres Freundes.«

»Vielen Dank. Vielleicht hat er es sich anders überlegt und ist in Paris geblieben. Das wäre mir am liebsten.«

Wenige Minuten vor der vereinbarten Zeit rollte sie auf den Parkplatz an der Autobahn. Ein Wohnmobil stand da. Die zugehörige Familie saß davor an einem Klapptisch und machte Brotzeit. Ein Lastwagenfahrer pinkelte an die Leitplanke, zündete sich dann eine Zigarette an und kontrollierte die Reifen. Sah alles ziemlich unverdächtig aus. Sie nahm die Pistole aus dem Handschuhfach und steckte sie in ein Holster an ihrem Gürtel. Dann zog sie eine leichte Jacke darüber, so dass nichts zu sehen war. Alles musste unauffällig sein, so unauffällig wie möglich. Sie hoffte inständig, dass dieser Pierre Leclerc ähnlich harmlos aussah, wie sein Name nahelegte. Ein Allerweltsgesicht, mit biederen Klamotten aus dem Kaufhaus und einem zurückhaltenden Wesen. Das war ihre Wunschvorstellung von diesem Pierre Leclerc.

Isabelle stieg aus und begrüßte die Picknickfamilie an ihrem Wohnmobil. Der Lastwagenfahrer schnippte seine Zigarette über die Leitplanke, was hinsichtlich der Gefahr eines Waldbrandes im Süden Frankreichs eine Todsünde war, bestieg seinen Truck und fuhr los. Je weniger Zuschauer, umso besser. Noch eine Minute. Wie sie solche Übergaben kannte, liefen sie so ab, dass man die Uhr danach stellen konnte.

Zwei schwarze Limousinen mit getönten Scheiben fuhren auf den Parkplatz. Isabelle schluckte. Die Kollegen waren wohl von allen guten Geistern verlassen. Noch auffälliger ging es wohl kaum.

Aus dem ersten Auto stiegen zwei Männer in Anzügen und gingen auf Isabelle zu. Sie kannte sie nicht, das war gut so. Sie tauschten ein Codewort aus, das Isabelle heute Morgen von Jacqueline erhalten hatte. Sie warf einen Blick zum Wohnmobil. Immerhin hatten die Beamten ihre Autos so angehalten, dass die Familie vom Campingtisch nicht hersehen konnte.

Isabelle zeigte kurz ihre Dienstwaffe am Gürtel, dann nickte sie. Die Übergabe konnte erfolgen. Einer der beiden Männer gab ein Zeichen. Die Tür im Fond der zweiten Limousine öffnete sich. Dann stockte Isabelle der Atem.

Der Mann, der mit einem breiten Lächeln aus dem Auto stieg, war so unauffällig wie eine Giraffe auf der Place de la Concorde. Er war zwar nicht ganz so groß, aber kaum minder extravagant. Rote Bermudashorts, darüber ein knallbuntes Hawaiihemd, ein gelbes Sakko mit Einstecktuch – und Gummilatschen an den Füßen. Die Brille hatte dunkle Gläser, offenbar ließ er sich gerade einen Vollbart stehen, auf dem Kopf trug er einen Panamahut.

Der Paradiesvogel ging auf sie zu, ganz entspannt und sichtlich unbesorgt. Sie dachte, dass er ein gutes Gesicht hatte, fast schon aristokratisch, sein Händedruck war angenehm.

Isabelle war so verwirrt, dass sie sich nicht einmal vorstellte. Was andererseits sogar richtig war, denn noch waren die beiden Anzugträger in der Nähe. Die sollten möglichst wenig von ihr wissen. Einer reichte ihrem Gast eine große Reisetasche von Louis Vuitton, auch nicht gerade diskret. Ein kurzer Gruß zum Abschied, und die beiden Limousinen rauschten vom Parkplatz. Sie warf einen Blick zum Wohnmobil. Ein Kind kam mit einem Ball um die Ecke und winkte ihnen fröhlich zu. Leclerc winkte zurück und fragte Isabelle, ob er die Heckklappe ihres Autos öffnen dürfe, warf die Reisetasche hinein und nahm den Hut ab.

»Was ist?«, fragte er. »Wollen wir losfahren? Der Parkplatz ist zwar idyllisch, aber so toll nun auch wieder nicht.«

Die ersten Kilometer schwiegen sie beide. Isabelle musste zunächst die ersten Eindrücke verarbeiten, die nichts Gutes ahnen ließen. Schließlich fragte sie: »Was haben Sie sich dabei gedacht? Sie sind im Zeugenschutzprogramm. Da kommt es darauf an, möglichst unauffällig zu sein. Haben die Kollegen Ihnen das nicht gesagt?«

»Ihr Name ist Bonnet, richtig? Isabelle Bonnet. Monsieur Balancourt hat in den höchsten Tönen von Ihnen geschwärmt«, sagte er anstelle einer Antwort.

»Ja, das ist mein Name«, erwiderte sie kurz angebunden.

»Madame Bonnet«, fuhr er höflich fort, »Sie kennen mich nicht. Ich darf Ihnen versichern, dass mich noch nie ein Mensch mit Hawaiihemd und in Bermudashorts gesehen hat. Die Camouflage ist perfekt, glauben Sie mir.«

»Mag ja sein, aber unauffällig ist Ihre Kostümierung nicht gerade.«

»Das ist eine Frage der Betrachtung. Ich sehe mich als Tourist an der Côte d'Azur, soviel ich weiß, zwar etwas im Hinterland, aber immerhin. Hier ist das Auffällige die Norm, der Unauffällige macht sich verdächtig.«

Isabelle musste nun doch lächeln. »Auf Fragolin trifft das ganz und gar nicht zu.«

»Ist das der Ort, wo wir hinfahren? Fragolin? Klingt nett.«

»Wie heißt eigentlich unser gemeinsamer Freund, auf dessen Vermittlung Sie hier Urlaub machen?«, fragte sie. »Wäre gut, wenn wir uns abstimmen.«

»Keine Ahnung. Was halten Sie von Maurice Balancourt?«

»Das ist ein kühner Vorschlag.« Sie dachte kurz nach. »Aber nicht so schlecht. Einverstanden. Nächste Frage: Was sind Sie von Beruf?«

»Sie meinen nicht mich, sondern Pierre Leclerc, richtig?«

Isabelle nickte. »Natürlich meine ich Pierre Leclerc. Was Sie im wahren Leben machen, interessiert mich nicht.«

»Schade, würde gerne mit Ihnen darüber plaudern. Nun, was halten Sie von Kunstkritiker?«

»Was Normales fällt Ihnen wohl nicht ein. Verstehen Sie überhaupt was von Kunst?«

»Stellen Sie mich auf die Probe!«

»Wann und wo ist Matisse gestorben?«

»Matisse? Wer soll das sein?«

Isabelle schaute ihn kopfschüttelnd an. »Ich denke, wir müssen einen neuen Beruf suchen.«

Leclerc grinste. »Man kann Sie leicht auf den Arm nehmen. Henri Matisse, gestorben am 3. November 1954 in Cimiez bei Nizza. Ich liebe seinen blauen Akt, *Nu bleu, souvenir de Biskra.* Hängt leider in Baltimore, aber vielleicht besuchen wir mal sein Museum in Cimiez? Doch, das ist eine gute Idee. Ich danke Ihnen für die Anregung.«

»Nun gut, die Prüfung haben Sie bestanden, aber mal gerade so.«

»Sie haben Humor, das freut mich.«

»Aber aus dem Besuch in Cimiez wird nichts werden. Sie sind nicht hier, um Urlaub zu machen. Sie sind im Zeugenschutzprogramm der *Police nationale*, offenbar ist Ihr Leben in Gefahr, folglich werden Sie sich möglichst wenig in der Öffentlichkeit sehen lassen. Ich habe Ihnen in Fragolin ein hübsches Appartement besorgt. Dort werden Sie sich bevorzugt aufhalten. Also keine Ausflüge, das können Sie sich gleich abschminken.«

Leclerc sah sie lächelnd an. »Na so was, Sie können ja ganz schön energisch sein. Ich erinnere mich, dass Balancourt Ähnliches angedeutet hat, aber ich hatte gehofft, er übertreibt.«

»Monsieur Leclerc, ich bin für Ihre Sicherheit verantwortlich. Ich darf Ihnen verraten, dass ich mich um diese Aufgabe nicht gerissen habe. Aber jetzt müssen wir das gemeinsam durchziehen. Ich sagte *gemeinsam.* Sie verstehen?«

»Natürlich, mein Überleben liegt auch mir am Herzen.«

»Sehr schön, dann können wir gleich weitermachen. Ihre Bekleidung ist völlig inakzeptabel.«

»Wie bedauerlich, ich habe mir solche Mühe gegeben.«

»In diesem Aufzug werden Sie in Fragolin sofort zum Gesprächsthema. Das ist das Gegenteil von dem, was wir wollen. Haben Sie in Ihrer Reisetasche ein weniger buntes Hemd? Den gelben Blazer und den Panamahut lassen wir weg. Die Gummilatschen können Sie meinetwegen anbehalten. Am liebsten würde ich Sie auch etwas kleiner machen.«

»Na, na, jetzt gehen Sie aber zu weit.«

Isabelle lächelte. »Fangen wir mit dem Hemd an.«

»Okay, wenn Sie mal anhalten, ziehe ich mich um.«

»Die Straße nach Fragolin führt später durch Wälder, dort werden wir einen Stopp einlegen.«

»Einverstanden. Hinsichtlich meiner Lebensführung haben wir aber noch einigen Diskussionsbedarf. Ich werde mich in den nächsten Wochen ganz gewiss nicht permanent in einer Wohnung aufhalten. Dann hätte ich mich ja gleich in eine Gefängniszelle setzen können, um dort den Gerichtstermin abzuwarten.«

»Das wäre besser gewesen.«

Leclerc lachte. »Ja, für Sie, aber nicht für mich. Sie müssen wissen, ich habe einen ausgeprägten Freiheitsdrang.«

»Den Sie nicht mehr ausleben können, wenn Sie tot sind.«

»Da haben Sie selbstverständlich recht. Ich gebe zu, das ist aktuell ein gewisser Widerspruch.«

»Ich lege keinen großen Wert darauf«, sagte Isabelle nach einer kurzen Pause, »aber wir sollten uns duzen. Sie sind hier, weil Sie der Freund eines Freundes sind, da ist es natürlicher, wenn wir uns duzen.«

»Sie legen keinen Wert darauf, ich verstehe. Wäre ja auch etwas überstürzt, wir kennen uns ja kaum.«

»Ich bin die Isabelle.«

»*Enchanté,* und ich bin ...«, er schnippte einige Male mit den Fingern, »ich bin der Pierre. Übrigens, Isabelle, fährst du immer so schnell Auto? Da bekomme ich es ja mit der Angst.«

Sie langte an den Rückspiegel. »Ich dachte, wir werden verfolgt«, sagte sie im Spaß.

»Wirklich?«

Mit einem Blick zur Seite stellte Isabelle fest, dass ihr entspannter Beifahrer einen Anflug von Nervosität erkennen ließ. Sie dachte, dass das eine gute Strategie sein könnte. Vielleicht musste man ihm gelegentlich etwas Angst einjagen, um ihn in seine Schranken zu weisen.

# 15

Am nächsten Morgen, genauer gesagt am späten Vormittag, saß Isabelle im Büro, vor sich eine Tasse Kaffee, die sie sich im Bürgermeisterbüro besorgt hatte. Das war ein weiteres Projekt. Ihr Kommissariat musste kaffeemaschinentechnisch so schnell wie möglich autark werden. Sie brauchte Koffein, um klar denken zu können. Deshalb war sie hier, um im Kopf Zusammenhänge herzustellen und Schlussfolgerungen zu ziehen. Ohne Kaffee war sie dazu nicht in der Lage – vor allem nach einer Nacht, in der sie wieder mal miserabel geschlafen hatte. Nur war diesmal nicht der Mistral schuld. Aber immerhin hatte sie der Versuchung widerstanden, sich zu nachtschlafender Zeit ins Auto zu setzen und irgendwo hinzufahren. Das letzte Mal hatte sie damit schlechte Erfahrungen gemacht. Sie war im Bett geblieben und hatte überlegt, ob alles so lief, wie sie sich das ausgemalt hatte. Die Antwort war ernüchternd: definitiv nein! Mit Pierre Leclerc hatte sie einen seltsamen Vogel unter ihren Fittichen, von dem sie nicht wusste, ob sein Leben wirklich in Gefahr war, in welchen Fall er verstrickt war und worauf sie achten musste. Vor allem ließ seine Kooperation zu wünschen übrig. Nun gut, sie hatten einen Deal geschlossen. Leclerc – in Gedanken bevorzugte sie seinen fiktiven Nachnamen – würde Fragolin nicht verlassen, das hatte er versprochen. Er hatte von Isabelle ein *portable* in Empfang genommen, mit dem er sie via Kurzwahl immer und zu jeder Zeit erreichen konnte, falls ihm was verdächtig vorkam oder er sich in Gefahr wähnte. Sie hatte ihm Bargeld gegeben, für Zeitungen, kleinere Einkäufe im *Magasin d'alimentation* oder in der *Boulangerie,* für einen Imbiss bei Jacques oder ein Glas Wein im *Café des Arts.* Er hatte keine Kreditkarten dabei, mit denen er zahlen und etwaige Verfolger auf seine Spur bringen könnte, nein, so blöd war er nicht. Wie er überhaupt alles andere als dumm war, ganz im Gegenteil, der Mann war blitzgescheit, außerdem kultiviert und gebildet. Aber auch respektlos und unbekümmert – was für einen Zeugen im Schutzprogramm kein Vorteil war und ihr die Arbeit erschwerte.

Sie zwang sich, Leclerc für einen Moment auszublenden. Ihre eigentliche Aufgabe bestand darin, alte Kriminalfälle aus der Versenkung zu holen. Mit dem Mord an Jean-Luc Navet hatten sie einen vielversprechenden Fall ausgegraben. Sie spürte, dass sie eine Chance hatten, Licht ins Dunkel der Ermittlungen zu bringen. Zugegeben, nur eine kleine Chance, nur eine klitzekleine, aber immerhin. Was waren die nächsten Schritte? Was war zu tun? Der Kaffee aus dem Bürgermeisterbüro war zu schwach, ihre kleinen grauen Zellen wurden davon nicht wach.

Die Tür ging auf. Mit Apollinaire kam Leben in die Bude, das tat gut. Rechts einfarbig grün und links rot kariert – seine Strümpfe sorgten für Schwung. Er stellte einen Karton ab, aus dem ein neues Glas für das defekte Blaulicht ragte. Na bitte, wenigstens das ging voran. Ihr Assistent zeigte einen Elan, der ihr momentan abging.

Er zog seine Uniformjacke aus und hängte sie über einen mitgebrachten Kleiderbügel von außen an den Schrank.

»Sie sehen müde aus«, stellte er fest.

Als ob sie das nicht selber wusste.

»Was macht Ihr Freund?«

»Pierre Leclerc? Wie gesagt, das ist nicht mein Freund, sondern der Freund eines Freundes.«

Er lachte. »Das sind die Schlimmsten.«

»Aber um auf Ihre Frage zu antworten: Ihm geht's gut, glaube ich jedenfalls.«

»Sind Sie noch am Schicksal dieser Monique interessiert?«, wollte er wissen.

»Der Tochter der Navets? Aber natürlich. Haben Sie was herausgefunden?«

»Ja und nein«, antwortete er. »Sie hat jahrelang in Marrakesch gelebt, war verheiratet und kinderlos. Aber wo sie jetzt ist, weiß ich nicht. Das Meldesystem in Marokko ist so löchrig wie ein altes Fischernetz.«

»War verheiratet? Ist sie es nicht mehr?«

»Jedenfalls nicht mit ihrem ersten Mann. Achmed Fayyad ist schon vor einiger Zeit verstorben. Er war noch keine dreißig.«

»Als junge Frau in einer fremden Kultur ohne Ehemann. Die Ausreißerin hat sich ihr Leben sicher anders vorgestellt.«

»Wäre sie mal besser in Frankreich geblieben.«

»Das konnte sie doch vorher nicht wissen«, sagte Isabelle, »vielleicht hat sie diesen Fayyad hier in Frankreich kennengelernt, hat sich in ihn verliebt und ist ihm in seine Heimat gefolgt. Eine romantische Geschichte, jedenfalls am Anfang.«

Apollinaire rutschte auf seinem Stuhl hin und her. »Na ja, irgendwie kann ich es verstehen. Ich hab ja auch eine romantische Beziehung mit dem Maghreb.«

»Sie meinen Shayana Hayet. Arbeitet sie noch in der *Auberge des Maures*?«

»Ja, sie macht die Zimmer. Sie bewohnt ein kleines Appartement. Ich schlafe vorübergehend bei ihr.«

»Ist doch schön, das freut mich.«

Apollinaire lockerte verlegen seinen Hemdkragen. »Ja, mich auch.«

»Sie erinnern sich an den Terroranschlag auf das Café Argana am Djemaa-el-Fna-Platz?«, fragte Isabelle.

»Natürlich. Wissen Sie, dass Djemaa-el-Fna im Arabischen so viel heißt wie Versammlung der Toten?«

»Makaber, nein, wusste ich nicht. Jedenfalls hatte ich damals mit der marokkanischen Polizeibehörde zu tun. Ich suche Ihnen später die Nummer meines Kontaktmanns raus. Vielleicht gibt es ihn noch. Sie könnten ihn mal anrufen und fragen, ob er den aktuellen Aufenthaltsort von Monique ermitteln kann.«

Apollinaire nickte. »Mache ich gerne. Aber Monique wird uns kaum helfen können. Sie war blutjung, als sie von zu Hause abgehauen ist. Zur Tatzeit hat sie schon Jahre in Marokko gelebt und keinen Kontakt zu ihren Eltern gehabt. Woher soll sie wissen, wer ihren Vater umgebracht haben könnte?«

»Da haben Sie leider recht. Trotzdem, ein Versuch ist es wert.«

Er öffnete den oberen Hemdknopf und sah sie fragend an. »Darf ich?«

Sie lächelte. »Meinetwegen können Sie gerne ohne Krawatte ins Büro kommen.«

Er löste erleichtert den Knoten und zog die Krawatte aus dem Kragen. »*Merci bien,* der Halsbinder stört die Durchblutung meines Kopfes.«

»Das hört sich nicht gut an.«

Apollinaire klopfte sich grinsend an die Stirn. »Na bitte,

funktioniert schon besser. Prompt fällt mir ein, dass ich noch was herausgefunden habe.«

»Das wäre?«

»Kennen Sie das Mimosenfest in Bormes-les-Mimosas?«

»Nein, kenne ich nicht. Machen Sie es nicht so spannend.«

»Seit 1920 wird dort am dritten Sonntag im Februar der Frühlingsanfang mit einem Blumenkorso und mit einem großen Volksfest gefeiert. Eigentlich geht es dort gesittet zu, aber im selben Jahr, in dem einige Monate später Jean-Luc Navet umgebracht wurde, hat eine junge Frau Anzeige gegen unbekannt erstattet. Auf dem Nachhauseweg ist sie im Dunkeln überfallen und brutal vergewaltigt worden. Sie hat den Mann als groß und kräftig beschrieben, und er habe provenzalischen Dialekt gesprochen.«

Isabelle richtete sich ruckartig auf. »Wirklich? Und den Täter hat man nicht gefunden?«

»Nein, keine Spur. Ich bin bei meinen Onlinerecherchen im Polizeiarchiv durch Zufall darauf gestoßen. Sozusagen in der Ablage einer Ablage. Vergewaltigungen haben in der Ermittlungshistorie eine kurze Halbwertszeit.«

»Was nicht richtig ist«, empörte sich Isabelle. »Vergewaltigungsopfer dürfen nicht im hinterletzten Archiv verschwinden, sie haben einen Anspruch auf Gerechtigkeit.«

Apollinaire griff sich wieder an seinen Hemdkragen, aber diesmal nicht, weil er zu eng war. Das Thema behagte ihm nicht. »Natürlich, ich stimme Ihnen zu. Aber bei den Ermittlungen kommt oft nichts raus, gerade in Fällen, die so gelagert sind wie beim Mimosenfest. Und weil es andere, dringlichere Fälle mit einer höheren Aufklärungsquote gibt und wir außerdem zu wenig Personal haben …«

»Sie müssen Ihre Kollegen nicht verteidigen«, unterbrach

sie ihn mit einer beruhigenden Handbewegung, »das ist mir alles klar. Umso großartiger, dass Sie diese Vergewaltigung ausgegraben haben. Was meinen Sie, könnte das unser Jean-Luc Navet gewesen sein?«

Er zuckte ratlos mit den Schultern. »Wie sollen wir das nach so vielen Jahren herausfinden?«

Isabelle rieb sich die Nase. »Ich werde seine Schwägerin Florence fragen, ob Jean-Luc gerne zum Mimosenfest nach Bormes-les-Mimosas gefahren ist. Dann könnte ich mal mit dem Vergewaltigungsopfer sprechen. Außerdem sollten wir wissen, ob die junge Frau damals einen Freund oder Ehemann hatte. Gibt's einen Bruder, was ist der Vater für ein Typ? Neigt einer von ihnen zur Gewalt? Ist jemand vorbestraft?«

»Ich kümmere mich darum. Als Erstes checke ich, wo die Frau heute lebt.«

»Wir sollten uns nichts vormachen, die Chance, dass hier ein Zusammenhang besteht, ist klein, sehr klein.«

»Aber ausgeschlossen ist es nicht.«

»Nein, ist es nicht. Genau deshalb werden wir uns darum kümmern.«

# 16

An Clodines Laden hing das Schild *Fermé*! Sie saß mit Isabelle im Bistro *Chez Jacques* und erzählte ihr aufgeregt von einer Promihochzeit, die vor einigen Tagen in Saint-Tropez stattgefunden hatte. Irgendeine Schauspielerin, von der Isabelle noch nie etwas gehört hatte, die aber bei den Filmfestspielen in Cannes den Preis für die beste Nebendarstellerin gewonnen hatte. Diese *actrice* hatte einen bekannten Fußballer geheiratet, von dem sie ebenfalls noch nichts gehört hatte, der aber bei Olympique Marseille im Sturm spielte. Wieder einmal dachte Isabelle, dass ihre Freundin aus der Kindheit so gar nicht zu ihr passte. Aber vielleicht tat sie ihr gerade deshalb so gut. Clodine las mit großer Begeisterung Klatschzeitungen, in die Isabelle nie einen Blick werfen würde. Kamen sie dann zusammen, floss alles aus ihr heraus. Das war wie eine frische Dusche von Belanglosigkeiten, die einen auf andere Gedanken brachte. Sie erzählte vom Bruder ihres geschiedenen Mannes, der in Saint-Tropez einen gut gehenden Blumenladen habe. Er liefere unvorstellbar große Sträuße für die Yachten. Es gebe russische Kunden in Cannes oder Monaco, die ließen die Blumenarrangements schon mal vom Helikopter abholen. Und auch für diese Promihochzeit habe ihr Schwager die Blumendekorationen gestaltet. Geld habe keine Rolle gespielt. Vielleicht sei ihr kleiner Laden *Aux saveurs de Provence* doch nicht das Richtige. Clodine lachte. Ihre hübschen kleinen Seifen, die nach Lavendel und Rosen dufteten, habe noch nie jemand mit dem Helikopter abgeholt.

Isabelle bestellte *menthe à l'eau* und dachte, dass dies ein günstiger Augenblick wäre, das Thema zu wechseln.

»Clodine, ich wollte dich schon seit einiger Zeit was fragen.«

Clodine beugte sich interessiert nach vorne. Sie mochte es, gefragt zu werden, vor allem, wenn dabei was für ihre Neugier abfiel.

»Nur zu, was willst du wissen?«

»Kannst du dich an Jean-Luc Navet erinnern?«

»Jean-Luc? Aber natürlich, sogar ganz genau. Den armen Kerl hat irgendein perverses Schwein umgebracht. Und seine Bernadette ist danach verrückt geworden. Das kann man verstehen, sie tut mir leid, aber man kann ihr nicht helfen.«

»Ihre Schwester kümmert sich um sie.«

»Florence, ja, das tut sie, *Dieu merci.*«

»Gab es nach der Tat im Ort irgendwelche Gerüchte?«, fragte Isabelle.

»Gerüchte? Was für Gerüchte? Du meinst, wer ihn umgebracht haben könnte? Der alte Georges hat allen erzählt, dass im Wald ein Menschen mordendes Monster haust.«

Isabelle lachte. »Ich weiß, das hat mir schon meine Physiotherapeutin erzählt.«

»Sylvie? Die ist gut, findest du nicht?«

»Ja, sie liebt es, mich zu quälen. Aber zurück zu Jean-Luc. Es gab also niemanden, der in Fragolin der Tat verdächtigt wurde?«

Clodine sah sie entsetzt an. »Spinnst du? Das war doch keiner aus dem Dorf. Aber wir sind nun mal von dem *Massif des Maures* umgeben. Durch die Wälder streifen nicht nur brave Wanderer, sondern auch durchgeknallte Typen, denen man nicht alleine begegnen möchte. Jean-Luc hat wahrscheinlich Pilze oder Kastanien gesammelt, da muss ihm ein Wahnsinniger über den Weg gelaufen sein.«

»Der zufällig eine Mistgabel dabeihatte.«

»Ich sagte ja, ein Verrückter. Ich bin schon mal jemandem begegnet, der hatte ein Surfbrett dabei, mitten im Wald, weitab vom Meer. Als ich ihn darauf angesprochen habe, hat er was von einer möglichen Sintflut gefaselt. Isabelle, es gibt mehr Verrückte auf der Welt, als man sich vorstellen kann. Hätte er einen Feuerlöscher dabeigehabt, das hätte ich verstanden. Erst letztes Jahr hatten wir wieder einen schlimmen Waldbrand.«

Isabelle lächelte. Die Gespräche mit ihrer Freundin waren zwar wenig zielführend, aber immerhin unterhaltsam.

»Was war Jean-Luc für ein Mensch?«, fragte sie.

»Warum willst du das wissen?«

»Ich hab dir doch erzählt, dass ich mich für alte Kriminalfälle interessiere.«

»Und da bist du auf Jean-Luc gestoßen, verstehe. Wirst aber keinen Erfolg haben, selbst du nicht. Verrückte Einzeltäter, die einfach so jemanden abschlachten, gehen irgendwann selber drauf. Müssen nur mal an den Falschen geraten. Das weiß ich aus dem Fernsehen. Erst gestern habe ich einen Krimi von Besson gesehen …«

»Jean-Luc war ein kräftiger Mann, oder?«, unterbrach Isabelle.

»Das schon, aber gegen einen Verrückten hast du keine Chance. Bei Besson …«

»Hatten sie eine glückliche Ehe, Jean-Luc und seine Bernadette?«

Clodine überlegte kurz. »Ja, ich denke schon. Sie hat ihn sehr geliebt.«

»Und er?«

»Nun, er hat sie auch gemocht, ist doch klar.«

Isabelle erinnerte sich an die Worte von Bernadettes Schwester Florence.

»War er ein Macho?«, fragte sie.

»Macho? Er war halt ein Mann.«

»War er seiner Bernadette treu?«

»Du kannst Fragen stellen. Woher soll ich das wissen? Mit mir hatte er jedenfalls keine Affäre.«

Isabelle schmunzelte. »Damals warst du doch noch selber verheiratet, richtig?«

»Da hast du recht. Ich war meinem Mann auch immer treu. Er leider nicht, deshalb haben wir uns scheiden lassen.«

»Siehst du, das kommt vor.«

Clodine goss sich aus der Karaffe Wasser nach. »Jetzt sind wir aber vom Thema abgekommen«, stellte sie fest.

»Nicht unbedingt. Ich will mir von Jean-Luc Navet ein genaueres Bild machen. Könntest du dir vorstellen, dass er anderen Frauen nachgestiegen ist?«

Wieder dachte Clodine eine Weile nach, dann nickte sie. »Ja, das könnte ich mir vorstellen. Irgendwie hatte er einen geilen Blick. Aber da war er auch nicht anders als die meisten anderen. Er hat halt Frauen gerne mit den Augen ausgezogen, hat auch mal geschäkert, sie betatscht, aber auch nicht mehr.«

»Betatscht?«

»Na ja, ein Klaps auf den Hintern, ein scheinbar versehentliches Streifen der Brüste ...«

»Aber hallo, das geht gar nicht.«

Clodine zuckte mit den Schultern. »Ist doch harmlos.

Männer machen so was. Irgendwie schmeichelt das auch. Das zeigt doch, dass man eine erotische Ausstrahlung hat. Ein hässliches Entchen wird nie betatscht, hätte es aber wahrscheinlich gerne.«

Isabelle schüttelte missbilligend den Kopf. »Ich glaube, da müssen wir mal ausführlicher darüber reden, aber nicht jetzt. Hast du schon was zu essen bestellt?«

»*Coq au vin,* geschmortes Hähnchen in Rotwein-Schalotten-Sauce.«

»Das ist mir zu viel. Ich nehme eine *salade pêcheur,* mit gebratenen Fischfilets und Meeresfrüchten. Außerdem steige ich jetzt auf Rosé um.«

»Mache ich auch.«

»Kanntest du eigentlich die Tochter der beiden?«, fragte Isabelle.

»Die kleine Monique?« Clodine legte die Stirn in Falten. »Stimmt, die habe ich schon völlig vergessen. Die ist von zu Hause ausgerissen. Das ist schon eine Ewigkeit her. Wo sie wohl lebt?«

»In Marokko, in Marrakesch.«

»Wirklich? Dort soll es schön sein, hoffentlich geht es ihr gut.«

»Ihr habt nie mehr was von ihr gehört?«

»Nein, nie mehr. Na ja, so ist das Leben. Darf ich zur Abwechslung mal dich was fragen?«

Isabelle lächelte und ahnte, was jetzt kommen würde.

»Was macht der Freund deines Freundes? Ich hab ihn noch gar nicht kennengelernt. Warum isst er nicht mit uns zu Mittag?«

»Er ist wohlbehalten eingetroffen. Die Wohnung gefällt ihm, vielen Dank für die Vermittlung. Aber was er jetzt so treibt, weiß ich nicht.«

Clodine sah über den Rand ihrer Sonnenbrille. »Ist er groß und gut aussehend, trägt rote Bermudashorts und einen Strohhut?«

»Oje, wenn man vom Teufel spricht ...«

»*Bonjour,* Isabelle, schön, dass ich dich treffe – und in so charmanter Begleitung.« Er nahm den Hut ab, gab Isabelle Küsschen auf die Wangen und Clodine die Andeutung eines Handkusses. »Darf ich mich zu euch setzen?«

»Alles andere wäre ein Affront«, sagte Clodine, die schon dabei war, einen Stuhl heranzuziehen.

»Pierre Leclerc, Clodine Cassien«, machte Isabelle die beiden miteinander bekannt. »Clodine hat dir die Wohnung vermittelt. Sie hat schon gefragt, ob du zufrieden bist.«

»*Absolument,* das Appartement ist in seiner provenzalischen Schlichtheit geradezu entzückend. Vielen Dank, ich bin überglücklich.«

Isabelle dachte, dass er etwas dick auftrug. Ob Clodine den spöttischen Unterton bemerkte?

»Das freut mich. Wenn ich noch was für Sie tun kann, lassen Sie es mich wissen.«

Nein, die Ironie war Clodine entgangen. Immerhin hatte er das bunte Hawaiihemd im Schrank gelassen und auch das gelbe Sakko. Offenbar gab er sich Mühe, jedenfalls ein bisschen. Auf den Panamahut hatte er nicht verzichtet.

»Was hat Sie auf die Idee gebracht, gerade in Fragolin Urlaub zu machen?«, fragte Clodine. »Sie sehen nicht so aus, als ob Sie gerne wandern.«

Leclerc lächelte. »Das sieht man mir an? Nun, vielleicht wird das meine neue Leidenschaft.«

»Aber warum dann? Sie bleiben länger als die meisten anderen Feriengäste.«

Isabelle überlegte, ob Leclerc bei der Beantwortung Hilfe

brauchte. Aber sie hatte spontan keine Erklärung parat, die zu ihm passte.

»Ich bin hier, um zu entspannen und zu lesen«, sagte er. »Lesen ist meine große Leidenschaft, aber ich komme nie dazu. Mein Leben ist einfach zu hektisch, lässt mir keine Zeit. Sie verstehen? Ich denke, Fragolin ist ein idealer Ort, um zu entschleunigen und zu lesen. Ja, das hoffe ich.«

Clodine nickte. »In Fragolin gehen die Uhren langsamer«, erwiderte sie, »das kann ich Ihnen bestätigen. Ab und zu bleibt die Zeit fast stehen. Ein bisschen mehr Tempo wäre mir dann ganz recht.«

»Jeder möchte etwas von dem, was er nicht hat«, sagte Leclerc.

»Was lesen Sie bevorzugt?«, fragte sie. »Ich persönlich liebe Krimis.«

Er warf Isabelle einen kurzen Blick zu und grinste. »Bitte sind Sie mir nicht böse, aber ich kann mit Krimis überhaupt nichts anfangen. Ich finde das Leben spannend genug. Nein, ich lese Bücher über Kunst, vor allem Biographien. Speziell interessiert mich die avantgardistische Kunst des 20. Jahrhunderts.«

Clodine sah ihn mit offenem Mund an. »Tatsächlich? Das ist ja faszinierend.«

Isabelle konnte nur mit Mühe ein Lachen unterdrücken. Wenn es etwas gab, wofür sich ihre Freundin überhaupt nicht interessierte, dann war das die avantgardistische Kunst des 20. Jahrhunderts. Sah man einmal von den Postkarten ab, die sie in ihrem Laden verkaufte, mit Motiven von Gauguin, Cézanne und van Gogh. Aber wenn jemand so gut aussah wie Leclerc, dann war Clodine flexibel. Nicht auszuschließen, dass sie sich heute Abend mit der abstrakten Malerei beschäftigte.

# 17

Auf dem Weg zum Büro dachte Isabelle, dass sich ihr ungebetener Gast recht vernünftig betragen hatte. Nun gut, es war ihm wohl nicht in die Wiege gelegt, unauffällig wie eine graue Katze durchs Leben zu schleichen, aber er hatte keinen großen Auftritt hingelegt, hatte noch etwas mit ihr und mit Clodine geplaudert und sich dann mit dem Hinweis zurückgezogen, dass er auf seiner Dachterrasse erst ein Nickerchen machen und dann ein vielversprechendes Buch über Georges Braque und seine frühe fauvistische Schaffensphase lesen wolle. Clodine hatte diesen Literaturhinweis mit einem nervösen Augenklimpern beantwortet – jetzt hatte sie noch was, was sie heute Abend im Internet recherchieren könnte.

Isabelle überlegte, dass es ihr nicht recht war, so gar nichts von ihrem Schützling zu wissen. In was für eine Mistgeschichte war Pierre Leclerc verwickelt? Wer könnte ihm nach dem Leben trachten? Wie hieß er wirklich?

Dass genau jetzt ihr *portable* klingelte und auf dem Display der Name Maurice Balancourt erschien, kam ihr fast übersinnlich vor. Aber das war typisch für Maurice, seine Anrufe kamen entweder zu einer denkbar ungünstigen Zeit, um sie auf dem falschen Fuß zu erwischen, oder sie erwiesen sich als pure Gedankenübertragung.

»Hallo, chérie, wollte nur mal fragen, wie es dir geht?«, bellte er ins Telefon.

»Könnte nicht besser gehen«, sagte sie. »Ich habe gerade

ein Glas Rosé getrunken, in Gesellschaft eines gewissen Herrn, der sich heute Nachmittag mit einem Buch über Georges Braque beschäftigen möchte.«

»*Très bien,* dein Gast ist überaus kunstsinnig, das hast du also schon herausgefunden.«

»Scheint so. Stellt sich die Frage, wie man als Kunstliebhaber ins Zeugenschutzprogramm kommt?«

»Eine gute Frage. Aber du kennst unsere Vorschriften.«

»Ich pfeife auf die Vorschriften. Ich will wissen, wer Pierre Leclerc wirklich ist und wer ihm womöglich nach dem Leben trachtet. Das würde meine Arbeit mächtig vereinfachen«, platzte es aus Isabelle heraus.

Sie hörte, wie ihr oberster Chef hustete. Es dauerte, bis er wieder Luft zum Sprechen hatte. »Isabelle, meine Liebe, ich werde darüber nachdenken. Aber zum gegenwärtigen Zeitpunkt möchte ich nichts sagen. Glaub mir, so ist es für dich besser. Jedenfalls wirst du mir wohl zustimmen, dass der Mann nicht unangenehm ist und gute Umgangsformen hat. Hoffentlich tut er, was du ihm sagst.«

»Da habe ich meine Zweifel«, entgegnete Isabelle, indem sie nur auf den letzten Punkt einging. »Er hat seinen eigenen Kopf und verkennt den Ernst der Lage.«

»Der Ernst der Lage ist ihm bewusst, ganz sicher sogar, aber er ist ein Bonvivant und Freigeist. Solche Menschen sind schwer zu disziplinieren.«

»Aber er macht Fortschritte«, gab sie zu, »er trägt kein Hawaiihemd mehr.«

»Sagtest du Hawaiihemd?« Maurice bekam einen Lachanfall. »Pierre Leclerc im Hawaiihemd, das würde ich gerne sehen. Ich hab noch eine ganz andere Frage. Was macht dein Kriminalfall, an dem du dran bist?«

»Steht kurz vor der Aufklärung.«

»Wirklich?«

»Nein, war ein Spaß. Ich bin noch ganz am Anfang. Keine Ahnung, was dabei herauskommt.«

»Warten wir es ab. Sag mal, seit wann gehst du in aller Herrgottsfrüh am Strand spazieren?«, fragte er unvermittelt. »Genauer gesagt, am Strand von Pampelonne.«

»Woher weißt du das?«, fragte sie verblüfft zurück.

»Ich weiß alles, meine Liebe, schon vergessen?«

»Das war Zufall, ich konnte nicht schlafen.«

»Und da stolperst du einfach so über eine Leiche?«

»War nicht zu vermeiden, sie lag im Weg.«

»Ach so, na dann, ich verstehe.«

»Können wir Schluss machen? Ich steh vor meiner Bürotür und muss den Schlüssel rauskramen.«

»Natürlich. War wieder mal nett, mit dir zu plaudern. Pass auf dich auf und mach dir keinen Kopf. Glaub mir, alles ist gut. Und wenn dir langweilig wird, dann geh mit Pierre Leclerc zum Essen, auf Staatskosten.«

»Um mit ihm über Georges Braque zu reden?«

Maurice lachte. »Wenn dir nichts Besseres einfällt, meinetwegen. *Au revoir,* chérie!«

Auf ihrem Schreibtisch lag ein Umschlag mit dem Wappen der *Police nationale*. Sie schlitzte ihn auf und entnahm ihm das angekündigte »Vernehmungsprotokoll« aus Saint-Tropez. Man konnte es ja kaum so nennen, denn sehr viel mehr als Angaben zu ihrer Person, zum Fundort der Leiche an der Plage de Pampelonne und zur Uhrzeit war dem Papier nicht zu entnehmen. Sie musste unterzeichnen, dass alles seine Richtigkeit hatte, dass sie über keine weiterführenden Informationen zum Opfer oder zum Tathergang verfügte, außerdem keine der Tat verdächtige Person gesehen hatte.

Isabelle schmunzelte. Das konnte sie unbedenklich unterschreiben. Vielleicht hatten die Kollegen mit Paris Kontakt aufgenommen und über diese merkwürdige Kommissarin Isabelle Bonnet Erkundigungen eingezogen? Das würde erklären, wie Maurice Balancourt von diesem Zwischenfall erfahren hatte. Na egal, alles musste seine Ordnung haben.

Sie lehnte sich zurück und verschränkte die Hände hinter dem Kopf. In der Schulter tat das weh, aber nicht mehr so schlimm wie noch vor wenigen Wochen. Die Physiotherapie half offensichtlich. Sie dachte, dass sie mehr für ihre Fitness tun musste. Im gleichen Maße, wie die Schmerzen nachließen, sollte sie wieder ein leichtes Training aufnehmen. Früher hatte sie sich fast täglich im Studio ausgepowert, hatte auf Sandsäcke eingeboxt und auf dem Laufband geschwitzt. Und heute? Die größte Anstrengung war die Treppe hinauf in ihre Dachwohnung. Dazu gelegentliche Kniebeugen und Liegestütze. Und das Boulespiel mit Thierry und seinen Freunden. Einer von ihnen war fast neunzig, konnte kaum mehr gehen und hatte eine Brille mit Gläsern so dick wie Flaschenböden. Aber er spielte nicht schlecht – als Vorbild taugte er dennoch wenig. Sie beschloss, gleich morgen anzufangen. Egal was, ob Schwimmen im Meer, ob Joggen oder Schattenboxen. Gerne auch im Wechsel. Aber auf jeden Fall irgendein tägliches Training, das musste sein.

Warum war es so schwer, Vorsätze in die Tat umzusetzen? Sie war dabei schon häufiger gescheitert. Nicht im Beruf, da war sie ausgesprochen diszipliniert gewesen, aber im privaten Umfeld. Was hatte sie da schon alles ändern wollen? Aber meist ist nichts daraus geworden.

Sie massierte sich ihren Oberschenkel und dachte, dass sie doch gerade den Gegenbeweis antrat. Aus dem Hamsterrad der Karriere auszubrechen, um hier in Südfrankreich ein vergleichsweise beschauliches Dasein zu führen und nach dem Sinn des Lebens zu suchen, das war ein gewaltiger Vorsatz – und sie hatte es geschafft, ihn in die Tat umzusetzen. Na also, so schlecht war sie gar nicht. Da würde es auch mit dem Fitnesstraining klappen.

Sie steckte das unterschriebene »Vernehmungsprotokoll« zurück in den Umschlag. Im Bürgermeisterbüro gab es sicherlich Briefmarken. Aber das hatte Zeit. Ob die Kollegen schon was herausgefunden hatten? Sie erinnerte sich an den Namen des Opfers – Raphaël Dubois. Seines Zeichens Vermieter von Liegestühlen und Sonnenschirmen. Was machte so jemand im Winter? Andere Frage: Warum lag er nackt am Strand? Warum hatte ihm der Täter sein bestes Stück abgeschnitten und in den Mund gesteckt? Hatte Raphaël Dubois perverse sexuelle Leidenschaften? Hatte er ein Verhältnis mit einer verheirateten Frau, deren Mann keinen Spaß verstand? Es gab viele Motive, die in Frage kamen. Jedenfalls hatte der Täter eine Botschaft hinterlassen. Eine Nachricht, die brutal abgefasst war und ekelerregend – und die trotzdem viele Interpretationen zuließ. Da hatte der Mörder von Jean-Luc Navet eine klarere Aussage getroffen – er hatte ihn der Vergewaltigung bezichtigt. Vergewaltigung? Nun, auch das könnte bei dem Toten von Pampelonne sein Verhängnis gewesen sein. Womöglich hatte auch er eine Frau vergewaltigt, und sein makabrer Tod war der Preis, den er dafür bezahlen musste. So gesehen waren die beiden Fälle gar nicht so verschieden. Einerseits, andererseits natürlich doch. Vor allem lagen sie zehn Jahre auseinander.

Isabelle dachte, dass es in ihrem Kopf oft recht wirr zuging. War das früher auch so gewesen? Nein, da war sie für ihre logischen Schlussfolgerungen berühmt und berüchtigt gewesen, für ihre klare Analyse, für rationale Entscheidungen. Jean-Luc Navet und Raphaël Dubois? Die beiden Fälle hatten nun wirklich nichts miteinander zu tun. Welche Gemeinsamkeiten könnte es geben? Womöglich waren beide Opfer Vergewaltiger? Nun, das könnte sein, rein hypothetisch. Wenn Jean-Luc Navet noch leben würde, wären sie ungefähr im gleichen Alter. Na und?

Isabelle stand auf. So ein Blödsinn. Wäre da nicht plötzlich so ein komisches Bauchgefühl. Moment mal, da gab es noch eine Gemeinsamkeit. Ihr Kollege aus Saint-Tropez hatte erwähnt, dass der Mörder wohl Linkshänder gewesen sei. Sie holte die Akte mit dem Mord an Jean-Luc Navet. Richtig, auch in seinem Fall hatte die Gerichtsmedizin festgestellt, dass der Täter Linkshänder gewesen sei. Sogar definitiv, was aus dem Winkel der vielen Einstiche mit der Mistgabel hervorging. Linkshänder? Mindestens jeder zehnte Mensch war Linkshänder, wahrscheinlich waren es noch viel mehr.

Unkonzentriert und gedankenverloren blätterte sie im Protokoll mit dem Mord an Jean-Luc Navet. Gerade wollte sie die Mappe zuschlagen, da stolperte sie plötzlich über eine Stelle, der sie bislang keine Beachtung geschenkt hatte. Aus unerfindlichen Gründen wurde erwähnt, dass zum Tatzeitpunkt ein heftiger Mistral geweht hatte. Isabelle schluckte. Sie sah sich am Strand von Pampelonne stehen, sie glaubte den Sturmwind zu hören, sah das aufgepeitschte Meer und hörte das Brausen in den Pinien. Mistral, sowohl bei Navet als auch bei Dubois … Linkshänder … Vergewaltigung …

Isabelle riss sich zusammen. War sie jetzt von allen guten Geistern verlassen? Die beiden Morde hatten nichts, aber auch gar nichts miteinander zu tun. Vielleicht sollte sie sich doch in psychiatrische Behandlung begeben? Sobald Apollinaire die Adresse hatte, würde sie zu dieser Frau fahren, die im Frühjahr vor einer Dekade nach dem Blumenfest in Bormes-les-Mimosas vergewaltigt worden war. Mit ihr würde sie sprechen, auch wenn sie sich nicht viel davon erwartete.

# 18

Von Apollinaire waren nur seine Beine zu sehen, rechts eine grüne, links eine pinkfarbene Socke. Er lag unter Isabelles Schreibtisch und verschraubte das Gehäuse ihres Computers. Zuvor hatte er einen neuen Lüfter eingebaut. Warum er seine Bastelarbeit im Liegen verrichtete, statt den Computer auf den Tisch zu stellen, entzog sich ihrem Verständnis. Aber weil er dafür sicherlich eine ebenso extravagante wie logisch zwingende Erklärung hatte, sparte sie sich die Frage nach dem Warum. Stattdessen setzte sie sich auf das Fensterbrett, betrachtete den Kaktus und dachte nach. Dann holte sie das Telefon und rief Jean-Luc Navets Schwägerin Florence an. Sie hatte Glück, sie war zu Hause.

Isabelle kam schnell auf den Grund ihres Anrufs zu sprechen. Sie fragte, ob ihr verstorbener Schwager gerne nach Bormes-les-Mimosas gefahren sei. Etwa zum Mimosenfest im Februar.

Warum sie das wissen wolle, erkundigte sich Florence, die Frage könne sie überhaupt nicht verstehen.

»Tun Sie mir bitte einen Gefallen und antworten einfach auf meine Frage!«, sagte Isabelle.

»Meinetwegen. Ja, er ist gerne und häufig nach Bormes gefahren. Soviel ich weiß, hatte er dort Freunde. Die haben zusammen Wein getrunken und Karten gespielt.«

»Kennen Sie deren Namen?«

»Nein, warum sollte ich?«

»Und was ist mit dem Mimosenfest? Könnten Sie sich

vorstellen, dass er im Jahr seiner Ermordung dort gewesen war?«

»Natürlich kann ich mir das vorstellen. Mimosen waren ihm egal, aber Jean-Luc hat gerne gefeiert, am liebsten ohne seine Frau. Warum fragen Sie, haben Sie eine Spur?«

»Nicht wirklich«, antwortete Isabelle, »aber wir ermitteln in alle Richtungen.«

»Na gut, viel Erfolg dabei. Wollen Sie noch was wissen?«

»Nein, das war schon alles«, sagte Isabelle. »Vielen Dank für Ihre Auskunft. Bitte grüßen Sie sehr herzlich Ihre Schwester von mir.«

»Falls sie sich noch an Sie erinnert. *Au revoir.*«

Isabelle überlegte, dass es nicht lohnte, über Florence nachzudenken und über ihre Gleichgültigkeit, wenn es um ihren ermordeten Schwager ging. Viel interessanter war die Information, dass Jean-Luc Navet häufig in Bormes-les-Mimosas gewesen war. Sollte es da tatsächlich eine Verbindung geben?

Unter ihrem Schreibtisch gab es einen dumpfen Schlag. Apollinaire kam hervorgekrochen und hielt sich seinen Kopf.

»So, fertig. Der neue Lüfter ist so leise wie ein Schmetterling.«

»*Merci,* Apollinaire. Tut's weh?«

Er verzog das Gesicht. »Geht so. Ich frage mich gerade, warum ich den Computer für die Reparatur nicht auf den Tisch gestellt habe.«

Isabelle lächelte. Offenbar hatte er doch keine Erklärung dafür.

»Bezug nehmend auf Ihr soeben getätigtes Telefonat …«, fuhr er fort.

»Entspannen Sie sich!«, unterbrach sie ihn. »Mit mir müssen Sie nicht sprechen wie in einem Diktat fürs Protokoll.«

*»Bien sur, naturellement«*, verhaspelte er sich. *»Alors*, ich will sagen, dass ich den Namen und die Adresse des Vergewaltigungsopfers ermittelt habe. Außerdem habe ich mir erlaubt, für den morgigen Tag um elf Uhr einen Termin zu machen. Sie erwartet Ihren Besuch.«

»Sehr schön. Weiß sie, warum?«

»Nein, ich hielt es für besser, nichts zu sagen. Sie weiß nur, dass eine Madame le Commissaire kommt, die ihr einige Fragen stellen möchte.«

Sie nickte. »Gut so. Also morgen um elf.«

Er reichte ihr einen Zettel mit dem Namen und der Adresse.

»Valerie Fournier, wohnhaft in Cabasson. Das ist ganz in der Nähe von Bormes-les-Mimosas. Dort soll es einen schönen Strand geben.«

»Sie wissen, dass ich gerne schwimme?«

Er grinste. »Gerade deshalb erwähne ich den Strand, damit Sie Ihre Badetasche mitnehmen.«

Sie dachte, dass sie wirklich ein sehr spezielles Kommissariat leitete, wo ein Sous-Brigadier seiner Chefin empfahl, zu einer Vernehmung die Badesachen mitzunehmen.

»Um das Angenehme mit dem Nützlichen zu verbinden?«, fragte sie.

»Korrekt«, sagte er. »Ich persönlich mag es überhaupt nicht, im Meer zu schwimmen. Evolutionsbiologisch kommt der Mensch aus dem Wasser. Ich sehe keinen Sinn darin, ins Wasser zurückzukehren. Ganz abgesehen von den maritimen Gefahren.«

»Ich werde noch mal darüber nachdenken«, sagte sie im Spaß.

»Ach, noch was. Ich sollte doch nach rabiaten Verwandten unseres Vergewaltigungsopfers Ausschau halten. Valerie Fourniers Bruder ist wegen gefährlicher Körperverletzung vorbestraft.«

Isabelle sah ihn erstaunt an. »Wirklich?«

»Steht im Polizeicomputer.«

»Sollten wir echt auf der richtigen Spur sein? Ich glaub's nicht.« Mit den Fingern begann sie zu zählen. »Erstens, Jean-Luc war häufig in Bormes. Zweitens, er hat Frauen betatscht und hatte laut Florence und Clodine einen Blick, als ob er ihnen gleich an die Wäsche gehen wollte. Drittens, Valerie Fournier ist von einem kräftigen Mann vergewaltigt worden, mit provenzalischem Dialekt. Viertens, sie hat einen gewaltbereiten Bruder.«

»Und fünftens wurde Jean-Luc Navet wenige Monate später umgebracht«, ergänzte Apollinaire. »Der Tathergang würde zu einem wütenden Bruder passen, der seine Schwester rächen wollte.«

»Aber nur, weil etwas gut passt, muss es nicht stimmen. Wo lebt der Bruder?«

»In Marseille, die Adresse steht im System.«

»Vielleicht bade ich doch nicht und fahre gleich weiter.«

»Sie können ja auf der Rückfahrt schwimmen«, schlug er vor. »Zwischen Marseille und Bormes gibt es viele schöne Strände – Plage du Prado, Baie de Cassis, Clos des Plages.«

»Für einen überzeugten Nichtschwimmer kennen Sie sich gut aus.«

»Oh, gegen Strände habe ich nichts, ich gehe nur nicht ins Wasser.«

# 19

Je länger sie darüber nachdachte, desto klarer wurde ihr, dass sie Apollinaire einweihen musste. Sie konnte nicht nach Cabasson fahren und weiter nach Marseille, ohne etwas für die Sicherheit ihres Zeugen zu tun. Nun, genau genommen tat sie auch jetzt nicht viel dafür. Sie hoffte einfach, dass niemand auf die Idee käme, den Mann, der sich Pierre Leclerc nannte, ausgerechnet in Fragolin zu suchen. Außerdem sprießte sein Vollbart recht ordentlich, sein Aussehen dürfte sich bereits markant verändert haben. Aber dennoch könnte es ein Fehler sein, diesen Auftrag auf die allzu leichte Schulter zu nehmen. Was hatte Maurice Balancourt gesagt? »Du musst nur ein wenig aufpassen und die Augen offen halten, *c'est tout.*« Folglich erwartete er nicht, dass sie sich mit Leclerc irgendwo verschanzte, aber er setzte auf ihren siebten Sinn – von dem sie nicht wusste, ob sie noch über ihn verfügte. Früher hatte sie gespürt, wenn irgendwas nicht stimmte, konnte sie frühzeitig reagieren und Gegenmaßnahmen treffen. Aber wie sollte das bei Leclerc funktionieren? Dazu gab es in Fragolin einfach zu viele Fremde, die durch den Ort bummelten. Jeder von ihnen könnte auf der Suche nach Leclerc sein, falls es doch eine undichte Stelle geben sollte. Balancourt hatte sie beruhigt, nur er und Jacqueline wüssten vom Aufenthaltsort des Zeugen. Hoffentlich stimmte das. Dennoch konnte sie nicht einfach wegfahren und ihren Schutzbefohlenen alleine lassen.

»Apollinaire, wir müssen reden.«

Er sah sie erschrocken an. »Habe ich was falsch gemacht?«

Sie lachte. »Nein, alles gut. Aber ich brauche Ihre Unterstützung. Sie wissen ja von meinem Urlaubsgast.«

»Der Freund eines Freundes, ja, ich weiß.«

»Ich habe Ihnen nicht die Wahrheit gesagt.«

»Das dachte ich mir. Es gibt keine Dienstvorschrift, dass wir in unserem abgelegenen Kommissariat über eine Maschinenpistole verfügen müssen. So einen Blödsinn denken sich nicht einmal die Bürohengste in Paris aus.«

»Na ja, da wäre ich mir nicht so sicher. Zunächst müssen Sie mir versprechen, dass Sie niemandem, aber wirklich niemandem davon erzählen.«

»Versprochen, nicht einmal unter der Folter.«

»Dazu wird es hoffentlich nicht kommen«, sagte sie mit einem Lächeln. »Also, um es kurz zu machen, unser Feriengast heißt nicht Pierre Leclerc, er ist im Zeugenschutzprogramm, und ich soll auf ihn aufpassen.«

»*C'est pas vrai?*«

»Doch, das ist wahr. Wir haben ihn gute drei Wochen an der Backe, dann soll er unversehrt in Paris vor Gericht erscheinen.«

»Worum geht es?«, fragte Apollinaire. »In welcher Angelegenheit soll er aussagen?«

»Das würde ich auch gerne wissen. Jedenfalls habe ich den Auftrag direkt von Balancourt. Niemand kennt den aktuellen Aufenthaltsort unseres Zeugen. Mit etwas Glück hat er hier ein paar schöne Wochen, dann sind wir ihn wieder los.«

»Und wenn wir kein Glück haben?«

»Daran mag ich nicht denken. Apollinaire, es geht um Folgendes: Wenn ich morgen nach Cabasson fahre, um mit

Valerie Fournier zu sprechen, anschließend nach Marseille wegen ihres Bruders, dann müssen Sie in Bereitschaft sein, falls doch was passiert.«

»Verstanden. Aber ich kenne den Mann überhaupt nicht.«

»Das werden wir ändern. Ich gehe jetzt zu ihm. Er wird die Nummer Ihres *portable* bekommen, damit er sie anrufen kann, wenn er Hilfe braucht. Meine hat er sowieso. Später treffen wir uns im *Café des Arts,* ganz zufällig. Ich schicke Ihnen eine SMS, sobald wir da sind. Sie kommen dann einfach vorbeispaziert, und ich frage Sie, ob Sie sich kurz dazusetzen wollen. Wir quatschen etwas, dann verabschieden Sie sich. *D'accord?*«

Apollinaire nickte. »Folglich sollte ich ab jetzt meine Dienstwaffe bei mir führen, richtig?«

»Können Sie überhaupt schießen?«

»Die vorgeschriebenen Tests habe ich alle bestanden.« Er hüstelte verlegen. »Aber so gerade eben.«

»Na immerhin. Eine gute Schusstechnik war ja im Archiv kaum gefordert.«

»Sie müssen wissen, ich habe einen leichten Sehfehler. Aufgrund einer Krümmungsanomalie der Hornhaut …«

»Das will ich nicht wissen«, unterbrach sie ihn, einen längeren Vortrag fürchtend. »Ich gehe jetzt unseren Monsieur Leclerc besuchen. Wir sehen uns später im Café.«

Im Treppenhaus oben angekommen, klopfte sie an die Tür der Ferienwohnung. Weil sich nichts tat, läutete sie. Wieder keine Reaktion. Aber sie hörte hinter der Tür leise Schritte.

»Ich bin's, Isabelle.«

Leclerc entriegelte erst das Sicherheitsschloss, dann den großen Querriegel, den Isabelle hatte nachrüsten lassen, schließlich das normale Schloss.

Er öffnete die Tür und sah sie stolz an. »Ich bin brav, oder? Alles doppelt und dreifach abgeschlossen, so wie du mir das aufgetragen hast, dabei gibt's bei mir gar nichts zu klauen.«

»Sehr gut. Sie machen Fortschritte.«

Sie dachte, dass Leclerc vielleicht doch ein wenig besorgt war und seine Lockerheit aufgesetzt. Das konnte ihr nur recht sein.

»Waren wir nicht beim Du?«, fragte er.

»Aber nicht, wenn wir alleine sind.«

»Sie sind ganz schön streng.« Sie durchquerten das Wohnzimmer und gelangten auf die Terrasse, wo Leclerc auf die Liege unter der Markise deutete. »Das ist momentan mein bevorzugter Aufenthaltsort.«

Zu ihrer Überraschung entdeckte sie ein aufgeschlagenes Buch über Vincent van Gogh und seine Zeit in der Provence. Ihr »Feriengast« hatte nicht geschwindelt, er las tatsächlich Biographien über die großen Künstler der modernen Malerei.

»Ich bin gerade bei dem Kapitel, wo sich van Gogh nach einem Streit mit Gauguin einen Teil seines rechten Ohres abschneidet. Er wird ohnmächtig ins Hospital von Arles gebracht. Das war im Jahr 1888.«

Isabelle sah ihn skeptisch an. »War es nicht das linke Ohr? Außerdem glaube ich nicht, dass er sich das Ohr selber abgeschnitten hat. Ich halte Paul Gauguin für den Täter.«

»Wenn Sie das so sagen, immerhin sind Sie die Kommissarin.«

»Gauguin ist unmittelbar nach der Tat abgereist. Das wirft kein gutes Licht auf ihn. Van Gogh hat noch am späten Abend sein abgeschnittenes Ohr einer Prostituierten zur Aufbewahrung gegeben. Das passt nicht zur Selbstverstümmelung im Absinthrausch.«

Leclerc klatschte freudig in die Hände. »Ich hätte nicht gedacht, dass Sie sich mit van Gogh auskennen.«

»Nur was die Geschichte mit seinem Ohr betrifft, sonst nicht. Nun ja, ich weiß, dass er sich nach diesem Zwischenfall freiwillig in die Nervenheilanstalt von Saint-Rémy begeben hat. Dort hat er fleißig gemalt, stimmt doch?«

»Ja, ja, das stimmt. Vor allem mein Lieblingsbild ist in Saint-Rémy entstanden, die Sternennacht. Sein Umgang mit der Farbe Blau, einfach grandios.«

Isabelle sah auf die Uhr. »Aber wie Sie sich denken können, bin ich nicht wegen van Gogh hier. Wir müssen einige Punkte besprechen. Erstens möchte ich, dass Sie mir alle zwei, drei Stunden eine SMS schicken. Ein einfaches *tout va bien* reicht mir.«

»Auch in der Nacht?«

»Natürlich nicht zur Schlafenszeit, aber sonst immer. Zweitens habe ich meinen Assistenten Apollinaire eingeweiht, er ist absolut vertrauenswürdig. Sie bekommen die Nummer seines *portable.* Wenn Ihnen irgendetwas seltsam vorkommt und Sie mich nicht erreichen können, dann rufen Sie ihn an.«

»Ich dachte, Sie sind rund um die Uhr für mich da?«

»Theoretisch schon, praktisch aber nicht. Morgen muss ich nach Marseille. Da bin ich etwas ab vom Schuss.«

»Ab vom Schuss? Eine unglückliche Wortwahl. Übrigens hat sich Gauguin in Marseille nach Tahiti eingeschifft.«

»Tatsächlich? Warum lesen Sie eigentlich Biographien über all diese Maler, wenn Sie sowieso alles wissen?«

»Nicht alles, meine Liebe, nicht alles, aber vieles.« Er grinste. »Immerhin bin ich Kunstkritiker, schon vergessen?«

»Pierre Leclerc ist Kunstkritiker«, erwiderte sie. »Im wirklichen Leben sind Sie es wohl nicht, hoffe ich jedenfalls, sonst hätten wir uns ja auf einen bescheuerten Deckmantel geeinigt.«

»Ich kann Sie beruhigen, den Beruf eines Kunstkritikers halte ich zwar für ehrenwert, aber für mich persönlich war er nie erstrebenswert.«

Isabelle sparte sich einen Kommentar. Sie beugte sich über das Geländer der Terrasse und sah hinunter auf die schmale Gasse, durch die sich gerade einige Rennradler über das Kopfsteinpflaster quälten. Vielleicht sollte man eine Videoüberwachung installieren, überlegte sie. Für Apollinaire sollte das kein Problem darstellen. Sie stieg auf einen Stuhl, dann auf das Geländer.

»Was machen Sie da? Wollen Sie sich umbringen?«

Isabelle kletterte auf das Dach. Die Neigung war nicht besonders steil, sie konnte sich mühelos auf den Schindeln fortbewegen. Sie lief hinauf zum Giebel. Von dort verschaffte sie sich einen Überblick. Dabei fand sie bestätigt, was sie vermutet hatte. Es sollte möglich sein, über die Dächer zu ihrer eigenen Terrasse zu gelangen. In den nächsten Tagen würde sie das mal ausprobieren. Sie machte kehrt und kletterte wieder zurück auf Leclercs Terrasse.

»Üben Sie für eine Neuverfilmung der *Dächer von Nizza?*«, fragte er.

»Alfred Hitchcock? Aber ich bin nicht Grace Kelly.«

»Und ich nicht Cary Grant, eigentlich schade.«

Wenige Minuten später saßen sie an einem der kleinen runden Tische vor dem *Café des Arts.* Sie hatte *menthe à l'eau* bestellt, Leclerc trank einen *absinthe* – im Angedenken an van Gogh.

Verabredungsgemäß kam Apollinaire vorbeigeschlendert. Sie machte ihn mit Leclerc bekannt und bat ihn, für einen Moment Platz zu nehmen.

Ihr entging nicht, dass Leclerc den Sous-Brigadier skeptisch betrachtete. So hatte er sich seinen »Polizeischutz« wohl nicht vorgestellt. Sie lächelte amüsiert. Ob sie ihm sagen sollte, dass Apollinaire ein schlechter Schütze war und beim schnellen Laufen schon mal über seine eigenen Füße stolperte?

»Hallo, Isabelle, schön, dich zu sehen.«

Sie hatte Thierry nicht bemerkt. Jetzt wurde es kompliziert.

»Darf ich vorstellen. Thierry Blès, der Bürgermeister dieses bezaubernden Ortes. Pierre Leclerc, ein Freund aus Paris.«

»Hab schon von Ihnen gehört«, sagte Thierry und reichte ihm die Hand.

»Ich hoffe, Sie fühlen sich hier wohl?«

»Aber natürlich, ganz ausgezeichnet, wirklich entzückend, dieses Fragolin«, erwiderte Leclerc. Und auf Isabelle deutend: »Noch dazu in so charmanter Begleitung. Wie sollte es mir da schlechtgehen?«

Isabelle dachte, dass er sich diese Bemerkung in Thierrys Gegenwart besser verkniffen hätte. Apollinaire stand auf und verabschiedete sich. Thierry setzte sich auf den frei gewordenen Stuhl.

»Sie kennen Isabelle aus Paris?«, fragte er. »Wahrscheinlich recht gut, oder?«

Isabelle hielt die Luft an.

Leclerc schlug entspannt die Beine übereinander und nahm einen Schluck vom *absinthe.*

»Wir kennen uns nur flüchtig«, antwortete er, »aber

immerhin sind wir uns häufiger begegnet. Ich bin der Freund eines gemeinsamen Freundes.«

Isabelle atmete wieder ruhig. Jetzt musste sie sogar innerlich lächeln. Sollte Thierry ein wenig eifersüchtig sein? Das wäre ja richtig lieb.

Thierry gab dem Ober ein Zeichen. »Ich nehme auch einen *absinthe.*«

»Maurice Balancourt«, sagte Isabelle.

Thierry sah sie verwirrt an. »Was hat Balancourt mit euch zu tun?«

Sie deutete auf Leclerc. »Sag's du ihm!«

»Maurice ist unser gemeinsamer Freund«, erklärte er.

Spätestens jetzt schien Thierry wirklich beruhigt. Und er war beeindruckt, denn es dürfte nicht viele Menschen geben, die von sich sagen durften, dass sie mit Balancourt befreundet waren. Sah man mal vom Innenminister ab und vom Präsidenten der Republik.

»Sind Sie in der Politik?«

Leclerc schüttelte entsetzt den Kopf. »Nein, um Gottes willen, ich bin Kunstkritiker. Aber können wir bitte das Thema wechseln, ich rede nicht gerne über mich. Schönes Wetter heute, finden Sie nicht?«

Thierry lachte. »Wir sind in der Provence, da haben wir immer schönes Wetter, zumindest zu dieser Jahreszeit. Ich würde Sie gerne mal zum Abendessen einladen. Wie wäre das?«

»Immer gerne«, sagte Leclerc. »Darf ich Isabelle mitbringen?«

Sie dachte, dass das Gespräch immer absurder wurde. Und der Gedanke an ein gemeinsames Abendessen mit den beiden gefiel ihr nicht. Es sei denn, sie würde Thierry ins Vertrauen ziehen. Immerhin war er der Bürgermeister, und er war zuverlässig. Andererseits hatte sie im Leben eines gelernt: Wenn etwas wirklich geheim war, dann sollte es das auch bleiben!

»Ob Sie Isabelle mitbringen dürfen?«, amüsierte sich Thierry. »Das ist lustig. Isabelle ist bei mir wie zu Hause, ohne sie geht gar nichts.«

Nein, auf diesen Abend freute sie sich nicht. Aber sie durfte die beiden auch nicht alleine lassen. Wer weiß, was für einen Blödsinn sie miteinander redeten.

»Die nächsten Tage geht's bei mir nicht«, sagte sie. »Aber dann finden wir bestimmt einen Termin.«

Leclerc strich sich durch seinen Bart. »Ich hab Zeit, ich hab immer Zeit, ich bin im Urlaub.«

»Warum sind die nächsten Tage schlecht?«, fragte Thierry. »Was hast du vor?«

»Morgen fahre ich nach Marseille.«

»Was tust du denn dort? Du magst doch gar keine Bouillabaisse.«

»Natürlich mag ich die«, protestierte sie, »nur neulich, die bei Jacques, die war ungenießbar.«

»Bist du noch auf der Suche nach Navets Mörder?«, fragte er. »Du lässt nicht locker, oder?«

Sie schmunzelte. »Ich hab doch gerade erst angefangen.«

Leclerc sah sie interessiert an. »Du suchst einen Mörder?«

»Warum nicht? Den Streit zwischen Gauguin und van Gogh werden wir nicht mehr klären können. Wäre außerdem verjährt. Da mache ich lieber Jagd auf einen Mörder. Das ist mein Beruf.«

Thierry runzelte die Stirn. »Van Gogh, Gauguin? Ich versteh nur Bahnhof.«

# 20

Jetzt hatte sie wieder keine Zeit gefunden zu joggen. Aber sie ärgerte sich nicht, denn sie hatte eine Nacht hinter sich, in der sie tief und fest geschlafen hatte, sogar länger als geplant. Das war mehr wert als eine schweißtreibende Runde auf den harten Pflastersteinen der mittelalterlichen Gassen von Fragolin.

Um elf Uhr musste sie in Cabasson sein. Sie schaffte es gerade noch, im Kommissariat vorbeizuschauen und Apollinaire einen guten Tag zu wünschen. Der telefonierte gerade gleichzeitig mit zwei Apparaten, was weniger dynamisch wirkte als reichlich konfus. Noch dazu sprach er in einem Fall Arabisch. Sie wusste, dass er die Sprache einigermaßen beherrschte, aber es war was anderes, ihn leibhaftig sprechen zu hören. Irgendwie schaffte er es, beide Gespräche gleichzeitig zum Abschluss zu bringen.

»*Ma'as-salama, au revoir.*«

Er lehnte sich mit einem zufriedenen Gesichtsausdruck zurück.

»Das war Ihr alter Kontaktmann bei der Polizeibehörde in Marrakesch«, erklärte er. »Ich soll Sie herzlich grüßen. Er will gerne versuchen unsere Monique zu finden. Er meint, dass das kein Problem sein sollte, vorausgesetzt, sie halte sich noch im Land auf. Es seien zwar schon mal Kamele verschwunden oder ganze Berberfamilien im Rif-Gebirge, aber eine junge Frau aus Frankreich sei so auffällig wie ein Pinguin in der Sahara.«

Isabelle schüttelte schmunzelnd den Kopf. »Gérard hat sich nicht verändert. Er liebt die französische Sprache, und er ist ein Freund der blumigen Ausdrucksweise. Er hat schon damals mehr versprochen, als er halten konnte. Aber es war nett, ihm zuzuhören.«

»Doch, ich glaube, er schafft es. Marokko hat ein Auge auf seine Bürger.«

»Das haben Sie schön formuliert. Na ja, wir werden es erleben. Und das andere Gespräch?«

Apollinaire fuhr sich verlegen durch die Haare.

»Welches andere Gespräch? Ach so, ja, das war Shayana. Sie wollte wissen, was ich heute zum Abendessen möchte, Couscous oder Kebab.«

»Mit ihr haben Sie Arabisch gesprochen?«

»Ja, das freut sie, obwohl sie ja ganz gut Französisch kann.«

»Wofür haben Sie sich entschieden?«

»Couscous, mit Paprika, Curry und Harissa.«

»Sie haben es ja richtig gut, das freut mich.« Sie sah auf die Uhr.

»Ich muss los. Bin gespannt, was Valerie Fournier zu erzählen hat.«

»Nehmen Sie sich vor ihrem Bruder in Acht, der ist mit Vorsicht zu genießen.«

»Vielen Dank, ich werde aufpassen. Und Sie haben bitte ein Auge auf unseren Freund Leclerc. Ich möchte, dass er noch lebt, wenn ich zurückkomme.«

Apollinaire antwortete mit einem Scherz. »Ich glaube, dazu müsste er sich schon selber umbringen. Sonst wird ihm das keiner abnehmen.«

Isabelle hob warnend den Zeigefinger. »Das ist kein Spaß, auch wenn es momentan danach aussieht.«

Er schaute wieder ernst. »Ist mir schon klar, Sie können sich auf mich verlassen. Welches Auto nehmen Sie?«

»Ist der Peugeot fahrbereit?«

»Nicht nur das, unser Dienstwagen ist sogar gewaschen, vollgetankt, und das Blaulicht ist repariert.«

»Hört sich gut an. Dann nehme ich ihn hiermit ganz offiziell in Betrieb.«

*»Bonne route!«*

*»Merci.«*

Isabelle brauchte kein Blaulicht, um pünktlich in Cabasson einzutreffen. In unmittelbarer Nähe befand sich das Fort Brégançon, wo traditionell der jeweilige *Monsieur le Président* urlaubte. Zutritt strengstens verboten! Sie selbst war schon häufiger dort gewesen, in ihrem früheren Leben. Sie verspürte keine Sehnsucht auf eine Wiederholung.

Dank Navi fand sie ohne Probleme zum Wohnsitz von Valerie Fournier. Das Haus war bescheiden, hatte aber Charme. Am weiß gestrichenen Zaun hing ein Schild: *Logement de vacances à louer,* Ferienwohnung zu vermieten.

Ein Junge, der im Garten spielte, kam neugierig auf sie zu. Sie lächelte. Hier machte ein Einsatzfahrzeug der *Police nationale* noch Eindruck, in Paris würde kein Hahn danach krähen.

»Ich möchte zu Madame Fournier«, sagte Isabelle. »Sie erwartet mich.«

Der Junge, der eine Baseballkappe trug, deutete im Spaß einen militärischen Gruß an.

»Madame le Commissaire, ich weiß. Meine Mutter ist in der Küche. Die Haustür ist nur angelehnt, Sie sollen einfach reinkommen.«

Valerie Fournier war eine sympathisch wirkende Frau Anfang dreißig mit schwarzen Haaren und netten Grübchen in den Wangen. Sie hatten es sich im Wohnzimmer bequem gemacht. Isabelle hatte gebeten, die Türen zu schließen. Was sie besprechen wollte, war nicht für fremde Ohren bestimmt, erst recht nicht für die eines Kindes.

»Ein netter Junge«, sagte Isabelle. »Wie heißt er?«

»Baptiste«, antwortete Valerie Fournier. »Aber jetzt sagen Sie mir doch bitte, warum Sie hier sind? Habe ich was verbrochen?«

»Nein, natürlich nicht. Ich bin wegen einer alten Angelegenheit hier. Wobei ich mir denken kann, dass Sie nicht gerne daran erinnert werden.«

Valerie Fourniers Blick wurde starr. Sie schien zu ahnen, worauf Isabelle anspielte.

»Nein, bitte nicht. Ich will nicht darüber reden.«

»Das kann ich verstehen. Aber womöglich haben wir eine Spur.«

Valerie Fournier knetete ihre Hände und kniff ihre Augen zusammen.

»Interessiert mich nicht. Ich will nicht wissen, wer mir das angetan hat. Das ist eine Vergangenheit, mit der ich nicht mehr konfrontiert werden möchte, verstehen Sie? Es ist vorbei. Ich habe es aus meinem Gedächtnis gelöscht. Es ist nie passiert, nie, nie, nie.«

»Tut mir leid, aber ein paar Fragen muss ich stellen.«

»Nein, keine Fragen, bitte keine Fragen.« Ihre Stimme überschlug sich. »Können wir nicht über etwas anderes sprechen?«

Isabelle hatte mit Ablehnung gerechnet, aber nicht mit einer solch panischen Reaktion. Sie dachte, dass es herzlos wäre, die alten Wunden wieder aufzureißen. Die junge Frau hatte den Gewaltakt irgendwie verarbeitet und bewältigt, hatte ihn verdrängt und ins Leben zurückgefunden.

»Einverstanden«, sagte Isabelle nach kurzem Nachdenken. »Keine Fragen zu dem, was passiert ist.« Und um das Thema zu wechseln: »Wie läuft das mit der Ferienwohnung? Haben Sie häufig Gäste?«

»Ja, jedenfalls zur Saison. Aber sie sind alle ordnungsgemäß angemeldet, und ich zahle meine Steuern.«

»Madame Fournier, machen Sie sich bitte keine Sorgen. Ich will nur noch mit Ihnen plaudern. Ich denke, es ist schön, Gäste im Haus zu haben. Sie sind nicht verheiratet, richtig?«

»Nein, ich bin nicht verehelicht, noch nicht, aber ich habe einen Freund. Wir wollen im nächsten Jahr heiraten.«

Isabelle sah Valerie Fournier forschend an. »Ihr Freund weiß es nicht, oder?«

Valerie Fournier schüttelte den Kopf. »Ich habe mich noch nicht getraut. Aber irgendwann muss ich es ihm sagen, doch, das muss ich.«

»Er wird es verstehen. Sie können ja nichts dafür.« Isabelle deutete auf ein Kreuz in der Ecke. »Sie sind gläubig?«, fragte sie.

»Ja, meine Eltern haben mich streng katholisch erzogen. Der Glaube hat mir sehr geholfen, hilft mir noch immer. Was ist mit Ihnen?«

»Ob ich gläubig bin? Da muss ich Sie enttäuschen, ich glaube nicht an Gott, jedenfalls nicht im Sinne der Kirche.« Nach einer kurzen Pause des Nachdenkens fuhr sie fort: »Aber ich werde zunehmend empfänglicher für spirituelle Gedanken, das überrascht mich selbst.«

»Gibt es dafür einen Grund?«

Isabelle merkte, dass sich gerade die Rollen vertauschten, aber sie hatte nichts dagegen.

»Auch ich hatte ein traumatisches Erlebnis«, sagte sie. »Ist noch nicht lange her und war auch ganz was anderes als bei Ihnen. Seitdem bin ich irgendwie ein anderer Mensch, ich kann es nicht erklären. Man sieht es mir nicht an, aber es hat sich was verändert, in mir drinnen.«

»Selber spürt man es, und die anderen geht es nichts an«, flüsterte die junge Frau. »Darf ich Ihnen was zu trinken anbieten?«

»Nein danke. Ich muss weiter, ich hab noch einen Termin.«

Sie traute sich nicht zu sagen, dass sie nach Marseille fahren wollte, um mit ihrem Bruder zu sprechen.

In dem Moment klingelte das Telefon. Valerie Fournier fragte, ob Isabelle alleine rausfände, gab ihr zum Abschied die Hand und nahm das Gespräch entgegen. Isabelle schnappte noch auf, dass es sich offenbar um einen Interessenten für die Ferienwohnung handelte, dann verließ sie das Haus.

Im Vorgarten begegnete ihr wieder der Junge, von dem sie jetzt wusste, dass er Baptiste hieß. Sie hatte vergessen, sich nach seinem Vater zu erkundigen.

»Na, geht's dir gut?«, fragte sie. »Magst dich mal ins Polizeiauto setzen?«

»Au ja, gerne«, freute sich der Junge.

Als er hinter dem Steuer saß, sich das Funkgerät erklären ließ und auch das von Apollinaire reparierte Blaulicht einschalten durfte, fragte sie ihn wie beiläufig nach seinem Alter. Baptiste erklärte stolz, dass er schon zehn Jahre alt sei. Er nannte sein Geburtsdatum und langte zum Knopf für die Sirene.

Isabelle hielt ihn davon ab, war aber mit ihren Gedanken ganz woanders.

Als sie schließlich losfuhr, winkte er ihr fröhlich hinterher. Dass er seine Baseballkappe im Auto vergessen hatte, bemerkte er nicht. Dazu war er zu aufgeregt. Er hatte die Kappe beim Einsteigen abgenommen und auf den Beifahrersitz gelegt. Isabelle hatte sich mit Absicht draufgesetzt und sie später verschwinden lassen.

Von Cabasson ging es am Château de Léoube vorbei nach La-Londe-les-Maures, von dort auf die D98 und schließlich auf die Autobahn, die über Hyères und Toulon nach Marseille führte. Isabelle ließ sich vom Navi leiten, achtete kaum auf die Straße und dachte nach. Das Gespräch mit Valerie Fournier konnte sie zwar als gescheitert ansehen, hatte sie aber emotional berührt. Und der kleine Baptiste ging ihr nicht aus dem Kopf. Sein Alter passte, es passte sogar genau. Und seine Mutter stammte aus einer streng katholischen Familie, wo der Schutz des ungeborenen Lebens mit der Zeugung begann und häufig so weit ging, dass auch nach einer Vergewaltigung keine Abtreibung in Frage kam. Es sprach also alles dafür, dass Baptiste der leibliche Sohn des Vergewaltigers seiner Mutter war. Genau aus diesem Grund hatte sie sich die Baseballkappe des Jungen angeeignet. Es sollte für die Kriminaltechnik kein Problem sein, aus den Haaren und dem Schweiß in der Baseballkappe seine genetische Identität zu bestimmen. Wenn sie jetzt noch irgendwie an die DNA von Jean-Luc Navet herankommen könnte, dann ließe sich eindeutig feststellen, ob er der Vater und mithin Valerie Fourniers Vergewaltiger war. Aber Navet war seit zehn Jahren tot. Es stand zu befürchten, dass es von ihm keinen genetischen Fingerabdruck mehr gab. Doch es gab noch eine andere Möglichkeit eines genetischen Nachweises, diese lebte in Marokko, trug den Namen Monique – und war seine Tochter. Im Abgleich mit ihrer DNA ließe sich feststellen, ob Baptiste ihr Halbbruder war. Sie hätten zwar unterschiedliche Mütter, aber denselben Vater. Womit nachgewiesen wäre, dass Jean-Luc Navet des Verbrechens schuldig war. Im logisch nächsten Schritt wäre Valerie Fourniers Bruder dringend verdächtig, seine kleine Schwester gerächt zu haben. Oder jemand anders aus ihrem Umfeld hatte es getan. Wie der Betreffende auf Navet als Täter gekommen war, wäre noch zu klären.

Isabelle war grundsätzlich eher skeptisch und wenig zuversichtlich. Sie rechnete fast immer damit, dass etwas schiefging und sich Vermutungen als falsch erwiesen. Das war eine Art Selbstschutz, auf diese Weise konnte sie nicht so leicht enttäuscht werden. Aber in diesem besonderen Fall war sie relativ optimistisch. Das überraschte sie, aber es lag wohl daran, dass alles so gut passte. Hoffentlich konnten sie Monique ausfindig machen, und sie erklärte sich dann bereit, eine DNA-Probe abzugeben. Isabelle dachte, dass sie bei Baptiste mit der Aneignung der Baseballkappe nicht den korrekten Weg gewählt hatte. Aber das war egal, denn wenn der genetische Abgleich positiv ausfiel, könnte sie sich nachträglich mit richterlichem Beschluss und ganz offiziell seinen genetischen Fingerabdruck erneut besorgen. Nur dass sie das Ergebnis dann schon vorher kannte. Jetzt war sie auf den vorbestraften Bruder gespannt. Guy Fournier hatte laut Polizeiakte einen »gewaltbereiten Charakter«. Das berechtigte rein ermittlungstechnisch zu den kühnsten Hoffnungen.

# 21

Als im 2. Jahrhundert vor Christus die Römer kamen, die in ihrem Reich so viele Städte gründeten, da gab es Marseille schon seit langem. Heute ist Marseille die größte Hafenstadt Frankreichs und die Hauptstadt der Region Provence-Alpes-Côte d'Azur. Im Stau stehend, dachte Isabelle an Thierrys Schilderung seiner Bürgermeistertagung in Marseille. Und daran, dass er frustriert gewesen war, weil er nichts erreicht hatte. Sie kannte Menschen, die mochten Marseille nicht wegen der vielen Zuwanderer aus Nordafrika, wegen der Drogen und der Kriminalität. Sie selbst zählte nicht dazu, sie fand Marseille faszinierend. Sie war schon oft dort gewesen, immerhin war Marseille gemessen an den Einwohnern die zweitgrößte Stadt Frankreichs und entsprechend wichtig. Sie liebte es, über den Fischmarkt am *vieux port* zu schlendern. In den Docks de la Joliette gab es ein geheimes Büro der *Police nationale*, wo sie regelmäßig an Meetings teilgenommen hatte. In der Rue du Petit Puits kannte sie eine *chocolatière*, wo sie gerne kleine Schokoladen kaufte. Vom Quai des Belges war sie mal mit einem Ausflugsschiff zur Gefängnisinsel Château d'If gefahren, wo Alexandre Dumas seinen Grafen von Monte Christo eingekerkert hatte. Und vom hoch gelegenen Platz vor der Wallfahrtskirche Notre-Dame-de-la-Garde hatte sie spätabends auf die Altstadt und den Hafen hinuntergesehen – um später von einem Polizeispitzel konspiratives Material entgegenzunehmen.

Natürlich hatte Marseille auch seine hässlichen Seiten. Im Lauf der Geschichte hatte die Stadt Wunden davongetragen, die nicht zu übersehen waren. Zu den größeren zählte die Sprengung großer Teile des alten Hafenviertels durch die Nazis im Zweiten Weltkrieg.

Wer heute durch die heruntergekommenen Vorstädte fährt, könnte depressiv werden. Aber genauso, wie es Menschen gab, die auch schlimme Verletzungen wegsteckten und dadurch nur stärker wurden, war Marseille nicht unterzukriegen – und wurde 2013 sogar zur Kulturhauptstadt Europas ernannt.

Isabelle widerstand der Versuchung, Sirene und Blaulicht einzuschalten. Geduldig schob sie sich in der aufgestauten Wagenkolonne langsam vorwärts. Schließlich fand sie eine Abzweigung. Das Navi leitete sie zu einem Lagerhaus in einem Gewerbegebiet, wo Guy Fournier als Gabelstaplerfahrer arbeitete. Weil der Parkplatz voll war, stellte sie ihren Wagen kurzerhand an einer Stelle ab, die für die Geschäftsleitung reserviert war. Irgendeinen Vorteil musste es ja haben, wenn man in einem weiß-blauen Auto mit der Aufschrift *Police* unterwegs war. An der Pforte fragte sie nach dem obersten Chef des Betriebs. Kurz darauf sprach sie mit ihm. Sie gab vor, Fournier wegen einer Zeugenaussage sprechen zu wollen. Weil diese geheim sei, müsse sie mit ihm unter vier Augen reden. Sie bekam ein kleines Besprechungszimmer zur Verfügung gestellt, und Fournier wurde benachrichtigt.

Isabelle konnte intuitiv gut einschätzen, ob jemand rabiat werden konnte. Und obwohl Guy Fournier, der ihr am Tisch gegenübersaß, einen kontrollierten Eindruck machte und sich in aller Ruhe eine Zigarette anzündete, spürte sie, dass er sich beherrschen musste. Es war ihm sichtlich unwohl, von einer Madame le Commissaire befragt zu werden – gerade weil er nicht wusste, was auf ihn zukam.

Guy Fournier blies den Rauch ostentativ in Richtung des Schildes mit dem Hinweis *défense de fumer*, Rauchen verboten.

»Was kann ich für Sie tun?«, fragte er.

»Ich war heute Vormittag bei Ihrer Schwester«, sagte sie.

»Okay, und was hat das mit mir zu tun?«

»Ihre Schwester ist vor zehn Jahren vergewaltigt worden.«

Er kniff die Augen zusammen. »Sie erzählen mir nichts Neues. Haben Sie das Schwein endlich gefunden?«

War die Frage ernst gemeint oder ein Bluff?

»Vielleicht«, antwortete sie. »Wir haben einen Verdacht.«

»Echt? Ich hatte die Hoffnung längst aufgegeben. Die Polizei interessiert sich doch einen Scheißdreck für eine Vergewaltigung. Da wird jeder Schnellfahrer gnadenloser verfolgt.«

»Da liegen Sie falsch«, sagte sie, »sonst wäre ich ja nicht hier.«

»Nun kotzen Sie sich schon aus. Was wollen Sie?«

Isabelle mochte es nicht, wenn man so mit ihr redete. Sie sah ihn ruhig an und ließ sich mit der Antwort Zeit. Sie beobachtete, wie er die Zigarette hielt und mit dem Feuerzeug spielte.

»Sind Sie Linkshänder?«, fragte sie.

»Das wollen Sie wissen? Ja, ich bin Linkshänder. Ist das neuerdings verboten?«

Isabelle lächelte. Das passte schon mal.

»Was würden Sie mit dem Täter machen«, fragte sie, »wenn ich Ihnen seinen Namen und die Adresse gebe?«

Er drückte die Zigarette auf der Tischplatte aus.

»Fragen Sie das im Ernst? Ich würde diese Ratte umbringen. Jawohl, das würde ich.« Er sah sie mit einem schiefen Grinsen an. »Sonst noch was?«

»Anschließend landen Sie im Gefängnis«, stellte sie lakonisch fest.

»Scheiß drauf, das ist es mir wert. Irgendwann werde ich wegen guter Führung entlassen.«

»Sie lieben Ihre Schwester?«

»Na klar, unsere Eltern sind tot. Ich muss auf sie aufpassen, auf sie und auf ihren Bastard.«

»Bastard?«

»Na ja, den kleinen Baptiste, ich mag ihn.«

»Warum sagen Sie Bastard, wenn Sie ihn mögen?«

Guy Fournier sah sie misstrauisch an. »Weil sich sein Vater aus dem Staub gemacht hat, deshalb.«

»Sie kennen seinen Erzeuger?«

Wieder zögerte er, nach ihrem Geschmack genau um einen Wimpernschlag zu lang.

»Natürlich kenne ich ihn. Bin mit ihm zur Schule gegangen. Aber den Namen verrate ich nicht, das habe ich meiner Schwester versprochen.«

Isabelle griff sich seine Zigarettenpackung, zündete sich einen Glimmstengel an und blies ihm den Rauch ins Gesicht.

»Ich glaube Ihnen nicht«, sagte sie. »Ich glaube Ihnen nur, dass Sie Ihre Schwester lieben, meinetwegen auch den kleinen Baptiste. Den Schulfreund nehme ich Ihnen nicht ab. Aber was noch viel schlimmer ist: Ich glaube, dass Sie herausgefunden haben, wer Ihre Schwester vergewaltigt hat. Dann haben Sie dem Mann im Wald aufgelauert und ihn mit einer Mistgabel niedergestochen.«

Guy Fournier zuckte zusammen. Man sah förmlich, wie

sein Blutdruck in die Höhe schoss. Sein Gesicht lief rot an. Für einen Moment dachte Isabelle, er würde aufspringen und ihr an die Gurgel gehen. Aber er schaffte es, sich zu beherrschen.

»Woher kennen Sie meine geheimsten Wunschträume?«, sagte er schließlich mit heiserer Stimme. »Ich würde alles dafür geben, wenn Sie recht hätten.«

Isabelle musste zugeben, dass die Antwort nicht schlecht war.

»Haben Sie für die Tatzeit ein Alibi?«, fragte sie.

»Für wie bescheuert halten Sie mich? Sie haben mir doch gar nicht gesagt, wann das passiert sein soll. Außerdem ist das ewig lange her.«

Sie zog die Augenbrauen nach oben. »Ewig lange her? Wie wollen Sie das wissen?«

Er schaute sie irritiert an. »Na ja, ich meine die Vergewaltigung.«

»Tatsächlich? Oder haben Sie sich gerade verraten, weil Sie den Mord meinten?«

Fournier schlug mit der Faust auf den Tisch.

»Also, Sie gehen mir mächtig auf den Sack. Wann soll das passiert sein?«

»Einige Monate nach der Vergewaltigung«, sagte sie.

Er lachte. »Dann ist das ja wirklich eine Ewigkeit her. Und da fragen Sie mich allen Ernstes nach meinem Alibi? Ich weiß ja schon nicht mehr, was ich vor einem Monat gemacht habe.«

»Kennen Sie Fragolin?«

Er biss sich auf die Unterlippe. »Das Kaff in den Bergen? Natürlich kenne ich es, am liebsten vom Wegschauen. Da schlafen einem ja die Beine ein.«

Isabelle spürte, dass sie so nicht weiterkam. Der Typ war

ausgebufft – oder er war unschuldig, was sie nicht glauben wollte. Natürlich hatte sie nicht erwartet, dass er die Tat einfach so gestehen würde. Ihr war es nur darum gegangen, sich von ihm ein Bild zu machen und herauszufinden, ob ihm der Mord zuzutrauen war. Die Antwort war einfach: Ganz eindeutig ja!

Abrupt stand sie auf. »Das war's. Sie können wieder an die Arbeit gehen.«

Er grinste hämisch. »Na also, den Besuch hätten Sie sich sparen können.«

»Das sehe ich anders. Sie hören wieder von mir, halten Sie sich zur Verfügung.«

»Sie wissen, wo Sie mich finden. Ich hab in dem Jahr keinen Urlaub mehr.«

# 22

Ein Fahrradfahrer kam vorbei, ein eng umschlungenes junges Paar lehnte an der Brüstung, weiter vorne schwankten im alten Hafen die Boote im sanften Spiel der Wellen. In der Ferne hörte sie eine Schiffssirene. Isabelle saß vor einer Bar, im Glas *menthe à l'eau.* Sie hatte ihre Pläne geändert, sie würde heute nicht mehr zurückfahren, sondern in Marseille übernachten. Schon ohne Stau wären es über zwei Stunden. Außerdem fühlte sie sich müde. Der Tag hatte sie angestrengt, was ihr zu denken gab, denn sie hatte keinen wirklichen Stress gehabt. Zum Auftakt ein unterhaltsames Gespräch mit Apollinaire über ihren Polizeikontakt in Marokko, über Couscous und verschwundene Kamele. Danach eine gemütliche Autofahrt nach Cabasson. Eine nette, wenn auch verschlossene Madame Fournier. Ein Junge namens Baptiste, der sich altersgerecht für ein Polizeiauto begeistern konnte und – nicht ganz freiwillig – seine Baseballkappe vergessen hatte. Ihr Verdacht, dass der Junge sein Leben einer Vergewaltigung verdanken könnte. Und schließlich sein Onkel Guy Fournier, dem ein mörderischer Racheakt mit der Mistgabel durchaus zuzutrauen war. Eigentlich war es ein gemütlicher Tag gewesen – und zudem ein erfolgreicher. Die Puzzlesteine passten perfekt zusammen.

*»Trop beau pour être vrai«*, war ein Lieblingsausspruch von Maurice Balancourt, »zu schön, um wahr zu sein«. Sie leerte ihr Glas und dachte, dass sie seine skeptische Weltsicht

teilte. Auch sie vermutete hinter dem äußeren Schein sehr häufig eine andere Wahrheit. Aber manches Mal stimmte das Abbild eben doch, war alles so einfach und schlüssig, wie es aussah. Und in diesem aktuellen Fall machte alles genau einen solchen Eindruck. Sie musste es nur noch beweisen.

Auf ihrem *portable* erschien eine Kurznachricht. Beim Lesen musste sie lächeln. Ihr Schutzbefohlener Leclerc spurte. Mit schöner Regelmäßigkeit tat er kund, dass es ihm gutgehe. Außerdem ließ er sie an seinem Tagesablauf teilhaben. Gerade habe er sich die Zehennägel geschnitten, gab er ihr zur Kenntnis, jetzt sehe er einem weiteren aufregenden Höhepunkt seines Lebens entgegen, indem er sich auf die Terrasse setze und in den Himmel starre.

Isabelle konnte sich seinen spöttischen Gesichtsausdruck vorstellen. Aber Hauptsache, es ging ihm gut. Langeweile war sein bester Schutzengel.

Sie wählte die Nummer von Apollinaire und sagte ihm, dass sie erst morgen Vormittag zurückfahre. Ihr Assistent berichtete von einem Telefonat mit Gérard in Marrakesch. Der Mann habe Wort gehalten und in unglaublicher, geradezu unorientalischer Geschwindigkeit herausgefunden, wo sich die von ihnen gesuchte Monique Navet respektive verheiratete Fayyad aufhielt beziehungsweise nicht mehr aufhielt – nämlich in Marokko. Sie habe das Land wenige Jahre nach dem Tod ihres Mannes mit der Erklärung verlassen, sie wolle fortan wieder in Frankreich leben. Gérard habe gekichert und gesagt, dass sie jetzt herausfinden könnten, wie gut das Meldesystem der *Grande Nation* sei. Nämlich ganz sicher schlechter als im vermeintlich unterentwickelten Marokko.

»Monique ist nach Frankreich zurückgekehrt?«, sagte Isabelle erstaunt.

»Tja, und es wird eine Zeit brauchen, ihren Aufenthaltsort herauszufinden. Dieser arrogante Gérard hat leider recht.«

»Mit unserem Meldesystem? Das fürchte ich auch. Aber bitte kümmern Sie sich darum. Ich will wissen, wo sie lebt.«

»Bin schon dran.«

»Ich hab noch einen Job«, sagte Isabelle. »Könnten Sie bitte gleich morgen früh bei Navets Witwe Bernadette vorbeischauen und sie fragen, ob es im Haus irgendwelche Dinge von ihrem Mann gibt, wovon wir seine DNA ermitteln können.«

»Seinen genetischen Fingerabdruck? Warum denn das? Obwohl, also, ich denke, ich meine …«, verhaspelte er sich.

Isabelle stellte amüsiert fest, dass auch ihr hyperintelligenter Assistent gelegentlich auf dem Schlauch stand.

»Valerie Fournier …«

»… das beklagenswerte Vergewaltigungsopfer«, versuchte Apollinaire wieder Herr seiner Gedanken zu werden.

»Richtig, also diese Valerie hat einen Sohn namens Baptiste, der vom Alter her genau zur Vergewaltigung passen würde.«

»Inwiefern? Ach so, ich verstehe, dann würde dieser Baptiste sein Leben dieser Vergewaltigung verdanken?«

»Und um das zu bestätigen, brauchten wir den genetischen Fingerabdruck von Jean-Luc Navet.«

»Damit könnten wir beweisen, dass er der brutale Kerl war, der …«

»Genau.«

»Aber dafür benötigen wir zum Abgleich die DNA von diesem Jungen.«

Isabelle lächelte. Ihr Assistent kam wieder in die Spur.

»Kein Problem, die hab ich.«

»*Voilà,* eine Speichelprobe?«

»Nicht direkt, aber eine Kappe mit seinen Haaren, das sollte reichen. Doch ich fürchte, dass wir uns bei Navet schwerer tun werden.«

»Eine Zahnbürste, ein Kamm?«

»Hat Bernadette sicher alles weggeworfen. Oder ihre Schwester Florence hat's so sauber gemacht, dass wir nichts mehr damit anfangen können. Aber versuchen sollten wir es.«

»Jetzt versteh ich.«

»Wirklich?«

»Falls das nicht klappt, brauchen wir Navets Tochter Monique, ist doch so?«

»Genau. Eine DNA-Probe von ihr würde uns genauso weiterhelfen. Dann können wir feststellen, ob Baptiste ihr Bruder ist beziehungsweise ihr Halbbruder.«

»Alles klar, damit hätten wir den Beweis.«

»Nicht direkt, aber wir wären einen entscheidenden Schritt weiter.«

»Fragt sich nur, wer Jean-Luc Navet später umgebracht hat?«

»Valeries Bruder Guy Fournier wäre ein vielversprechender Kandidat.«

»Absolut.« Sie hörte, wie er freudig in die Hände klatschte. »Der Fall ist so gut wie aufgeklärt. Fehlen nur noch die Details.«

»Ganz so einfach wird es nicht«, dämpfte sie seinen Überschwang.

»Sie haben natürlich recht, die Beweisführung könnte sich schwierig gestalten.«

»Das ganz bestimmt.« Und nach einer Pause: »Wenn wir Pech haben, war alles ganz anders.«

»*Mon Dieu,* das will ich nicht hoffen.«

# 23

Das internationale Hotel, in dem sie übernachtet hatte, kannte sie von einem früheren Kongress. Das üppige Frühstücksbüfett hatte sie vergessen. Es war ihr ein Rätsel, wie Menschen unmittelbar nach dem Aufstehen gebratenen Frühstücksspeck, heiße Würstchen oder Rühreier mit Bratkartoffeln verdrücken konnten. Vor ihr stand eine amerikanische Reisegruppe, die fand das ganz normal. Ihr dagegen drehte es fast den Magen um. Sie nahm ein Croissant, etwas Konfitüre und ein kleines Brötchen, dazu einen Orangensaft und einen *café au lait.* Das war wochentags für französische Verhältnisse fast üppig. Sie balancierte ihr Tablett hinaus auf die Terrasse. Lieber hatte sie den Lärm und die Abgase von der Straße als den Geruch des Büfetts. Sie schlug die aktuelle Ausgabe von *Le Monde* auf, dachte, dass ihr das morgendliche Joggen auf dem Laufband im Fitnessraum gutgetan hatte, tunkte ihr Croissant in den Milchkaffee und begann zu lesen. Sie kam nicht weit, denn auf ihrem *portable* blinkte eine Textnachricht auf. Schmunzelnd nahm sie zur Kenntnis, dass Leclerc gerade seinen Kaffee verschüttet habe, der Himmel über Fragolin von einem penetranten Blau sei, das ihn an Matisse erinnere, es ansonsten keine besonderen Vorkommnisse gebe. Er wünschte ihr einen schönen Tag, *au revoir.*

»Braver Junge«, murmelte Isabelle. Dabei hatte sie die klammheimliche Befürchtung, dass ihr Schutzbefohlener sein passives Dasein nicht lange würde durchhalten können.

Aber für den Moment war alles gut. Sie schickte ihm eine kurze Antwort, nahm einen Schluck vom Orangensaft und las weiter. In Paris war ein Kunstfälscherring aufgeflogen. Sie stolperte über die Meldung, weil sie dachte, dass das zu Leclerc passen würde. Andererseits gab es keine Zeugen, die bereits *vor* einer Tat ins Schutzprogramm kamen. Das war es also nicht. Ihr wurde bewusst, dass sie andauernd darüber nachgrübelte, in welche Geschichte sich Leclerc verstrickt haben könnte. Kunstfälschung, ja, das klang vielversprechend, war aber nicht so wichtig, dass sich Balancourt persönlich darum kümmern würde. Ein Fall von Wirtschaftskriminalität war da sehr viel wahrscheinlicher. Aber sie hatte in den Zeitungen der letzten Wochen nichts gelesen, was in Frage käme. Groß angelegte Steuerhinterziehung, Veruntreuung von staatlichen Fördergeldern, Bestechungen bei Großaufträgen … An entsprechenden Skandalen hatte es in schöner Regelmäßigkeit keinen Mangel, aber nirgends passte eine Person wie Leclerc ins Bild. Sie musste sich eingestehen, dass sie keine Ahnung hatte. Das gefiel ihr nicht. Isabelle war ein Kontrollfetischist, jedenfalls hatte man ihr das häufig vorgeworfen. Aber eine Kontrolle war nur möglich, wenn man wusste, was gespielt wurde und nach welchen Regeln. Bei Leclerc lagen die Karten nicht auf dem Tisch. Für jemanden, der nach Kontrolle strebte, war das ein beklagenswerter Zustand. Einfach nicht akzeptabel. Wenn Balancourt nicht damit herausrückte, worum es ging, würde sie es auf andere Weise herausfinden müssen.

Eine gute Stunde später machte sich Isabelle auf die Rückfahrt. Sie fuhr in Marseille bei dem kriminaltechnischen Labor der *Police nationale* vorbei, deren Leiter sie aus früheren Zeiten kannte. Er lächelte vieldeutig, als sie ihm die Baseballkappe von Baptiste überreichte. Sie sei wunderbar verschwitzt, voller Haare und Hautpartikel, freute er sich. Leichter könne man ihm seine Arbeit nicht machen. Isabelle bat ihn, die genetische Sequenz vorerst nur zu speichern und abzuwarten. Es gebe hoffentlich bald eine zweite, die mit ihr abzugleichen sei.

Später suchte sie im Autoradio nach einer Musik, die ihr gefiel. Zufällig landete sie bei einem Sender, der alte Chansons spielte. Yves Montand und Gilbert Bécaud, dann Georges Moustaki und schließlich die unvergleichliche Edith Piaf, ausgerechnet mit einem Lied, das ihr vor einiger Zeit den Weg gewiesen hatte: *»Non, la vie n'est pas triste et le bonheur existe …«*

Nein, das Leben musste nicht immer traurig sein. Edith Piaf hatte recht: *»Tu peux tout changer …«* Man kann vielleicht nicht alles, aber vieles ändern, irgendwie von vorne anfangen und ein neues Glück finden. Gerade machte sie den Versuch – im Süden Frankreichs, wo es zwar auch Gewalt und Niedertracht gab, aber immerhin roch es dabei nach Lavendel, und die Luft schmeckte nach dem Salz des Meeres.

*»Non, la vie n'est pas triste …«*

Isabelle lächelte und wählte spontan die nächste Abzweigung, die hinunter ans Ufer führte, wo sie einen Parkplatz fand, von dem es nicht weit zum Wasser war. Ihren Badeanzug hatte sie vergessen. Wie sie mit raschem Blick feststellte, wurde das hier nicht so genau genommen. Sie hoffte, dass keiner fotografierte, wie sie nackt aus dem Polizeiwagen sprang und durch den Sand ins Wasser rannte. Das verstieß gegen alle Dienstvorschriften. Mit kräftigen Zügen schwamm sie durch die leichte Brandung. Gegen welche Dienstvorschriften? Sie musste lachen, dabei verschluckte sie sich fast am Wasser. Bestimmt hatte noch keiner aufgeschrieben, dass es für weibliches Personal der *Police nationale* verboten war, im Dienstfahrzeug zum Nacktbaden zu fahren. Sie gestattete sich nur selten, auf Regeln zu pfeifen, aber weil sie gerade mit allen Poren spürte, wie gut das tat, beschloss sie, zukünftig häufiger über die Stränge zu schlagen.

*»Tu peux tout changer …«* Na, wer sagt's denn, geht doch.

Als sie einige Stunden später frisch geduscht im Kommissariat ankam, traf sie auf einen Apollinaire, der aussah wie der Ritter von der traurigen Gestalt. Die Haare standen ihm wirr zu Berge, dafür hingen seine Schultern und die Mundwinkel.

»Was ist passiert?«, fragte Isabelle. »Ist der Kaktus eingegangen?«

»Nein«, antwortete er mit einem kurzen Blick zur Pflanze, »aber ich konnte Ihren Auftrag nicht ausführen.«

»Sie meinen, den Aufenthaltsort von Monique zu ermitteln? Kein Problem, ich habe nicht erwartet, dass das so schnell geht.«

Apollinaire schüttelte den Kopf. »Ich sollte doch bei Bernadette Navet vorstellig werden. Aber die alte Dame hat mich nicht reingelassen, hat auf die Polizei geschimpft und aus dem Fenster mit einem Kochtopf nach mir geworfen.«

Isabelle lachte. »Hat sie getroffen?«

»Ja, einen unbeteiligten Passanten. Aber der gute Mann ist unverletzt und verzichtet auf eine Anzeige.«

»Dann haben wir ja noch mal Glück gehabt. Ich werde es

später selber versuchen. Vielleicht kann sie sich an mich erinnern, außerdem bin ich eine Frau, das könnte helfen.«

Apollinaire wechselte das Thema. »Übrigens hat unser Zeuge Leclerc angerufen. Ich war sofort in Alarmbereitschaft, aber er wollte mir nur mitteilen, dass in der Küche der Wasserhahn tropft. Ich glaube, dem guten Mann ist langweilig.«

»Das fürchte ich auch. Hoffentlich bekommt er keinen Lagerkoller und büxt aus.«

»So blöd ist er nicht. Außerdem habe ich sofort den Vermieter informiert, der Wasserhahn wird noch heute repariert.«

»Sehr schön, aber ihm wird was Neues einfallen.« Isabelle sah auf die Uhr. »Ich werde später bei ihm vorbeischauen. Leclerc braucht etwas psychosoziale Betreuung.«

Apollinaire grinste. »Was verstehen Sie darunter?«

»Nicht das, was Sie vielleicht denken. Ein zehnminütiges Gespräch und ein Lächeln zum Abschied könnten reichen.«

Isabelle hatte lockere Freizeitkleidung an, als sie bei Bernadette Navet läutete. Im ersten Stock öffnete sich ein Fenster, und die Witwe sah hinunter auf die Straße. Isabelle winkte ihr fröhlich zu.

»*Bonjour,* Madame. Ich hab eine Flasche Wein dabei. Wollen wir ein Gläschen trinken?«

»Was trinken? Mein Arzt sagt, ich trinke zu wenig. Doch, das ist eine gute Idee. Bitte kommen Sie rauf.«

Wenig später saßen sie im Wohnzimmer an einem Tisch mit Spitzendeckchen und silbernen Untersetzern für die Gläser. Bernadette freute sich über Isabelles Besuch und war gut aufgelegt. Angeregt erzählte sie von irgendwelchen Dorfgeschichten, mit denen Isabelle nichts anfangen konnte. Es war ihr auch nicht klar, ob sie aktuell waren oder sich schon vor dreißig Jahren zugetragen hatten. Aber sie schaute freundlich und lachte an den richtigen Stellen.

Die Flasche Wein war halb leer, als sie sich zum Zweck ihres Besuchs vortastete. Bernadette reagierte unbekümmert und war ehrlich bemüht, Isabelle zu helfen. Sie stand auf und suchte nach geeigneten Erinnerungsstücken – leider an Plätzen, die wenig hoffnungsvoll stimmten, zum Beispiel im Geschirrschrank oder in der Besenkammer. Dann schüttelte sie den Kopf und meinte, dass Jean-Luc leider alles auf seine Reise mitgenommen habe. Aber sie könne ihn ja selber fragen, sobald er wieder zurück sei.

Weil Bernadette nichts dagegen hatte, begann Isabelle selber zu suchen, im Kleiderschrank, im Sekretär … Schnell merkte sie, dass sie keinen Erfolg haben würde. Nicht nur, dass es in der ganzen Wohnung keinen einzigen Hinweis auf Bernadettes Tochter Monique gab, auch von Jean-Luc waren zehn Jahre nach seinem Tod alle Spuren getilgt. Ob das am Entrümpelungseifer ihrer Schwester Florence lag oder daran, dass diese ihren Mann nicht besonders gut hatte leiden können, egal, von Jean-Luc war nicht mehr geblieben als die gerahmten Fotos auf dem Kaminsims.

Isabelle nahm jenes Bild in die Hand, das ihn mit drei Freunden zeigte.

»Mit denen hat Ihr Mann Fußball gespielt, richtig?«, fragte Isabelle.

Bernadette nickte. »Früher Fußball und später Karten«, sagte sie, ohne lange nachzudenken.

Mal schien sie völlig klar im Kopf, dann wieder ging alles durcheinander.

»Können Sie sich an die Namen seiner Freunde erinnern?«, fragte sie, auf einen klaren Moment hoffend.

Bernadette legte den Kopf zur Seite und den Zeigefinger an die Nasenspitze.

»Doch, natürlich kann ich mich an sie erinnern. Hab die Jungs aber lange nicht mehr gesehen.«

Isabelle nickte auffordernd. »Und? Wie heißen sie?«

Bernadette kniff die Augen zusammen. »Das ist jetzt zu dumm, aber gerade in diesem Moment sind mir ihre Namen entfallen, tut mir leid.«

Isabelle nahm sie beruhigend in den Arm. »Das macht nichts, auch ich kann mich hin und wieder nicht an Namen erinnern, kann passieren.«

»Wirklich? Da bin ich aber beruhigt. Wissen Sie, ab und zu mache ich mir Sorgen, wenn mir Namen nicht einfallen, oder wenn ich meine Schuhe nicht finde.«

»Da müssen Sie sich keine Sorgen machen, außerdem haben Sie ja Ihre Schwester Florence, die können Sie immer fragen.«

»Ja, meine liebe Florence. Gott sei Dank habe ich sie.«

Isabelle hielt noch immer das Bild in den Händen.

»Dürfte ich es mir mal ausleihen?«, fragte sie. »Ich bring es auch ganz bestimmt zurück.«

»Natürlich können Sie es sich ausleihen. Aber lassen Sie den Rahmen bitte nicht runterfallen, da ist vorne Glas drin, das geht sonst kaputt.«

»Ich pass schon auf, das verspreche ich Ihnen. Und bei meinem nächsten Besuch trinken wir den Rest vom Wein.«

Bernadette lächelte verschmitzt. »Das wird nicht gehen.«

»Warum?«

»Weil ich die Flasche dann schon ausgetrunken habe. Sie wissen ja, ich soll viel trinken. Mein Arzt sagt, das ist ganz wichtig, wegen der Körperflüssigkeit und so.«

Isabelle lachte. »Ich versteh. Dann bringe ich eine neue Flasche mit.«

»Das ist eine gute Idee. Sie sind immer herzlich willkommen. Sonst habe ich ja nicht so gerne Besuch. Heute früh zum Beispiel war ein komischer Kerl da, der mit mir sprechen wollte. Hat behauptet, er wäre von der Polizei, dabei hat man sofort gesehen, dass das gelogen war.«

»Wirklich? Wie haben Sie das bemerkt?«

Bernadette sah sie empört an. »Also, ich bitte Sie. In meinem Alter hat man ja einiges an Lebenserfahrung. So wie der sieht kein Polizist aus. Ich glaube, das war ein Sittenstrolch, ich bin mir sogar fast sicher, ein Sittenstrolch, doch, doch. Aber der traut sich nicht mehr her. Ich habe ihm einen Teller an den Kopf geworfen.«

»Einen Teller oder einen Kochtopf?«

Bernadette nickte heftig. »Sie haben recht, einen Kochtopf.« Sie hob triumphierend den Zeigefinger. »Das nächste Mal nehme ich eine Bratpfanne!«

# 24

Zurück im Büro, stellte sie den Rahmen mit dem Foto von Jean-Luc Navet und seinen Freunden auf ihren Schreibtisch. Zuvor hatte sie noch Leclerc besucht, nur ganz kurz, aber für später hatte sie sich mit ihm im *Café des Arts* verabredet. Keine Frage, er brauchte etwas Zuwendung.

Apollinaire deutete auf das Foto. »Darauf werden Sie keine DNA-Spuren von Jean-Luc Navet finden«, sagte er.

»Nein, natürlich nicht.«

»Was wollen Sie dann damit?«

Isabelle zuckte mit den Schultern. »Ehrlich gesagt, weiß ich das auch nicht. Aber mich würde interessieren, wer seine Freunde waren. Vielleicht könnten sie uns was von früher erzählen.«

»Hm. Demnach hat Ihnen die verrückte Navet aufgemacht?«

»Sie ist nicht verrückt, nur etwas dement, aber durchaus liebenswert.«

»Liebenswert? Sie hat mich übel beschimpft, mit einem Kochtopf nach mir geworfen und unschuldige Passanten gefährdet.«

Isabelle musste laut lachen. »Schauen Sie sich mal im Spiegel an!«

»Warum? Ich kenne mich.«

»Sie schauen aus wie ein Sittenstrolch.«

Er rückte nervös seinen Krawattenknoten zurecht.

»Madame, ich darf doch sehr bitten«, entgegnete er entrüstet.

Isabelle hob entschuldigend die Hände. »Das sag nicht ich, sondern die Witwe Navet. Deshalb hat sie Ihnen nicht aufgemacht.«

»Also nein, ich kann das nicht glauben. Sie ist eben doch verrückt, definitiv.«

Zum Spaß musterte ihn Isabelle vom Scheitel bis zur Sohle. Zweifelnd wiegte sie den Kopf hin und her. »Ganz unrecht hat sie ja nicht …«

»Madame, wollen Sie, dass ich meine fristlose Kündigung einreiche?«

Sie winkte prustend ab. »Lassen wir den Quatsch, ich fand's nur lustig. Kommen wir zurück zum Ernst der Lage. Gibt's was Neues?«

Er langte sich an den Kopf. »Ich muss mich erst wieder fangen. Man wird ja nicht jeden Tag mit einer solchen Unterstellung konfrontiert. Ob es was Neues gibt? Nein, leider nicht. Beziehungsweise doch, ich habe nämlich vergessen, Ihnen was zu erzählen. Ist aber nur eine Marginalie, hat nichts mit unseren Ermittlungen zu tun.«

»Ich liebe Marginalien, erzählen Sie!«

»Mein Telefonat mit Gérard in Marrakesch, Sie wissen schon, da hat er mich nicht nur informiert, dass Monique Marokko verlassen hat, er hat mir auch erzählt, wie ihr Mann Achmed ums Leben gekommen ist. Er ist nämlich nicht an einer Krankheit gestorben, sondern bei der Olivenernte vom Baum gefallen und hat sich dabei das Genick gebrochen.«

»Das muss aber ein unglücklicher Sturz gewesen sein«, konstatierte Isabelle. »Olivenbäume sind doch gar nicht so hoch.«

»Ja, sollte man meinen, aber das kommt schon mal vor,

sogar bei uns in Südfrankreich. Erst letztes Jahr ist bei Grasse …«

»Weiß man, wie es passiert ist?«, unterbrach sie ihn.

»O ja, sogar ganz genau, das heißt eigentlich nicht, sogar ganz im Gegenteil.«

Isabelle runzelte fragend die Stirn.

Er fuhr sich durch die Haare. »Nun, von Gérard habe ich erfahren, dass es sogar eine polizeiliche Untersuchung gegeben hat. Irgendwas war komisch an dem Unfall, aber ich weiß nicht, was.«

»So, so, irgendwas war komisch? Wie gesagt, ich liebe Marginalien. Lassen Sie sich doch mal das Protokoll schicken.«

»Zu welchem Zweck?«

»Es ist wie mit dem Foto, ich habe keine Ahnung. Aber wenn ich ermittle, bin ich von einer allumfassenden Neugier.«

Am späten Nachmittag saß sie mit Leclerc im *Café des Arts.* Ihr fiel auf, dass der Mann nicht mehr so unbekümmert und humorvoll war wie in den ersten Tagen.

»Ich habe mir ein Maßband gekauft und es am Kühlschrank aufgehängt«, sagte er.

»Warum?«

»Nun, ich schneide jeden Tag einen Zentimeter ab. Ein Tag weniger bis zum Gerichtstermin in Paris. Ich bekomme Depressionen, wenn ich sehe, wie viele Zentimeter noch übrig sind. Und zunehmend beschleicht mich die Frage, ob ich danach so unbeschwert weiterleben kann wie in der Vergangenheit.«

»Darauf kann ich Ihnen keine Antwort geben. Ich weiß ja nicht, worum es geht.«

»Nein, wissen Sie nicht.«

Aus einer kleinen Schale auf dem Tisch nahm er einige geröstete und gesalzene Pistazien.

»Irgendwann möchte ich mit Ihnen darüber reden. Von Balancourt weiß ich, dass Sie in Ihrem beruflichen Leben schon mit großen Dingen betraut waren, solchen von staatstragender Bedeutung.«

»Staatstragend?« Isabelle lächelte. »Das nicht gerade, aber staatsgefährdend, das vielleicht. Doch ich nehme an, so ernst ist es bei Ihnen nicht, oder etwa doch?«

»Um Gottes willen, nein. Ich war nur Zeuge einer Gewalttat, das ist alles.«

»Warum sind Sie dann um Ihre Zukunft besorgt?«

»Tja, darüber müssten wir uns mal unterhalten, aber nicht heute.«

Er hob sein Weinglas. »Lassen Sie uns anstoßen. Auf die Zukunft, möge sie uns gewogen sein.«

»*Santé*, auf die Zukunft.«

Er lächelte. »Früher habe ich keinen Rosé angerührt. Allenfalls in Form von Champagner, sonst aber nicht. Ich bin gerade dabei, mich an diesen Wein zu gewöhnen. Er passt wunderbar zum Klima der Provence.«

»Ging mir ähnlich. Mittlerweile liebe ich ihn.«

Er sah sie nachdenklich an. »Was ist eigentlich Ihre Lebensgeschichte? Was hat Sie aus der Bahn geworfen und in die Provence verschlagen?«

Sie strich sich die Haarlocke über die Stirn. »Wie kommen Sie darauf, dass mich etwas aus der Bahn geworfen hat?«

»Das ist doch offensichtlich. Sie passen genauso wenig nach Fragolin wie ich.«

»Da täuschen Sie sich, immerhin bin ich hier geboren.«

»Nun, ein Schwan, der im Kuhstall geboren wird, ist auch keine Kuh.«

Isabelle schüttelte lachend den Kopf. »Das ist aber ein abwegiger Vergleich und zudem sehr unwahrscheinlich.«

»Aber charmant, das müssen Sie zugeben.«

»Nein, auch das nicht. Ich weiß selber, dass ich kein Schwan bin. Möchte ich auch nicht sein. Eher ein Bussard, der am Himmel kreist.«

»Klingt aufregend. Was aber hat den freiheitsliebenden Bussard zur Notlandung in Fragolin gezwungen?«

Isabelle zögerte mit der Antwort. »Monsieur Leclerc, das haben wir gemeinsam, wir haben beide unsere Geheimnisse. Vielleicht ist es wirklich besser, dass wir sie für uns behalten.«

# 25

Den nächsten Tag begann Isabelle voller Zuversicht. Sylvie, die Physiotherapeutin, ging behutsamer mit ihr um, als sie das von ihr gewohnt war. Oder ihr Körper machte Fortschritte, und es tat einfach nicht mehr so weh? Während sie auf dem Rücken lag und Sylvie an ihren Beinen herumzerrte, sie abwinkelte und abwechselnd nach oben drückte, brachte sie es fertig, an andere Dinge zu denken. An das gestrige Abendessen mit Thierry zum Beispiel und an die Stunden danach. Isabelle lächelte. Es könnte ihr wirklich schlechter gehen. Wenn sie bei der Aufklärung des Mordes an Navet weiter so gute Fortschritte machte, wenn sich also bestätigen sollte, was sie vermutete, dann kämen noch einige Erfolgserlebnisse in beruflicher Hinsicht hinzu – ohne dass sie sich hätte groß anstrengen müssen. Blieb zu hoffen, dass sich Leclerc weiter brav an ihre Vorgaben hielt und von seinen möglichen Verfolgern, wenn es denn überhaupt welche gab, unentdeckt blieb. Dann würde es auch mit ihm keine Schwierigkeiten geben, und er könnte an seinem Maßband jeden Tag in aller Ruhe einen Zentimeter abschneiden. Am späten Nachmittag würde sie mit Thierry und den üblichen Verdächtigen Boule spielen, das hatte sie fest zugesagt. Ein erneutes Fernbleiben komme nicht in Frage. Außerdem konnte sie sich nicht vorstellen, was dazwischenkommen sollte.

Eine Stunde später stand sie bei Clodine im Laden. Sie zeigte ihr das Foto von Jean-Luc Navet und seinen Kumpanen. Aber ihre vage Hoffnung, dass Clodine einen erkennen würde, bestätigte sich nicht. Sie hatte die drei noch nie gesehen. Blieb als einzige Erkenntnis, dass Navets Freunde nicht aus Fragolin stammten, denn andernfalls hätte Clodine, die noch immer – oder schon wieder – nach dem richtigen Mann suchte, sie mit tausendprozentiger Sicherheit gekannt.

Isabelle half ihr beim Aufstellen eines neuen Postkartenständers, dann schlenderte sie zurück zum Rathaus. Sie musste sich gar nicht bemühen, so langsam zu gehen, wie es bei den Einheimischen üblich war, das machte sie bereits automatisch. Sie dachte an einen Zeitungsartikel, den sie gestern gelesen hatte. In diesem wurde eine Studie zitiert, nach der Stadtbewohner in nördlicheren Gefilden eine deutlich höhere Gehgeschwindigkeit hatten als Menschen, die im Süden lebten, wo es warm und sonnig war. Isabelle schmunzelte. Wie es schien, war ihre Metamorphose von einer hektischen Pariserin zu einer entspannten Provenzalin auf dem besten Weg.

Beim Betreten des Büros hielt ihr Apollinaire den Telefonhörer entgegen.

»Ist für Sie. Das Kommissariat in Saint-Tropez.«

»Meinetwegen, geben Sie her.«

Es meldete sich der Ermittlungsbeamte, der mit dem Mord von Pampelonne befasst war.

»Liebe Kollegin, könnte es sein, dass Sie das Vernehmungsprotokoll noch nicht unterschrieben haben?«, fragte er.

»Doch, doch, natürlich habe ich es unterschrieben.«

Sie blätterte durch den Stapel Papier auf ihrem Schreibtisch.

»Aber ich habe vergessen, den Umschlag zu frankieren und in die Post zu geben. Ich bitte vielmals um Entschuldigung, wird sofort erledigt.«

»Kein Problem, ist ja nur eine Formalität. Aber für den *procureur* darf nichts fehlen.«

»Für den Staatsanwalt? Gibt's etwa eine Anklage, haben Sie einen Verdächtigen?«

Der Beamte hüstelte verlegen. »Nein, leider nicht, wir tappen immer noch im Dunkeln. Trotzdem möchte ich, dass alles seine Ordnung hat.«

»Sehr vorausschauend«, sagte Isabelle und hoffte, dass es nicht allzu ironisch klang. »Gibt's denn überhaupt keine neuen Erkenntnisse?«, schob sie gleich eine Frage nach.

»Ich muss Ihnen keine Auskunft geben«, sagte er spitz.

»Ich weiß, geht mich auch nichts an. Aber ich bin halt neugierig.«

»Na ja, die Neugier liegt an unserem Beruf«, räumte er ein.

»Sozusagen eine *déformation professionnelle.*«

»Richtig, so nennt man das wohl. Ob es was Neues gibt? Immerhin kennen wir die Vorgeschichte der Tatwaffe, hilft uns aber leider auch nicht weiter.«

»Was für eine Vorgeschichte?«

»Die ballistische Untersuchung hat ergeben, dass die Kugeln aus einer Waffe stammen, mit der vor einigen Monaten in Marseille ein Wachmann erschossen wurde.«

»In Marseille?«, wiederholte Isabelle, reflexartig an Guy Fournier denkend.

»Ja, aber das hat nichts zu besagen. Marseille ist ein

Umschlagplatz für Waffen aller Art, erst recht für solche, an denen Blut klebt.«

»Da haben Sie recht«, sagte Isabelle. Sie erinnerte sich, dass sie in Marseille mal ein komplettes Artillerieraketensystem sichergestellt hatten – aber das war in jeglicher Hinsicht ein anderes Kaliber gewesen.

»Wie auch immer, ich wünsche Ihnen viel Erfolg«, sagte sie.

»*Merci.* Und Sie denken bitte ans Protokoll.«

»Selbstverständlich, es geht sofort in den Postausgang.«

Während sich Apollinaire mit dem Umschlag auf den Weg in den ersten Stock machte, um sich im Sekretariat des Bürgermeisters Briefmarken zu besorgen, ging Isabelle ans Fenster und sah hinaus. Noch war der Bouleplatz unter den Platanen verwaist. Aber ihre Gedanken waren ohnehin woanders. Marseille, Marseille …

Natürlich, das hatte nichts zu besagen. Aber in Marseille lebte nun mal Guy Fournier, den sie für verdächtig hielt, Jean-Luc Navet umgebracht zu haben. Fournier war vorbestraft und galt als »gewaltbereit«. Und er war Linkshänder.

Nicht zum ersten Mal spukte der Gedanke durch ihren Kopf, dass der Tote von Pampelonne und der mit einer Mistgabel hingerichtete Navet einiges gemeinsam hatten. Sie waren beziehungsweise wären etwa gleich alt, beide wurden indirekt einer sexuellen Perversion oder Straftat bezichtigt, und beide wurden von einem Linkshänder ermordet. Zugegeben, allzu viele Gemeinsamkeiten waren das nicht. Rational ließ sich da kaum was konstruieren – wäre da nicht ihr Bauchgefühl. Mal unterstellt, Guy Fournier hätte tatsächlich die Vergewaltigung seiner Schwester gerächt und deshalb Navet umgebracht. Warum sollte er dann zehn Jahre später am Strand von Pampelonne diesen Raphaël Dubois erst erschießen und dann verstümmeln? Seine Schwester wurde ja in späteren Jahren kein zweites Mal vergewaltigt. Und Raphaël Dubois war bestimmt nicht jener Mann, den Valerie Fournier demnächst heiraten wollte. Sonst hätte sie von seinem Tod gewusst. Das machte einfach keinen Sinn, Bauchgefühl hin oder her.

Dessen ungeachtet griff Isabelle zum Telefon. Manchmal wusste sie selber nicht, warum sie etwas tat. Sie wählte die Telefonnummer von Guy Fourniers Arbeitsstelle. Es dauerte eine Weile, man musste ihn erst suchen. Dann war er am Apparat.

»He, wollen Sie mich schikanieren, oder was soll der Scheiß?«, schrie er sie an. »Wenn ich wegen Ihnen meinen Job verlier, verklage ich Sie.«

»Tun Sie sich keinen Zwang an«, sagte sie. »Ich hab nur eine kurze Frage, dann können Sie wieder arbeiten.«

»Also, was wollen Sie wissen?«

Sie nannte ihm das Datum jener Nacht, in der Raphaël Dubois ermordet wurde. »Haben Sie für die Zeit ein Alibi?«, fragte sie.

»Sie können nerven. Was soll ich diesmal angestellt haben?«

»Beantworten Sie einfach meine Frage. Was haben Sie in jener Nacht gemacht? Diesmal ist es keine Ewigkeit her, Sie sollten sich also noch erinnern.«

»Das war ein Wochentag, oder?«

»Ja, war es, ein Dienstag, um genau zu sein.«

»Alles klar, da habe ich bis gegen sechs gearbeitet, dann war ich daheim und am nächsten Morgen wieder in der Firma. In der Nacht habe ich geschlafen, das habe ich gemacht.«

»Zeugen?«

Guy Fournier lachte. »Keine. Meine Freundin hat mich zwei Tage vorher verlassen.«

»Das ist kein gutes Alibi«, stellte Isabelle fest.

»Was anderes kann ich Ihnen nicht anbieten. War's das?«

»Haben Sie eine Pistole?«

»Nein, so was brauch ich nicht. Wenn mir einer blöd kommt, hau ich ihm in die Fresse.«

»Kennen Sie einen Raphaël Dubois?«

»Nein, noch nie gehört. Ist das der Weihnachtsmann?«

»Nun, für den Augenblick war's das, Sie können weiterarbeiten.«

»Rutsch mir doch den Buckel runter …«

Guy Fournier hatte aufgelegt.

Isabelle stützte den Kopf in die Hände und dachte nach. Er konnte kein Alibi vorweisen. Er könnte es also gewesen sein. Aber warum und wieso? Es gab keinen Grund. Jedenfalls nicht auf den ersten Blick. Und auch nicht auf den zweiten. Ihr Bauchgefühl hatte ihr einen Streich gespielt. Die beiden Fälle hatten nichts miteinander zu tun!

# 26

Er hatte schon seit Tagen nicht mehr angerufen. Das Telefonat war also überfällig, weshalb sie sich auch nicht wunderte.

»Hallo, chérie, geht's dir gut?«

»Mir geht's ganz wunderbar«, antwortete Isabelle auf Balancourts Frage.

»Du übertreibst schamlos, aber ich höre es gerne. Und wie geht es unserem … äh … Sportsfreund?«

Sie lächelte. »Fällt dir sein Name nicht mehr ein?«

»Natürlich weiß ich, wie er heißt.«

»Pierre Leclerc.«

»Ach so, richtig, ist ja sogar auf meinem Mist gewachsen. Also, wie geht es ihm?«

»Er zählt die Tage bis zum Prozess.«

»Da ist er nicht der Einzige. Und sonst? Macht er dir Schwierigkeiten?«

»Keineswegs, bisher ist er ein ausgesprochen angenehmer Gast. Hoffentlich bleibt er es auch.«

»Das will ich ihm geraten haben. Wenn er aufmuckt, sag mir Bescheid, dann spreche ich mit ihm.«

»Mich überrascht deine Fürsorge. Sein Wohlergehen liegt dir wirklich am Herzen«, stellte sie fest.

Balancourt lachte. »Aus rein beruflichen Gründen. Wenn mir etwas wirklich am Herzen liegt, dann ist es dein Wohlbefinden. Deshalb möchte ich nicht, dass dir dieser zugegeben etwas exaltierte Monsieur Probleme bereitet. Andere

Frage: Wie geht es deiner Karteileiche, von der du mir erzählt hast?«

»Sie ist noch immer tot«, scherzte Isabelle.

»Sag bloß, da kann man nichts machen«, konterte er.

Sie dachte, dass er eine konkretere Antwort erwarten durfte.

»Ich verfolge eine Spur«, sagte sie, »aber ich weiß nicht, ob sie mich ans Ziel führt.«

»Das haben Spuren so an sich. Mach dir keinen Stress. Und der Tote von Pampelonne?«

»Ist nicht mein Fall, keine Ahnung. Warum interessierst du dich plötzlich für die Niederungen der Polizeiarbeit?«

»Nicht wirklich, chérie, nicht wirklich. Ich wollte nur Konversation machen. Ich könnte auch nach dem Wetter fragen, aber das ist fantasielos. Oder ich könnte fragen, warum du gestern nackt beim Schwimmen warst.«

Isabelle stockte der Atem. »Wie bitte? Woher weißt du …?«

»Ich weiß alles, schon vergessen?«

»Aber …«

Balancourt lachte. »Keine Panik, aber das nächste Mal nimm besser dein Privatauto.«

»Ich versteh immer noch nicht …«

»Dein Polizeiwagen stammt aus dem Fuhrpark der *Police nationale* in Toulon. Eine zivile Streife hat dich am Strand beobachtet und den Vorfall mit Angabe der Fahrzeugnummer an Commandant Bastian gemeldet. Dein spezieller Freund hatte nichts Besseres zu tun, als sofort eine Dienstaufsichtsbeschwerde nach Paris zu schicken. Sein Pech, dass man dich dort kennt und sofort mein Büro benachrichtigt hat. Ein kleiner Hinweis von mir, dass es sich bei deiner Exkursion um eine verdeckte Ermittlung gehandelt hat, und die Angelegenheit war vom Tisch. Verdeckte Ermittlung, diesmal ganz unbedeckt, hahaha. Den kleinen Spaß habe ich mir gegönnt.«

»Tut mir leid«, sagte Isabelle mit ungewohnt kleinlauter Stimme.

»Muss es nicht, alles gut. Ich freu mich, wenn du wieder Spaß an den schönen Seiten des Lebens findest, auch wenn ich deine Leidenschaft in diesem speziellen Fall nicht teile. Ich umarme dich. Übrigens, ich soll dir liebe Grüße von Jacqueline ausrichten, sie will dich jetzt wirklich bald besuchen. Sie findet Nacktbaden auch ganz toll, hätte ich nicht von ihr gedacht. *Au revoir*, chérie!«

Isabelle brauchte eine Weile, um sich von dem Telefonat zu erholen. Am meisten ärgerte sie, dass dieser Widerling Bastian von ihrem Badeausflug erfahren hatte. Sie konnte sich seinen hämisch grinsenden Gesichtsausdruck gut vorstellen, dafür brauchte es nicht viel Fantasie. Hoffentlich hatte die Zivilstreife keine Fotos gemacht. Das fehlte noch, dass Bastian von ihr Nacktbilder auf dem Tisch hatte. Igitt. Ihr schauderte. Dann fragte sie sich, warum sie die Kollegen nicht bemerkt hatte. Am Strand waren fast nur Nudisten gewesen. Was hatte dort eine Zivilstreife zu suchen – und, vor allem, was hatte sie an? Oder waren sie am Parkplatz in einem unauffälligen Auto gesessen, hatten sie beim Ankommen bemerkt und ihr dann verblüfft hinterhergeschaut? Egal, sie konnte es nicht mehr ändern. In Zukunft würde sie weniger spontan sein.

Sie schlug mit der flachen Hand auf den Tisch. Kaum machte man einen harmlosen Versuch, aus den Zwängen des Alltags auszubrechen, wurde man schon wieder in die Schranken gewiesen. Das durfte doch nicht wahr sein?

Genau deshalb hatte sie sich in die Provence abgesetzt – um aus dem Hamsterrad von Routine, Pflichtbewusstsein und Disziplin auszubrechen. Verdammt noch mal, nein, sie würde in Zukunft nicht weniger spontan sein, dann hätten ja die anderen gewonnen. Aber sie würde vielleicht etwas vorsichtiger sein, das konnte nicht schaden. Es war nicht klug, dem Kommandanten Bastian allzu viele Angriffsflächen zu bieten.

Sie beobachtete Apollinaire, der von Balancourts Anruf nichts mitbekommen hatte, weil er irgendwo im Rathaus unterwegs gewesen war. Gott sei Dank. Jetzt saß er am Computer und checkte seine E-Mails. Dabei ließ er zwischen den Fingern seiner linken Hand einen Bleistift rotieren. Diese Marotte kannte sie noch nicht. Apollinaire war immer wieder für Überraschungen gut – auch für kleine artistische Einlagen. Was insofern erstaunlich war, als er andererseits schon beim normalen Gehen ins Stolpern geraten konnte. Wie konnte das dann mit dem Bleistift klappen? Fast war sie beruhigt, als der Stift außer Kontrolle geriet und durch die Luft flog. Apollinaire schien das Missgeschick gar nicht zu bemerken. Er starrte auf den Bildschirm und schnalzte mit der Zunge.

»Na bitte, so schlecht sind wir nun doch nicht«, sagte er.

»Was gibt's?«

Er lehnte sich zurück und sah sie triumphierend an. »Wir haben sie.«

»Wen?«

»Unsere kleine Monique, geborene Navet, verheiratete Fayyad. Hier steht, bei wem sie krankenversichert ist, wo sie wohnt und wer ihr Arbeitgeber ist.«

»In Frankreich?«

»Ja, ja, aber nicht nur irgendwo in Frankreich, sondern praktischerweise ganz in der Nähe, nämlich hier an der Côte d'Azur, genauer gesagt in Antibes. Da lebt sie schon seit Jahren. Jetzt brauchen wir nur noch einen Speicheltest von ihr, und wir können feststellen, ob Baptiste wirklich der Sohn ihres Vaters und mithin ihr Halbbruder ist. Richtig?«

Isabelle nickte. »Ganz genau, dann wissen wir es. Und wenn ja, dann nehmen wir Guy Fournier in die Mangel.«

»Bis er den Rachemord gesteht.«

»Ja, das wäre am besten, denn es dürfte nicht leicht sein, ihm die Tat nachzuweisen.«

»Sie schaffen das, davon bin ich überzeugt. Hier steht, dass Monique in einem Café als Bedienung arbeitet. Adresse und Telefonnummer sind vorhanden. Soll ich mal anrufen und fragen, ob sie heute da ist?«

»Machen Sie das, aber sagen Sie nicht, dass Sie von der Polizei sind und worum es geht. Wir wollen sie nicht erschrecken.«

Wenig später wusste Isabelle, dass Monique Fayyad, die offenbar den Namen ihres marokkanischen Mannes behalten hatte, mit dem Service im Café um fünfzehn Uhr beginnen würde. Von Fragolin nach Antibes fuhr man vielleicht eineinhalb Stunden oder zwei, wenn es einen Stau gab. Also konnte sie bei Jacques noch eine Kleinigkeit essen. Es freute sie, dass es voranging. Bald würde sie mehr wissen. Außerdem war sie auf Monique gespannt. Eine immer noch junge Frau, die eine bewegte Vergangenheit hatte, die als Teenager von zu Hause ausgerissen war, die in Marokko gelebt und dort geheiratet hatte, die bald verwitwet war, um zurück nach Frankreich zu gehen und sich in relativer Nähe zu ihrem Heimatort niederzulassen. Wie sah so jemand aus? Hatte dieser Lebenslauf Spuren hinterlassen? Welche Erinnerungen hatte sie an ihren Vater? Aber noch viel wichtiger: Würde Monique ihr eine Speichelprobe geben?

# 27

Isabelle kannte Antibes nur vom Vorbeifahren. Sie hatte keine besonderen Erwartungen. Umso überraschter war sie vom Charme der Altstadt. Von ihrem geparkten Auto schlenderte sie durch die verwinkelten Gassen. Weil sie zu früh dran war, ließ sie sich Zeit. Sie gelangte ans Meer mit den alten Wehrmauern und einer Festung auf einem Felsvorsprung. Dass in der Burg, die einstmals den monegassischen Grimaldi gehört hatte, ein Picasso-Museum untergebracht war, nahm sie mit gemischten Gefühlen zur Kenntnis. Es war wohl besser, wenn sie Leclerc nichts davon erzählte. Der wusste sicher von diesem Museum und auch dass Picasso hier lange Zeit sein Atelier gehabt hatte. Er würde ihre Ignoranz nicht verstehen. An der Promenade Amiral de Grasse wiesen Schilder den Weg zum Yachthafen Port Vauban und zu der Festung Fort Carré – aber da wollte sie nicht hin. Stattdessen wandte sie sich wieder der Altstadt zu, um nach der angegebenen Adresse zu suchen. Schließlich stand sie am Rand der Fußgängerzone an einem kleinen Platz mit Platanen und einem Brunnen vor dem kleinen Café, das einen freundlichen Eindruck machte, eine rote Markise hatte, auf dem Bürgersteig einige *pots en terre cuite*, Terrakottatöpfe mit weißem Oleander. Außerdem kleine Bistrotische und geflochtene Stühle aus Rattan. Es waren nicht allzu viele Gäste da, aber doch einige.

Eine burschikose Frau trat heraus und machte sich mit einer Kurbel an der Markise zu schaffen. Sie hatte eine eigenwillige Bürstenfrisur, trug zum kurzen Rock Cowboystiefel und hatte ein großes Tattoo am Oberarm. Nach Isabelles Einschätzung war sie etwas zu alt, um Monique sein zu können. Vielleicht war sie ihre Chefin? Isabelle ging auf sie zu und erkundigte sich, ob Monique da sei. Warum sie das wissen wolle, fragte sie mit einem misstrauischen Blick. Isabelle entgegnete, dass sie ihr das gerne persönlich mitteilen wolle.

»Warten Sie hier, ich gebe ihr Bescheid«, sagte sie nach kurzem Zögern und verschwand im Laden.

Es dauerte, dann tauchte eine Frau auf, die femininer wirkte, mit langen blonden Haaren, die sie zum Pferdeschwanz gebunden hatte, und mit einem hübschen Gesicht. Sie machte einen ernsten Eindruck, war aber nicht abweisend.

»Hallo, ich bin Monique. Sie wollen mit mir sprechen?«

Isabelle entdeckte auf ihrem Oberarm eine ähnliche Tätowierung wie bei der mutmaßlichen Chefin. Auch hatte sie am Zeigefinger einen mächtigen Ring, den Isabelle gerade auch bei der anderen Frau gesehen hatte. Aus dem Augenwinkel sah sie, dass diese im Eingang stand und sie beide beobachtete. Isabelle musste keine Sekunde nachdenken, um sich darauf einen Reim zu machen. Die beiden waren ganz offensichtlich ein Paar. Deshalb auch der misstrauische Blick. Moniques Partnerin hatte vielleicht Sorge, dass hier eine verflossene Freundin und potenzielle Konkurrentin aufgetaucht sein könnte. Das war amüsant. Am liebsten hätte sie Monique umarmt, nur um zu sehen, wie die Freundin reagierte. Aber sie war nicht zum Spaß hier.

»Schön, dass ich Sie antreffe«, sagte Isabelle. Sie deutete hinüber zu einer Parkbank. »Wollen wir uns da kurz hinsetzen? Können Sie sich fünf Minuten freinehmen?«

Monique drehte sich um und winkte ihrer Freundin zu.

»Manon, ich bin gleich wieder da.« Und zu Isabelle: »Jetzt bin ich aber neugierig. Kennen wir uns?«

»Nein, wir kennen uns nicht. Mein Name ist Isabelle Bonnet. Ich möchte mich mit Ihnen über frühere Zeiten unterhalten.«

»Oh, da bin ich ganz schlecht. Ich rede nicht gerne von früher, hab sowieso fast alles vergessen. Warum interessieren Sie sich dafür, wer sind Sie?«

»Ich bin wie Sie in Fragolin geboren«, sagte Isabelle, »war aber noch ein kleines Mädchen, als ich nach dem Unfalltod meiner Eltern zu meiner Großmutter nach Lyon gezogen bin. Später habe ich in Paris gelebt. Erst vor kurzem bin ich nach Fragolin zurückgekehrt. Ich kann mich nicht mehr an viel erinnern. Das dürften wir also gemeinsam haben, obwohl Sie ja einige Jahre älter waren, als Sie dem Ort den Rücken gekehrt haben.«

Monique sah sie konzentriert an. »Das wissen Sie? Ich war der Meinung, dass sich keiner mehr an mich erinnern kann.«

Isabelle dachte, dass sie eine interessante Ausstrahlung hatte. Nach allem, was sie wusste, hatte die junge Frau kein leichtes Leben gehabt. Vielleicht zeugten die Falten auf ihrer Stirn davon und der vorsichtige Blick, mit dem sie Isabelle musterte. Gleichzeitig umspielte ein leises Lächeln ihre Lippen. Das gefiel ihr.

»Ich will ehrlich zu Ihnen sein«, sagte Isabelle, »ich bin Kommissarin bei der *Police nationale*.«

Monique zuckte kaum merklich zusammen, aber das war normal. Viele Menschen reagierten so.

»Ich untersuche den Mord an Ihrem Vater.«

Monique kniff skeptisch die Augen zusammen. »Wirklich? Nach so vielen Jahren?«

»Der Mord ist nie aufgeklärt worden. Wir nehmen uns momentan routinemäßig alte Fälle vor, so auch die Ermordung Ihres Vaters.«

»Und deshalb wollen Sie mit mir über frühere Zeiten reden? Ich fürchte, da bin ich keine große Hilfe.«

»Ich weiß, schließlich haben Sie zur Tatzeit in Marokko gelebt. Ich erwarte also nicht, dass Sie mir bei der Suche nach dem Mörder helfen können. Übrigens haben wir schon einen Verdächtigen, aber es dürfte schwierig sein, ihm die Tat zu beweisen.«

»Ich wünsche Ihnen viel Erfolg dabei«, sagte Monique.

Isabelle wunderte sich über ihren unaufgeregten, fast schon gelangweilten Tonfall.

»Sie machen den Eindruck, als ob es Ihnen nicht wichtig wäre, ob wir den Mörder Ihres Vaters überführen können. Oder täusche ich mich?«

Monique biss sich auf die Unterlippe. »Nein, Sie täuschen sich nicht. Ehrlich gesagt, ist mir ziemlich egal, wer meinen Vater umgebracht hat. Erstens ist das ewig her, und zweitens habe ich meinen Vater nicht geliebt. Als ich in Marokko von seiner Ermordung erfahren habe, habe ich keine Trauer empfunden, ich habe nicht geweint, keine einzige Träne vergossen. Sie dürfen mich nicht für kaltherzig halten, aber sein Tod hat mich nicht berührt.«

Isabelle dachte, dass das Gespräch in eine ungewollte Richtung ging. Vordringlich wollte sie von Monique eine DNA-Probe, um ihren Vater der Vergewaltigung zu überführen. Aber Monique war eine interessante Frau, vor allem war spannend, was sie über ihren Erzeuger zu sagen hatte.

»Warum haben Sie für Ihren Vater keine Liebe empfunden?«, fragte Isabelle.

Monique schluckte. Sie legte den Kopf in den Nacken und sah hinauf zu den Blättern einer Platane.

»Keine Ahnung«, sagte sie schließlich. »Wenn es einen Grund geben sollte, habe ich ihn wohl verdrängt. Jedenfalls war ich zu Hause immer unglücklich. Meinen Vater habe ich nicht gemocht, und meine Mutter war mir egal. Es ist schrecklich, das zugeben zu müssen, aber es war halt so. Deshalb wollte ich weg, möglichst weit weg. Ich hab's in Fragolin nicht mehr ausgehalten.«

»Und dann ist Achmed Fayyad in Ihr Leben getreten?«

Monique schlug die Beine übereinander und lächelte versonnen. »Ja, er kam mir vor wie ein Prinz aus dem Morgenland. Ich war ja noch so jung, ich hatte keine Ahnung. Ich habe seinen Versprechungen geglaubt. In Frankreich war er total lieb, er hat mir das Paradies auf Erden versprochen. In Marokko hat er dann sein wahres Gesicht gezeigt.« Sie unterbrach sich. »Doch deshalb sind Sie nicht hier, das wollen Sie gar nicht wissen, oder?«

Isabelle schüttelte langsam den Kopf. »Eigentlich nicht, aber Ihr Schicksal rührt mich an. Was ich wissen will? Nun, mich interessiert, was für ein Mensch Ihr Vater war.«

Monique zog eine zerknautschte Zigarettenschachtel hervor. »Eine ist noch drin.« Sie bog die Zigarette gerade, zündete sie an und inhalierte tief. »Darf ich Isabelle zu Ihnen sagen«, fragte sie, »oder gehört sich das nicht bei einer Kommissarin?«

»Isabelle ist völlig in Ordnung.«

»Isabelle, ganz ehrlich, ich kann Ihnen nicht sagen, was für ein Mensch mein Vater war. Er hat gearbeitet, das Geld nach Hause gebracht, hat gerne Karten gespielt und nachts so laut geschnarcht, dass ich es im Kinderzimmer gehört habe.«

»Hat er Ihre Mutter geliebt?«

»Keine Ahnung, ich nehme es an. Aber was hat das mit seiner Ermordung zu tun? Welche Rolle spielt es, wie er als Mensch war?«

»Wie war er zu anderen Frauen?«, stellte Isabelle die nächste Frage, ohne auf Moniques Einwurf einzugehen.

Monique zog an der Zigarette. War da ein leichtes Zittern? Hatten gerade ihre Augenlider geflattert? Nein, das war wohl der Rauch.

»Wie er zu anderen Frauen war? Wie soll ich das wissen? Ich hab ihm nicht nachspioniert. Glauben Sie, er hatte eine Affäre?«

»Wäre das möglich?«

»Warum nicht? Die wenigsten Männer sind ihren Frauen treu. Mein Vater war da bestimmt keine Ausnahme.«

Monique warf einen Blick zum Café. Manon stand davor und deutete demonstrativ auf die Uhr. Monique drückte ihre Zigarette auf der Bank aus, steckte die Kippe in die leere Zigarettenschachtel und warf diese in einen Abfalleimer neben der Bank. »Ich muss zurück an die Arbeit«, sagte sie, »meine Chefin wird nervös.«

Isabelle schmunzelte. »Ihre Chefin und Ihre Lebenspartnerin, richtig?«

»Sie haben ein gutes Auge. Ja, Manon ist für mich beides. Von Männern will ich nichts mehr wissen.«

»Wegen Achmed, dem Prinzen aus dem Morgenland?«

»Ja, wegen ihm und wegen einigen anderen Idioten.« Jetzt konnte sie das Zittern nicht mehr verbergen. Außerdem zuckten ihre Augenlider. Sie machte eine wegwerfende Handbewegung. »Mit Männern bin ich durch.«

Isabelle stand auf und gab Monique die Hand. »Dann wollen wir Manon nicht warten lassen. War nett, mit Ihnen zu plaudern.«

Monique sah sie zweifelnd an. »Aber das Gespräch hat Sie nicht weitergebracht. Tut mir leid.«

»Habe ich auch nicht erwartet«, sagte Isabelle. »Vielleicht war ich nur neugierig und wollte wissen, was aus der jungen Monique geworden ist.«

Monique lächelte. »Aus der jungen Monique ist eine ältere geworden und eine weniger naive. Ich wünsche Ihnen noch einen schönen Tag.« Monique beugte sich zu ihr und gab ihr drei Wangenküsschen. »Isabelle, Sie riechen gut«, sagte sie zum Abschied.

Isabelle sah ihr hinterher und dachte, dass Manon jetzt wohl doch ein wenig eifersüchtig sein könnte. Sie drehte sich um und setzte sich wieder auf die Bank unter der Platane. Was war denn das für eine seltsame Begegnung gewesen? Irgendwie war ihr das Gespräch entglitten. Sie hatte sich nicht getraut, Monique zu fragen, ob sie ihrem Vater eine Vergewaltigung zugetraut hätte. Sie hatte vergessen zu fragen, warum sie nie ihre Mutter besucht hatte. Sie hätte ihr von ihrem Zustand erzählen können und behaupten, dass sich Bernadette über einen Besuch ihrer Tochter freuen würde. Aber das wäre gelogen gewesen. Schließlich gab es im Elternhaus kein einziges Bild von ihr, so dass man den Eindruck gewinnen könnte, Monique sei tot – oder habe nie gelebt. Natürlich hatte sie nichts zur Aufklärung des Falles beitragen können. Monique hatte sich keine Sekunde für einen möglichen Tatverdächtigen interessiert, hatte nichts von ihm wissen wollen. Das war Isabelle zunächst seltsam vorgekommen, dann aber wieder nicht, denn es war Monique tatsächlich egal, wer ihren Vater umgebracht hatte. Sie hatte ihm keine Träne nachgeweint. Aber warum? Weil ihr Vater mindestens so ein Macho war wie dieser Achmed? Wahrscheinlich war es so einfach, oder es gab andere Gründe. Aber das ging sie nun wirklich nichts an.

Isabelle warf einen Blick zum Café. Weder Manon noch Monique waren zu sehen. Sie stand auf und fischte aus dem Abfalleimer die Zigarettenschachtel. Im Labor würde man am Filter der Zigarette Zellen von Moniques Mundschleimhaut oder Lippen isolieren und daraus ihre DNA bestimmen können. Anschließend der Vergleich mit dem genetischen Profil von Baptiste Fournier und dann hoffentlich die Bestätigung, dass der Junge ihr Halbbruder war. Womit ihr ungeliebter Vater als Vergewaltiger quasi überführt wäre. Und Guy Fournier als sein möglicher Mörder im Fokus ihrer weiteren Ermittlungen stehen würde.

Nach einer DNA-Probe hatte sie Monique gar nicht fragen müssen, mit der Zigarettenkippe hatte sie diese unbeabsichtigt abgeliefert. So war es Isabelle erspart geblieben, die Geschichte einer Vergewaltigung zu erzählen, die noch nicht bewiesen war. Außerdem hätte Monique sie nicht hören wollen. Ihr Vater war ihr egal, für seinen Mörder interessierte sie sich nicht – und Männer waren sowieso Idioten. Isabelle schmunzelte. Manchmal hatte Monique recht. Aber Gott sei Dank nicht immer.

# 28

Von Leclerc gab es eine neue Textnachricht. Sie unterschied sich kaum von seinen letzten Meldungen. Er bestätigte, dass es ihm gutgehe. Kurz und knapp, kein Wort zu viel. Isabelle vermisste seine üblichen Späßchen oder Anspielungen. Nun, vielleicht war ihm die Lust zum Scherzen in seinem Eremitendasein abhandengekommen. Oder er war sauer auf sie, weil er sie für den Mangel an Abwechslung verantwortlich machte. Wahrscheinlich beides. Egal, sie konnte es nicht ändern. Ihr fiel ein, dass sie noch ein gemeinsames Abendessen bei Thierry guthatten. Das würde ihn vielleicht aufmuntern. Sie selbst konnte keinen Gefallen daran finden. Es brauchte nicht viel Fantasie, sich einen solchen Abend vorzustellen. Ein charmanter Monsieur Leclerc und ein eifersüchtiger Thierry Blès – und sie dazwischen, sozusagen zwischen den Stühlen. Keine wirklich schöne Perspektive. Besser, sie verzichtete auf eine solche *ménage à trois*.

Isabelle wählte Leclercs Telefonnummer. Sie wollte seine Stimme hören, um sich davon zu überzeugen, dass sie sich keine Sorgen machen musste.

»*… n'est pas disponible pour l'instant.* Vorübergehend nicht erreichbar.«

Verdammt, was sollte das? Sie steckte ihre Pistole in das Holster am Gürtel, zog eine Jacke über und machte sich auf den Weg. Sie kam an Clodines Souvenirladen vorbei und sah verwundert auf ein Schild an der Tür – *Fermé toute la journée,* den ganzen Tag geschlossen! Das war ja ganz was Neues. Eigentlich konnte sich Clodine diesen Luxus nicht leisten. War irgendjemand gestorben? Oder gab es eine Hochzeit? Hatte sie irgendwas nicht mitbekommen?

Sie kam am großen Parkplatz vorbei, wo gerade Clodines Auto zum Stehen kam. Zu ihrer Überraschung entdeckte sie Leclerc auf dem Beifahrersitz. Wo kamen die beiden her? In Fragolin brauchte man kein Auto zur Fortbewegung, hier konnte man alles zu Fuß erreichen. Isabelle schwante Schlimmes. Sie stellte sich vor das Auto und stemmte demonstrativ die Hände in die Hüften. Als beide ausgestiegen waren, Clodine mit roten Wangen und Leclerc mit einem fröhlichen Grinsen, fragte Isabelle mit gefährlich leiser Stimme: »Na, ihr beiden Hübschen, wo kommt ihr gerade her?«

Clodine stotterte: »Isabelle, es ist nicht so, wie du denkst.«

»Woher willst du wissen, was ich denke? Ich will nur wissen, wo ihr wart.«

Leclerc rieb sich das Ohrläppchen, jetzt doch ein wenig verlegen. »Clodine kann nichts dafür, ich habe sie überredet.«

»Wozu?«

»Mit mir einen Tagesausflug nach Château la Coste zu machen.«

Isabelle glaubte sich verhört zu haben. »Wohin?«

»Château la Coste, da wollte ich schon seit längerem mal hin«, erklärte Leclerc. »Du musst wissen, es gibt wenig Plätze, wo die Kultur des Weines mit jener der modernen Kunst eine solch perfekte Symbiose eingeht.«

Isabelle sah ihn kopfschüttelnd an. »Hatten wir nicht eine Vereinbarung?«

»Dass ich in Fragolin bleiben soll, ich weiß. Aber du hattest keine Zeit, und da dachte ich …«

Isabelle warf einen kurzen Blick zu Clodine. Ihre Freundin wusste nicht, was hier gespielt wurde, und sie sollte es auch nicht wissen. Also konnte sie Leclerc nicht so zusammenstauchen, wie es geboten war. Und Clodine sowieso nicht.

»Du hättest mir zumindest Bescheid geben können«, sagte sie.

Leclerc, der genau wusste, dass ihr gerade die Hände gebunden waren, lächelte vieldeutig. »Ich hab's vergessen, tut mir leid.«

»Es war wirklich toll«, schwärmte Clodine. »Ich hab so was noch nie gesehen.«

»Frank Gehry, Tadao Ando, Tom Shannon …«, begann Leclerc aufzuzählen.

»Das interessiert mich gerade überhaupt nicht«, sagte Isabelle.

»Der Weinkeller stammt von Jean Nouvel.«

»Wo ist dieses verdammte Château?«, fragte sie.

»Äh, nicht so weit.«

»Na ja, gleich hinter Aix-en-Provence.«

»Und das soll nicht weit sein? Ich glaube, ihr habt alle beide einen Vogel.«

»Also, meine liebe Isabelle«, empörte sich Clodine, »ich kann gar nicht verstehen, warum du dich so aufregst. Wir haben halt einen Ausflug gemacht, was ist schon dabei?«

»Waren viele Leute dort?«, fragte Isabelle.

»Nicht so schlimm«, sagte Leclerc.

»Jemanden getroffen?«

»Nein, niemanden.«

»Bei der Weinverkostung war doch dieses Ehepaar, das du aus Paris kanntest?«

»Da habe ich mich getäuscht«, sagte Leclerc, »die beiden kannte ich doch nicht. Vor allem kannten sie mich nicht.«

Na bravo, also doch. Schien aber noch mal gutgegangen zu sein. Sie versuchte sich zu beruhigen.

»Okay, wollt ihr euch frisch machen? Anschließend können wir uns im *Café des Arts* treffen. Einverstanden?«

»Sehr gerne. In einer halben Stunde?«

»Das passt«, sagte Isabelle, die sich vornahm, Leclerc so bald wie möglich unter vier Augen zur Rede zu stellen. Wie konnte dieser Wahnsinnige die relativ sichere Deckung von Fragolin aufgeben und sich von der ahnungslosen Clodine durch die halbe Provence chauffieren lassen? Um sich dann unter wein- und kunstinteressierte Touristen zu mischen, die von überall herkamen – auch aus Paris. War der Mann von allen guten Geistern verlassen? Auf diese Weise brachte er nicht nur sich in Gefahr, sondern alle Menschen, die es mit ihm gut meinten. Am liebsten hätte sie ihn geohrfeigt.

# 29

Was ihre Schlafstörungen betraf, war sie sich selbst ein Rätsel. Manchmal lag sie die ganze Nacht wach, obwohl sie eigentlich entspannt war und weitgehend sorgenfrei. Dann wiederum schlief sie wie ein Stein, obwohl in ihrem Kopf alles durcheinanderging. In der letzten Nacht war sie kein einziges Mal aufgewacht. Morpheus' Arme hatten sie fest umschlungen gehalten.

Isabelle wühlte sich aus ihrem Kopfkissen und musste sich erst mal orientieren. Dann stellte sie fest, dass sie verkehrt herum im Bett lag, was ihr rätselhaft erschien, aber nicht weiter besorgniserregend.

Sie rieb sich die Augen und überlegte, was heute alles auf ihrer Agenda stand. Mit etwas Glück würde sie aus Marseille den gentechnischen Abgleich bekommen. Dann könnte sie loslegen, vorausgesetzt, das Ergebnis entsprach ihren Erwartungen. Dass also Monique Navet die Halbschwester des Baptiste Fournier war, dieser demnach der Spross ihres Vaters Jean-Luc Navet – und gezeugt durch eine Vergewaltigung. Mit der Schlussfolgerung, dass es mutmaßlich Guy Fournier war, der den Vergewaltiger seiner Schwester später mit einer Mistgabel abgemurkst hatte. Was noch zu beweisen wäre.

Isabelle staunte, dass sie diese Gedankenverknüpfung so kurz nach dem Aufwachen zustande brachte. Auch hatte sie alle Namen präsent. Ihr fiel ein, dass sie noch einen weiteren Tagesordnungspunkt hatte. Sie wollte Leclerc ohrfeigen, natürlich nur im übertragenen Sinne. Isabelle musste lächeln. Warum eigentlich nicht real? Eine Backpfeife hatte noch keinem geschadet. Sein verdutztes Gesicht wäre es wert. Egal, der Tag konnte kommen. Sie war bereit – wenigstens mental. Den Rest musste eine kalte Dusche erledigen.

Eine gute Stunde später kam sie im Kommissariat an. Apollinaire stand vor einem Flipchart und betrachtete nachdenklich seine Fleißarbeit. Isabelle fand nach einer kurzen Betrachtung, dass sich der tiefere Sinn all dieser Kästchen und Linien wohl nur Apollinaire erschließen würde – oder einem fantasiebegabten Kryptologen. Im Zentrum befand sich ein Kopfbild von Jean-Luc Navet. Okay, das machte Sinn. Außen herum lauter Kreise, Linien und Kästchen mit Namen.

»Welchen Erkenntnisgewinn erwarten Sie sich von diesem Kunstwerk?«, fragte sie.

Apollinaire zog eine Grimasse. »Eigentlich keinen«, gab er zu.

»Warum haben Sie sich dann die Mühe gemacht?«

»Weil man oft erst hinterher versteht, warum man schon vorher nichts verstanden hat.«

»Ach so«, sagte Isabelle mit einem Lächeln. »Aber in unserem aktuellen Fall haben wir hoffentlich alles richtig verstanden?«

Apollinaire machte ein verzweifeltes Gesicht. »Eben nicht, das ist ja gerade das Problem.«

»Warum? Haben Sie etwa Zweifel an meinen Schlussfolgerungen?«

Er schüttelte den Kopf. »Madame, das würde ich nie wagen.«

»Wo also liegt Ihr Problem?«

»Das kriminaltechnische Labor in Marseille …«

Isabelle sah ihn mit großen Augen an. »Sagen Sie bloß?«

»Ganz genau. Ich will Ihnen nicht den Tag verderben, aber die gentechnische Analyse hat ergeben, dass der kleine Baptiste und unsere Monique definitiv nicht miteinander verwandt sind, es gibt keine Übereinstimmung.«

Sie musste sich setzen. »So ein Mist, das habe ich nicht erwartet.«

»Es hat alles so schön gepasst.«

»Stimmt, das hat es«, sagte sie mit resignierender Stimme.

»Es war perfekt. Ich habe mich schon auf das dumme Gesicht von Commandant Bastian gefreut.«

»Tja, daraus wird wohl nichts. Jetzt wissen wir also, dass Moniques Vater als Vergewaltiger von Valerie Fournier ausscheidet.«

»Weshalb Guy Fournier keinen Grund hatte, ihn umzubringen.«

»Stimmt. Wir können also alles in den Papierkorb werfen und beginnen wieder bei null.«

»Das ist frustrierend.«

Isabelle fuhr sich über die Nase. »Das ist ganz normale Polizeiarbeit, mein lieber Apollinaire. Ich hatte das nur vergessen. Bei Ermittlungen wird man immer wieder auf null zurückgeworfen. Das gehört zu unserem Beruf.«

»Ist trotzdem frustrierend.«

Sie nickte. »Deshalb haben ja auch viele Kollegen ein psychisches Problem«, stellte sie fest.

»Und jetzt?«

Sie deutete auf sein Flipchart. »Irgendwelche neuen Ideen?«

Er legte den Kopf zur Seite. »Nein, keine. Ich verstehe meine Hieroglyphen selber nicht mehr.«

Isabelle stand entschlossen auf.

»*C'est la vie,* so ist das Leben. Enttäuschungen gehören dazu. Ich brauch jetzt etwas frische Luft. Apollinaire, Sie halten die Stellung. Ich geh spazieren.«

Es tat ihr gut, im Ort herumzulaufen. Um Clodines Laden machte sie einen Bogen. Sie hatte keine Lust, sich für ihre Kritik am Ausflug nach Château la Coste zu rechtfertigen. Clodine konnte nicht wissen, warum das keine gute Idee gewesen war. Sie hatte nichts falsch gemacht. Der Idiot war Leclerc. Am Ende glaubte Clodine gar noch, dass Isabelle eifersüchtig war und sich deshalb so aufgeregt hatte. Das fehlte noch.

Sie ging an einem kleinen Museum vorbei, wo historische Maschinen zur Maronenverarbeitung ausgestellt waren. Vor der *Boulangerie-Pâtisserie* traf sie ihre Nachbarin Marie-Claire. Die alte Dame teilte ihr mit, dass das Olivenbrot leider aus sei. Stattdessen habe sie ein frisches *Pain de Beaucaire* gekauft, auch das könne sie sehr empfehlen. Isabelle bedankte sich mit einem höflichen Lächeln und ging weiter. An der Place de la République setzte sie sich auf eine niedrige Mauer. Sie fühlte sich schlapp. Der negative Gentest hatte sie stärker getroffen, als sie das für möglich gehalten hätte. Sie musste sich eingestehen, dass sie sich in ihre Theorie verrannt hatte. Das war nicht nur unprofessionell, sondern wäre ihr früher so nie passiert. Da hatte sie grundsätzlich immer alles in Frage gestellt, so lange jedenfalls, bis der endgültige Beweis erbracht war. In der Zwischenzeit hatte sie alle möglichen anderen Szenarien durchgespielt – mit der Option, eine Spur zu entdecken, die vielleicht noch heißer war. Genau das hatte sie diesmal unterlassen. Aber was hätte sie sonst tun können? Sie war froh gewesen, überhaupt eine Spur gefunden zu haben. Sich Vorwürfe zu machen brachte sie nicht weiter. Es war ja auch egal, denn sie verfolgte keinen Serientäter, dem möglichst schnell das Handwerk gelegt werden musste, um weitere Opfer zu vermeiden. Ihr Fall lag so weit zurück, dass sich auf dem Aktendeckel schon Staub angesammelt hatte. War es schlimm, dass der kleine Baptiste Fournier nie erfahren würde, wer sein biologischer Vater war? Nein, ganz im Gegenteil, für ihn war es besser so. Jean-Luc Navet jedenfalls war es nicht.

Isabelle schloss die Augen. Sie musste nachdenken, nachdenken … Hatte sie irgendwas übersehen? Gab es vielleicht einen anderen Grund, warum der Gentest keine Übereinstimmung gebracht hat? Sie biss sich auf die Unterlippe. Da war was, oder? Doch, doch, da gab es ein Detail, das hatte sie übersehen. Sie schnippte mit den Fingern. Das würde es erklären, oder? Dann wäre ihre Theorie doch nicht so falsch, allerdings kaum zu beweisen. Wie auch immer, sie musste dringend mit Florence sprechen, der Schwester von Bernadette Fournier. Vielleicht hatte sie eine Antwort.

Wenig später saß sie im *Café des Arts* und rührte gedankenverloren in ihrem Kaffee. Sie fragte sich, ob sie gerade so dumm war, einen Fehler, den sie sich soeben eingestanden hatte, umgehend zu wiederholen. Bald würde sie es wissen. Wenn sich der Versuch erneut als Schuss in den Ofen erweisen sollte, musste sie tatsächlich von vorne anfangen und völlig neu in eine andere Richtung denken. Aber in welche? Sie hatte keine Idee.

Fast war sie froh, dass in diesem Moment Leclerc vorbeikam, sie geradezu überschwenglich begrüßte und sich wie selbstverständlich an ihr Tischchen setzte. Das brachte sie auf andere Gedanken. Ihr fiel der Vorsatz ein, den guten Mann zu ohrfeigen. Mit einem leisen Lächeln beschloss sie, Gnade walten zu lassen. Doch eine kurze Strafpredigt konnte sie ihm nicht ersparen. In wenigen, aber nachdrücklichen Sätzen machte sie ihm klar, wie verantwortungslos sein Ausflug mit Clodine gewesen war, dass so etwas nie mehr vorkommen dürfe – und dass es schon gar nicht gehe, in seinen Textnachrichten seine eigenmächtigen Aktivitäten zu verschleiern.

Leclerc ertrug die Standpauke wie ein Mann. Er bekannte sich in allen Punkten schuldig. Und fragte, ob er sie auf ein Gläschen Champagner einladen dürfe.

»Mit meinem Geld?«, fragte Isabelle.

Leclerc schlug sich an die Stirn. »Sie haben recht, ich bin ja mittellos. Keine Kreditkarte, kein Cash. Das bisschen Bargeld in meiner Hosentasche haben Sie mir zugesteckt. Ich konnte mich gestern nicht mal an Clodines Benzinrechnung beteiligen. Das ist unwürdig und beschämend, finden Sie nicht?«

»Nein, finde ich nicht. Außerdem trinke ich zu dieser Tageszeit keinen Champagner.«

»Das ist ein Fehler. Um mit meiner Großmutter zu sprechen: Dem Champagner am Morgen folgt ein Tag ohne Sorgen.«

»Könnte auch ohne Champagner funktionieren.«

Leclerc nickte. »Könnte schon, aber die Wahrscheinlichkeit sinkt dramatisch. Sie müssen sich das so vorstellen …«

Mitten im Satz brach er ab. Er sah die Gasse hinunter, wo sich gerade zwei groß gewachsene Männer näherten. Reflexartig griff er zur Getränkekarte und hob sie vor sein Gesicht. Isabelle reagierte umgehend. Sie entsicherte die Pistole.

»Kennen Sie die beiden?«, fragte sie.

»Nein, nicht direkt, ich meine … also …«, stammelte er.

»Was soll das heißen? Warum verstecken Sie sich dann?«

»Haben Sie die beiden schon mal gesehen?«, antwortete er mit einer Gegenfrage.

Sie musste nicht lange nachdenken. Die Männer, die mittlerweile um einiges näher gekommen waren und auch schon mal in Richtung ihres Cafés geschaut hatten, waren in einem Ort wie Fragolin ausgesprochene Exoten, denn sie waren nicht nur besonders groß und trugen Anzüge, sie waren zudem von schwarzer, tiefschwarzer Hautfarbe.

»Nein, an die beiden könnte ich mich erinnern.«

»Kommen sie auf uns zu?«, fragte er hinter seiner Getränkekarte.

»Es sieht so aus, als ob sie vorbeigehen würden.«

»Hoffentlich.«

»Sie können die Karte wieder hinlegen«, sagte Isabelle, als die beiden Männer hinter der nächsten Ecke verschwunden waren.

Er wischte sich über die Stirn. »Buh, hab ich mich erschreckt.«

»Haben Sie Angst vor dem schwarzen Mann? Vielleicht ein Trauma aus Ihrer Kindheit?«, fragte Isabelle, um die Situation zu entkrampfen, wohl wissend, dass Leclercs Angstattacke andere Gründe hatte.

Er rang sich ein gequältes Lächeln ab. »Natürlich nicht. ›Ebony and Ivory‹ zählt zu meinen Lieblingssongs.«

»Ebony and Ivory, live together in perfect harmony«, sang Isabelle leise. »Von Paul McCartney und Stevie Wonder. Mag ich auch sehr gerne.«

»Wir sollten mal zusammen in den Urlaub fahren, ich glaube, wir passen gut zusammen.«

Isabelle lächelte nachsichtig. »Das bezweifle ich. Nun, wie es scheint, haben Sie sich wieder gefangen. Jetzt sind Sie mir eine Erklärung schuldig.«

Leclerc dachte nach. »Balancourt hat gesagt, es wäre besser, wenn Sie nicht wissen, warum ich im Zeugenschutzprogramm bin.«

»Das mag sein. Jetzt will ich aber trotzdem eine Aufklärung, warum Ihnen zwei große Männer schwarzafrikanischer Herkunft einen solchen Schrecken einjagen?«

Leclerc gab dem Kellner ein Zeichen und bestellte einen Calvados.

»Entschuldige, den brauch ich jetzt.«

»Kein Problem.«

»Können wir nicht beim Du bleiben?«, fragte Leclerc. »Dieser ständige Wechsel macht mich ganz nervös.«

Isabelle dachte, dass er recht hatte. Aber in ihren Gedanken würde sie ihn weiter Leclerc nennen.

»Einverstanden, mein lieber Pierre. Also? Was ist?«

»Nun, sagen wir es so: Meine Zeugenaussage könnte einen Mann für lange Zeit hinter Gitter bringen, der ganz ähnlich aussieht. Vor allem gleichen seine Leibwächter den beiden Männern.«

Isabelle nickte. »Das ist doch schon mal ein nützlicher Hinweis. Wir müssen also auf große schwarze Männer achten, richtig?«

»Tja, das könnte hilfreich sein. Wäre noch zu erwähnen, dass der Angeklagte für seine Brutalität bekannt ist.«

»Sehr sympathisch. Dann wäre das also auch geklärt.« Sie zeigte ihm einen Vogel. »Und dann fährst zu diesem Château, bist du lebensmüde?«

»Im Gegenteil, ich liebe das Leben.«

»Die beiden Männer kommen zurück«, sagte sie.

»Ich Idiot hätte auf die Toilette gehen sollen.«

»Zu spät, du bleibst sitzen. Und diesmal ohne Karte vor dem Gesicht. Ich glaube, die beiden sind harmlos.«

Leclerc wagte es nicht, in die Richtung der Männer zu sehen. »Wie kommst du darauf?«

»Weil sie jetzt ihre Frauen dabeihaben und drei kleine Kinder.«

# 30

Isabelle wusste, an welchen Tagen Bernadette Navet üblicherweise Besuch von ihrer Schwester aus Hyères bekam. Sie hatte Glück. Als sie klingelte, machte ihr Florence auf. Sie hob den Zeigefinger vor die Lippen und bat darum, leise zu sein. Bernadette habe sich hingelegt und schlafe.

»Das trifft sich gut«, sagte Isabelle mit gedämpfter Stimme. »Ich will mit Ihnen alleine reden.«

»Was gibt's? Das letzte Mal haben Sie mich gefragt, ob Jean-Luc gerne aufs Mimosenfest in Bormes-les-Mimosas gegangen ist, richtig? Ich hab zwar nicht verstanden, warum Sie das interessiert, aber ehrlich gesagt ist es mir auch egal.«

Isabelle registrierte, dass Florence sich weiterhin desinteressiert zeigte, wenn es um ihren Schwager ging. Ob aus Kalkül oder aus natürlichem Empfinden, konnte sie nicht einschätzen.

»Ist auch nichts dabei herausgekommen«, sagte Isabelle, was womöglich sogar der Wahrheit entsprach. Das würde sie gleich wissen.

»Mögen Sie einen *thé au gingembre?*«, fragte Florence. »Ich habe gerade einen aufgegossen, mit Ingwerstückchen.«

Isabelle dachte, dass bei der delikaten Brisanz des Themas eine entspannte Atmosphäre helfen könnte.

»Ja, sehr gerne«, antwortete sie deshalb.

Wenig später saßen sie am Küchentisch, tranken Ingwertee und sprachen leise über Bernadettes Demenz. Diese verschlechtere sich momentan nicht, erklärte Florence. Darüber sei sie sehr froh, denn so könne Bernadette weiterhin zu Hause wohnen. Alternativ müsste sie in ein Heim für Alzheimerpatienten, aber das sei teuer, und dort gefalle es ihr bestimmt nicht.

Isabelle nahm einen Schluck.

»Ich habe eine Frage«, sagte sie, »eine etwas heikle Frage, auf die Sie mir hoffentlich trotzdem eine Antwort geben können.«

»Schauen wir mal, fragen Sie!«

»Ich habe mich mit Monique getroffen«, begann Isabelle, »sie ist eine nette junge Frau.«

Florence sah sie überrascht an. »Sie haben Monique getroffen? Wirklich?«

»Ja, sie lebt in Antibes. Es geht ihr gut.«

»Schön, das freut mich.«

Isabelle hatte den Eindruck, dass es Florence ehrlich meinte.

»Mir ist bei ihrem Geburtsdatum aufgefallen«, fuhr Isabelle fort, »dass Monique bereits kurz nach der Eheschließung ihrer Eltern auf die Welt gekommen ist. Stimmt doch, oder?«

Florence sah Isabelle eine Weile schweigend an. »Ja, das stimmt«, bestätigte sie schließlich. »Damals hielten das manche Leute für einen Skandal. Aber die Zeiten haben sich geändert. Heute erwartet niemand mehr, dass eine Braut als Jungfrau in die Ehe geht.«

Isabelle zupfte sich am Ohrläppchen. »Nun, was ich wissen will, ist etwas anderes. Ich verspreche Ihnen, dass ich mit niemandem darüber reden werde. Aber ich muss es einfach wissen, es ist wichtig für meine Ermittlungen.«

Florence wischte mit der flachen Hand einige imaginäre

Krümel vom Küchentisch. Sie runzelte die Stirn und sah Isabelle forschend in die Augen.

»Sie haben recht«, flüsterte sie.

»Woher wissen Sie, was ich fragen will?«

»Ich ahne es, darum gebe ich Ihnen die Antwort: Sie haben recht.«

»Um ein Missverständnis auszuschließen, muss ich es wenigstens einmal aussprechen: Jean-Luc Navet war nicht Moniques leiblicher Vater, das habe ich so richtig interpretiert?«

Florence nickte. »Meine liebe Schwester hatte vor ihrer Ehe eine Affäre mit einem verheirateten Mann und war von ihm schwanger. Jean-Luc wusste es und hat sie trotzdem geheiratet.«

»Zum ersten Mal höre ich was Nettes von ihm«, sagte Isabelle.

»Na ja, er war in meine Schwester verknallt, er wollte sie schon lange haben. Das war seine Chance, so hat er sie gekriegt.«

»Und Monique?«

»Ob sie davon weiß?« Sie zuckte mit den Schultern. »Keine Ahnung. Aber sie hat ihn nicht gemocht, vielleicht deshalb.«

»Möglicherweise hat sie es gespürt?«

»Kann sein, oder sie hat es herausbekommen. Was ändert es? Jean-Luc ist tot. Monique hat keinen Vater mehr.«

»Und eine Mutter, die sich an sie erinnert, hat sie auch nicht mehr«, stellte Isabelle fest.

»Ja, das Leben ist kein Wunschkonzert. Jetzt verraten Sie mir, warum Sie das wissen wollten.«

»Ich habe eine Theorie, was Jean-Lucs Tod und seinen Mörder angeht«, erklärte Isabelle. »Dabei bin ich bei einer gentechnischen Analyse auf einen Widerspruch gestoßen.«

»Der sich aufgelöst hat, wenn Monique nicht Jean-Lucs leibliche Tochter ist«, kombinierte Florence. »Habe ich recht?«

Isabelle dachte, dass Bernadettes Schwester ziemlich scharfsinnig war.

»So ist es«, bestätigte sie.

»Langsam beginne ich mich für Ihre Ermittlungen zu interessieren«, sagte Florence.

»Ich halte Sie auf dem Laufenden. Vielen Dank für den Tee.«

An der Tür gab ihr Florence die Hand. »Sie halten Ihr Versprechen?«

Isabelle nickte. »Das kleine Familiengeheimnis ist bei mir gut aufgehoben. *Au revoir, et bonne journée!*«

# 31

Auf dem Weg zurück ins Kommissariat war Isabelle zunächst bester Laune, geradezu euphorisch. Sie schwebte fast über das Kopfsteinpflaster und summte ein Lied. Nicht zu glauben, wie schnell eine Stimmung ins Gegenteil kippen konnte. Vor kurzem erst war sie frustriert gewesen, dann hatte sie einen Geistesblitz gehabt, und jetzt wusste sie, dass der Gentest nichts zu bedeuten hatte. Natürlich hatte es keine Übereinstimmung gegeben. Monique war nicht die Tochter ihres offiziellen Vaters, weshalb sie logischerweise nicht mit dem kleinen Baptiste verwandt war. Es war also weiterhin möglich: Jean-Luc Navet hatte nach dem Mimosenfest Valerie Fournier vergewaltigt, Baptiste war sein Sohn – und Guy Fournier hatte den Schänder seiner Schwester aus Rache umgebracht.

Allerdings blieb ein Wermutstropfen. Sie würde es nicht beweisen können. Und schon war die gute Laune wieder dahin. Das alte Kopfsteinpflaster in den Gassen von Fragolin wurde hart und tat weh, das Lied war verweht.

»*Bonjour,* Isabelle.«

Marie-Claire war es, ihre alte Nachbarin.

Isabelle hob nur kurz die Hand und ging weiter. Mit ihren Gedanken war sie an einem anderen Ort – und in einer anderen Zeit. Was war damals wirklich passiert, vor zehn Jahren? Lag sie mit ihrer Theorie richtig oder völlig daneben? Selbst wenn sich alles so zugetragen hatte, wie sie vermutete, war sie zum Scheitern verurteilt. Guy Fournier würde ungeschoren davonkommen. Für einen Moment kam ihr der ketzerische Gedanke, dass man mit dieser Ungerechtigkeit leben könnte. Falls Jean-Luc Navet tatsächlich ein *violeur* gewesen war, also ein Dreckskerl, der andere Frauen vergewaltigte, dann hatte er eine Strafe verdient. Isabelle atmete tief durch. Aber natürlich nicht diese. Wo blieb das Gesetz? Ein Abstechen mit der Mistgabel war als Strafmaß in der modernen Justiz nicht vorgesehen.

Im Kommissariat angekommen, blieb sie nachdenklich vor Apollinaires Tafel stehen. Mittlerweile hatte er noch weitere Bilder aufgeklebt, von Bernadette Navet zum Beispiel, von Valerie Fournier und ihrem Bruder Guy. Sie fragte sich, wo er die Fotos herhatte. Zur Klärung trugen sie jedenfalls wenig bei, es taten sich keine Zusammenhänge auf, die nicht ohnehin bekannt waren.

Sie setzte sich an ihren Schreibtisch und startete ihren Computer. Sie rief im Internet einige Zeitungsarchive auf und recherchierte herum. Ohne Erfolg.

Als Apollinaire hereinkam, beraumte sie eine unverzügliche Besprechung der Sonderkommission Navet an. Die hochtrabende Bezeichnung wenigstens war amüsant, aber wohl eher eine Form von Galgenhumor.

Weil es nicht anders ging, verriet sie ihm unter dem Siegel der Verschwiegenheit, warum Moniques Gentest nicht zu gebrauchen war. Dann diskutierte sie mit ihm alternative Möglichkeiten der Beweisführung – ohne eine zu finden. Schließlich gab sie zu, dass sie nicht mehr weiterwusste.

Auf ihrem *portable* blinkte eine Kurznachricht auf. Leclerc gab wieder ein Lebenszeichen, diesmal unter konkreter Angabe seines aktuellen Befindens. Er habe sich gerade auf seiner Terrasse die große Zehe angestoßen. Zum

Zwecke der Schmerzlinderung habe er sich einen Pastis eingegossen und mit einem Schuss Minzsirup verfeinert. Falls sie auch einen wolle, sei sie herzlich eingeladen.

Die Nachricht schien ihr glaubwürdig, Leclerc war wohl wirklich zu Hause.

»Ich habe im Internet nach der wahren Identität unseres Feriengastes gesucht«, sagte sie und deutete auf ihren Computer. »Aber ich komm einfach nicht weiter.«

Apollinaire grinste. »Sie wissen, dass das Suchen in den Abgründen des World Wide Web zu meinen Leidenschaften zählt.«

Sie schnippte mit den Fingern. »Genau deshalb übertrage ich Ihnen diese Aufgabe. Finden Sie heraus, weshalb Leclerc im Zeugenschutzprogramm ist und wie er wirklich heißt!«

»Mit dem größten Vergnügen. Gibt's irgendwelche Anhaltspunkte?«

Sie dachte an das Zentimetermaß an Leclercs Kühlschrank und nannte ihrem Assistenten die verbleibenden Tage bis zum Gerichtstermin.

»Wir wissen noch was«, sagte sie. »Der Angeklagte, gegen den Leclerc aussagt, ist von schwarzafrikanischer Herkunft.«

*»Un nègre?«*

»Darf man das noch sagen? Aber es trifft wohl zu. Außerdem scheint der Mann einen brutalen Charakter zu haben, und er kann sich Leibwächter leisten.«

Apollinaire kicherte. »Die Geheimniskrämerei hätte sich Balancourt sparen können. Es kann sich nur um Minuten handeln, dann wissen wir es.«

»Bin mir nicht so sicher. Es gibt politische Prozesse, die nicht öffentlich sind.«

»Kein Problem.«

»Dann legen Sie los, ich muss kurz hinauf zum Bürgermeister.«

»Bleiben Sie nicht zu lange.«

Mit Thierry hatte sie ein entspanntes Gespräch, bei dem es vor allem um die Frage ging, ob sie heute Abend lieber eine Dorade essen wolle oder einen *Loup de mer* in Salzkruste. Der Champagner sei kalt gestellt, und er koche gerne für sie. Selbstverständlich sei auch ihr Freund aus Paris willkommen. Isabelle lächelte. Sie zog es vor, mit Thierry alleine zu soupieren. Zwei Alphamännchen am Tisch waren keine Garantie für einen gelungenen Abend – ganz im Gegenteil.

Als sie zurück in ihr Büro kam, fand sie Apollinaire im Kopfstand vor, mindestens so schief wie der Turm von Pisa, aber erstaunlich stabil. Sie kannte diese »Entspannungsübung« ihres Assistenten. Sie hatte sie schon fast vermisst.

»Rouven Mardrinac«, sagte er mit rotem Kopf, zog die Beine an, machte eine Art Purzelbaum – und stand schließlich mit einem Lächeln vor ihr.

Sie deutete auf ein Hosenbein, das noch auf Kniehöhe festhing. Nach einer kleinen Korrektur sah er so aus wie immer – zerzaust und gerupft, aber quicklebendig und irgendwie nicht von dieser Welt.

»Rouven Mardrinac?«, wiederholte Isabelle. »Ist das sein richtiger Name?«

»Ja, so heißt unser Pierre Leclerc im wirklichen Leben. War nicht schwer, das herauszufinden. Aber Sie hatten mit Ihrer Vorahnung recht. Es handelt sich tatsächlich um einen Prozess mit höchster Sicherheitsstufe und Geheimhaltung. Angeklagt ist der Sohn eines schwarzafrikanischen Diktators. Es geht um Waffengeschäfte und um Mord. Alle weiteren Details sind hinter bombensicheren Firewalls verborgen. Da komm auch ich nicht durch.«

»Was macht unser Rouven Mardrinac beruflich?«, fragte Isabelle.

Apollinaire schnalzte mit der Zunge. »Nichts«, gab er zur Antwort.

»Wie soll ich das verstehen? Er sieht nicht aus wie ein Sozialhilfeempfänger.«

»Guter Witz. Rouven Mardrinac ist ein steinreicher Industrieerbe und ein in der Szene bekannter Kunstsammler.«

»*D'accord*, das passt, aber was hat so ein Mann mit einem afrikanischen Diktator zu tun, mit Waffengeschäften und mit Mord?«

»Das müssten Sie ihn selber fragen.«

Isabelle dachte nach. »Das werde ich nicht tun«, sagte sie dann, »wenigstens vorläufig. Zumindest wissen wir jetzt, dass uns dieser Mardrinac um die Ohren fliegen kann.«

»Im wahrsten Sinne des Wortes.«

Isabelle rang sich ein Lächeln ab. »So habe ich das nicht gemeint. Könnte aber passieren, da haben Sie recht.«

Sie spürte, wie eine leise Wut in ihr aufstieg. Mit der Faust schlug sie auf den Tisch.

»Bei Maurice sind wohl alle Sicherungen durchgebrannt. Er kann uns doch nicht in einen solchen Fall reinziehen. Wir haben weder die personellen noch die technischen Ressourcen, einen solchen Mann effektiv zu schützen.«

»Das nicht, aber das ist auch nicht nötig, solange er hier unentdeckt bleibt. Ich denke, dass sich Balancourt das so überlegt hat. Oder?«

Isabelle nickte. »Natürlich, so hat er sich das gedacht.

Fragolin ist aus seiner Sicht am Arsch der Welt. Wer kommt auf die Idee, hier nach diesem Mardrinac zu suchen? Aber was passiert, wenn doch?«

»Dann wird's lustig«, sagte Apollinaire. Ernster hätte sein Gesicht dabei nicht sein können.

»Also gut. Ich tue das wirklich nicht gern, doch ich werde die Gendarmerie informieren.«

Apollinaire riss die Augen auf. »Aber Sie können doch nicht allen Ernstes die Gendarmerie um Beistand bitten. Die sind doch schon damit überfordert, den Falschparkern Strafzettel unter die Scheibenwischer zu klemmen.«

Natürlich dachte Isabelle keine Sekunde daran, die Gendarmerie in ihren Personenschutz einzubinden. Als Kommissarin der *Police nationale* verbot sich schon aus Prinzip jede Zusammenarbeit mit der Gendarmerie.

»Kommt nicht in Frage, da haben Sie recht. Wir werden unseren Freunden nur eine kleine Aufgabe übertragen. Haben Sie noch Kontakt zu Sergeant Albertin?«

»Ja, der ist ganz nett. Strohdumm, aber nett.«

Isabelle überlegte. »Nein, ich habe eine bessere Idee. Verbinden Sie mich direkt mit Capitaine Briand. Ganz offiziell. Tun wir mal so, als ob wir ein richtiges Kommissariat wären.«

Wenig später lehnte sich Isabelle zufrieden zurück. Weil außer Apollinaire niemand da war, legte sie ihre Füße auf den Schreibtisch.

»Das haben Sie gut gemacht«, sagte er anerkennend.

»Ja, das lief nicht schlecht.«

»Jetzt wird jeder Schwarze, der nach Fragolin kommt, von der Gendarmerie kontrolliert. Der Capitaine ist Ihnen sogar dankbar, dass Sie ihm den Tipp mit dem afrikanischen

Rauschgiftring gegeben haben. Den Fahndungserfolg kann er sich dann ans Revers heften.«

Isabelle schmunzelte. »Daraus wird leider nichts werden. Hauptsache, jeder Schwarzafrikaner wird gefilzt. Das ist sozusagen unser äußerer Sicherheitsring. Albertin wird Sie informieren, wenn Gefahr in Verzug ist?«

»Das macht er bestimmt. Wir trinken ab und zu ein Glas zusammen.«

»Was wir nicht brauchen könnten«, gab Isabelle zu bedenken, »wäre ein hellhäutiger Killer. Der schlüpft uns durch.«

»Glaube ich nicht. Die trauen doch keinem Franzosen über den Weg.«

Isabelle schaltete den Computer aus und stand auf.

»Noch besser wäre«, sagte sie, »wenn wirklich niemand auf die Idee käme, Leclerc alias Mardrinac in Fragolin zu suchen. Dann hätten wir unsere Ruhe, und Balancourt hätte alles richtig gemacht.«

Apollinaire hob den Daumen. »Ganz bestimmt«, sagte er, »so wird es sein.«

# 32

Nach dem *Loup de mer* in Salzkruste hielt Isabelle den Zeitpunkt für geeignet. Zuvor hatte Thierry einmal mehr seine formidablen Kochkünste unter Beweis gestellt. Sollte er als Bürgermeister mal nicht wiedergewählt werden, könnte er jederzeit ein Feinschmeckerrestaurant eröffnen. Aber er hatte ja noch seine Rechtsanwaltskanzlei, der Fall würde also nie eintreten. Und so genoss sie das Privileg, dass er exklusiv für sie kochte. Weil sie wirklich gut befreundet waren, nicht nur in dieser, sondern auch in anderer Hinsicht, hielt sie es für unfair, ihm eine wichtige Information vorzuenthalten. Natürlich würde er ihr nie einen Vorwurf machen können, denn als Kommissarin der *Police nationale* unterlag sie der Schweigepflicht – erst recht, wenn es um den Schutz eines Zeugen ging. Aber Thierry war für das Wohl ihres kleinen Ortes verantwortlich. Er nahm seine Aufgabe sehr ernst, das wusste sie. Er würde alles tun, um Gefahren von seinen Bürgern abzuwenden. Und ihr Zeuge war zweifellos eine potenzielle Gefahr, nicht nur für sich, sondern, wenn es dumm lief, für die Allgemeinheit. Eine Gefahr, die mitten im Ort lebte.

»Was hältst du als Dessert von *tartelettes?*«, fragte Thierry genussvoll. »Blätterteigtörtchen mit Äpfeln und Pinienkernen? Den Backofen habe ich schon vorgeheizt.«

Sie langte sich lachend an den Bauch. »Erst mästest du mich wie eine Barbarie-Ente, irgendwann bin ich dir dann zu dick. Das ist eine perfide Strategie, mich loszuwerden.«

»Meine Küche macht nicht dick«, protestierte er. »Ganz im Gegenteil, sie ist ein Jungbrunnen, fast könnte man sagen: ein Beautysalon.«

Isabelle winkte ab. »Können wir kurz über was Ernstes reden?«, fragte sie.

»Muss das sein?«

»Nein, muss nicht. Aber weil ich mich schon mal dazu entschlossen habe, möchte ich es gerne hinter mich bringen.«

»Ich höre.«

»Du kennst ja mittlerweile meinen Feriengast?«

»Pierre Leclerc, natürlich. Ich habe ihn gestern bei Jacques getroffen. Wir haben uns prächtig unterhalten. Er ist klug, witzig und gebildet.«

Isabelle hob zugleich beide Zeigefinger. »Was ich dir jetzt erzähle, ist streng geheim. Aber ich denke, du solltest es wissen.«

»Er ist doch dein Liebhaber, oder?«

»Quatsch. Pierre Leclerc ist mir von Balancourt aufs Auge gedrückt worden. Ich soll auf ihn aufpassen, er ist im Zeugenschutzprogramm der *Police nationale*. So, jetzt weißt du es.«

»Uups.«

»Bis zum Prozessbeginn soll er sich hier verstecken. Aber wie du weißt, liegt ihm das Verstecken nicht im Blut.«

»Tja, er ist eher ein extravertierter Typ.«

»Bis heute habe ich nicht gewusst, was dahintersteckt. Ganz genau weiß ich es noch immer nicht. Scheint ein großes Ding zu sein.«

»Ganz bestimmt, sonst hätte sich nicht Balancourt höchstpersönlich um den Mann gekümmert.«

Isabelle nickte. »Ganz genau.«

»Dann ist Pierre Leclerc auch nicht sein richtiger Name, oder?«

»Natürlich nicht.«

»Wie heißt er?«

»Das darf ich nun wirklich nicht sagen, offiziell weiß ich es ja selber nicht. Ich weiß aber ganz sicher, dass er ausgesprochen gefährdet ist. Falls ihn hier die falschen Leute entdecken, wird man versuchen ihn umzubringen.«

»*Oh là là,* das klingt nicht gut. Aber ohne eine undichte Stelle ist das doch reichlich unwahrscheinlich, habe ich recht?«

»Sehe ich auch so. Ich möchte dir noch was sagen. Falls dir Capitaine Briand was von einem Rauschgiftring erzählen sollte, der von Schwarzafrikanern betrieben wird, muss dich das nicht beunruhigen, den gibt's nicht.«

Er sah sie ratlos an. »Versteh ich nicht.«

»Den Drogenring habe ich mir ausgedacht. Ich möchte, dass die Gendarmerie jeden dunkelhäutigen Touristen kontrolliert, ich meine, richtig dunkelhäutig, also schwarz.«

»Das geht nicht«, widersprach er spontan, »das wäre eine Diskriminierung, die durch nichts …« Er unterbrach sich, dann lächelte er. »Ah, ich kapiere. Die Menschen, die unseren Monsieur Leclerc umbringen wollen, sind aus Schwarzafrika. Deshalb hast du dir den Drogenring einfallen lassen. Das ist keine schlechte Idee. Die Gendarmerie hofft auf einen Coup und macht deine Arbeit.«

»Ich bitte dich, ich kann's nicht machen, ich hab dafür doch keine Leute.«

»Stimmt, ein Apollinaire allein ist zu wenig. Die Gendarmerie hat eh nichts zu tun. Daran wird sich auch in diesem Fall wenig ändern. Fragolin zählt nicht zu den bevorzugten Reisezielen von Menschen schwarzafrikanischer Herkunft.«

»Heute waren schon welche da, aber die waren harmlos.«

»Tatsächlich?« Thierry spielte mit dem Flaschenkorken. »Zum ersten Mal wünsche ich mir, dass ein Feriengast bald abreist«, sagte er. »Dabei ist mir dieser Leclerc sympathisch, sehr sogar. Aber ich will in Fragolin keine Schießerei. Das gibt eine schlechte Presse und schadet dem Fremdenverkehr.«

Sie sah ihn zweifelnd an. »Das ist aber eine zynische Betrachtungsweise. Um den Menschen sorgst du dich nicht?«

»Natürlich möchte ich nicht, dass Leclerc erschossen wird. Täte mir leid um ihn.«

»Was ist mit mir? Könnte doch sein, dass auch ich zu Schaden komme, immerhin soll ich auf ihn aufpassen.«

Er grinste. »Berufsrisiko. Du hättest ja nicht zur Polizei gehen müssen.«

Isabelle knüllte die Serviette zusammen und warf sie ihm an den Kopf.

»Ich glaube, es ist besser, du gehst in die Küche und kümmerst dich ums Dessert. Kann sein, dass ich in der Zwischenzeit nach Hause gehe.«

Er stand auf, umarmte sie und gab ihr einen Kuss. »Na gut, ich gebe es zu, es liegt mir auch daran, dass dir nichts passiert. Und weil ich die *tartelettes* nicht alleine essen will, kommst du am besten mit in die Küche, da habe ich dich unter Kontrolle.«

»Du bist ein Ekel.«

»Ich weiß, aber meine Blätterteigtörtchen sind köstlich.«

# 33

Sie hatte die noch ungelesene Tageszeitung unter den Arm geklemmt, als sie am nächsten Vormittag zunächst ihrem »Feriengast« einen Besuch abstattete. Isabelle widerstand der Versuchung, ihn mit seinem richtigen Namen Rouven Mardrinac anzureden. Das klärende Gespräch hatte Zeit. Vielleicht würde sie es auch nie führen. Für den Augenblick war es am wichtigsten, dass sich ihr Schützling brav in seinem Appartement verkroch und keinerlei Ambitionen zeigte, irgendwelche leichtsinnigen Ausflüge zu unternehmen oder sich anderweitig in Gefahr zu begeben. Womöglich hatte ihn die gestrige Begegnung mit den schwarzafrikanischen Touristen zur Räson gebracht. Dann hätte es nicht besser laufen können.

Auf dem nachfolgenden Weg zum Rathaus machte sie einen Umweg über den *cimetière,* wo ihre Eltern begraben waren. Das machte sie häufiger.

Die Minuten der Besinnung taten ihr gut. Mal brachte sie Blumen mit, oft aber nur sich selbst und ihre liebevollen Erinnerungen.

Im Kommissariat angelangt, fand sie Apollinaire bei der Arbeit vor. Allerdings hatte sie keine Ahnung, was es für ihn zu arbeiten gab. Aber er machte ein ernstes Gesicht und murmelte vor sich hin. Zwischendurch nahm er einen Schluck aus der Kaffeetasse.

Sie setzte sich an ihren Schreibtisch und schlug die mitgebrachte Tageszeitung auf.

»Seite drei«, sagte Apollinaire, ohne aufzublicken, »das dürfte Sie interessieren.«

Sie blätterte um – und wurde mit einem Mord konfrontiert.

»Perverser Tod in der Badewanne«, verkündete die reißerische Überschrift.

Der Name des Toten wurde abgekürzt: Jacques L. Hingegen wurde der Ort des Verbrechens benannt. Im schönen Grasse, dem Ort, der für seine Düfte bekannt war, hatte besagter Jacques sein Ende gefunden. Passenderweise hatte er in einer Firma gearbeitet, die Aromastoffe für Süßspeisen herstellte, aber auch, wie der eifrige Journalist recherchiert hatte, für Toilettenpapier und Haarwaschmittel. Was das mit dem Mord zu tun haben könnte, blieb im Unklaren. Vor allem erschloss sich dem Leser nicht, was an dem Tod des beklagenswerten Opfers »pervers« gewesen war. Seine Putzfrau hat ihn tot in seiner Badewanne vorgefunden. Mit oder ohne Wasser? Vielleicht Selbstmord mit einem Föhn – aber das wäre ein Klassiker und ganz gewiss nicht pervers.

»Wie kommen Sie darauf, dass mich diese Meldung interessieren könnte?«, fragte Isabelle. »Grasse fällt nicht in unseren Zuständigkeitsbereich.«

»Wir haben keinen Zuständigkeitsbereich«, stellte Apollinaire lakonisch fest. »Wenn überhaupt, liegt unsere Zuständigkeit in der Vergangenheit und nicht in der Gegenwart.«

Isabelle lachte. »Da haben Sie definitiv recht, aber das beantwortet nicht meine Frage.«

Er deutete auf seinen Bildschirm. »Ich hab mir die Ermittlungsakte unserer Kollegen angeschaut. Mich hat die Formulierung ›perverser Tod‹ stutzig gemacht. Im Artikel steht nichts darüber.«

Sie sah ihn fragend an. »Und?«

Apollinaire wurde verlegen, rückte seinen Krawattenknoten zurecht und hüstelte.

»Vielleicht ist es besser, wenn Sie den Bericht selber lesen«, schlug er vor.

»Nur keine falsche Scham. Nun sagen Sie schon, was am Ableben des Jacques L. so abartig war.«

»Tja, also, wie es aussieht, ist er erstickt.«

Sie nickte auffordernd.

Apollinaire zupfte sich am Ohrläppchen. »Um ehrlich zu sein, ich wusste gar nicht, dass das geht.«

»Sie machen es spannend. Wie ist er erstickt?«

»Sie müssen wissen, der Mann war gefesselt, an den Füßen mit einem Gürtel und an den Händen mit einer Nylonschnur, nach hinten, festgebunden am Wasserhahn.«

»Was soll daran nicht gehen? Außerdem führt die beschriebene Fesselung nicht zum Erstickungstod.«

Wieder hüstelte Apollinaire. Dann nahm er seinen Mut zusammen. »Der Mörder hat ihm ein Kondom über den Kopf gezogen, ein Präservativ, Sie wissen schon. Da hat er natürlich keine Luft mehr bekommen.«

»Oh«, sagte Isabelle, »das ist mal was Neues. Kann man ein Kondom wirklich so weit ausdehnen, dass es sich über den Kopf ziehen lässt?«

»Ich hab im Internet recherchiert. Ja, das geht. Da gibt's sogar Videos, die zeigen, wie man es macht. Man muss das Kondom erst über den Hinterkopf …«

»So genau will ich es nicht wissen.«

Apollinaire nickte. »Ich auch nicht. Nur so viel: Es scheint zu gehen.«

»Wie alt ist das Opfer?«, fragte Isabelle.

»Ungefähr so alt wie der Tote von Pampelonne. Er war

alleine im Haus, seine Frau war beim gemeinsamen Sohn in Nantes.«

»Wurde er vorher erschossen?«

»Nein, da gibt's keine Parallele mit dem Toten von Pampelonne, auch sonst nicht.«

»War der Mann in der Badewanne nackt?«

»Nicht richtig, aber irgendwie doch. Seine Hose war runtergezogen bis zu den Füßen, auch seine Unterhose. Aber sein Hemd hatte er noch an. Wollen Sie das Foto sehen?«

»Danke nein, darauf kann ich verzichten.«

»Das war's schon. Es gibt keine Zeugen, bislang keinen Tatverdächtigen und keine verwertbaren Spuren. Aber die kriminaltechnische Untersuchung läuft noch.«

»Sehen die Kollegen einen Zusammenhang mit dem Mord am Strand?«

»Das wird ausgeschlossen. Bei Raphaël Dubois gibt's offenbar eine heiße Spur, die ins Rotlichtmilieu von Saint-Tropez führt. Der Fall steht offenbar kurz vor der Aufklärung. Nach Grasse ist es weit, und dieser Jacques Legrand, so heißt er, war kein Strandgigolo, sondern ein braver Familienvater mit einem spießigen Beruf. Da spricht nichts für einen Zusammenhang. Aber ich dachte trotzdem, dass Sie der Mordfall interessieren könnte.«

»Einerseits schon, andererseits wieder nicht«, sagte sie. »Wir sind ja wirklich nicht zuständig. Und ein Zusammenhang mit unserem Mord vor zehn Jahren lässt sich kaum konstruieren.« Isabelle dachte nach. »Die beiden aktuellen Morde scheinen mir aus psychologischer Sicht aber schon bemerkenswert. Im Gegensatz zu unseren Kollegen würde ich eine Verbindung nicht ausschließen. In beiden Fällen wurde der Mord so inszeniert, dass er eine Botschaft vermittelt, die auf einen sexuellen Hintergrund hindeutet. Der Mord alleine reicht dem Täter nicht, es ist ihm wichtig, ein entwürdigendes Statement abzugeben. Raphaël Dubois wurde erst erschossen und anschließend entmannt, er hat's also nicht mehr gemerkt. Jacques Legrand hingegen dürfte seinen Tod bewusst durchlitten haben. Das ist zwar ein gewisser Unterschied, aber im Ergebnis bleibt es doch gleich. In beiden Fällen war es eine Inszenierung, deshalb auch die runtergezogene Hose. Die Nachwelt sollte erfahren, dass das Opfer mit irgendeiner perversen Schweinerei zu tun hatte.«

»Oder die Täter waren selber pervers«, gab Apollinaire zu bedenken. »Unter uns leben mehr Psychopathen, als wir uns vorstellen können.«

»So viele nun auch wieder nicht. Die Frage ist doch, ob der Mörder die Tatausführung als lustvoll empfunden hat. Das darf zumindest beim Toten von Pampelonne bezweifelt werden. Im Vordergrund steht die Botschaft. In diesem Punkt gäbe es dann doch eine winzig kleine Brücke zu unserem Toten, zu Jean-Luc Navet. Ihm hat der Täter auf die Stirn geschrieben, dass er ein Vergewaltiger sei. Das war auch eine Botschaft für die Nachwelt.«

Apollinaire wiegte zweifelnd den Kopf hin und her. »Etwas weit hergeholt, finden Sie nicht?«

»Ja, sogar sehr weit hergeholt«, gab sie zu. »Ich habe nur laut nachgedacht. Aber Sie haben recht, wir sollten uns wieder unserem Fall zuwenden. Seit wir wissen, dass Monique nicht die leibliche Tochter ihres Vaters ist, sind wir wieder im Spiel. Aber nur theoretisch, praktisch weiß ich nicht weiter. Haben Sie einen Vorschlag?«

Er hob resignierend die Hände. »*Pas du tout,* ich habe nicht den leisesten Schimmer. Aber ich bin nur ein kleiner

Sous-Brigadier aus dem Archiv in Toulon. Und Sie sind die Madame le Commissaire aus Paris, Ihnen wird doch hoffentlich was einfallen, wie wir diesen Guy Fournier packen können.«

»Leider muss ich Sie enttäuschen. Wir können nicht beweisen, dass der kleine Baptiste Navets Sohn ist. Nur dann hätte Guy Fournier ein Motiv, Navet umzubringen. Wir sind in einer Sackgasse. Vielleicht sollten wir uns einen anderen Fall suchen.«

»Madame, Sie geben doch bitte nicht einfach auf«, protestierte Apollinaire. »Das passt nicht zu Ihnen.«

Sie legte die Zeitung zur Seite und dachte nach. »Unsere Chance ist, dass wir womöglich völlig falschliegen.«

»Wie meinen Sie das?«

»Sollten wir eine falsche Spur verfolgen«, erklärte sie, »dann ist es völlig egal, ob wir irgendwas beweisen können, sie führt eh nicht ans Ziel. Versuchen wir also für einen Moment, Valerie Fournier zu vergessen, auch den kleinen Baptiste und ihren Bruder Guy. Vielleicht war alles ganz anders. Jean-Luc Navet hat mit der Vergewaltigung in Bormes-les-Mimosas nichts zu tun. Was dann? Wen hat er vergewaltigt? Und wer hatte ein Motiv, ihn deshalb umzubringen?«

»*Merde,* warum ist das alles so schwierig?«

Isabelle lächelte. »Weil es sonst einfach wäre. Dann bräuchte man uns nicht, dann könnte auch ein routinierter Schwachkopf unsere Arbeit machen.«

Apollinaire grinste. »Denken Sie gerade an Commandant Bastian?«

Jetzt musste sie lachen. »Natürlich nicht, obwohl der Gedanke nicht so abwegig wäre.«

»Nein, ist er nicht. Habe ich Ihre Erlaubnis, trotzdem

mit Guy Fournier weiterzumachen? Ich möchte ihm gerne etwas heftiger auf den Zahn fühlen. Vielleicht war er es dennoch, dann wäre es total blöd, wenn er uns durch die Finger schlüpft.«

»Solange wir keine andere Spur haben, können Sie das gerne machen«, sagte sie. Und nach einer Pause: »Ich glaube, ich werde erneut mit Monique sprechen. Vielleicht fällt ihr doch was von früher ein, irgendein Hinweis, der uns weiterhilft.« Isabelle stand auf. »Apollinaire, Sie könnten mal im Geburtenregister nachschauen, welche Kinder vor oder kurz nach dem Mord an Jean-Luc Navet in Fragolin auf die Welt gekommen sind. Vielleicht gibt es noch einen Baptiste, der nur anders heißt.«

»Oder eine Baptistin.«

»Genau.« Sie schnippte mit den Fingern. »Und noch etwas. Behalten Sie im Auge, was unsere Kollegen bei den beiden Morden herausfinden. Ich möchte wetten …« Sie unterbrach sich. »Nein, besser nicht.«

»Was wollten Sie wetten?«

Sie lachte und machte eine wegwerfende Handbewegung. »Nichts, vergessen Sie es!«

# 34

An der kleinen Brücke standen zwei Gendarmen und beobachteten den spärlichen Straßenverkehr. Vor dem Korkgeschäft von Alain hatte sich Sergeant Albertin postiert. Und auf der Terrasse vom *Café des Arts* saß Capitaine Briand höchstpersönlich. Er tat so, als ob er in einem Journal läse, aber es war leicht zu merken, dass seine ganze Aufmerksamkeit den vorbeiflanierenden Touristen galt. Isabelle verkniff sich ein Lächeln. Noch nie hatte sie in Fragolin eine solche Präsenz der uniformierten Staatsgewalt gesehen. Alle hielten Ausschau nach verdächtigen Personen vorzugsweise dunkler Hautfarbe, in der Hoffnung, einen afrikanischen Drogenring auffliegen zu lassen. Ihr Bluff hatte funktioniert, jedenfalls für den Moment. Blieb zu hoffen, dass die Gendarmen nicht zu schnell ermatteten und sich frustriert zurückzogen.

Im Vorbeigehen schenkte sie dem Capitaine die Andeutung eines militärischen Grußes mit einem flüchtigen Anlegen der rechten Hand an die Schläfe. Diese Ehrenbezeugung gefiel ihm so sehr, dass er sie erwiderte. Isabelle dachte, dass das Leben so einfach sein könnte – sogar zwischen der *Police nationale* und der Gendarmerie. Gleichzeitig wusste sie, dass das die Ausnahme war, nicht die Regel, und nur vorübergehend.

Bei Leclerc angekommen, nahm sie im Treppenhaus immer zwei Stufen auf einmal. Dass sie dabei keine Schmerzen hatte, jedenfalls nicht mehr als sonst auch, wertete sie als großen Fortschritt. Auch hatte sie keine Atembeschwerden. Ohne dass sie viel dafür tat, ging es ihr kontinuierlich besser. So gesehen war es nicht allzu schlimm, dass sie ihre sportlichen Vorsätze, zum Beispiel wieder mit dem Joggen zu beginnen, im Alltag grob vernachlässigte.

Vor Leclercs Tür vollzog sich die übliche Prozedur des Entriegelns. Er hatte sich vorbildlich verbarrikadiert. Sie dachte, dass ihr Schützling ein Lob verdient hätte, aber sie würde einen Teufel tun.

Im Appartement blieb sie verblüfft stehen, denn Leclerc war nicht allein. Clodine sah Isabelle verlegen an, kam dann auf sie zu und umarmte sie. Ihre Wangen waren leicht gerötet, was am Champagner liegen mochte, den Isabelle im Kühler entdeckte. Na so was, da war ihre Freundin also dabei, sich diesen charmanten Schöngeist zu angeln. Das mochte ihr sogar gelingen, aber nur für die Dauer seines Aufenthalts in Fragolin, weil ihm langweilig war und ihn nach Abwechslung gelüstete. Clodine konnte nicht ahnen, dass sie nur bei einem Mann namens Pierre Leclerc Erfolg haben konnte, aber nie und nimmer bei einem millionenschweren Rouven Mardrinac, der sich auf internationalem Parkett und in anderen Sphären bewegte. Für einen Mardrinac war eine kleine Seifenverkäuferin aus Fragolin keine Option, allenfalls ein flüchtiges Abenteuer – mit festgelegtem Verfallsdatum, nämlich dem Tag des Prozessbeginns. Clodine tat ihr leid, doch konnte sie nichts daran ändern. Blieb zu hoffen, dass sie die Zeit mit ihm genoss. Und dass ihr Laden nicht Pleite machte, wenn er so oft geschlossen war.

Er deutete auf die Champagnerflasche und fragte, ob sie ein Glas mit ihnen trinken wolle. Isabelle nickte. Clodine entschuldigte sich und ging ins Bad. Isabelle nutzte die

Gelegenheit und flüsterte ihm zu, dass er Clodine nicht verletzen dürfe. Das nehme sie ihm persönlich übel.

»Warum sollte ich ihr weh tun?«, fragte er mit gespielter Naivität. »Sie ist nett, ich freue mich, wenn sie mir Gesellschaft leistet.«

»Das glaube ich gerne«, erwiderte Isabelle. »Aber wenn sie später in Paris nach einem Leclerc sucht, wird sie ihn nicht finden. Ist doch so, mein lieber Rouven Mardrinac?«

Er zuckte nur kurz mit den Augen. »Meine Freunde nennen mich Rouvi«, sagte er leise.

»Aber ich gehöre nicht zu deinen Freunden. Einen Rouven Mardrinac werde ich genauso wenig kennenlernen wie Clodine. Schon gleich keinen Rouvi.«

»Woher willst du das wissen?«

»Weil ich das Leben kenne. Für mich gibt's nur einen Pierre Leclerc, und in nicht allzu ferner Zukunft sagen wir *adieu!*«

»Ihr sagt *adieu?*«, wiederholte Clodine das letzte Wort, das sie bei ihrer Rückkehr aus dem Bad aufgeschnappt hatte. »Warum denn das?«

»Weil ich gehen muss«, antwortete Isabelle. »Ich habe einen Termin. Deshalb verzichte ich auf den Champagner. *Adieu, au revoir.*«

Zurück auf der Straße, beschloss sie, nicht länger über die beiden nachzudenken. Sie konnte sowieso nichts ändern. Ganz nüchtern betrachtet, war es sogar von Vorteil, wenn Clodine möglichst viel Zeit in seinem Appartement verbrachte. Dann gab es für ihn keinen Grund, im Ort herumzuspazieren oder gar irgendwelche bescheuerten Ausflüge zu machen. Sollten die beiden doch ihren Spaß haben. Und hinterher würde sie Clodine helfen, mit der Enttäuschung fertig zu werden.

Am späten Nachmittag fuhr Isabelle nach Antibes. Sie hatte sich zuvor bei Monique angemeldet. Ihre Chefin und Freundin Manon war nicht im Café, sie hatte Migräne. Monique musste den Laden alleine schmeißen. Aber es war nur ein Tisch besetzt, sie hatte Zeit.

»Sind Sie dienstlich hier oder privat?«, fragte Monique mit einem Lächeln.

Isabelle erinnerte sich, dass Monique ihren Geruch gemocht hatte. Ganz offenbar fand sie Gefallen an ihr. Das war ein seltsames Gefühl.

»Halb und halb«, antwortete sie ausweichend. »Ich hab einige Fragen, aber das wäre auch telefonisch gegangen.«

Monique sah sie eindringlich an. »Ihre Fragen mag ich nicht, das wissen Sie. Aber es ist schön, dass Sie da sind. Wollen Sie was trinken? Oder ein Stück von unserem Zwiebelkuchen? Den macht Manon selbst, mit Thymian, Oregano und Oliven.«

»Nein danke. Aber ich hätte gerne eine *menthe à l'eau*, wenn es geht.«

»Klar geht das, mag ich auch sehr gerne. Bin gleich wieder da.«

Isabelle saß unter der Markise und dachte nach. Sie hatte sich nicht auf das Gespräch vorbereitet. Sie wusste nicht, was sie fragen wollte. Natürlich wusste sie, was sie interessieren würde, aber sie hatte Skrupel, allzu direkte Fragen zu stellen.

»*Voilà, menthe à l'eau*, dazu frische *Madeleines* aus der Backstube.«

»Wunderbar, vielen Dank.«

Monique setzte sich zu ihr an den Tisch. Die anderen Gäste waren gegangen. Nicht gut fürs Geschäft, aber gut für ihr Gespräch.

»Vermissen Sie Fragolin?«, fragte Isabelle.

»*Mon Dieu,* nein, keine Sekunde.«

»Und Marokko?«

»Ab und zu, ein wenig. Das orientalische Flair hat mir schon gefallen. Aber Achmed und seine Familie haben mir das Leben schwergemacht. Hier in Antibes fühle ich mich wohl. Ich glaube, ich bin angekommen.«

»Und Manon?«

»Ja, auch bei Manon bin ich angekommen. Was nicht heißt …« Monique sprach nicht weiter und lächelte vieldeutig.

»Was nicht heißt?«

»Isabelle, Sie haben mich schon verstanden.«

»Darf ich das Thema wechseln?«

»Schade.«

»Ich will Ihnen nicht weh tun und alte Wunden aufreißen.«

»Dann lassen Sie es sein!«

Isabelle sah sie nachdenklich an. »Monique, ich weiß, dass Jean-Luc nicht Ihr Vater war.«

Monique zuckte zusammen. »Jetzt haben Sie die schöne Stimmung kaputt gemacht. Daran mag ich nicht erinnert werden, das wissen Sie doch.«

»Tut mir leid.«

»Sie haben recht, er war nicht mein Vater. Darüber bin ich froh, denn so sind mir seine Gene erspart geblieben.«

»Wissen Sie, wer Ihr richtiger Vater war?«

»Keine Ahnung, interessiert mich nicht. Ich bin ich. Wer mich gezeugt hat, ist mir egal. Warum wollen Sie das wissen?«

Isabelle nahm Moniques Hand und streichelte sie.

»Entschuldige, es gibt keinen Grund, ich bin nur neugierig.«

»Du hast mich gerade geduzt.«

»Ich weiß.«

»Wenn du mich magst, dann lass meine Vergangenheit in Frieden. Sie war nicht immer schön, deshalb bin ich ja von zu Hause ausgerissen. Ich will nicht wieder daran denken, es ist vorbei.«

»Ich kann dich verstehen. Es ist nur so, dass ich mehr über Jean-Luc erfahren will.«

»Weil du immer noch seinen Mörder suchst? Was ist mit deinem Verdächtigen, von dem du das letzte Mal gesprochen hast?«

»Er lebt in Marseille, ich kann ihm die Tat nicht beweisen, vielleicht war er es auch nicht.«

»Dann lass es gut sein. Mir ist egal, wer ihn umgebracht hat.«

Isabelle hätte noch viele Fragen gehabt, aber sie traute sich nicht, sie zu stellen. Sie wunderte sich über sich selbst. Normalerweise machte es ihr nichts aus, Zeugen unangenehme Fragen zu stellen. Das war ihr Job. Aber Monique hatte sich ein klein wenig in ihr Herz geschlichen, Isabelle wollte sie nicht verletzen. Hinzu kam, dass sie keine Ahnung hatte, was ihre Fragerei bringen sollte. Monique hatte zur Zeit der Tat schon länger in Marokko gelebt. Wie sollte sie wissen, was ihr Stiefvater angestellt hatte? Erst recht könnte sie keinen Hinweis auf einen möglichen Täter geben. Was hatte sie erwartet?

»Erzähl was von dir!«, sagte Monique. »Dein Leben war auch nicht immer einfach, stimmt's?«

Isabelle zögerte. Dann ließ sie sich auf die neue Rollenverteilung ein. Jetzt war es Monique, die die Fragen stellte. Fragen, auf die sie womöglich keine Antworten hatte.

»Meine Eltern sind bei einem Autounfall ums Leben gekommen, da war ich noch ganz klein.«

»Tragisch.«

»Das ist nicht die ganze Wahrheit, sie sind umgebracht worden.«

»Wie schrecklich.«

»Ich bin als kleines Mädchen zu meiner Großmutter nach Lyon gekommen.«

»Ich weiß, das hast du schon das letzte Mal erzählt. Später hast du in Paris gelebt. Warum bist du nach Fragolin zurückgekehrt?«

Isabelle strich ihre Haare zur Seite und zeigte Monique die Narbe an der Stirn.

»Mir ist eine Bombe um die Ohren geflogen. Fast wäre ich dabei draufgegangen. Ich wollte mich davon erholen und dachte, dass der Ort meiner Kindheit dafür geeignet sein könnte.«

»Und? Ist er es?«

»Ich glaube schon. Wenigstens für den Augenblick. Es ist schön dort.«

»Hast du eine Beziehung?«

Isabelle antwortete mit einer Gegenfrage. »Was ist eine Beziehung?«

»Bist du mit jemandem zusammen?«

»Wir leben nicht zusammen, wenn du das meinst. Aber wir sehen uns häufig.«

»Und ihr schlaft miteinander?«

»Jetzt wird es aber persönlich«, sagte Isabelle ausweichend.

»Findest du? Du willst ja auch von mir alles wissen.«

»Also gut, wir haben Sex miteinander.«

»Es ist ein Mann, richtig?«

Isabelle nickte.

»Hast du es schon mal mit einer Frau probiert?«, fragte Monique.

»Ist das ein Angebot?«

Monique hauchte ihr einen Kuss zu. »Denk darüber nach.«

»Und Manon?«

»Es wäre besser, wenn sie nichts davon erfährt.«

Isabelle dachte, dass das Gespräch eine merkwürdige Wendung genommen hatte. Seltsamerweise machte es ihr nichts aus. Monique war nicht aufdringlich, irgendwie war sie süß. Woher sollte Monique wissen, dass sie für weibliche Reize nicht empfänglich war? War sie es wirklich nicht? Bis vor wenigen Minuten hatte sie daran keinen Zweifel, plötzlich war sie sich nicht mehr ganz sicher. Monique schob sich lasziv eine *Madeleine* in den Mund. Das Gebäck hatte die Form einer Jakobsmuschel. Doch, natürlich war sie sich sicher. Aber wenn sie das Spiel ein wenig mitspielte, konnte das nicht schaden. Vielleicht erfuhr sie auf diese Weise doch noch was. Ein wenig mitspielen? Wie sollte das gehen? War sie jetzt völlig bescheuert?

»Ich kenne in Cannes einen netten Club«, sagte Monique, »hast du morgen Abend Zeit?«

Isabelle biss sich auf die Unterlippe. Dann gab sie sich einen Ruck.

»Morgen Abend? Ja, das geht.«

Monique lächelte. »Ich freue mich. Gib mir die Nummer von deinem *portable*, dann schicke ich dir später eine Textnachricht mit Uhrzeit und Adresse.«

»Einverstanden.«

»Aber du musst mir was versprechen.«

»Das wäre?«

»Wir reden nicht von früher.«

Isabelle dachte, dass sie sich unter dieser Voraussetzung das Treffen sparen könnte. Trotzdem machte sie keinen Rückzieher. Sie konnte ja immer noch absagen, in letzter Minute.

»Versprochen!«

# 35

Die Messung der Abstände war knifflig. Jede Mannschaft behauptete, dass die eigene Kugel näher liege. Da brachte auch das Maßband kein klares Ergebnis. Isabelle konnte sich über die erregt geführten Diskussionen beim Pétanque immer wieder amüsieren. Sie war wahrscheinlich der einzige Spieler, der das Spiel nicht so ernst nahm. Selbst Thierry verstand da keinen Spaß. Der Zufall wollte es, dass gerade Apollinaire auftauchte. Isabelle schlug vor, den Sous-Brigadier zum Schiedsrichter zu ernennen. Er war kein Mitspieler und deshalb unbefangen. Wenigstens in diesem Punkt konnte Einigkeit erzielt werden. Apollinaire umkreiste die Kugeln und machte ebenfalls einen ratlosen Eindruck. Das angebotene Maßband schlug er aus. Stattdessen eilte er zu seinem 2CV, der in unmittelbarer Nähe geparkt war.

»Jetzt holt er den Wagenheber«, sagte Jules. Wenigstens noch einer, der die Sache von der humorigen Seite nahm.

Jules zündete sich eine Gauloise an. Thierry plädierte auf Gleichstand.

Apollinaire hob triumphierend einen kleinen Stab in die Höhe. Dabei handelte es sich um eine *tirette,* ein Messgerät mit ausschiebbarer Zunge. Die Spieler waren beeindruckt. Isabelle staunte einmal mehr, was Apollinaire in seinem Auto so alles mit sich führte.

Mit höchstmöglicher Sorgfalt bestimmte er die Abstände – und kam zu einem eindeutigen Ergebnis. Jules schnippte wütend seine Gauloise in die Gegend. Thierry machte mit erhobenen Fingern das Siegeszeichen. Isabelle spendete leise Applaus. Das Spiel war entschieden. Apollinaires Messergebnis wurde von keinem in Frage gestellt.

»Madame, hätten Sie Zeit, mich ins Büro zu begleiten?«, fragte er. »Es gibt Neuigkeiten.«

»Ich steige aus«, sagte Isabelle zu ihren Mitspielern. Dann ging sie mit ihrem Assistenten hinüber ins Rathaus.

»Ich habe eine gute und eine schlechte Nachricht«, sagte er.

»Fangen wir mit der schlechten an.«

»Dieser Guy Fournier ist ein ziemlicher Trottel«, stellte Apollinaire fest.

»Das ist gar keine Nachricht, weder gut noch schlecht.«

»Sie haben ihn doch nach seinem Alibi gefragt, richtig?«

»Klar, aber er konnte sich nicht erinnern. Was nach so langer Zeit irgendwie zu verstehen ist.«

»Ich sagte doch, er ist ein Trottel.«

»Wieso?«

»Guy Fournier ist nicht nur wegen fahrlässiger Körperverletzung vorbestraft, er hat auch eine Gefängnisstrafe absitzen müssen.«

»Ich ahne, was jetzt kommt.«

»Zur Tatzeit war er hinter Gittern. Ein besseres Alibi gibt es nicht. Wie bescheuert muss man sein, sich nicht daran zu erinnern.«

»Damit ist er aus dem Spiel. Schade, es hätte alles so gut gepasst.«

»Ja, aber er kann es nicht gewesen sein.«

»Wenigstens haben wir jetzt Gewissheit. Und die gute Nachricht?«

»Ich weiß, wer Valerie Fournier auf dem Blumenfest in

Bormes-les-Mimosas vergewaltigt hat. Jean-Luc Navet war es nicht.«

»Wie um Himmels willen haben Sie das herausbekommen?«

»Es gibt eine Speicherbank mit den genetischen Profilen von straffällig gewordenen Sexualtätern. Ich habe einen Abgleich mit der DNA von Baptiste durchführen lassen. Volltreffer! Der Mann heißt Clément Nemours. Er sitzt momentan im Knast und verbüßt eine mehrjährige Strafe wegen bewaffneten Raubes. Er hat früher schon mal wegen sexueller Nötigung eingesessen. Als Vergewaltiger war er auch angeklagt, ist aber aus Mangel an Beweisen freigesprochen worden. Scheint ein übler Geselle zu sein.«

Isabelle deutete eine Verbeugung an. »Gute Arbeit, mein lieber Apollinaire.«

»Vielen Dank, war nicht so schwer. Was machen wir jetzt? Informieren wir die Staatsanwaltschaft?«

»Darüber muss ich erst nachdenken.«

Apollinaire sah sie fragend an. »Erlauben Sie mir die Frage: Warum? Weil Sie sich die Haarprobe von Baptiste ohne das Einverständnis seiner Mutter besorgt haben? Das lässt sich nachholen und ändert nichts am Ergebnis.«

»Nein, nicht deshalb.«

Sie stand auf und lief im Zimmer auf und ab. Apollinaire beobachtete sie dabei, wagte aber nicht, ein Wort zu sagen.

»Versuchte Vergewaltigung verjährt nach zehn Jahren«, sagte sie schließlich.

»Aber in unserem Fall ist die Vergewaltigung definitiv vollzogen worden, sonst gäbe es ja keinen Baptiste. Da ist die Verjährungsfrist länger.«

»Ich weiß, aber es hat schon einen Grund, warum die Verjährungsfrist bei Vergewaltigung immer wieder in der

Diskussion steht. Auf der einen Seite stehen das Recht und die moralische Pflicht, solche Schweine zu bestrafen.«

»Na also, dann ist dieser Clément Nemours fällig.«

»Auf der anderen Seite denke ich an Valerie Fournier und an ihren kleinen Sohn. Sie hat in Panik reagiert, als ich sie auf die Vergewaltigung angesprochen habe. Wie es scheint, hat sie dieses traumatische Erlebnis nach all den Jahren irgendwie überwunden. Sie will nächstes Jahr heiraten und nicht mehr mit ihrer Vergangenheit konfrontiert werden. Das hat sie übrigens mit Monique gemeinsam, die will auch nicht über früher reden, aber bei ihr hat das andere Gründe. Valerie ist stolz auf ihren Sohn. Wenn sie ihn in ihre Arme nimmt, möchte sie ganz bestimmt nicht daran denken, dass er von einem Mistkerl abstammt und womöglich seine Charaktereigenschaften geerbt hat. Sie würde es nicht wissen wollen. Und Baptiste wäre auch nicht geholfen. Ich frage mich also, wem damit gedient ist, wenn wir Licht ins Dunkel bringen, die alte Geschichte vor Gericht zerren und die Presse den Fall womöglich aufgreift. Valerie und Baptiste würden leiden, und der Traum von einem glücklichen, unbeschwerten Leben wäre erneut geplatzt. Wollen wir das wirklich?«

Apollinaire lockerte seinen Krawattenknoten und öffnete den obersten Hemdknopf. Das Thema schien ihm die Luft abzuschnüren.

»Natürlich haben Sie recht«, sagte er, »so habe ich das nicht gesehen. Aber ich frage mich, ob wir das überhaupt entscheiden dürfen. Wir sind bei der Polizei, wir haben eine Straftat aufgeklärt und können den Täter überführen. Also müssen wir es tun.«

Isabelle sah ihn ernst an. »Und wenn ich sage, dass wir es nicht tun, was ist dann?«

Er musste nicht lange nachdenken. »Dann tun wir es natürlich nicht«, sagte er. »Es ist Ihre Entscheidung, ich vertraue Ihnen.«

»Danke. Aber ich werde noch mal darüber nachdenken. Es hat ja keine Eile. Was ist mit dem DNA-Abgleich, wird es da zu einer Nachfrage kommen?«

»Nein, das ist ein technischer Routinevorgang. Da sind wir niemandem Rechenschaft schuldig. Schade nur um den Ermittlungserfolg. Commandant Bastian wäre schwer beeindruckt.«

Isabelle lächelte. »Seit wann interessiert uns Commandant Bastian?«

»Richtig, ich wundere mich, dass mir überhaupt sein Name einfällt.«

Später lag Isabelle auf ihrem Bett. Sie hatte die Arme hinter dem Kopf verschränkt und sah an die Decke mit dem Ventilator, der zwar schön anzusehen war, aber nicht funktionierte. Sie fragte sich, was richtig war. Natürlich hatte Apollinaire recht, es war ihre verdammte Pflicht, die Staatsanwaltschaft zu informieren und Clément Nemours vor Gericht zu bringen. Aber wer sorgte sich um das Seelenheil von Valerie und ihrem Sohn? Isabelle war angetreten, einen Mord aufzuklären, da gab es kein moralisches Dilemma. Das Opfer war tot, es hatte keine Seele mehr, die man schützen konnte. Doch Valerie und Baptiste? Sie lebten noch, sie wollten leben, sie hatten einen Anspruch darauf. Aber natürlich gab es für Vergewaltiger kein Pardon. Sie mussten bestraft werden, unbedingt, mit aller Härte, schon deshalb, damit sie nicht zum Wiederholungstäter wurden. Es galt, zukünftige Opfer zu schützen. Aber bei Nemours war das längst erfolgt. Er hatte weitergemacht, er war dafür bestraft worden, zumindest für die sexuelle Nötigung. Jetzt saß er ohnehin im Gefängnis und stellte im Moment keine Gefahr dar. Natürlich, mit einer zusätzlichen Verurteilung wegen Vergewaltigung würde er länger sitzen. Das galt es bei der Abwägung zu berücksichtigen.

Isabelle stand auf und sah aus dem Fenster. Apollinaire hatte recht, es stand ihr nicht zu, diese Entscheidung zu treffen. Sie war bei der *Police nationale* und hatte sich an die Gesetze zu halten. Zu Gericht saßen andere, die besser qualifiziert waren. Aber diese Menschen kannten weder Valerie Fournier noch ihren Sohn Baptiste.

Sie atmete tief durch und traf eine Entscheidung, die das Problem nicht löste, aber auch keinen Schaden anrichtete. Sie würde sich von Apollinaire die frühestmögliche Haftentlassung von Nemours geben lassen. So lange hatte sie Zeit, dann könnte sie immer noch aktiv werden.

Isabelle fühlte sich erleichtert. In jedem Fall hatten Valerie und Baptiste eine Schonfrist. Und sie selbst hatte den Kopf frei für den Fall, um den es eigentlich ging. Um den Mord an Jean-Luc Navet.

# 36

Am nächsten Morgen begegnete sie in der *Boulangerie-Pâtisserie* Marie-Claire, ihrer Nachbarin, die in der Gasse genau gegenüber wohnte. Die alte Dame war wie immer gut aufgelegt. Isabelle wartete schon darauf, dass sie wieder eine Empfehlung bekam.

Sie wurde nicht enttäuscht. Diesmal waren es *calissons d'Aix*, kleine Naschereien mit dem Aussehen von rautenförmigen Schiffchen, aus Mandeln und mit kandierten Früchten. Die müsse sie unbedingt nehmen, die seien ganz wunderbar.

Beim Bezahlen deutete Marie-Claire auf die Hände der Verkäuferin. »Was macht deine rheumatoide Arthritis?«, fragte sie.

»Tut weh, mal mehr, mal weniger.«

»Das hatte schon deine Mutter. Bei ihr haben Kältepackungen geholfen. Und ich habe ihr Entzündungshemmer verschrieben. Soll ich mit deinem Arzt reden?«

Die Verkäuferin sah sie treuherzig an. »Ich hätte es viel lieber, wenn du mich behandelst«, sagte sie.

Marie-Claire lachte. »Das ist lieb. Aber in meiner alten Praxis ist heute ein Schuhladen, ich sehe schlecht und vergesse vieles. Nein, nein, meine Liebe. Heute sind die jungen Leute dran. Aber du musst mit deinen Problemen schon hingehen. Die Ärzte laufen dir nicht hinterher.«

Isabelle hatte das Gespräch aufmerksam verfolgt. »Du hast in Fragolin als Ärztin gearbeitet?«, fragte sie.

»Ja, ein halbes Menschenleben und noch einige Jahre länger.«

»Dann kanntest du viele der Einwohner aus deiner Praxis?«

Marie-Claire kicherte. »Ich kannte nicht viele, ich kannte sie alle. Von wenigen Ausnahmen abgesehen. Der alte Georges ist nie gekommen. Dafür hat er erstaunlich lange gelebt.«

Isabelle nahm Marie-Claire am Arm. »Wir müssen reden, ganz dringend miteinander reden.«

Eine halbe Stunde später saß Isabelle in Marie-Claires Wohnzimmer, vor sich eine Schale mit *calissons.* Die alte Dame war von einer reizenden Freundlichkeit.

»Ich freue mich sehr über deinen Besuch. Wie geht es deinem Rücken und dem verletzten Bein?«, fragte sie. »Ich glaube, es geht dir besser, habe ich recht?«

»Woher weißt du …?«

»Unsere Fenster sind genau gegenüber, und du hast meistens die Läden geöffnet, oft sogar in der Nacht. Deshalb weiß ich auch von deinen Schlafstörungen. Und noch einiges mehr. Aber ich interessiere mich nicht dafür, kannst ganz beruhigt sein.«

»Ja, mir geht's besser«, bestätigte Isabelle, »aber darüber wollte ich nicht mit dir reden. Du weißt, dass ich Polizistin bin?«

»Natürlich weiß ich das, das weiß doch jeder hier.«

»Ich beschäftige mich aktuell mit einem Mordfall, der sich hier in Fragolin zugetragen hat und etwa zehn Jahre zurückliegt. Aber ich komm nicht weiter.«

»Vor zehn Jahren, hier in Fragolin?« Marie-Claire strich sich über das Kinn. »Du sprichst von Jean-Luc, habe ich recht? Von Jean-Luc Navet?«

»Dein Gedächtnis ist hervorragend, von wegen, dass du viel vergisst.«

»Na ja, da habe ich kokettiert.« Sie klopfte sich an die Stirn. »Meinem Oberstübchen geht es besser als meinen Fußgelenken. Außerdem war das nicht schwer. So viele Morde tragen sich bei uns nicht zu. Aber ich kann dir nicht weiterhelfen. Ich weiß auch nicht, wer ihn umgebracht hat.«

»Aber du kanntest ihn?«

»Natürlich. Er hatte einen chronischen Reflux, doch sonst war er gesund.«

»Und seine Tochter Monique?«

»Ach ja, die kleine Monique, armes Mädchen.«

»Warum sagst du das?«

Marie-Claire wollte schon antworten, dann unterbrach sie sich. »Ich bin immer noch an meine Schweigepflicht gebunden«, stellte sie klar, »auch im Ruhestand. Ich darf nicht darüber reden.«

»Das versteh ich, aber bei mir sind Geheimnisse gut aufgehoben. Ich erzähle niemandem was, ganz bestimmt nicht.«

Marie-Claire steckte sich ein *calisson* in den Mund. »Wirklich nicht?«

»Aus meiner früheren Tätigkeit weiß ich von schmutzigen Dingen, die zum sofortigen Rücktritt mehrerer Minister führen würden. Aber sie sind alle noch im Amt.«

Marie-Claire beugte sich nach vorne. »Oh, ich bin neugierig«, sagte sie mit verschwörerischem Gesichtsausdruck. »Was hältst du von einem Tauschgeschäft? Du verrätst mir eine schmutzige Geschichte aus dem Élysée-Palast, dafür vergesse ich meine Schweigepflilcht.«

Isabelle schüttelte den Kopf. »Darauf kann ich mich nicht einlassen. Ich sagte doch, Geheimnisse sind bei mir gut aufgehoben. Da gibt's keine Tauschgeschäfte.«

Maria-Claire blinzelte mit den Augen. »Du hast die Prüfung bestanden. Jetzt glaube ich dir.«

Isabelle lachte. »Du bist ja eine ganz Listige. Du hast mir gerade eine Falle gestellt, richtig?«

Die alte Dame kicherte. »Ja, ja, eine Falle. Was willst du wissen?«

»Ich hab mich gestern zum zweiten Mal mit Monique getroffen. Aus ihr ist eine nette junge Frau geworden.«

»Wirklich? Das freut mich. Lebt sie also nicht mehr in Marokko?«

»Nein, schon lange nicht mehr. Sie wohnt ganz in der Nähe, in Antibes.«

»Ach, das ist schön. Grüße sie von mir.«

»Warum hast du gesagt, sie wäre ein armes Mädchen?«

»Sie hatte es nicht leicht, insbesondere in den letzten Jahren, bevor sie die Flucht ergriffen hat. Ich habe mich oft gefragt, ob ich damals alles richtig gemacht habe. Vielleicht hätte ich die Polizei verständigen sollen.«

»Was ist passiert?«

Marie-Claire knetete ihre Hände. »Was genau passiert ist, weiß ich eben nicht. Aber Monique wurde von ihrer Mutter häufiger in meine Praxis gebracht, fast immer wegen Beschwerden und Erkrankungen im Intimbereich. Auch hatte sie mal eine Verletzung in der Vagina, die mir verdächtig vorkam, weil so was üblicherweise beim allzu heftigen Koitus entsteht. Aber Monique war fast noch ein Kind. Außerdem habe ich bei ihr Hämatome entdeckt, blaue Flecken zum Beispiel an den Oberarmen, sogar blutverkrustete Striemen an den Handgelenken. Das alles war sehr suspekt. Aber ich habe geschwiegen.«

»Glaubst du, Monique wurde sexuell missbraucht?«

»Sagen wir so, ich halte es für sehr wahrscheinlich. Aber

ihre Mutter hatte für alles ganz simple Erklärungen. Die Vaginalverletzung habe sich die frühreife Tochter selber beigebracht. Und die Hämatome hat sie einfach nicht zur Kenntnis genommen. Ich kann mich noch genau daran erinnern, weil mir das alles wieder durch den Kopf gegangen ist, als Monique von zu Hause ausgerissen ist.«

»Hast du einen Verdacht, wer sich an ihr vergangen haben könnte?«

Wieder knetete sich Marie-Claire verlegen die Hände. Sie zögerte mit der Antwort.

Isabelle baute ihr eine Brücke. »Ich weiß, dass Jean-Luc nicht Moniques leiblicher Vater war«, sagte sie.

»Das weißt du? Dann hast du mir gerade die Antwort abgenommen.«

»Ich will sowieso auf Jean-Luc hinaus und weniger auf Monique. Aber es passt ins Bild, wenn er sich an seiner Stieftochter vergangen hat. Dann wäre ihm auch zuzutrauen, dass er eine Frau vergewaltigt hat.«

»Wie kommst du denn da drauf?«

»Sein Mörder hat damals eine Nachricht hinterlassen und ihn der Vergewaltigung bezichtigt.«

»Wirklich? Das ist mir neu. Jean-Luc ein Vergewaltiger? Sagen wir mal so: Bei ihm kann ich mir das eher vorstellen als bei den meisten anderen Männern in Fragolin.«

»Stellt sich die Frage, wen er vergewaltigt haben könnte? Hattest du damals eine Patientin mit entsprechenden Symptomen?«

Marie-Claire dachte nach. Dabei naschte sie erneut von den *calissons.*

»Nein, ich kann mich an niemanden erinnern«, sagte sie schließlich. »Aber wie du weißt, gehen vergewaltigte Frauen oft weder zum Arzt noch zur Polizei. Sie wollen, dass keiner von ihrer Schande erfährt.«

Isabelle nickte. »Wenn ich wüsste, wen Jean-Luc vergewaltigt hat, dann hätte ich eine Spur, die womöglich zu seinem Mörder führt.«

»Ich werde in aller Ruhe darüber nachdenken. Ich habe noch meine alte Patientenkartei, die gehe ich mal durch. Vielleicht fällt mir doch noch was ein.« Die alte Dame lächelte. »Dann werfe ich dir einen Kieselstein ans Fenster.«

# 37

Es gab ein Kinderspiel, da sprang man vor und zurück, man sprang zur Seite und drehte sich im Kreis, und am Schluss war man wieder am Anfang. Genauso fühlte sich Isabelle mit ihren Nachforschungen. Es ging mal vor, dann wieder zurück. Aber wirklich weiter kam sie nicht. Jetzt wusste sie sogar, dass das Mordopfer zu Lebzeiten Sodbrennen hatte und sich womöglich an seiner Stieftochter vergangen hatte. Ersteres war ein ärztlich attestiertes Faktum, das Zweite eine Spekulation. Es könnte auch Moniques Lehrer gewesen sein oder sogar der Dorfpfarrer. Hatte es alles schon gegeben. Und selbst wenn es stimmte, brachte es keinen Fortschritt. Allenfalls rundete es das psychologische Profil des Mordopfers ab, doch es brachte keinen Hinweis auf ein späteres Vergewaltigungsopfer, das in der Lage war, zurückzuschlagen – entweder selbst oder in Gestalt eines aufgebrachten Ehemannes oder Bruders.

Sie konnte sich beglückwünschen, dass sie mit Marie-Claire eine unerwartete Informationsquelle aufgetan hatte. Was für ein Glücksfall, dass Marie-Claire Fragolins alte Ärztin war, die von fast allen Bewohnern die Krankengeschichte kannte. Blieb die Frage: Würde sich Marie-Claire doch noch an ein mögliches Vergewaltigungsopfer erinnern? Im Kinderspiel hopste man nach vorne, dann zweimal zur Seite und wieder zurück. Isabelle glaubte nicht an den Kieselstein an ihrem Fenster.

Sie war immer noch erschüttert von der Information,

dass Monique als junges Mädchen missbraucht worden war. Das arme Ding. Kein Wunder, dass sie von Männern nichts mehr wissen wollte.

Vor und zurück, dann wieder im Kreis. Sie erfuhr immer mehr über die Menschen in Jean-Lucs Umfeld. Sie kannte seine demente Frau, hatte mehrfach mit seiner Schwägerin gesprochen, duzte sich mit seiner Stieftochter, die sich überdies von ihr angezogen fühlte.

In ihrer Schreibtischschublade lag ein Foto, auf dem das Mordopfer mit Freunden abgebildet war, die keiner kannte. Ob sie das Foto mal Monique zeigen sollte? Das könnte sie tun. Und dann? Dann war sie wieder ein Stückchen klüger, aber es würde sie nicht voranbringen. Erneut wäre sie nach vorne gehüpft, dann wieder zurück, um sich schließlich im Kreis zu drehen.

Um sich abzulenken, dachte sie an die beiden Mordfälle, mit denen ihre Kollegen befasst waren, an den entmannten Toten vom Strand und an jenen, der in der Badewanne auf obszöne Weise erstickt war. Auch wenn es keinen Zusammenhang zu geben schien und die Indizienlage dagegen sprach, nach ihrem Gefühl handelte es sich in beiden Fällen um ein und denselben Täter. Grundsätzlich hatte jeder Mord eine charakteristische Handschrift, die Rückschlüsse auf den Täter zuließ. Oft hatten Leichen noch etwas zu sagen, aber ihre Sprache war schwer zu verstehen. Sie wusste nicht viel von den beiden Morden, aber die Handschrift des Täters und die Botschaften der Opfer ähnelten sich. Nicht auf den ersten Blick, aber auf den zweiten.

Was Magengrimmen verursachte, war etwas anderes, denn das psychologische Muster passte noch zu einem anderen Mord – nämlich jenem an Jean-Luc Navet. Man könnte einwenden, dass die Tötungsinstrumente nicht unterschiedlicher sein könnten. Hier eine Mistgabel, dort ein Revolver und ein scharfes Messer, schließlich ein zweckentfremdetes Kondom. Außerdem lagen zehn Jahre dazwischen. Letzteres war kein Argument. Viele Serientäter machten zwischendurch lange Pausen, weil sie der Mut verließ, weil sie an der Tat gehindert wurden, weil sie wegen eines anderen Delikts im Gefängnis saßen – oder weil die Synapsen im kranken Gehirn vorübergehend anders geschaltet waren. Warum auch immer.

Rein hypothetisch: Wenn es sich tatsächlich in allen drei Fällen um ein und denselben Täter handeln sollte, dann befand sich selbiger auf einer Art Rachefeldzug, dann waren alle drei Opfer mutmaßliche Vergewaltiger, die er in Selbstjustiz hinrichtete. Das wäre plausibel. Stellte sich die Frage, wie er von ihren Schandtaten wissen konnte? Gab es vielleicht eine Beratungsstelle für Vergewaltigungsopfer? Oder handelte es sich beim Mörder um einen Seelsorger, dem die Frauen ihr Schicksal gebeichtet hatten? Oder hatten gar die Vergewaltiger selbst eine Beichte abgelegt? Jedenfalls hätte der Pfarrer keine Absolution erteilt!

Isabelle spürte, wie ihre Gedanken immer konfuser wurden, sie auf Abwege brachten, die in den Abgrund führten. Wenn sie all das in Betracht zog, was in ihrer Fantasie im Bereich des Möglichen lag, würde sie nie ans Ziel kommen. Dabei hatte sie schon die nächste Idee. Vielleicht hatten sich alle drei Männer an derselben Frau vergangen – Jean-Luc, Raphaël und Jacques? Aber dafür sprach nicht viel, zu unterschiedlich waren ihre Wohnorte, Berufe und familiären Situationen. Allerdings hatten sie in etwa das gleiche Alter, das immerhin. Die »Massenvergewaltigung« hätte allerdings schon vor über zehn Jahren stattfinden müssen. Jedenfalls solange Jean-Luc noch am Leben war.

Gottes Mühlen mahlten langsam, aber so langsam wohl doch nicht.

Isabelle gab sich einen Ruck. Das waren alles Hirngespinste. Wenn Balancourt von ihren wirren Überlegungen wüsste, würde er sie vom Dienst suspendieren. Gott sei Dank konnte er keine Gedanken lesen – sonst konnte er fast alles. Capitaine Briand würde einen Schritt weitergehen und sie unverzüglich in die Irrenanstalt einweisen. Es war also besser, sie behielt ihre Wahnvorstellungen für sich. Selbst Apollinaire sollte sie nichts davon erzählen. Noch besser wäre es, wenn sie ihren Verstand wieder auf Normalbetrieb schaltete und sich einer systematischen Vorgehensweise befleißigte.

Einen Hüpfer nach vorne, zwei zur Seite, einen zurück, dann im Kreis …

Isabelle griff zum Telefonhörer und wählte die Nummer von Florence. Sie hatte Glück, Bernadettes Schwester war zu Hause. Schnell kam sie auf den Grund ihres Anrufs zu sprechen. Sie nahm Bezug auf ihr letztes Gespräch, in dem Florence Bernadettes voreheliche Affäre mit einem verheirateten Mann offenbart hatte. Dieser war Moniques leiblicher Vater. Isabelle sagte, dass sie gerne seinen Namen wissen wolle.

Florence hatte dafür nur ein Lachen übrig. Nie und nimmer gebe sie dessen Identität preis.

Isabelle fragte, ob der Mann überhaupt von Moniques Existenz wisse.

Doch, doch, antwortete Florence, er wisse schon, dass er eine Tochter habe, aber er habe nie Kontakt zu ihr aufgenommen. Und auch Bernadette habe ihn nie mehr gesehen. Das sei auch gut so, denn Moniques offizieller und einziger

Vater sei nun mal Jean-Luc Navet. Das sei schon kompliziert genug gewesen.

»Ich will mich mit ihm nicht über seine Vaterschaft unterhalten«, sagte Isabelle, »auch nicht über seine Tochter. Ich muss gar nicht mit ihm reden. Ich will nur wissen, wer es ist. Dieses Puzzlesteinchen fehlt noch in meinem Bild.«

»Was glauben Sie, dass Sie auf dem fertigen Bild sehen würden?«, fragte Florence.

»Nichts Spezielles«, gestand Isabelle ein, »aber immerhin wäre es dann komplett.«

»Jean-Lucs Mörder werden Sie so nicht finden.«

»Wohl eher nicht«, gab sie zu, »da haben Sie recht.«

»Was wollen Sie dann von Moniques Erzeuger?«

»Gar nichts, ich will nur seinen Namen.«

Isabelle hörte, wie Florence im Zimmer auf und ab ging.

»Ich werde Ihnen den Namen nicht geben«, sagte sie schließlich.

»Das muss ich wohl akzeptieren.«

»Aber ich kann Ihnen verraten, wo Sie in der Nähe von Saint-Tropez göttlich essen können.«

Isabelle schaltete schnell. »Für einen Restauranttipp bin ich immer dankbar.«

Die *Auberge* sei völlig unscheinbar, sagte Florence, sie liege außerhalb an der Landstraße, man könne sie mit einer Autowerkstätte verwechseln. Dann nannte sie den Namen und die Adresse. Sie wünschte guten Appetit und legte auf.

# 38

Die Textnachricht auf dem *portable* kam zur rechten Zeit. Monique schrieb, dass es ihr leidtue, aber sie müsse ihr Treffen in Cannes auf morgen Abend verschieben. Sie hoffe, dass Isabelle könne, denn sie freue sich sehr auf sie. Schließlich das Symbol eines roten Kussmundes.

Isabelle schrieb eine kurze Antwort. Irgendwie war sie erleichtert. Zwar wollte sie ihr Gespräch mit Monique fortsetzen, möglichst bald sogar, aber die Vorstellung einer schummrigen Bar mit einer schnurrenden Monique fand sie doch reichlich irritierend.

Sie musste sich an den Gedanken erst gewöhnen und außerdem überlegen, wie sie sich aus der Affäre ziehen könnte. Da war ihr eine kleine Terminverschiebung mehr als recht.

Auf dem Weg zum *Hôtel de ville* kam ihr ein schlurfender Leclerc entgegen, der ausgesprochen misslaunig dreinblickte. Er erklärte, dass ihm wieder einmal die Decke auf den Kopf falle, Clodine habe keine Zeit, weil sich irgendein blöder Duftkerzenvertreter angekündigt habe, das Buch über Jean Renoir, das er gerade lese, sei öde und voller Ungenauigkeiten, und vom Pastis im *Café des Arts* habe er einen trockenen Mund bekommen. Er fürchte, verrückt zu werden, und trage sich mit der Absicht, van Goghs Beispiel zu folgen und sich ein Ohr abzuschneiden.

Isabelle merkte sehr wohl, dass er dabei leise lächelte, aber sein Frust schien nicht gespielt. Sie kannte ihn mittlerweile gut genug, um beunruhigt zu sein. Leclerc hatte einen fatalen Hang zu unüberlegten Handlungen – vor allem, wenn er sich eingeengt fühlte.

»Darf ich dich zum Essen einladen?«, fragte sie, einem spontanen Einfall folgend.

Er sah sie skeptisch an. »Ins Bistro zu Jacques?«

»Nein, wir müssten ein Stück mit dem Auto fahren, Richtung Saint-Tropez.«

Sein Gesicht hellte sich auf. »Das klingt fantastisch.« Er deutete eine Verbeugung an. »Ich bin reisefertig.«

»Das Lokal ist mir empfohlen worden«, sagte sie. »Ich war noch nie dort. Ist wohl nichts Besonderes, steht bestimmt nicht im Guide Michelin.«

»Macht überhaupt nichts. Können wir losfahren?«

Sie sah auf die Uhr und nickte. »In einer Stunde. Aber du versprichst, dass du dich so unauffällig wie möglich benimmst.«

Er grinste. »Das liegt in meinem Charakter.«

»Eben nicht, deshalb musst du es ja versprechen.«

Er strich sich über den Bart. »Im Spiegel erkenne ich mich selber nicht mehr, da kann also gar nichts passieren.«

»Nach Saint-Tropez würde ich dich trotzdem nicht mitnehmen, auf keinen Fall. Aber in diese *Auberge* geht deinesgleichen wohl kaum, das können wir wagen.«

»Natürlich, ist überhaupt kein Risiko.«

»Dein Wort in Gottes Ohr.«

Isabelle ging zuvor noch im Kommissariat vorbei. Sie informierte Apollinaire von ihrem Vorhaben, deutete auch an, was der eigentliche Grund ihres Ausflugs war. In diesem Zusammenhang berichtete sie von ihrem Gespräch mit der alten Ärztin Marie-Claire und vom schlimmen Verdacht, dass sich Jean-Luc Navet an der jungen Monique vergangen haben könnte.

Apollinaire erging es ähnlich wie ihr, er war fassungslos. Aber es passe ins Bild, Navet sei eben wirklich ein Schwein gewesen. Nur bringe sie diese Erkenntnis nicht weiter.

Er kam auf ihren geplanten Essenstermin zurück und darauf, dass sie Leclerc mitnehmen wollte. Er fragte, ob er hinter ihr herfahren und ihnen Schutz bieten solle. Im Falle des Falles, man wisse ja nie.

Sie lehnte mit einem Lächeln ab. Apollinaires Fähigkeiten als Personenschützer dürften dramatisch unterentwickelt sein. Auf was anderes als auf sein Archiv hatte er in seinem bisherigen Leben nicht aufgepasst.

Die Fahrt verlief kurzweilig. Leclerc unterhielt sie mit launigen Anekdoten über die sogenannte feine Gesellschaft, der er zwar einerseits selber angehörte, die er aber andererseits aus ironischer Distanz betrachtete.

Bei der *Auberge* angekommen, die tatsächlich in einer ehemaligen Autowerkstätte untergebracht war und mit einer verrosteten Hebebühne aufwartete, fanden sie nur mit Mühe einen Parkplatz. Einige Automarken ließen Zweifel aufkommen, ob das Lokal wirklich so einfach war, wie es aussah. Auf der Terrasse standen unter blauen Schirmen billige Plastikstühle, von denen jeder besetzt war. Schließlich gelang es ihnen, in der guten Stube einen Tisch zu ergattern. Obwohl sie noch gar nichts bestellt hatten, wurden ihnen bereits verschiedene Terrinen hingestellt. Beim Blick in die Weinkarte schnalzte Leclerc mit der Zunge. Er fragte, ob sie das Essen aus eigener Tasche bezahlen müsse oder ob dafür der Staat aufkomme. Alternativ sei er gerne bereit, ihr bei späterer Gelegenheit die Kosten für den Wein zu erstatten.

Aber es sei ihm nicht möglich, auf die Bestellung einen seiner Lieblingsweine zu verzichten, noch dazu handle es sich um den besten Jahrgang seit dem Sturm auf die Bastille.

Schon bei der *terrine de canard,* spätestens aber bei den Tournedos Rossini, ganz klassisch mit gebratener *foie gras,* Scheiben vom Périgord-Trüffel und an Madeirasauce, wurde ihnen klar, dass es sich bei dieser unscheinbaren *Auberge* um einen Geheimtipp der besonderen Art handelte. Leclerc war geradezu entzückt und wollte wissen, ob sie noch weitere solche Empfehlungen habe.

Isabelle hätte ihm wahrheitsgemäß erzählen können, wie sie zu dieser Adresse gekommen war. Auch hätte sie ihm verraten können, warum sie dem Wirt, der schulterlange graue Haare hatte und viele Gäste mit Handschlag begrüßte, mehr Interesse schenkte als den Tournedos mit Gänsestopfleber. Aber natürlich gab sie nichts davon preis. Stattdessen probierte sie von Leclercs sündhaft teurem Wein. Sie fand ihn gut, dachte aber, dass sie zu wenig davon verstand, um ihn angemessen würdigen zu können.

Außer dem *patron* kam niemand in Frage. Er musste es sein. Anders war der Hinweis von Florence nicht zu verstehen. Der Restaurantbesitzer war Moniques Vater. Und zwar der richtige, der leibliche Vater. Er hatte mit ihrer Mutter ein voreheliches Verhältnis gehabt. Er war damals verheiratet gewesen und hatte sie sitzenlassen. Dann hatte Jean-Luc Navet die schwangere Bernadette vor den Traualtar geführt – und jeder hatte geglaubt, Monique sei sein Kind. Wahrscheinlich hatte es auch Monique geglaubt. Aber dem war nicht so.

Isabelle folgte dem *patron* mit den Augen. Er war gut aussehend. Sie fand, dass es durchaus Ähnlichkeiten zwischen ihm und Monique gab. Aber vielleicht bildete sie sich das nur ein. Wenn man etwas zu wissen glaubte, beeinflusste das die Wahrnehmung.

War es wichtig, ob er der Vater war? Eigentlich nicht. Oder doch?

Sie nahm erneut einen Schluck vom Wein.

Der *patron* kam an den Tisch und stellte ihnen die Auswahl der Desserts vor. Der Mann war sympathisch. Aber das hatte nichts zu besagen, das waren viele.

Sie entschied sich für *crème caramel.*

Ob es am Wein lag, der ihre Gedanken beflügelte? Jedenfalls kam ihr plötzlich alles ganz einfach vor. Jean-Luc Navet musste keine andere Frau vergewaltigt haben, keine Valerie nach dem Mimosenfest, auch sonst niemanden. Es reichte völlig, dass er sich an Monique vergangen hatte. Sie war das Vergewaltigungsopfer, niemand sonst. Ob minderjährig oder nicht, eine Vergewaltigung ist keine Frage des Alters. Ihr leiblicher Vater hatte davon erfahren, womöglich von Bernadette. Aber da war es schon zu spät. Monique hatte sich bereits aus dem Staub gemacht, war nach Marokko geflohen. Daraufhin hatte er dem Schänder seines Kindes im Wald aufgelauert und ihn abgestochen. Voller Hass und ohne Gnade. Mehr hatte er für Monique nicht mehr tun können. Seiner Tochter, von der niemand wusste, dass sie es war, bis auf Bernadette und ihre Schwester Florence. Dann hatte er dem toten Jean-Luc die anklagenden Buchstaben auf die Stirn geschrieben: *Violeur,* Vergewaltiger. Aber als man die Leiche fand, war das Wort nicht mehr zu lesen gewesen.

»Hörst du mir überhaupt zu?«, fragte Leclerc.

»Entschuldige, ich war mit meinen Gedanken woanders«, musste sie zugeben.

»Das war nicht zu übersehen. Du bewegst beim Nachdenken deine Lippen, weißt du das?«

Isabelle langte sich verlegen an den Mund. »Glaube ich nicht.«

»Doch, ganz bestimmt. Was beschäftigt dich so sehr, dass meine Worte nicht zu dir vordringen?«

»Ach, nichts. Tut mir leid«, sagte sie.

Später, beim Abschied, gab ihr der *patron* die Hand. Sie hielt sie etwas länger fest als nötig und sah ihm in die Augen. Sie hatten dieselbe Farbe wie bei Monique. War er Rechts- oder Linkshänder? Der Händedruck war kräftig. Aber vielleicht konnte seine linke Hand noch fester zupacken?

# 39

Apollinaire wollte wissen, wie sich Pierre Leclerc alias Rouven Mardrinac betragen hatte. Sie konnte nichts Schlechtes berichten. Leclerc habe sich so über den unerwarteten Ausflug gefreut, dass er brav gewesen sei wie ein Schoßhündchen. Sah man mal von dem Wein ab, den er bestellt hatte. Sie würde auf sein Angebot zurückkommen und sich den Betrag irgendwann erstatten lassen. Alkoholische Getränke dieser Preisklasse waren in der Spesenordnung der *Police nationale* nicht vorgesehen.

Anschließend erzählte sie von der *Auberge* und vom smarten *patron*, der von allen nur Maxime genannt wurde. Sie machte Apollinaire mit ihrer neuen Theorie vertraut. Dabei formulierte sie sehr vorsichtig und betont in der Möglichkeitsform, denn mit einem gewissen Abstand war sie sich nicht mehr so sicher. Sie wollte nicht schon wieder ein Kartenhaus aufbauen, das nur auf Spekulationen basierte – und dann beim leisesten Luftzug in sich zusammenfiel. Apollinaire sollte nicht denken, dass er eine Spinnerin zur Chefin hatte.

Gleichwohl zählte es zur detektivischen Arbeit, Hypothesen zu entwickeln, die mehr oder weniger plausibel erschienen, die es zu bestätigen oder zu widerlegen galt. Ohne Erklärungsversuche ging es nicht.

»Wir brauchten mal wieder eine DNA«, sagte Isabelle, »aber nicht auf dem offiziellen Weg.«

»Ich verstehe.« Apollinaire nickte. »Eine DNA von Maxime, um herauszufinden, ob er wirklich Moniques Vater ist. Das bekomme ich hin. Ich lasse mir was einfallen.«

»Aber bitte diskret, er soll nichts davon mitbekommen.«

»Diskret, natürlich, ich bin die Unauffälligkeit in Person.«

Isabelle konnte nicht anders, sie musste lachen. Denn Apollinaire stand vor ihrem Schreibtisch wie eine zu groß geratene Vogelscheuche mit Bandscheibenvorfall. Für Undercovereinsätze war seine äußere Erscheinung denkbar ungeeignet. Aber sie vertraute seinem Improvisationstalent.

»Wir sollten aber nicht auf das Ergebnis warten«, fuhr sie fort. »Parallel könnten Sie recherchieren und möglichst viel über Maxime herausbekommen.«

»Recherchieren? Na klar, selbstverständlich. Ich fühle ihm auf den Zahn.«

Sie hob mahnend den Finger.

»Alles klar«, sagte er, »auch das natürlich so diskret wie möglich.«

»Richtig. Wir wollen keine Pferde scheu machen.«

»Pferde?«

»Im übertragenen Sinne. Mein lieber Apollinaire, Sie dürfen nicht immer alles wörtlich nehmen.«

»Ach so, das müssen Sie dazusagen.« Er langte sich theatralisch an den Kopf. »Obwohl die metaphorische Rede in diesem Fall offensichtlich war. Wir wollen weder Maxime noch Monique in Aufregung versetzen, das versteht sich von selbst.«

Isabelle stand auf und ging im Büro hin und her. Wieder mal gingen ihr die beiden aktuellen Morde durch den Kopf. Der Tote von Pampelonne und der andere aus Grasse. Das war schon fast eine fixe Idee, dass sie immer wieder nach einer

Verbindung suchte. Eine Verbindung nicht nur in der Gegenwart, sondern eine, die über zehn Jahre zurückreichte. Wenn Maxime tatsächlich die Vergewaltigung seiner Tochter gerächt haben sollte, dann hätte er kein Motiv für die anderen Morde. Wenn, wenn … Warum gab es so viele Wenn?

Sie blieb vor dem Kaktus stehen und prüfte die Erde.

»Er braucht kein Wasser«, sagte Apollinaire, der ihr ansonsten schweigend mit den Augen folgte. »Die meisten Kakteen gehen ein, wenn sie zu viel gegossen werden.«

Wenn, wenn … Ihr fiel ein, dass ihr schon mal der Gedanke gekommen war, dass sich Jean-Luc, Raphaël und Jacques gekannt haben könnten und dass sie vor zehn Jahren gemeinsam über dieselbe Frau hergefallen waren. Aber da hatte sie noch nicht in Erwägung gezogen, dass Monique das Opfer gewesen sein könnte. Damit war alles anders.

Alles anders? Warum eigentlich? Nichts war anders. Plötzlich lief es ihr kalt den Rücken hinunter. Sie ging zu ihrem Schreibtisch, öffnete die Schublade mit dem Bild aus Bernadettes Wohnung, nahm den Rahmen in die Hand und betrachtete die vier jungen Männer. Das in der Mitte war Jean-Luc Navet. Die anderen waren Freunde, die keiner kannte. Weder hatte Clodine sie je gesehen, noch konnte sich Florence an sie erinnern – und Bernadette sowieso nicht.

Die Männer auf dem Foto lachten, sie sahen so harmlos aus und unbeschwert. Ihr schauderte bei dem Gedanken, dass sie sich alle an Monique vergangen haben könnten. Die Verletzungen, von denen Marie-Claire berichtet hatte, würden dazu passen. Sie hatten sie gefesselt, geschlagen, hatten sie brutal …

Sie wollte sich das nicht weiter ausmalen. Dabei würde

ihr schlecht. Hatte sie eine kranke Fantasie, oder lag das im Bereich des Möglichen?

Sie schnippte mit den Fingern. »Kann ich mal die Fotos von Raphaël Dubois und Jacques Legrand sehen.«

Apollinaire druckte sie aus und legte sie auf den Tisch. Sie stellte den Rahmen mit dem alten Foto daneben.

Apollinaire kratzte sich am Kopf. »Das meinen Sie nicht wirklich, oder?«

Sie deutete auf das Bild von Raphaël Dubois, dann auf den Mann im Rahmen ganz rechts. »Die sehen sich ähnlich, finden Sie nicht?«

Er legte den Kopf auf die Seite und kniff die Augen zusammen. »Tja, irgendwie schon. Die Nase, die Lippen. Aber der tote Dubois war viel dicker.«

»Manche Menschen brauchen Jahrzehnte, um fett zu werden«, stellte sie lakonisch fest.

»Und der Typ neben Navet, das könnte Legrand sein«, spekulierte er.

Isabelle musste sich setzen.

Apollinaire sah an die Decke, dann wieder auf die Fotos. »Aber warum?«

»Warum sie umgebracht wurden? Mir fällt nur eine Erklärung ein. Sie haben sich alle drei an Monique vergangen. Wenn ich den Gedanken weiterführe, dann wurden sie dafür zur Rechenschaft gezogen. Jean-Luc Navet recht bald, die beiden anderen erst jetzt. Dem einen stand's auf die Stirn geschrieben, dem anderen wurde sein bestes Stück abgeschnitten, und der Dritte ist in einem Kondom erstickt. Drei Tote mit einer Botschaft: Ich bin ein Schwein!«

»Und als Mörder käme für alle drei dieser Maxime in Betracht?«

Sie zögerte mit der Antwort. »Das wäre plausibel, vorausgesetzt, er ist wirklich Moniques leiblicher Vater.«

»Buh, das ist heftig.«

Sie schlug mit der Faust auf den Tisch. »Ich will nicht länger herumspekulieren«, sagte sie energisch. »Bevor sich das in mein Hirn einbrennt und vielleicht wieder als falsch herausstellt, müssen Fakten her. Erstens, wir brauchen Fotos von Dubois und Legrand von früher.«

»Oder wir zeigen das Gruppenfoto ihren Familien.«

»Ja, geht auch. Zweitens brauchen wir die DNA von Maxime, drittens den Abgleich mit Monique.« Sie überlegte. »Viertens könnte ich Monique fragen, sie müsste ihre Peiniger kennen.« Sie stützte den Kopf in die Hände. »Aber ich weiß nicht, ob das eine gute Idee ist«, sagte sie leise. »Wer weiß, wie sie darauf reagiert? Wenn sie von denen wirklich als junges Mädchen vergewaltigt wurde, dann könnte sie beim Anblick des Bildes völlig ausrasten. Ich möchte nicht für einen Nervenzusammenbruch verantwortlich sein.«

»Aber es wäre am einfachsten«, entgegnete Apollinaire.

»Nicht gesagt. Falls Monique posttraumatisch kollabiert, erfahren wir gar nichts.«

»Eigentlich schon, denn allein die Reaktion wäre eine Bestätigung.«

»Das ist wahr. Trotzdem glaube ich nicht, dass ich das Risiko eingehen werde. Na ja, mal sehen.«

»Dann mache ich mich an die Arbeit. Ich soll ja auch noch diesen Maxime genauer unter die Lupe nehmen.«

»Erst die DNA, das ist wichtiger. Maxime hat bei der Arbeit ein Glas auf der Theke stehen, bei dem er ab und zu vorbeigeht, um einen Schluck zu nehmen. Vielleicht können Sie es stibitzen?«

»Dazu müsste ich dort essen.«

»Kein Problem, nehmen Sie Shayana mit, sie wird sich freuen. Die Rechnung zahlt die *Police nationale*.«

»Hört sich gut an. Und steht ganz oben auf der Prioritätenliste.« Er grinste. »Welchen Wein hat Leclerc bestellt?«

Isabelle drohte ihm mit dem Finger. »Es gibt einen offenen *vin en carafe,* der sollte es tun.«

»War ein Scherz.«

»Ich weiß.«

Während er zu seinem Schreibtisch ging, nahm Isabelle erneut das gerahmte Foto in die Hand.

»Und wer bist du?«, flüsterte sie, auf den vierten Mann blickend. »Hast du dich an der Schweinerei beteiligt? Wenn ja, solltest du auf dich aufpassen. Oder wir haben bald einen vierten Toten.«

# 40

Man merkt, dass du aus Paris kommst«, sagte Thierry, den Isabelle im Treppenhaus des *Hôtel de ville* getroffen hatte. »Die *Auberge* in der alten Autowerkstätte kennt hier jeder Feinschmecker. Da hätten wir auch mal hingehen können. Stattdessen nimmst du diesen Leclerc mit. Fast bin ich eifersüchtig.«

Sie lächelte. »Ihm hat's geschmeckt.«

»Das glaub ich. Bin froh, wenn er wieder abreist.«

»Ich auch. Obwohl, nett ist er schon.«

»Aber ich bin netter!«

»Du hast ein gesundes Selbstbewusstsein.«

»Natürlich, sonst wäre ich nicht Bürgermeister.«

»Kennst du den *patron* der *Auberge?*«

»Maxime? Natürlich kenne ich ihn. Vor allem kennt er mich, das ist viel wichtiger.«

»Was ist das für ein Mensch?«, fragte sie.

»Er ist Wirt mit Leib und Seele, immer freundlich, sehr charmant. Aber wie es hinter der Fassade ausschaut, weiß ich natürlich nicht. Spielt auch keine Rolle, Hauptsache, er hat für mich immer einen Tisch frei.«

»Hat er mal in Fragolin gelebt?«

»Nicht dass ich wüsste.« Thierry lachte. »Warum? Hat er jemanden umgebracht?«

Sie stimmte in sein Lachen ein, aber nicht so locker, irgendwie verkrampft. Thierry konnte ja nicht ahnen, dass er mit seinem Scherz womöglich ins Schwarze getroffen hatte.

Sie sah auf die Uhr. »Du entschuldigst mich, ich muss weiter.«

»Hast du heute Abend Zeit?«, fragte er. »Wir könnten ans Meer fahren und baden.«

»Geht leider nicht. Ich muss nach Cannes, bin dort in einem Club verabredet.«

»Du treibst es ja immer toller. Wie ist sein Name?«

Sie schmunzelte vieldeutig. »Ich bin mit einer jungen Frau verabredet. Sie ist hübsch und findet, dass ich gut rieche.«

Er runzelte die Stirn. »Du verwirrst mich. Ich glaube, wir müssen uns mal unterhalten.«

»Nein, müssen wir nicht, ist dienstlich.«

»Das habe ich meiner Frau auch immer gesagt. Irgendwann hat sie sich scheiden lassen.«

Es war bereits dunkel, als Isabelle in Cannes ihr Auto parkte. Sie hatte den Polizeiwagen genommen, da konnte sie das Halteverbot ignorieren. Und später würde es keine Alkoholkontrolle geben, obwohl sie nichts trinken wollte. Beim Aussteigen beeilte sie sich, denn sie erinnerte sich an ihr Badeabenteuer und war auf keine Wiederholung scharf. Sie entsprach nicht gerade dem Bild einer Polizeibeamtin. Sie hatte einen schwarzen, kurzen Rock an, ihr ebenfalls schwarzes T-Shirt war hauteng, um den Hals trug sie ein schweres Kreuz. Ihre Pistole hatte sie im abgesperrten Handschuhfach gelassen. Dort lag auch das Foto mit den vier Kumpanen. Sie könnte es ja immer noch holen, aber das hielt sie für nicht sehr wahrscheinlich.

Am Eingang des Clubs gab es einen kräftigen Türsteher mit gepiercter Oberlippe und tätowierten Armen. Er wies gerade einige Gäste ab, die jünger waren als sie und viel schicker. Sie wollte ihm schon sagen, dass sie mit Monique verabredet war, aber das war nicht nötig.

*»Salut, mon bijou«,* sagte er, ganz so, als ob sie sich schon ewig kennen würden, und machte den Weg frei.

Innen erwartete sie szenige Musik und eine Atmosphäre, die sie aus Paris kannte. Wie erwartet sah sie fast nur Frauen, und die wenigen Männer waren offenbar vom anderen Ufer. Aber der Club hatte nichts Anrüchiges, er war auch nicht schummrig und schon gar nicht obszön, sah man mal davon ab, dass sich einige Damen sehr nahe kamen. Aber das taten in anderen Clubs auch heterosexuelle Paare. Wo war da der Unterschied?

Isabelle wurde plötzlich von hinten fest umarmt. Sie musste sich beherrschen, um nicht reflexartig mit dem Ellbogen auszuschlagen.

»Gut schaust du aus«, schnurrte ihr Monique ins Ohr. »Was magst du trinken? Du bist mein Gast.«

Später tanzten sie, mal jeder für sich alleine, dann wieder eng, aber nicht allzu sehr. Dennoch fühlte sich Isabelle, als ob sie in einem falschen Film mitspielen würde. Monique stellte sie einigen Freundinnen vor. Es wurde gelacht und gewitzelt. Männer kamen nicht gut weg dabei. Aber meistens wurden sie überhaupt nicht erwähnt.

Schließlich machten sie es sich in einer Ecke auf orientalischen Kissen bequem.

»Schön, dass du gekommen bist«, sagte Monique. Dabei streichelte sie wie selbstverständlich Isabelles nackten Oberschenkel. Das war zu ertragen. Aber wenn Moniques Hand weiter nach oben wandern würde oder ganz woandershin, würde sie dem Einhalt gebieten.

Isabelle überlegte, warum Monique so geworden war.

Ein Wunder war es nicht, nach ihren Erfahrungen als junges Mädchen. Gerne hätte sie mit ihr darüber gesprochen, aber sie erinnerte sich an das gegebene Versprechen, nicht über früher zu reden.

Es war dann Monique selbst, die den Vorsatz brach. Erst fragte sie, ob Isabelle den Mörder ihres Vaters gefunden habe. Als Isabelle verneinte, begann sie stockend von ihrem Vater zu erzählen, den sie als kleines Kind geliebt und später gehasst habe. Er sei ja auch nicht ihr richtiger Vater gewesen, der hätte das nie getan.

»Was hätte er nie getan?«, fragte Isabelle.

Monique sah sie an. »Ich glaube, du weißt es.«

Isabelle nahm sie in den Arm. »Ich ahne es. Deshalb willst du von Männern nichts mehr wissen, stimmt's?«

»Achmed war nicht viel besser, dann habe ich es aufgegeben.«

»Kann ich verstehen«, sagte Isabelle. Und es war ihr voller Ernst.

Monique langte wieder an Isabelles Schenkel. Mit der anderen Hand glitt sie langsam unter ihr T-Shirt. Isabelle versuchte an ihre Masseurin zu denken, da war sie nackt und fand auch nichts dabei.

»Jean-Luc war nicht der Einzige«, sagte Isabelle, »habe ich recht?«

Monique begann zu zittern, ihre Hände verkrampften sich. Sie drückten so fest zu, dass es weh tat. Ihre Fingernägel bohrten sich in ihr Fleisch. Aber Isabelle verzog keine Miene.

»Wie viele waren es?«, fragte sie.

»Zu viele, viel zu viele«, schluchzte Monique.

»Jean-Luc, Raphaël, Jacques …«

Ihre Augen waren schreckensweit. »Bitte hör auf. Ich

will nicht daran denken. Das war in meinem vorigen Leben, danach bin ich gestorben. Und jetzt bin ich wieder da. Aber ich bin eine andere Monique, ich hab nur zufällig denselben Namen.« Sie rang nach Luft.

Isabelle drückte Monique an ihre Brust und streichelte ihre Haare. »Ist ja gut, alles gut.«

Moniques Atem beruhigte sich. Isabelle hätte gerne weitergefragt, vor allem wollte sie die Namen bestätigt haben, aber sie traute sich nicht. Sie war schon an die Grenze gegangen. Noch ein Schritt weiter, und Monique würde zusammenbrechen. Damit war niemandem geholfen. Außerdem tat sie ihr leid. Sie kam sich vor wie eine ältere Schwester, die von Monique Unheil abwenden und Trost spenden musste.

»Alles ist gut«, wiederholte sie leise.

Monique wischte sich einige Tränen aus dem Gesicht. Dann gab sie Isabelle überfallartig einen Kuss, direkt auf den Mund. Sie spürte ihre Zunge. Ihre Hände waren dort, wo sie nicht hinsollten.

Behutsam versuchte Isabelle Monique wegzuschieben. Sie klammerte, ihre Lippen schienen sich festzusaugen. Sie war viel stärker, als Isabelle erwartet hätte. Sie wollte ihr nicht weh tun, weder körperlich noch seelisch, aber jetzt ging es ihr definitiv zu weit. Schließlich schaffte sie es, sich von ihr zu lösen.

Monique sah sie schwermütig an. »Was ist? Magst du mich nicht?«

»Doch, ich mag dich sehr«, sagte Isabelle, »aber nicht so, wenn du verstehst.«

»Das kannst du doch gar nicht wissen. Ich bin sicher, dass du es genießen würdest. Oben gibt es Zimmer. Wollen wir raufgehen?«

Isabelle lächelte und schüttelte verneinend den Kopf.

»Vielleicht solltest du vorher was rauchen, dann fällt es dir leichter.«

»Monique, ich bin bei der Polizei. Ich darf vieles, aber das ganz bestimmt nicht.«

»Oder wir trinken Champagner. Du kommst schon noch in Stimmung, wirst sehen.«

»Vielleicht, aber nicht heute Abend. Ist besser so, glaub mir.«

Isabelle wusste nicht, warum sie ihr Hoffnung machte.

»Schade. Du tust mir so gut.«

»Was ist, wenn deine Freundin von uns erfährt? Sie ist dir doch wichtig, oder?«

»Manon? Na klar ist sie mir wichtig, ich liebe sie. Aber sie würde es verstehen. So sind wir, das kannst du nicht wissen. Du bist ja kein Mann, da würde sie durchdrehen, aber eine Affäre mit einer anderen Frau würde sie akzeptieren. Solange ich sie nicht verlasse. Ich bin das Größte in ihrem Leben. Jedenfalls sagt sie das immer, und ich spüre, dass sie es auch so meint.«

Isabelle stand auf.

»Komm, lass uns tanzen!«

Monique ließ sich hochziehen. Dabei lächelte sie. Sie war ihr nicht böse. Sie schleuderte ihre Schuhe davon, fuhr sich durch die Haare, hob die Hände und drehte einige wilde Pirouetten. Isabelle musste sie auffangen, sonst wäre sie gestürzt. Dann hakten sie sich unter und gingen nach vorne, dort, wo ein DJ für Stimmung sorgte. Isabelle hatte jetzt richtig Lust, sich auf der Tanzfläche auszutoben. Dort ging gerade die Post ab. Die Mädels konnten feiern, das musste man ihnen lassen. Thierry und Leclerc würden staunen. Für eine gute Party waren sie überflüssig. Sie schmunzelte. Aber sonst nicht!

# 41

Auf dem Weg durch Fragolin wurde sie von Sergeant Albertin begrüßt, der Außendienst schob und nach verdächtigen Besuchern Ausschau hielt. Er fragte, ob sie neue Informationen zum Rauschgiftkartell habe. Isabelle war noch etwas benebelt vom gestrigen Abend, und so brauchte sie einige Sekunden, um ihn zu verstehen. Erst dann erinnerte sie sich an ihren Einfall mit den Drogen dealenden Schwarzafrikanern und daran, dass sie die Gendarmerie um Amtshilfe gebeten hatte. Sie verneinte bedauernd, versuchte aber mit ernstem Gesichtsausdruck der imaginären Bedrohungslage gerecht zu werden. Nun, es war ja auch kein Spaß, nur ganz anders, als es die Kollegen von der Gendarmerie glaubten – und im schlimmsten Fall auch gefährlicher. Albertin deutete einen militärischen Gruß an und konzentrierte sich wieder auf die Passanten. Gut so.

Isabelle warf im Vorbeigehen durch das Schaufenster einen Blick in Clodines Laden. Weil sich dort einige Kunden aufhielten, ging sie weiter. War vielleicht auch besser, denn sie war immer noch nicht richtig wach. Spät war es gestern Abend geworden oder, besser gesagt, früh und schon längst nicht mehr gestern. Aber irgendwann hatte sie den Absprung geschafft. Weil sie wenig getrunken und viel getanzt hatte, war ihr auch die Rückfahrt nicht allzu schwergefallen. Die Müdigkeit war ihr erst heute Morgen in die Glieder gefahren. Und in ihren Kopf, der erst langsam auf Touren kam.

Was hatte sie bei ihrem Rendezvous mit Monique herausbekommen? Nichts, was sie nicht schon vorher geahnt hätte. Dass nämlich Monique gleichgeschlechtlich orientiert und auf der Suche nach Zärtlichkeit war. Dass sie als junges Mädchen oder noch im Kindesalter von ihrem Vater missbraucht worden war, und zwar nicht nur von ihm, sondern auch von mutmaßlichen Freunden. Isabelle erinnerte sich an Moniques panische Reaktion, als sie die Namen genannt hatte – Raphaël und Jacques. Das war fast einer Bestätigung gleichgekommen. Raphaël Dubois und Jacques Legrand, die beiden Toten von Pampelonne und aus Grasse. Isabelle hatte kaum mehr einen Zweifel. Die Morde, sie hingen zusammen, und die Motive reichten weit zurück.

Das Foto mit den jungen Männern hatte sie ihr nicht mehr gezeigt. Was vielleicht ein Fehler war – aber besser so. Bei ihrem nächsten Zusammentreffen würde sie das nachholen.

»*Bonjour,* Isabelle!«

Sie lächelte und erwiderte den Gruß des alten Alain, der gerade einen Lehnstuhl vor sein Korkgeschäft stellte, um im Schatten der Hauswand auf Touristen zu warten.

Auf den letzten Metern zum *Hôtel de ville* gelang es ihr nicht mehr, den Faden aufzugreifen. Alain hatte sie aus ihren Gedanken gerissen. Raphaël, Jacques ...

Im Kommissariat angekommen, wurde sie von einem überaktiven Apollinaire erwartet. Der wollte ihr gleich mehrere Sachen auf einmal erzählen, was ihre Auffassungsgabe zu dieser Stunde deutlich überforderte. Erst brauchte sie eine Tasse mit extrastarkem Kaffee, dann einige Minuten unkonzentriertes Lesen und Blättern in der aktuellen Ausgabe des

*Var-Matin.* Sie entdeckte nichts Neues zu den beiden Mordfällen.

Schließlich war sie so weit. Verbunden mit der Bitte, die verschiedenen Themen nicht synchron, sondern nacheinander abzuhandeln, gab sie ihm grünes Licht.

Apollinaire berichtete vom Abendessen in der *Auberge*, das im Übrigen vorzüglich gewesen sei und seine Shayana entzückt habe. Es sei ihm gelungen, ein gentaugliches Corpus Delicti zu entwenden. Selbiges befinde sich bereits auf dem Weg zum Labor in Marseille.

Isabelle überlegte, ob Apollinaire immer so umständlich formulierte oder ob das an ihrer getrübten Wahrnehmung lag.

Er fuhr fort, dass er zudem weisungsgemäß die Untersuchungsakten zu den beiden Morden angefordert habe.

Isabelle grübelte. An eine entsprechende Weisung konnte sie sich nicht erinnern. Sie hatte nur um Fotos der beiden Mordopfer aus früheren Zeiten gebeten. Na egal, die Akten konnten nicht schaden.

Apollinaire rapportierte, dass er mit den Familien von Dubois und Legrand telefoniert habe. Entsprechendes Bildmaterial sei zum Abgleich der Identitäten auf dem alten Gruppenfoto unterwegs.

Zum Abgleich der Identitäten? Isabelle nahm erneut einen Schluck Kaffee.

Dagegen sei er noch nicht dazu gekommen, die Vita des *patron* Maxime auszuforschen, aber das stehe heute ganz oben auf seiner Agenda.

Isabelle nickte. So eilig war das auch nicht. Aus dem Lebenslauf des Mannes würde kaum seine Vaterschaft hervorgehen. Und erst recht nicht, ob ihm die Mordtaten zuzutrauen waren. Oder vielleicht doch? Keine Ahnung.

Ihr *portable* summte und vibrierte. Sie erhielt eine Textnachricht. In dieser bedankte sich Monique für den bezaubernden Abend. *Merveilleux, fantastique* … Sie fragte, wann sie sich wiedersehen könnten. Außerdem müsse sie ihr dringend was anvertrauen – aber nur von Angesicht zu Angesicht. Zum Schluss der schon obligatorische rote Kussmund.

Isabelle lächelte. Monique war offenbar nicht böse, dass sie auf ihr erotisches Angebot nicht eingegangen war. Was sie ihr wohl anvertrauen wollte? Oder war das ein Köder? Nun, mit der Antwort würde sie sich in jedem Fall etwas Zeit lassen.

Sie dachte gerade darüber nach, was sie als Nächstes tun könnte, da steckte Thierry seinen Kopf ins Zimmer. Ob sie Zeit und Lust für ein schnelles Mittagessen habe, fragte er.

Überrascht stellte sie fest, dass es dafür durchaus nicht zu früh war. Wo war der Vormittag geblieben? Hatte sie so lange geschlafen? Wie auch immer, der Vorschlag war so schlecht nicht. Apollinaire hatte zu tun, konkrete Ergebnisse der Recherchen lagen noch nicht vor. Viel gegessen hatte sie gestern Abend auch nicht. Sie versuchte sich zu erinnern. Genau genommen hatte sie gar nichts gegessen. Sie hatte es schlicht vergessen. Sollte ihr das zu denken geben?

Wenig später standen Isabelle und Thierry vor Jacques' Bistro. Es war kein Tisch frei, selbst für den Bürgermeister nicht und für Madame le Commissaire. Plötzlich sahen sie Leclerc, der ihnen fröhlich zuwinkte und auf zwei freie Plätze an seinem Tisch deutete.

»Der hat mir noch gefehlt«, zischte Thierry.

»Warum?«

»Mit ihm gehst du großartig in die *Auberge,* mit mir reicht's gerade zu einem bescheidenen Essen in diesem Bistro. Da soll ich nicht eifersüchtig sein?«

Isabelle boxte ihm sanft in die Rippen. »Da stehst du doch drüber. Leclerc wird uns bald verlassen.«

»Wird auch Zeit«, sagte er leise, nur noch wenige Schritte vom Tisch entfernt. Dann trug er übergangslos ein breites Lächeln zur Schau. »Hallo, mein lieber Freund«, begrüßte er ihn. »Dürfen wir uns wirklich dazusetzen? Das ist eine große Freude.«

»Falsche Schlange«, flüsterte Isabelle.

Jacques kam mit einer Schiefertafel an den Tisch, auf der die *plats du jour* standen. Schnell entschieden sie sich für ein Tagesgericht. Alle drei, denn auch Leclerc hatte zuvor noch nicht bestellt. Insofern passte alles.

Thierry sah Isabelle schmunzelnd an. »Na, wie war's gestern bei deinem Rendezvous in Cannes?«, fragte er.

Leclerc pfiff durch die Zähne. »Ein Rendezvous? Na so was.«

Thierry griff Leclerc an die Schulter. »Wir Männer haben jämmerlich versagt«, erklärte er dramatisch. »Sie müssen wissen, unsere Isabelle hat sich für eine Frau entschieden.«

»Für eine Frau? Kann ich nicht glauben.«

Isabelle sah zwischen den beiden hin und her.

»Thierry, du bist ein Idiot«, stellte sie schließlich fest. »Und Pierre, du musst gar nicht so blöd grinsen.«

»Oh, jetzt wird's persönlich, das gefällt mir.«

»Ja, ich war mit einer Frau zusammen«, sagte Isabelle. »Und sie ist zudem recht jung und hübsch und anschmiegsam.«

»Und sie findet, dass du gut riechst, richtig?«

Isabelle lachte. »Nicht nur das. Sie wollte mir tatsächlich an die Wäsche, wenn ihr versteht, was ich meine.«

»Ist nicht so schwer zu verstehen.«

»Und?«

»Na ja, ich kann gut auf mich aufpassen. Aber der Abend war trotzdem nett. Ein Club ganz ohne heterosexuelle Männer. Eine so gute Stimmung habe ich noch selten erlebt. Das sollte euch Chauvis zu denken geben.«

»Tut es nicht«, erwiderte Leclerc. »Ich war schon auf Einladungen ganz ohne Frauen, da war die Stimmung ausgezeichnet.«

»Gut gekontert«, sagte Thierry, der sich plötzlich mit Leclerc einig schien.

»Aber ihr Männer habt nicht miteinander getanzt«, stellte Isabelle fest.

Leclerc sah sie entsetzt an: »Natürlich nicht.«

»Eben, das ist der Unterschied. Wir Frauen können das. Auch dafür brauchen wir keine Männer mehr.«

»Etwas gibt es noch, für das wir gut sind.«

Isabelle schmunzelte. »Nicht für die Mädels im Club.«

»Das ist eine traurige Welt, in der wir leben.«

»Finde ich nicht, ganz und gar nicht«, sagte Leclerc. »Durch die Emanzipation der Frau haben auch wir Männer mehr Freiheiten gewonnen und tragen weniger Verantwortung. Es gibt immer noch genug Damen, die sich gerne meiner Gesellschaft erfreuen.«

»Es geht nichts über ein gesundes Selbstbewusstsein.«

Leclerc lächelte vieldeutig. »Lebenserfahrung, meine liebe Isabelle, es geht nichts über eine gesunde Lebenserfahrung.«

»Die wollen wir jetzt nicht weiter vertiefen«, sagte Thierry. »Zu Isabelles Entschuldigung wäre anzuführen, dass sie sich dienstlich mit dieser Frau getroffen hat. Stimmt doch, oder?«

Isabelle nickte. Ihr Lächeln wich einem ernsten Gesichtsausdruck. »Ja, stimmt. Und um ehrlich zu sein, das ist alles nicht so lustig, das dürft ihr mir glauben. Monique hatte ein schlimmes Schicksal, daran wären andere zerbrochen.«

Thierry sah sie fragend an. »Welche Monique?«

»Monique Navet, du weißt schon.«

»Monique Navet? Ach so, die Tochter deines Mordopfers. Ich denke, sie ist nach Marokko ausgewandert? Und inwiefern hatte sie ein schlimmes Schicksal?«

»Das ist noch Gegenstand meiner Ermittlungen«, antwortete sie, »deshalb kann ich nicht darüber sprechen. Jedenfalls lebt sie nicht mehr in Marokko, sondern hier ganz in der Nähe.«

Isabelle war froh, dass Jacques in diesem Augenblick als Gruß aus der Küche kleine Teller mit *tomates à la provençale* auf den Tisch stellte. Sie konnte und wollte nicht über Monique reden. Es war schon ein Fehler gewesen, überhaupt ihren Namen zu erwähnen.

Auf dem Rückweg ins Kommissariat schaute Isabelle bei Clodine in ihrem Laden vorbei. Diesmal waren keine Kunden da, und ihre Freundin freute sich. Sie quatschten unwichtiges Zeug, was aber entspannend war. Dass Clodine dann doch noch auf Isabelles Essensausflug mit Leclerc zu sprechen kam, amüsierte sie. Irgendwie hatte sie gerade Talent darin, ihre Mitmenschen zu irritieren. Dabei tat sie nichts Unrechtes. Und alles hatte einen Sinn.

Isabelle erklärte diffus, dass das Essen mit Leclerc einen professionellen Hintergrund gehabt habe und mit seiner Person nichts zu tun. Außerdem sei sie ja im weitesten

Sinne seine Gastgeberin. Weil Clodine keine Zeit gehabt habe, habe sie das eine mit dem anderen verbunden. Es gebe also keinen Grund zur Beunruhigung.

Clodine lachte und meinte, dass man ja nie wissen könne. Aber Isabelle habe ja eine Liaison mit Thierry, da könne sie sich Pierre Leclerc angeln.

Isabelle wusste nicht, was sie sagen sollte. Pierre Leclerc angeln? Vielleicht, aber eben keinen Rouven Mardrinac. Doch das konnte sie nicht wissen. Und die Wahrheit durfte sie nicht erfahren! Einmal mehr hatte Isabelle ein schlechtes Gewissen. Ihrer Freundin stand eine große Enttäuschung bevor, und sie konnte sie nicht davor bewahren. Falls sie mal die Wahrheit erfahren sollte, würde sie ihr bittere Vorwürfe machen.

Isabelle nahm Clodine in den Arm. Leclerc sei ein Schwerenöter, sagte sie, ohne zu wissen, inwieweit das der Wahrheit entsprach, ein Bruder Leichtfuß, in den man sich besser nicht verlieben sollte. Er habe schon viele Herzen gebrochen, fantasierte Isabelle, sie wolle Clodine diese Enttäuschung ersparen.

Clodine meinte, das liege wohl daran, weil er bislang noch nicht die richtige Frau gefunden habe.

Isabelle musste tief Luft holen. So ein dummes Klischee. Jede Sekunde glaubte irgendwo eine Frau daran, dass sie die richtige und damit einzige sei. Weil sie es unbedingt glauben wollte. Aber mehr konnte sie nicht tun. Clodine musste die Erfahrung selber machen, es blieb ihr nicht erspart.

# 42

Auf dem Tisch lagen die angeforderten Akten zu den beiden Mordfällen. Sie nahm sich vor, sie bei Gelegenheit genauer zu studieren. Vorläufig war sie nur an einem interessiert – am Lichtbild in einem uralten Führerschein von Jacques Legrand. Sie hielt es neben das Gruppenfoto im Silberrahmen.

»Wir hatten recht«, sagte Apollinaire, der sich die Fotos schon vor ihrem Kommen angeschaut hatte. »Der Mann neben Jean-Luc Navet, das ist Jacques Legrand, definitiv.«

»Ja, das ist er«, sprach sie leise, fast ergriffen.

Apollinaire deutete zu seiner Tafel, die er von allen Irrwegen befreit hatte. Keine Bilder mehr vom Vergewaltigungsopfer Valerie Fournier, kein kleiner Baptiste, auch kein gewaltbereiter Guy aus Marseille. Dafür war in die Mitte eine Kopie des Gruppenfotos vom Kaminsims gepinnt. Ein Pfeil ging nach links zum vergrößerten Lichtbild aus Legrands Führerschein. Ein weiterer Pfeil führte nach rechts zu einem Bild, das keine gute Qualität hatte. Isabelle trat näher. Aber worauf es ankam, das konnte man sehen. Es handelte sich um einen Ausschnitt aus einem Klassenfoto. Einen Kopf hatte Apollinaire eingekringelt. Daneben stand mit Filzstift ein Name: Raphaël Dubois!

»Seine Abschlussklasse in der *école supérieure*«, erklärte er. »Habe ich im Internet gefunden. Unter dem Bild stehen alle Namen, von links nach rechts. Das da ist Dubois. Er war früher tatsächlich schlanker.«

»Damit wäre das Trio komplett. Navet, Legrand, Dubois, alle tot.«

»So einen Zufall gibt es nicht«, stellte Apollinaire fest. »Alle drei auf ein und demselben Foto. *Quod erat demonstrandum.*«

»Wie bitte?«

»Was zu beweisen war. Ihre These hat sich bestätigt. Fragt sich nun, ob sich wirklich alle drei an Monique vergangen haben.«

Isabelle nickte. »Das haben sie, da bin ich mir ganz sicher, auch wenn wir keinen Beweis haben.«

Apollinaire zeigte auf das Gruppenbild. »Wer ist der vierte Mann? Vielleicht war er auch an der Vergewaltigung beteiligt?«

»Die Frage habe ich mir auch schon gestellt.«

»Wenn wir morgen seine Leiche finden, dann wissen wir es.«

»Was wir verhindern können, wenn wir seinen potenziellen Mörder vorher aus dem Verkehr ziehen«, stellte Isabelle fest.

»Maxime, Moniques möglicher Vater?«

»Was wir aber nicht wissen.«

»Der DNA-Nachweis dauert noch.«

Isabelle ballte die Hände zu Fäusten. »Verdammt, so lange will ich nicht warten.«

»Müssen wir aber.«

»Nein, müssen wir nicht.«

Isabelle ging zum Telefon, suchte die Nummer von Bernadettes Schwester Florence und rief sie an. Sie bedankte sich für die Restaurantempfehlung. Sie habe dort ausgezeichnet gegessen.

»Das freut mich«, erwiderte Florence.

»Wir wollen nicht lange um den heißen Brei herumreden«, sagte Isabelle mit entschiedener Stimme. »Sie haben mir geholfen, das rechne ich Ihnen hoch an. Aber wir ermitteln in einem Mordfall. Das ist ein Kapitalverbrechen, bei dem sich jeder strafbar macht, der den polizeilichen Ermittlungsbehörden sachdienliche Hinweise vorenthält. Ich verlange also von Ihnen, dass Sie mir hier und jetzt präzise Auskunft geben, ob Maxime Moniques leiblicher Vater ist. Ja oder nein?«

»Das werde ich nicht tun«, entgegnete Florence störrisch.

»Und ob Sie das tun werden.« Jetzt war Isabelle ganz leise, gefährlich leise. »Andernfalls lasse ich Sie festnehmen, so leid es mir tut. Es dauert keine zehn Minuten, dann klingelt es an Ihrer Tür. Mit dem Staatsanwalt habe ich bereits Rücksprache gehalten.«

»Der Staatsanwalt? Wegen eines Mordes, der zehn Jahre zurückliegt? Und was soll Maxime damit zu tun haben?«

»Ist er der Vater, oder ist er es nicht?«

»Ich sag es nicht.«

»Dann hätten Sie mir nicht den Tipp mit dem Lokal geben dürfen.«

»Das war ein Fehler.«

»Nein, das war richtig. Es geht um sehr viel mehr als um den Mord an Ihrem Schwager. Maxime könnte uns weiterhelfen, aber dafür muss ich wissen, ob er Moniques Vater ist.«

»Versteh ich nicht.«

»Das müssen Sie auch nicht verstehen. Sie haben noch genau zehn Sekunden, dann gebe ich den Haftbefehl raus. Sie werden darin nicht nur der Aussageverweigerung beschuldigt, sondern auch der Beihilfe zum Mord.«

»Der Beihilfe zum Mord? Sind Sie verrückt?«

»Fünf Sekunden!«

»Verdammt noch mal, ja, Maxime ist Moniques Vater. So, jetzt wissen Sie es! Habe ich jetzt meine Ruhe?«

»Natürlich haben Sie jetzt Ihre Ruhe. Vielen Dank für Ihre Unterstützung der polizeilichen Ermittlungsarbeit. *Merci et au revoir.*«

Isabelle legte auf.

»Das war heftig«, sagte Apollinaire mit einem breiten Grinsen. »Fehlte nur noch, dass Sie sie des Landesverrats und der Gründung einer kriminellen Vereinigung beschuldigt hätten.«

»Aber es hat funktioniert.«

»Er ist es, richtig?«

»Genau, und deshalb können wir gleich weitermachen und dem Herrn einen Besuch abstatten. Ich hab wirklich keine Lust auf eine vierte Leiche. Vor allem dann nicht, wenn wir es verhindern könnten.«

»Sie gehen also wirklich davon aus, dass er der Mörder ist?«

»Keine Ahnung. Aber er könnte es sein. Und wir haben gerade keinen anderen Kandidaten.«

»*D'accord.* Soll ich den Wagen vorfahren?«

»Rufen Sie vorher an, ob Maxime da ist.«

Sie saß auf dem Beifahrersitz. Beim Blick auf ihr *portable* fiel ihr ein, dass sie noch nicht auf Moniques Textnachricht geantwortet hatte. Sie bestätigte, dass ihr der Abend auch sehr gefallen habe. Allzu euphorisch wollte sie sich nicht äußern, um etwaigen Fehlinterpretationen vorzubeugen. Leider habe sie gerade zu tun und könne sich erst später oder morgen ausführlich melden. Dann könnten sie auch ein Treffen vereinbaren. Statt eines Kussmundes wählte sie zum Abschluss ein unverfängliches Smiley mit Augenzwinkern.

Isabelle stellte erfreut fest, dass sich Apollinaires Fahrkünste deutlich verbessert hatten. Noch vor wenigen Monaten hatte er entweder Vollgas gegeben oder gebremst. Ein Dazwischen gab es nicht. Diese bemerkenswerte Technik war einem fast schon geschmeidigen Dahingleiten gewichen, wären da nicht die Kurven, die er mit ruckartigem Reißen am Lenkrad bewältigte. Es sprach für das Auto, dass es dabei nicht ins Schleudern kam. Sie fragte sich, wie er das in seinem privaten 2CV schaffte. Der 2CV schaukelte ja schon bei normaler Fahrweise wie eine Jolle kurz vor dem Kentern. Seine Freundin Shayana musste einen guten Magen haben.

Sie wollte gerade sein seltsames Lenkgebaren ansprechen, da läutete ihr *portable.* Nein, es war nicht Monique, die auf die gerade gesendete Nachricht reagierte. Auf dem Display entdeckte sie Maurice Balancourt.

»Hallo, chérie«, bellte es ihr entgegen. »Wie geht es im sonnigen Süden?«

»Hallo, Maurice«, begrüßte sie ihren Chef. »Mir geht's gut. *Tout va bien.*«

Apollinaire, der ahnte, wer dran war, nahm unwillkürlich Haltung an – soweit das hinter dem Steuer möglich war.

»Da bin ich aber froh. Ich hab mir schon Sorgen gemacht.«

»Wegen Rouven Mardrinac?«

»Du kennst seinen Namen, wie schön. Hat er sich verplaudert?«

»War nicht nötig. Jedenfalls weiß ich, wer er ist.«

»Na bravo. Wegen Rouven hab ich mir natürlich keine Sorgen gemacht, der ist doch bei dir in den besten Händen. Ich hab mich nur gewundert, dass ich von dir so lange nichts gehört habe.«

»Ich wollte dich mal in Ruhe lassen«, sagte sie. »War auch besser so, denn als ich erfahren habe, wer Leclerc wirklich ist, war ich so wütend, dass ich dich gleich anrufen und Luft ablassen wollte. Ich hab's dann aber sein lassen.«

»Wütend? Das passt doch gar nicht zu dir. Mit Rouven habe ich dir einen besonders netten Gast ausgesucht.«

»Den irgendein schwarzafrikanischer Potentat umbringen will«, unterbrach sie ihn. »Wenn der mit einer Privatarmee anrückt, kann ich ihn nicht wirklich schützen, das ist dir doch klar? Dann gehen wir beide drauf.«

»Privatarmee? Du kannst einen erschrecken. Es weiß doch keiner, dass sich unser Sportsfreund bei dir versteckt hält. Was soll also passieren?«

»Ich rechne immer mit dem Schlimmsten.«

»Das, meine liebe Isabelle, ist definitiv die falsche Lebenseinstellung. Davon bekommt man ein Magengeschwür und chronische Kopfschmerzen. Ich dagegen rechne immer mit dem Besten. Deshalb bin ich fast immer guter Dinge und voller Zuversicht. Die Scheiße kommt sowieso und vor allem unerwartet, aber daran will ich so lange nicht denken, bis es passiert.«

»Wie am *Arc de Triomphe?*«

»Ja, zum Beispiel. Würde ich andauernd an die Folgen eines möglichen Bombenattentats denken, müsste ich mir die Kugel geben. Da trinke ich lieber ein Glas Wein und bestelle frische Austern aus Arcachon. Dann habe ich wenigstens was im Magen, wenn's kracht.«

»Ich mag keine Austern.«

»Dann eben *foie gras,* aber dazu muss ich einen anderen Wein aussuchen. Was macht dein Kriminalfall?«

»Er sorgt für Abwechslung«, antwortete sie.

»Das freut mich. Du weißt ja, dass ich Abwechslung für

die beste Therapie halte. Falls ich irgendwas für dich tun kann, lass es mich wissen.«

»Aber klar.«

»Das ist nicht dahingeredet, das meine ich ernst«, sagte Balancourt. »Und noch etwas: Beim geringsten Anzeichen, dass Rouven in seinem Versteck entdeckt wurde, sag sofort Bescheid, dann schicke ich die Kavallerie.«

# 43

Die *Auberge* hatte noch nicht geöffnet. Sie saßen an einem Tisch am Eingang zur Küche. Dort wurden bereits die Speisen für den Abend vorbereitet. Durch die Pendeltür drangen verführerische Düfte an ihre Nase. Aber das Thema, über das sie zu sprechen hatten, war alles andere als verführerisch.

»Wir wissen, dass Sie Monique Navets Vater sind«, sagte Isabelle ohne Umschweife.

Maxime fuhr sich durch die langen Haare. »Monique Navet? Wer soll das sein?«

»Ihre Tochter, tun Sie doch nicht so.«

»Dann wissen Sie mehr als ich.«

»Natürlich wissen Sie es. Sie können es genauso gut zugeben.«

»Ich bin seit Jahrzehnten glücklich verheiratet, ich wüsste nicht, wie ich zu einer Tochter namens Monique kommen sollte. So war doch ihr Name, oder?«

»Soll ich Ihnen erklären, wie man zu einer Tochter kommt?«, sagte Isabelle.

Apollinaire verkniff sich ein Grinsen.

»Ich frage mich, was Sie das überhaupt angeht. Wir leben in einem freien Land. Sogar Mitterrand hatte eine uneheliche Tochter, von der niemand wusste. Die Achtung der Privatsphäre gilt für jeden Bürger. Nur weil Sie von der Polizei sind, haben Sie kein Recht, in meinem Privatleben herumzuschnüffeln.«

Isabelle lehnte sich zurück und verschränkte die Arme.

»Um das klarzustellen, wir schnüffeln nicht in Ihrem Privatleben herum. Dafür ist mir meine Zeit zu schade. Auch interessiert mich nicht, ob das Bekanntwerden eines Seitensprungs dazu geführt hätte, dass Ihre Schwiegereltern Ihnen das Lokal weggenommen und Sie rausgeschmissen hätten.«

Maxime zeigte einige nervöse Zuckungen.

»Es geht auch nicht um irgendeine Vaterschaftsklage«, fuhr sie fort, »oder um sonst einen Blödsinn. Wenn wir etwas leiser sprechen, bekommt keiner was mit, auch nicht Ihre Ehefrau in der Küche. Es wäre also alles ganz einfach. Sie müssen nur auf meine Fragen antworten.«

»Muss ich das?«

»Es wäre für Sie einfacher, sehr viel einfacher. Unterstellen wir mal, Sie wissen, dass Monique Ihre Tochter ist, wann haben Sie sie das letzte Mal gesehen?«

Maxime zögerte. Er spielte mit einer Serviette und dachte nach.

»Kurz nach ihrer Geburt«, sagte er schließlich so leise, dass er kaum zu verstehen war.

»Also, es geht doch. Was wissen Sie von Jean-Luc Navet?«

»Nicht viel«, antwortete Maxime. »Ich glaube, er war ein Arschloch.«

»Weil er sich an Monique vergangen hat?«, fragte sie ohne Umschweife.

Maxime riss die Augen auf. »Was sagten Sie gerade? Jean-Luc soll sich an Monique vergangen haben? Meinen Sie sexuell oder wie?«

»Man könnte auch von Vergewaltigung sprechen, das ist Ansichtssache.«

Er atmete kurz. »Haben Sie dafür Beweise?«

»Nein, nur Indizien. Aber ich dachte, Sie wüssten Genaueres.«

»Das Schwein, dafür könnte ich ihn umbringen.«

»Vielleicht haben Sie es schon getan, damals vor vielen Jahren?«

»Ach so, darum geht es? Sie verdächtigen mich allen Ernstes, Bernadettes Mann ermordet zu haben?«

»Um ihn dafür zur Rechenschaft zu ziehen, dass er Ihre Tochter vergewaltigt hat. Das haben Sie ihm dann auch auf die Stirn geschrieben: *Violeur!* So könnte es gewesen sein. Ein Motiv hätten Sie jedenfalls, ein sehr starkes sogar.«

Maxime zerriss die Papierserviette in kleine Fetzen. »Ja, ein Motiv hätte ich, vorausgesetzt, es stimmt, was Sie vermuten, und unterstellt, ich hätte davon gewusst.«

»Haben Sie?«

»Nein, habe ich nicht. Woher auch? Es gab keinen Kontakt. Sie waren nicht mal zum Essen hier, kein einziges Mal.«

»Kannten Sie Raphaël Dubois und Jacques Legrand?«, fragte Apollinaire. Sie hatten zuvor im Auto ausgemacht, dass er diese Frage stellen durfte.

Maxime erschrak. »Was soll denn diese Frage?«

»Kannten Sie die beiden?«, wiederholte Apollinaire.

»Raphaël ist tot. Ihn kannte ich natürlich, er war Stammgast. Schreckliche Geschichte. Von einem Jacques Legrand habe ich nie gehört.«

»Wussten Sie, dass das Freunde von Jean-Luc Navet waren?«

»Ihre Fragen werden immer verrückter. Wie oft soll ich es Ihnen noch sagen: Ich hatte und habe keinen Kontakt zu Bernadettes Familie, zu ihr selbst nicht, zu Monique nicht, zu ihrem Mann nicht. Das sind wildfremde Menschen für mich. Was spielt es auch für eine Rolle, ob ich Raphaël und diesen anderen Typen gekannt habe? Ich kenne viele Leute, unsere *Auberge* ist fast immer bis zum letzten Platz belegt. Soll ich Ihnen vorrechnen, wie viele Gäste hier im Jahr ein und aus gehen?«

»Die Frage, ob Sie zum Zeitpunkt des Mordes an Jean-Luc Navet ein Alibi haben, erübrigt sich wahrscheinlich«, sagte Apollinaire. »Nach so langer Zeit werden Sie das nicht mehr wissen.«

»Sehr scharfsinnig, mein Kompliment. Die Frage erübrigt sich tatsächlich. Ganz abgesehen davon, dass Sie mir dafür freundlicherweise den Tag des Mordes mitteilen müssten.«

»Den Gefallen kann ich Ihnen tun«, erwiderte Apollinaire und nannte das Datum.

Maxime war anzusehen, dass er gar nicht den Versuch machte, sich zu erinnern.

»Wie Sie schon vermuteten, habe ich natürlich keinen Schimmer«, sagte er, »aber Sie sind sowieso auf dem Holzweg, deshalb ist es auch egal.«

Isabelle stand auf. »Vielen Dank für das Gespräch. Wir dürfen Sie bitten, vorläufig keine Reise anzutreten und sich zur Verfügung zu halten.«

Maxime sah kurz in Richtung Küche, dann wieder zu Isabelle und Apollinaire.

»Das mit Monique bleibt unter uns, das müssen Sie mir versprechen«, bat er fast flehentlich.

»Kommt auf den weiteren Verlauf der Ermittlungen an«, sagte sie, »und darauf, ob Sie mich angelogen haben.«

»Habe ich nicht.«

# 44

Apollinaire ärgerte sich.

»Wir haben vergessen, Maxime nach seinen Alibis für die beiden Morde an Dubois und Legrand zu fragen. Da hätte er sich die Ausrede sparen können, dass es schon so lange her ist.«

»Ich hab es nicht vergessen«, sagte Isabelle, »aber ich hatte meine Gründe. Außerdem sind wir mit dem Herrn noch nicht fertig. Wir fangen erst an. Jetzt wissen wir immerhin, dass er tatsächlich Moniques leiblicher Vater ist.«

»Und dass er Jean-Luc nicht mochte.«

»Da scheint er in bester Gesellschaft.« Isabelle dachte nach. »Leider war seine Reaktion auf den Missbrauch an seiner Tochter recht glaubwürdig«, stellte sie mit Bedauern fest.

»Oder die Reaktion war gut gespielt.«

»Tja, oder das. Schon Valeries Bruder Guy hat gesagt, dass er das Schwein am liebsten umbringen würde. Das ist also nicht sonderlich originell und scheint ein natürlicher Reflex zu sein. Da ist schon interessanter, dass Maxime mit Raphaël Dubois auch unser Mordopfer von Pampelonne kannte. Das ist ein bemerkenswerter Zufall.«

»Und wie ich weiß, glauben Sie nicht an Zufälle.«

Isabelle wiegte den Kopf. »Wie man's nimmt. Einerseits glaube ich, dass das Leben von Zufällen bestimmt wird, das schon. Andererseits machen mich Zufälle in Kriminalfällen immer stutzig. Oft gibt es eben doch einen kausalen Zusammenhang, der sich hinter der scheinbaren Zufälligkeit versteckt.«

»In unserem Fall wäre die Erklärung, dass …«

Apollinaires Kausalitätsbetrachtung wurde von einem Telefonanruf unterbrochen.

Isabelle stöhnte, als sie auf dem Display den Namen des Anrufers las. »Der hat mir noch gefehlt.«

»Balancourt?«

»Nein, natürlich nicht.«

Sie überlegte, ob sie das Gespräch annehmen sollte. Aber es half nichts, irgendwann würde er sie doch an den Apparat kriegen, dann besser gleich.

Vorsichtshalber hielt sie den Hörer ein Stück vom Ohr entfernt. Commandant Bastian entsprach ihren Erwartungen – nicht nur hinsichtlich seiner Phonstärke.

»Was nehmen Sie sich heraus?«, schrie er sie an. »Sie denken wohl, Sie können tun und lassen, was Sie wollen. Aber da sind Sie schiefgewickelt.«

»Seien Sie gegrüßt, mein lieber Commandant«, erwiderte Isabelle mit übertriebener Höflichkeit. »Was kann ich für Sie tun?«

»Sie können sich aus Dingen raushalten, die Sie nichts angehen. Das können Sie nicht nur, das müssen Sie sogar. Meinetwegen können Sie in alten Mordfällen rumstochern, bis Ihnen die Spinnweben zu den Ohren herauskommen, aber aktuelle Fälle sind tabu. Da waren wir uns doch einig, oder haben Sie das nicht kapiert?«

Sie sah förmlich, wie Bastian nach Luft schnappte.

»Reden Sie weiter«, forderte sie ihn mit ruhiger Stimme auf.

»Sie müssen mir nicht das Wort erteilen, ich rede, wann ich will.«

»Also?«

»Sie haben die Untersuchungsakten in den Mordfällen Dubois und von diesem Dingsbums angefordert, wie heißt er doch gleich?«

»Legrand, Jacques Legrand«, half ihm Isabelle auf die Sprünge.

»Natürlich, Legrand, sag ich doch. Das sind zwei Mordfälle, die definitiv nicht in Ihren Zuständigkeitsbereich fallen und zudem kurz vor der Aufklärung stehen. Das alles geht Sie überhaupt nichts an, *rien, absolument rien, rien du tout.* Sie haben wieder einmal Ihre Kompetenzen überschritten, das wird ein Nachspiel haben.«

»Fragt sich, für wen?«, sagte Isabelle.

»Was soll das jetzt wieder heißen? Ich glaube, bei Ihnen sind einige Sicherungen durchgebrannt.«

»Das habe ich überhört. Nur so viel: Auf dem letzten Kongress der *Police nationale* ist gefordert worden, dass der Informationsaustausch zwischen den einzelnen Kommissariaten, Abteilungen und Dezernaten verbessert wird. Das Stichwort hieß *interconnexion,* Vernetzung, Sie erinnern sich?«

Isabelle freute sich über ihren Einfall.

Sie hatte keine Ahnung, was auf diesem Kongress besprochen wurde.

»Kann ja sein, aber das tut hier nichts zur Sache.«

»Doch, tut es, denn gemäß dieser Devise halte ich es für meine Pflicht, in die Untersuchungsakten Einsicht zu nehmen. So einfach ist das.«

»Das ist doch völliger Schwachsinn. Was wollen Sie denn da vernetzen? Ihre vertrocknete Leiche aus dem Archiv mit einem Eifersuchtsdrama in Saint-Tropez? Dass ich nicht lache. Hahaha!«

»Ich würde das Telefonat gerne beenden«, sagte Isabelle, »ich fürchte, wir kommen nicht weiter.«

»Wann wir fertig sind, bestimme ich.«

»Mein lieber Commandant, da unterliegen Sie schon wieder einem Irrtum. Sie sind mir gegenüber weder weisungsbefugt noch disziplinarisch vorgesetzt.«

Isabelle nahm den Telefonhörer vom Ohr und hielt ihn lächelnd vor sich. Sie hörte Bastians aufgeregte Stimme, aber sie verstand nicht, was er sagte. Es interessierte sie auch nicht. Sie legte einfach auf.

Apollinaire spendete leisen Applaus. Er genoss es sichtlich, wenn sein früherer Chef ins Leere lief, wenn ihm Madame le Commissaire Kontra gab. Er sagte, dass es in Toulon niemanden gebe, der sich traue, gegen Bastian aufzubegehren. Schon beim ersten Versuch werde jeder Opponent einen Kopf kürzer gemacht. Nur Isabelle böte ihm die Stirn. Sie habe eben mehr Eier als alle männlichen Kollegen. Apollinaire räusperte sich verlegen und bat um Entschuldigung. Das sei ihm so herausgerutscht.

Minuten später las Isabelle eine neue Textnachricht von Monique. Sie schrieb, dass Manon über Nacht bei ihrer kranken Mutter in Nizza sei. Sie sei also alleine und treffe sich gerne, gerne, gerne mit Isabelle. Ob sie sich nicht doch Zeit nehmen könne. Es sei wichtig, wichtig, wichtig … *bisou.* Kussmund.

Isabelle schmunzelte. Monique war hartnäckig. Und irgendwie süß. Rein ermittlungstechnisch würde sie sich gerne mit ihr treffen. Da gab es ja noch das Bild. Es gäbe einiges zu besprechen – auch wenn fraglich war, ob sich Monique auf ihre Themen einlassen würde. Aber der Versuch wäre es wert. Was Isabelle zögern ließ, hatte denn auch nichts mit ihrer Polizeiarbeit zu tun. Sie war einfach noch nicht bereit, sich erneut Moniques Annäherungsversuchen auszusetzen. Einerseits wollte sie Monique nicht vor den Kopf stoßen, andererseits war es genau das, was sie tun sollte. Aber damit würde sie Monique verletzen, und verletzt war ihre Seele schon genug. Außerdem wäre das Spiel dann aus, sie würde nichts mehr von ihr erfahren. Was dann wiederum auch ermittlungstechnisch dumm war. Was auf sie zukam, glich also einem Tanz auf der Rasierklinge.

Was sie wohl mit »wichtig, wichtig, wichtig« meinte? Konnte es etwas geben, das keinen Aufschub duldete? Das war unwahrscheinlich. Vermutlich wollte Monique nur Manons Abwesenheit nutzen und Isabelle ködern. Sie lächelte. Monique war raffiniert und ein kleines Luder. Sie würde sich noch etwas gedulden müssen. Und dann würden sie nach Isabelles Regeln spielen, nicht nach ihren.

# 45

Nach einem Abend, den sie in Etappen erst mit einem mürrischen Leclerc auf seiner kleinen Terrasse verbracht hatte, danach mit einem unterhaltsamen Thierry beim Dinieren und schließlich mit ihrem kuscheligen Kopfkissen in ihrem Bett, fühlte sie sich am nächsten Tag ausgeruht und zu neuen Schandtaten bereit. Beim Frühstück überlegte sie, was alles zu tun war. Sie war voller Zuversicht und hoffte auf einen positiven Verlauf der Dinge.

Dann aber kam alles anders. Die Bürotür zum Kommissariat wurde aufgestoßen – und Maxime stürmte herein.

»Sie haben mir versprochen, dass alles unter uns bleibt«, rief er.

Isabelle nickte. »Daran halte ich mich. Vorausgesetzt, Sie haben mich nicht angelogen«, präzisierte sie.

»Deshalb bin ich ja hier.«

Er deutete zu Apollinaire, der an seinem Schreibtisch saß und Maximes Auftritt mit sichtbarer Überraschung verfolgte.

»Ihr Assistent war ja so freundlich, mir das Datum des Mordes an Jean-Luc zu nennen. Und ich habe gesagt, dass ich mich nach so langer Zeit natürlich an kein Alibi erinnern kann.«

»Sie hätten keinen Schimmer, haben Sie gesagt. Und dass wir auf dem Holzweg wären. Das genau war Ihr Wortlaut.«

»Nun, da habe ich mich getäuscht.«

»Mit dem Holzweg?«

Maxime lachte. »Das hätten Sie wohl gerne. Nein, mit dem nicht vorhandenen Alibi habe ich mich getäuscht. Ich hab nämlich doch eines, sogar ein sehr gutes.«

»Da sind wir aber gespannt.«

Maxime wedelte mit einer Mappe.

»Da ist alles drin. Zeitungsausschnitte, die meine Unschuld beweisen. Sie haben doch nicht wirklich geglaubt, dass ich Jean-Luc umgebracht habe, oder?«

Isabelle zuckte mit den Schultern.

»Jedenfalls haben Sie sich mit dieser irrwitzigen Unterstellung ganz schön blamiert.«

»Zeigen Sie mal her!«, forderte ihn Isabelle auf.

Maxime reichte ihr triumphierend die Mappe.

Apollinaire stand auf, um ihr über die Schulter zu sehen.

Gemeinsam blickten sie auf verschiedene Presseartikel, die von einem spektakulären Autounfall berichteten. In einer Haarnadelkurve der Route de La Turbie war ein Sportwagen von der Straße abgekommen und in die Tiefe gestürzt. Die Fotos zeigten das Wrack, dem der Fahrzeugtyp nicht mehr anzusehen war. Groß wurde herausgestellt, dass sich der Unfall makabrerweise bei Cap-d'Ail unweit der Stelle zugetragen hatte, wo einst Gracia Patricia den Tod gefunden hatte. Nur hatte diesmal der Fahrer überlebt. Der Unglückslenker war kein anderer als Maxime. Fast zwei Monate hatte er danach in verschiedenen Hospitälern gelegen. Das ging aus weiteren Berichten hervor. Außerdem hatte Maxime einige Krankenhausabrechnungen beigelegt.

»Ich war von Ihrem Besuch und von Ihrem unglaublichen Verdacht so überrumpelt«, erklärte er, »dass mir nicht aufgefallen ist, dass der Mord genau zu der Zeit passiert ist, als ich halb tot im Krankenhaus lag.«

»Das ist wirklich ein ziemlich gutes Alibi«, gab Isabelle zu, »da muss ich Ihnen beipflichten. Wenn man die Fotos sieht, ist es ein Wunder, dass Sie überlebt haben.«

»Ich wurde aus dem Wagen geschleudert, das war mein Glück.«

»Gratuliere. Ja, damit ist wohl klar, dass Sie mich wirklich nicht angelogen haben, jedenfalls kommen Sie kaum als Mörder von Jean-Luc Navet in Betracht. Ich sehe also keinen Grund, Ihre Vaterschaft bekannt zu machen. Ach so, eine Frage hätte ich noch. Wo waren Sie, als Raphaël Dubois umgebracht wurde?«

»Sie lassen wohl nicht locker. Da war ich auf einer Weinmesse in Paris. Dafür gibt es viele Zeugen. Soll ich Ihnen Beweise heranschaffen?«

Isabelle winkte ab. »Nicht nötig, ich glaube Ihnen.«

Maxime deutete auf die Mappe. »Darf ich sie wiederhaben?«

Isabelle klappte sie zu und reichte sie ihm wortlos.

»Ich möchte Ihnen noch einen Rat geben«, sagte Maxime.

»Der wäre?«

»Vergessen Sie den Mord an Jean-Luc Navet!«

Sie legte den Kopf zur Seite und musterte ihn.

»Warum sollte ich?«

»Wenn es stimmt, was Sie sagen, hat es dieses Schwein nicht anders verdient. Schließen Sie den Fall ab. Lassen Sie es gut sein.«

»Sie sollten wissen, dass ich ganz selten auf Ratschläge höre. Ist eine Schwäche von mir. Aber ich kann Ihren Standpunkt verstehen, jedenfalls ein wenig.«

Sie stand auf und reichte ihm die Hand. »Vielen Dank für Ihren Besuch. Kommen Sie gut heim.«

»Ja, fahren Sie vorsichtig«, sagte Apollinaire. »Unsere

Straßen sind fast so gefährlich wie die Grande Corniche bei Cap-d'Ail.«

Maxime antwortete mit einem Scherz. »Für heute brauche ich kein Alibi, da bleibe ich mit dem Auto auf der Straße.«

Einen Hüpfer nach vorne, zwei zur Seite, einen zurück, dann im Kreis. Wieder dachte sie an das blöde Kinderspiel, bei dem man nicht wirklich vorankam. Mit Valeries Bruder Guy war es ihr so ergangen. Jetzt erneut mit Moniques Erzeuger Maxime. Kaum hatte sie einen Verdächtigen an der Angel, bei dem alles zu passen schien, kam der Fisch wieder vom Haken. Einen Hüpfer nach vorne, einen zurück. Sie hatte vergessen, wie mühsam und frustrierend die stinknormale Polizeiarbeit sein konnte. Der Alltag in einem kleinen Kommissariat im Hinterland des Département Var unterschied sich dramatisch von ihrem vorangegangenen Job, in dem sie eine Spezialeinheit geleitet hatte und die Aufgaben klar definiert waren. Da hatte es Zielvorgaben gegeben, die so eindeutig waren, dass sie selbst der dümmste Mitarbeiter verstand. Zum Beispiel galt es zu verhindern, dass der Präsident der Republik erschossen oder in die Luft gesprengt wurde. Das war eine klare Ansage, Missverständnisse waren ausgeschlossen, Fehler nicht tolerierbar.

Und jetzt? Sie hatte sich selber eine Aufgabe gestellt, für die sich niemand interessierte. Ob sie Erfolg hatte oder nicht, war egal. Auch konnte sie so viele Fehler machen, wie sie wollte, es störte keinen. Nur durfte sie dabei niemandem auf die Füße treten, vor allem nicht Commandant Bastian in Toulon. Wenn sie das beherzigte, war alles gut. War es das? Natürlich nicht. Nur weil ihr Kriminalfall klein war und unter dem Radar der öffentlichen Wahrnehmung, war er keine Bagatelle. Auch hier ging es um Menschenleben und um brutale Straftaten. Außerdem galt es zu verhindern, dass es ein weiteres Opfer gab. Was sein könnte, aber nicht sein musste. Hinterher würde man es wissen, aber dann war es im Zweifel zu spät.

Sie drehte sich auf dem Stuhl zu ihrem Mitarbeiter.

»Apollinaire, wir müssen dringend herausfinden, wer der vierte Mann auf dem Foto ist. Das hat jetzt absolute Priorität. Wenn wir schon keinen Täter haben, müssen wir sein potenzielles Opfer finden. Und zwar, bevor er es tut.«

»Wobei wir nicht wissen, ob der vierte Mann überhaupt an Moniques Vergewaltigung beteiligt war«, gab Apollinaire zu bedenken. »Nur dann käme er als Opfer in Betracht.«

»Natürlich wissen wir das nicht. Im Grunde wissen wir sowieso fast nichts, nur unwichtiges Zeug, was keinem weiterhilft.«

Isabelle musste sich beherrschen, um ihren Ärger nicht laut herauszuschreien. Aber Apollinaire konnte nichts dafür, dass sie nicht vorankamen. Und sich selbst anzuschreien machte keinen Sinn. Der Kaktus auf dem Fensterbrett wäre ein geeignetes Objekt für eine Schreitherapie. Er würde einen Wutausbruch stoisch ertragen. Doch erstens wollte sie sich vor ihrem Assistenten keine Blöße geben, und zweitens wäre er damit nicht einverstanden, denn nach seiner Überzeugung hatten auch botanische Gewächse eine Seele, selbst eine Stachelpflanze.

Auf Isabelles *portable* blinkte eine Erinnerung auf. Monique ließ nicht locker.

Monique, Monique …

Isabelle saß auf einer Bank im kleinen Friedhof von Fragolin, dort, wo ihre Eltern begraben waren. Aber sie war nicht hier, um an *papa et maman* zu denken. Sie hatte nur ein Plätzchen gesucht, wo sie ungestört nachdenken konnte.

Sie las Moniques Nachricht, die eine Kopie der vorigen war, und schloss die Augen. Sie dachte an die junge Frau, die in frühen Jahren so viel durchgemacht hatte. Wie viel, das würde sie wohl nie erfahren. Aber sie war sich sicher, dass es ausreichte, einen Menschen für ein ganzes Leben zu traumatisieren.

Monique, Monique …

Wenn sie mit ihrer Vermutung recht hatte, dann gab es da draußen einen großen Unbekannten, der die Schuldigen zur Verantwortung zog und in Moniques Namen Rache übte. Nein, natürlich nicht in ihrem Namen, das war Quatsch. Wie sollte man sagen? Quasi stellvertretend für sie. Nein, das auch nicht. Es war ja nicht ihr Wille, ganz im Gegenteil wollte sie das alles vergessen und nicht mehr an die schlimmsten Stunden in ihrem Leben erinnert werden. Blieb die hypothetische Frage, ob sie diesen Rachefeldzug gutheißen würde? Falls sie je davon erfahren würde. Isabelle erinnerte sich an den Abend in Cannes. Da hatte sich Monique von einer sanften und anschmiegsamen Seite gezeigt. Sie war keine Frau, die einer mörderischen Vergeltung zustimmen würde, nein, ganz bestimmt nicht. Dazu hatte Monique zu viel Gewalt am eigenen Leib erfahren. Wenn überhaupt, würde sie es nicht wissen wollen.

Isabelle stand auf und ging zwischen den Grabsteinen hin und her. Wenn man die Inschriften las, entdeckte man fast alle Nachnamen, die in Fragolin vertreten waren. Auch Jean-Luc Navet hatte hier seine letzte Ruhestätte gefunden. An seinem Grab lagen keine Blumen und brannte keine

Kerze. Es sah so aus, als ob sich keiner darum kümmern würde.

Monique, Monique …

Was machte sie eigentlich so sicher, was Moniques Wesensart betraf? Vielleicht gab es noch eine andere Monique, von der sie nichts wusste? Was wäre, wenn? Nein, das war absurd. Warum eigentlich? Durfte man das Undenkbare denken? Das schon, aber brachte es einen weiter?

Isabelle setzte ihre Sonnenbrille auf, ging erneut zum Grab ihrer Eltern, um sich zu verabschieden, und verließ den Friedhof – mit Gedanken, die ihr nicht mehr aus dem Kopf gehen wollten.

# 46

Am nächsten Morgen passierte, womit sie nicht gerechnet hatte. Zwar schlug kein Kieselstein an ihre Scheibe, aber bei ihren Kniebeugen vor dem geöffneten Fenster winkte ihr plötzlich Marie-Claire über die Gasse zu. Isabelle nahm das gerne zum Anlass, ihre Übungen abzubrechen, ihr taten ohnehin die Knie weh.

»*Bonjour*, Marie-Claire, gut geschlafen?«

»Besser als du, mein Schatz. Bei dir war dreimal das Licht an.«

»Was du nur wissen kannst, wenn du selber wach warst«, erwiderte Isabelle lachend.

»Stimmt, du hast mich überführt. Was ich dir sagen wollte: Ich hab in meinen Krankenakten gestöbert. Also, da gab es tatsächlich eine Patientin, die hatte ähnliche Symptome wie unsere Monique, also Verletzungen in der Vagina, Hämatome an den Oberarmen, Striemen an den Handgelenken, du weißt schon. Sie war aber älter, um genau zu sein sechsundzwanzig. Und sie war auch nicht deshalb bei mir, sondern wegen einer Blasenentzündung. Als ich sie auf die Verletzungen angesprochen habe, hat sie gesagt, das gehe mich nichts an. Sie ist nie mehr in meine Praxis gekommen. Vielleicht hat sie in einem Nachbarort einen anderen Arzt gefunden.«

»Du hast ihren Namen?«

»Ja, natürlich, aber du wirst sie nicht befragen können.«

»Warum nicht?«

»Sie hat sich wenig später das Leben genommen.«

»Ist nicht wahr?«

»Doch, sie hat Tabletten eingeworfen und sich die Pulsadern aufgeschnitten.«

»Gibt es Verwandte, einen Ehemann, einen Bruder?«

»Keine Ahnung, nur dass ihre Eltern schon damals nicht mehr am Leben waren, das weiß ich. Aber es gibt noch ein Problem.«

»Inwiefern?«

»Nun, die Patientin war drei Monate zu spät in meiner Praxis. Jean-Luc Navet war da schon tot.«

»Dann gibt es keine Verbindung. Wäre zu schön gewesen. Langsam glaube ich, dass in diesem Fall alle Spuren im Sand verlaufen. Das ist ganz schön frustrierend.«

»Tut mir leid, aber ich dachte, du sollst es wissen.«

»Das ist lieb von dir.«

»Gib nicht auf. Ich lese wahnsinnig gerne Kriminalromane, jetzt gibt's endlich mal einen Fall im wahren Leben. Da möchte ich gerne wissen, wie die Geschichte ausgeht. Streng dich also an!«

»Mach ich, Marie-Claire, mach ich.«

Isabelle legte noch einige Kniebeugen nach, machte eine Serie Liegestütze, aber nicht allzu viele, dann blieb sie auf dem Bauch liegen und schnaufte. Was war aus der Isabelle geworden, die es mit den meisten ihrer männlichen Kollegen aufnehmen konnte? Mit ihrer Fitness war es nicht weit her. Aber sie machte Fortschritte. Wenigstens auf diesem Gebiet.

Im Kommissariat teilte ihr Apollinaire mit, dass es nichts mitzuteilen gab. Er habe keine neuen Erkenntnisse. Und der vierte Mann auf dem Foto bleibe weiterhin ein Phantom. Alle Onlinerecherchen seien bislang erfolglos geblieben.

»Was ist eigentlich aus unserer Anfrage in Marokko geworden?«, fragte sie. »Kann Gérard das Protokoll nicht finden?«

Apollinaire schlug sich gegen die Stirn.

»Verdammt noch mal, das habe ich vergessen. *Je m'excuse.*«

Er fischte aus einem Stapel auf seinem Schreibtisch einen Umschlag.

»Der Bericht zum Unfalltod von Moniques Ehemann ist gestern angekommen. Ich hab ihn gelesen, das ist wirklich eine merkwürdige Geschichte.«

»Achmed ist vom Olivenbaum gefallen?«

»Ja, und dabei hat er sich das Genick gebrochen. Im Protokoll steht, dass es weitere Verletzungen gegeben hat, die nicht zum Unfallhergang passen. Deshalb habe es eine Untersuchung gegeben. Es bestand der Verdacht, dass Achmed in einem Nachbarschaftsstreit zu Tode gekommen war. Die Olivenbäume hätten gar nicht auf seinem Grund gestanden, er habe sie schon zum wiederholten Mal widerrechtlich abgeerntet.«

»Und deshalb wurde er von der Leiter gestoßen?«

»Das konnte nicht bewiesen werden, es gab keine Zeugen und keine verwertbaren Spuren. Die Untersuchung wurde eingestellt.«

Isabelle nahm das Protokoll aus dem Umschlag und las es mit großer Aufmerksamkeit. Schließlich legte sie es zur Seite.

»Das ist interessant, sehr interessant«, sagte sie.

»Warum? Was schert uns, wie Achmed ums Leben gekommen ist? Wir sollten erst mal versuchen den Mord an

Jean-Luc Navet aufzuklären. Und sogar vielleicht die Morde an Raphaël Dubois und Jacques Legrand. Das wäre ein Kracher. Dieser Achmed geht uns wirklich nichts an.«

»Da haben Sie recht«, murmelte sie.

»Soll ich Ihnen einen Kaffee machen?«, fragte Apollinaire. »Von Shayana habe ich eine neue arabische Sorte bekommen. Die würde jetzt gut passen. Mit ein wenig Kardamompulver und einem Hauch Muskat.«

»Klingt verlockend, sehr gerne.«

Er stand auf. »Ist schon in Arbeit.«

»In der Zeit kann ich meinen Psychotherapeuten anrufen«, sagte sie zu sich selbst, aber doch so laut, dass es Apollinaire hören konnte.

»*Mon Dieu,* haben Sie ein Problem? Sie dürfen sich das alles nicht so zu Herzen nehmen.«

Isabelle lachte. »Es ist alles gut, machen Sie sich um mich keine Sorgen.«

Eine Stunde später verabschiedete sie sich zunächst von Apollinaire, dann von Leclerc, der zähneknirschend versprach, sein Appartement bis auf weiteres nicht zu verlassen. Sie stieg in ihr Auto und fuhr los. Lange würde sie nicht brauchen. Sie hätte das auch am Telefon besprechen können, aber wie es der Zufall wollte, fand in Cavalaire-sur-Mer gerade ein internationaler Psychologenkongress statt, zu dem Prof. Cardochian als Referent eingeladen war. Cardochian hatte sie nach dem Bombenattentat, bei dem sie fast ums Leben gekommen war und einige ihrer Jungs, für die sie sich verantwortlich fühlte, den Tod gefunden hatten, psychologisch betreut. Er hatte bei ihr eine massive posttraumatische Belastungsstörung festgestellt. Seiner Meinung nach war es ein schwerer Fehler, dass sie die Behandlung nach wenigen Wochen abgebrochen hatte. Sie vertraute ihrer eigenen Therapie, die auf der provenzalischen Sonne, auf dem Blick aufs Meer und dem Duft von Lavendel beruhte.

Im Tagungshotel angekommen, erwartete sie Cardochian in der Lobby. Der Mann entsprach so gar nicht dem Klischee eines Seelendoktors. Er war über zwei Meter groß und stämmig, trug weder eine Intellektuellenbrille noch eine Fliege. Und seine Stimme brummte so tief wie bei einem Grizzlybären. Vielleicht war er deshalb genau der Richtige für die *Police nationale* und die besonders schweren Fälle. Einem zartbesaiteten Typen mit teilnahmsvollem Blick und sanftem Flüsterton hätten sich traumatisierte Spezialkräfte nie im Leben anvertraut. Sie selbst hatte mit Cardochian als Person auch keine Probleme gehabt, sie bewunderte ihn, aber sie vertraute nun mal ihren Selbstheilungskräften.

Cardochian reichte ihr zur Begrüßung seine Pranke.

»Sie sehen gut aus«, sagte er und musterte sie dabei vom Scheitel bis zur Sohle. »Hoffentlich spiegelt der äußere Anschein ihre seelische Verfassung wider.«

»Das tut er zwar nicht immer, aber immer öfter.«

»Alles andere wäre ein Wunder, aber ich glaube, Sie sind auf dem richtigen Weg. Wollen wir uns setzen?«

Sie machten es sich auf zwei Sesseln bequem, die etwas abseits standen und für die nötige Privatsphäre sorgten.

Cardochian sah sie konzentriert an. »Gerade heute habe ich einen Vortrag über Resilienz gehalten. Sie wissen, was das ist?«

Isabelle nickte. »Ich habe davon gehört.«

»Um es einfach zu machen, es gibt resiliente Menschen, die kommen mit Katastrophen besser klar als andere, sie haben eine höhere psychische Widerstandsfähigkeit. Umgekehrt gibt es Menschen mit einer hohen Vulnerabilität, die tragen schwere, oft unüberwindbare seelische Wunden davon und kommen nie darüber hinweg. Schon bei unserer ersten Begegnung, da lagen Sie noch auf der Intensivstation, hatte ich das Gefühl, dass Sie eine resiliente Grunddisposition haben.«

»Kann sein, aber ich leide immer noch unter quälenden Alpträumen, ich habe Konzentrationsschwierigkeiten und bin reizbar.«

»Deshalb wollen Sie mit mir reden, ich verstehe. Grundsätzlich müssen Sie sich darüber keine Gedanken machen. Sie haben eine posttraumatische Belastungsstörung. Hätten Sie diese nicht, wäre das sehr ungewöhnlich. Sie reagieren also völlig normal. Da gehören die geschilderten Symptome dazu. Aber ich muss mehr von Ihnen wissen, erzählen Sie!«

Isabelle schüttelte den Kopf. »Nicht heute, vielleicht ein anderes Mal. Ich brauche Ihre Expertise in einem Fall.«

Er lächelte. »Ein fiktiver Fall, auf den Sie Ihre eigenen Erfahrungen projizieren? Das ist keine schlechte Methode. Das macht es leichter, darüber zu reden. Schießen Sie los!«

»Nein, es handelt sich wirklich um einen anderen Fall, der nichts mit mir zu tun hat. Ich versuche gerade einen Mord aufzuklären, der zehn Jahre zurückliegt, aber sehr wahrscheinlich mit zwei aktuellen Morden zusammenhängt.«

»Klingt spannend.«

Isabelle beugte sich nach vorne und gab eine kurze Zusammenfassung. Sie erzählte von Monique, vom Verdacht der Vergewaltigung durch ihren Stiefvater und seine Freunde, von ihrer Flucht nach Marokko, von ihrer Rückkehr, vom Toten am Strand von Pampelonne und von dem anderen Toten in Grasse und davon, was der Mörder ihnen angetan hatte.

Er sah sie nachdenklich an. »Sie sprachen gerade im Singular, also glauben Sie an ein und denselben Täter, der Moniques Vergewaltiger nacheinander zur Rechenschaft zieht, richtig?«

»Dafür spricht einiges. So was wäre doch denkbar, oder nicht?«

»Sicher ist das möglich. Müsste natürlich eine Person sein, die ihr emotional nahesteht, sehr nahe.«

»Ich hatte schon einen Verdacht, doch der hat sich leider nicht bestätigt. Jetzt spukt seit kurzem ein anderer Gedanke durch meinen Kopf. Darüber möchte ich mit Ihnen sprechen.«

»Nur zu.«

»Sie müssen wissen, Monique hat ein sehr angenehmes Wesen, sie ist ausgesprochen nett und sympathisch. Wenn man ihre Vorgeschichte kennt und weiß, was ihr als junges Mädchen angetan wurde, kann man sich nur freuen. Dass sie von Männern nichts mehr wissen will und sich von Frauen angezogen fühlt, ist wohl eine Folgeerscheinung ihrer traumatischen Erlebnisse in ihrer Jugend. Aber sonst scheint ihre Persönlichkeit keinen Schaden genommen zu haben.«

»Womit wir wieder beim Thema Resilienz wären. Ja, das gibt es. Aber jetzt bin ich auf Ihren Gedanken gespannt, der durch Ihren Kopf spukt.«

»Nun, ich weiß nicht, wie ich es sagen soll, die Idee ist völlig abwegig.«

»Dann sag ich es Ihnen. Sie wollen wissen, ob es vielleicht zwei Moniques gibt. In der Psychologie spricht man vom Jekyll-und-Hyde-Syndrom oder von einer dissoziativen Persönlichkeitsstörung. Noch besser trifft es der Begriff einer multiplen Persönlichkeit. Die These wäre, dass in der sanften und ausgeglichen wirkenden Monique ein gewaltbereites und von Rachegedanken getriebenes Raubtier schlummert. Dann wäre sie es selbst, die die Täter von einst zur Rechenschaft zieht. Ist es das, was Ihnen durch den Kopf geht?«

Isabelle schluckte. »Ja, das meinte ich, obwohl ich es mir nicht vorstellen kann.«

»Menschen mit einer dissoziativen Identitätsstörung bilden mehrere Persönlichkeiten aus, die abwechselnd die Kontrolle übernehmen. Das könnte bei Monique durchaus der Fall sein, denn oft liegt diesem Krankheitsbild eine posttraumatische Belastungsstörung zugrunde, wobei in der Literatur vor allem Kindesmisshandlungen angeführt werden oder eben auch sexueller Missbrauch und Vergewaltigungen in jungen Jahren. Das würde passen.«

»Es wäre also möglich. Ich hatte gehofft, dass Sie meine Überlegungen ins Reich der Fantasie verdammen.«

»Nun, die Zahl dieser Fälle wird häufig überschätzt, die Wahrscheinlichkeit ist also nicht sehr hoch. Wobei diese Monique dafür geradezu klassisch in Frage käme.«

»Aber die Morde wurden mit großer Brutalität ausgeführt. Ich kann mir das rein physisch nicht vorstellen.«

»Das allerdings ist kein Gegenargument. Ich habe in meiner klinischen Tätigkeit schon alte, schwache Frauen erlebt, die kaum mehr selbst aus dem Bett gekommen sind, aber in einem Wutanfall ihren Pfleger grün und blau geschlagen haben.«

Isabelle sah starr vor sich hin. Sie konnte und wollte es nicht glauben. Und doch war es ganz offensichtlich eine reale Möglichkeit. Was hatte Cardochian eingangs gesagt?

Der Täter müsste dem Opfer emotional sehr nahestehen. Wer stand Monique näher als sie selbst?

»Würde sie es wissen?«, fragte Isabelle. »Mal unterstellt, es wäre so. Würde sich Monique an ihre Taten erinnern?«

»Nicht unbedingt. Bei einer multiplen Persönlichkeitsstörung sind die Erinnerungen an das Handeln der anderen Person oft sehr diffus, oder die Taten sind komplett aus dem Gedächtnis gelöscht, auch das gibt es.«

»Das würde erklären, warum Monique trotz allem einen ausgeglichenen Eindruck macht.«

Cardochian fuhr sich nachdenklich übers Kinn. »Unser Gespräch basiert auf Vermutungen und hat einen hypothetischen Charakter. Genauso wenig wie ein Arzt am Telefon eine bakterielle von einer viralen Infektion unterscheiden kann, lässt sich per Ferndiagnose eine dissoziative Persönlichkeitsstörung diagnostizieren. Ich müsste diese Monique kennenlernen und mit ihr sprechen, in aller Ruhe und unter vier Augen.«

»Das ist mir klar. Mir ging es zunächst nur darum, von Ihnen zu erfahren, ob so etwas überhaupt möglich ist.«

»Der römische Gott Janus hatte zwei Gesichter, vorwärts- und rückwärtsgewandt. Der Januskopf gilt seitdem als Symbol der Zwiespältigkeit. Etwas von dieser Zwiespältigkeit wohnt jedem Menschen inne. Bei den meisten fällt es nicht weiter auf, bei manchen ist es offensichtlicher, bei einigen wenigen führt es zu extremen Verhaltensweisen. Um Ihre Frage zu beantworten: Ja, es wäre möglich.«

Obwohl sie nach dem Gespräch mit Cardochian am liebsten sofort nach Antibes gefahren wäre, um mit Monique zu sprechen, hatte sie nach kurzem Zögern Thierrys telefonisches Angebot angenommen, sich mit ihm auf seinem alten

Kutter zu treffen. Eine kurze Auszeit würde ihr guttun, sie musste Abstand gewinnen und alles erst in Ruhe verarbeiten. Es machte keinen Sinn, sich erneut in etwas hineinzusteigern – und dabei den Blick fürs Ganze und für mögliche Alternativen zu verlieren.

Sie lag mit geschlossenen Augen auf einer Matte, hörte das beruhigende Wummern des Dieselmotors und genoss das sanfte Schaukeln auf den Wellen. Einmal mehr dachte sie, dass es nicht viel brauchte, um glücklich zu sein. Thierry hatte mal gesagt, er beherrsche die Kunst des Lebens, des *savoir-vivre.* Dafür hatte er tatsächlich ein Talent, auch wenn es bei der Umsetzung oft haperte. Als Bürgermeister und Anwalt gab es Sachzwänge, denen er sich nicht entziehen konnte. Ein Leclerc alias Rouven Mardrinac war da in einer privilegierteren Situation. Nach allem, was sie wusste, hatte er in seinem Leben noch nie arbeiten müssen, da fiel es entschieden leichter, die Kunst des Müßiggangs zu pflegen.

Thierry kitzelte sie an den Fußsohlen. Das mochte sie überhaupt nicht. Aber das Glas mit einem kühlen Rosé, das er ihr reichte, machte es wieder gut.

»Du bist so still«, stellte er fest. »Bist du nur einfach müde, oder wälzt du mal wieder Gedanken?«

Sie lächelte. »Beides. Ich bin tatsächlich müde, und gleichzeitig geht mir so einiges durch den Kopf.«

»Du hast dich mit deinem Therapeuten getroffen?«

Sie schaute ihn überrascht an. »Hat Apollinaire geplaudert? Dafür bekommt er eine Abmahnung«, scherzte sie.

»Und? Was hat dein Therapeut gesagt? Dass wir uns trennen sollten?«

»Du hast einen seltsamen Humor. Ich hab mit ihm nicht über uns gesprochen, auch nicht über mich. Ich wollte seine Expertenmeinung zu meinem aktuellen Fall.«

»Ein psychologisches Gutachten?«

»In gewisser Weise. Nein, kein Gutachten, eher eine unverbindliche Einschätzung. Aber ich will jetzt nicht darüber reden. Lass uns den Wein trinken und die Sonne und das Meer genießen.«

Er brach etwas von einer Baguette ab und bestrich es mit *tapenade,* einer Paste aus Oliven, Sardellen, Kapern und Basilikum. Wortlos reichte er ihr das Stück. Dann setzte er sich wieder an die Ruderpinne.

Isabelle dachte, dass sie so ewig weiterfahren könnte, aber auch daran, dass das nicht möglich war. Sie hatte etwas zu erledigen. Denn wenn sich ihr Verdacht bestätigte, wenn also tatsächlich Monique ihre Vergewaltiger von einst zur Strecke brachte, dann könnte es bald ein weiteres Opfer geben. Sie dachte an den vierten Mann auf Jean-Lucs Foto.

Ihr *portable* summte. Sie fischte es unter dem Handtuch hervor und las eine neue Textnachricht von Monique. Heute gehe es nun leider doch nicht, schrieb sie. Manon sei wieder da. Doch morgen jederzeit.

Morgen? Durfte sie so lange warten? Wenn aber Monique mit Manon zusammen war, sollte nichts passieren. Ihre Freundin ließ sie erfahrungsgemäß nicht aus den Augen. Und vielleicht war ja alles ganz anders. Doch, doch, ganz anders … Isabelle legte das *portable* zur Seite. Dann schlummerte sie ein.

# 47

Am nächsten Tag hielt es Isabelle nicht länger aus. Nach einem kurzen Gespräch mit Apollinaire, der noch immer nach der Identität des vierten Mannes forschte, beschloss sie, aufzubrechen. Monique hatte ihr bereits bestätigt, dass sie in freudiger Erwartung sei. Manon sei zu ihrer kranken Mutter nach Nizza gefahren.

Isabelle verabschiedete sich von ihrem Assistenten, den sie nach reiflicher Überlegung über ihren aktuellen Verdacht im Unklaren gelassen hatte. Er musste nicht alles wissen, vor allem nicht, was so in ihrem Kopf vorging. Außerdem hatte er gegenüber Thierry ihren Termin beim Therapeuten gepetzt. Wahrscheinlich hatte er sich Sorgen gemacht und es gut gemeint. Trotzdem war es falsch gewesen. In erster Linie von ihr selbst, sie hätte es ihm nicht erzählen sollen.

Sie beließ es also bei der Information, dass sie nach Antibes fahren wolle, um sich mit Monique zu treffen. Dann verließ sie das *Hôtel de ville* und machte sich auf den Weg. Sie hatte den Schlüssel vom Polizeiwagen dabei. Vorher wollte sie noch auf einen Sprung bei Leclerc vorbeischauen. Nur zur Kontrolle.

Fragolin war so friedlich und beschaulich wie immer, wenn die Sonne am blauen Himmel stand und sich die Menschen träge durch die Gassen bewegten. Sie kam gerade bei Alain und seinem Korkgeschäft vorbei, da hörte sie plötzlich Schüsse. Isabelle fuhr zusammen. Sie hatte sich nach

Fragolin zurückgezogen, weil sie genau das nie mehr hören wollte, keine Schüsse, keine Explosionen. Es schien ihr, als ob sie in Sekundenbruchteilen von der Vergangenheit eingeholt würde. Die Schüsse kamen aus der Richtung von Jacques' Bistro. Sie begann zu rennen. Ihr kam ein schreiendes Kind entgegen. Jetzt fiel noch ein Schuss. Sie registrierte ein anderes, größeres Kaliber. Was verdammt noch mal lief da gerade ab?

Als sie um die nächste Häuserecke kurvte, wäre sie fast über einen uniformierten Gendarm gestolpert, der regungslos auf dem Boden lag. Auf dem Kopfsteinpflaster unter ihm eine große Blutlache. Das sah nicht gut aus, gar nicht gut. Aus einem angrenzenden Gemüseladen wagte sich Marie-Claire hervor. Die Ärztin im Ruhestand eilte gebückt zum Getroffenen. Isabelle dachte, dass die alte Dame Mut hatte, dann rannte sie weiter. Hinter einem großen Terrakottatopf mit einem Olivenbaum entdeckte sie den Gendarm Albertin, der sich dort in Sicherheit gebracht hatte. In der zitternden Hand hielt er seine Dienstwaffe.

Isabelle kniete sich zu ihm. »Was ist passiert?«, fragte sie.

»Da waren zwei Schwarze, die haben wir kontrolliert. Sie wissen schon, wegen des afrikanischen Drogenrings. Da hat einer seine Knarre gezogen und Roger niedergeschossen. Den hat's übel erwischt.« Sergeant Albertin schnappte nach Luft. »Dann sind sie abgehauen. Ich hinterher. Sie haben wieder geschossen. Ich hab einen Warnschuss in die Luft abgefeuert. Jetzt hab ich sie aus den Augen verloren.«

»Haben Sie Verstärkung angefordert?«

»Natürlich. Die Kollegen sind unterwegs.«

Sie klopfte ihm beruhigend auf die Schulter. »Das haben Sie gut gemacht. Bleiben Sie in Deckung und riskieren Sie nichts.«

Sie richtete sich auf und lief in den nächsten Hauseingang. Dort nahm sie ihr *portable* und wählte die Nummer von Leclerc.

»Was ist denn das für eine Scheiße?«, meldete er sich. »Unten auf der Straße wird geschossen.«

»Keine Panik. Bleib unbedingt in deiner Wohnung. Verrammle die Eingangstür. Und strecke deinen Kopf nicht über das Geländer deiner Terrasse. Verstanden?«

»Klar habe ich das verstanden, aber das gefällt mir nicht.«

»Kein Widerspruch. Ich melde mich gleich wieder.«

Isabelle rannte über die Straße zurück zum Gemüseladen. Marie-Claire, die noch beim regungslosen Gendarm kniete, schüttelte den Kopf und deutete mit dem Daumen nach unten. Isabelle eilte in den Laden – um ihn nach hinten durch den Notausgang wieder zu verlassen. Nur noch ein kurzes Stück, dann hatte sie den Eingang von ihrem Haus erreicht. Sie rannte die Treppen hinauf zu ihrer Wohnung. Aus einer Schublade nahm sie das Holster mit ihrer Pistole und klemmte es an ihren Gürtel. Schon war sie draußen auf ihrer Terrasse. Sie zog die Schuhe aus, kletterte auf die Balustrade und von dort aufs Dach. Barfuß hatte sie auf der Schräge einen besseren Halt. Jetzt zahlte sich aus, dass sie den Weg schon mal ausgekundschaftet hatte. Sie hielt sich an einem Kamin fest, balancierte über einen Giebel, dann waren es nur noch einige Dächer, und sie hatte Leclercs Haus erreicht. Sie warf einen Blick hinunter auf die Gasse. Es war niemand zu sehen. Sie hielt sich an der Regenrinne fest und sprang auf seine Terrasse. Hinter der Scheibe sah sie Leclerc stehen, der eine Bratpfanne in der Hand hielt. Er schob die Terrassentür auf.

»Wo kommst du denn her?«

»Von oben. Alles Gute kommt von oben.«

»Was ist da unten los? Warum wird geschossen?«

»Keine Ahnung. Aber wenn wir Pech haben, hat es mit dir zu tun. Die Gendarmerie hat zwei Schwarzafrikaner kontrolliert, die haben daraufhin ihre Waffen gezogen. Ein Gendarm ist tot.«

*»Merde, merde …«*

Sie sah auf seine Füße, die in Badelatschen steckten.

»Zieh dir Schuhe mit Gummisohlen an, dann machen wir die Fliege.«

»Übers Dach?«

»Na klar.«

»Ich hab Höhenangst.«

»Können wir jetzt nicht brauchen. Andere Schuhe, und los geht's.«

*»Merde, merde …«*

Wenige Minuten später waren sie in Isabelles Wohnung. Leclerc hatte es auf den Dächern tapfer vermieden, in die Tiefe zu schauen.

»Schön hast du es hier. Hast du einen Champagner im Kühlschrank? Ich muss mich beruhigen.«

»Auf dem Geschirrschrank steht eine angebrochene Flasche Calvados. Aber nur einen Schluck. Wir müssen einen klaren Kopf behalten.«

»Du vielleicht, aber ich bin besser, wenn ich etwas Alkohol im Blut habe.«

Isabelle wählte Apollinaires Nummer. Wie sich herausstellte, hatte ihr Assistent unverzüglich reagiert. Er hatte sich das Schnellfeuergewehr geschnappt und war mittlerweile vor Leclercs Haus eingetroffen. Sie wollte ihm die Anweisung geben, das Polizeiauto zu holen und zu ihrer Wohnung zu kommen. Aber den einzigen Schlüssel hatte sie in der Tasche. Ihr eigenes Auto stand noch weiter weg. Und Apollinaires 2CV schien ihr als Fluchtfahrzeug denkbar ungeeignet.

Nach kurzem Nachdenken beorderte sie ihn zurück zum Parkplatz vor dem *Hôtel de ville.* Dort würden sie sich in wenigen Minuten treffen. Leclerc sei bei ihr und in Sicherheit.

Sie zog sich ihre Joggingschuhe an. Auf ihrem *portable* blinkte eine Nachricht von Monique auf. Keine Zeit zum Lesen.

Irgendwo hörte sie eine dumpfe Explosion. Isabelle machte es nichts mehr aus. Ihr früheres Leben hatte sie eingeholt.

Auf der Straße sicherte sie die Lage, dann befahl sie Leclerc unmittelbar hinter ihr zu bleiben, so dicht wie möglich und mit eingezogenem Kopf. Sie entsicherte ihre Pistole und lief los.

Kurz vor der nächsten Ecke bekam sie einen Anruf vom Chef der örtlichen Gendarmerie. Capitaine Briand verlangte Aufklärung. Gerade habe jemand die Tür zur Wohnung ihres Feriengastes gesprengt. Sergeant Roger sei tot.

»Was für eine Scheiße läuft hier ab?«, fragte er.

»Ich kann's jetzt nicht erklären. Die sind hinter Leclerc her. Bin mit ihm auf der Flucht.«

»Wir müssen unsere Aktivitäten koordinieren.«

»Geht jetzt nicht. Sie machen Ihren Job, und ich bring Leclerc in Sicherheit.«

Sie beendete das Gespräch. Das war schroff. Briand hatte gerade einen Mitarbeiter verloren und wusste nicht, was gespielt wurde. Aber sie hatte keine andere Wahl.

Sie sprinteten gerade über den Bouleplatz, da wurde

plötzlich auf sie gefeuert. Isabelle packte Leclerc, riss ihn zu Boden und begrub ihn unter sich.

Wie oft hatte sie das früher geübt? Die Reflexe funktionierten noch.

Sie sah Apollinaire, der sich mit dem Schnellfeuergewehr hinter dem Polizeiwagen verschanzt hatte. Und sie entdeckte einen Mann, der hinter einer Platane Deckung suchte. Die Schussrichtung stimmte.

Sie gab Apollinaire ein Zeichen und deutete zur Platane. Sie wusste nicht, ob er sie verstanden hatte.

»Bei drei rennst du los«, sagte sie zu Leclerc, »zum Polizeiwagen.«

Sie nahm den Mann ins Visier, der hinter dem Baum hervorschaute.

»Eins, zwei, drei …«

Leclerc sprang auf. Isabelle gab in rascher Folge Schüsse ab. Apollinaire hatte alles richtig verstanden. Sein Schnellfeuergewehr knatterte los. Von der Platane flogen die Fetzen, ein Ast kam herunter.

Isabelle rannte Leclerc hinterher.

»Auf den Rücksitz legen«, befahl sie. Apollinaire warf ihr das Schnellfeuergewehr zu. Dann dauerte es nur noch wenige Sekunden. Apollinaire rannte zum Rathaus. Isabelle legte den ersten Gang ein, unter den durchdrehenden Rädern spritzten die Kiesel. Das Auto schleuderte in die Fahrtrichtung. Mit einem schnellen Blick registrierte sie, dass der Mann hinter der Platane verschwunden war. Oder es hatte ihn erwischt, und er lag am Boden. Dann gab sie Vollgas.

Wenige Kilometer nach Fragolin traf sie auf einen Gendarmerieposten, der gerade eine Straßensperre aufbaute. Sie schaltete kurz die Sirene und das Blaulicht ein. Schnell wurde ein Hindernis zur Seite geräumt, damit sie durchkam. Dann wurde es ruhig. Isabelle drosselte das Tempo und fuhr ganz normal weiter.

»Du kannst dich hinsetzen und entspannen«, sagte sie. »Etwaige Verfolger bleiben bei der Straßensperre hängen. Wir sind außer Gefahr, jedenfalls vorläufig.«

Leclerc setzte sich auf und wischte sich den Schweiß von der Stirn.

»Boah, das war heftig. Wollten die mich wirklich umbringen?«

»Die haben nicht auf Vögel geschossen.«

Isabelle nahm ihr *portable* und las Moniques Zeilen. »Bitte, bitte, komm, es eilt sehr.«

Sie konnte es nicht erklären, aber sie hatte ein dummes Gefühl. Moniques Nachrichten klangen wie Hilfeschreie. Ihr ging es nicht darum, sie einfach wiedersehen zu wollen.

»Bin unterwegs«, tippte sie. »Hatte etwas Stress, tut mir leid.«

»Und jetzt?«, fragte Leclerc.

»Jetzt begleitest du mich bei meiner Ermittlungsarbeit«, antwortete sie. »Schließlich habe ich noch einen Nebenjob.«

»Und was ist mit mir?«

»Du bist bei mir in den besten Händen. Hast du doch gemerkt.«

»Stimmt. Aber dass du keinen Champagner im Kühlschrank hast, hat mich enttäuscht.«

Humor war in solchen Situationen ein gutes Zeichen.

»Wie kommst du da drauf? Natürlich habe ich einen Champagner im Kühlschrank. Aber den hebe ich mir für nette Gäste auf.«

»Du bist gemein. Aber ich räume ein, wir hatten wenig Zeit, und der Calvados war auch nicht schlecht.«

Sie bogen auf die A 57, dann auf die *Provençale,* die A 8, die sie über Fréjus und an Cannes vorbei nach Antibes brachte. Währenddessen führte Isabelle diverse Telefonate. Das mit Abstand wichtigste war jenes mit Balancourt. Sie erklärte ihm, dass der Zeugenschutz aufgeflogen sei, und schilderte ihm in knappen Worten die Situation, auch dass die Lage in Fragolin außer Kontrolle geraten sei. Sie bat ihn, Capitaine Briand von der Gendarmerie ins Bild zu setzen. Vor allem versicherte sie ihm, dass Leclerc für den Moment in Sicherheit sei. Sie sei mit ihm unterwegs nach Antibes, dort habe sie ein wichtiges Gespräch zu führen. Für Leclerc sei es so das Beste. In Antibes vermute ihn niemand. Trotzdem sei eine baldige Übergabe nötig. Jetzt müsse sich ein neues Team um ihn kümmern.

»Das ist aber schade«, kommentierte Leclerc, nachdem sie aufgelegt hatte. »Ich habe mich gerade an dich gewöhnt.«

»Tja, so ist das Leben. Aber einige Stunden haben wir noch, dann heißt es Abschied nehmen.«

»Ich komme wieder.«

»Glaube ich nicht.«

»Ich muss mit Clodine reden.« Er schmunzelte. »Und vielleicht machst du dann die Flasche Champagner auf.«

»Lassen wir uns überraschen.«

# 48

Isabelle kannte die Ausfahrt. Sie fand durch Antibes den direkten Weg zum Café. Davor gab es einen Stau. Sie sah Blaulicht, Polizei und einen Rettungswagen. Isabelle dachte, dass es beschissene Tage gab und solche, die noch beschissener waren. Heute war so ein Tag. Noch wusste sie nicht, was geschehen war, aber sie hatte einen flauen Magen. Sie machte das Blaulicht an und schob sich über den Bürgersteig an den blockierten Autos vorbei. Sie hatte es geahnt, der Rettungswagen stand genau vor dem Café.

»Du bleibst im Auto«, sagte Isabelle zu Leclerc. »Ich bin gleich wieder da.« Sie zeigte ihren Ausweis und drängte sich durch die Absperrung. »Was ist passiert?«, fragte sie.

»Ein Unfall. Eine Bedienung aus dem Café ist auf der Straße überfahren worden. Sie ist schwer verletzt.«

Isabelle ging zum Krankenwagen, dessen Türen noch offen standen. Innen kümmerten sich mehrere Sanitäter und ein Arzt um das Unfallopfer. Obwohl sie keinen freien Blick hatte, erübrigte sich die Frage nach der Identität. Die Frau, die überfahren wurde, war Monique. Isabelle hielt kurz die Hand vor ihre Augen. Das durfte doch nicht wahr sein.

»Wer hat sie überfahren?«, fragte sie einen Polizeibeamten.

»Wissen wir nicht. Der Fahrer hat Unfallflucht begangen. Es handelt sich um einen Geländewagen, das haben Zeugen ausgesagt. Vorne mit so einem Rammschutz, Sie wissen schon. Und es war ein Mann, da sind sich alle sicher.«

»Fahrzeugtyp, Kennzeichen?«

»Fehlanzeige. Aber die Fahndung läuft.«

»Danke.«

Isabelle drehte sich um und ging zum Café. Mit einem Blick vergewisserte sie sich, dass Leclerc brav im Auto saß. Na, immerhin. An der Theke stieß sie auf eine Bedienung, die sie noch nie gesehen hatte. Sie weinte.

»Haben Sie den Unfall beobachtet?«, fragte Isabelle.

»Monique wollte Zigaretten holen«, schluchzte die Bedienung. »Ich hab ihr zufällig hinterhergeschaut. Da kam aus einer Seitenstraße dieser Geländewagen mit aufheulendem Motor und ist direkt auf Monique zugeschossen. Sie hat sich noch umgedreht, aber da ist er schon über sie drüber.«

»Hat er danach gebremst?«

»Nein, er ist gleich mit Vollgas weiter.«

»Weiß Manon Bescheid? Sie ist doch in Nizza bei ihrer Mutter?«

»Ich hab sie angerufen. Sie ist schon unterwegs.«

Isabelle nahm die Bedienung in den Arm und drückte sie kurz. »Grüßen Sie Manon von mir. Mein Name ist Isabelle Bonnet.«

»Madame le Commissaire, ich weiß, Monique hat von Ihnen erzählt.«

Isabelle ging wieder hinaus und klopfte kurz an Leclercs Scheibe. »Noch eine Minute.«

Sie lief zum Krankenwagen, zeigte ihren Ausweis und verlangte nach dem Arzt. Ein Polizeibeamter versuchte sie davon abzuhalten. »Was haben Sie damit zu tun?«, fuhr er sie an. »Sie sind ja wohl kaum von der Verkehrspolizei.«

»Nein, sondern von der Mordkommission. Die Verletzte ist eine wichtige Zeugin. Lassen Sie mich durch.« Sie schob ihn kurzerhand zur Seite. Der Arzt zog sich gerade die blutigen Latexhandschuhe aus. »Wie geht es ihr?«, fragte sie. »Wie schlimm sind ihre Verletzungen?«

Er legte die Stirn in Sorgenfalten. »Multiple Verletzungen vom Kopf bis zu den inneren Organen. Es schaut nicht gut aus.«

»Kann ich kurz mit ihr sprechen?«

»Sie können es versuchen, aber sie wird nicht antworten.«

Isabelle trat an die Krankentrage. Monique sah schrecklich aus, aber sie hatte die Augen geöffnet.

Sie nahm ihre Hand und streichelte sie. »Tut mir leid, dass ich mich verspätet habe.«

Moniques Augen flackerten. Sie wollte was sagen. Sie versuchte den Tubus und den Beatmungsschlauch aus dem Mund zu ziehen. Der Arzt hielt sie davon ab.

»Weißt du, wer dich überfahren hat?«, fragte Isabelle.

Monique riss panisch die Augen auf. Dann nickte sie.

»Jetzt reicht es«, erklärte der Arzt. »Wir müssen in die Notfallklinik.«

»Es wird alles gut«, sagte Isabelle und gab Monique zum Abschied einen Kuss auf die Stirn. Dabei dachte sie, dass das wahrscheinlich eine Lüge war.

Zurück im Auto, blieb sie erst eine Weile ruhig sitzen. »Das war kein Unfall«, flüsterte sie.

»Du kennst das Opfer?«, fragte Leclerc.

»Ja, ich kenne sie. Es könnte sein, dass ich es hätte verhindern können, aber ich bin zu spät gekommen.«

»Da bin ich dran schuld, oder?«

Isabelle schüttelte den Kopf. »Das ist keine Frage der Schuld. Das ist Schicksal.«

Ihr *portable* klingelte. Balancourt war dran. »Übergabe in sechzig Minuten«, sagte er kurz und knapp. Er nannte ihr den Ort, dann legte er auf.

»Zeit, Abschied zu nehmen«, sagte sie zu Leclerc. »Noch eine Stunde, die Uhr läuft rückwärts.«

Schon wieder bekam sie einen Anruf. Diesmal war es Apollinaire, der sich nach ihr erkundigte.

»Mir geht's gut«, sagte sie. »Auch Leclerc. Aber Monique hat es erwischt. Sie ist auf der Straße vor ihrem Café überfahren worden. Keine Ahnung, ob sie überlebt.«

»Oje, die arme Monique.«

»Was gibt's Neues aus Fragolin?«, fragte Isabelle.

»Sergeant Roger ist tot, aber das wissen Sie ja bereits. Die Attentäter, vermutlich handelt es sich um drei Personen, sind entkommen, bis auf jenen, der hinter der Platane gestanden hat. Den haben wir gleich mehrfach getroffen, einmal in den Kopf. Der kann uns nichts mehr sagen.«

»Der ist auch tot? Verdammt. Aber wir hatten keine andere Option, wir mussten uns wehren.«

»Es gibt noch was, aber das dürfte Sie in der aktuellen Situation nicht interessieren. Ich weiß, wer der vierte Mann auf dem Foto ist.«

»Wie bitte? Und ob mich das interessiert.«

»Thierry Blès hat ihn auf dem Foto erkannt. Haben Sie es ihm nie gezeigt?«

Isabelle überlegte. »Nein, habe ich wohl nicht. Der Mann war ja nicht aus Fragolin, so viel ist sicher. Wie sollte ihn ausgerechnet der Bürgermeister kennen?«

»Blès kennt ihn auch nicht aus Fragolin, sondern vom Studium in Lyon. Sein Name ist Robert Swarevski.«

»Wissen Sie, wo er wohnt?«

»Ja, Moment mal. Ach so, hier hab ich es. Er wohnt in einem Dorf in der Nähe von Cagnes.«

»Cagnes? Das ist doch nicht weit von hier.«

»Von Antibes? Nein, da ist es nicht weit.«

Isabelle ließ den Motor an. »Schicken Sie mir die genaue Adresse auf mein *portable.* Ich fahr schon los.«

»Zu Robert Swarevski? Warum denn das?«

»Ich hab meine Gründe.« Isabelle schaltete das Blaulicht ein und die Sirene. Sie drängte sich über den Bürgersteig, dann zurück auf die Straße. »Leclerc, mach das Navi an und gib schon mal Cagnes ein, damit wir hier möglichst schnell rausfinden. Die genaue Adresse folgt gleich.«

»Ist das der Ort meiner Übergabe?«

»Nein, ist es nicht.«

»Warum fahren wir dann dorthin. Ich denke, die Uhr läuft rückwärts?«

»Kleine Programmänderung«, sagte Isabelle und beschleunigte. Sie wählte die Nummer von Balancourt. »Maurice, tut mir leid, ich muss die Übergabe verschieben.«

»Sind sie euch wieder auf den Fersen?«

»Nein, keine Sorge, aber die Prioritäten haben sich gerade verschoben.«

»Was kann wichtiger sein als das Leben unseres Kronzeugen?«

»Erkläre ich dir ein anderes Mal. Gib uns zwei Stunden oder besser zwei Stunden dreißig. Bis dahin schaffe ich es ganz sicher.«

»Ich vertraue dir, einverstanden. Auf die Erklärung bin ich gespannt.«

Leclerc sah Isabelle von der Seite an und lächelte. »Du kannst dich nicht von mir trennen, gib es zu.«

Statt einer Antwort reichte sie ihm das *portable* mit der Adresse. »Kommst du mit dem Navi klar?«

»Ist schwierig, wenn du so schnell fährst. Ich muss mich ja mit beiden Händen festhalten.«

»Aber du schaffst es?«

»Natürlich, auch wenn ich ein prinzipieller Gegner aller Navigationsgeräte bin. Sie tragen zur Verblödung der Menschheit bei.«

Isabelle bretterte bei Rot über eine Kreuzung. Sie wusste selber nicht, warum sie so auf die Tube drückte. Aber sie wollte nicht schon wieder zu spät kommen.

# 49

»Noch zwei Kilometer, dann muss es rechts eine Abzweigung geben«, sagte Leclerc mit Blick auf das Navigationssystem. »Dann sind es noch hundert Meter. Das Haus scheint etwas abgelegen im Wald zu liegen.«

Isabelle schaltete das Blaulicht aus. Sie hatte Leclerc nicht gesagt, weshalb sie so eilig zu dieser Adresse fuhren.

Nach der Abzweigung reduzierte sie das Tempo. Jetzt fuhr sie ganz langsam, in Schrittgeschwindigkeit. Ein rotes Schild mit der Aufschrift *accès interdit,* Zutritt verboten. Rechts und links Olivenbäume. Swarevskis Landhaus tauchte auf. Es sah idyllisch aus wie in einem Reiseprospekt. Aus Naturstein gemauert, mit blauen Fensterläden, mit Schilf davor und wildem Wein über der Terrasse. Sie lenkte den Wagen hinter einen dichten Ginsterbusch und machte den Motor aus.

»Leclerc, du bleibst im Auto sitzen.«

»Hab ich mir schon gedacht. Fehlen nur noch der Schnuller und eine Rassel zum Spielen.«

»Kannst dir ja mit dem Navi die Zeit vertreiben«, schlug sie vor.

»Da mache ich lieber ein Nickerchen.«

»Noch besser.«

Isabelle stieg aus und machte leise die Tür zu. Sie lief neben dem Weg durch die Olivenbäume. Es war keine Menschenseele zu sehen. Sie entdeckte eine offen stehende Garage. Darin stand ein Auto, sah aus wie ein Geländewagen. Sie blickte sich vorsichtig um. Swarevski war wohl im Haus. Sie schlich zur Garage. Der Geländewagen war ein älteres Modell, die Nummernschilder waren so verdreckt, dass man nichts darauf erkennen konnte. Vorne hatte der Wagen einen großen Rammschutz. Deutlich waren darauf Blutspuren zu erkennen. Sie legte die Hand auf die Motorhaube. Das Blech war noch warm.

Na bitte, ihr Instinkt funktionierte noch. Sie zog ihre Pistole aus dem Holster und entsicherte sie. Während der Fahrt hatte sie ein neues Magazin eingelegt. Ob eine ihrer Kugeln den Angreifer hinter der Platane getötet hatte? Das war der falsche Gedanke, es gab gerade Wichtigeres. Sie sah eine offen stehende Terrassentür und ging langsam darauf zu. Die Hand mit der Waffe ließ sie unter ihrer Jacke verschwinden. Sie drehte sich kurz um. Der Polizeiwagen war von hier nicht zu sehen.

*»Ohé! Il y a quelqu'un?«*, rief sie mit betont fröhlicher Stimme. »Ist jemand da?«

»Wer will das wissen?«

Sie drehte sich um. Hinter ihr stand ein Mann, den sie nicht hatte kommen hören. Seit dem Sprengstoffattentat passierte ihr das immer wieder. Sie hörte nicht wirklich schlecht, aber auch nicht mehr so gut wie früher. Der Mann machte einen athletischen Eindruck. Er hatte ein weit aufgeknöpftes Hemd und lange Haare. Was ihr nicht gefiel, war die Tatsache, dass er mit einer Schrotflinte auf sie zielte.

»Mein Name ist Isabelle Bonnet«, sagte sie so entspannt wie möglich. »Ich suche Robert Swarevski. Wir haben was zu besprechen.«

»Worum geht es?«

Mit ihrer freien Hand deutete sie auf die Flinte. »Könnten Sie bitte das blöde Ding wegnehmen, das macht mich ganz nervös.«

»Sie haben unbefugt mein Grundstück betreten, da muss ich vorsichtig sein.«

Isabelle lächelte. »Sehe ich so gefährlich aus? Ich will doch nur mit Ihnen reden. Wollen wir uns auf Ihre Terrasse setzen?«

»Meinetwegen, aber Sie gehen voraus.«

Isabelle zog einen Korbstuhl heran und setzte sich.

»Was ist mit Ihrer rechten Hand?«, fragte er.

»Hab mir das Handgelenk gebrochen, darf ich nicht bewegen.«

Swarevski lehnte sich an einen Bistrotisch. Dabei zielte seine Waffe unablässig auf Isabelle.

»Was gibt es zu besprechen?«

Sie dachte, dass es in dieser Situation nicht klug wäre, gleich auf den Punkt zu kommen. Vielleicht sollte sie besser über das Wetter reden, über die Trockenheit oder den Reifegrad der Oliven.

»Ich war eine Freundin von Jacques Legrand«, log sie stattdessen, »eine sehr gute Freundin, wir hatten eine Affäre.«

Er runzelte die Stirn. »Was geht mich das an?«

»Kurz vor seinem Tod hat mir Jacques anvertraut, dass er sich bedroht fühlte. Nicht von Ihnen natürlich, sondern von jemand anders. Aber er hat Ihren Namen erwähnt und gesagt, dass er dringend mit Ihnen reden müsse, weil Sie vielleicht auch gefährdet seien.«

Isabelle dachte, dass sie da einen ziemlichen Blödsinn daherredete. Aber sie musste Zeit gewinnen und auf eine Unachtsamkeit von Swarevski hoffen. Sie würde nicht lange brauchen, den Spieß umzudrehen. Aber der Mann tat ihr den Gefallen nicht. Vielleicht war das mit Jacques doch keine so gute Idee gewesen?

»Jacques? Wir haben nur wenig Kontakt. Wie hätte er auf die Idee kommen können, dass ich gefährdet sei? *C'est ridicule.*«

»Er hat einen Namen genannt – Monique. Aber er hat nicht gesagt, wer das ist.«

Isabelle registrierte, dass sie einen Treffer gelandet hatte. Swarevskis Atem beschleunigte sich, seine Hände begannen zu zittern – aber nur ganz leicht, jedenfalls nicht genug.

»Monique? Ich kenne keine Monique.«

Vielleicht verlor er die Contenance, wenn sie weitermachte? Das war riskant, sogar sehr riskant, aber ab und zu ritt Isabelle in Extremsituationen der Teufel.

»Natürlich kennen Sie Monique«, sagte sie. »Sie haben doch gerade versucht sie umzubringen. Aber sie ist nicht tot. Und sie hat Sie erkannt.«

Swarevskis Atem rasselte. Vielleicht war er Asthmatiker und bekam einen Anfall? Stattdessen hob er die Flinte und zielte auf ihren Kopf.

»Wer sind Sie?«, fragte er.

Isabelle sah ihm fest in die Augen. Die meisten Menschen hatten Hemmungen, jemanden zu erschießen, der sie aus nächster Nähe direkt anblickte.

Aber es gab noch einen zweiten Grund. Swarevski durfte nicht merken, dass hinter ihm etwas ihre Aufmerksamkeit erregte.

Leclerc war nur noch wenige Meter entfernt. Er hielt das Schnellfeuergewehr wie einen Prügel verkehrt herum in den erhobenen Händen. Sein Fehler war, dass er auf einen kleinen Zweig trat, der auf der Terrasse lag.

Swarevski hörte das Knacken und drehte sich erschrocken um. Das wiederum war auch ein Fehler, und zwar ein größerer.

Isabelle zögerte keine Sekunde. Sie schnellte hoch, stieß mit dem Knie die Flinte zur Seite und knallte ihm fast gleichzeitig die Handkante gegen den Hals. Den Schlag hatte sie in ihrem früheren Leben tausendfach geübt. Sie hatte ihn nicht verlernt.

Swarevski ging zu Boden wie ein Sack Kartoffeln.

Leclerc sah sie mit offenem Mund an.

»Du kannst den Prügel runternehmen«, sagte sie.

Er schaute das Schnellfeuergewehr in seinen Händen hilflos an. »Tut mir leid, aber ich weiß nicht, wie man damit umgeht.«

»So war es perfekt«, sagte Isabelle. »Danke.«

»Nun ja, im Auto ist mir langweilig geworden.«

Isabelle hob Swarevskis Schrotflinte auf und legte sie außer Reichweite. Sie steckte ihre Pistole, die nicht zum Einsatz gekommen war, zurück in das Holster.

»In unserem Handschuhfach sind Handschellen«, sagte sie. »Würdest du sie mir bitte bringen.«

»Mit dem größten Vergnügen. Oder ist der Mann tot? Dann brauchen wir sie nicht.«

»Der ist nicht tot. Hat nur gerade einen Systemausfall. Wird aber nicht lange dauern.«

»Einen Systemausfall? Sehr charmant.«

Leclerc machte sich auf den Weg. Währenddessen nahm sie ihr *portable* und rief Apollinaire an. Sie setzte ihn kurz ins Bild und bat ihn, die zuständigen Kollegen der *Police nationale* zu verständigen und ihnen die Adresse durchzugeben.

Sie beugte sich zu Swarevski, hob seine Augenlider und fühlte ihm den Puls. Es gab keinen Grund zur Eile – aber auch nicht zur Sorge.

Als Swarevski schließlich ansprechbar war, fand er sich auf dem Boden sitzend wieder, mit dem Rücken gegen die Hauswand gelehnt und mit Handschellen an das schwere gusseiserne Gestell des Bistrotisches gefesselt.

Isabelle saß äußerlich entspannt in einem Korbstuhl, Leclerc hatte sich aus der Küche ein Glas Wein geholt.

»Ich fühle mich eingeladen«, sagte er. »Der Mann hat dich mit einer Waffe bedroht. Über den Schrecken muss ich erst hinwegkommen.«

Isabelle sah Swarevski an und schnippte mit den Fingern. »Na, wieder wach? Dann können wir unser Gespräch fortsetzen. Wo waren wir stehengeblieben? Ach ja, Sie haben Monique mit Ihrem Geländewagen über den Haufen gefahren, niederträchtig und kaltblütig. Warum?«

»Sie sind keine Freundin von Jacques, stimmt's?«

»Nein, ich bin Kommissarin bei der *Police nationale*. Ich habe Sie hiermit verhaftet. Das ganze Brimborium von wegen Recht auf Anwalt et cetera erzählen Ihnen später meine Kollegen. In der Zwischenzeit werden Sie ein Geständnis ablegen. Warum wollten Sie Monique umbringen?«

»Sie verwechseln mich. Ich bin unschuldig.«

Isabelle winkte ab. »Den Kram können Sie sich sparen. Allein die Blutspuren an Ihrem Auto reichen aus, Sie zu überführen.«

»Es war ein tragischer Unfall«, murmelte er.

»Sie langweilen mich. Sie haben Monique vorsätzlich überfahren. Es gibt genug Zeugen. Ich weiß sogar, warum, aber ich will es von Ihnen hören.«

Swarevski schüttelte energisch den Kopf. »Das können Sie gar nicht wissen.«

»Doch, ich kann. Soll ich Ihnen erzählen, wie Sie sich als junger Mann zusammen mit Ihren Freunden Jean-Luc

Navet, Raphaël Dubois und Jacques Legrand an Monique vergangen haben? Wie Sie sie gefesselt haben, wie Sie …«

»Aufhören, aufhören!«, schrie Swarevski.

Leclerc sah ihn voller Abscheu an. Er leerte das Glas in einem Zug.

»Dann wurde Jean-Luc umgebracht. Das ist jetzt zehn Jahre her.«

»Diese Schlampe hat ihn brutal abgestochen. Dabei war er doch ihr Vater.«

»War er nicht, das wissen Sie. Er war nicht ihr Vater, sondern ein perverses Schwein, das sich an seiner minderjährigen Stieftochter wiederholt vergangen hat. Und Sie haben mitgemacht, Raphaël, Jacques und Sie.«

»Monique hat es nicht anders gewollt. Das kleine Ding war frühreif und geil.«

»Das glauben Sie doch selber nicht. Sie haben Sie brutal vergewaltigt. Das ist die Wahrheit.«

»Das gibt der kleinen Hure noch lange nicht das Recht, uns nacheinander umzubringen. Die ist ja verrückt, total durchgeknallt.«

»Sie hatten Angst, dass Sie der Nächste sind?«

»Als ich in der Zeitung vom Mord an Jacques gelesen habe, war mir alles klar. Auch dass nun ich an der Reihe war. Aber ich bin kein blödes Lamm, das sich freiwillig auf die Opferbank legt.«

»Sie hätten sich der Polizei anvertrauen können.«

»Na klar, das hätte ich tun können. Dann hätten sie die Irre aus dem Verkehr gezogen. Aber ich wäre wegen Vergewaltigung dran gewesen. Vielleicht wäre es verjährt, keine Ahnung. Aber meine Reputation als guter Bürger und Anwalt wäre hinüber gewesen. Alles, was ich mir in meinem Leben aufgebaut habe, hätte die Schlampe zerstört.«

»Da haben Sie sich gedacht, es wäre besser, Sie umzubringen?«

»Bevor sie mich umbringt. Na klar. Außerdem war sie eine Gefahr für die Menschheit, irgendjemand musste sie stoppen.«

»Sie war keine Gefahr für die Menschheit, nur noch für Sie, ganz allein für Sie.«

»Scheißegal, Monique hat es verdient. Hat sie wirklich überlebt? Hätte ich nicht gedacht, ich hab sie voll erwischt.«

»Wie konnten Sie sich eigentlich so sicher sein, dass Monique hinter den Morden steckt?«

»Ich bin doch nicht blöd. Außerdem hat Raphaël sie kurz vor seinem Tod gesehen, das hat er mir noch erzählt. Er hatte sich von ihr beobachtet gefühlt. Drei Tage später war er tot. Jacques erging es ähnlich. Er hat Monique auf Raphaëls Beerdigung entdeckt und auch gleich wiedererkannt. Er ist ihr hinterhergefahren. Er hat mir verraten, wo sie wohnt und arbeitet. Dann war auch er tot.«

»Waren Sie auch auf der Beerdigung?«

»Nein. Das war mein Glück.«

Isabelle hörte Sirenen, die näher kamen. Im heraufziehenden Abend waren Blaulichter zu sehen. Sie war froh und erleichtert, dass sie Swarevski gleich Kollegen übergeben konnte. In den letzten Minuten war es ihr schwergefallen, sich zu beherrschen. Natürlich gab es keine Rechtfertigung für Moniques Taten. Aber warum war sie so geworden? Warum hatte sie jene dissoziative Identitätsstörung entwickelt, von der Prof. Cardochian gesprochen hatte? Warum war sie zum Racheengel geworden? Die Antwort war einfach: weil es perverse Schweine wie Swarevski gab, die sich an kleinen Mädchen und jungen Frauen vergingen, die ihre Seele zerstörten und ihnen die Möglichkeit nahmen, ein normales und unbeschwertes Leben zu führen. Wären Monique diese traumatischen Erlebnisse erspart geblieben, hätte es jene zweite Seite ihrer Persönlichkeit nie gegeben, dann wäre sie wahrscheinlich immer so sanft und warmherzig gewesen, wie sie Isabelle kennengelernt hatte. Um diese Monique tat es ihr leid, unendlich leid.

# 50

Gleich mehrere Polizeiwagen parkten kreuz und quer vor dem Landhaus, manche noch mit laufendem Blaulicht. Der Leiter der Aktion, ein mürrisch dreinblickender Mann mit Stirnglatze und gestutztem Oberlippenbart, kam auf sie zu, warf einen Blick auf Swarevski, musterte kurz Leclerc, um sich schließlich Isabelle zuzuwenden.

»Ihr Name ist Bonnet, richtig?«

»Commissaire Bonnet«, präzisierte sie.

»Capitaine Lesseps«, stellte er sich vor. »Können Sie mir erklären, was das hier soll?«

»Sous-Brigadier Eustache hat Sie benachrichtigt?«

»Natürlich, sonst wären wir ja nicht hier«, bemerkte er spitz. »Aber es war mir nicht möglich, ihn wirklich zu verstehen. Ihr Sous-Brigadier hat eine verwirrende Ausdrucksweise.«

Isabelle schmunzelte.

»Immerhin war die Angabe der Adresse korrekt«, fuhr er fort. Er deutete auf Swarevski. »Ist das der Unfallfahrer von Antibes?«

Na bitte, so missverständlich hatte sich Apollinaire wohl doch nicht ausgedrückt.

»Sein Name ist Robert Swarevski«, sagte sie. »Er ist übrigens kein Unfallfahrer, sondern hat die junge Frau vorsätzlich überfahren, mit der Absicht, sie umzubringen.«

Der Capitaine wandte sich an Swarevski. »Stimmt das?«, fragte er mit scharfer Stimme.

Swarevski reagierte nicht. Er sah starr auf den Boden und wirkte völlig apathisch.

Lesseps drehte mit dem Finger neben seinem Ohr eine Spirale. »Ist der taub, oder was ist mit ihm?«

Isabelle nahm den Capitaine am Arm. »Lassen Sie uns um die Ecke gehen, da können wir besser reden.«

Zögernd folgte er ihr. »Sie behaupten, das war kein Unfall, sondern ein Mordversuch? Woher wollen Sie das wissen?«

»Weil er ein Geständnis abgelegt hat«, sagte Isabelle. Sie zeigte auf Leclerc, der sie begleitet hatte. »Dafür habe ich sogar einen Zeugen.«

Lesseps sah ihn skeptisch an. »Und wer zum Teufel sind Sie?«

Isabelle hatte die Frage erwartet. »Ein Zivilfahnder aus Paris«, antwortete sie.

Leclerc grinste.

»Ein Zivilfahnder? Was wird hier gespielt? Ich verlange sofort umfassende Aufklärung.«

»Sie haben die Spurensicherung dabei?«

»Natürlich, auf Wunsch Ihres Sous-Brigadiers. Die Jungs stehen jetzt dumm rum und wissen nicht, was sie tun sollen.«

»Das ist ja wohl nicht so schwer zu erraten. Die sollen den Geländewagen in der Garage unter die Lupe nehmen. Er hat vorne einen Rammschutz, der ist blutverschmiert. Sicher finden sich auch Haarreste und Hautpartikel. Sie stammen von Monique Fayyad, was nachzuweisen wäre.«

Lesseps rief die Spusi zu sich und gab den Männern eine entsprechende Anweisung. Dann wandte er sich erneut Isabelle zu.

»Ich warte noch auf Ihre Erklärung.«

»Die Geschichte ist kompliziert. Bitte nehmen Sie für den Augenblick einfach zur Kenntnis, dass Robert Swarevski einen Mordversuch begangen und die Tat gestanden hat. Lesen Sie ihm seine Rechte vor und nehmen ihn in Untersuchungshaft. Morgen komme ich um elf in Ihr Kommissariat und lege Ihnen den Fall im Detail dar. Am besten kommt gleich der Staatsanwalt dazu.«

»Warum morgen? Warum nicht gleich? Wie haben Sie den flüchtigen Fahrer so schnell gefunden?«

»Das werde ich Ihnen morgen erklären.«

»Liebe Kollegin, ich bin nicht Ihr Erfüllungsgehilfe. Außerdem weiß ich sehr genau, dass Sie es waren, die die Untersuchungsakten von Raphaël Dubois und Jacques Legrand angefordert haben. Dafür haben Sie schon einen Anschiss von Commandant Bastian bekommen.«

Sie lächelte. »Einen Anschiss? So würde ich das nicht nennen. Sie können davon ausgehen, dass ich genau weiß, was ich tue. Außerdem hat Bastian mir nichts zu sagen.«

»Ich hoffe für Sie, dass Sie sich da nicht täuschen.«

»Ich täusche mich selten, und in diesem Punkt schon gar nicht.«

Jetzt musste sogar Lesseps grinsen.

»Ich mag Bastian auch nicht«, sagte er. »Na egal, aber Sie spucken gerne in fremde Suppen. Sie verfolgen einen Unfallfahrer, der in meinen Zuständigkeitsbereich fällt ...«

»Seien Sie doch froh. Ich präsentiere Ihnen den Mann auf dem silbernen Tablett.«

»Und Sie mischen sich bei zwei Mordfällen ein«, fuhr er ungerührt fort, »die Sie definitiv nichts angehen. Zudem stehen die Fälle kurz vor der Aufklärung.«

Isabelle sah auf die Uhr. Die Zeit wurde knapp.

»Noch habe ich mich gar nicht eingemischt. Aber ich

werde es tun, denn ich weiß, wer die Morde in Wahrheit begangen hat.«

Lesseps sah sie skeptisch an. »Doch nicht etwa dieser Swarevski?«

Sie schüttelte den Kopf. »Nein, der war es nicht. Aber die Fälle hängen zusammen. Leider muss ich Sie wirklich auf morgen vertrösten. Monsieur Leclerc und ich haben noch einen wichtigen Termin, der keinen Aufschub duldet.«

»Wer entscheidet denn so was?«

Bevor Isabelle antworten konnte, mischte sich Leclerc ein.

»Ich entscheide so was«, sagte er frech. »Capitaine, ich kann Ihnen meine Position nicht offenlegen, aber ich bekomme meine Anweisungen von ganz oben, und zwar direkt von Balancourt. Wenn Madame le Commissaire sagt, dass wir einen wichtigen Termin haben, dann ist das so. Machen Sie Ihre Arbeit, und wir machen unsere. Schluss der Unterredung! Madame Bonnet, wir brechen auf, und zwar *tout de suite.*«

Erstaunt nahm Isabelle zur Kenntnis, dass sich der Capitaine von Leclercs forschem Auftreten beeindrucken ließ. Gleichzeitig registrierte sie, dass es um Leclercs Mundwinkel zuckte. Der schien sich köstlich zu amüsieren.

»Nun gut, dann morgen bis elf Uhr. Und ich verständige den Staatsanwalt.«

Isabelle deutete nach hinten. »Falls Swarevski sein Schweigen brechen sollte, gebe ich Ihnen einen Rat: Glauben Sie ihm nicht alles und ziehen Sie keine voreiligen Schlüsse. Die ganze Wahrheit erfahren Sie morgen von mir.«

# 51

Isabelle fuhr langsam. Das Navi hatte die genaue Ankunftszeit berechnet. Sie wollte nicht zu früh eintreffen. aber auch keine Sekunde zu spät. Am sichersten waren solche Übergaben, wenn sie exakt nach Zeitplan abliefen. Kurz, schnell und präzise.

»Du hast einen aufregenden Job«, sagte Leclerc. »Jedenfalls ist er viel spannender, als ich mir das vorgestellt hätte.«

»Er ist sogar entschieden spannender, als ich mir das selber vorgestellt habe«, erwiderte sie. »Das war so nicht geplant.«

»Ein bisschen bin auch ich dran schuld, tut mir leid.«

»Kannst ja nichts dafür.«

»Soll nicht wieder vorkommen.«

Isabelle justierte den Innenspiegel. »Eigentlich hatte ich gehofft, hier unten eine ruhige Kugel zu schieben.«

»Boule?«

Sie lächelte. »Ja, meinetwegen auch das. Aber vor allem wollte ich die provenzalische Stille genießen, die gute Luft einatmen, über blühende Lavendelfelder hinaus aufs Meer blicken, mal ein Gläschen Rosé trinken und dazu landestypische Spezialitäten essen, mit dem Duft von Thymian, Rosmarin, Oregano und Basilikum.«

»Eine romantische Vorstellung«, stellte er fest. »Diese Provence gibt es nur in Reiseführern und auf Kitschpostkarten. Wäre außerdem auf Dauer ganz schön langweilig. Dazu hast du zu lange in Paris gelebt. Deine Uhr tickt schneller.«

»Aber man kann sie dazu bringen, langsamer zu ticken, daran glaube ich.«

»Das halte ich für eine Illusion. Jede innere Uhr hat ihren eigenen Rhythmus, der ist genetisch festgelegt und lässt sich nur ganz schwer nachjustieren.«

»Aber man kann es versuchen.«

»Der Versuch ist legitim«, sagte Leclerc, »doch in den meisten Fällen zum Scheitern verurteilt. Von all den Aussteigern, die dem Alltag den Rücken kehren und sich irgendwo am Ziel ihrer Träume niederlassen, werden die wenigsten glücklich. Stattdessen trinken sie zu viel Alkohol, haben die falschen Freunde, und irgendwann geht ihnen das Geld aus.«

»Letzteres kann dir nicht passieren, oder?«

»Das ist in der Tat unwahrscheinlich«, konstatierte Leclerc. »Ich habe die Gnade der reichen Geburt. Aber die falschen Freunde hatte auch ich. Deshalb bin ich jetzt in diesem blöden Zeugenschutzprogramm.«

»Nicht mehr lange.«

»Wegen mir hat in Fragolin ein Gendarm sterben müssen. Das wird mir erst so langsam bewusst. Weißt du, ob er Familie hatte, eine Frau, Kinder?«

»Roger? Keine Ahnung, aber ich werde es in Erfahrung bringen.«

»Dann sagst du mir bitte Bescheid. Ich möchte gerne helfen, insoweit das mit Geld möglich ist.«

Isabelle dachte, dass dieser Leclerc, der eigentlich Rouven Mardrinac hieß, längst nicht so oberflächlich war, wie sie zunächst geglaubt hatte.

»Mach ich«, versprach sie. »Um auf meine Arbeit zurückzukommen. Durch meine berufliche Tätigkeit unterscheide ich mich von romantischen Aussteigern deiner Beschreibung. Außerdem beziehe ich ein Einkommen, laufe also auch nicht Gefahr, vollends zu verarmen. Noch hab ich kaum Freunde in Fragolin, aber die wenigen sind schwer in Ordnung. Was war der dritte Punkt? Ach so, der Alkohol. Ich trinke oft tagelang überhaupt nichts Alkoholisches. Unter dem Strich bestimmt weniger als du.«

»*Touché,* das war hart. Aber ich bin kein Maßstab, in keinerlei Hinsicht.«

»Das glaube ich auch. So, jetzt muss ich einige Telefonate führen.«

Isabelle wählte die Nummer von Apollinaire. Sie bedankte sich bei ihm für die Benachrichtigung der Kollegen. Es habe alles geklappt, und besagter Robert Swarevski sei in Gewahrsam. Er habe gestanden, Monique in Tötungsabsicht überfahren zu haben.

»Warum denn das? Ich dachte, er sei das mögliche vierte Opfer?«

»Damit lagen wir schon richtig. Er hätte es werden können, aber nun ist es anders gelaufen. Erkläre ich Ihnen alles morgen. Eine andere Frage: Was ist aus den Angreifern in Fragolin geworden? Sind weitere Menschen verletzt worden?«

»Die Typen sind weg, wie vom Erdboden verschluckt. Verletzte gab es keine, Gott sei Dank. Aber wir trauern um Roger. Bürgermeister Blès hat alle Fahnen auf halbmast setzen lassen.«

»Tragisch, tragisch. Roger ist tot, außerdem einer der Angreifer, Monique kämpft um ihr Leben, irgendwas läuft gerade richtig falsch«, stellte sie resigniert fest.

»Aber jetzt ist alles vorbei, oder?«

»Noch wenige Minuten, dann ist Leclerc in Sicherheit.

Swarevski ist in Polizeigewahrsam, Monique auf der Intensivstation. Ja, es ist alles vorbei. Gehen Sie nach Hause, *bonsoir.*«

Zum wiederholten Mal blickte Isabelle in den Rückspiegel. Hinter ihnen fuhr schon seit geraumer Zeit ein Auto, immer im gleichen Abstand. Sie sah nur die Scheinwerfer, wobei einer falsch eingestellt war und blendete. Es ist alles vorbei? War sie da gerade zu optimistisch gewesen? Warum sollte jemand so langsam fahren? Warum überholte er nicht?

»Werden wir verfolgt?«, fragte Leclerc.

»Kann eigentlich nicht sein«, sagte sie.

Isabelle überlegte, ob sie rechts ranfahren sollte, um zu sehen, was der andere Wagen machte. Aber im Fall des Falles war das die schlechtere Option. Sie schaltete herunter und gab Vollgas. In der nächsten Kurve schleuderte der Wagen. Leclerc umklammerte mit beiden Händen den Haltegriff. Sie fing den Wagen ab und drückte wieder aufs Gas. Die nächste Kurve. Dasselbe Manöver. Die Lichter im Rückspiegel waren weg. Isabelle trat voll auf die Bremse, die Räder blockierten. Sie brachte den Wagen zum Stehen, legte den Rückwärtsgang ein, fuhr in einen Feldweg und machte gleichzeitig die Scheinwerfer aus. Dann warteten sie.

Schließlich tauchte der Wagen mit dem falsch eingestellten Scheinwerfer auf. Er fuhr nicht schneller als zuvor. Es handelte sich um einen alten Peugeot mit einem rostigen Anhänger für Viehtransporte. Leclerc blies erleichtert durch die Lippen. Isabelle lächelte beruhigt. Das waren ganz sicher keine Verfolger. Falscher Alarm.

Ihr *portable* läutete. »Hallo, chérie«, meldete sich Balancourt. »Wie ist das werte Befinden?«

»Alles gut.« Und mit einem Blick auf das Navi: »Wir treffen pünktlich ein.«

»*Très bien,* die Kavallerie ist im Anmarsch. Das Codewort heißt Château Margaux. So wie der Wein.«

»Château Margaux? Sehr originell.«

»Ist ein Lieblingswein deines Fahrgastes.«

Leclerc schnalzte mit der Zunge. »Stimmt. Der 45er ist zum Niederknien.«

»Was ist mit deiner sogenannten Priorität passiert?«, fragte Balancourt. »Alles zu deiner Zufriedenheit erledigt?«

»Zufrieden bin ich nicht, aber es ist erledigt.«

»Gut so, bin auf deine Erklärung gespannt. *Au revoir et bonne chance.*«

Die Zieladresse war ein freies Feld, das gelegentlich für Sportveranstaltungen oder Wochenmärkte genutzt wurde, jedenfalls ging das aus einigen Plakaten und einem großen Schild hervor – *Marché hebdomadaire.* Zu dieser späten Stunde war alles menschenleer und verlassen.

»Das ist irgendwie unheimlich«, sagte Leclerc. »Ist das wirklich unser Übergabeort? Ich komme mir vor wie in einem schlechten Spionagefilm.«

»Der Ort stimmt, definitiv. Noch sechzig Sekunden.«

»Das klappt nicht. Die Kavallerie hat Verspätung, oder sie lässt uns im Stich.«

»Noch fünfzig Sekunden. Ich sag schon mal *adieu.* Rouvi, pass auf dich auf und bleib am Leben. War nett, dich kennengelernt zu haben. Obwohl die Umstände nicht so günstig waren.«

»Du hast gerade Rouvi zu mir gesagt? Wie meine besten Freunde. Das war lieb von dir. Wir sehen uns wieder, ganz bestimmt.«

»Da bin ich skeptisch. Noch dreißig Sekunden.«

Plötzlich waren Rotorengeräusche zu hören. Von oben

leuchtete ein starker Scheinwerfer. Ein Hubschrauber der Spezialeinheiten der *Police nationale* setzte zur Landung an.

Isabelle schmunzelte. »Habe ich mir doch gedacht.«

»Ganz schöner Aufwand«, sagte Leclerc, »da bekomme ich fast ein schlechtes Gewissen.«

»Dafür ist keine Zeit. Aussteigen!«

Beim Helikopter öffnete sich eine Schiebetür, Männer mit schusssicheren Westen sprangen heraus und sicherten das Gelände.

Isabelle und Leclerc rannten auf sie zu. Ein Mann mit rotem Barett nahm sie in Empfang. Leclerc nahm er kaum zur Kenntnis. Er sah Isabelle an und lächelte.

*»Bonsoir, Madame le Commandant,* schön, Sie wiederzusehen.« Dann nahm er Haltung an und salutierte.

Leclerc sah irritiert zwischen den beiden hin und her. *»Madame le Commandant?«*

Isabelle erwiderte das Lächeln. »Hallo, Jean, ich freu mich auch. Na, wie macht sich die Truppe?«

»Ist nicht mehr so wie mit Ihnen.«

Sie hob die Schultern. *»C'est passé!«* Und auf Leclerc deutend: »Dieser Herr hat einen Lieblingswein.«

Jean grinste. »Immer diese alten Spielchen. Wie wäre es mit Château Margaux?«

»Okay, ihr könnt ihn haben.«

Leclerc schüttelte in gespielter Verzweiflung den Kopf. »Ich bin doch kein Paket, das man einfach ausliefert.«

»Doch, genau das bist du, ein Paket mit zerbrechlichem Inhalt, *très fragile.«* Sie zeigte zum Helikopter. »Immerhin wirst du per Luftfracht befördert. So, los geht's. Das hier ist kein Kaffeekränzchen. *Allez-y!«*

Die Männer in den schusssicheren Westen nahmen Leclerc in ihre Mitte und führten ihn zum Helikopter. Ihr

Anführer mit dem roten Barett blieb noch einen Moment stehen, um sich von Isabelle zu verabschieden. Dann rannte auch er zum Helikopter, der schon einen halben Meter in der Luft schwebte.

Er sprang hinein, die Schiebetür wurde geschlossen, die Turbinen heulten auf, Blätter und kleine Äste wurden durch die Luft gewirbelt, der Landescheinwerfer erlosch. Isabelle versuchte dem Helikopter im dunklen Nachthimmel zu folgen, aber schon nach wenigen Sekunden hatte sie ihn aus den Augen verloren, und die Rotorengeräusche verebbten.

Jetzt stand sie allein auf der finsteren Wiese. Sie fühlte sich einsam und verlassen. Als ob ihr altes Leben gerade davongeflogen wäre. Irgendwie war es ja auch so. Isabelle verdrängte die sentimentale Regung und ging langsamen Schrittes zurück zu ihrem Auto. Es war vorbei, alles war vorbei. Das Leben, das sie früher geführt hatte, ebenso wie ihr aktueller Fall. Auch er war so gut wie abgeschlossen. Der Ausgang stimmte sie traurig. Sie musste an Monique denken und hatte ein flaues Gefühl im Magen. Wie wohl ihr Zustand war? Würde sie überleben? Und wenn ja, welche Monique würde ins Leben zurückkehren? Die nette und warmherzige Monique? Oder die andere Monique, die nicht vergessen konnte, die von späten Rachegelüsten getrieben wurde und keine Gnade kannte? Welcher Teil ihrer gespaltenen Persönlichkeit? Isabelle atmete tief durch. Wahrscheinlich beide Moniques – oder keine von beiden.

Isabelle drehte den Zündschlüssel. Sie könnte jetzt zurück nach Fragolin fahren. Der Tag war lang genug gewesen und voller Ereignisse. Aber das würde sie nicht tun, jedenfalls nicht sofort.

# 52

Zu dieser späten Stunde war der Parkplatz vor dem *Centre Hospitalier d'Antibes Juan-les-Pins* verwaist. Isabelle machte den Motor aus, blieb aber noch im Auto sitzen und führte ein Gespräch mit Thierry zu Ende. Der hatte sie angerufen, um sich nach ihrem Wohlergehen zu erkundigen, nach dem Schicksal von Leclerc – und überhaupt. Er tat dies mit einer ruhigen, unaufgeregten Stimme. Das mochte sie an ihm. Unter anderem. Es war ihm nicht anzumerken, dass er als Bürgermeister von Fragolin gerade einen rabenschwarzen Tag erlebt hatte. In seinen Straßen hatte es eine wilde Schießerei gegeben, ein Gendarm war ums Leben gekommen, auch einer der Täter, und es hatte in einem Treppenhaus eine Explosion gegeben. Auf Isabelle war geschossen worden und auf Leclerc. Später hatte er auf dem Foto seinen Studienkollegen Robert Swarevski erkannt – und von Apollinaire erfahren, dass sie nach dem Mann schon lange suchten.

Dank Isabelle wusste er jetzt noch mehr, nämlich dass sich Leclerc in Sicherheit befand, Swarevski in Polizeigewahrsam und des versuchten Mordes verdächtig, und auch dass die in Fragolin gebürtige Monique schwer verletzt auf der Intensivstation lag.

Ganz schön viel für einen Tag.

Er berichtete, dass die Straßensperren abgebaut waren und dass in den Häusern und Wohnungen Fragolins langsam die Lichter ausgingen, ganz friedlich, so als ob nichts passiert wäre.

Thierry sagte fast beiläufig, dass er sich um Isabelle Sorgen gemacht habe. Darum sei es schön, jetzt ihre Stimme zu hören. Wie lange sie noch brauche bis zu ihrer Rückkehr, wollte er wissen. Sie solle direkt zu ihm kommen, er bereite eine Kleinigkeit zum Essen vor und mache eine Flasche Wein auf. Nach einem solchen Tag brauche es einen entspannten Ausklang.

Sie vertröstete ihn. Es könne noch etwas dauern, aber sobald sie auf dem Weg sei, melde sie sich.

Wenige Minuten später stand Isabelle im Flur vor der mattgläsernen Schiebetür, hinter der sich die *service des soins intensifs* befand, die Intensivstation. Sie wollte gerade läuten, da öffnete sich die Tür, und ein Arzt kam heraus – mit einer verheulten Manon am Arm, die kaum aufrecht gehen konnte.

Isabelle zeigte ihren Ausweis. »Wie geht es Monique Fayyad?«, fragte sie. Dabei hatte sie eine Vorahnung, die sich sogleich aufs schlimmste bestätigte.

Der Arzt schüttelte langsam den Kopf. »Sie hat es nicht geschafft«, sagte er leise.

Isabelle war geschockt. Monique war tot, das durfte nicht wahr sein.

Manon bekam einen Schüttelkrampf. Isabelle nahm sie in die Arme.

»Mein Beileid«, flüsterte sie. Dann führte sie Manon zu einer Reihe mit Plastikstühlen.

»Bleiben Sie für die nächsten Minuten bei ihr?«, fragte der Arzt.

Isabelle nickte.

»Sie sollte jetzt nicht alleine sein«, stellte er fest. Dann verschwand er hinter der Schiebetür.

Isabelle und Manon saßen schweigend nebeneinander. Moniques Freundin schluchzte und zitterte. Isabelle hatte einen Arm um sie gelegt. Langsam schien sich Manon zu beruhigen. Sie wischte sich die Tränen von den Wangen und warf Isabelle einen unsicheren Blick zu.

»Sie erinnern sich an mich?«, fragte Isabelle.

»Sie sind von der Polizei, ich weiß. Und Sie haben sich mit Monique in Cannes getroffen, das weiß ich auch.«

»Sie war ein bisschen verrückt«, sagte Isabelle mit einem leisen Lächeln. »Dafür konnte man sie gernhaben.«

»Ich habe sie geliebt. Sie war mein Leben. Und jetzt? Jetzt ist sie tot. Mein Leben ist vorbei.«

»Das fühlt sich im Augenblick so an. Aber das Leben geht weiter, Sie werden sehen.«

»Ich habe ihr die Hand gehalten, bis zum letzten Atemzug. Meine Monique. Nun hat sie mich verlassen.«

»Schön, dass Sie zum Abschied bei ihr sein konnten«, sagte Isabelle eher hilflos. Sie hatte keine Übung darin, Hinterbliebenen Trost zu spenden. Ihr fielen keine klugen Sprüche ein, die weiterhelfen könnten. Nur aus der Schulzeit ein Zitat von Honoré de Balzac: »Man lebt zweimal, das erste Mal in der Wirklichkeit, das zweite Mal in der Erinnerung.« Aber sie wagte nicht, es auszusprechen. Im Moment würde diese Weisheit nicht weiterhelfen. Kam hinzu, dass die Erinnerung an Monique eine zwiespältige sein würde, genauso zwiespältig wie ihre Persönlichkeit.

Isabelle überlegte, inwieweit Manon davon wusste. Die Frage war, wie gut sie ihre Freundin wirklich kannte, nicht nur die eine Monique, sondern auch die andere.

»Hat man den Fahrer des Autos gefasst?«, fragte Manon.

»Ja, hat man. Er wird morgen dem Staatsanwalt vorgeführt.«

Manon schob Isabelles Arm von ihrer Schulter und sah sie mit geröteten Augen an.

»Wer war es? Das war kein Unfall, oder?«

»Es spricht alles dafür, dass der Mann Monique vorsätzlich überfahren hat. Er wollte sie umbringen.«

»Dieser Hurensohn«, flüsterte sie.

Isabelle zögerte und überlegte, ob es richtig war, es auszusprechen. »Es war der vierte Mann«, sagte sie schließlich. Sie war auf die Reaktion gespannt.

Manon wich erschrocken zurück. »Der vierte Mann?«

Isabelle nickte. »Ich kenne die Geschichte, die ganze Geschichte, von Anfang an.«

»Wirklich?«

»Sie kennen sie doch auch, oder?«

»Natürlich kenne ich sie«, sagte Manon nach einer kurzen Pause. »Es gibt nichts, was ich von Monique nicht wusste, gar nichts.«

»Dann wissen Sie, was Monique als junges Mädchen widerfahren ist. Und Sie wissen auch, dass sie nie darüber hinweggekommen ist.«

»Nein, das ist sie nicht. Wie sollte sie auch?«

»Dennoch fällt es schwer, sich Monique als Rächerin vorzustellen«, sagte Isabelle – mehr zu sich selbst als zu Manon.

Manon kniff die Augen zusammen. Wieder begann sie zu zittern. Sie schien völlig aufgewühlt, noch mehr, als sie es schon vorher war. Sie wollte was sagen, brachte aber kein Wort über die Lippen. Endlich schaffte sie es.

»Der vierte Mann, jetzt verstehe ich«, sagte sie.

»Er hatte Angst, dass er der Nächste sein könnte. Deshalb hat er Monique überfahren.«

»Deshalb? So ein jämmerlicher Wichser. Ganz bestimmt

wäre er der Nächste gewesen«, empörte sie sich. »Doch, doch, ganz sicher.«

»Wenn Sie von Moniques Rachefeldzug wussten, warum haben Sie sie nicht davon abgehalten?«

Manon stockte. »Fragen Sie als Polizistin oder privat?«

»Was macht das für einen Unterschied?«

Manon überlegte. »Weil ich mich wahrscheinlich strafbar mache, wenn ich zugebe, davon gewusst zu haben. Stimmt doch, oder?«

Isabelle zuckte mit den Schultern. »Kommt darauf an. Wenn Sie es nur geahnt haben, dann wahrscheinlich nicht. Ahnungen sind nicht justiziabel.«

»Warum ich Monique nicht davon abgehalten habe? Weil ich sie gut verstanden habe, deshalb. Ihr Drecksack von Stiefvater, seine versauten Freunde Dubois und Legrand. Und der Vierte im Bunde, von dem sie den Namen nicht kannte. Sie haben es nicht anders verdient.«

»Da kann ich Ihnen natürlich nicht zustimmen.«

»Natürlich nicht, Sie sind ja eine Polizistin. Aber als Frau, in Ihrem tiefsten Inneren, da werden Sie mir recht geben.«

»Nein, auch da nicht«, widersprach Isabelle. »Ich bin sehr dafür, dass Kinderschänder und Vergewaltiger unnachsichtig verfolgt und streng bestraft werden. Aber nicht in Selbstjustiz, sondern auf Grundlage der Gesetze und nach einem ordentlichen Gerichtsverfahren.«

Manon fuhr sich über die Augen. »Haben Sie eine Zigarette?«, fragte sie unvermittelt.

Isabelle schüttelte den Kopf.

»Meine Freundin ist gerade gestorben«, sagte Manon leise. »Ich bin noch unter Schock und kann keinen klaren Gedanken fassen. Wir sollten um Monique trauern und nicht über sie urteilen. Das ist weder der richtige Ort noch der richtige Zeitpunkt für solche Gespräche.«

Isabelle schluckte. Sie musste Manon recht geben. Sie war zu weit gegangen. Irgendwo hinter dieser matten Glastür lag die verstorbene Monique. Wahrscheinlich war ihr Körper noch warm. Und sie selbst war so pietätlos, über die dunkle Seite ihrer Seele zu sprechen – und Manon zu fragen, warum sie ihre Freundin nicht davon abgehalten hatte, ihre Peiniger umzubringen. Es war spät am Abend, sie war nach einem ereignisreichen Tag müde und unkonzentriert. Sie sollte Manon trösten und nicht mit Fragen löchern, die zudem ohne Belang waren, weil sie am Ausgang dieser Tragödie nichts änderten.

»Wie kommen Sie nach Hause?«, fragte sie. »Soll ich Sie heimfahren?«

»Vielen Dank, aber ich schaff das. Ist ja nicht so weit. Unsere Wohnung ist gleich über dem Café.« Manon lächelte gequält. »Und in meinem Auto hab ich Zigaretten.«

»Wir können zusammen rausgehen.«

»Ich möchte gerne noch einen Moment alleine sitzen bleiben, das verstehen Sie doch, oder?«

Isabelle stand auf und gab ihr die Hand.

»Natürlich verstehe ich das. Passen Sie auf sich auf!«

Zum Abschied hauchte ihr Manon einen traurigen Kuss zu.

# 53

Thierry stellte eine *tarte provençale* auf den Terrassentisch, eine südfranzösische Variante der aus Lothringen stammenden Quiche Lorraine, mit Tomaten, Zucchini, Auberginen, Rosmarin und Oliven. Im Ofen goldbraun und knusprig gebacken. Dazu ein Glas Rotwein. In den Windlichtern brannten Kerzen. Über ihnen der funkelnde Nachthimmel. Irgendwo zirpten Grillen. Der Kontrast zum sterilen Krankenhaus in Antibes und zu den Erlebnissen der letzten Stunden hätte nicht größer sein können. Wie aus einer anderen Welt. Isabelle zog die Schuhe aus und versuchte sich zu entspannen. Das gelang ihr besser als erwartet. Oder war sie einfach nur müde, todmüde?

»Lass uns darauf anstoßen, dass alles vorbei ist«, sagte Thierry. »Und dass wir so einen Tag hoffentlich nie wieder erleben.«

»Ja, hoffentlich, *santé!*«

Thierry sah sie nachdenklich an. »Alles hätte noch viel schlimmer ausgehen können, vor allem für dich.«

»Für Roger und Monique ist der Tag schlimm genug ausgegangen, sie sind beide tot.«

»Schrecklich. Ich habe lange mit Rogers junger Frau gesprochen, sie ist völlig verzweifelt. Jetzt muss sie alleine für ihren kleinen Sohn sorgen. Ich habe versprochen, dass ich ihr eine Arbeitsstelle im Bürgermeisteramt besorge.«

»Leclerc wird ihr finanziell unter die Arme greifen«, sagte Isabelle, sich an ihr Gespräch mit ihm erinnernd. »Er fühlt sich irgendwie schuldig, weil seinetwegen jemand sterben musste. Auch wenn er nichts dafür kann.«

»Hoffentlich erinnert er sich daran, jetzt, da er weg ist.«

»Doch, da bin ich mir sicher. Dieser Rouven Mardrinac ist kein schlechter Kerl.«

»Rouven Mardrinac? Das ist also sein richtiger Name. Doch nicht etwa dieser Rouven Mardrinac?«

»Du kennst ihn?«

Er lachte. »Nein, natürlich nicht, ich kenne nur einen Pierre Leclerc. Aber Monsieur Mardrinac ist in Kunstkreisen eine Berühmtheit. Und wenn du die Klatschpresse lesen würdest, dann wüsstest du auch über seine Liebschaften und sein feudales Leben Bescheid.«

»Ist wohl besser, wenn Clodine seinen richtigen Namen nie erfährt.«

»Mag sein. Aber zurück zu Roger und Monique. Dass die kleine Navet hat sterben müssen, ist ja auch eine Tragödie.«

Isabelle drehte versonnen am Weinglas. »Ja, das ist es. Vielleicht hätte ich ihren Tod verhindern können.«

Thierry sah sie fragend an. »Wie das?«

»Monique hat mir mehrere Kurznachrichten geschickt und dringend darum gebeten, mich mit ihr zu treffen. Es sei wichtig, hat sie geschrieben. Womöglich hat sie geahnt, dass sie in Gefahr schwebte? Aber ich hatte keine Zeit, wegen Leclerc, du weißt schon.«

»Da darfst du dir nichts einreden. Monique hat ihr Schicksal selbst heraufbeschworen.«

Isabelle, die Thierry zuvor über das Ergebnis ihrer Ermittlungen ins Bild gesetzt hatte und über Moniques einsamen Rachefeldzug, konnte seine Meinung nicht teilen. Ihre Aufgabe war es nicht nur, Verbrechen aufzuklären, sondern auch, Menschenleben zu schützen – auch das Menschenleben einer geschundenen Seele, die selbst zur Mörderin geworden war.

»Du könntest eigentlich eine positive Bilanz ziehen«, sagte Thierry. »Du hast nach über zehn Jahren den Mord an Jean-Luc Navet aufgeklärt, du hast herausgefunden, wer in Wahrheit Raphaël Dubois und Jacques Legrand umgebracht hat, du hast den Mörder von Monique dingfest gemacht. Zudem hast du Leclerc sicher durch das Zeugenschutzprogramm geschleust und ihm seinen Hintern gerettet. Madame le Commissaire, ich ziehe meinen Hut. *Chapeau!*«

Sie lächelte. »Du hast überhaupt keinen Hut, trotzdem danke. Kann ich noch etwas von der *tarte* haben?«

*»Avec plaisir.«*

»Danach muss ich mich verabschieden. Ich bin völlig platt.«

»Magst du nicht über Nacht hierbleiben?«

»Ist lieb, aber nach Hause schaffe ich es noch. Ich will nur noch in mein Bett.«

# 54

Am nächsten Morgen wurde Isabelle von ihrem Wecker aus dem Schlaf gerissen. Mit geschlossenen Augen tastete sie nach ihm und stellte ihn ab. Sie brauchte eine kleine Ewigkeit, um sich zu orientieren. Sie konnte kaum glauben, dass sie so tief und fest geschlafen hatte – nach allem, was gestern vorgefallen war. Langsam nur setzte sie die Mosaiksteinchen ihrer Erinnerung zusammen. Mit dem Ergebnis, dass sie am Ende hellwach war. Sie sah auf die Uhr. Sie musste dringend aufstehen. Um elf Uhr hatte sie in Antibes einen Termin mit Capitaine Lesseps und mit dem Staatsanwalt. Und zuvor musste sie noch einiges erledigen. Elf Uhr? Das war nicht zu schaffen. Sie würde Apollinaire bitten, das Treffen auf dreizehn Uhr zu verschieben. Dann ging sie ins Bad und nahm eine kalte Dusche.

Eine halbe Stunde später traf sie im Rathaus ein, genauer gesagt in ihrem Kommissariat, wo schon Apollinaire auf sie wartete. Heute hatte er rechts einen gelben und links einen roten Socken an – mit blauen Streifen, das war neu. Sofort machte er sich an der frisch erworbenen Kaffeemaschine zu schaffen. Die Croissants hatte sie selber mitgebracht. Auch die Tageszeitung *Var-Matin.* Während er versuchte die Milch zu erhitzen, was nach ihrem Eindruck gründlich misslang, informierte sie ihn über die Geschehnisse des gestrigen Tages und Abends, wobei sie sich auf jene Details konzentrierte, die er noch nicht kannte. Und sie sprach ihm ihren Dank aus für seinen mutigen Einsatz am Bouleplatz vor dem *Hôtel de ville,* für den Namen des vierten Mannes und für alles andere. Sie dachte, dass ein wenig Lob nicht schaden konnte. Aber der *Café au Lait* schmeckte trotzdem erbärmlich.

Während er mit Capitaine Lesseps telefonierte und ihren Termin verschob, warf sie einen kurzen Blick in die Zeitung. Auf der Titelseite und den ersten Seiten gab es nur ein Thema – die Schießerei in Fragolin und der tragische Tod des Sergeant Roger Levevre. In einem Interview erläuterte Capitaine Briand von der Gendarmerie die Hintergründe. In einer gemeinsamen Aktion mit der *Police nationale* sei man einem internationalen Rauschgiftring auf die Spur gekommen. Noch sei nicht genau geklärt, was die Verbrecher nach Fragolin geführt habe. Jedenfalls sei es dann dort zu den dramatischen Ereignissen gekommen. Dank des mutigen und professionellen Einsatzes der Gendarmerie konnte die Lage unter Kontrolle gebracht werden. Dabei sei ausdrücklich auch Madame le Commissaire Isabelle Bonnet und dem Sous-Brigadier Apollinaire Eustache gedankt, die einen der Attentäter zur Strecke bringen konnten.

Isabelle dachte, dass dieses Interview Seltenheitswert hatte. Es kam ausgesprochen selten vor, dass jemand von der *Police nationale* von der Gendarmerie gelobt wurde. Auch hatte sich Briand ganz offensichtlich mit Paris abgestimmt und die Version mit den Rauschgifthändlern aufrechterhalten, obwohl er es mittlerweile besser wusste.

Apollinaire legte auf. »Lesseps ist stinkesauer, aber er nimmt die Terminverschiebung zur Kenntnis und informiert den Staatsanwalt.«

»Hat er was zu Swarevski gesagt?«

»Nein, nur dass der Mann jede Aussage verweigert.«

Isabelle nickte. »Das ist gut so.«

»Warum?«

»Ach, nur so.«

Sie stand auf, den Kaffee ließ sie stehen. Auf dem Weg zur Tür drehte sie sich um.

»Weiß man eigentlich, wer von uns beiden den Mann hinter der Platane erschossen hat?«, fragte sie. »Gibt's schon eine Rückmeldung von der Gerichtsmedizin?«

Apollinaire schaute sie verlegen an. »Ich sagte ja, ich bin ein lausiger Schütze, selbst mit einem Schnellfeuergewehr.«

»Demnach kam die tödliche Kugel aus meiner Waffe, richtig?«

»Ja, Sie haben ihn gleich mit drei Kugeln getroffen.«

Sie sah ihn nachdenklich an. »Für Sie ist es besser so. Es ist kein so gutes Gefühl, jemanden erschossen zu haben. Da bleiben Ihnen einige Alpträume erspart.«

»Was ist mit Ihnen?«

Isabelle zuckte mit den Schultern. »Alpträume habe ich sowieso, da kommt es auf einen mehr oder weniger nicht an.«

»Ich vermute, das war nicht der erste Mann, den Sie erschossen haben?«

Sie zögerte mit der Antwort. »Da haben Sie leider recht«, sagte sie schließlich.

Dann ging sie hinaus und zog die Tür hinter sich ins Schloss.

Isabelle saß im Polizeiwagen, fuhr aber noch nicht los. Sie hatte die Hände über dem Lenkrad verschränkt und den Kopf daraufgelegt. Sie dachte nach. Dabei hätte sie gar nicht sagen können, was sie konkret beschäftigte. Ihre Gedanken wanderten gleichzeitig in alle Richtungen, sie überschlugen sich, fuhren aneinander vorbei und kamen sich entgegen.

Den Zustand kannte sie. Davon bekam man Kopfschmerzen, aber es brachte einen nicht voran.

Sie sah auf die Uhr. Jetzt war sie zu früh dran, den Termin bei Capitaine Lesseps und dem *procureur* hätte sie überhaupt nicht verschieben müssen. Was hatte sie vorher erledigen wollen? Sie hatte es vergessen.

Sie ließ den Motor an und machte sich auf den Weg. Aber nicht auf der Straße, die nach Antibes führte, sondern durch den Ort hinauf zum Wald, wo man vor zehn Jahren die Leiche von Jean-Luc Navet gefunden hatte. Sie stellte den Wagen ab und lief los. Die genaue Stelle kannte sie nicht, aber irgendwo hier musste es sich zugetragen haben. Sie setzte sich auf einen Baumstumpf und dachte an *le vieux Georges,* der von einem Menschen mordenden Monster fabuliert hatte, das hier hause. Nun, da hatte er sich getäuscht.

Sie stellte sich Jean-Luc Navet vor, so wie sie ihn vom Foto kannte. Der Mann kam durch den Wald auf sie zu. Dann Monique mit der Mistgabel.

*Merde, merde, merde.* Warum hatte das alles geschehen müssen? Aus dem Leid, das Jean-Luc seiner Stieftochter in jungen Jahren zugefügt hatte, war so viel neues Leid entstanden. Erst hier im Wald, sehr viel später an der Plage de Pampelonne, dann in Grasse und in Antibes. Erst gestern Abend hatte das Drama sein trauriges Ende gefunden.

Isabelle atmete tief durch. Es roch gut hier. Im Schatten der alten Korkeichen konnte die Fantasie auf Wanderschaft gehen. Isabelle ließ es zu. Noch hatte sie Zeit.

Plötzlich hielt sie inne. Sie hatte auf einmal ganz andere Bilder vor Augen. Sie spürte, wie es hinter ihren Schläfen zu pochen begann. Sie massierte sich mit den Zeigefingern, dann mit den Daumen, immer fester. Irgendwann wurde es besser. Aber die Bilder blieben.

Isabelle sah auf die Uhr. Sie stand auf und ging durch den Wald zurück zum Auto. Sie war immer noch zu früh. Aber wer konnte das wissen? Vielleicht auch nicht.

Auf der Straße nach Antibes ereilte sie ein Anruf aus Paris. Erst war Jacqueline dran, die ihr eröffnete, im nächsten Monat auf Besuch zu kommen. Sie wolle endlich wissen, ob es da unten wirklich so schön sei. Außerdem wolle sie diesen Bürgermeister kennenlernen, der es Isabelle offenbar angetan habe. Und nackt im Meer schwimmen. Sie lachte. Dann stellte sie zu Balancourt durch.

»Hallo, chérie«, begrüßte er sie in gewohnter Manier. »Bist du auf dem Weg nach Antibes? Du wirst dort sehnsüchtig von einem Capitaine erwartet, der so heißt wie der Erbauer des Suezkanals.«

»Lesseps.«

»Richtig, und vom zuständigen Staatsanwalt. Du hast ja mal wieder mächtig für Wirbel gesorgt. Kompliment, das gefällt mir.«

»Das lag nicht in meiner Absicht.«

»Das sagst du immer, und dann fliegen die Fetzen.« Balancourts Lachen klang wie eine verrostete Schiffssirene. »Hab übrigens Dank für den Château Margaux, die Übergabe hat zur vollen Zufriedenheit geklappt. Er ist in Sicherheit. Ach so, du wolltest mir noch erzählen, was so wichtig war, dass sich die Prioritäten verschoben haben?«

»Das weißt du doch schon längst«, spekulierte sie.

»Ach so, stimmt auch wieder. Man hat es mir zugetragen. Da gibt es den Mann, der deine Freundin überfahren hat, den hast du verhaftet. Und jetzt sind alle gespannt, wen du als Mörder in jenen beiden Fällen aus dem Hut zauberst, für die du nicht zuständig bist.« Erneut musste Balancourt lachen. Dabei verschluckte er sich. Es folgte eine Hustenattacke, dann war er wieder bei Stimme. »Entschuldige, was wollte ich gerade so richtig sagen?«

»Dass ich nicht zuständig bin.«

»Ah ja, dieser Meinung sind jedenfalls dieser Suezkanal und Bastian in Toulon, aber da täuschen sich die Herren. Wenn sie für ihre Arbeit zu blöd sind, muss sie halt jemand anders machen. *C'est la vie!*«

»So würde ich das nicht ausdrücken.«

»Natürlich nicht, du bist ja wohlerzogen. Ich bin dagegen in einer Position, wo Erziehung keine Rolle mehr spielt.« Das erwartete Lachen blieb aus. Wahrscheinlich hatte er Angst, sich erneut zu verschlucken. »Mir kannst du es ja sagen«, fuhr er fort. »Wer war es?«

»Interessiert dich das wirklich?«

»Nun ja, eigentlich nicht so sehr, ich gebe es zu. Hauptsache, du drehst den schlafmützigen Kollegen eine lange Nase. Aber du solltest keinen Fehler machen, das ist dir klar, oder?«

Isabelle ließ kurz das Lenkrad los, lenkte mit den Knien und massierte sich die Schläfen.

»Keinen Fehler? Na klar. Sonst werde ich den Piranhas zum Fraß vorgeworfen.«

»Wirst du nicht. Aber dann habe ich dich am Haken, und du musst zurück nach Paris.« Jetzt erlaubte er sich doch wieder einen kontrollierten Lachanfall. »So gesehen wäre es mir sogar recht, wenn du auf den Bauch fällst. Dann habe ich dich wieder in meinem Team. Ich korrigiere meine Auffassung. Tu mir einen Gefallen und mach doch einen Fehler. Präsentiere einen Mörder, der es nicht gewesen sein kann. Dann lösen wir dein Kommissariat auf, die Madame le Commissaire gehört der Vergangenheit an, und du übernimmst wieder deinen alten Job. Doch, das wäre gut.«

Isabelle wartete mit ihrer Antwort. »Mich ehrt dein Wunsch, mich wieder zurückhaben zu wollen«, sagte sie. »Aber den Gefallen werde ich dir nicht tun. Hoffe ich jedenfalls. *On verra!*«

Sie wählte diesmal eine andere Strecke. Bei Cannes fuhr sie hinunter ans Meer und am Golfe-Juan vorbei Richtung Antibes. An einem längeren Strandabschnitt blieb sie stehen. Sie stieg aus und sah aufs Wasser. Wieder geisterten die Bilder aus dem Wald durch ihren Kopf. Keinen Fehler machen, keinen Fehler …

Sie lief etwas hin und her, dann setzte sie sich ans Steuer und fuhr weiter. Wie von selbst fand sie den Weg in die Altstadt von Antibes. Sie parkte ganz in der Nähe vom Café. Die letzten Meter ging sie zu Fuß. Alles sah aus wie immer. Die Markise, die Terrakottatöpfe mit dem weißen Oleander, die kleinen Bistrotische und die Rattanstühle – nur dass keine Gäste da waren und die Stühle umgedreht auf den Tischen standen. Das Café hatte geschlossen.

Sie trat ans große Fenster, schirmte die Augen mit den Händen ab und sah hinein. Der Raum war dunkel, viel konnte sie nicht erkennen, aber sie hatte den Eindruck, dass an der Theke eine einsame Gestalt saß. Isabelle klopfte gegen die Scheibe.

Es dauerte, dann drehte sich die Gestalt langsam um, rutschte vom Barhocker und kam schleppend nach vorne. Der Schlüssel wurde umgedreht und die Tür geöffnet.

Manon sah schrecklich aus. Sie hatte dicke Augenringe und eine aschfahle Haut.

»Ich habe Sie erwartet«, sagte sie mit dünner Stimme. »Kommen Sie herein.«

Isabelle setzte sich zu Manon an die Theke. Ihr *portable* legte sie vor sich auf den Tresen.

»Auch einen Schluck?«, fragte Manon, auf eine fast leere Cognacflasche deutend.

»Nein danke. Aber ich hätte gerne eine Ihrer Zigaretten.«

»Bedienen Sie sich!«

Neben der Zigarettenschachtel lagen auf der Marmorplatte die beiden schweren Ringe, die Manon und Monique getragen hatten.

»Die haben wir uns zur Verlobung machen lassen«, erklärte sie, »damals, in Marrakesch.«

Isabelle zündete sich die Zigarette an.

»Warum haben Sie mich erwartet?«, fragte sie.

»Na ja, einfach so.«

»Es tut mir unendlich leid.«

»Das glaube ich Ihnen. Aber es hilft mir nicht weiter. Monique ist tot, mein Leben hat keinen Sinn mehr.«

»Sie sagten, dass die Ringe aus Marrakesch stammen. So lange kennen Sie sich also schon?«

»O ja, so lange schon. Ich hab damals in einem Lokal gearbeitet, am Djemaa-el-Fna, dem Platz der Gaukler und Märchenerzähler. Dort habe ich Monique kennengelernt. Ich habe mich sofort in sie verliebt. Sozusagen unsterblich.«

Manon nahm einen Schluck aus dem Cognacglas.

»Dann sind Sie ein Liebespaar geworden?«

Manon sah Isabelle an und lächelte. »Das hat ein bisschen gedauert. Sie verstehen? Ich musste ja Monique erst davon überzeugen, es mal mit einer Frau zu versuchen. War aber nicht so schwierig.«

»Weil sie in ihrem bisherigen Leben mit Männern nur schlechte Erfahrungen gemacht hat?«

»Ganz genau. Erst ihr perverser Stiefvater, dann seine Freunde, und Achmed war auch nicht besser.«

»Immerhin hat sie ihn geheiratet.«

»Das hätte sie mal besser sein lassen. Andererseits hatte es auch was Gutes, so ist sie wenigstens von zu Hause weggekommen. Aber Achmed war ein blödes Schwein. Er hat sie behandelt wie eine Sklavin. Die Typen kenne ich, erst tun sie ganz lieb, später zeigen sie ihr wahres Gesicht.«

»Bei Ihnen hat Monique Zuflucht gefunden, hat sie die Liebe, Wärme und Zuneigung erfahren, die ihr im Leben zuvor versagt geblieben sind.«

Manon legte den Kopf zur Seite. »Das haben Sie schön gesagt«, entgegnete sie.

Isabelle zog an der Zigarette und dachte nach. Sie beschloss, direkt auf den Punkt zu kommen.

»Und dann haben Sie Achmed umgebracht«, fuhr sie mit ruhiger Stimme fort. »Um Monique von diesem blöden Schwein zu befreien.«

Manon zeigte keine Reaktion. Schließlich nickte sie. »Ja, das habe ich«, sagte sie gleichmütig.

Isabelle nahm ein Glas. »Jetzt brauche ich doch einen Cognac.«

»Es sind genug Flaschen da. Bedienen Sie sich.«

»Sie haben Achmed beim Olivenpflücken von der Leiter gestoßen?«

»Nein, ich habe ihm die Leiter unter den Füßen weggezogen. Dann hat er sich noch kurz wie ein Affe an einen Zweig geklammert. Dann hat er losgelassen. Weil er nicht gleich tot war, hab ich noch etwas nachgeholfen.«

»Und Monique?«

»Getrauert hat sie nicht, das dürfen Sie mir glauben. Sie ist bald danach zu mir in meine Wohnung gezogen. Ich hab ihr einen Job in der Bar besorgt. Wir hatten eine wunderbare Zeit.«

»Sie hat Ihnen von ihrem Stiefvater erzählt, wie er sich an ihr vergangen hat, und dass er dann noch seine Freunde rangelassen hat?«

»Ja, das hat sie. Armes Ding. Diese Dreckskerle haben Monique fast umgebracht. Können Sie sich das vorstellen? Der eigene Vater, auch wenn er nicht der leibliche war, und seine geilen Kumpane. Monique hat das nie verwunden. Das hat sie fürs Leben gezeichnet. Sie war ein seelischer Krüppel.«

Isabelle machte eine Pause, nahm einen Schluck vom Cognac und schwieg. Dabei gingen ihr die Bilder aus dem Wald durch den Kopf. Und ihr Gespräch mit Manon im Hospital. Es wurde ihr immer klarer, dass alles ganz anders gewesen war. Nein, sie würde keinen Fehler machen. Fast hätte sie einen gemacht, aber eben nur fast.

»Monique war eine erotische Frau«, sagte Manon. »Das haben auch Sie gemerkt, obwohl Sie eine Hetero sind, stimmt doch? Geben Sie es zu!«

»Erotisch? Das kann ich nicht beurteilen. Aber sie war anziehend, sie konnte sich toll bewegen, sie war anschmiegsam, zärtlich und melancholisch.«

»Sag ich's doch: Sie war erotisch!«

»Vor ungefähr zehn Jahren haben Sie Monique für einige Tage allein gelassen und sind nach Frankreich gereist«, fuhr Isabelle fort.

»Um meine Mutter in Nizza zu besuchen.«

»Aber nicht nur. Sie waren auch in Fragolin.«

Manon rührte mit dem Finger im Cognacglas, schleckte

ihn ab, um dann mit den Verlobungsringen am Tresen zu spielen.

»Madame Bonnet, Sie sind eine besondere Frau. In einem anderen Leben hätte aus uns was werden können.«

»Das ganz sicher nicht.«

»Aber in diesem Leben habe ich alles verloren, was mir wichtig war. Monique war meine große Liebe. Für sie hätte ich alles getan.«

»Deshalb sind Sie nach Fragolin gefahren«, insistierte Isabelle.

»Ohne Monique bin ich so gut wie tot«, flüsterte Manon, »es ist alles egal.«

»Dann spielt es keine Rolle mehr. Sie können es genauso gut zugeben.«

»Dass ich dieses Schwein von Stiefvater mit der Mistgabel abgestochen habe? Ja, das gebe ich gerne zu. Darauf bin ich sogar stolz.«

Isabelle sah auf Manons Hand mit dem Cognacglas. »Sie sind Linkshänderin«, stellte sie fest. »Das ist mir schon im Krankenhaus aufgefallen, aber ich habe es erst nicht realisiert.«

Manon machte eine Faust. »Ja, links habe ich Kraft. Links, da sitzt auch mein Herz.«

»Sie haben es Monique nie gesagt, richtig?«

»Natürlich nicht. Ich wollte ja ihre Seele befreien, sie nicht im Gegenteil damit belasten. Aber dass der alte Sack tot war, das hat ihr gefallen.«

»Sie haben für Monique den Racheengel gespielt?«

»*Un ange vengeur*, ganz genau, aber das war kein Spiel, sondern mein bitterer Ernst.«

Isabelle sah auf die Uhr. Capitaine Lesseps und der Staatsanwalt würden etwas warten müssen. Sie würde sich verspäten, aber nur ein wenig. Doch die Verspätung lohnte sich. Sie war froh, dass ihr im Wald plötzlich Zweifel gekommen waren. Eigentlich hatte sie nie an Moniques Schuld glauben können. Natürlich, Prof. Cardochian war überzeugend gewesen. Eine posttraumatische Belastungsstörung und daraus resultierend eine dissoziative Störung, eine multiple Persönlichkeit, Jekyll und Hyde. Im Kopf war alles nachvollziehbar, aber ihr Bauch hatte dagegen argumentiert – leider so leise, dass sie es anfangs nicht bemerkt hatte.

»Warum haben Sie dann zehn Jahre gewartet, bis Sie Raphaël Dubois zur Rechenschaft gezogen haben?«

»Warum? Ganz einfach, weil sich Monique nicht an seinen Namen erinnert hat, deshalb. Aber dann sind wir eines Tages an der Plage de Pampelonne beim Baden gewesen. Da hat sie ihn an einer Strandbude gesehen und sofort wiedererkannt. Sie ist zu Tode erschrocken und hat einen Heulkrampf bekommen. Wir haben dann den ganzen Tag am Strand verbracht und dieses fett gewordene Ferkel beobachtet. Der Mann lief lachend herum, begrüßte neue Gäste mit Küsschen, baute Liegestühle auf, brachte Handtücher und servierte kichernd Getränke. Raphaël Dubois schien seine Arbeit zu genießen und war allgemein beliebt. Sicherlich hatte er längst vergessen, was er Monique einst angetan hatte. Es war unerträglich. In der kommenden Nacht hat Monique kein Auge zugemacht. Sie hat viel geweint. Ich habe sie ganz fest in den Arm genommen und versucht, sie die Erinnerungen vergessen zu lassen.«

Manon stockte. Sie blickte starr geradeaus. Isabelle fürchtete, dass sie gleich vom Barhocker kippen könnte. Aber zuvor wollte sie die ganze Geschichte erfahren. Dazu brauchte es offenbar eines erneuten Anstoßes.

»In jener Nacht haben Sie einen Entschluss gefasst, richtig?«

»In jener Nacht? Nein, schon sehr viel früher. Aber jetzt wusste ich endlich, an wen ich mich halten musste.«

»So wie der Tote ausgesehen hat, waren Sie ziemlich wütend.«

»Wundert Sie das? Außerdem war Mistral, da kann ich mich ohnehin schlecht beherrschen.«

»Genau wie damals bei Jean-Luc, da wehte auch der Mistralwind.«

»Das wissen Sie? Ja, Sie haben recht. Aber das war Zufall.«

»Mit Dubois' Verunstaltung haben Sie eine Botschaft hinterlassen.«

»Ganz genau. Jeder sollte erfahren, dass Raphaël Dubois ein perverses Schwein war. Außerdem hat es mir Spaß gemacht. Die Männer bilden sich so viel auf ihre Schwänze ein. Dabei sind diese völlig überflüssig. Am besten schneidet man sie ab.«

»Moniques Stiefvater haben Sie auf die Stirn geschrieben, dass er ein Vergewaltiger war.«

»Leider hat davon nichts in den Zeitungen gestanden, schade.«

Isabelle sah erneut auf die Uhr. Die Zeit wurde knapp.

»Wie sind Sie auf Jacques Legrand gekommen?«

»Wir waren auf Dubois' Beerdigung. Da befand sich Legrand unter den Trauergästen. Auch ihn hat Monique sofort wiedererkannt.«

»Warum waren Sie auf seiner Beerdigung?«, wollte Isabelle verwundert wissen.

»Na ja, genau aus diesem Grund. Ich habe gehofft, dass die beiden anderen Schweine ihrem alten Kumpel die letzte

Ehre erweisen würden. Leider war nur der eine da. Ich habe mir auf dem Parkplatz sein Autokennzeichen notiert. Der Rest war einfach.« Manon nahm wieder einen Schluck aus dem Cognacglas. »Außerdem dachte ich, dass es für Monique schön sein müsste, zu sehen, wie ihr Peiniger unter die Erde kommt. Asche zu Asche, Staub zu Staub.«

»Monique hat Sie nie im Verdacht gehabt?«

Manon schüttelte den Kopf. »Sie hat an eine höhere Gerechtigkeit geglaubt. Sie war ab und zu etwas naiv, meine liebe Monique.«

»Warum wollte sie dann so dringend mit mir sprechen?«, fragte Isabelle. »Sie hat mir mehrfach Kurznachrichten geschickt. Im Nachhinein lesen sie sich wie Hilferufe.«

»Kurznachrichten? Davon weiß ich nichts. Ja, warum? Vielleicht hat sie sich von dem vierten Schwein bedroht gefühlt? Wie hieß er doch gleich?«

»Robert Swarevski. Aber das glaube ich nicht. Dann hätte sie mit Ihnen darüber gesprochen. Vielleicht hatte sie doch plötzlich eine Ahnung, dass Sie der Racheengel sein könnten. Darüber wollte sie mit mir sprechen.«

Manon fing leise an zu weinen. »Nur noch dieses vierte Schwein hat gefehlt. Dann hätte Monique ihren Frieden gefunden. Aber wie sollte ich ihn aufspüren? Monique kannte seinen Namen nicht. Jetzt ist alles zu spät.«

Isabelle nahm Manons Hand. Sie fühlte sich kalt an. Und kraftlos.

»Ich bin schuld«, sagte Manon. »Hätte ich Gnade walten lassen und keine Vergeltung geübt, wäre Swarevski nie auf Monique aufmerksam geworden. Er hat sie der Morde an seinen alten Freunden verdächtigt, er hatte Angst um sein Leben – und hat sie deshalb umgebracht. Ich bin schuld, ich alleine.«

Isabelle drehte nachdenklich am Cognacglas. Natürlich hatte Manon recht. Sie war schuld. Sie hatte sich des mehrfachen Mordes schuldig gemacht. Und sie hatte letztlich den Tod ihrer Freundin provoziert. Manon hatte kein Mitleid verdient. Vielleicht mildernde Umstände? Nein, auch das nicht. Aber das hatten andere zu entscheiden. Trug jemand eine Mitschuld? In gewisser Weise traf das auf die Opfer zu, auf Jean-Luc Navet, auf Raphaël Dubois und Jacques Legrand. Sie hatten Monique als junges Mädchen grausam vergewaltigt. Sie hatten damit große Schuld auf sich geladen – und einen hohen Preis dafür bezahlt. Der Vierte im Bunde, Robert Swarevski, würde im Gefängnis dafür büßen. Das alles machte Monique nicht mehr lebendig. Sie war die tragische Figur in diesem Spiel. Stellte sich die Frage, ob sie noch leben würde, wenn Isabelle auf ihre Kurznachrichten reagiert hätte. Wenn sie gleich zu ihr gefahren wäre, um sich anzuhören, was so wichtig war.

Isabelle wollte den Gedanken nicht zu Ende führen, denn dann würde auch sie eine Mitschuld an Moniques Tod tragen. Einfach deshalb, weil sie ihn hätte verhindern können. Gleichzeitig wusste sie, dass sie keine Alternative hatte. Sie war damit beschäftigt gewesen, Leclercs Leben zu retten. Es gab keinen Grund, sich Vorwürfe zu machen. Und doch würde sie der Gedanke in schlaflosen Nächten verfolgen, das wusste sie, so gut kannte sie sich. Aber das war nicht zu ändern.

Sie gab sich einen Ruck und sah zu Manon. Die versuchte gerade sich die beiden Ringe anzustecken. Dann deutete sie auf Isabelles *portable,* das die ganze Zeit vor ihnen auf dem Tresen gelegen hatte.

»Ich nehme an, Sie haben unser Gespräch aufgezeichnet«, sagte sie.

Isabelle nickte. »Ja, das habe ich. Sie sind damit einverstanden?«

»Natürlich bin ich das. Hoffentlich ist alles gut zu verstehen. Ich habe keine Lust, die ganze Geschichte noch mal zu erzählen.« Manon beugte sich zum *portable* und sagte laut und deutlich: »Hiermit autorisiere ich die Aufzeichnung. Sie kann als Beweismittel gegen mich verwendet werden.«

Isabelle dachte, dass diese Manon eine taffe Person war. Kein Wunder, dass sich Monique bei ihr gut aufgehoben fühlte.

»Das wäre nicht nötig gewesen«, sagte Isabelle.

»Kann nicht schaden, oder? Sind wir fertig? Können wir jetzt gehen?«

Isabelle stand auf. »Ja, das können wir. Ein Capitaine der Polizei und der Staatsanwalt warten schon. Wollen Sie was mitnehmen?«

»Eine zweite Cognacflasche wäre nicht schlecht.« Sie lachte schräg. »Aber das wird nicht gehen.«

Manon rutschte vom Barhocker. Dabei musste sie sich am Tresen festhalten. Bevor ihre Beine nachgaben, griff ihr Isabelle helfend unter die Arme.

»Es wäre besser gewesen, Sie wären nicht gekommen«, erklärte Manon mit belegter Stimme. »Dann hätte ich mich nämlich umgebracht. Ich war gerade dabei, mir Mut anzutrinken.«

»Tut mir leid«, sagte Isabelle.

Seltsamerweise meinte sie es ernst. Aber nur in einer spontanen Gefühlsregung. Dann wurde ihr klar, dass Manon bei einem Selbstmord die Wahrheit mit ins Grab genommen hätte. Nein, es tat ihr nicht leid. Ganz im Gegenteil.

# Épilogue

Am späten Nachmittag saß Isabelle auf ihrer kleinen Dachterrasse im Schatten des Schirms, den ihr Thierry vor einigen Wochen geschenkt hatte. Der Schirm war gelb und blau, aber das störte sie nicht. Genauso wenig wie der Werbeaufdruck einer Spirituosenfirma aus Marseille. Ihre Beine hatte sie auf einen Hocker gelegt. Die giftgrüne *menthe à l'eau* im Glas war eiskalt. Aus einer Blechdose naschte sie von den *calissons,* die ihr Marie-Claire empfohlen hatte. Die schiffförmigen Plätzchen aus Aix-en-Provence schmeckten köstlich. Kandierte Melonen, Mandeln, Orangen, Zitronen … Ihre Nachbarin hatte erzählt, dass die *calissons* im 15. Jahrhundert entstanden seien, um eine traurig dreinblickende Herzogin zu erfreuen. Nun denn, das passte doch. Auch sie konnte dringend einen Stimmungsaufheller gebrauchen. Dabei hatte sich alles zum Guten gewendet. Jedenfalls auf dem Papier und in den Augen der meisten Beteiligten.

Capitaine Lesseps war nach anfänglich schlechter Laune hocherfreut gewesen, vor allem, als es ihm Isabelle ganz alleine überließ, auf der eilig anberaumten Pressekonferenz die aktuellen Ermittlungserfolge zu präsentieren. Derweil hatte sie sich ins Auto gesetzt und war zurück nach Fragolin gefahren.

Zuvor hatte sich Manon von ihr verabschiedet wie von einer alten Freundin. Nur umarmen konnte sie sie nicht – daran hinderten sie die Handschellen. Die Situation war so schon befremdlich genug. Lesseps hatte irritiert geschaut. Ihr selbst erging es nicht anders.

Robert Swarevski hatte sein Schweigen beendet und zugegeben, dass er Monique vorsätzlich überfahren hatte. Da wusste er noch nicht, dass sie ihren Verletzungen erlegen war. Als er schließlich erfuhr, dass er sich zudem geirrt hatte, weil von Monique keine Gefahr ausging, hatte er einen Nervenzusammenbruch erlitten.

Mit Apollinaire hatte sie sich nach ihrer Rückkehr im Kommissariat getroffen. Er war gerade dabei gewesen, vor dem Büro ein zweites Messingschild anzuschrauben: *Commission spéciale.* Der provisorische Pappkarton habe definitiv nicht zur hochoffiziellen *Police nationale* gepasst. Da hatte er freilich recht. Sie hatte ihm gesagt, dass er sich nächste Woche freinehmen könne. Sie hätten morgen noch einige Formalitäten zu erledigen, dann sei eh nichts mehr zu tun. Aber die *Commission spéciale* bleibe bestehen. Sein Arbeitsplatz in Fragolin sei bis auf weiteres gesichert. Jedenfalls müsse er nicht zurück nach Toulon. Zum Dank war er ihr um den Hals gefallen. Dabei wäre er fast gestürzt. Isabelle musste schmunzeln. Der Mann blieb eine Gefahr – vor allem für sich selbst.

Gerade hatte sie mit Jacqueline in Paris telefoniert. Balancourt war in irgendeiner Sitzung. Isabelle hatte gebeten, ihm auszurichten, dass das mit dem erhofften Fehler leider nicht geklappt habe. Die Piranhas würden sie vorläufig am

Leben lassen. Deshalb bleibe sie in Fragolin. Und an die Adresse von Jacqueline: Sie sei herzlich willkommen, sie freue sich schon auf ihren Besuch.

Isabelle steckte sich noch einen *calisson* in den Mund. Sie versuchte, nicht mehr an Monique zu denken. Für den Augenblick klappte das ganz gut.

Auf ihrem *portable* erreichte sie eine Kurznachricht. Der Absender teilte ihr mit, dass es ihm gutgehe. Das Gleiche wünsche er seiner »Lebensretterin«. *Bonne journée. Rouvi.* Sie schüttelte leise lächelnd den Kopf. Leclerc, der eigentlich Rouven Mardrinac hieß, hielt sich einfach nicht an Anweisungen. Gewiss hatte man ihm untersagt, irgendwelche Nachrichten zu verschicken. Aber sie hatte ihren Gefallen daran.

Morgen würde sie mit ihrer Freundin Clodine sprechen. Die Arme kannte sich überhaupt nicht mehr aus. Der Eingang zu Leclercs Wohnung war gesprengt – und er selbst vom Erdboden verschwunden. Sie wusste nur, dass ihm nichts passiert war. Sie wartete auf eine Erklärung. Isabelle würde sich eine glaubhafte Geschichte ausdenken müssen. Für die Wahrheit war es noch zu früh.

Des Weiteren nahm sie sich vor, Bernadette Navet einen Blumenstrauß vorbeizubringen. Vielleicht freute sie sich darüber. Oder die alte Dame warf mit dem Kochtopf nach ihr. Das Risiko würde sie eingehen.

Viel wichtiger war es, sich mit der Frau des erschossenen Gendarmen zu treffen. Wenn irgend möglich, würde sie ihr helfen, ihr und ihrem Sohn. Und sie würde bei nächster Gelegenheit Leclerc alias Rouvi an sein Versprechen erinnern.

Hatte sie jemanden vergessen? Sie könnte mal nach Cabasson fahren und Valerie Fournier besuchen. Baptiste hätte bestimmt Spaß an einer Runde im Polizeiwagen. Sie könnte behutsam ausloten, was Valerie von einer Anklage ihres Vergewaltigers hielt. Immerhin kannte Isabelle aufgrund des DNA-Abgleichs seinen Namen – Clément Nemours. Der Mann saß im Gefängnis. Isabelle ahnte, wie Valeries Reaktion ausfallen würde. Eigentlich könnte sie sich die Frage sparen.

War da noch jemand? Ach so, der Bürgermeister, fast hätte sie ihn vergessen. Isabelle lächelte. Aber nicht wirklich. Thierry Blès würde später vorbeikommen. Sie freute sich auf ihn. Am Wochenende wollten sie mit seinem Fischerboot an der Küste entlangtuckern. Auch darauf freute sie sich. Den Strand von Pampelonne würde sie bei der Gelegenheit nur von der Ferne sehen. Wenn überhaupt. Die Wettervorhersage war gut. Mit Mistral war nicht zu rechnen!